中国当代
长篇小说
绘画评点本

野莽 主编

家园笔记

Jia Yuan Bi Ji

谈歌 著

蒋子龙 评点

中国工人出版社

目录

开场白

这部长篇是写我家乡的一些往事。我的家乡有一个非常剽悍的名字：野民岭。一个能引起人荒蛮联想的地名。我常常想，许多伟大或者渺小，悲壮或者卑劣的人物历史，都曾经不可改变地从地名开始。地名或者象征着一种命运？*

先讲一个我认老乡的小故事。1973 年，我已经在河南开封当了三年兵。

那年我写了一篇野民岭开展拥军优属活动的通讯，大概有两千多字，是那年春天回家探望生病的二姨时顺便采写的一些见闻。我写完后就把稿子寄给了解放军报社，时间不长就登出来了。文章登出来的第二天或者是第三天，连长派人把我喊到连部。我一进连部，连长正打电话，我看到他那高高的个子，突然认定他应该去打篮球。连长打完电话，对我说："刘师长要见你。"

我一头雾水，不知道连长说刘师长要见我是什么意思。

连长说："跟我走。"

我就跟着连长走。

连长一脸严肃，出门时低低地问我一句："你认识刘师长吗？"**

我怔怔地看着连长，老老实实地摇摇头："认识。但是他不认识我。"

* 野民岭？地名表现了故事的不确定。

** 问得突兀。

连长狐疑地看看我，不再说什么。

我们被团部派来的吉普车拉到刘师长的家。刘师长住在营房后边的平房里，我听说师首长们都住在这里，可我从来没有进去过。刘师长的家门口种着一些菜蔬，绿绿的黄瓜，鲜亮的西红柿。连长说了一句："都是师长种的。他病了。"连长说这话时，声音涩涩的，眉宇间藏着一种痛苦。我后来才知道刘师长得的是绝症。

我们进了刘师长家。

刘师长实在说不上英俊，个子矮矮的，一脸络腮胡子，且左腿有点儿跛。他正在跟我们的团长嘻嘻哈哈地说什么笑话。笑声在房间里滚动，有一种敲打硬金属的质感。

我立正敬礼："首长好！"

刘师长说："你好。"他的声音很洪亮。他走过来伸出手，和我握了握。

他的手劲很大，我的手被他握疼了。

"小老乡，请坐！大个子，你也坐。"师长招呼我和连长坐下。

"老乡？首长是——"

"我也是野民岭人。你写在报上的文章我看了，请你来是想认认老乡。抽烟。"

我忙说："谢谢首长。我不会。"我一口气松了下来。

我问师长："首长是野民岭哪个村的？"

师长说："我是野民岭薛家集的，离你们李家寨六十多里山路。你去过薛家集没有？"

我说："我没去过。首长去过李家寨没有？"

师长哈哈大笑起来："去过去过，1942 年我还在李家寨打过日本人的伏击呢。"

他收住笑，问我："你知道不知道李家寨出过一个李啸天？"

我心里一紧，忙说：“不知道。”

李啸天是我当过土匪首领的祖父。我不敢对师长说。

刘师长遗憾地摇摇头：“你们年轻，老辈人是知道的。”

刘师长又问我：“知道不知道野民岭出过狗头金？”

我回答说：“听老辈人说过，好像是在西岭韩家寨发现过，好像还是清朝末年的事情了。”其实我还知道我的曾祖父曾经卷入了那场因狗头金引起的野民岭浩劫的历史。当然，这些我也不敢对刘师长说。*

* 李啸天？狗头金？这话题似飞来峰。

刘师长又问我：“近年有没有地质队去野民岭找金矿？”

我说：“地质队去过，啥也没找到。听老人们说当年日本人也去找过，前岭后岭翻了个底儿掉，也没找到，可能没有吧。”

刘师长摇头，不满意我的回答：“不能没有，不然那年怎么会发现那么大一块金子。”师长卖弄地看看团长、连长，伸出手比画了个洗脸盆样的尺码。

团长和连长惊讶地张大了嘴。他们大概第一次听刘师长说起。

我心里窃笑，听刘师长那口气，就好像他亲眼见过似的。

刘师长又问了问我在家乡的见闻。我至今记得他听得很专心，以至手上的香烟燃起长长的烟灰，竟忘记掸去。我体会出他浓浓的乡情。

我们一直聊到暮色涌上窗子，刘师长执意留我吃晚饭，他笑着对团长和连长说：“今天我招待小老乡，你们沾光哟！”

那天吃的饭是野民岭旧时的待客方式。野民岭的传统请客方式是不用盘子的，喝酒也不用杯子，一色的大碗肉大碗酒。若是远道来的亲朋好友，凡菜饭必上双份，以示敬重。主食是先水饺，再馒头，后米饭。席间，主人频频举碗敬酒，使客人难却。若逢客人酒量大，主人抵挡不住，便让妻子、孩子倾巢出动，依次敬酒。我曾到过许多地方，大多是喝到好处，便停杯动饭。而野民岭并无酒饭界限，吃到底，喝到底，直到主客双方统统吃饱醉倒方才罢休，大有同归于尽的味道。*

那天，刘师长是用一色的大碗酒大碗肉招待我们的。酒是当地产的一种散白酒，度数很高，喝到嘴里，舌头像被点着了，一路烟熏火燎烧到肚子里，翻几个跟头才能安静下来。刘师长搓手遗憾道："只是没有咱们家乡的山枣酒。"他用抱歉的目光看了看我。

席间，刘师长连连劝酒，直喝到月上中天，团长朝连长一使眼色，俩人同时后仰大叫："醉了醉了，再不能喝了。"

刘师长豪气地大笑："客随主便，喝不喝依不得你们，我先同小老乡干几碗，再收拾你们这俩稀泥软蛋。"说罢，他喊警卫员斟酒，他与我桌前各摆三只小碗，由警卫员斟满。

刘师长笑眯眯，两眼盯住我："小老乡，能喝不能喝，这是最后三碗。不能喝倒，这是野民岭的规矩。三碗以内，滴一滴，罚三碗。三碗之外，各随其便。"**

我知道自己酒量，自觉还能抵挡。而且团长、连长连连向我丢眼色，我误以为他们让我同师长斗酒，便爽爽地点头，事后才知领会错了。

刘师长端起酒碗，团长跳了起来，壮声壮色道："老首长不减当年勇，这小鬼也是条汉子，我代首长会会他。"说罢伸手去抢师长的酒碗。

"屁话！我用不着你替。"刘师长眼一瞪。

"杀鸡焉用宰牛刀。"团长继续抢师长的酒碗。

刘师长机灵地一闪身，笑了："你的花花肠子我知道，你怕我醉。告诉你，那年我在野民岭当土匪，一次喝过一篓子15斤，醉了三天三夜，醒过来照喝不误，你们信不信？"

当土匪？师长当过土匪？我惊了脸，忙说："信。"

团长不买账，嘻嘻笑："又是你那匪窝子的故事，老掉牙，不

* 以刘师长请吃饭引出野民岭的待客方式，也算巧笔。

** 万千酒规，恐怖如斯。

听。”他一边说，一边朝连长使眼色。连长机灵得像只猴子，窜过来夺走了师长的酒碗。

刘师长阴了脸，大喝一声：“放肆！”

连长吓得一吐舌头，乖乖物归原主。

那场酒喝到半夜方散，师长摇晃着送我们出来，拍拍我的肩膀：“小老乡，好好干。莫给野民岭丢人哟！”说罢，又想起什么，对我说：“小老乡上门，不能空手而归。”师长吩咐警卫员给我摘了一堆西红柿黄瓜，用一个塑料兜装好，让我带回去给班里的战士们吃。我受宠若惊地拿上了。

团长坐车送我和连长回连里。路上，连长突然变了脸，把我骂了个狗血喷头。他骂我不该跟师长斗酒。我一声不敢吭。

团长苦苦一笑：“莫吵吵了。酒是他的命。”良久，又叹道：“说起来，他是我的救命恩人呢，你们都不知道，那年在朝鲜，我只剩下一口气，是他从前沿上把我背下来的，他那条腿就是那次——”团长猛地打住，不再说。

我听得出，团长的声音哽咽了。我看着车窗外，那夜正满天水银。

刘师长是第二年春天死的。肝癌。听部队的战友们说，刘师长到死也没有去医院。他一直在军营里，总是不停地在操场上走着，看着战士们出操。后来他看不动了，就昏昏沉沉地躺在军营的卫生所里。那一天，他突然神清志明地坐起来，喊警卫员搬酒来，警卫员不敢去。医生心里已经明白是怎么回事了，就示意警卫员去搬。警卫员搬来一箱子酒，刘师长开怀畅饮，喝得甩了一地酒瓶子。他哈哈大笑，连连喊着：“痛快！痛快！”喊着，血就从嘴里喷出来。刘师长气绝而死。（写到这里，我想起野民岭一位诗人的一句诗：野民岭的汉子，生命是从酒碗里升腾而起，又在酒碗中溶化。或者如此？）*

* 妥妥的酒神一枚！

再一年我回家探亲，把这事跟二姨说了，问二姨认识不认识我们师长。二姨想了想说，那些年在野民岭当土匪的有许多薛家集的，后来也说不准谁当了八路军谁当了国民党谁当了汉奸。我说师长特能喝酒，二姨淡淡一笑：“野民岭人都那样，我当年也能喝。”二姨是野民岭名声响亮的人物，她的故事我在后边还要讲到。

以上算是野民岭的人文事例。*

* 以刘师长这个人物写野民岭的性格，极巧笔。

再说野民岭的自然经济地理。

野民岭分西岭，南岭。如今隶属保州市林山县野民岭区。属山地地貌。境内最高山是元胡山，海拔 1253 米。海拔 700 米以上的高山有望龙山、铁鸡岭、晾甲台、马青山、断角岭、灶台山、太子崖等。最低海拔为 205 米，相对高差 660 米，坡度为 25°—65°。这么多高山手挽手并肩站成了野民岭。远远望去，野民岭像一群壮壮的山汉，将头颅高高昂着。

野民岭夏季多冰雹，主要冰雹线自铁皮岭到仓南县一带。野民岭经济以农为主，兼营林果和畜牧。主要河流是南岭东侧的拒马河。河水由上游仓山县而来，沿野民岭山下流向仓南县。

野民岭的树木有杨、榆、柳等多种。主要是水青冈，即山毛榉。此类树种多产于南方，我不知道为什么野民岭却有极多这样的树。据专家说，野民岭的山毛榉材质不同于南方，硬度超过南方的此类树种。

野民岭区设西岭乡、南岭乡。两乡共辖 52 个自然村寨。按照 1990 年 7 月 1 日全国人口普查登记，两乡共有 10175 户，43965 人。野民岭交通不便，两乡共有 31 个村寨不通公路。1958 年省里的公路修到林山县，穿过野民岭，设野民岭站。近年县政府投资修了一些公路，如林山县到野民岭的两条二级公路。但靠近深山区的一些村寨，仍然没有公路。野民岭经济落后，现在还有 26 个村寨不通电。36%农户人均年收入在 150 元以下，口粮在300斤以下，生活十分困难，仍有17个村寨吃国家返销粮及补贴。近年省市的扶贫工程在野民岭多有建树，于是贫困情况略有好转。但老百姓的实际生活水平仍低于林山县其他区乡。

野民岭的确是个穷乡僻壤。*

野民岭区有两所中学。1978年到1986年先后设置高中。野民岭这两所中学的升学率却惊人地高出保州市其他县区许多。去年我回林山县采访，到了野民岭区，一个姓范的区长接待了我，范区长对我说："这两年野民岭区共考上82名大学生，179名中技生。"范区长很自豪，我却黯然。我当然明白，学生之所以发愤读书，是为了逃离这个地方。读书，这似乎是唯一的出路。范区长似乎看出我的淡然，他笑道："好多了。早年间，野民岭出个秀才都是罕事。"

范区长带我采访了那两所乡办中学，及十几所村办小学校，校舍大都简陋得很，教师们水平大都很低。南岭乡中学一个教化学的冯老师，是几年前高中毕业没考上大学的高中生。他的化学在高考时仅考了38分。若根据种子退化的道理，他教出的学生是极难考过38分的，而学生们却偏偏考出了非常好的成绩。**

我家是西岭李家寨。全村四百多户，95%户姓李。全村李姓皆同宗，按字排辈，宗室不乱，至今是一大特点。传说乃唐代李元成的后裔，怕被李世民加害，政治避难于此，逐渐演化成群的。如果这种传说真是历史，那么当年搞玄武门政变的李世民实在是专政无力，理应杀尽我的祖先，也就不会遗祸下来。1990年，林山县文联的同志给我寄来几本关于野民岭的三套集成，大约百万字。其中关于野民岭人造反暴动占山为王的传说故事竟有近二十万字，关于我曾祖父、我爷爷以及我的父辈们打家劫舍杀人越货的活动，都有较为详尽的描写。读来令人脸红心跳。我相信，林山县文联的同志，绝不是为取悦读者而故意糟蹋我的祖宗和我的父辈们。

* 写地容地貌，用笔极简。

** 弟子未必不如师！又一个鲜活的例证！？

我的祖宗们的确是胆大妄为的。

光绪三十四年 (1908 年)，由于李家寨乡绅李远达即我曾祖父被林山县衙传讯致死，从而酿成了一场由数千名山民山匪洗劫林山县城的暴动。山民们攻进县衙，杀死知县，烧杀抢掠。由此，导致了我爷爷和我的父辈们放弃了山民的田园生活，而毕生投身于那种双手沾满鲜血的山匪生涯。

我羞于启齿但又不能不坦白地告诉读者的是：我的祖宗们发动这场暴动的初衷，绝非阶级觉悟所致，而是源于他们的贪婪。

我那雄壮而又可悲的家族啊！在这样一个荒山野岭的地方，竟然做出那样石破天惊的事情。

老人们说，野民岭自古就是一个狼都不拉屎的穷山。旧时野民岭有两大特产：山民和山匪。

野民岭自古出刁民，匪患不绝，大匪小匪，密集如蚁。1983 年，我到 A 省大学历史系参加一个座谈会。会间，我同张业教授谈及野民岭的匪患历史，张老说：吴晗先生曾专门研究过野民岭的匪患现象，考证颇多。遗憾的是，吴先生早已作古，他留下的著作中，并无关于野民岭的论述。但野民岭在历史上山民暴动的事件确有记载。康熙七年，野民岭大旱，万余山民攻进县城，砸仓抢粮，掠夺城内店铺商号。但未曾扩大战果，便被由仓南县赶来的清军镇压了。康熙皇帝由此钦定：凡林山县子民，世代不可科举入仕。到 1736 年，清高宗上台，天下大赦，才恢复林山县科举。张业教授又说起光绪三十四年，林山县曾发生的那一场山民暴动……

看来这场由我祖宗缘起的暴动，已经载入史书了。我点头说知道此事。但我没有说，这场暴动是我的祖宗发起的。

1985 年 7 月，我到北京开会，认识了社会科学院的一位姓毕的女教授。闲谈中，得知她对野民岭的地理环境和人文环境在野民岭人的角色知觉中所发生的作用，进行过较为详细的调查。她告诉我：野民岭人不同于其他山区人的特点之一，是少年并不存在青春期的心理转折。她曾调查了与野民岭相邻的掩阳山地区、仓南山地区，那里的社会文化发展水平以及山民的行为方式和个性都与野民岭人不同，掩阳山和仓南山人，大多和平相处，男女老幼很少差异，人与人之间的关系大都合作和谐，性格温和，待人亲热，女性自卑感突出，在陌生人面前显得腼腆，此地域人选择职业多为商贩。而野民岭人则历来好斗。男女性格比较相似，人与人之间关系比较紧张，村落与村落之间时常发生相互攻击行为。仅据旧时的林山县县志1883—1893年的记载，各村落之间的械斗竟达397次，且有山匪卷入，造成民匪一家。民即匪、匪即民的特殊历史现象，使得械斗规模浩大，程度激烈。官府司空见惯，从不介入，导致械斗愈演愈烈。野民岭各股土匪乘机受雇于人，索取高价。光绪十五年六月，野民岭马山坡村与邻接的冯家寨械斗，械斗三日，野民岭11股土匪先后被双方雇佣，械斗直线升级，漫山遍岭血肉横飞，持续26天方告结束，死伤山民土匪千余人。惨极！

毕教授的话我不大懂，但我听明白了她说的是：野民岭是一个民风悍烈的地域。

野民岭呵！写到此处，我的心情已经无法描述，在历史空远的背景里，野民岭已经被规定为一种历史角色，放纵地演绎着荒蛮苍凉的个性。

野民岭的最后一股匪患是1950年绝迹的。

1949年冬天，中国人民解放军驻A省军区，派兵进驻野民岭剿匪，至1950年3月，剿灭了野民岭最后五股土匪，野民岭沿延了数千年的匪患，至此绝迹。其中最大的一股土匪被解放军追剿了三个月零七天后，在野民岭最西端的柏岭被剿灭。我那当土匪头子的大姑李金枝宁死不降，被击毙在柏山顶上。

我写这本书的动因很复杂，我是想给我多年收集的家乡资料做一个总结，这个总结是以我父亲家族和我母亲家族为背景进行的。我不可能以几男几女作为主角开始这个故事，因此我必须选择一个样式，使我能够在书中随意地调换场景。但是无论是人物、主题还是日期，我都不可能杜撰。《家园笔记》的书名或许有我这种心情的影子。

然而，当我开笔写的时候，我还是有些搞不清楚为什么要写关于野民岭这本书，我真的说不清楚为什么。

也许我无法逃避这个题材。

或许我在害怕什么。多年来我一直认可那些假定的传说。即使是现在，当我决定抛开这些假定，要把我所知道的家族故事告诉读者的时候，我还是感到了某种迷茫。历史原本是一潭清水，却常常被人为地搅浑。死者不再辩解，后人任意编排，或褒或贬，于是便产生了演义。更悲哀的是，四十多年来，我听到了许许多多关于我那毁誉参半的父辈们和祖宗们的传说，诱使我花去了整整十年时间到处查阅关于他们的史料，能印证些什么的却极有限。历史渐渐忘记他们，传说却逐渐丰富他们。

我不甘心。我试图找一个立脚点，尽可能澄清些什么或剖析些什么。能否透视其底蕴？我怀疑自己的把握。但我还是大胆妄为地开笔写了。究竟是艺术形象，还是历史人物，我已很难说清。父辈们祖宗们若九泉有知，请原谅我的冒失与天真。我已不再害怕真实。

此为开场白。*

* 开场白写得山重水复，层层叠叠，大幕拉开，笔下人物情节必定生龙活虎，作者一路写来，一路皆有野民岭的影，引读者不觉间入胜，细思极妙。

第一章

本章主要出场人物 *

李远达：野民岭李家寨李氏族长。我的曾祖父。(1860 年至 1908 年)

李明达：我的二曾祖。(1862 年至 1918 年)

古鸿光：野民岭古家庄的财主。我的姥爷。(1874 年至 1928 年)

古鸿明：古鸿光的二弟。灶台山匪首。(1876 年至 1916 年)

韩宗吾：野民岭韩家寨的财主。(？至 1908 年)

曹为仁：野民岭曹家集的财主。(？至 1928 年)

梁裕明：林山县知县。(？至 1908 年)

张五魁：太子崖匪首。(？至 1928 年)

刘海儿：望龙山匪首。(？至 1931 年)

康大鹏：望龙山匪首。(生卒年不详)

一　狗头金事件

公元 1908 年，在中国的历史上为光绪三十四年。论干支则为戊申。大清王朝似乎没有发生什么大事。这一年的正月，北方似乎有些地方发生了雪灾，但并不是很严重，所以并没有记载到

* 未曾开讲，先交代出场人物，貌似书场老套，读来却是新鲜。

清史中去。光绪皇帝仍被慈禧太后幽禁在深宫里，戊戌变法时的那一点儿豪情壮志，似乎也应该磨洗至尽了。慈禧太后似乎对几个月后她和光绪皇帝的先后突然死亡没有一点儿预兆。总之，朝野上下还算是平安无事。这年正月在野民岭发生的一场暴乱，也没有被记载到《清史稿》中去。

引发野民岭这场暴乱的是野民岭西岭的三大姓氏。

野民岭在光绪末年的三家大姓氏是：古家庄的古姓；李家寨的李姓；韩家寨的韩姓。三大姓引发的这场暴乱是为了一块狗头金的争斗。这场暴乱缘起西岭古家庄大财主古鸿光的贪婪，后引起了李家寨李氏族长李远达的贪婪。贪婪之火终于像燃着的导火索一样，很快在野民岭发展成了大祸。

我根据数年来采访得来的材料，整理成下面这样一个故事：

1908年正月的一个早上（林山县志记载是正月初九）。墨黑的天际刚刚扯开一角麻白，太阳还没有升起。正月的早晨在野民岭这样一个山区，当然是寒冷极了。粗猛的山风硬硬愣愣地吹着，满山的枯草哗哗地疯响。满山的石头们冻得在晨光中发呆。*

野民岭南岭曹家集走出来一个名叫曹满川的中年汉子，他嫁到西岭韩家寨的姐姐死了，他一大早被人喊起来去吊丧。

曹满川大步往西岭韩家寨赶，冻得硬邦邦的山道被他踩得乱响。十几里的山路，他走了两个多时辰。太阳爬出山时，他已经走到韩家寨北面的山沟里，他突然感到肚中不适，本能地要采取一下人类最普通的处理方式：拉屎。

他蹲在沟底畅快地宣泄了一番之后，便要进行这个过程的收尾工作，即要找一块石头揩揩屁股。故事由此开始了。

曹满川摸到一块石头，他感觉手里的石头分量很重。如果是一个一般的山民，就不会多想。偏偏曹满川是个见过些世面的。他是曹家集首富曹为仁的本家堂叔，曾随曹为仁的父亲到省城、

*状描景色，如置身其中，『石头们』也鲜活生动，呼之欲出了。

京城贩过羊皮，进过赌场酒楼，逛过戏园妓院。金银这类东西，见的不少。他掂量着这块石头，心里猛地一跳，呼吸顿时急促起来，连便后的揩屁股动作也省略掉了，慌慌地提起裤子，揣起石头，就贼贼惶惶地跑回曹家集。吊丧的事情已经顾不得了。*

*一『跳』一『揩』一『提』一『揣』，惶惶情态，骇人的叙事节奏，跃然纸上。

曹满川满头大汗跑回曹家集时，太阳已经升起老高了。曹满川揣着一肚子的发财梦进了曹为仁家的院子。可是，不到一袋烟的工夫，他泄气地出来了。他身后的大门重重地关上了。他让曹为仁奚落羞臊了一番之后，被轰出来了。曹为仁笑骂曹满川穷疯了，拿着一块破石头来撞骗。曹满川走出好远，转过身来又狠狠地吐了一口唾沫，破口大骂："曹为仁，你他娘的有眼无珠！"骂完，他掏出那块石头细细地又看了一遍。他突然想到了一个人，撒腿向西岭跑去。当然，他绝不是去吊丧，他去了古家庄，他要找见过世面的古鸿光。

古家庄位于西岭北面半山坡上，进村需登 31 级台阶，原名野马台，后改名古家庄。根据 1954 年该村吴家坟出土的古墓碑刻(碑立于唐显庆二年即公元 657 年)，该村至少应该是建于唐初。古家是古家庄大户。古家的族长是古鸿光。

古鸿光，字青舟，曾是野民岭响当当的人物。古鸿光八岁开始习武，光绪三十年，古鸿光到省里会试，考了一个武举回来，当时整个林山县都轰动了。

古家是古家庄的首富。据林山县志记载：古家在乾隆初年便大有名气了。古家的老祖宗是烤制红薯的小贩。野民岭盛产紫皮红瓤红薯，烤红薯至今仍是林山县的民间小吃。古家老祖宗心路活泛，把红薯弄到省城去烤，这种紫皮红瓤的红薯，省城罕见，一时市井争相来吃。巡抚大人知道了，就把古家老祖宗唤到府上来烤制红薯。巡抚大人尝过，味道好极了。巡抚大人便把古家老祖宗留在府上，专职烤红薯。后来，那巡抚大人失宠获罪，被革职充军，府上的用人统统遣散，古家老祖宗竟在混乱之中裹挟了许多金银逃回野民岭，购置山地房产，古家由此暴富。此种传说真伪，不得而知。但到了道光年间，古家已占有野民岭大量土地和山林。在古家庄和林山县有庄园两处，家庭住宅在野民岭阔绰无比，有房楼三座，另有过街楼和一座戏楼，可惜 1939 年秋天被日本人放火烧毁了，不然应是野民岭的一景。古家雇佣长工、管家、奴婢、牛羊猪倌百余人，另有家丁百余人，并在省城开有商号店铺货栈多处。古鸿光的曾祖父古居平曾自印银票在野民岭流通，其鼎盛时期，几乎控制了野民岭的经济命脉。到古鸿光的祖父和父亲两代，因吸食鸦片，家业逐渐衰败，省城的买卖全部易主。到古鸿光这一代，古家已非昔日可比，但古鸿光雄心勃勃，要重振家业。

这里我要告诉读者：古鸿光是我的姥爷。古鸿光的小女儿古玉雪是我的母亲。为了我的出生，古玉雪付出了惨重的代价。这件事我在第五章才能说到，在此先伏下一笔。

我的姥爷古鸿光共兄弟三人。二弟古鸿明在灶台山拉杆为匪，人称“灶爷”。传说灶爷长得人高马大，面色黝黑，十分凶恶。姥爷的三弟古鸿洲，于 1905 年留学日本。古鸿洲应该是野民岭第一个走向世界的人物。1913 年，他从日本回来，先在武昌任职，后来与同僚失和，回到林山县，做了林山县民国第一任县长。他任县长第一年，兴办了林山县第一个师范学堂，为后来出现的共产党和国民党培养了一批干部人才。传说我三姥爷为人谦和，待人接物，绅士风度，不似我姥爷和二姥爷那样横行霸道。关于古鸿洲的故事，我后面还要提到。*

太阳偏西的时候，曹满川进了古家庄，走进古鸿光家的院子。一个时辰之后，曹满川喜气洋洋地出来了。曹满川把捡到的那块石头，卖给了古鸿光。这是怎样的一块石头呢？

古鸿光懂眼，他认定这块石头就是传说中的狗头金。

古鸿光经过一番讨价还价，给了曹满川五百两银子。

* 上述放下曹满川，闲笔写来，逐一交代，从容不迫，作者谋篇功夫可圈可点。

这里要说明一下：曹满川用那块狗头金换了古鸿光五百两银子之后，第二天就失踪了。关于曹满川的失踪，野民岭有几种传说——第一种传说：曹满川是一个吃喝嫖赌的好手，那些银子，他自然不能在野民岭这个穷地方消费，他带上银子到省城吃喝玩乐去了。花光吃尽之后，死在了外边。第二种传说：曹满川被古鸿光灭口了，聪明过人的古鸿光怎么会相信曹满川不对别人讲狗头金的事情呢，古鸿光对这件事情需要保密。传说曹满川被古鸿光的家丁活活勒死，埋进了古家的猪圈。第三种传说：曹满川揣着五百银子回到曹家集，喝得大醉，被山匪劫走了银子，尸体被抛下山崖。*

* 忙中见闲笔，交代了曹满川下落，作者细致。

这件事情还有一句后话，曹为仁知道了那块石头的真实价值之后，那块石头已经被古鸿光买去了，曹为仁追悔莫及，很是心疼了一阵子。人们说，按讲曹为仁也算做是南岭的富户了。可他毕竟是个土财主，他无论如何也抵不上古鸿光的眼光。

那天，古鸿光坐在他的书房里，掂量着从曹满川手里买来的那块石头，他细细想着，心就野了起来，他看中的不是这一块狗头金，他想到了韩家寨那条后沟。他认定那条后沟绝不会只出产一块狗头金。古鸿光想了一会儿，就差家人到灶台山请灶爷下山商议这件事。然后又修书一封，派管家张华送到韩家寨的族长韩宗吾那里，商量买那条沟。

韩宗吾是韩家寨的财主。传说中的韩宗吾身高八尺，是一个武艺超人的大汉。韩宗吾曾经在省城的镖局做过镖头，后来年纪大了，便挂镖归田。也有传说他因为走丢了一趟镖，被镖局开缺回家的。韩宗吾脾气倔强耿直，疏财善交，偶尔扶危济困，在野民岭颇有些名气。野民岭的土匪，大多都买他的面子，不到韩家寨生事。

韩宗吾抽着水烟袋，把古鸿光的信读了。他摇头笑笑，对张华说："张管家，那沟是祖上留下的。我韩宗吾是不能卖的。"

张华笑道："我家老爷说那是一条废沟，韩老爷闲着也是闲着。我家老爷说价钱上可以商量。"

韩宗吾冷笑了："张管家说得很对，可既然是废沟，古老爷要买去用做什么呢？恐怕古老爷没有把它看成是废沟吧？"

张华结舌道："这……韩老爷……"

韩宗吾笑了："张管家请回，这沟是坚决不卖的。"

张华狼狈地告辞了。

后来有人猜测，韩宗吾鄙视古家兄弟的为人，再则也弄不清古家要买那条荒沟的真实用心，理所当然地一口拒绝了。

张华尴尬地回来复命时，"灶爷"古鸿明已经到了。兄弟二人正在商议狗头金的事。古鸿光阴着脸听完了张华的汇报之后，一声没吭。他抚摸着伏在腿上的猫，突然，那猫惨叫一声，竟是被古鸿光生生掐死了。古鸿光手一扬，那只死猫被扔了出去。古鸿明瞪着眼睛看着哥哥。他不知道哥哥想些什么。古鸿光就让张华取来一百两黄金。

张华取来一封黄金，放在桌上。

古鸿光朝弟弟说了三个字："张五魁。"

古鸿明点点头，阴阴地笑了。他收起桌上的黄金，出门走了。

1908 年农历正月十一日的晚上，应该是一个冷风刺骨的寒夜，天空胶黑胶黑的，像一盆稠稠的墨汁，淹死了无力的月亮。一场血腥的杀戮就要在山高地险的野民岭开始了。

古鸿光带着他的乡团一百余人，会同古鸿明从灶台山带来的几十个精壮的土匪，会合了太子崖的匪首张五魁带来的一百多个山匪，在古家庄酒足饭饱之后，半夜潜入了韩家寨。事情完全不像古鸿光想象的那样困难，韩家寨竟没有一点提防。古鸿光兄弟和张五魁带着人一拥而入，韩宗吾未曾睁眼，便被几个土匪快刀砍死。韩家寨的乡团们从梦中醒来，仓皇迎战，却挡不住，有人发一声喊，便败逃出寨。韩宗吾的大儿子韩文远被砍成肉酱，二儿子韩文长逃走。后来有人统计，韩家寨百余户人家，五百余口人，只逃出去二百七十余人，余下的都被古鸿光凶残地杀戮了。

后人说，韩宗吾太大意了，他没有提防古家弟兄如此迅速地下毒手，否则，韩家寨也有百余名家丁，如果同古家庄真刀真枪对打，结果还不知道怎么样呢。韩宗吾死得窝囊了。

我的姥爷古鸿光就这样鲜血淋漓地占据了韩家寨。

天光放亮时，韩家寨已经归属古家所有了。这或许是韩家寨命中难逃的一劫？自古以来，凡是能找到黄金的地方，都会有类似的故事发生。

由此，野民岭这一场疯狂而荒唐的暴乱拉开了序幕。*

*读到此处，读者当有了一种对未知的恐惧！

插话：关于狗头金

狗头金，又名马蹄金。

1988 年，我在一次采访中结识了省科院地球物理研究所的黄立光所长，他具体地对我讲了些狗头金的情况。他告诉我，狗头金是天然产生的质地不纯，颗粒粗大，形态无规则的块金。它通常由自然金、石英和其他矿物集合组成。有人以其形似狗头，称之为狗头金，有人以其形似马蹄，称之为马蹄金。其实，这全是一回事。

狗头金在世界上分布稀少，找到它常常带有一定的偶然性。十九世纪中叶，一位木匠在美国西海岸路旁捡到一块重 32 公斤的狗头金，消息传开，潮水般的人群涌向这里，到处采挖，形成一个找金热潮，持续五十年后，一座新兴的旧金山市出现了。1954 年，美国一位采金工人为死去的伙伴挖掘坟墓，无意间碰到一块狗头金，重约 36 公斤，卖了 22700 美元。

据 B. N. 索波列夫斯基的资料，迄今世界上已发现大于 10 公斤的狗头金约 8000—10000 块。世界上盛产狗头金之地首推澳大利亚，资料记载，仅澳大利亚东南部的维多利亚州就发现狗头金608块，其中大于62．2公斤的两块。

狗头金的发现，在我国古籍中屡有记载。《宋史·五行志》记载，公元一世纪我国湖南益阳山溪发现一块9．8斤的狗头金。《齐东野语》记载，公元十一世纪，仍在益阳地区共发现百余块狗头金，其中最大者49斤。现代发现狗头金的事例也很多，1909年，四川盐源县一位采金工人在井下作业，被顶上落下的石块砸伤了脚，他搬开石头，竟是一块狗头金，重31公斤。《人民日报》1982年10月6日报道，黑龙江省呼玛县兴隆沟有人用镐刨出一块重3325克的金子。

以上是黄立光高级工程师对我讲述的一些关于狗头金的知识。记录于此。

悲剧的是，野民岭迄今为止，再也没有找到第二块狗头金。1908年野民岭发现的那块狗头金，似乎是上苍同野民岭人开了一个玩笑。

但是梦幻般美丽的狗头金传说仍然纠缠着后来人。

1941年，日本侵华第四集团军下属驻保州市联队司令佐田大左，被野民岭狗头金的传说吸引，电报上峰。1942年初，日本派来几个地质学家，在野民岭勘查了一个多月，其间地质学家小林纠夫在望龙山考察时失足坠谷身亡。但没有发现任何矿物异常，这支勘查队失望而归。

1958年，A省地质局派来507地质大队，在林山县野民岭一带采集次生晕，只是发现了一个品位不高的磁铁矿体，并未发现金矿线索。

1984年，A省地矿局派地球物理综合地面普查队，进驻野民岭，沿山拉起400华里的测线，随即派飞机航磁探测，仍未发现有何异常。此次普查并航磁报告抄送林山县政府存档一份，我曾查阅，摘录如下：

野民岭地区露地层主要为前震旦系（基底）和震旦—寒武系（盖层），前震旦系野民岭西岭。南岭为深变质岩系，下部主要是浅变质岩陆源碎硝岩夹火山岩，上部为厚层碳酸盐岩，本区构造复杂，东西向构造为主要骨架，所提供各类异常呈带状展布，为地下水引起……没有发现异常。

野民岭没有金，对于野民岭人来说，这是一个非常悲惨的事实。

悠悠岁月，野民岭人做了多少年的黄金梦，至此应该破灭。*

* 开篇详写狗头金，说来竟是梦？作者剧透了。

我的姥爷古鸿光当然不会知道80年后这个结论。

1908年正月十二的早晨，即古鸿光鲜血淋漓地占据了韩家寨之后，送给了张五魁一千两金子作为报酬，送走了张五魁。古鸿光站在韩家寨的村口，远远地看着张五魁一干人马去了，古鸿光的目光里一定有着很热烈的光彩。我相信，贪婪已吞噬了他的理智。

古鸿光迫不及待地带人去了韩家寨的后沟，开始了疯狂的挖掘。而在这挖掘的同时，古姓与韩姓的仇恨也被深深种下了。前人种下的仇恨，自然要由后人来收割。古来如此。

1938年台儿庄战役后，李宗仁手下的一个团长与孙连仲手下的一个营长在庆功会上相遇，俩人频频碰杯，亲热极了。酒席未散，那团长竟被那营长拔枪打死。经查，那营长喝醉了，李宗仁不相信，责令军法处再审，却怎么也审不出那营长有其他动机，那营长与那位倒霉的团长还是老乡，都是野民岭人。只好以酒醉失控误伤人命结论，降了那营长一级了事。据说李宗仁由此下令，凡酒宴与会者不得带枪入座。实际上，那营长是野民岭韩家寨人，是韩宗吾的本家侄子。那团长是古家庄人，且是古鸿光的同宗。个中仇恨，李宗仁怎能知晓。直到新中国成立后，韩家寨与古家庄仍无来往。“文化大革命”中，韩家寨曾多次聚众到古家庄械斗，双方各有死伤。至今，古家庄人去林山县城，宁可多绕八里山路从王家庄走，也不愿抄近路走韩家寨。这种让后人忧伤的仇恨，不知道何时才能淡化。*

那天夜里，韩文长连滚带爬逃出韩家寨，浑身是血跑进了李家寨，砸开我曾祖父李远达的院门，不等家人通报，便跌跌撞撞闯进我曾祖父的屋子里，扑通跪倒，放声大哭。

曾祖父惊了脸，草草穿好衣服，搀起韩文长扶他坐下，听他哭着说了韩家寨的灾难，曾祖父一时惊呆了，大呼："亲家！槐花！"余下，竟一个字也喊不出了，只是哑哑地落泪。

槐花即是我的大姑奶奶，嫁给了韩宗吾的大儿子韩文远。传说我大姑奶奶长得绝色，嫁过去生下一子一女，均出落得可爱，可怜一同毫无理由地做了古家的刀下冤鬼。

是时五更，窗外大夜如墨。悲风啸啸，似有千百鬼魂扑打着窗子。

曾祖父一共娶过三房，大祖奶奶给曾祖父生下两女一男。大女儿槐花嫁到韩家寨，落得如此下场。悲惨。

二女儿枣花嫁给南岭姚家集的姚成岳。姚成岳的父亲是个买卖人，在林山县城开过包子铺、客栈什么的，颇有些钱财。我怀疑曾祖父是看中了姚家的买卖，否则不会把女儿嫁到姚家集这样一个没有田产也没有势力的商业人家。姚家的包子极有名，据说传了几代，传到姚成岳这一代仍然兴盛。但到光绪二十六年惹了祸。那年，西太后出京途经A省，道台传话，各地有名小吃到省城献艺，以博老佛爷一笑。姚成岳父子也被风风火火传了去，在省城客栈制作姚家包子。姚成岳精工细作，不料蒸出的包子根本不是味道，姚家父子吓黄了脸，姚老爷子亲自动手，另起炉灶，格外精心，谁知结果依然糟糕。道台大怒，此等劣技，也敢欺世盗名，冒充风味。那道台大人还算开明，没割下姚家父子的脑袋，只把他们父子轰出省城了事。姚家父子回到林山县又羞

* 闲笔穿插自如。

又愧，姚老爷子由此一病不起，姚成岳便把包子铺盘给了同族的姚大奎，他自己便回到姚家集务农。后人说，姚家包子只认林山县水土，换了地场，便走了风味。这话颇有道理。姚大奎经营了十几年，后来抗日战争爆发，姚大奎便把包子铺关张。后来姚成岳的儿子姚士俊在林山县做了伪职，姚士俊把姚大奎儿子姚天庭喊到林山县，继续经营“姚家包子”。新中国成立初期，姚家包子风光了几年，公私合营后，改名“林山包子”，“文革”中改名“工农包子”。“文革”后，又更正为“姚家包子”。近几年，林山县城“姚家包子”共有十余家，但没有一个姓姚的。由此看来，中国家族的东西是极容易失传的。即使几代之后，仍然苦苦支撑，或者发扬光大，恐怕都已经不是原汁原味了。

我大爷曾经是个极聪明的孩子，传说他一生下来就会笑。他三岁就被送到一个私塾先生那里学《三字经》，五岁就会背唐诗三百首，是远近闻名的神童。可惜，后来大爷瞎了。谁也不知道大爷为什么会瞎了。传说他有一天中午到山上去玩，回来之后，就喊眼睛疼，睡过一夜之后，就成了瞎子。曾祖父到处求医问药，也无济于事，后来也就死心塌地了。大爷虽然瞎了，但是走山路却如正常人一般，满山飞跑，从未失足过。人们就传说他开了神目。但是开了神目的大爷，后来竟变得疯傻，长到十多岁，疯傻得更厉害。光着腚眼满山跑，不知羞耻。后来曾祖父给他娶过一房媳妇，是王家庄的一个独目姑娘，可是傻爷根本就不懂搂着媳妇睡觉，还往死揍媳妇，那媳妇夜夜如厉鬼长嚎。结果那媳妇给他打跑了。傻爷便没再娶，依旧疯疯癫癫野跑，有时十天半月不归家。林山县的各村寨差不多都认识他。有时他在外边闯了祸，打了人家的孩子，偷吃了人家东西，人家找到李家寨，曾祖父便向人家道歉或拿出银子赔人家。曾祖父从不对我傻爷使用武力，因为大祖奶奶疼我傻爷。傻爷后来成了野民岭有神秘色彩的人物。1903 年，林山县大旱，野民岭各村寨乡绅约定聚众到林山县城的龙王庙求雨。求雨那天早上，当各村寨乡绅率众抵达龙王庙前，傻爷竟盘腿坐在庙门前，对人们哈哈大笑:“都回去都回去，十天后下大雨。”说完便起身走了，一路野笑。人们进了庙，发现供桌前腥臭无比，是傻爷撒的屎尿，人们气得要揍傻爷，已寻不见他。十天后，野民岭果然落了一场瓢泼大雨。人们被傻爷的先知能力惊呆了。从此，常有人来找傻爷问卜，傻爷只是嘿嘿笑，或说些谁也听不明白的傻话来回答。于是人们便说大爷不是傻，而是神灵附体。人们更加迷信他，崇拜他，传说他是山里的狐仙转世。我曾听父亲说，1933 年，我那在望龙山当了土匪头子的爷爷李啸天从林山县办了“生意”带人回山，其中我父亲也在内，走到望龙山下，一个白胡子老汉挡住去路，爷爷催马过来，老汉并不躲闪，原来是个瞎子。爷爷手下人大怒，就要挥鞭打过去，爷爷却猛喊:“住手！”爷爷打量了一下瞎子，便惊呆了，发声喊:“大哥！”果然是傻爷，几十年未见，他几乎让爷爷认不出了。傻爷哈哈一笑，转身就走，爷爷策马紧追，竟追不上，不一会儿，傻爷便不见了，似化进了山中。父亲绘声绘色对我讲，说是他亲眼所见，不由得我不信。用今天遍地气功大师的现象来解释，或许我傻爷真是一个有特异功能的奇人。

传说曾祖父同我祖奶奶感情笃深，如果不是她生育质量不好，曾祖父也许就不再娶了。我的傻爷成了瞎子的第二年，曾祖父便又娶了二祖奶奶(即我祖奶奶)，很努力地依次生下我爷爷和二爷、三爷、四爷、五爷。生下五爷时，我祖奶奶中风死了。又过了几年，曾祖父从县城里娶了三祖奶奶回来。三祖奶奶姓周，是林山县城的大户人家的千金。但三祖奶娶过来不久，就患了肺痨，没有生养，病病歪歪了四年，其间，曾祖父多次花重金把林山县的名医姜秋林大夫请到李家寨给三祖奶奶治病。姜秋林很是用心地医治了几次，开过许多汤药丸药，但无济于事。我三祖奶奶还是死了。我想，曾祖父如果不在 1908 年那场暴乱毙命，曾祖父一定还要娶的。

曾祖父一共弟兄两个。二曾祖也曾娶过三房，但没有生养下一个儿女，这自然是他老人家出了毛病。于是他泄了气，没再娶，把我四爷过继了。李家寨有两个九十多岁的老人，是我同宗远房的爷爷，据他们说，我二曾祖脾气相当暴躁，喜欢喝酒，而且喜欢喝醉，喝醉了便找人寻衅斗殴，且不讲道理。所以，二曾祖应该是一个地地道道的地痞。我断定二曾祖的内心世界是非常痛苦的，一个不能生育的男子的心理应该是残缺的。

曾祖父哭了一会儿，就收住泪，喊下人安顿韩文长去歇息，然后派人连夜到古家庄打探消息，曾祖父要弄清古鸿光兄弟血洗韩家寨的缘由，然后又让二曾祖去望龙山，请望龙山的山大王刘海儿来李家寨商量这件事。这时，天光渐亮，悲愤至极的曾祖父没有一点睡意，就走到院子里，扯起一杆长矛演练。那长矛被他舞得上下翻飞，枪头寒光乱闪。

吃过早饭的时候，派到古家庄的人回来了，打探到了古家庄血洗韩家寨的目的。曾祖父惊得呆了。韩家寨会有金子？

吃中午饭的时候，二曾祖陪着刘海儿匆匆赶到李家寨。曾祖父在村口迎住。传说刘海儿个子很高，仪表堂堂，很威武的一条汉子。

刘海儿见到我曾祖父，拱手道："远达兄多日不见。"*

* 好笔法！可谓闲时引出忙时用。此处出场刘海儿。

曾祖父拱手笑道："海儿贤弟，有买卖可做了。"说罢，俩人挽了手，往村里走，极亲热的样子。

刘海儿是河南人，厨师出身。那一年流浪到林山县，在街上摆地摊，卖些十三香之类的调料。那天我曾祖父到林山县城赶庙会，正遇到一帮地痞同刘海儿纠缠。曾祖父与那些地痞相识，便替刘海儿解了围。刘海儿一身拳脚使得好，曾祖父认定他是条好汉，便邀他来李家寨小住。刘海儿住了几日，二人谈得投机，便拜了兄弟。曾祖父赠了刘海儿许多银两，让刘海儿在林山县城里开了一家饭店。刘海儿手艺很好，据说能在12个灶上同时炒菜；他还能做一个绝活：菊花油炸鸡，十分叫座。于是他的买卖很是红火了几年。后因被告杀了县衙的捕快，吃了人命官司，官府缉拿他，他便又逃到野民岭，曾祖父便介绍他到望龙山落草。*

那时，望龙山的土匪头子是康大鹏。传说康大鹏是察北人，早年卖艺到林山，因跟串子们在街上争斗，显出一身武艺，被县衙看中，留下做了捕快，后来又做了捕头。后来康大鹏因设滚钉板，屠杀串子，犯了命案，被下了死牢，后越狱逃进望龙山落草。传说康大鹏凶恶狰狞，绑来的票若到时间不赎走，便被他掏出心肝肺下酒吃掉。我曾祖父与康大鹏曾是饮血盟誓的生死兄弟，望龙山聚义的第二把交椅从来都是空的，那便是我曾祖父的位置。望龙山的绿林武装，是我曾祖父和康大鹏一手创建的。原来望龙山的山大王姓吴，被我曾祖父请到李家寨喝酒，死在了李家寨。传说我曾祖父那天在酒里下了砒霜，康大鹏由此做了望龙山一把手。曾祖父便成了望龙山的第二号首领。至于我那阴毒的曾祖父为什么不肯上山落草，真刀真枪地去干，是不是舍不得他的家产呢？内心活动，已无据可查。

刘海儿上山后，康大鹏只让刘海儿做了一个小头领，没有给刘海儿参与望龙山政务的权力。同一年，康大鹏下山劫官车，被官府捉住，在林山县斩了脑袋。传说康大鹏是让我曾祖父出卖的，因为康大鹏与我曾祖父已有了矛盾，而且不和曾祖父商量就封了他的一个妻舅坐了第三把交椅，曾祖父在望龙山空置的那第二把交椅，也悄悄地被康大鹏撤掉了。怀恨在心的曾祖父不动声色，勾结官府，设了圈套，弄掉了康大鹏。

也有传说并不是我曾祖父设计弄掉康大鹏的，理由之一即我曾祖父跟官府素无来往，怎会勾打连环。但康大鹏与我曾祖父感情疏远却是事实。刘海儿上山，曾祖父本意要他做三号或四号首

* 下面再引出康大鹏。此二人皆是过场人物，观目录，二人皆有独立成篇详写，必定精彩。

领的，但康大鹏不给曾祖父面子，只让刘海儿在下边管理三四个小喽罗，相当于现在车间里的班组长。我推测，曾祖父肯定与望龙山这场政变有关，他至少参与了把康大鹏送上断头台的阴谋。

传说康大鹏死得非常壮烈。那天他被从县衙的死牢里押出来，没有上木笼囚车，是拖着重重的铁镣走到林山县西门口的，因为刑场就设在那里。重重的铁镣带起一路尘土飞扬，康大鹏一路喝了街两旁的酒家饭铺的几十碗水酒。他哈哈大笑，面无惧色。因他血债太多，本来被判决凌迟处死，即一刀刀剐死，那将会是无限痛苦。还传说我曾祖父花了银子到县衙运动，方判了个斩立决。行刑时，刽子手的大刀竟砍崩了两杆，康大鹏的首级竟是取不下。再有传说康大鹏暗暗运动了丹田硬气，刽子手惊得手软，监斩官慌地令人抬来山民伐木的大锯，锯康大鹏的脖腔。四个刽子手扯动那大锯，发出骨殖断裂的涩响，康大鹏惨笑数声，那头方被锯下。他的首级在城门口挂了三天示众，眼睛凶凶地睁着，十分骇人，似乎仍在恨天恨地。后来曾祖父托人买下那首级，缝在腔子上，埋在了望龙山后边的乱葬岗里。由此可见，曾祖父还算仁义。

康大鹏死后，曾祖父亲自上望龙山，把康大鹏的妻舅等几个人宰杀了，主持让刘海儿坐了第一把交椅。刘海儿头脑灵活，且爱结交江湖朋友，连年招降纳叛，望龙山的声势越来越壮，成了野民岭最盛的一股土匪。关于康大鹏和刘海儿的故事，我在后边的人物补遗里还要提到，这里先伏下一笔。

曾祖父和二曾祖同刘海儿关门密谈了半夜，商定了攻打古鸿光的事情。刘海儿担心曹家集等几个同古家庄一向修好的村寨会插手这件事。曾祖父想了想，当即给曹家集几个村寨写了信，讲明他要攻打古鸿光，给亲家韩宗吾报仇，希望这些村寨不要插手。然后派了几个人把信分头给这个几个村寨送去。天光大亮时，那些送信的先后都回来了，说这几个村寨都很气愤古鸿光血屠韩家寨。如果李家寨攻打古鸿光，他们决不插手。刘海儿听罢，放了心，便回望龙山了。

第二天夜里，曾祖父在李家寨祠堂前摆下几十桌酒肉。

李家祠堂是李家寨村前的一座大庙，大庙盖得很气势。庙里供奉的是太上老君，也称作老君庙。太上老君姓李，于是，李氏家族的人便把太上老君当作了祖先，这庙便当作了李家祠堂。这座庙方圆百里有名，常常有人来进香。传说这座古庙是北魏时的建筑，很是有些来历的。也有人说，此庙是唐代李元成的后人所盖，是为了纪念被李世民杀害的李元成。所以，村里也有人讲，李家寨的人都是李元成的后代。

老君庙的门前有一块石碑。1960 年我到李家寨看到过，上边刻着“热爱祖国，热爱劳动，热爱人民公社”等口号。听大人们讲，这都是“大跃进”那年重新刻写的。新中国成立前上边刻着的是李家寨的村约。村约要求村民们克己复礼，非礼勿视，非礼勿动什么的。听村里的老人们讲，碑文上规定得十分严厉，凡是李氏家族的人违犯村约的，都要自缚在碑前，不进水米，暴晒三日。重犯者，还要在碑前给以杖责，以警百姓。如此说，这座石碑又是李家寨人自设公堂的地方了。让我感到好笑的是，碑文所规定的那些村约，实在是官样文章。李家寨人怎么会是非礼勿听、非礼勿动！我的曾祖父与山匪们勾打连环，以致后来我爷爷上山为匪，这都与这李家祠堂的碑文开了一个天大的玩笑。由此说，我们对一些乡间民俗文化实在信不得真。*

那天夜里，刘海儿带着二百多名土匪，悄然进了李家寨，曾祖父也集合了李家寨壮丁三百余人，两下里涌到李氏祠堂前猛吃海喝了一席，然后，按照曾祖父的部署，以花会为掩护，奔袭韩家寨。

花会即散花会。这是野民岭正月里的文化生活之一，至今一

* 看到此处，读者也会感慨良多。

些村寨仍保留着这种古老的节目：即一些人反穿羊皮袄，手举灯花（薄纸搓成灯花，浸油点燃）沿山狂跑，引逗青少年满山狂追乱喊，全村寨人尽情欢乐。还有一种晃花，把碎木炭和铁渣掺匀包在一起，置于铁丝罩内，系丈余长的绳子，先点燃木炭，然后使人握住绳子两端用力摇晃，十几分钟后，炭火熔化了铁渣，即爆出火花，越晃火花越多。

这天夜里，曾祖父和刘海儿带着五百多人，一手举灯花，一手操刀枪棍棒，扑向韩家寨。

此时，古鸿光、古鸿明正在热火朝天地带着人在韩家寨后沟挖金，他们已经挖了两天两夜，什么也没挖到。正在焦躁，被杀来的李家寨人打了个措手不及，混战了半夜，双方各有死伤，古家庄的人渐渐抵挡不住。古鸿光眼见李家寨攻势愈猛，便发声喊，带人败回古家庄。

刘海儿劝曾祖父一鼓作气，血洗古家庄，不留后患。

这时，天已大亮。曾祖父看看刘海儿，皱眉说："古家庄易守难攻，还要从长计议才好。"

"那槐花的仇你不报了？"大祖奶怒冲冲地问曾祖父。

"报，当然要报，只是……"曾祖父望着那条已经被挖得一片狼藉的后沟，似乎想着什么。

"远达兄，纵虎容易擒虎难呵！"刘海儿焦虑地说。

"是你们当家还是我当家？"曾祖父恼了，拂袖而去。

那块狗头金的传闻，已经强烈地燃烧起我曾祖父发财的欲望，他已经没有心思再和古鸿光打仗，槐花的仇也只能暂且放下。当天，他就让刘海儿和二曾祖带人在整个韩家寨掘地三尺找狗头金。他拎着一条鞭子在韩家寨跑前跑后，不容人们稍有怠工。

几天过去，韩家寨已被掘得千疮百孔。

韩文长已经冷了心，来向曾祖父告辞，说要到江湖上闯闯。

曾祖父脸一红："贤侄，你可等我喘息几日，再找古家庄清算。"

韩文长凄然一笑："不敢再劳烦贵寨，家父家母的血仇我刻不敢忘，只要叔父记得槐花嫂嫂的大仇未报就是了。"

刘海儿在一旁劝道："血仇未报，韩公子不好行色匆匆。"

韩文长泪就落下来，他长叹一声："求人莫若求己。"

曾祖父不再挽留，让人取了些盘缠，韩文长摇头一笑，竟是分文未取。他只身走出韩家寨，又回头扑通跪下，重重磕了三个头，狠命地哭了一阵，便起身下岭走了。

大祖奶奶送韩文长下岭，一直送到岭下。大祖奶奶颤声问一句："文长，啥时能回来？"

韩文长凄然道："我已经家破人亡，一只断线的风筝，飘荡哪里，我也说不准。"

大祖奶奶长叹一声，不再问。

送到山口，韩文长不让大祖奶奶再送。韩文长给大祖奶奶磕了个头，便走出山口。山口有风，韩文长衣袂飘飘。

大祖奶奶在后边猛地喊了一句："文长贤侄，日后得了势，记得回来报仇。"*

山口卷过一阵大风，雾腾腾淹没了韩文长。韩文长真像一只断了线的风筝，被刮走了。

大祖奶奶站在山口，直到望不见了韩文长，身子仍是一动不动。如火的夕阳泼洒下来，大祖奶奶变成一个鲜红的血人儿。

这传说颇有些根据，旧时野民岭女子衣着喜红，头发前边蓬起，后边用红绸或线绳扎成长髻，形似弯弓。扁簪长八寸许，长簪铜制或银制，附有蛇蝎、蜘蛛、蜈蚣、蟾蜍、壁虎等图形，着以红漆，俗称"五毒花"。耳环每对重约八钱，也均着红色。冬季上衣无领，下身多穿红套裤，扎花裤腿，穿船形尖套鞋，富户人家多为缎面，贫苦人家多为土布，也染成红色。男子也多穿大

*喊声或如滚滚雷霆？

襟短衣，内穿红腰，扎红腰带。考其来历，皆明代遗风相沿所致。新中国成立后，首先从县、乡干部等“公家人”多穿制服起，野民岭青少年多有效仿，逐渐成风。于今野民岭服饰大为改观，男女老幼多为现代服装，妇女烫发习以为常，西服革履满山皆是。*

* 当年的服饰文化久远了呀！

送走韩文长，大祖奶奶便回郑家庄住娘家。曾祖父派人去请，大祖奶奶不肯回来，只是捎话给曾祖父：“我两个妹子都走在了前头，我也多病，无力侍奉，他再续一房就是。”说完，满脸是泪，开始哭槐花。

曾祖父得了回话，怏然不乐，不说话，只是叹气。

传说，大祖奶奶再没见我曾祖父，直到曾祖父死后，她才回来为我曾祖父发丧。

韩文长当然不是断线的风筝，六年之后他还是回来了。那时，大清亡，民国立，韩文长当了护国军的一名营长，带了一百多士兵回到野民岭，杀奔古家庄。正是春暖花开的季节，那天古鸿光全家被古鸿明请到灶台山饮酒，家中只留下管家张华和一些家仆佣人。于是，古家五十余口家仆佣人被韩文长杀尽。韩文长亲手割了管家张华的人头，回韩家寨祭了，然后去攻灶台山。灶台山几天几夜枪声大作，热锅炒豆子一般。古家兄弟满山躲避，没有被捉住，灶台山的土匪被韩文长的队伍消灭过半。捉不到古家兄弟，韩文长便悻悻地走了。但是他放下了一句让古家兄弟心惊胆战的话：两年后回来找古家兄弟讨命。

我的姥爷古鸿光心惊胆战在灶台山上躲了两年，竟没见韩文长回来。

古鸿明招兵买马，准备和韩文长死拼。

韩文长竟没再回来，野民岭传说他在南京做了官，后来死在南京。这一只断线的风筝，终于遗魂他乡了。

1980 年，我在云南采写蔡锷民国五年云南起义的一些史料，无意间发现一份资料，得知韩文长曾随蔡锷参加讨袁斗争，1916

年攻占博罗时牺牲。上边记载：韩文长，字君如，A 省野民岭人。时年廿另八岁。

韩文长的后裔现在何处，已经不得而知。*

根据我采访得来的材料推测，正当曾祖父带人在韩家寨采掘得热火朝天的时候，我的姥爷古鸿光眼红至极，第二天便跑到林山县衙密告了，并献上了那块狗头金。

这块罕物，惊得林山县知县梁裕明亲自解往省城，献呈巡抚石羽。石羽大喜过望，星夜派人解往北京，而后又派出精壮兵丁一千人，随梁裕明回林山县韩家寨掘宝。

这块狗头金送到北京后，便不知下落。我曾到北京故宫博物院及中国历史博物馆查询，1908—1911 年清宫造册登记全国各地贡奉献宝的清单，均无此物在记。至今野民岭留有两种传说。

第一种传说：此物在京城被李莲英截获入了私囊。李莲英死后，此物被他的干儿子卖到首饰商店，熔化了。

第二种传说：此物在解往京城的途中，被强人劫走，后流落民间，再后来被日本人所得，几易其主，最后被英国人买走，现在英国博物馆收藏。我没到英国去过，便不能印证这种传说的真伪。**

梁裕明回到林山县，鞍马不歇，带人直奔韩家寨，驱散了李家寨的人，梁裕明现场指挥采掘狗头金。

此时，曾祖父已让人昼夜不停苦苦采掘了几日，没有掘到任何结果，早已经泄了气，就带人回了李家寨。

梁裕明指挥官兵挖掘了几日，韩家寨周围挖个底儿掉，鬼影也没挖出来。梁裕明无奈，带人回县衙，并差人告知我曾祖父一同去县衙商议掘金事宜。

曾祖父不得不往。

二曾祖要随曾祖父去，曾祖父笑道："我此一去，怕是凶多吉

* 此处交代韩文长后来，作者笔下精细。

** 两种传说，皆为传说。小说家言，虽引人入胜，然无实据。

少，你又何必搭上。我走之后，家中之事还要你来支撑。”说罢，朝刘海儿拱手道：“还要拜托海儿兄弟帮我看护村寨。”

刘海儿拱手道：“远达兄放心便是。”

那天早上，李家寨父老拥到山下，送曾祖父上路。曾祖父揖别众人，带着几个家丁上马，随梁裕明奔林山县城去了。

野民岭距离林山县城约 40 里山路。

曾祖父还未走出野民岭，路旁山坡草丛中闪出一人，拦住曾祖父的马头。

此人便是我傻爷。

曾祖父问道：“你不回家，在这里做甚？”

傻爷不说话，痴呆呆拦着曾祖父，一双瞎眼哀哀地垂泪。

曾祖父叹了口气：“回家吧。”他拨马绕过傻爷便走。

傻爷再追上来，索性扯住马头，不让曾祖父走，这时泪已经流了满面。

曾祖父恼了，抡起马鞭子，抽打傻爷。

傻爷手上脸上就暴起了血痕，放声长嚎，还是不松手。

曾祖父软了手，叹了一口气，喊家丁拖开傻爷，催马便走。

傻爷突然在后边哈哈大笑，那笑声吓人，震得曾祖父心慌。他停住马，回头看，傻爷跳入草丛没了踪影，只见大片的阳光在草尖上惊慌地跳动。

曾祖父一路怏怏不乐。

到了县衙，梁裕明升堂。两班衙役整齐站立。曾祖父走上大堂，不见梁裕明让座，便在堂前站定。

梁裕明冷笑一声：“李远达，你可知罪？”

曾祖父道：“是大老爷要小民前来议事，小民何罪之有？”

梁裕明怒道：“狗头金乃大清国宝，你私自开掘，坏了大清龙气。今传你到此，即要你如数交出所掘的狗头金。”

曾祖父上前一步跪倒：“小民掘倒是掘过，但不曾掘出过狗头金。”

梁裕明一拍桌案：“古鸿光已将你告下，你还敢抵赖？”

曾祖父怒道：“那古鸿光杀人越货，韩家寨数百余口无辜，皆遭涂炭，大老爷不查不询，何故？”

梁裕明冷笑：“野民岭民匪械斗，死伤自取。你休要巧言令色，顾左右而言他，今日只要你交上掘出的狗头金。否则，你休想回去了。”

曾祖父道：“小民实实交不出。”

梁裕明怒道：“果然刁民，来呀！”他一挥手，几个精壮的衙役从后边抬出一双烧红的铁靴，放在堂上。那热力逼得左右衙役后退闪身。

梁裕明一碗茶泼过去，那铁靴登时暴出一团水气，滋滋乱叫，唬得人心颤。

梁裕明阴笑道：“你若穿上这铁靴，走出大堂，本县即可放你回去。”

曾祖父怒目而视，脸色渐渐涨红了。

梁裕明鼻子里哼了一声：“本县劝你知难而退。”

曾祖父站起身，突然哈哈大笑起来：“山民野夫，生就一双臭脚，愿意一试。”说罢，甩去鞋子，赤脚走近那双暗红的铁靴。

满堂惊了脸，而且都捏紧了心。

曾祖父发一声喊，纵身一跃，就踏进了那双铁靴。刹那间，他金刚怒目，试图迈动，但那铁靴似生了根。他汗如雨下，撕心裂肺地暴叫一声，就似一根被斩断的木桩，硬硬地仆倒在堂上。

一股皮肉的焦臭味立时弥漫了大堂。

梁裕明气急败坏，喊一声：“退堂！”然后就起身大步走了。

在堂外等候的家丁们冲进来，抬起昏死过去的曾祖父，那双脚，只剩下了白生生的骨头，皮肉全脱化在靴子里了。

家丁们抬着曾祖父往野民岭狂奔。

曾祖父还是死在了半道。

传说，那血从担架上滴淌了几十里山路。太阳一照，呈黑紫色，暗得让人眼晕。*

* 写来惊心，读来动魄。

1908年2月11日，李家寨为我曾祖父发丧。曹家集的曹为仁以及西岭南岭的一些大户都来人吊丧。

按照野民岭的丧俗，我猜想曾祖父被置坐于椅上，放在炕上，身着黑布寿衣，依旧很威风的样子。左右跪着我大祖奶和二曾祖，炕上跪着我的爷爷们和奶奶们，哭声一片。

至今，野民岭的丧祭活动仍保留着这种古时沿袭下来的特点，人死后，置椅于炕上，左右由妻子和兄弟跪扶椅腿，炕下跪着儿孙。一般是一天一夜，水米不沾，不许大小便。此谓“跪送”。完毕，每人叩头至地四个。取人三鬼四之说。而后，由妻子儿女烧纸恸哭，沿街报丧，兄弟姐妹则在家接待吊丧的亲朋邻里。出殡时，妇女多以手抓破脸，血泪俱下，以表哀痛之切。也有不肯自毁容貌者，便以红颜料或鸡血代之，也不被责问。殡期为大吊，亲友送祭供于村外，家中放鞭，沿途放炮，彼此呼应。棺前棺后伴有纸糊或布缝的驴马牛羊猪狗六畜相拥，并请道士在棺前念经安神。一般三、七、九日发丧，沿途撒放纸钱，与外埠相似。新中国成立后，这种旧俗屡禁渐绝，至“文革”，则倡导新事新办，一般死人，便悄没言声，遣儿女到亲朋好友处报丧，最多三日出殡，较为简单，后实行火化，则更不闹动静，不报邻里，一般夜里抬出，悄悄埋掉，以逃避火葬。村干部睁眼闭眼，因自家也要死人。葬后几日，亲友邻里方去吊丧。“文革”后，尤其是近几年，丧祭活动复旧，且在继承中大有发展，花样翻新。棺前棺后，以纸扎或布缝（多为的确良）汽车冰箱洗衣机录音机并组合家具簇拥，驴马牛羊猪狗六畜队伍扩大，熊猫盼盼唐老鸭之流也挤进来，十分隆重。棺前有吹鼓手开道，有男女梆子演员清唱(大多为县剧团演员“走穴”)凄绝哀婉，催人泪下。旧时唱词已不可考，今人唱词花样翻新，不伦不类，如下一首：

白衣白鞋白孝帽，
子孙满堂哭号啕。
请过灵牌儿孙抱，
叫声亡人听真了。
想你生前千般好，
点点珠泪往下抛。
亲朋好友说厚道，
街坊邻里夸勤劳。
亡人恩情儿孙报，
亡人声名后人标。
亡人上了奈何桥，
阴阳界上路两条。
改革开放这样好，
如何走得这样早？
吃得好来穿得好，
如何撒手就走了？
亡人啊……*

* 写悲情插入了戏谑情节，读来啼笑皆非，作者好笔力。

大凡请不起吹鼓手及清唱演员的，便以录音机放唱带来代替。但唱经道士是必请的，从不放空。

野民岭崇奉道士，起因迷信狐仙。大凡野民岭人，遇有小疾或不幸之事，即烧香祷告狐仙，重者，请道士唱经安神。新中国成立后，破除迷信，崇奉狐仙之风稍有收敛，多以伟人像代之。“文革”后，狐仙之风又烈。据林山县政府1998年扫六害调查，野民岭90%的人信奉狐仙，一些党员干部也在所难免。有的虔诚至极，设龛专事供奉。每年秋后，大多家中进行安神活动，即备香案，请安神道士(大多是邻县游手好闲的农民)唱经，道士身穿道服，手击木鱼，口中念念有词，念一夜，安神即毕。丧祭活动，则念三夜、五夜方可。每夜道士所得10元—100元不等(视其水平及名气付酬)，并安排食宿。

据林山县志记载，这种迷信活动，由来已久。野民岭信奉狐仙而排斥其他宗教道会门，尤对洋教排斥最烈。光绪二十八年，曾有法兰西传教士菲利浦率二十余名武装随从到此传教，终无成效，并与野民岭山民发生殴斗，菲利浦失望而归。

光绪三十四年二月十一日下午，野民岭是一个大风的天气。曾祖父的棺椁被埋进了李家寨后坡的李家坟地里。

就在我曾祖父的棺椁入土的时候，野民岭荒凉的山道上，杀气腾腾地走来了二百余名官兵和捕快。

二曾祖和我祖奶奶及我的爷爷们，为我曾祖父出了殡，刚刚回到村里，便与梁裕明派来的二百余名兵丁捕快发生了冲突。

李氏家族的人及前来奔丧的刘海儿百余山匪，被官兵团团围在李家寨，捕快当场绑了我二曾祖和祖奶奶，要他们交出狗头金，否则便带进县衙用刑。

西斜的太阳胆怯地躲进了望龙山里，凄厉的西北风卷着枯干的野草，贴着山坡滚动，不停地撞击着枯枝、乱岩，发出一阵阵破碎的沙沙声。村寨前的树丛里，不时传出鸟儿凄切的聒噪，使李家寨显得空旷、荒寂。李家寨的人们木木怔怔地站着，他们身上连出殡的孝衣还没有来得及脱去，就像一群没有生命的石头在风中兀立着。

“交不交呵？”为首的官兵首领不耐烦地吼叫着。

“阿——嚏！”一个捕快经不住山风的袭击，打了一个很响的喷嚏。

二曾祖突然仰头大笑，笑声刺耳，夹杂着一种哑哑的颤声，笑得十分凄怆惨烈，笑得人们毛骨悚然。

二曾祖猛然收住笑，转身吼道："诸位同宗，各位英雄，我大哥纯属被昏官所害。今日又来绑人，要鬼没影的狗头金。脚下千条路，留给咱的只有韭菜叶宽，这叫官逼民反，有种的跟我杀了这些混蛋！"说罢，暴喝一声，挣脱了绑绳，扑向了官兵。

刘海儿一干人，都是些杀人越货的好手，早已按捺不住，撞出人群野野地吼起来："反了吧！反了吧！"喊着，直奔官兵扑去。

人群登时大乱。

红了眼睛的李家寨人嗷嗷叫着，疯扑过来，那二百余名官兵捕快立即被吞没了。一场混战，这些官兵捕快都被杀死，尸首丢下山谷。*

二曾祖和我祖奶奶浑身是血，在李家祠堂召集众人商议。

二曾祖一脸杀气："我等已惹下滔天大祸，杀官差是死，宰皇上也是死，不如去杀了县太爷，出口恶气！"

大祖奶奶朝刘海儿等几个匪首拱拱手："李家寨的事，不好牵扯各位外姓朋友，请回避。"

刘海儿冷笑一声："嫂子何出此言，我等干的便是杀人放火的买卖。"

"那好，仰仗各位英雄了。"二曾祖操起一把短刀，刺破中指，血汩汩地滴入酒碗。

这天子夜，李家寨人和刘海儿等几股土匪及西岭十几个村寨应约暴乱的山民近两千余人，涌出野民岭。他们踩得山道乱颤，直奔了林山县城。

城门被撞开，山民们潮水般拥进去，守城的官兵被暴乱的山民吓蒙了，稍稍抵抗了片刻，便作鸟兽散了。刘海儿和我二曾祖大祖奶奶带人冲进县衙，二曾祖从后房里揪出缩成一团的梁裕

* 情节反转，直是逆袭。一向俯首帖耳的李家寨，瞬间变成了官兵们仰望的『存在』？

明，大祖奶奶两眼冒火：“二弟，割下他的狗头，祭你兄长！”

二曾祖环眼爆裂，举起大砍刀，寒光一闪，扬起一道血雾，梁知县的脑袋顿时滚了出去，那血直扑得二曾祖满身满脸。

1987 年 6 月，我在 A 省大学中文系参加了一个清代诗歌研讨会，得知梁裕明是浙江钱塘人(今杭州市人)，别号云永，曾作林山知县。此人还写过不少诗，诗亦不错，部分作品还描写了劳动人民的生活。他的诗今存不多，现摘录一首：

云岭遥遥客不前，
风吹野树带炊烟。
国亦兵破强歌舞，
民为官差失井田。*

* 忧国忧民，有情怀。好诗！

如此说，梁裕明还是个忧国忧民的官，不似我以上写的那样残忍无情。但林山县志记载，他确实参与了追查狗头金一案，并杀戮了野民岭一些百姓，其中也包括害死了我曾祖父，从而逼得野民岭人造反，以致自己身首异处了。

杀了梁裕明，这支两千余暴乱的山民，开始在林山县城烧杀抢掠，以刘海儿为首的几股土匪五百余人，更是如鱼得水，连梁裕明的三房老婆也被抢去分掉了。县里各商贾店铺，被抢劫一空，无一幸免。

我无意在这里替我的祖宗们辩护，这场被历史学家称为农民起义的暴动，本不像某些小说家们所描写的那样杀富济贫，那样好看。我的祖宗们，一方面对封建压迫有着本能的反抗，一方面生性贪婪，他们自私自利的占有欲会贯穿整个暴动的始终。由此我冒失地推测，任何失去了较高革命目标的农民暴动，都会像我的祖宗们一样烧杀抢劫。

这场由我的祖宗发起的野民岭山民暴乱，使林山县城的老百姓蒙受了极大的灾难。1925年出版的《A省简史》载：

光绪三十二年九月，野民岭强人两千余众攻入林山县，知县梁裕明毙命。民匪抢掠府库，焚街市，火光达霄汉，延亘两昼夜。官府财物，荡然一空。商贾店铺，均遭洗劫。林山县衙，悉成灰烬。

林山县衙，据考为明万历年间所建，至清乾隆十年扩建，占地39亩，比一般县衙建筑气派。史考，清道光年间曾一度想在林山建府制，这或许是林山县衙修建排场的原因之一。林山县衙若保存至今，定是国家重点文物，可惜被我胆大妄为的祖宗们烧毁了。野民岭气候冬暖夏凉，是避暑的好去处，近年旅游业开放，每年夏天，游客如云，县城里几乎满街开旅馆，经营此业发财者不在少数。林山县几届领导班子都有过重修林山县衙的想法，借以招徕游客，发展林山县的旅游事业，但都因财力不逮，作罢。听说去年又一次打报告给A省文物局和国家文物局请求拨款整修，但至今未果。*

* 闲笔写林山县历史，用笔极巧。

野民岭山民暴动，被快马报到了北京。朝廷震惊，唯恐蔓延成为气候，于是便责令A省巡抚石羽驱兵来林山县镇压，并封闭野民岭金矿，严禁民间滥采。

1908年农历二月二十八日清晨，天阴蒙蒙的让人心沉，西北风像醉汉一样在山上狂吼，西岭各村寨的狗吠声响成一片，黑胖胖的石羽带着几千名手持洋枪的清兵开进了野民岭，一时枪声大作。

李家寨便有了这一个血浸的日子。

一些在林山县城里抢足了东西的土匪，回到李家寨喝饱了山枣酒，早已各自溜了。

我二曾祖带着李姓族人及刘海儿一千土匪同石羽进行了殊死搏斗。李姓族人三百余口被乱枪打死，与李家寨邻接的胡家岗、石门庄、杨寨三个村子，也殃及伤亡二百余口。我祖奶奶死在村东的一个石阶上，她的后背被打了许多枪洞，那血洇红了石阶。她双手掐住了一个清兵的脖子，那清兵是活活被她掐死的。我的二爷、三爷均被乱枪打死。我奶奶抱着我大伯、二伯跑进了南岭曹家集，被曹家集的曹为仁收留，躲过了这场劫难。后来，曹为仁将我奶奶和大伯、二伯送上了望龙山，这是后话了。

刘海儿那天夜里杀得浑身是伤，带着我爷爷逃出来，跑进了望龙山。

二曾祖背着我五爷，牵着我四爷，从村西的陡壁上滑下去，逃出野民岭。他们沿途乞讨，最后逃到了直隶保定府。

那天，官军的屠杀一直进行到夜幕垂下。风停了，天晴了，惨白的月亮迟疑着从东山上爬出来，野民岭一片死寂。李家寨里堆满了死尸，如屠场，鲜血在清冷的月光下凝结了。弥漫着浓烈血腥味的空气胶在了一起，风已经沉沉地刮不动了，情形真是惨极。

那天夜里，石羽从野民岭各村寨抓来七百余强壮的山民，继续在韩家寨一带挖掘，挖掘了十几日，依然没有找到第二块狗头金。这时来了一场倒春寒，野民岭下了一场没膝的大雪，随后，岭上刀一般尖利的寒风疯狂地横扫下来，几个守夜的官兵被冻死。石羽只好悻悻地撤出野民岭。

官军还没走出野民岭，一个衣衫褴褛的汉子在山上狂喊乱叫，并不停地朝官军们扔石头，砸伤了几个官军。石羽大怒，让手下上山捉那汉子，几十个官军气喘吁吁包抄着冲上山，竟不见了那汉子。官军悻悻下山，那汉子又出现在山顶，狂喊着扔石头，官军又去捉，又寻不见。如此几次，石羽胆怯了，认定是狐仙作怪，再仰头去看，见那汉子在山顶哈哈乱笑，笑得官军们心惊肉跳。石羽就狠命抽打坐骑，狂奔出了野民岭。

那汉子便是我傻爷。

传说石羽回去不久便得了热病，后来便死了。死前说了许多昏话。传说他在野民岭招了邪。

写到这里，读者已经明白，我父亲的家族和我母亲的家族从此有了不共戴天的仇恨。以至于我长大之后，常常顽固地认为我父亲和我母亲的结合是有悖祖宗的事情。

经过这一场荒唐的劫难，李家寨仅剩下百余人口。我从儿时起，便有了一种深深的负罪感，为我贪婪的祖宗给李家寨带来的沉重灾难而愧疚不安。但我奇怪李家寨那些上了年纪的山民一概都是豪气冲天地向我伸大拇指，说我的祖宗们是李家寨顶天立地的好汉，做过杀人放火的大事情，杀过县太爷。

野民岭人崇尚野性的壮烈，不在乎鲜血和生命的消费。

野民岭哦！*

插话：关于野民岭血性的话题

今天重新提及关于野民岭人血性这个话题，真是尴尬了一些。

1997年5月，我由省城去林山县采访，但没有想到，途中竟遇到了抢劫。那天长途汽车行到野民岭时，太阳已经快要落山，车上忽然窜出几个手拿着刀子劫财的汉子，当时整个车里没有一个人敢喊。售票员和汽车司机一声不吭，好像已经司空见惯。乘客们默默地往外掏着钱，汉子们都说着野民岭当地的土话。当劫到我的车座时，我自视在部队学过几路拳脚，就与这几个汉子打斗起来。然而悲哀的是，整个车厢，那么多被劫过的乘客，竟没人过来帮助我，他们好像在看一部打斗片一样。我还听到一声尖尖的口哨，好像是被这个精彩的武打场面吸引了。**

* 可感可叹可畏惧，读来五味杂陈。

** 此种场面，想必读者读来并不陌生。

⊙比天

**切肤之言，感同身受，读来登时无语。

冷漠。让人心碎的冷漠。整个车里四十多人，竟无一个人上前帮我一把。面对横暴邪恶，人们就只会这样退避龟缩嘛？我不好狠心地想他们的心肺本来就已经被自私、怯弱的毒水浸泡得没有一点弹性了。他们也许只剩下以各人自扫门前雪的古训来维系自己良好的感觉了。或者说这就是一种麻木，一种十分清醒的麻木，已经到了泯灭正义与良知的地步。我看到了人类劣根性中那种卑劣。我相信，我们的民族，如果有毁灭的那一天，必定是沿着这种堕落滑下去的。这是一种没有回归的堕落。而这一切，都在当今的一些场合中被事先平静地原谅了，被事先可悲地允许了，被事先麻木地宽容了，接纳了，认可了。接下去，好像就是深深地忘却。

有人说，在痛苦面前，忘却比清醒更重要，木讷比敏感更实用，否则还要医院里的麻醉师干什么！理直气壮得让你哑口无言。**

记得我的头当时似乎被一个啤酒瓶子砸了一下，整个身体就软软地飘起来，似乎是跌进了一个黑黑的世界。等我醒来时，已经被人抬下了车。那个大个子司机很不耐烦地告诉我，这是林山县。

我在林山县住进了医院。当天晚上，报社派记者老刘来探视。老刘把一兜子水果放在床下，就用一种无奈的目光看着我，他重重地叹了口气："你啊，怎么又管起闲事来了。咱们上次在林山县闹的事情还小啊，忘了？这地方，人都是稀泥软蛋，你管闲事，谁管你啊？"

老刘眉头拧紧，像看一个傻瓜似的看着我。我苦苦地一笑。老刘的背后，是铅白色的墙壁，白得让我心悠悠地抽紧了。我突然想到了死亡，如果我醒不过来，那人间的一切我都看不到了。死亡真是一件轻松的事情。

老刘提及的是我和他在林山县遇到的另一件十分倒霉的

事情。

1995年秋天，我和老刘到林山县采访。那天中午，我们从一家饭店吃完饭出来，在门口遇到了一群斗殴的人。人群围得很紧，我们挤进去看，见其中两个人已经被打得奄奄一息了。几个打人的汉子凶凶地站在旁边骂着。一个脸上带疤的汉子，恶恶地在那两个人的胸上踢着，我看到那两个躺倒的人，鼻子嘴巴里淌出了红红的液体，痛苦地呻吟着。血在马路上急促促地流淌，阳光照在上边，晃得人眼晕。那个疤脸汉子仍不罢休，还是猛烈地踢着，像踢两只破麻袋，嘴里还骂着极难听的脏话。我欲过去劝说，被老刘死死扯住，他悄声地说："你呆啊，这不是去找死嘛？"当时，自责就像虫子一样咬着我的心脏。

眼睁睁看着那几个战胜者丢下这两个半死的人，扬长而去了。我和老刘跑上去，在路中央截着车。可是却没能截住一辆。站在那里，我破口大骂这些司机们没有了人性。而两个钟头之后，我才明白，这些司机是多么明智啊。

我们终于截住了一辆车。这是一辆警车。车上跳下来一个胖警察，张嘴就骂道："不想活了！真操蛋！"我忙上去讲了情况，他看了看躺在地上的两个重伤的人，瞪了我们一眼，很不耐烦地说："行了行了，别啰嗦了。快上车吧，往上抬啊！"

我和老刘便往车上抬那两个人。我招呼着围观的人："来啊，搭把手啊。"

没人过来，我的招呼变得十分尴尬。我看到有两个中年男人转身走开了，而且走得很急。

老刘泄气地说："别喊了，快抬吧。"我听出他的语气里有抱怨我的意思。

我们俩将地上那两个死沉沉的人抬上了车。

我们刚刚要闪到一边，那个胖警察过来了，指着我和老刘说：

"你们两个跟着去一趟。"

我一怔，就笑道："我们还有事的。"

胖警察冷笑道："有事也得去。走！"说着，上前就揪住了我的脖领子。

我急了，问那警察："你这是干什么啊？"

胖警察骂道："你们截住了我，也他妈的得去作个见证啊。"

旁边就有人哄笑："去吧去吧。好人做到底吧。"

我后悔了。我猜测刚才这场义举使我们陷入了一场麻烦。我无奈地对老刘说："好人做到底，咱们就跟着去一趟吧。"

我们就上了车。到了医院，把那俩人抬到了急诊室，我和老刘就想出来。那个胖警察喊住我们："你们两个还得跟我去一趟派出所。"

老刘急忙说："我们还有事情的。"

胖警察吼道："别废话，跟我走！"

我们跟着胖警察到了派出所。一个刀条脸的警察大概是个领导，迎出来，问胖警察："怎么回来这么晚啊？"

胖警察骂道："这两个小子非拦住我，让我拉人。西街打坏了两个人，刚刚送到了医院。这两个都是在场的嫌疑，得好好问问了。"

我喊道："你这叫什么话？我们是……"

刀条脸嘿嘿笑了："是什么？鸡巴蛋啊。你们是好心好意救人？鬼才信呢。过来吧，我得好好问问你们了。这些日子街面上乱乱的，就是你们这些外地流窜作案的太多了。把你们的证件都掏出来，快点儿。"

还没容我说话，就过来几个便衣把我们兜里的东西掏尽了，堆放在桌上。刀条脸慢条斯理地一样一样翻看着。我的肺简直都要气炸了，我恨恨地盯着刀条脸说："你看清了没有？"

刀条脸翻着我们的记者证，不相信地看着我们："你们是记者？”

我点点头。

刀条脸打量着照片，又看看我们：“不大像嘛。这年头什么都有假的，报上说假记者多了。你们先留下，等我们查实了你们的身份再说。”

我生气地说：“我们要见你们的领导。”

刀条脸把脸一横：“我就是这里的领导，现在我就接见你们两个。在没弄清你们两个的真实身份之前，你们得待在这里。走吧。”

身后就有两个警察狠狠地把我和老刘推进了一间屋子。我感觉到我的后腰被人用一件金属器件狠狠捅了一下，顿感生疼。然后门就咣地关死了，黑暗立刻淹没了我们。*

我们俩人被整整关了三天，才被放出来。刀条脸不见了，大概是躲起来了。一个胖警察淡淡地向我们道了两句歉。当我问这个警察为什么关我们的时候，胖警察友好地笑笑说：“我们不能冤枉一个好人，也不能放过一个坏人啊。对了，这是你们的东西，你们清点一下，别少了什么。”他指指桌上的一堆东西。

我一下子就火了：“那我们到底算好人还是坏人？”

胖警察眯起眼睛看着我：“你自己说呢？行了，快走吧。”他客客气气地送我们出来，还远远地朝我们摆摆手。

我悲哀极了，难道这就是我的家乡吗？

十天之后，我出院从林山县回到省城，全家人为我在车上的遭遇愤慨。愤慨之后，他们都怪我太傻了，说你把钱给他们不就行了，犯得上吗！幸亏没出大事，真要是……

我无言答对。我难道做得有什么不对吗？难道我就该像一只驯服的小猫小狗一样，乖乖地缴枪不杀才是明智之举吗？

人们都活得没有血性了。只要不把命丢掉，什么都可以拿走的。人们不再谈论英雄，英雄在这个时代的词典里，好像是一个

* 绝非秒怂，却彻底无语。

被删掉了的条目。那些见义勇为的英雄们，以至像刘文学那样生死不顾的少年英雄，也已经被人们忘记了。

人们啊，真是“活明白了”？

野民岭，你的血性去哪里了？*

写到这里，我记起了作为报社的记者，我参加过的一次林山县的盛会。

1996年10月21日，林山县委宣传部、公安局、林山县见义勇为基金会在林山县政府会堂隆重召开了第一次林山县人民群众见义勇为与犯罪分子做斗争先进分子表彰大会。在会上，我见到了12名见义勇为的先进分子。他们中有扶危济困的农民，有公而忘私、奋不顾身的工人，有正气凛然、奋斗邪恶的干部、教师，也有急公好义、无私奉献的白发老人、青年学子。我看到了林山县钢厂女工程师乔雪，我不敢相信这位戴一副眼镜，文质彬彬的弱女子，为抢救一个小孩子，在街头与歹徒赤手空拳地搏斗。她被歹徒砍了二十多刀，事后，为抢救她的生命，林山县医院的医生们做了21个小时的手术。然而，我的思绪却一下子无视会堂里那些欢迎英雄的鲜花和掌声，在这些英雄的后面，我看到了那么多本不该有的羞耻和悲哀。当乔雪在街头与那个坏人搏斗的时候，却有那么多年轻力壮的男人围观，哪怕只有一个人上前相助一下，乔雪何至于被砍成重伤？其实至少也会抚慰一下我们心中的伤痛。我又想到不久前在林山县街头，竟有数百人围观歹徒撕脱孕妇衣裤的怪事，也无一人上前相救。哪怕有一个人站出来伸手支援一下，也多多少少能缓解一下我们事后的绝望啊。然而一个人也没有，正义落荒而逃了。我还想到，33岁的林山县纺纱厂工人章环宇，为了抢救一个落水司机及其车主而遇难，家里只留下贫病的妻子和两个年幼的孩子，生活十分艰难。当有人找到司机时，那司机竟讲出读者决然想不出的话：“谁让他章环宇救人来着？他的死跟我有什么关系？”在这丧尽天良的话背后，该是一种什么样的心态呢？（这类事情太多了，我不能再写下去了，我感觉我的心在淌血。我也不愿意读者因我这些文字而对林山县失望。）

我现在已经记不得我当时是怎样泪眼蒙蒙地从林山县政府的会堂里走出来的了，我被这些英雄们震撼着，而我又深深地悲哀着。那天夜里，我失眠了。我在林山县刚刚修建的宽宽的大街上孤孤地行走着，我想得很多，我的心绪渐渐大乱。我仰头看天，天空中，一轮好像极度缺血的月亮升起来了，一层麻木的云在空中毫无目的地移动着。

林山县政府会堂的英雄表彰大会，使得人们泪飞如雨。无疑，当代林山县人的心灵中还有一些美好的东西尚未泯灭。但是，难道我们真的已经退却到只能在报告会会场里体会崇高？难道我们只不过像享受冰激凌一样享受一次感动？就如同我们步入了肃穆的教堂，体会了一次神圣，然后就很快又融入喧嚣的尘世？那红尘万丈的喧嚣中，人们融入得无影无踪。

然而我深深明白，在这个金钱滚滚的年代，能够真正体验一次悲壮，能够产生一次感动，能够认同一次英雄，已经不是一件易事。*

夜更深了，大街上，已经空空荡荡。路灯眨着夜的眼睛。我心中大颤，已经是泪飞如雨。

我还是忍不住要告诉读者一个让人眼热鼻酸的事例。一个生命垂危的人趴在地上，一百多名围观者竟然无人伸出救援之手。这的确是真的，那人在泥血中趴伏了整整一夜，用残喘的生命度量出当代林山县的一些公民道德普遍丧失的真实刻度。

报载：1996 年 6 月 25 日晚，林山县商业局干部邓某在下班回家的路上，被汽车撞成重伤，撞人的司机逃跑了。邓某被撞得

* 读到此处，文字悄然行进，振聋发聩！

人事不知，趴在地上等待救助。而行人、目击者都是神色从容地走过，无人伸出援手。更为让人感觉到齿冷的是，邓某的妻子和儿子回家，路经此地，伤者挣扎着伸手抓住儿子的脚，母子两人竟认为他是酒疯子，一脚踢开了他。

我相信读者和我一样无法想象，自己的亲人在泥血中挣扎时，是什么样的力量能让人们躲开相认的双眼？我们也许更无法想象，是什么样的心态和潜意识，能让一个个原本可能是很善良的人，当自己的同胞在危难中痛苦呻吟时，产生出视而不见的麻木。

“路见不平，拔刀相助”的时代真是离我们远去了？

有人讲得更痛快：“如果再有路见不平拔刀相助的事件，那么，这相助的对象一定是大款。否则，人们没有理由去救他们。”这话听得让人心中滴血。现实回过头来，又一次嘲弄了林山县的历史。

我们仅仅是呼唤社会的良知吗？我们仅仅是呼唤让人人都献出一点爱吗？可能已经远远不是了。到目前为止，据我所知，林山县见义勇为基金会来自全市的捐款已达20万人民币。仅仅野民岭区的基金，已经达到上万的巨额。如果我们退到问题的另一端，我们也许设问：难道，林山县人的见义勇为的精神，只剩下了用奖金来刺激来安抚的唯一之途了吗？那个邓某的妻子，后来希望有良知的目击者揭发肇事者，设奖一万元，她真诚地“呼唤正义”。而正义是这一万元的奖金能买到的吗？难道这也是一种时尚？

我相信，许多人都在思考：我的林山县，我的野民岭，现在处于一种什么样的处世心态？我由此想到我们的国家。

是否可以说，林山县以及野民岭的当今现象，是当代社会生活的一个真实写照呢？我知道这样说会招来非议。

《留侯论》曾经嘲笑那种“匹夫见辱，拔剑而起、挺身而斗”

的血性汉子，歌颂“卒然临之而不惊，无故加之而不怒”的大勇者。如果真是这样，那么当今的林山人是不是已经深得要领了？他们都做到了卒然临之而不惊了？无故加之而不怒了？《留侯论》在宣扬什么？一种没有血性的奴性？如果允许我再偏激一点儿，那么也许正是这种“贫血”的性格，导致了当年的八国联军长驱直入了北京。

博大精深的中国文化啊，如果作为修身养性的律令，尚可。如果作为一种奋进搏击的文化，它的确缺少了一种刚猛霸气的东西。中国的文化不是一直在抨击着血性，赞扬着中庸吗？

我深深感激近代那一批心急如焚的思想家，他们苦思苦想致力于国民性的改造，他们费尽心机地想把中国人训练得刚猛。然而，近一个世纪过去了，岁月匆匆，国人依旧，只是给我们留下了一大批汗牛充栋荡气回肠的读物。

这一切到底从什么时候开始的呢？中国人从什么时候失去了抗争的勇气，多的只是妥协的智慧呢？社会已经开始“沙化”，在丢失了共同的承诺的同时，我们也失去了共同的中国。而这一切却没有一点儿浪漫和幽默可言。人们只是像爱护自己的眼睛一样更加爱护个体的生命，人们不再对共同的中国做出任何承诺。真是透顶的悲哀啊！

也许留在中国人心中的阴影至今还没有散去。我们这种唯恐树叶砸破头的文化心态，应该说首先是被张春桥、姚文元这帮文化告密者搞坏了。当人们战战兢兢从那个年代走出之后，长长嘘出一口闷气之后，明哲保身似乎成了人生第一信条。是谁讲过，当一个社会灾难过去之后，许许多多跪着的人就会连身上的泥泞也顾不及拍打，就勇敢地喊着：“我控诉！”几乎没有几个跪下去说：“我忏悔。”而当一个社会灾难卷地涌来之时，许许多多的人竟又是重新跪下：“我忏悔。”几乎少有几个挺身站起：“我控诉！”我相信，历史绝不会在这里指责哪一个人。历史思考的是一种共性的东西。

当市场经济的大潮卷地而来的时候，人们又似潮水一样在自己制造的金钱神话面前心悦诚服地跪倒了。几千年的中国文化一败涂地了。曾经在几千年中高喊过“君子喻于义，小人喻于利”的中国人，果真就是这样不堪一击、一触即溃吗？

金钱，曾被莎士比亚定义过的这个美好而又丑恶的东西，而今已经被失去了生活真情的中国人奉为生命的终极追求。不错，我们都曾受到过它的奴役。那种捉襟见肘的日子我们当然是再也不想过了。我们饿过肚皮。我们曾经吃过每天五两粮食。摆脱饥饿，是全中国人梦寐以求的事情啊。改革开放，使我们的生活水平逐年提高，我们终于摆脱了饥饿这个紧紧纠缠了我们民族几千年的魔影。（当然，我们不能无视全中国还有少数人过着极度贫穷的日子。）但我们也绝没有想到，金钱，会在一夜之间抢占了我们全部生活的制高点。它大摇大摆地招摇过市，它可以买通一切。它制造着社会上的种种罪恶。当我们的日子里充满了腐败和阴暗的时候，当我们发现在受人欺骗和愚弄中苟活着的时候，当我们在恐惧中、在谎言中、在不满中苟活着的时候，我们是否发现我们的物质生活的提高已经变得毫无意义了。我们是人，我们不是填饱了肚皮就满足的动物。当人性、人道、真实、尊严、激情突然在我们的生活中消失之后，我们在四野茫茫的人世间，我们已经倍感孤独与凄凉。我们发现我们被一种不可抵抗的力量推上了精神生活的绝境。

天苍苍，野茫茫。*

报载的那个邓某之死，或者是一个极端的例子。也许我写到这里时，我颤抖的笔已经太偏激了一些。生活中见义勇为者、救死扶伤者并不乏见。但是我不能不说，正是这个几乎太极端的例子，如电裂长空一样，要惊醒我们一些什么呢？从“不是亲人胜似亲人”这句中国人曾经人人会唱会说的民谚，到现在是亲人也视做路人，我们经历了一个怎样的情感转变呢？邓某的死，会给他的儿子带来什么样的终生的负疚呢？而留给社会的更是些什么样的遗憾呢？这件事，的确应该成为我们九十年代中国公民一个道德感的标尺。

我深深思考着野民岭的血性。血性？*

二　我四爷和五爷的后来

二曾祖带着我的四爷和五爷逃出林山县后，投奔了一个在保定府西大街开皮货店铺的远房本家。这个本家收留了他们。二曾祖在店里站柜台。又过了几年，二曾祖送四爷和五爷投考保定军官学校，四爷考取了，五爷没考上。这一年冬天，二曾祖死了，死得很突然。那天下大雪，店铺关门早，他跟店里的几个伙计去酒馆喝酒，大概喝多了些，出了酒馆跌了一跤，被人扶起来，便没了气。掌柜的给我二曾祖办了丧事，据说二曾祖埋在了保定府西郊。1981 年，我去保定市出差，曾经去寻找过二曾祖的坟。但是，保定西郊早已办起了一家很大的化纤厂，机器声轰轰隆隆，车流人流如水，我那二曾祖的尸骨已无处可寻。

二曾祖死后，五爷便顶替二曾祖在店里站柜台，后来又常常随掌柜的到南方做皮货生意。有一年，他又随掌柜的去了南方，那一次，掌柜的回来了，五爷却没有回来，他留在了南方。

四爷从保定军官学校毕业后，在吴佩孚的军队里干过一段时间，后来参加了冯玉祥的北京政变，再后来又随冯玉祥到了南京，在国民党国防厅做事。抗战开始，他留在了南京，在汪精卫伪政府里任职。1983 年，我到南京查阅了这一时期的敌伪档案，得知四爷在汪精卫的伪政府任国防部高级参议。1945 年，抗战胜利，四爷以汉奸罪被判无期徒刑，关在南京第三监狱。1947 年，四爷因尿毒症死在南京的监狱里。享年 46 岁。

* 此段叙述，毫无尿点，高屋建瓴，杀心夺魄。仅仅是野民岭吗？读者细思极恐，血脉贲张。

四爷只娶过一房，生有一子一女。其子李梦之，毕业于清华大学，新中国成立前夕去了美国。

其女李梦然，也是清华大学毕业生。新中国成立后，在水电部工作。1953 年，因四爷的问题，被以反革命汉奸罪判刑 20 年，1973 年释放，回野民岭落户，被野民岭南岭公社安排在村里的小学校教算术课。1979 年落实政策，梦然姑姑由水电部平反后分配到河北省张家口市一个发电厂，后与一个退休的中学教师结婚，一年后又离婚。1983 年，她患白血病在张家口住院，值逢我去张家口采访，便去看她。那天，厂里去探视她的人很多，她有说有笑，一点儿也不像快死的样子。她留我谈了很久，谈了她这一生的遭遇。我望着她那皱纹纵横的脸，感到一阵悲酸，我握住她枯树枝似的手，突然冒出一句："姑姑，您恨我四爷吗？"

"为啥要恨？"她惊讶地问我。

我叹了口气："是四爷带累了您。"

她笑了笑："父亲对我挺好，非常疼爱我和哥哥。母亲死后，他没有再娶，或许是怕我们感情上接受不了。他为人非常忠厚，讲义气，朋友很多。我不能理解他为什么走上了一条当汉奸的道路。我至今记得，日本人投降那年，他很高兴。也许另有他的苦衷吧。"梦然姑姑说到这里，目光里闪动着一丝淡淡的哀怨。

梦然姑姑又顽强地活了两年多，是 1985 年底去世的。我接到了她厂里打来的电报，但因工作太忙，没能去参加她的追悼会。后来，我在《河北日报》看到了一篇回忆她的文章，文章写了梦然姑姑在最后的日子里，坚持出院为厂里搞了最后一个设计。临终前，她嘱咐把她存折上的两千元钱捐给了厂里的托儿所。文章写得很动感情，读完之后我落了泪。我说不清梦然姑姑在生命最后时刻拼命工作，是为了追补空耗的青春，还是为了别的什么，如果是别的什么，那只能是为了我四爷。

一种代人受过的献身？

梦之叔叔回国了几次。前年他回国在A省投资搞了一个合资企业，省报很是为他的爱国行为吹了一阵子。我最后一次见他，也就是那次他在A省投资之后。我去采访过他，他也来过我住的宾馆里喝过酒。那天他兴致很高，谈笑风生。后来又埋怨梦然姑姑不去美国，否则不会死那么早，也不会受那么大的罪。再后来，他又问我对时局的看法，我还没讲几句，他便大骂共产党。

我很是惊愕，顿时酒醒了一半，怔怔地看着他问："你喝多了？"

他冷笑着："我是酒醉心里明。"

"你恨共产党？"

"当然恨！"他涨红了脸，低声吼道。

"那你为什么还要在A省办合资企业？"我不解地问他。

他笑了笑，笑得有些狰狞："自然是为了赚共产党的钱。"*

* 听来恐怖，细思无语。

我一时无言，突然感到心里一阵酸痛。

他越发放肆，说我四爷死得太冤。又说我四爷太讲义气，是被朋友扯在南京的，是被人陷害的。

我听不下去了，立即站起身："别说了，我四爷当汉奸是翻不了案的！"

他一怔，立时缄住口，看看我，起身告辞了。

从此，他再也没有找过我。过了些日子，他投资兴办的那个企业开工剪彩，A省领导和梦之都讲了话，他讲了些支援国家四化建设是他应尽的赤子之心之类的话。这场面电视台播放了，我看了，不禁摇头苦笑，心绪复杂地把电视关了。

五爷走了一条与四爷完全不同的路。五爷参加了共产党。五爷是在南方还是在北方参加的共产党，现在已经无可考证。

五爷是中国共产党早期的党员。

关于五爷的情况，我了解很少。他离开野民岭那年，尚年幼，野民岭关于他的传说也极少。关于他怎样参加共产党的，年代久远，也很少有人知道。按照我对保定西大街那家皮货商后代的采访推测，五爷大约是在1922年至1925年之间最后一次去南方办生意时，在南方参加了共产党，从而留在了南方。五爷是在“七·一五”反革命事变中被杀的，他当时担任武汉总工会干事。前些年，我走访了中顾委几位老同志，他们是“七·一五”事变的幸存者。一位老同志追忆说，五爷当时是几个干事中最活跃的一个。他个子不高，会武术，事变那天被打死在楼梯上。另一位同志则回忆说，我五爷不是干事，是宣传部副部长，事变中负伤，被捉住，第二天被敌人装入麻袋，投入江中。总之是死了。

我查阅了“七·一五”事变中牺牲的部分共产党员名单，五爷确在其中，但没有说他是被枪杀的还是被投入江中的。看来这实在是一件弄不清楚的事情了。

我常想，如果那年四爷没有考上保定军官学校，而是随五爷一同到南方，那四爷的历史是否重新改写呢？

命运？

* 写法极妙。过场人物，竟然独立成章，足见作者用笔之巧。

本章人物补遗之一：康大鹏的故事

我下面讲一个康大鹏和串子们争斗的故事。*

旧时林山县城内过年，有一“串子”闹年的景观。据说是康熙年间从河南传过来的一种乞讨行为方式。

串子，即是乞丐。林山县称之串子，指以结为帮伙的乞讨谋生者。串子多为贫寒出身，或天灾或人祸，背井离乡，茫茫天地，四野为家。如此南南北北汇集在一起，即成串子。城内人对串子并无对孤单乞讨者那样同情，心底多有畏惧，更多厌恶，却不敢冒犯。

串子不同于匪，匪多是出自荒年，多是月黑杀人，风高放火。串子则大都涌现丰年，多是光天化日，成群结队，沿街串巷，呼啸而过，逐门乞讨。串子面无菜色，却都是一身褴褛，多是一个年长者领首，尾着一男一女两个“唱家”，唱家的后面是两个身背褡裢的壮汉，专伺收拾乞讨所得。再后边就是长长的串子队伍了。常常是一进腊月，串子就开始走村串乡了。到了某户门前，领首的就亮亮的嗓子喊一句：“给府上拜早年来了。”喊罢，就侧身闪开，两个唱家便大步向前，高高扬起手中的竹板，呱嗒呱嗒打上一阵，就扯起嗓子高声唱起来，如：

（男）大年没到我先到，
（女）我送财神进门来，
（男）财神送到贵府上，
（女）府上明年发大财。
（男）五谷丰登人兴旺，
（女）鸡鸭牛羊都没灾……

唱家唱罢，若主人还不出来，串子队伍就轰喊起来：“拜年喽，拜年喽……”

一般都是不等唱家唱罢，主人就早早迎出来，一脸微笑耐心听串子唱完，喝一声彩，再拱手请串子们到家中坐坐。领首的就一抱拳：“拜年了，不打扰了。”说罢，两个壮汉就大步上前，敞开褡裢的口袋。主人忙回身取来早已经准备好的冻豆腐，粉条，肉之类的东西或几个钱送上，嘴里还要说道：“拿不出手的，拿不出手的。”

领首的串子笑道：“谢了。”然后就转身奔下一户了。

若是主人拿出的东西太少，两个唱家就要再唱上一段，唱词就不那么好听了。如：

（男）我从正东到正西，
（女）今日遇到铁公鸡……*

主人就要再送一些东西才能送走这帮串子。若不送，就会

* 哈哈！数来宝乃民间街头艺术，喜闻乐见，真实可信。

从串子队伍中跑出几条壮汉，脱去衣服，裸露出一身脏兮兮的黑肉，手中举着一块石头，或一柄刀，在头上砸一下，或刺一刀，立时见血，然后就躺在门前乱哭乱嚎，串子们就会拥进门去，乱砸一通，让你家无完具。至此，串子的无赖、讹诈的面目就不需一点儿遮盖了。主人还不能告官，官府有不成文的规矩，不问串子的事情，任其闹翻天百姓只能认下串子这一刀肉钱的。传说，每任县长都要从串子那里得到许多好处。

这一年冬天，林山县来了一个塞外的汉子，名叫康大鹏，康大鹏先是在街头摆摊卖艺，把那刀枪棍棒使得虎虎生风，引得行人驻足观看，康大鹏就乘势卖些刀创药。有人拿回去试过，果然好用。于是，康大鹏的生意就好，就一连摆了几天。这一天，康大鹏刚刚卖出去几包，就见围观者一阵骚动，接着挤进几个壮汉，为首的一个一脸横肉，头发剃得净光，且刮得锃亮。他斜披着一件脏兮兮的破锦袄，一只胳膊和半个胸脯裸露着，手提着一把月牙刀，两眼凶凶地盯着康大鹏，干干地一笑："这位老哥，恭喜发财了。"

人群中就一阵低语："串子要收钱了。"

这一年，林山县奇冷，刚进腊月，已经滴水成冰。康大鹏看着那裸胸的汉子，心头不觉一凛，抱拳道："谢谢了。康某初来乍到，还望多多帮衬。"

壮汉嘿嘿冷笑："看不出你还是个外路人，不知此地的规矩了。"说着，就拿刀在光头上晃着，眼睛却盯着康大鹏的钱袋。那刀磨得雪亮，寒光闪闪。

康大鹏就退了一步，惊住脸。

壮汉骂道："操你娘，你真个不识相啊！"然后哎呀大叫一声，刀就在头顶划了一下，就划了一道寸长的口子，鲜血登时涌下来，直淌了壮汉满脸。*身后的壮汉们就一声喝，涌上前来。有两个快手，扑过来抓康大鹏的钱袋。康大鹏闪过，就抓起一根

* 似读《水浒传》，恍惚中又见街中牛二？

棍子，乱打起来。登时就有几个汉子被放倒。那个执刀的壮汉大怒，舞刀扑过来，康大鹏火往上涌，骂道："如此恶人，真的没有了王法。"瞅个破绽，一棍崩飞了壮汉的刀，再一脚，正踢在壮汉的下体，壮汉叫了一声，脸就白了，捂着下身软在了地上。后边的一个汉子，见不是便宜，就叫喊起来："杀人了，杀人了！"然后一溜烟跑走了。

康大鹏怔在那里，看几个汉子爬起来，跌跌撞撞地跑了，跑到半路，有汉子回过头来，指着康大鹏骂道："算你狠，你莫要走。"骂完，悻悻地跑了。

有人在一旁对康大鹏讲了这是串子。康大鹏听不明白，人们就说："你惹不起的，快走吧，串子们去搬兵了。你若不走，一会儿便走不脱了。"

康大鹏怒道："太平世界，莫非真有明抢明夺的不成了！日他娘。我今日不走，他们敢怎样将康某开销啊？"

众人就笑："你这外乡人果然是个呆汉。片刻就要有你的亏吃了。"

这时就听有人嚷一声："串子们来了！"

康大鹏抬头去看，果然几十个光头壮汉大步赶来了。前边引路的就是刚刚跑掉的那几个。

康大鹏心下紧了，不敢怠慢，操一根棍子站定。

寒风呼呼地扫过来，沿街慌慌地滚着黄沙。

为首的一个胖汉，看看康大鹏，恶恶笑了："你这外乡人，真是不懂我们的规矩了。今日坏了我们兄弟的生意，你要包赔的。"一挥手，就涌上来十几个人，将康大鹏团团围定。观看的人发一声喊，慌得四下散开。

康大鹏并不答话，就把一根棍子舞成了风葫芦。那十几个汉子怪叫着扑上来，当即被康大鹏打倒了。那胖汉骂道："操你娘，看不出哩。"就拔一柄刀抢过来。

康大鹏也骂："老子今日就算是吃定人命官司，也……"

正在这时，就听有人大喊："谁在这里闹事？"

众人散开一条路，就见县里的捕快李五带人来了。

上下打量了康大鹏一眼，冷笑道："你是哪方人，敢到林山县来撒野！锁了。"这时冲上来几个差役，就锁了康大鹏。

康大鹏不敢反抗，直着嗓子嚷道："为何锁我？"

李五冷笑道："到了县衙再对你讲，走！"

串子们就哈哈笑："大老爷要请你吃板子哩。"

康大鹏被带进县衙，李五让人给康大鹏松了绑，就笑道："你这兄弟，本事可算了得，你今日打翻了几个串子啊？"

康大鹏不知就里，一脸呆相看着李五。

后堂一声大笑，方知县踱了出来。李五忙施礼道："县爷，这人就是那个跟串子们闹事的。"

方知县笑道："你这汉子好不晓事，无人敢与串子作对的。你姓甚名甚啊？"

李五看一眼康大鹏："县爷问你话呢，还不如实回答。"

康大鹏就听出这就是本城的县爷，忙跪下磕头道："小的康大鹏，察北人。路过此地，不想给老爷添了麻烦，还望县爷恕过。"

方知县笑道："本某上任一年，已经听得说串子为林山县一害，苦于法不责众。市井叫苦连天，今日听说你与那帮串子争斗，饶是一条好汉，才喊李捕头抓你进衙，免得受了那帮人的伤害。"

康大鹏听罢，忙再磕头谢了。

方知县道："我看你一身好功夫，就留在县里做捕快吧。"

康大鹏就点头答应了。

至此，康大鹏便在林山县做了捕快。几个月后，李五追捕要犯跌伤了脚，便歇了。康大鹏继做了捕头。康大鹏便出死力来做，街面上果然清静了许多。

转眼进了年底，腊月的风一吹，串子们又过街了。这一天，康大鹏便让差人们四城把守。他吩咐，若有串子进城，一律请到县衙门来。

于是，这一天正午时分，县衙门前已经聚了几百名串子，嚷叫声震得一条街都动了。为首的串子骂道：“官府做得什么心思，把我们弟兄弄到这里做甚？”

正在乱吼，就见县衙的大门开了。先是走出几个差人，再后边，康大鹏大步走出来。四下看看，就拱手笑道：“各位辛苦了。”

串子头名叫赵旺，一条粗壮的汉子。赵旺冷笑道：“你这位官爷好不识相。这腊月天，把我等聚到这里做甚？是否要发给我们赏钱啊！”串子们就哄然乱笑起来。

康大鹏笑道：“今年康某要给诸位立下一个规矩。”

串子头惑然：“什么规矩？”

康大鹏一声喝，四个精壮的差役就从衙内搬出一块丈余长的钉板，稳稳地放在了县衙门前。众人抬眼去看，只见无数铁钉放着闪闪寒光，挺挺地朝天刺着。众人心上一紧，胆自先短了几分。

康大鹏朝赵旺抱拳拱手：“本县今年新立了规矩，串子若要在林山县串年，就要先滚过这钉板。若滚过，不吭喊一声，林山县日后任尔等串年。若滚不过去，今后不得你们在林山县搅扰街民。”说罢，就冷眼看这一群串子。

一下子就没了声音。众人怔怔地看着那滚钉板。

风呼呼地刮过，沿街扫荡着。衙前的枯树上，一只寒号鸟在风中哀叫，听得人心上直发紧。康大鹏再问一声：“不知诸位滚是不滚？”

赵旺脸上怒气四溢，冷冷一笑：“就依康捕头。串子们本就是生死在阎王簿上做了勾的，难不倒的。”一招手，身后就冲过来一条大汉。他把身上的棉袄脱去，露出一身脏脏的黑肉。一扬手，那件破袄就扔了，手就在胸前啪啪地拍打着，暴出一声声响来。众人就喝一声彩。

汉子大步走到赵旺身边。

康大鹏喝一声："且慢。各位，这一张钉板必须从头到尾滚过，纵使血流如注，疼痛难挨，却也不许哼叫。"

赵旺笑道："这个自然。"他就闪开。那条汉子就赤了身，只着一条短裤，大步走上前来。众人捏紧了心，就用眼盯住汉子。

一阵寒风卷过来，如小刀一般，沿街的树枝被割得哗哗痛响。

汉子大骂一声，就顺势扑倒在钉板上，向前滚去，径直滚到半路，那汉子已经周身是血。汉子忍不住大叫一声："痛死我了。"就翻下钉板，登时气绝。那血被寒风一吹，登时凝在了钉板上，黑黑的骇人。

康大鹏面色淡然，朝赵旺微微一笑："赵首领，这一个废了。"

赵旺并不在意，喊人拖走死去的汉子，再一招手，又上前来一个大汉。

这一个汉子，怒目向康大鹏看一眼，脱去衣服，就扑在钉板上，向前滚去。滚到半路，也是几声惨叫，死在上边了。

康大鹏冷冷地看着赵旺。赵旺紫了脸，再抬手，又有几个汉子上前。然而皆是滚不到头，或死或伤，就嚎喊着停下来。

串子队伍开始慌乱了。赵旺恶叫一声："且慢，今日既然康捕头做下这个说头，那么赵某只好应这一个景儿了。"

康大鹏笑道："莫非你赵爷也要上一上这钉板不成？"

赵旺恶笑："正是。"就一把撕开上衣，露出一身黑黑的肉来。

串子们高声喝彩。

康大鹏笑道："今日就看看赵爷的本领。"他一挥手，几个差人就哗地闪开。赵旺大步走到钉板前。风恶恶地吹着，空气中有了冷气滑动的声响。众人抬头去看，天阴阴的，似有一场大雪就要落下来了。

赵旺已经脱得赤条条的，只听暴叫一声，就向那钉板跃去。他向前滚了几滚，似格外滞重。人们屏住呼吸，惊惊地看着赵旺。赵旺的一张脸扭曲了，身上的血已经冒出来。再滚，只差一尺远，他忍不住大叫一声，就歪下钉板。串子们一片哀号，猛扑过去，架起一身是血的赵旺。

康大鹏冷笑一声，就吩咐差人抬走钉板。

血人儿似的赵旺突然暴叫一声："且慢。"

康大鹏就淡笑着看赵旺。

赵旺奄奄一息地睁开眼睛："康捕头，你摆下这样一道鬼门关，我等不服。你县衙内若有人能滚过这个钉板，从今往后，我们就依你，绝不再来林山县串年。若不能滚过，我等便不认你这个规矩。"

康大鹏哈哈大笑："我量你们要如此苛求于我。今日康某若不做出个样子，岂不是让你们看短了。"说罢，就把衣服脱了，一甩手扔给身旁的差役，然后走到钉板处。

众人屏住呼吸，呆眼去看康大鹏。

康大鹏大叫一声，一个前扑，跃倒在钉板上，向前滚去。只见他鲜鲜的血顿时冒出来，片刻就滚到了钉板的那一端。众人齐声喝彩，差人们就去搀扶。康大鹏摆摆手，翻过身，从那一端又滚向这一端。这一个来回，直看得串子们眼晕。

康大鹏挥手挡住了来搀他的差人，颤颤地站立起来。

众人一片惊叫，退了几步。只见康大鹏已经成了一个血人，浑身上下再无完肤，数不清的血洞仍在突突地冒着血。

康大鹏硬声笑道："赵首领，你可看得清楚了。"

赵旺被串子们架着，深深拜了一拜："康捕头，果然英雄。我等服了！"说罢，晃了晃，险些跌倒。几个串子忙上前扶定赵旺。赵旺低声对串子们道："我们走。"

串子们撇下了几具血糊糊的尸体，蔫头蔫脑地走了。

康大鹏眼直直地看着串子们走了，猛然哈哈大笑起来。那笑声十分惨烈，惊得串子们不时回过头来。

康大鹏笑罢，身子一软，就轰然倒下了……一阵大风生猛地扬起，凶凶地吹过来，满天阴霾渐渐散了。

康大鹏被捕快们慌慌地抬到了城里的“秋林药堂”，请姜秋林大夫为其疗伤。姜秋林细心地给康大鹏周身涂了刀创药。康大鹏养了两月余，周身的创伤方才见好，从此却留下了一身的疤，看过让人心骇。

康大鹏伤好之后，便来县衙打卯。方知县见过他，问候了一下。康大鹏谢了。

方知县摇头叹道：“串子们大多本是凄苦饥民，你如何竟用滚钉板这样狠毒之计呢？康捕头，想来是你做的不是了。”

康大鹏怔住了。

方知县正色道：“你如此草菅人命，已经犯了大清条律。”他一招手，左右几个差人上前，锁了康大鹏。

康大鹏怒道：“县爷，你这是……”*

方知县摆摆手，康大鹏被押下去了。

后来有人传说，康大鹏设滚钉板，得罪狠了串子们，串子们便使出重金贿赂了县衙上下，方知县接了串子们的金银，自然要治罪康大鹏了。但方知县并没判康大鹏死罪，只把他押入了大牢。

康大鹏被押三个月后，越狱逃出，上了望龙山落草。

但由康大鹏起，林山县再无串子闹年了。串子们说话竟也是作数的。

本章人物补遗之二：刘海儿的故事**

刘海儿做土匪前是林山县很有名气的厨师。

光绪末年间，林山县出过几个有名气的厨师。几个名厨中，

* 康捕头入狱？这也太夸张了吧？

** 哈！又一个独立成章的过场人物。作者果然大胆『离题』？

惟刘海儿能做一道爆炸菊花油鸡，很是红火过一阵。

刘海儿原是河南人，人们已经记不得他是什么时候流落到林山县的。他先是在街上摆地摊卖一些十三香之类的调料，后来就在林山县开了一家饭庄。据说他能同时在12个火眼上，同时炒12道菜，且酸甜麻辣，色味香形，般般皆到上乘。爆炸油鸡一道菜，倾倒了林山县食客们，这一道菜，在刀工火候上极要功夫。工艺如下：先将一只活鸡在沸水中蘸一下，那鸡便尖叫，提出来，便脱去毛，再开膛破肚，取出杂碎，冷水中涮得干净，便装进早已经备好的佐料，再用柳叶快刀将鸡丝丝连连割成菊花状，然后再放到油锅中去炸。炉火腾腾，油锅滚滚，此时那鸡仍在哀叫，而周身已被滚油激成菊花状。再提出放进汤盘中，勾兑上早已准备好的汤芡。这一道菜便做成了。此时，那鸡头仍在微微动作，一双鸡眼哀哀切切，一张嘴丝丝颤叫。心怯些的食客，会看得胆虚，弱了食欲。*

此一道菜，皆靠厨师手上刀工麻利，不容得那鸡咽气，便上了席面。刘海儿这一手绝活，便在林山县叫得响亮了。凡达官贵人豪商富贾喜庆的日子，刘海儿便被请去奉献。

那年秋天，林山县衙出了一个人物，名叫马武。马武原是野民岭铁杆岭的山匪，近年官军进林山县剿匪剿得紧，马武便被县衙招安了，在林山县做了团练。

马团练嗜吃，官椅不曾坐热，便窜到林山城内沿街乱吃。吃过十几天，便吃到了城东的望月馆。

那天，马武进了望月馆，容貌俏丽的老板乐娘便春风一般到门外迎住。她一声软软的招呼，马武便酥了身子，目光直勾勾地盯着乐娘，脚下便粘住了。

乐娘是城东望月馆乐老板的女儿，曾嫁得两个男人，还不曾生下一男半女，两个男人竟都病殁了。算命先生说乐娘命硬，于是，男人们胆寒，无人敢娶。乐娘便不再嫁。乐老板死后，乐娘

*描景状物，如临其境，好一道残忍『美食』。

做了老板。乐娘脾气刁钻，与店内几个厨师不和。几个厨师便先后辞去了。乐娘便在街上另寻来几个厨师，这几个厨师的炊技却是平平，于是，望月馆便被城内的几家饭店挤兑得没了生意。乐娘便恨得心痒。

马武坐下吃酒，几杯酒下肚，竟不知滋味，却是看乐娘直了眼。乐娘本是风月场中人，几句言语，二人便勾在了一处。马武便把乐娘带着进了府衙。一夜风流，二人竟是如鱼似水了。自此，马武常常来望月馆吃酒，大把大把地将钱扔在这里。乐娘便把望月馆开得火爆了。

那天，马武仍来乐娘的望月馆吃酒。马武笑道："心肝，非是马某挑眼，你这菜竟是吃得淡味。"

乐娘笑道："林山城内名厨很多，您何不找几位来此烹饪。"

马武哈哈大笑，就让手下去找城内的名厨，到望月馆来做厨事。

那些厨子便使出看家的本领，先是一个厨子上来，做了十几道大菜。马武吃过，就对乐娘笑道："果然不错。"

乐娘摇头道："甚是没有滋味。马团练果然是吃粗饭的人，不知这厨事的精细哩。"

马武脸便红了，一掀桌案，让人把那候在一旁等着领取赏钱的厨子绑了，让下一个厨子上灶。

一连几个厨子，做出几十道菜，竟都不如乐娘的意愿。

马武就将那十几个厨子都捆了，押在了狱里。一时间，一城的厨子唬得心惊胆战。

马武就对乐娘笑道："偌大个林山县竟没有一个像样的厨子？"

乐娘笑道："这一干厨子，都是些平常手段。林山县还真有一个大有名声的厨子，便是刘海儿，此人能做油炸菊花鸡。"

马武摇头笑："老马做山大王时便已经领教过了，不过是席面上十分热闹，全看厨家的手快，却也是没有什么新奇的味道。”

乐娘笑道：“刘海儿是城内厨事的领袖。他手快如风，远非这些厨子能攀比的。他一手可在12个火眼上烧出12道菜来，让人看得眼花缭乱，这却是马团练不曾见识过的吧。”

马武听得热闹，便笑道：“如此真要见识见识了。”就让差人去饭馆唤刘海儿来。*

刘海儿被差人领到了望月馆。马武见了刘海儿，就笑道：“我想见识见识你刘师傅的绝活。”

刘海儿忙笑道：“马团练是否要小人的油炸菊花鸡啊？”

乐娘一旁笑道：“马团练不点这一道的。”

马武笑道：“我闻听刘师傅手快如风，能在12个火眼上一并做12道菜。明日是我马某生日，就图个吉祥，麻烦刘师傅手上紧巴一点儿，给我做一桌12道属相。”说罢，就回头去看乐娘。

众人听得新鲜，就笑：“乐娘快说。”

此时，刘海儿皱了眉头，淡笑道：“刘海儿手段平平，还望乐老板口上留情了。”

乐娘笑道：“这12道菜有名有道，刘师傅可是记下了？”然后朝伙计伸手要过一张菜单，扔给刘海儿。刘海儿接过一看，只见上边写着：鼠能生巧，牛转乾坤，虎风唤雨，兔故纳新，龙子耳朵，蛇近求远，马木不仁，羊儿防老，猴患无穷，鸡年累月，狗心斗角，猪连璧合。**

刘海儿看罢，一头汗水淋淋，苦苦一笑：“乐老板，直是要取刘海儿的命了。”

乐娘也笑：“刘师傅乃林山县名厨，这12道菜怕也不是难事。”

刘海儿笑道：“乐老板取笑了，只那龙肉、虎肉让刘海儿到哪里去找？”

马武在一旁笑道：“宝贝，这龙肉、虎肉委实寻不到的。”

* 马武听得热闹，读者读之好奇。

** 果然十二生肖菜！奇葩且奇怪。

乐娘笑了："这两道菜我已经想到，就用壁虎、地龙替代便可了。但要做得上口才是。"

刘海儿稍稍松了口气："多谢乐娘开明。"*

马武笑道："刘厨师，若做不成，便不要应下这件难事。"

刘海儿笑道："我若做出，还望马团练放掉那十几个厨师。所谓物伤其类，刘海儿委实有些不安了。"

马武笑道："这事好办，只要你做得出这一桌酒菜，便放了那些人。"

接着，马武又说道："只怕刘师傅也要难一难的了。"

刘海儿硬声道："我刘某若是做不下这12道菜，听凭马团练处置。"

马武恶声道："你若做不出，我就要将刘师傅的心肝挖出来热炒了吃。"

众人一听都胆寒了，呆呆地盯着刘海儿。刘海儿一怔，哈哈笑了："就依马团练。"然后施一礼，出门去了。

乐娘送出门来，笑道："刘师傅，这马团练脾气暴躁，若吃得不高兴，却是要杀人的。这生意你若做得便做，做不得便不要做。我去回个软话便是。"**

刘海儿笑道："这12道菜，马团练点得要紧，躲不开的。"

乐娘笑道："或者刘师傅艺高胆大，若是让我上灶，只怕是手儿颤，心儿慌，真是要晕了灶的。"

刘海儿笑道："我用心做便是，明日还望乐老板为我捧捧场面。"说罢，拱拱手，扬长而去。

乐娘嘿嘿一笑道："这刘海儿真是傲气得很哩。"

第二日正午，红红的日头悬在中天，热浪滚滚，万里长空蓝得刺目，马武一行便来到望月馆。只见他身后捆着一干十几个面色惊慌的厨子。进了店门，马武见刘海儿一身短衣，早已经候在那里了，他笑道："刘师傅，开灶吧，马某早已经饿得心慌气短

* 乐娘高人！赞一个！

** 劝将耶？激将耶？

了。”

刘海儿点头，就将准备下的一盆肉放在了灶上，各种佐味调料置在案上。

乐娘笑道：“我今日为刘师傅打一个下手。”

刘海儿拱手苦笑道：“多谢乐娘了。”说罢，就操勺在手，只一声喊，伙计就将12个灶口掀开，12个灶里火光热烈。几个伙计过来，就将12只炒锅置放在灶上。少顷，只听到炒锅被灶火烧得脆响。刘海儿在十二只锅中置油进去，再将各种肉放进去。放到第11只锅，刘海儿登时愣住，盆中的肉已经尽了，却还差最后一道菜。刘海儿顿时汗如雨下，猛回头，哪里还有乐娘的踪影，几个伙计正朝他嘿嘿地笑。此时刘海儿便知道了其中奥秘。四下看，厨房内干干净净，竟无一点儿备料。

刘海儿牙一咬，提腿起来，手一扯，裤腿开了，小腿就露了出来。他捉住刀，一挥，小腿肚上的肉就被割下一条来。那血似受惊的蛇一般就暴窜出来。

伙计们看得眼直，有人惊叫一声，软在了那里。

刘海儿拎着那块鲜肉，就奔了桌案，挥刀将肉剁了，再疾转身到了灶上，丢进了锅中。只听一阵滋滋乱响，刘海儿一声喝，炒锅一掂，那肉就在锅中窜起，到半空中悠悠地打了个转，翻身落在锅中。众人不禁喝出一声彩出来。刘海儿就在12个灶前大步飞奔，这只锅刚刚落下，那只锅又掂起来。此起彼落，众人看得眼直，好似刘海儿在锅中飞动。此时，炉火正红，刘海儿的一张脸，已经惨白似纸。

乐娘走进来，看得皱了眉，兀自长叹一声：“林山县城刘师傅果然是第一大厨。”

刘海儿发一声喊，勺子在锅上敲响，伙计们就上前端盘。12道菜鱼贯端出，马武哈哈笑道：“好身手。”就让下人赐了赏钱。刘海儿接了赏钱，脸上已经没有一丝血色，张张口，却讲不出一句话。众人低头一看，刘海儿脚下已经红红地淌成了河状。

马武笑道：“刘师傅，刚刚那道猪连璧合，怕不是猪肉吧？”

刘海儿一怔，苦苦一笑：“不知马团练吃出什么滋味了？”

马武哈哈一笑：“你真是个好厨，好厨！”就让人放了那十几个已经被捆得手脚发木的厨子。那些厨子抱头鼠窜去了。

乐娘笑道：“日后刘师傅便在望月馆做厨就是。”刘海儿摇摇头，晃晃地走了。乐娘直直地目送他去了。此时，太阳已经软软地西斜。

乐娘木木地站在店门外。

又过了一年，驻防的官军撤出了林山县。马武摇身一变，抢了县衙财物，又回山做了山大王。再过一年，马武的山大王做得腻了，便又想招安。那天，马武带几个匪首一早下山，进了林山县城，与县衙几个旧相识攀谈招安的事情，说到近午，肚中饥了，便来到乐娘的望月馆，要乐娘去喊刘海儿来做几道菜。

乐娘便来到刘海儿的饭庄，进门就笑道：“刘师傅，生意可好？”

刘海儿笑道：“托乐老板的口福，还好。”

乐娘笑道：“马武下山了，今日马武让你去上灶，你去不去？你若忙不开，我便去回个话给他。”

刘海儿一笑：“我是一个手艺人，只是以技谋食。”

乐娘苦笑一声：“那马武反复无常，今日招安，明天为匪。你何苦要去奉承？莫不如推辞了吧。”

刘海儿长叹一声：“那马武杀人如麻，与县衙的公差们勾打连环，官匪相护，我刘海儿一介厨子，有何能力，敢拂其意志？乐老板稍候，我收拾一下便去。”

乐娘怔了怔，点点头，转身先出了门。她仰头观天，满天乌云，低低地压着。

刘海儿随乐娘去了望月馆。在望月馆门前，刘海儿见几个山匪正凶凶地立定。刘海儿进得门来，见马武正在与几个捕快在店中饮茶。马武笑道：“刘师傅，日久不见了，那12道生肖大菜，我至今念念不忘。今日与几个官府的朋友专门享用你的菊花油鸡。你不妨多做几只。”

刘海儿笑道：“这个容易。”

马武道：“慢，吃过你的菊花油鸡，我和这几位兄弟还要再尝尝你那12道生肖大菜。”

刘海儿忙道：“马爷鉴谅，那12道生肖大菜，刘某已经久不做了，手上已经生疏。勉强做来，不伦不类，怕是要败了您的胃口。”

马武冷笑，就看乐娘。

乐娘笑道：“那12道生肖徒有虚名，马爷就饶过刘师傅吧。”

马武哈哈一笑：“想不到别了这些日子，乐老板竟与刘老板惺惺相惜了。”他站起身，一招手，门外几个相貌凶恶的山匪闯进来。马武笑道：“刘老板，你今日若是做不出，我便要与几个兄弟把乐老板的心掏出来下酒吃了。如何？”

几个山匪便掏出刀子逼住乐娘。

刘海儿皱眉道：“刘某做就是了，还望不要难为乐老板。”

乐娘看着刘海儿，目光中就有了闪亮的东西。

马武哈哈笑道：“你还算识相。先做几只菊花油鸡来下酒，再去做那12道生肖大菜。”

刘海儿点头道：“就依马爷。”

乐娘笑道：“我给刘师傅打一个下手。”说罢，就和伙计在当院支起一只大锅。乐娘又在院中劈开一堆木头，沾了煤油点燃。不一刻，那一锅油便滚沸了。刘海儿将几只活鸡蘸汤煺了毛，做了刀工，连连扬手，那几只鸡划着美丽的弧线一一飞进了锅中。马武和捕快们都呆呆地看，突然乐娘高喊一声：“马爷，现在鸡们正在锅中打架，可来一观。”

马武听得有趣，就离席凑到锅前。

乐娘笑道：“马爷，何不下去看看。”话音一落，猛地捉起案刀。只见寒光一闪，马武的头便被削掉跌进了锅中。*

座上的捕快们醒过来，惊叫着拥上来捉乐娘。

乐娘哈哈一笑，刀光再闪，自家的人头也削落到锅中。**

只听到油锅里哗哗作响，似有撕打之声。刘海儿泪立即淌了下来，他长叹一声：“我刘海儿还不及一个妇人啊。”只见他飞脚踢翻了油锅，那火就燃着了望月馆。刘海儿纵身一跃，持刀杀向捕快们。他手快如风，几个捕快眨眼间被他砍翻跺倒。门外拥进来的几个山匪唬得胆寒，发声喊，闪出一条路。刘海儿便一道烟儿似的走了。

不一会儿，就有人报了官。待县衙派人去乐娘的店里捉人，望月馆已经着起了大火，哪里还寻得见刘海儿！

刘海儿逃进了望龙山，后来做起了山大王。

* 骇人！

** 更是骇人！乐娘威武！

本章人物补遗之三：姜秋林的故事***

姜秋林即是给我三祖奶奶看过病的那个林山县名医。下面这个故事与他有关。

光绪二十九年，林山县聚仙酒楼的老板娘姜玉兰病入膏肓，老板何光年心烦意乱，生意也就乱得没有了章法。这一天，日头还未落山，何光年就吩咐伙计常宝关门打烊。

就在这时，一个黄脸汉子踏进门来，常宝忙过去拦住，赔笑道：“先生再寻别处，小店打烊了。”

汉子诧异：“你们这是怎的做生意？日头还一人高哩。”

常宝拱手赔礼道：“今日真是不做了，还请先生谅解。”

汉子笑笑，并不退出，找一椅子坐下，说道：“我今日走得累了，腿脚十分困乏，就不再劳烦别处，在此饮两碗酒便走。”

常宝不快：“你这人好没道理，怎好强买强卖！”

*** 此人物读来新奇，前文一笔带过，竟也独立成篇。

何光年在楼上听到，就探头说："给这客人上酒，莫要啰唆。"

常宝就从柜上端来两碗酒和一碟菜。

汉子就慢慢呷酒，问常宝："贵店今日为何怠了生意？"

常宝叹道："先生有所不知，只因我家老板娘患了绝症，这些日子何老板心烦得很，生意也就没得心思做了。"

汉子随口问道："怎的绝症？"

常宝道："日渐消瘦，不思饮食，听说是气血两亏。"

汉子笑笑："这算怎的绝症，找大夫看看就是了。"

常宝一叹："怎的不看，我家老板妻舅姜秋林就是本城名医，吃了多少剂药，也无济于事。"

汉子饮了一口酒："方子可否让我看一看？"

常宝惊讶："看不透你也是郎中。"

汉子笑："你信不过我？"

常宝忙施一礼："先生稍坐，容我去通禀一下。"

常宝就慌着上楼去了。

不一刻，常宝就引老板何光年下楼来了。

何光年向汉子深施一礼："请问先生大名。"

汉子一笑："不说也罢。"

何光年双手递过药方，汉子仔细看了，略一沉思，说道："请拿笔墨来。"

常宝忙从柜上取来笔墨，汉子就在方子上涂涂改改，然后交给何光年："照此方抓三剂药，生姜做引子。"

何光年目光狐疑，惶惶问道："先生可否与我内人诊一下脉相？"

汉子微笑："我进店时已听伙计说了，老板娘是不思饮食，日渐消瘦。我又从方子上看过，老板娘是脾胃不和，加之湿热攻心，刚刚的方子配伍不适，我已经调换了药路，自会奏效。"

何光年又怯怯地问："有何忌口之物，还请先生嘱咐。"

汉子摆手道："百无禁忌，三剂药下去，便会痊愈。"

何光年再问："不知先生这一张方子开价多少？"

汉子笑道："就算抵了这两杯酒钱。"说罢，就饮尽了最后一碗酒，起身施一礼，出了店门，扬长而去了。

何光年半信半疑，情急之中，也就只好照方抓药，给姜玉兰吃了。三剂下去，姜玉兰果然胃口大开，几天过去，她面色红润，病容全无了。何光年大喜过望，始信得遇了高人。

何光年的妻舅姜秋林得知，便过来探望，看到妹妹病容一扫而光，便惊诧极了，他仔细看那张被涂改的方子，只见诸如人参之类的强身补药一律去掉了，姜秋林百思不得其解，就问何光年："妹夫，你可曾问起那汉子是哪里人，叫什么名字？"

何光年憾然地搓手："他不曾说起。"

姜秋林叹道："真是可惜了。这位高人，我竟无缘相见。"

又过了一年。那天，一个汉子踏进聚仙楼，伙计常宝迎上来，不觉怔了。汉子笑问："你家老板娘好了吧？"

常宝醒过神来，高兴道："是您来了，您请坐，我去喊老板。"说罢，就欢欢地跑上楼去了。

何光年慌地跑下楼来，深施一礼："内人病已痊愈，谢谢恩医了。"

汉子大笑："不谢不谢。我白白用了你店里的酒菜，也就两下不欠了。"

何光年请汉子上楼去坐，让常宝将好酒好菜端上楼去。

汉子摆手："不必不必，我饶是没的口福，好东西吃不出好滋味来。"

何光年哪里肯依，一面再三恳请汉子上楼，一面又让常宝去请姜秋林。

姜秋林赶来，就与何光年陪汉子喝酒，方得知汉子名叫白玉城。姜秋林问白玉城："白先生何方人氏？"

白玉城笑："人在江湖，四海为家。"

姜秋林听出白玉城不愿回答，就不好再问。

三个人就饮酒，饮到酣畅时，姜秋林拱手道："白先生妙手，去掉姜某庸方上的几味补药，秋林愚昧，还望白先生不吝指点一二。"

白玉城笑道："姜先生方子不错，但补药过矣。凡药三分毒，大毒治病十去其六；常毒十去其七；小毒十去其八；无毒十去其九。久使过之必伤其正。一味用猛，阴阳气血偏盛偏亏，重则亡阴亡阳。当时令妹气血已衰，怎禁得这虎狼之药，无异以油扑火。恕我冒昧，姜先生此方配伍法度失之严谨，用之不当，自然无效了。"

姜秋林听得连连点头，叹道："所谓用药如用兵，运用之妙，存乎一心。"

白玉城笑道："常言道，人参杀人无罪，大黄救命无功。江湖庸医颇多如此。"

姜秋林听得脸都红了。*

白玉城微微笑道："白某口直了。姑妄言之，姑妄听之。"

何光年插话道："此地多发噎食，不知白先生有何良方？"

白玉城点头道："我已听说，方子我有。但此方是否奏效，还要一试。"

姜秋林道："姜某有一言相求，白先生何不在此处开一药店，救死扶伤，造福一方。"

白玉城笑道："我在此地无亲无故，无立锥之地。"

姜秋林起身拱手："如蒙不弃，先生在姜某店里开业即可。"

白玉城拱手谢道："那就多谢了，我浪迹江湖太久，走累了腿脚，也正好歇歇了。"

从此，白玉城在林山县住下，就在姜秋林的"秋林药店"挂牌应诊：主治噎食。一时患者纷纷寻上门来，竟是百医百愈。白

* 一个『红』字，写出了姜秋林满心惭愧。

* 见财起意。

玉城的名声就传响了，方圆百里的患者也来寻医问诊。如此过了两年。“秋林药店”的名声便在江湖上传得远了。

白玉城治噎食用的是一种药丸，一般患者用三粒，重者用五粒吃下便愈。但配制此种药丸十分不易，姜秋林曾目睹白玉城配药：每年春红柳绿之时，白玉城便外出采药，约采回三十几味新鲜药材，清水洗净后，或烘或晒，干透研末。然后，进山捉一只野兔精心饲养，入冬前，雇十余名壮汉在城外郊野挖一丈深二丈见方的土坑，等第一场雪落时，将野兔放入坑内，使一壮汉下去，逐之，直到野兔狂奔扑倒，吐血气绝。白玉城即将死兔当下剖腹，以血滴入研好的药末中，搅拌。再调入蜂蜜，后制成丸。

一年只可配制一次。

岁月如流，转眼白玉城在林山县住了五年，名声越来越大。那天，姜秋林来何光年处闲聊，就说到了白玉城。何光年道：“白先生的药丸果然奇效，你若能讨来药方，定能财源滚滚。”*

姜秋林摆手道：“大丈夫怎能夺人之美，莫要玩笑。”

何光年道：“他长此在林山县，岂不是夺了咱的生意。”

姜秋林皱眉道：“妹夫此话什么意思？”

何光年看姜秋林变了脸，忙笑道：“玩笑玩笑。”

这一年春天，白玉城又外出采药，一去竟走了半年，音讯皆无。姜秋林委实担心。那天夜里，姜秋林被敲门声惊起，开门，灯火被风扑得乱摇，姜秋林吓了一跳，灯光下，白玉城一身血迹闪进来，神色惊慌不定。

姜秋林骇道：“白先生何至如此？”

白玉城随手关了门，喘息了一下，轻声道：“我饿得心慌，先弄些酒菜来。”

白玉城吃了几杯酒，长吁一口气，苦笑道：“我要离开此地了。”

姜秋林惊问何故。

白玉城叹道：“白某到此几年，多蒙照应，今日也就不再相瞒。我乃宫廷御医，后被同仁陷害逃出宫来，与一江湖朋友相识，便入了绿林。后朋友被害，我便金盆洗手，在江湖上游医糊口。终日躲避仇家，无一日不惶惶啊。”说罢，白玉城惨惨一笑。*

姜秋林道：“而今大清退位，白先生也已经金盆洗手，辞了绿林，便以医术济世救人，有何不可呢？”

白玉城摇头苦笑：“我何尝不想，但我入绿林多年，仇家也多。金盆洗手只是一厢情愿。这次外出采药，被仇家遇到了，险些丢了性命。我只好离开林山县，再度亡命了。”

姜秋林湿了眼：“此一别，不知何日再见？”

白玉城长叹一声：“世事苍茫，殊能预料。今日特向姜先生辞行，是有一事相托。”

姜秋林忙说：“请讲。”

白玉城低声道：“治噎食的方子，乃是我祖上传下的一张绝方。江湖凶险，朝不保夕。我无家室，却不敢将此方绝世，辜负了祖宗；也不敢落入重利轻义之人手中，那将鱼肉患者，造孽于世。今日将此方传于姜先生，就了我一桩心事，日后也就死而无憾了。”

姜秋林慌地摆手：“万万不可，姜某难担此任。”

白玉城道：“我在林山县几年，看出姜先生乃忠义之人，非你莫属。”

姜秋林仍是不肯。

白玉城勃然变色：“你若不接此方，只好将方子付之一炬。”说着，掏出方子，凑近了灯火。**

姜秋林慌忙拦住：“姜某接下就是。”***

白玉城笑道：“如此最好。”就把方子递给姜秋林。姜秋林小心叠起，揣在怀中。

这时，街上就有狗吠，凶且急。

* 身世果然不凡。

** 佯作情急，其态可掬。

*** 哈哈！果然急了。

白玉城探窗看看，回身拱一拱手：“就此告辞，姜先生保重。”拔脚出门。

姜秋林追出去，看白玉城没进了暗夜，不禁神伤至极。*

*唉！不知何年再见。

过了些日子，姜秋林就挂出医治噎食的牌子。凡患者来求医问药，姜秋林一律只收工本，并不赚钱。

何光年便和玉兰议论此事。何光年道：“你哥哥忒呆，白先生传他那一张方子，价值万金，那药丸本是起死回生的人间妙药，他却只收几文钱，只够工本。你去对他讲，要他心地活动些，抬高些价钱，莫要图虚名，做无利的买卖。”

姜玉兰就去对姜秋林讲了。

姜秋林听罢就恼了：“白先生传我这张方子，是要我济世救人的，怎能用来鱼肉患者。”

姜玉兰脸一红，不敢再劝。

岁月无痕，一年年过去。这年冬天，林山县来了几个骑马的大兵，直奔西关姜秋林的药店。他们在药店门前下马，为首的是个大个子，大步走进店，见了姜秋林就立正敬礼。原来，张大帅手下一名师长的太太患了噎食，特来林山县求药。姜秋林就取了三粒药丸，交给了大个子。

过了几个月，林山县就来了一支部队，在城内驻下。上次来过的那个大个子就来药店找姜秋林，说长官有请姜大夫。姜秋林就去了。

那长官见了姜秋林，忙让座上茶，说太太的病已然痊愈，姜大夫真是妙手回春。两人闲扯了一阵，长官就要姜秋林把那张方子抄给他。

姜秋林道：“太太永无反复，不必抄写方子了。”

长官笑道：“本人也习好郎中，姜大夫把方子抄给我，也好让我开开眼界。”

姜秋林摇头：“此方乃是朋友所托，万不能传人的。”

长官冷笑一声，就翻了脸，一拍桌案，就冲进几个大兵，横眉立目，亮出手枪，逼住了姜秋林。

长官冷笑："姜大夫，你抄不抄写？"

姜秋林哈哈大笑，端起桌上的茶杯，呷了两口，稳稳放下，起身看一眼那长官，猛然转身向石墙撞去，众人不及提防，眼睁睁看着姜秋林登时毙命。*

那长官就怔了，半晌才叹道："我原想吓吓他，谁知他性情如此刚烈。"

姜秋林不曾娶妻，就无儿无女，尸首由何光年抬去埋了。

何光年接手了药店，就与姜玉兰在药店里翻找，终于在姜秋林的一本药书中找到了那张方子。何光年就垂了泪："秋林好迂，为一张方子丢了性命。"

姜玉兰也伤感："但愿不要让这方子绝世。我哥哥地下才会心安。"

由此，何光年每年开春便依照此方外出采药，回来加工，炮制成药丸。但制成的药丸竟不济事。何光年就怪自己加工不细，第二年就格外小心，但仍是不济事。事情传扬出去，有人就笑何光年找到的是一张假方子，真方子早已被姜秋林毁了。何光年却不泄气，仍旧年复一年采药制药。

又过了十几年，姜玉兰死了。何光年就关了酒楼，专心作药，却仍未做成。

又过了 20 年，何光年已是古稀之年。这一年入冬前，他雇人到城外掘坑，由儿女们搀扶着监看。

过了几日，降下大雪，何光年大喜，就让家人抬他到城外。他立于坑沿，让人放出那只野兔，再唤一壮汉下坑去逐兔。那只野兔绕坑狂奔，两个时辰过去，那野兔尖叫一声，猛地倒地，吐血气绝。有人迅速提那死兔上来，请何光年剖之入药。

何光年却怔怔地看着那只野兔，目光空空茫茫。

* 君子可夺命，不可夺志！

伙计再唤他。

何光年突然仰天大笑起来：“我明白了我明白了。”笑罢，轰然倒下，气绝身亡。

何光年明白什么了？无人知晓。

真是一张绝方。*

* 一张绝方，几条人命？读来黯然神伤。

第二章

本章主要出场人物：

古鸿光：我的姥爷。野民岭古家庄的财主。(1874 年至 1928 年)

古鸿明：古鸿光的二弟。灶台山的匪首。(1876 年至 1916 年)

古鸿洲：古鸿光的三弟。林山县民国第一任县长。(1877 年至 1940 年)

古志川：古鸿光的长子。(1901 年至 1933 年)

古建勋：古鸿光的次子。(1902 年至 1940 年)

古志河：古鸿光的三子。(1904 年至 1931 年)

古志刚：古鸿明的四子。(1906 年—)

古建业：古鸿光的五子。(1914 年至 1992 年)

古玉梅：古鸿光的次女。(1910 年至 1976 年)

古建文：古鸿光的六子。(1915 年至 1968 年)

周一凡：中共林山独立师党代表。(1907 年至 1929 年)

梁有田：中共林山红军独立师师长。(1902 年至 1982 年)

袁子平：古鸿光的管家。(生卒年不详)

韩　丰：林山县县长。(生卒年不详)

王一冲：古鸿光的长婿。(? 至 1933 年)

一　四舅

我在上一章写了我曾祖父家族的覆没。在这一章里我要写我姥爷家族的分裂。写到我姥爷的家族，我想首先写写我的舅舅们。我曾有六个舅舅，活着一个，死掉了五个。但是他们活着的也好，死去的也好，我始终如一地敬佩三舅。

但不幸的是我没有见过三舅。我是在“雄赳赳气昂昂跨过鸭绿江”那年来到人世间的。那时，三舅已经被人砍掉脑壳二十多年了。三舅没能留下照片或画像什么的，他只留下许多壮烈和恐怖交织在一起的传说。

上小学的时候，我的同桌是一个女同学。她爸爸是当地驻军的一个师参谋长。于是她骄傲得像个公主，经常性的吹牛节目就是她爸爸当年骑马打仗，威风凛凛什么的。

记得那时我心里很堵得慌，后来回家问父亲：“三舅要活到现在能当什么官？”

“他呀，唉！”父亲隐隐地一笑，余下便无话。

我后来问过四舅。

四舅不笑，雄壮地说：“他若活到现在，至少是大军区司令。”

我那时还不知道三舅若是活到现在，也许因为某种原因，或者当了右派，或者当了别的什么“分子”。我只相信，三舅至少应该是大军区司令员，而且比那个师参谋长高级多了。我由此便出了口闷气。这就够了，足够了。

现在回忆，我也许很爱那个女同学，印象中她长得很招人爱。否则，我怎么会同她赌气呢？一个心理学家曾告诉我：异性之间的赌气，大都是爱造成的。

此是闲话了。

四舅倒是当过省军区司令员。*

*由三舅引出四舅，笔法自然。

四舅当过红军，当班长、当排长、当连长、当营长、当团长、当旅长、当师长，他是一个台阶一个台阶升上来的。新中国成立后，当了省军区司令员。1962年春天，四舅因“贪污”了50万斤军粮，给林山县老家的乡亲们分了，由此被撤职。据说，他本来是要被提拔到某大军区当副司令员的。这件事真是耽误了他。

四舅被撤职以后，便回到保州市的军区干休所休养。闹红卫兵那年，他作为一只“死老虎”，人家也整不出什么油水来，于是，他坐了几回土飞机，便仍在家里待着。粉碎“四人帮”以后，他曾到省政协当过副主席，干了几天，便离休，继续待着。他身体很好，每天早上到公园遛鸟，打太极拳，很慈祥，很满足，像个告别了舞台的老艺术家，而绝不像个打了一辈子仗的老军人。他至今身上仍存有五块弹皮，每逢下雨阴天便要发作。

我总也不相信，这样一个慈祥的四舅，竟敢贪污粮食，而且是军粮，而且是50万斤。我长大之后才知道，那50万斤军粮后边竟藏着那样一个让人心热胆壮的故事。这件事我将在第五章详细叙述。

林山县时常有人来保州市逛，到保州市大都要来看我母亲，并带些柿子红枣核桃之类的土特产。他们常讲起四舅那50万斤军粮的故事，依然十分激动，说如果不是那50万斤军粮，林山县不知还要饿死多少人。

于是，我又觉得四舅那次贪污得很悲壮。

母亲说，其实那不叫贪污，是调拨。若是贪污，四舅早就被枪毙了。那是个粮食比金子还金贵的年代。

还有人说，那年本来要抓四舅进监狱的，后来林彪知道了，批了个条子，四舅才被撤职了事。

我曾向四舅核实这种传说。四舅哈哈大笑，说：“我和林总也算熟，那人挺能干，会打仗。但总觉得林总这个人太阴，只能敬而远之，没交情。”

"到底是谁替四舅讲情的?"我曾问母亲。

母亲沉吟了一下，才告诉我，那次本来要给四舅判刑的，据说有人把事情捅到了毛主席那里，老人家批了几个字：

苟富贵莫相忘，无可指责；挪用军需，理应查办。

这似乎是一个模棱两可的批示。于是，军委的同志很是认真地研究了一番这个批示，给了四舅撤职的处分。

这种说法是否真实，我不曾向四舅核实。

家乡的人从不到四舅家里去，因为四舅被撤职之后，性格变得挺怪，不欢迎客人去。凡到他家去的，在干休所门口总被警卫挡住，说："首长不会客。"一般到四舅家去的，除了我和母亲，就是他那些在公园遛鸟、打拳、下棋结识的朋友。有一年秋天，我公差到保州市，顺便去了四舅家，记得那天天气很好，我想陪四舅到郊外遛遛。不料在四舅家门口，我被一向和气的警卫拦住了："首长有事，不会客。"

"他连我也不见了?"我有些生气了。

"首长有命令。"警卫抱歉地笑笑。

我赌气在门口等，发现四舅家门前停着一辆红旗轿车。我心里一动，预感着在四舅今后的生活中要发生些什么了。

大约等了一个多小时，一个老军人走出来，四舅很恭敬地送他。那人上了轿车，车便稳稳地开走了。四舅目光怔怔地送出那车走出很远。

"四舅。"我走过去轻声喊他。

"哦。你来了。"他招呼我。

我随他走进客厅，客厅里烟雾弥漫。茶几上，一只大烟灰缸里烟蒂堆成小山状。

"那人是谁?"我问。

四舅说出一个在军内声望很高的名字。

“他来干什么？”我惊问。

“要我出山。”

“您答应了吗？”

“你看我还行吗？”

“怎么不行？”

“廉颇老矣，尚能饭否？”四舅苦苦一笑。沉默了片刻，他又缓缓地摇头说：“我老了。人生最辉煌的岁月已经过去了。”

他的语调十分悲凉，透出一种英雄末路的感慨。

我想劝他，却再也讲不出什么。

窗外秋风飒飒，听得人心头空空落落。

四舅没有孩子。四舅妈没有生养。

四舅妈名叫张秀兰，从前在部队当卫生员。那年，四舅在阵地上负了重伤。四舅妈把他从阵地上背下来，也挂了彩。四舅苏醒过来，问：“是谁把我救下来的？”

“报告师长，是张秀兰。”警卫员报告。

“替我谢谢她的救命之恩。”

张秀兰伤好之后，四舅把她叫到师部，问她家里的情况。张秀兰一一说了。末了，四舅涨红着脸站起来，说：“小张同志，你既然救了我的命，你就嫁给我当老婆吧。”

张秀兰惊慌地站起来，带翻了木凳。她想走，却又不敢，低头站在那里捻弄衣角。

“别紧张。”四舅转过身，背对着她，“愿意就说愿意，不愿意就说不愿意。”

张秀兰没吭气。

四舅又说：“你要同意，等打完仗跟我回老家。我们那里都是山，咱们可以种树。我们那里有一种树叫水青冈，长得可高呢，那花儿开得水绿，很好看。说话呀。”

四舅回过头来，张秀兰不知什么时候早跑掉了。

政委知道了这件事，哈哈大笑：“老古啊，这事交给我办。”

四舅正色道：“这种事可不兴强迫。”

后来，张秀兰就成了我四舅妈。

但四舅妈因为那次负伤，失去了生育能力。

四舅被撤职的第二年，四舅妈在街上横穿马路时被一辆吉普车撞翻，被人送到医院。等四舅赶到医院时，四舅妈已经咽气了。

肇事的司机是个军人，已被警卫抓了起来。四舅疯了似的扑过去，左右开弓抽了那司机几个耳光后，又大骂道：“老子毙了你！”他伸手抓腰里的枪，却抓了个空。四舅泄气地坐下了。他难受地闭上了眼睛，仿佛一下子老了十岁。

司机吓得扑通跪倒。

四舅平静下来，叹了口气，颤颤地扶起司机，无力地挥挥手，要他走。

那司机是驻军某部的。驻军政委是四舅的老部下，当天晚上，他赶到四舅家里，告诉四舅，那司机已交军事法庭。

四舅火了：“同志哥，你混蛋了不成？不就是一般的交通事故吗，上什么军事法庭！而且我老婆也违反了交通规则。放掉！放掉！”

后来，那司机被复员了。离开省城那天，他来看四舅。四舅没见他，让警卫员传话说：“那天，我不该打人，对不起，请原谅。”

那司机抱头痛哭着走了。

四舅妈的照片放得很大，就挂在四舅的卧室，是黑白的，因为那年月还没有彩照。四舅妈长得不漂亮，可以说很丑。我一直偷偷认为她和威武雄壮的四舅不般配。我也始终猜不透，她和四舅的感情究竟有多深，致使四舅没再娶。我曾经听说，四舅妈去世后，一些老战友纷纷给四舅做媒人，介绍了各色人等，其中还有几个漂亮的女大学生，四舅却一概拒绝了。

四舅早年的照片我家里有一张，那照片已经泛黄。四舅腰里挎着盒子枪，身后站着两个卫兵，样子凶极了。四舅说，那年，他当团长，奉命阻击敌援。他这一个团挡住了两个师团的日本兵，那一仗打得极苦，阵地上的石头一概炸得稀碎。战斗结束后，战地记者给他拍了这张相片。

我很为有这样一个四舅骄傲。稍稍遗憾的是，四舅不是我亲舅。他原是一个讨饭的小叫花子，那年野民岭下大雪，他昏倒在我姥爷的大门口，正赶上姥爷出来赏雪，便收留了他，做了义子。那天，姥爷的心情出奇地好。妈妈如是说。*

* 四舅不是亲舅？突兀一句，莫名其妙。作者应该埋下了一个大伏笔。

二　姥爷古鸿光

我有幸没见过姥爷古鸿光。但我听妈妈说过姥爷那极凶的样子。妈妈说，姥爷很威武，高高的个子，粗壮的四肢，一脸大胡子。他总拎着一条鞭子在山坡上逛，看谁不顺眼，扯过来就是两鞭子，无人敢惹，是个恶霸。

我绝不是为了取悦读者，而诋毁我的姥爷。姥爷的确是个恶霸。

姥爷家是野民岭的大户财主。按照自古穷文富武的传统，姥爷八岁便开始练武，姥爷20岁那年，进省城会试，竟考上个武举回来了。于是，野民岭的山前山后都震动了。现在林山县城通往野民岭有一条盘山公路，是“大跃进”那年修成的。路两旁长着一棵接一棵的水青冈，大都五六丈高。过去曾是石阶路，共有三百多阶。传说那年姥爷在县城下马换轿，被县太爷接见了一下，然后就上了轿子，被人前呼后拥，抬了四十多里石阶路，抬回野民岭古家庄的。

我到野民岭古家庄采访时，那些眼花耳聋的老头老太太们仍然津津有味地谈论我姥爷，那神态那语气仿佛在谈论一个历史伟人。

一个牙都掉光了的远房舅爷，豪气逼人地向我挑大指："你姥爷真行！120斤的大刀片，舞成了风轮子。了不得！"

我怯怯地试图用阶级意识启发他们："听说我姥爷很凶，总欺压乡亲们。"

他们不在意地笑了："有本事的人，总是有点儿脾气的。"

我皱眉说："我姥爷可是地主呢。"

他们讪笑："什么地主不地主的，都是早年间的事了。你姥爷当年可是咱们林山县的大名人哩。武举人啊！唉，到你们这一辈就不行了哟。"

我很尴尬。

他们不在乎姥爷是一个横行乡里的大恶霸，只崇拜他是武举人，形象十分伟大的武举人。我到姥爷的"故居"看过，"故居"现已翻盖成村里的小学校。（新中国成立后，由妈妈和四舅出面，将姥爷的房宅划归给村里，村里便在这里盖了小学校。）小学校里有一块很平整的操场，学生们在这里做操。操场周围是三十多棵高达20米的水青冈。听妈妈说，都是当年我姥爷亲手栽下的。据说这是姥爷练武的场地。那天，我在那操场上转，闭上眼睛，似乎看到一个留着长辫的大汉，正在闪展腾挪舞枪弄棍。周围是一群看呆了眼的山民。

姥爷没有娶过小，也就是说我只有一个姥姥。据说是姥爷的先祖留下的祖训。姥爷的前人和后人的确没有娶过小的。姥爷的先祖或许是一个很有些学问的人呢。

姥姥有着很强的生育能力，她在短短的十几年的时间里给姥爷生了五个儿子和三个女儿，最小的女儿就是我母亲。母亲说，姥爷非常喜欢姥姥，姥姥是野民岭周围十几个村有名的美人。能生下这么多孩子，姥姥更是一个能人。

村里的老人们传说，望龙山后的刘家岭还有过一个更漂亮的姑娘，叫梅花。梅花的爹借了我姥爷的印子钱，还不上。姥爷上门逼债，看中了梅花，要娶梅花做二房（这种传说似乎跟上述讲的姥爷的家训有了矛盾）。梅花不依，姥爷便让人抢了梅花抵债，梅花便给我姥姥做了丫鬟。但姥爷还是不死心，总是纠缠，并强奸了梅花，梅花仍然不依。后来，这件事被我姥姥知道，跟我姥爷狠狠吵了一架，姥爷便作罢。那年冬天，二姥爷下山来姥爷家喝酒，看上了梅花，那时，二姥爷的妻子已经病死，他便从哥哥手里要走了梅花。梅花在灶台山做了第二任压寨夫人。梅花上山后，给二姥爷生下了一个儿子。可是，梅花在灶台山做了不到十年的压寨夫人，灶台山被林山县县长韩丰带人攻破了。

村里人还传说，姥爷和二姥爷在此之前已经闹翻了。民国二年，三姥爷古鸿洲做了林山县民国第一任县长，三姥爷曾劝二姥爷从灶台山下来，也叫姥爷去劝二姥爷洗手不要干了。姥爷便去了灶台山劝二姥爷下山，但是二姥爷不听，他打家劫舍惯了，绿林生活快乐得很。姥爷由此与二姥爷反目。民国三年，仅做了一年多县长的古鸿洲便辞职，他去了南方，临行前对姥爷长叹：“二哥日后怕要招来大祸。大哥你莫要牵扯进去才好。”三姥爷去任之后，林山县换了县长范洪。范洪在林山县做了一年县长，调任省城，推荐一个屠夫出身的韩丰当了县长。民国八年，二姥爷劫了县里的银库。内线是城内大户乔迈，不想这事情有口风泄出去，乔迈被县长韩丰捉去了。那年野民岭下大雪，二姥爷古鸿明在灶台山没有提防，被韩丰带人攻破，二姥爷被韩丰捉住，他前妻生下的三个做首领的儿子，两个被打死了。长子古志海逃走了。古志海后来的故事，我将在第三章提到。

梅花也被捉住了。据说在灶台山被攻破之前，二姥爷和梅花便派人把梅花生下的那个孩子送下山来，交给我姥爷收养，这个孩子便是我四舅。由此说，四舅是二姥爷的儿子，四舅并不是讨饭的小叫花子，之所以那样说其实是姥爷为了掩人耳目的一种说辞。

我认为这种说法比较合乎情理。四舅肯定是我二姥爷的孩子，否则四舅怎么会一路讨饭偏偏昏倒在姥爷的大门口，而且姥爷那天偏偏出来赏雪，而且肯收他做义子。这绝不是妈妈说的所谓姥爷“心情出奇地好”，这实在是一句遮人耳目的谎言。实际情况大概是二姥爷和梅花怕他们这个不满十岁的孩子受到伤害，才送到了姥爷家的。连妈妈也说，四舅长得很像二姥爷。*

我很敬佩那个梅花，她给我留下一个雄壮强大的四舅。但我却不相信她不从我姥爷，倒从了我二姥爷。难道当一个财主的二房与当一个匪首的压寨夫人有什么区别吗？于是村里人就有了另外一种说法，说梅花没福气，如果留在村里，给我姥爷做小，也不至于被杀掉。

二姥爷和梅花被捉住之后，韩丰将他们和乔迈一同砍了头，人们开始认为韩丰不会砍二姥爷，韩丰要看三姥爷古鸿洲的面子的。但韩丰还是砍了二姥爷。由此看来，屠夫出身的韩丰是一个很正派的县长。人们也哀叹三姥爷古鸿洲，如果他在任时把我二姥爷捉来下了大狱，也不至于把二姥爷留下给韩丰砍头。

传说韩丰砍我二姥爷那一天，姥爷还是去送了二姥爷一程，那天林山县挤满了看热闹的人。警察们把二姥爷和梅花，还有二姥爷的同党乔迈及几个匪首从死牢里押出来，装入囚车。十几辆黑灰色的囚车向城西的刑场去了。一路之上，二姥爷和乔迈有说有笑，面无惧色，他们似乎已经把生死置之度外了。

囚车走到城西大桥头时，姥爷从人群里出来，走到监斩的韩丰面前，深深一揖：“韩县长，我与古鸿明是同胞兄弟，今日他要命赴黄泉，请让我给他送行。”

* 前边铺垫包袱，此处解扣。四舅果然不是亲生的。

韩丰笑道："现在已是民国，此等要犯是不可送行的，但我看在前任古鸿洲县长的面子上，今就放个人情给你吧。"然后就挥手让囚车停住。

姥爷就走到二姥爷的囚车前。

人们的目光齐刷刷地盯在他们兄弟俩人的身上。

兄弟相见，竟是没有一句话，只听见野风呆呆地吹。二姥爷背上的亡命牌在风中悠悠颤晃。

姥爷招招手，人群中就有四条壮汉抬出一缸酒来，嘭地打开了盖子，酒香四溢，韩丰也闻到了，点头喊了声："好酒！"

姥爷再一挥手，四条壮汉抬起酒缸，去灌二姥爷。

这场面十分壮观，围观的人齐声喝彩。

那缸酒似泼似倒，二姥爷牛饮般地喝了半缸酒。*

姥爷看罢，点点头，转身大步走了，头也没有回一下。

二姥爷醉眼蒙眬地看着哥哥扬长去了。

姥爷竟没有送二姥爷去刑场。

传说，那天的酒里被姥爷下了麻药。姥爷是怕二姥爷在刑场上抗不住痛，喊出声来，丢了古家的名分。

或者如此？

姥爷是武举，崇尚武功，然而却听从了管家袁子平的劝告，也让孩子们习文。姥爷先后把几个孩子都送到了林山县师范学堂读书。

1921年，姥爷把我大舅古志川和二舅古建勋送到林山县三姥爷古鸿洲兴办的师范学堂里读书。后来又把三舅四舅也送进了学堂。可是，进了师范学堂读书的大舅和二舅后来都背叛了姥爷的初衷。兄弟二人只读了一个学期的师范，便都跑到广州上了黄埔军校。1979年，我曾在一本杂志里读到了一篇回忆录，上面写到了大舅这一时期的片断生活，文章写大舅在广州参加了共产党，

*『牛饮』二字，用得精彩。二姥爷形象跃然纸上。

和叶剑英元帅还共过事。文章的作者名叫张华久，是一个老同志。过了两年我去拜访他，他却已经逝世。遗憾。

妈妈说，姥爷听说大舅、二舅跑到了广州，十分生气，骂学堂管教不严。但是骂归骂，他还是听从了袁子平的劝告，把后来的孩子都送到了学堂读书。应该说，袁子平先生对我母亲这一辈人的读书，起了至关重要的作用。

插话：林山县学堂

1913年底，林山县办起了林山师范学堂。学堂位于林山县西关东街，占地十余亩。

师范学堂是我三姥爷古鸿洲兴办的。1912年，古鸿洲从日本回来，在南京政府任职，仅仅干了半年，因和同僚不睦，就辞职不干，自己请命为林山县第一任民国县长。他到任之后，做的第一件事就是兴办了林山县师范学堂。当时林山县师范学堂在全国是很有些名声的。大清退位，科举取士废除，各省的一些学子因八股取士已经无望，便到林山县学堂读书。第一届学堂招收了各省一百多名学生。其中林山县的学生仅有十名。后来林山县的子民看到的确已经改朝换代了，渐渐地送子弟来学堂读书的就多了起来。林山县师范学堂举办到1937年，后因抗日战争爆发停办。林山县学堂1946年复课，改名为林山县师范学校。1950年林山县师范学校划归保州市管理，林山县师范学校改为保州市林山师范学校。1958年，改为保州市师范学院。这所学校先后为国民党和共产党培养了许多干部，也培养了许多专家学者。这里就不一一列举。单单就我父亲的李氏家族和母亲的古氏家族里，就有很多人是从这里毕业的。

1923年，我那在望龙山当土匪的爷爷，根据老匪首刘海儿的建议，也把我的大伯和三伯送到学堂里学习，后来还曾把我父亲也送到了师范学堂读书。我大伯和三伯毕业之后，却没再回望龙山，而是参加了共产党，这也违背了我爷爷送他们念书的初衷。

我姥爷古鸿光则把他全部的孩子（我大姨古玉环除外）都送到了林山学堂读过书。1927年给林山县师范学堂预备班送来了他最小的孩子——七岁的小女儿古玉雪，也就是我的母亲。后来，我母亲从林山县师范学堂预备班毕业，报考了林山师范学堂。读书期间，抗日战争爆发，我17岁的母亲古玉雪便参加了抗日工作。1950年，我母亲到保州市钢铁公司工作，父亲便认识了我的母亲。于是，李家和古家，那两个有着血仇的家族，便有了一段血泪姻缘。这也绝不是我姥爷和我爷爷能够想到的。这一段姻缘我将在第五章里提到。

古鸿洲兴办林山学堂实在是一件功德无量的事情。我常常想，如果没有林山学堂，我的伯父们和舅们姨们则完全可能是另一条人生道路。他们很可能沿着上辈人给他们安排的道路走下去的，当土匪的还是当土匪，当豪绅的还是当豪绅，还会变化到哪里去呢？但是他们一走进林山师范学堂，便背叛了他们的父辈。*

教育的力量？应该说是教育的力量。

古鸿洲办学堂曾经有两件事引起过林山县的轰动。

第一件是洗澡。这是我三姥爷从国外带回来的生活习惯。入学的孩子们，先要在学堂的浴池里洗澡。孩子们还要学会刷牙。

第二件是建立了一个运动场。开始人们以为学校要孩子们习武，可后来看到古先生让孩子们抱着一个皮球在场上跑着疯抢。

此两件事曾在林山县作为热闹传扬了一阵子。

古鸿洲只当了一年的县长，便辞职了。他到南方参加了蔡锷将军的讨袁护国军。听说是蔡锷将军邀他去的。

此是插话。打住。**

我大姨古玉环没有去考林山师范学堂。因为大姨嫁人早。姥爷把大姨嫁到了林山县城。大姨夫是个开粮行和牲口行的，名

* 知识改变人生？

** 插话中的『插话』，娓娓写来，作者文字从容不迫。

叫王一冲。王家是吹吹打打用花轿把大姨接走的，婚礼办得很排场。

妈妈说，大姨夫王一冲是个很本分的买卖人，积了不少钱。他为人很仁义，结交下不少朋友。大姨的确过了几年好日子。可是好景不长，1933 年大姨夫得暴病死了。大姨带着两个孩子开始守寡，等到大姨把大儿子王振方拉扯大，王振方开始经营买卖时，日本人已经在卢沟桥放枪了。这一年，大姨家的买卖被人砸了。当时定性是土匪干的。新中国成立后才查明，是国民党部队一个姓孙的团长带人砸的。两个伙计被打死，财物被抢劫一空。王振方带着大姨和小弟弟王振山回到大姨夫的家乡，与林山县交界的仓山县的一个村子，开始种田为生，很安静地过了许多年。土改时划了个中农成分。我没见过大姨那两个儿子。听妈妈说，老大王振方常常去口外跑生意，后来就杳无音讯，大概是客死他乡了。老二王振山为人忠厚，种田很有手艺，是新中国成立后死的，留下一男二女，现在和我家没有什么来往。

大姨是日本投降那年死的，当时一口气没上来，只一会儿的工夫，没带累任何人。我想大概是心肌梗死之类的病。妈妈说，大姨死时应该是 55 岁。

我始终认为，大姨是我母亲的兄弟姐妹中最安分守己的。

三　姥爷和曹为仁结仇

听母亲说，那几年挺乱，世界好像没人管似的，她一生下来，好像就知道野民岭总在打仗。母亲三岁的时候，姥爷成立了乡团，那年跟太子崖的山匪张五魁热火朝天地打了起来。

张五魁的父亲原来是个盗墓的，曾盗过一个王爷的墓，得了许多珠宝，变了钱，换了枪，在太子崖拉起了杆子，做绑票劫道的生意。后来，他被官府捉住，割了头，张五魁便继承了父业。

张五魁当年曾经跟随姥爷血洗过韩家寨，他们应该有着很好的交情。可他们为什么又闹翻了呢？是因为张五魁劫了姥爷的毛驴。看来土匪这一行是很不讲交情的。

那年代，林山县的主要交通工具是毛驴，相当于现在的汽车。姥爷有几十头健壮的毛驴。当时不仅在野民岭，就是在林山县也是很显赫的。据说张五魁那一次劫了姥爷35头毛驴，那是姥爷为给省城的一家商行送几百张羊皮和其他一些土产派出去的。那天，姥爷的二管家古旺押着毛驴队往省城的皮毛商行送羊皮，走到太子崖下，被张五魁指挥着一群土匪劫了。古旺跑得快，但被大刀削掉了一只耳朵。自此，姥爷和张五魁结了大仇。后来姥爷得知，张五魁所为是受斜坡村余大头的指使，便又将仇恨转移到斜坡村。

斜坡村在古家庄西北方向15里处，余大头家是斜坡村首富。余大头家和姥爷有世仇。这仇是从姥爷的爷爷和余大头的爷爷那代结上的。古、余两家的老爷爷都是练武的，且在林山县都颇有名气。那一年，朝廷选拔武将，传说是皇上要以国粹的武术对付洋人的枪炮。县府便召集全县所有武林中人到县衙比武，颇有点儿今天选拔赛的味道。那次姥爷的爷爷和余大头的爷爷交上了手。结果，余家的爷爷被姥爷的爷爷打翻在地，丧失了出线权。至此，余家便记下了大仇。如此看来，武林中人的心胸原本都是极狭窄的。而更可怜的是，姥爷的爷爷也只是到了州府，就被更高的高手淘汰下来，根本没有能取上名次。从此，余家和姥爷家开始打仗，一直打了三代。后来姥爷考中了武举，余家慑于姥爷的势力，才收敛，退避。但后来大清退位，姥爷的武举职称也跟着作废，余家也就没了心理障碍，两村的械斗又频频发生了。

斜坡村的西北方向十里处是曹家集。曹家集的族长曹为仁建了乡团，有几十号人和几十条枪。乡团团长是曹为仁的儿子曹太生。曹太生为人心狠手毒，胆子天大，曾到省城赌局大赌，三天三夜，输了一麻袋光洋，便拔刀杀人，把同桌几个赌客全部砍翻，抢了一麻袋金银首饰跑了回来。这家伙后来在国民党部队干了些年，新中国成立那年，竟没跑掉，被政府捉住下了大狱，1963年刑满释放后，他便在曹家集务农，一直活到1967年，还是一个很结实的老汉。“文化大革命”时他被红卫兵押去坐土飞机，一时气愤不过，竟一头撞死在石阶上。后来红卫兵搜查他家地窖，发现地窖里贴着一张蒋委员长的画像。这老汉也够得上“顽固”二字了。*

*确为顽固不化，可称残渣余孽。

那年，姥爷为了对付余大头，制定了一条远交近攻的和亲政策，娶了曹家集曹为仁的小女儿曹秀莲给大舅做老婆，而这一来，也就逼得大舅出走了。

客观地说，当时大舅到广州读黄埔军校的原因只有一个：逃婚。我相信那时的大舅绝不会有为解放全人类奋斗终生的政治信念。

大舅在林山县读师范，放假回来，姥爷即把曹秀莲给他娶过来了。大舅当下就表示不同意，父子两个顶撞起来。于是，大舅当天就逃走了。大舅在师范学堂已受到文明的感染，已经懂得了自由恋爱。大舅不爱曹秀莲，尽管传说秀莲姑娘很美。那时，大舅在林山师范学堂爱上了一个叫宝姑的同学。宝姑后来成了我的大舅妈。

于是，大舅和宝姑一同去广州，进了黄埔军校。令姥爷恼火的是，二舅也跟着大舅去了。

曹秀莲娶过来，只能守活寡。

大舅走后第二年，秀莲却怀孕了。她怀的当然不是大舅的孩子，而是我姥爷的。

秀莲后来生了个儿子，取名叫敬之。

秀莲是民国三十一年患肺痨死的。敬之至今还健康地活着。

他是个厨师，手艺好，从林山县饭店退休，又受聘在林山县政府招待所当厨师，每月挣一千多块钱。我想他日子过得不错。

1984年秋天，我到林山县采访，在招待所吃完饭，有人引我见了敬之。我看到了这个胖胖的敬之，就叫他一声表哥。其实，我知道，我是应该叫他舅的。真是难堪的天伦啊。他那天正在忙厨，朝我点点头，很淡，抄起围裙搓搓手，接过我递给他的一支烟，请我坐下，耐心地听我做了自我介绍，然后，淡淡地问我："吃过了吗？"我说吃过了。他"哦"了一声，便再无话，闷闷地抽烟，两眼望着地，头也不抬。这时，厨房有人喊他，他解脱似的朝我笑笑，便一头扎进厨房，再没出来。*

听说敬之结婚很晚，新中国成立后和南岭于家庄的一个姓于的女子结婚。那时敬之已经三十多岁了。后来生下了一个儿子，取名古解放。古解放挺出息的，"文革"后考上了大学，后来又到英国留学。1988年，敬之来省城送他儿子，顺便到我家来看我母亲，扛来一袋新米。他坐在沙发上，屁股只啃了个边边，佝着像虾似的腰，慢吞吞地吸烟，极少说话。我看到敬之真是老了。我妈妈问他家乡的人或事，他总是以"嗯"或"是"作答。后来妈妈又夸他的儿子有出息，他嘿嘿地一笑，很得意的样子。

根据我采访的历史，如果那次曹家集不背信弃义，敬之是不会来到人世的。

人的出生，有时真是一件偶然的事情。

那年，姥爷派人和曹为仁约定，要血洗斜坡村，干掉余大头和张五魁。曹为仁满口答应，并秘密来到野民岭，还住了两天。亲家两个喝了血酒，击掌约定在八月十五夜里起事。我一直弄不明白，为何约定在那天，也许那天月亮大，好夜战？但如果就在喝血酒那天晚上起事，也许曹为仁就不会生变了。姥爷精明透顶，如何就忘记了夜长梦多呢？

事实上，曹为仁再笨一点儿，也不会同姥爷合作的。他可

*『解脱』二字，写出了敬之的尴尬。

以不懂唇亡齿寒这个词儿，但他一定懂这个理儿。如果姥爷搞掉了余大头，曹家集便无险可守，姥爷若再变脸打曹家集，便可长驱直入。姥爷那上百条枪，收拾曹家集绰绰有余。曹为仁闭着一只眼也应该能算清这笔账。亲家这个字眼在利益面前是不能作数的。

若说姥爷对曹为仁一点儿警觉也没有，也不对，姥爷自以为曹为仁的爱女曹秀莲在古家庄抵押，量他曹为仁不敢生变。听人说，曹为仁对曹秀莲视如掌上明珠一般。

古家庄的老人们曾对我讲，姥爷的大管家袁子平先生就对姥爷讲曹为仁靠不住，他儿子曹太生更靠不住。根据何在？古家庄的人至今仍在传说，袁子平精通麻衣神相，早就把曹家父子看得透彻入骨了。袁子平熟读兵书战策，深通奇门遁甲，能掐会算，还能看不出曹家父子的那点儿浅薄诡计？

但姥爷听不进袁子平先生的劝告。

姥爷不仅极自信，而且极固执。

后来发生的事实被袁子平先生说中，没等到八月十五，曹为仁就突然变卦了。曹为仁亲自到斜坡村与余大头偷偷讲和，约好攻打古家庄，两家共分古家庄的财物。

袁子平先生的确是个有学问的人。

野民岭有的人家至今留有他写的条幅，我一个牙都掉光了的远房舅爷就藏有一幅。那年，我回野民岭采访，经一再请求，这位舅爷才极不情愿且极神秘地从箱子里拿出一个包袱，里三层外三层地打开，里面裹着一幅字，展开一看，那纸已发黄，上边写着“山野苍茫”四个字。那字写得十分狂放潇洒，题有袁子平的名字，盖了印章，很镇人。我还想仔细看看，舅爷嘿嘿一笑，好像怕我抢走了，慌慌地收了起来．重新装进了箱子里。

关于袁子平的传说，野民岭流传许多。袁子平是仓山县人，清末秀才出身，屡试不第，便在林山县衙做了一名师爷。大清退位，便回仓山县老家隐居。他和我姥爷年轻时考秀才时相识。姥爷一向很敬重袁子平，得知袁子平退休的消息，便请他来家里做私塾先生兼管家。袁子平教授过我大舅、二舅、三舅，后来劝说我姥爷把我四舅、五舅、六舅、我二姨和我妈妈都送进了林山县学堂读书。姥爷对袁子平基本上是言听计从的。

曹为仁离开野民岭那天晚上，袁子平刚刚从外边讨账回来，正在吃饭，听说曹为仁走了，马上扔了筷子，吃到嘴里的饭都吐了出来，慌慌地来见我姥爷。袁子平说曹为仁回去定要生变，应把他追回来，扣住做人质，强迫曹家集联合行动。姥爷先是不语，后来袁子平越说越急，二人吵起来了。姥爷骂袁子平挑拨他和亲家的关系。我想姥爷那天一定喝醉了，才骂人的。这是两个人第一次翻脸吵架，因为姥爷一向对袁子平很敬重的。

袁子平挨了骂，顿时不语了，他尴尬了一刻，就淡淡一笑，拱一拱手道："也罢，我在府上打扰多年，受您酒饭之恩，本该尽心图报，但用人不疑，疑人不用，您若猜疑，袁子平这就告辞。"说罢，转身回到他的屋子，开始清理账目，向二管家古旺移交。

袁子平的账目极清楚，嘴里念唱着，一手打着算盘，一手翻着账页。几年的账目一会儿工夫便向古旺移交完了。传说袁子平可以双手打算盘，现在野民岭谁家的孩子算盘打得好，人们往往夸上一句："真行！快赶上袁子平了。"

姥姥听到了袁子平要走的消息，过来苦苦挽留。

袁子平笑道："天下没有不散的席。袁某与东家缘分已尽。"

袁子平是只捆了自己的行李走的。姥爷派人送来一些金银盘缠，他一点儿也没收，他说："我每年都有工钱，额外之财就不取了。"

姥爷没说话，送到村口，看袁子平骑着毛驴出了古家庄，只看得袁子平走了很远，进了山，直到看不见了，姥爷仍未动。

我想，姥爷一定舍不得袁子平走，他一定也极后悔失口骂了袁子平。但姥爷是硬汉，决不肯说软话。

袁子平从我姥爷家辞职回到仓山县，在仓山县城卖了一年的字画，就足不出户，终日在家读书写字，偶尔与人占卦问卜。后来无疾而终。据说活了八十多岁。*

*好一个洒脱人物。

那天夜里，余大头、张五魁同曹为仁兵分两路，摸进了古家庄。

幸亏姥爷的乡团发现得早。否则，古家庄就要吃大亏。偷袭者只打到古家庄里边几步，就被死死挡住了。姥爷的乡团还是有战斗力的，而且人和枪的数量都远远超过了余大头和曹为仁。

姥爷气得发疯，他光着膀子，提着一把大砍刀督阵。他破口大骂：“曹为仁，我操你八辈祖宗！”

战斗相持了两个时辰，古家庄村前堆满了尸体。余大头、张五魁、曹为仁看着再打下去也占不了多大便宜，便抢了些东西和妇女跑了，古旺也被他们抓走了。余大头他们把那些妇女带回去糟蹋完了，便割了耳朵、割了鼻子放回来，以示对古家庄的侮辱。

1984年秋天，我回到古家庄，在街上看到一个没有耳朵、没有鼻子的老太太，我没有问，但猜想定是那场非正义战争的受害者。

古旺没被放回来，他是被张五魁绑在树上，一刀一刀割死的，最后掏出心来，被张五魁下酒吃掉了。

姥爷吃了曹为仁的暗亏，一股闷火撒在曹秀莲身上，强奸了她，然后便要宰她，被姥姥死死挡下，便让秀莲去干喂猪的粗活。再然后，曹秀莲便生了敬之。用野民岭的说法，敬之实在是一个孽种。我理解了他为什么不愿见我。

这一场战事下来，姥爷蔫了好几年。

古家庄由此和曹家集绝交结仇。*

四　北伐军到了林山县

1926年11月25日，林山县大雪飘飘，北伐军冒着满天飞雪打过来了。北伐军攻占了林山县城，这是陈明然团长的队伍。

当了北伐军的大舅和二舅都回来了。

那天，大舅带着二舅回到野民岭。大舅和二舅都穿着军装，二舅还挎着盒子枪，带了几个卫兵。兄弟二人都骑着高头大马，威风凛凛地从林山县回到野民岭，一路上神气极了。沿路的村民都被惊呆了，山民们拥在道边探头观看，有认出二舅的禁不住喊一声："古家的老大和老二回来了！"至今，野民岭都有人传说那时大舅当了司令，二舅当了副司令。其实，大舅那时在陈明然的队伍里当党代表。二舅在陈明然团长手下当营长。

蔫了几年的姥爷一下子兴奋起来了，自恃有大舅、二舅给他撑腰，姥爷吵吵嚷嚷要找余大头、曹为仁报仇。但姥爷只是兴奋了几天，便开始骂街了。因为我大舅回来并不是为姥爷报仇的。

大舅先在林山县成立了农会，然后又回到野民岭组织农会。大舅带头分姥爷的田，并让在林山县师范学堂读书的二姨、三舅、四舅、五舅去各村组织农会。三舅在古家庄农会当了赤卫队长。后来，三舅又到了林山县城，领导全县的农会，当了县农会的主席。

姥爷气得要吐血，整天把自己关在屋里喝酒、骂人，姥姥像耗子见猫一样躲他。后来，姥爷突然失踪了，谁也不知道他跑到哪儿去了。

又过了些日子，林山县的农会开始打土豪分田地。曹为仁被曹家集的农会抓起来砍了。余大头和曹太生带人逃进了马耳山，躲了起来。

* 必是死仇。

又过了些日子，陈明然和大舅带队伍走了，去了省城。但是大舅在省城待的时间不长，便又去了上海。

二舅带着一个营，留守在了林山县城。

大舅去省城的前一天，请二舅、三舅吃了一顿饭。

“二弟、三弟，林山县的革命靠你们了。”大舅看着二舅，三舅，一向稳稳的目光中流露出忧郁，他似乎担心着什么。

“请大哥放心！”二舅不动声色地说。

“大哥多多保重！”三舅硬声说。此时，三舅已是林山县农会赤卫队总队长。林山县党史记载，我三舅古志河此时已经加入了中国共产党。

大舅微微点头，目光却是沉甸甸的。

第二天，大舅似乎很放心地走了。但后来四舅回忆说，那天大舅离开林山县的时候，四舅也跟着二舅、三舅去送别。大舅竟有好几回停住坐骑，回过头来，好像有什么事情放不下似的。四舅看到大舅的目光中有一层雾气。*

大舅走后不久，二舅根据陈明然的命令，扩充了队伍，当了团长。

又过了些日子，野民岭便发生了那件记入历史的惨案。

惨案发生的季节是一个春暖花开的季节。

野民岭的山山沟沟又色彩鲜艳起来。草儿绿绿的，花儿红红的。路边的水青冈，叶子已经又肥又大了。

那天的中午，野民岭一片躁动，山道上来了许多骑马的士兵。人们看到了我姥爷。失踪了几个月的姥爷突然回来了，他骑着高头大马，身后骑马的是二舅，再后面，就是黑压压的军队。姥爷一路走，一路嘿嘿地冷笑，笑得极吓人。他不时挥动鞭子抽打着路旁的野草，野草和野花被他的鞭子抽打得惊慌地乱飞。姥爷似乎发泄着什么。

* 眼中有雾气，心底几重霾？

人们这才恍然，姥爷这些日子一直躲在二舅那里。

那天晚上，野民岭的枪声像炒豆子，整整响了一夜。二舅的军队疯了似的在各村搜杀着农会干部。妈妈说，那天晚上她钻进被窝里，蒙着头，差一点儿就被吓死。

四舅说那天晚上，他被姥姥藏在了地窖里，没被姥爷逮走。

五舅被捉去了。他只在农会待了几天。那年，五舅才 13 岁，参加农会纯粹是玩。但姥爷却不想放过他。姥爷劈头给了他几个耳光，把刀举起来，要清理门户。五舅吓得直哭，二舅忙给姥爷跪下，替五舅说情。姥爷叹了口气，一脚把五舅踢翻，算是饶过了他。后来五舅就跟着二舅当了兵。

三舅和二姨都跑了。妈妈说，可能是姥姥派更夫古昌（古旺的弟弟）给他们送了信。不然，那天晚上他们也会被捉去，而且第二天姥爷肯定会杀掉他们。妈妈又说，也可能那天三舅和二姨不在村里，三舅已是林山县委书记了，当时县委在南岭于家庄办公。三舅应该在南岭。这件事，一直纠缠到“文革”，三舅和二姨被说成了叛徒，理由之一就是那天为什么他俩会漏网，没有被姥爷砍掉。“文革”后，A 省党史办的同志对这件事进行了认真查证，查证结果，那天我二姨根本不在林山县，她在那次惨案的一个月前就已调 A 省农会工作。她理所当然不在现场。至于三舅，那天晚上的确不知为何漏网了。妈妈讲的理由似乎成立。无论怎样，三舅一定有他不在野民岭的原因，否则，他是绝不会跑掉的。姥爷也不会让他跑掉的。

第二天早上，姥爷主持杀人活动。

杀人刑场就设在野民岭西崖的坡下，各村被捉去的农会干部和赤卫队员全都五花大绑着，三百多号人，走成两队，许多人身上、脸上淌着血，像牲口一样被驱赶到坡下，被士兵们一一按倒跪下，十几个威武雄壮的士兵，赤着上身，提着鬼头刀，站在这群死囚的身后。

刑场四面的坡上，站满了荷枪实弹的士兵。

姥爷和二舅站在坡东边一张搭起的台子上。他们身旁，站着十几个扬眉吐气的各村的乡绅。*

翻腾着紫红色的朝霞半掩在长满山毛榉的山峦后边，胆怯地向刑场上投射出万紫千红的光芒。

姥爷很威风地把手一挥，那十几个当兵的便开砍，血雾立时在阵阵惨叫声中漫天飞扬起来。随后，姥爷大概是看得手痒，就跳下台子，大步流星走到坡下，从一个士兵手里夺过一把大刀，也跟着砍，整整砍了半个时辰，那坡下的石头都浸红了。砍完最后一个，姥爷扔下已经被砍缺了口的大刀，接过一个士兵递过来的一条汗巾，揩一把头上的汗水，仰天大笑。

这一天，姥爷的确杀人太多了，他的的确确从一个乡间恶霸突变成了一个血债累累的老反革命。

1980年，妈妈的一个远房堂兄来省城看病，在我家住下。妈妈叫我陪老汉喝酒。老汉喝到半醉，伸头让我看，他后脖上有一道大疤。老汉笑道："你姥爷砍的，亲手砍的。算我命大，没死，天黑才爬出来。我是唯一死里逃生的。"

那伤疤年深日久，暗红。

我忙笑笑，代替姥爷向他道歉。

他嘿嘿一笑："你姥爷真是一条汉子，一口气砍了五十多个，最后一个砍的是我，真行！可惜他那把刀钝了。"他的神色十分骄傲，透出一种崇拜，极真诚，并有一种姥爷没能砍死他的遗憾。

我惶惑了。

去年我又回林山县采访，想找他聊聊当时刑场的细节，不料，他已经死了。我碰到了他儿子。他儿子是林山县的商业局长，挺能聊，谈到他父亲，他苦笑着说："按说我爸也是三十年代的党员，可他竟没立场。他始终认为村里这几十年中的第一个硬

*『扬眉吐气』当是还乡团的表情包？

汉是你姥爷，你说可笑不可笑。”*

那场屠杀之后，姥爷在古家庄重新组建了乡团，二舅把曹家集、斜坡村、刘家岭、李家寨、太子崖等十几个村的乡团重新建起来，统归姥爷指挥。

可以想象，那时姥爷是相当威风的。

那一日，余大头和曹太生从马耳山上跑下来，向姥爷投降。一见到我姥爷，俩人都跪下了，表示从今以后听命于姥爷。

倘若按照我姥爷的脾气，当下就宰了他俩，但那天姥爷采纳了二舅的建议，大度地饶过了余大头和曹太生，并请他们喝“同心酒”，这俩人感激不尽，喝罢酒，各自回村领导自己村的乡团。姥爷命令他们去打张五魁，余大头和曹太生便卖力地去剿太子崖。

张五魁被剿得无处躲藏，便向余大头、曹太生投了降。

张五魁的表弟郭克武、郭克城兄弟二人竟不降，带着几个人突围跑了，竟再无消息。后来，林山县便传郭克武兄弟二人被砍了头。到了 1940 年，人们得知保州市抗战的一个国民党副军长叫郭克武时，才知道那个跟日本人血战的郭克武，就是当年张五魁的表弟郭克武。前几年，我曾在一本杂志上看到了有关郭克武的一篇回忆录，文章说他从野民岭逃走之后，后来跑到关外，重新拉起了杆子，在打家劫舍的活动中，被国民党的一支部队追剿，后来就招安了，招安后屡屡立功，后升任国民党 56 军副军长，在 1940 年的保州市抗战中殉国，死后被追认上将军衔。**

张五魁被余大头和曹太生的手下押来见我姥爷。

张五魁给我姥爷跪下了。

姥爷嘿嘿冷笑了几声，让人把张五魁推出去砍掉。

张五魁连忙磕头求饶。

姥爷还是让人把张五魁拉出去砍掉。

* 也算是个好下场。

** 此话应是性格赞赏，与政治立场无关。

张五魁看到求生无望，便不再求饶，从地上爬起来大骂姥爷，刽子手过来掌他的嘴巴，张五魁被打得满嘴淌血，还是破口大骂不止。

姥爷并不动怒，只是冷笑。

张五魁被砍在了野民岭东坡的崖头上。

砍了张五魁，姥爷便派人去捉余大头和曹太生。姥爷当然也不会放过他们的。姥爷当然记死了当年曹为仁和余大头攻打古家庄的仇恨。然而余大头和曹太生却不见了。姥爷派人去找，才知道余大头和曹太生已经跑出林山县了。这两个人当然心如明镜，他们若不跑，张五魁的下场自然也就是他们的下场了。*

*二人再笨，也明白兔死狗烹的道理。

姥爷恨得直跺脚。

余大头跑了之后，姥爷让余大头的本家兄弟余庆西当了斜坡村的民团队长。

根据林山县县志记载，余大头后来跑到保州市经人介绍参加了青风会。后来余大头竟做了青风会的帮主，余大头接手后，使这个组织发展到了山西、内蒙古等地。青风会专门受雇于人，杀人越货。1940 年，国民党某师副师长郑国英死在了青风会手里。在中华民族万众一心抗战的年代，青风会还这样谋杀抗战将领，的确是一个反动组织。新中国成立后，青风会被消灭。余大头改名换姓逃到广州被抓获，1952 年被镇压。此是后话。

我姥爷砍张五魁那天晚上，夜稠黑稠黑的。

三舅回来了。他站在野民岭西崖的坡下，那血腥气仍然没有散尽，扑得他头疼欲裂。站了一刻，三舅扑通跪下，重重磕了几个头，然后抬起身走了。他去了太子崖村，他召集各村幸免于屠杀的农会干部秘密开会。大个子赵铁锨一见面便抱住我三舅，孩子一样咧开嘴哭起来：“志河兄弟，你爹他砍了我们 300 口子人呵！”

三舅的牙齿咬得咯咯直响，一张脸在油灯下变得十分狰狞。他拉赵铁锨坐下："铁锨哥，我爹欠了血债，他一定要还。别哭，泪蛋子报不了仇。"

赵铁锨收住泪："志河兄弟，你要给乡亲们做主！"

赵铁锨家族是太子崖村的大姓。赵姓那年共一百多口人。那次惨案，赵姓被我姥爷消灭了二十多口人。又过了十年，日本人扛着太阳旗进了太子崖村，太子崖村将近一半人被围在村西坡下，日本人用机关枪把他们全部杀掉了，其中包括赵姓男女老幼103口人。赵姓只留下了赵富一条根。赵富是赵铁锨的二儿子，那年15岁，正巧那天去曹家集串亲未归，侥幸逃生。赵富就此参加了林山县抗日游击队，后来编入了八路军正规部队，再后来就没有消息了。"文革"那年有人来野民岭调查赵富家的成分，人们才知道赵铁锨的二儿子还活着，并且当了"走资派"。前几年，我得到了他的音讯，他已离休。他离休前是青海省某个小县城的民政局副局长。他儿子出差到北京，拐到A省找过四舅，说赵富离休后身体不好，有严重的哮喘。因青海天气太冷，想回林山县城落户。林山县委答复说：欢迎老干部回来，但没有住房，需要青海那边拨房款，因为林山县干休所的房子都是各单位集资建成的，一个萝卜一个坑，不好解决。偏偏赵富所在的那个小县城挺穷，没钱给离休干部易地建房。于是赵富想回林山县成了难题。他儿子挺委屈地对我四舅说："我爸也算是抗日战争的老干部了，老了老了，想回家都回不了。"说完，又替他父亲感到窝囊，说："我爸吃亏就吃在没文化上，不然，那种资格也不至于混到这种地步。副科级，专管结婚、离婚登记的民政局副局长。啧！"我当时听了很替赵富抱不平。不料四舅却漠然，淡淡地劝赵富的儿子，到A省老干部局走访一下有关这方面的政策。赵富的儿子便走了。我猜想他当时心里一定对我四舅很失望。赵富的儿子叫赵什么？我只记得他是个县农业局长，正科级，职务比他父亲高

⊙葫芦一时，聪明一世

半格。*

*忙中不乱，竟闲笔写出赵铁锨一家的故事，作者笔下游刃有余。

三舅那天夜里把会开到了蒙蒙亮。散会后，又派人去曹家集、斜坡村、刘家岭等村子里去联络农会和农民赤卫队的干部。

那天夜里，山里刮起了大风，大风吼叫着，漫山遍岭地疯跑，像哭，十分恐怖。

五　赤色暴动

根据中共林山县党史记载，我三舅是林山县第一任共产党县委书记。

中共林山县第一任县委书记要在林山县野民岭搞赤色暴动。暴动中心就定在野民岭西岭的古家庄、斜坡村、曹家集、刘家岭等几个村子。三舅在各村重新组织起秘密农会，一切都在悄悄地进行。

不料，约定好了暴动的日子的前两天，斜坡村秘密农会漏了气。

斜坡村秘密农会的头儿范大牛叛变了。

范大牛嗜赌，那一天赌输了，欠了斜坡村乡团小队长余占仓的钱，他还不上。余占仓是余庆西的同宗兄弟，气粗得很，把大牛捉进了乡团队部吊打。大牛没骨头，把秘密农会要暴动的事儿说了。

余庆西正搂着余大头留下的姨太太睡觉，听了余占仓的报告，吓坏了，一脚踹开姨太太，打起火把，连夜骑马赶到古家庄送信。

二舅那天晚上住在古家庄，正陪着姥爷喝酒，听了余庆西的报告，姥爷不相信，二舅让余大头回去把范大牛带来，他要亲自审审。

余庆西连夜又赶回斜坡村提范大牛。

这事正被打更的古昌听到了。古昌也是秘密农会的，三舅派他留在姥爷家里做眼线。他悄悄溜出去，告诉了藏在村东山洞里的四舅，让四舅快到太子崖村给三舅报信。

三舅得到四舅送来的消息，大吃一惊，当即决定提前暴动，十万火急地派人去通知斜坡村、曹家集、李家寨、刘家岭等村的秘密农会。三舅给四舅牵来一匹马，要他立刻进林山县城，通知二舅队伍里的共产党员梁有田营长，提前兵变。

四舅拼命打马往城里跑。

真是千钧一发。若按照时间差计算，没等四舅跑到县城，余庆西已经骑快马将范大牛带到了古家庄。

范大牛把三舅要闹暴动的事对姥爷讲了，并讲三舅现在太子崖村秘密活动。

姥爷听完了，眯起眼睛，一枪把范大牛打死在屋里，然后告诉余庆西立刻回去搜捕秘密农会的头头儿，格杀勿论。余庆西还没出门，二舅已经上马走了，他回林山县城调兵。但二舅晚了，四舅已经赶到了县城，把三舅给梁有田的信送到了。二舅赶到县城，城里已经乱成一锅粥，梁有田枪毙了我二舅的几个心腹军官，举兵哗变了。

梁有田新中国成立后在南方某省当过省委副书记，我陪四舅到他家去过。梁有田是独臂。那支胳膊扔在了百团大战里。他提起那天夜里的事，仍然后怕。他说当时如果我四舅晚到一步，军队里的党组织就会全部暴露，二舅回去就要解决他。因为范大牛已经供出了他。

“要不是你四舅呵，我也许早不在人世了。”梁有田哈哈大笑。

梁有田是1982年死于脑溢血，仅一会儿的事，也没留下什么遗言。听四舅说，梁有田死后，他的老伴儿和三个儿子、一个女儿把家里翻了个底掉，硬说梁有田有一大笔钱藏在什么地方了。没翻着，他们又到省委组织部闹了一通，查问梁有田是否糊里糊涂地交了党费。组织部的同志训了他们一通，风波才告结束。

“他真留下一笔钱？”我问四舅。

“他积了点儿钱，都送人了。”四舅笑笑。

送谁了？四舅没说。我也不好再问。但我听四舅说过梁有田有个前妻在江西山区，现在还活着。

我隐约感到梁有田晚年的个人生活不是很幸福的。*

* 叙述中话题悄然一点，便交代了梁有田的结局。作者笔力丰满！

那天夜里，野民岭真是乱极了。

野民岭各村的秘密农会提前暴动了。

余庆西还没回到斜坡村，就被斜坡村的秘密农会半道伏击了。余庆西被打死。

古家庄的乡团抵挡了一阵，但很快就被打散，农会赤卫队冲进姥爷的大院，捉住了我姥爷。

野民岭各村的土豪劣绅，大都被活擒了。他们连夜被押到了古家庄。

豪绅们都被五花大绑关在姥爷的大院里，人们大概碍于三舅的情面，只绑了我姥爷的双手。

三舅和从县城赶来的梁有田营长说了会儿话，便走进院子，打量着这些俘虏。

姥爷面无惧色，盯着我三舅破口大骂：“古志河，你这个不孝的狗东西！”

三舅冷冷地看了姥爷一眼，吩咐把他押进地窖。

三舅在姥爷的屋里召开了紧急会，各村农会的干部都来了，这些人一边喝着姥爷屋里的酒，一边听着三舅讲话。三舅讲：“县委决定，今天夜里捉住的土豪劣绅，明天全部处死，刑场就设在野民岭西崖的坡下。”

“你爹怎么办？”赵铁锨怯怯地问了一句。

“杀！”三舅眼一瞪，说罢，仰脖灌下一碗酒。

三舅抹了抹嘴又告诉大家：“县委决定，明天成立林山县苏维埃。”

“啥叫苏维埃？”赵铁锨伸着脖子问。

“就是咱们自己的衙门。”三舅硬声说。

农会干部忍不住要欢呼起来。

现在想来，当年三舅对苏维埃一词的解释真是通俗易懂，直指人心。*

散了会，三舅躺下想睡会儿，想了想，又起来，亲手烧了杯茶，让古昌给关在地窖里的姥爷送去。

姥爷踢翻了茶杯，大骂：“古志河，老子要吃你的肉！”

那天夜里，姥爷实指望二舅带兵来救他。他相信二舅一定会来救他。

可二舅已自身难保，他刚刚进了县城，就险些被哗变的部队乱枪打死。他带了几十名士兵向省城仓皇逃去了。据说，二舅跑到半路，跳下马，朝野民岭方向跪下，重重磕了几个头，大哭道：“爹，您老多多保重，儿子不孝，儿子不孝呵！”然后打马向省城狂奔去了。

那一夜，姥爷没合眼，一直到后来听不到枪声了，才仰天长叹：“天亡我也！”然后，一句话也不再说。

沉重的夜色在我姥爷悲凉无望中渐渐褪尽。

一夜未眠的野民岭迎来了一个亮丽的日出。

听母亲讲，砍我姥爷那天，天气好极了。太阳明晃晃的。天空没有一丝云，干净得像一块刚刚洗过的蓝缎子。**

刑场仍设在野民岭西崖的坡下。这是有着血债要用血来偿的象征意义的。

* 不明觉厉。

**『太阳明晃晃……蓝缎子』，好句子！干练的景致描写，都是心境的描写。

曹家集、斜坡村、刘家岭、太子崖及周围十里八乡的山民们，都一大早跑来观看。穷人杀富人，这是百年不遇的大热闹，坡上坡下拥满了人。

姥爷搭过台子的地方，又重新搭起了台子。

台子前边站着几排各村农会赤卫队挑选出的精壮汉子，有的端着枪，有的握着长矛，有的扛着大刀片。长矛和大刀在阳光下闪动着寒光，气氛一片肃杀。

以我姥爷为首的四十多个土豪劣绅被五花大绑捆在台子上示众，背上都插着绝命牌。

这些人都低着头，只有我姥爷仰着脸。他排在第一个，两只眼傲慢地望着天。

爽朗的天空上，太阳把万道金光雨一般泼下来。

姥姥被远远地拦在场外，赤卫队员不许她走过来。

姥姥放声大哭，那哭声极响，三舅妈在一旁陪着她掉泪。妈妈则害怕地躲在姥姥身后。

姥爷听到了姥姥的哭声，不耐烦地骂："哭个球！你养出的逆子！"

三舅和梁有田等几个人，走上台子。三舅开始喊话。

三舅宣布林山县苏维埃革命政府成立。他担任苏维埃主席。

两个赤卫队员抬出一块木匾，上边用红漆写着"林山县苏维埃政府"。台子两侧的赤卫队员开始燃放鞭炮。一时惊天动地，硝烟弥漫。人们被鞭炮声刺激起热烈的情绪，欢呼起来。(林山县制作花炮颇有些名气，工艺制造，生产批量，不亚于浏阳花炮制造业。我前些年到林山县调查，靠制作鞭炮发家的富裕户不下200家。)

等鞭炮声歇止下来，三舅开始宣讲苏维埃成立的意义。那年间没有麦克风，三舅的气力用得很足。现在仍然活着的到会者说，他们站在很远的山梁上，也真真切切地听清了三舅讲话。三舅举起拳头喊的口号是："革命到底，建立共产主义！"

台下有人大声发问："共产主义是怎么回事，给我们讲讲清楚。"

三舅一时语塞，但他没有停顿，以他聪明敏捷的反应大声回答："这很明白，共产主义就是随便吃，随便拿！"

台下激动地呼喊起来："共产主义万岁！"*

四周的山崖似乎都被山民们喊得摇动了。

随便吃而且随便拿。三舅给山民们勾画了一幅幸福美丽的生活蓝图。

六十多年之后，我采访的一些当时开过会的老人大都笑着对我说："你三舅的确对共产主义做了很荒唐的描绘。"但我想，三舅这种对共产主义的荒唐描绘，的的确确激动了当时所有在场的山民，刺激起他们麻木了多少代的神经。

三舅涨红着脸，指着台上那群插着绝命牌的示众者喊道："这些反革命，你不要他的命，他们就要你的命，你们说怎么办？"

"杀了他们！杀了他们！"台下的人们疯狂地呼喊起来。

姥爷威武不屈地站着，他身旁的乡绅们有的已经吓瘫了。

三舅手一挥："送这些反革命上路！"

立刻冲上来几十名手持大刀的农会赤卫队员，拖起这群被剥夺了生存权利的人，走下台子，拖到坡下早已挖好的土坑前，一一按倒，跪下。

姥爷坚决不肯跪，他挣扎着，嘴里不住地大骂。两个壮小伙子竟按不倒他。

赵铁锨和另一个叫刘壮儿的大汉，赤着上身，各持一把大砍刀，先向姥爷走去。

姥爷环眼爆裂："古志河，你个逆种，我后悔生下你时没掐死你！"

姥姥猛地撞开人群，扑上台子，跪在三舅脚下。

* 若不通俗易懂，又岂能登高一呼，应者云集。

"志河，饶了你爹吧！"姥姥使劲地磕头。

三舅妈也跑上台子，跪在三舅脚下磕头。

这突如其来的情节，一时惊呆了整个会场。

赵铁锨、刘壮儿一时手软，举起的刀放下来，看着苏维埃主席发愣。

三舅脸青得像块铁，怒道："赵铁锨，你呆个球，开斩！"

姥姥和三舅妈死死抱着三舅的腿。

赵铁锨和刘壮儿仍然未动。

三舅大怒，喊人拖走了我姥姥和三舅妈，他大步流星走下台，冲下坡，从铁锨手里抢过大刀，走到姥爷面前，不看姥爷，只盯着手里的大刀说："爹，儿送你上路！"

姥爷一口带血的唾沫很准确地吐在三舅脸上："老子 20 年后找你报仇……"

姥爷还要骂些什么。

三舅的大刀已经勇敢地挥起，落下。

一声闷响，姥爷那颗威风的人头滚了下来。[*]

那酱黑色的血从腔子里喷了出来，直扑了三舅满脸。

姥姥大叫一声，昏死过去。

三舅挥手抹了把脸，刮风般地一通开砍，不一刻，四十多颗人头全部被他砍光了。山上山下，暴响起一片喝彩声。

三舅成了个血人。

他扬手把刀扔在脚下。

那染满鲜血的大刀，在三舅脚下欢快地跳了几下，滚到山坡下去了。[**]

砍了姥爷以后，姥姥再也没有起炕，昏昏地躺了四个多月，一直吐血，三舅妈找林山县的大夫看过几次，说是痨病，没得治了。三舅妈就给姥姥买好了棺材。可是后来姥姥又奇迹般地好

* 如此弑父场面，骇然！血腥！

** 这带血的大刀，或是匆匆追赶姥爷的魂儿去了？

了，再后来也能下地干活了。因为社会关系复杂，她没有被当作反革命家属，也没有被当作革命家属。她给红军做过鞋，也给国民党的部队做过饭。姥姥为人端庄、热心，村里人都很尊重她，称她“古娘”。1940 年，日本人在野民岭烧杀抢掠，姥姥投井死了。那口井至今仍有水，村里人仍吃那井水，村民们不嫌姥姥。

以上是我姥姥的结局。

姥爷是我大姨古玉环出面安葬的。

大姨请人将姥爷的头缝在腔子上，入了殓。然后，她烧了纸，便回县城，她没有到苏维埃去见我三舅。

大姨骑着毛驴，大姨夫赶着毛驴，走到村东口，却见三舅站在那里。

三舅在等大姨。

大姨下了驴，让大姨夫先走，她也站在了那里。

“大姐。”三舅先说话。

“嗯。”

“这就回去？”

“嗯。”

“不再住几天？”

“你不该杀咱爹。”大姨一双泪眼望定三舅。

“是他先杀了我们那么多人。”

“可他总是咱爹。”

“姐，这是革命的事，你不懂。”

“革命就要杀人？”

“是他先杀我们的。”

大姨不再说。

姐弟两个干干地站着。

山口的风挺硬，呼呼地吹着。

大姨走近些，替三舅系好扣子：“我走了，志河，你好好保重。”

“大姐，见了二哥，不要听他乱讲。”

“他也是我兄弟。”

“大姐，你常来。”

“我走了。”大姨声音有些颤。

“我送你。”

“你回去吧，你忙哩！”大姨落了泪，转过脸不再看三舅。

大姨走了。她从此再没有回过古家庄。

林山县苏维埃政府在林山县城执政了不到一个月，便撤回到野民岭。因为省城的陈明然派来一个团攻打林山县城。

林山县苏维埃政府设在了古家庄我姥爷的家里。

之后不久，三舅把林山县一些战斗力较强的农会赤卫队改编成了中国工农红军林山独立师。三舅任师长，梁有田任副师长，下设三个团。

野民岭成了林山县的革命中心，分田分地，红军练兵，赤化得十分热闹。

此时的陈明然已经当了司令，成了新军阀。进驻到林山县城的军队，根据他的命令，没有到野民岭一带围剿。因为此时陈明然正忙着和别的新军阀打仗。此时的野民岭成了苏区，而林山县则是白区。如此相持了一年多。

工农红军林山独立师成立一年之后，省委派来了特派员。带路的向导是我二姨古玉梅。

特派员名叫周一凡。至今野民岭一些活着的老农会会员都见过他，个子矮矮的，很爱说话，是东北长春市人。

周一凡到了野民岭，一见面就表扬了我三舅。他说：“古志河同志，真没料到林山地区的革命形势这样好。你们是有功的啊！”周一凡一脸的兴奋。

第二天，三舅在苏维埃大院里给周一凡接风，摆了一些酒肉。

三舅很敬重周特派员。周特派员去过苏联，会说俄语。那时候去过苏联，如同今天去过太空一样，能让人崇拜得摔跟头。

苏维埃的干部们都来作陪。周一凡坐下，却不肯动筷，他正色道："同志们，我周一凡不是来享受林山的酒肉的。"

三舅脸一红，忙叫人撤去酒肉，换上来粗饭，周一凡吃得很香。

于是，三舅对周特派员的敬重，更增加了几分。

那时三舅已经听说，二姨正在跟周一凡谈恋爱。

插话：二姨古玉梅*

二姨那时在省委农会工作，是作为向导，给周一凡带路回野民岭的。

我总想给二姨写个传记。林山县关于她的传说和传奇太多了。

前些年，林山县文联的同志搞三套集成，曾给我寄来一本林山县民间故事集，我认真看过，其中关于我二姨的题材，就有好几篇。之后，县文联一个姓杨的青年创作员给我写来一封信，说要给我二姨写个电影剧本，请我帮助他找制片厂。我回信对他说，我在制片厂没有熟人，而且我也曾经写过两个电影剧本，都被电影厂枪毙了，也不敢再写。他没有再来信。前年林山县委宣传部长张浩到省城开会，来我家，又提起此事，张浩告诉我，那个杨创作员写了一个关于我二姨的电影剧本，已经由某制片厂拍完了，叫恩仇记什么的，我没记住。张浩讲了讲故事梗概，我听了一会儿，便没兴趣再听，那剧本实实在在把我二姨写成了一个毫无政治头脑，一味蛮干的江湖女侠。人死了，后人便可以任意编排，真悲哀。我由此怀疑许多写得有鼻子有眼的历史，是否证

* 花开几朵，分表一枝。此处独立成章说二姨。

据确凿。

但我二姨真正是个传奇般的人物。

妈妈说，二姨自小跟着姥爷舞枪弄棒，练了一身好功夫。二姨脾气暴烈，很像姥爷。*

二姨 17 岁那年，刚刚从林山学堂毕业，姥爷就做主把她嫁给了林山县绸缎商杨青华的儿子。杨青华是姥爷的朋友。二姨不高兴这门亲事，因为她听人说杨家少爷吃喝嫖赌，不务正业。但二姨拗不过姥爷。

二姨出阁那天，杨家吹吹打打，用一顶绣花小轿抬走了一脸不高兴的二姨。杨家张灯结彩，扯鞭放炮。林山县的名流要人大都被请来吃酒，那酒吃得十分隆重，整整吃了一天。

二姨入了洞房，闷闷地坐着。杨少爷喝得昏天黑地撞进来，扑上前把二姨按到炕上，撕扯二姨的衣服，要来那事儿。

我总认为，如果杨家少爷那天能温柔一些，二姨也许真就成了杨家的儿媳妇，而且很可能顺从地替杨家养儿育女，完整地走完她作为一个女人的一生。然而，杨少爷那天太粗鲁了。

二姨被他撕扯急了，火暴脾气上来，一脚把杨少爷蹬到炕下边去了。

杨少爷也是打架起哄惯了的，大概没有吃过这种亏。而且是刚刚进门的老婆竟敢这样对他撒泼，他恼羞成怒，抄起板凳就去砸二姨。

二姨闪过，于是，三招两式，就把杨家少爷打成了烂蒜样。

杨家一群听房根儿的开始在外边窃笑，后来听到杨少爷杀猪似的吼，才感到不妙，便冲进来，欲擒住二姨。二姨随手抄起屋里的八仙桌，舞成了风车样，谁还敢靠前？！**

浑身是血的杨少爷被人搀起来，抱头窜了出去。

第二天，杨少爷就朝其父杨青华嚷："谁敢讨这样的母老虎做婆娘！"

* 二姨『很像姥爷』。此句描写二姨性格，简单明了，一语中的。

** 洞房秒变格斗场？！

杨青华气得脸色苍白，派人用毛驴将二姨送回野民岭。

姥爷自感脸上无光彩，把二姨吊起来一顿好打，几乎打死。后来又把二姨捆上，送回杨家。

杨青华惧怕我姥爷手黑，不敢坚决退亲，只好咬牙认了这个儿媳妇。

杨家少爷哪里还敢挨二姨，又过了些日子，杨少爷娶了二房，把二姨晾了起来。二姨乐得无人管理，自由自在。这一年的冬天，大舅回到林山县，组织农会，二姨便去找他，大舅让二姨参加农会，二姨便让杨家写了休书，而后随大舅回野民岭闹赤化。

二姨在农会干得很积极。她信服大舅，经大舅介绍，参加了共产党，是林山县最早的党员之一。分姥爷的田，烧姥爷的地契，她比三舅干得还欢。姥爷恨透她了。那天姥爷在村西坡下杀人，如果抓住二姨，一定会毫不手软地宰了她。

但那时二姨已经不在野民岭，她已经被大舅推荐到省农会做妇女工作，二姨在省农会干得很出色。A省中共党史记载，二姨是该省早期妇女运动领导人之一。

关于二姨同周一凡谈恋爱，几乎无从考证。据目前健在的几个当年A省农会的老同志回忆，只记得刚刚从苏联回来的周一凡和我二姨很要好。又有人说，周一凡还有一个要好的女同志，也是从苏联回来的，姓高或者姓乔。这里边有点儿三角恋爱的味道了。还有人说，周一凡不喜欢我二姨，也不喜欢姓高或姓乔的那个女同志，而是喜欢一个姓白的女的。姓白的也在省农会工作过，后来叛变了，不知所终。*

他们只回忆出这点情况。据此似乎可以得出，周一凡应该是很浪漫的。

我认为周一凡一定非常喜欢我二姨的。二姨当时已经在党，不但识书认字，而且长得漂亮。至今野民岭的人都传说我二姨年

* 他们的历史往往这样表述。

轻时非常漂亮。有一次妈妈看电视剧，突然指着屏幕上那个漂亮的女主角对我说："跟你二姨长得像极了。"我忘记那个女主角叫什么名字了，但我相信妈妈绝不是有意替二姨吹牛。

林山县的苏区失败之后，二姨去了江西，她没有参加长征，留在江西打游击。抗日战争爆发后，二姨随游击队并入了新四军。

传说二姨当新四军时，曾多次上前线和日本人拼刺刀，有一次她一口气捅死了六个日本兵，那刺刀拧成了麻花，她则被人家捅出了肠子，血花花地流在地上，她拾起来硬塞了回去，从死人身上撕了条裤子，绑了绑，又跑了二十多里路追赶队伍。战友们都喊她"拼命三娘"。全国解放那年，二姨升到了团长。仅我所知，也许她是中国人民解放军里唯一的一个女团长。她带着队伍接管了塞北的一个城市。再后来，她当了这个城市的第一任公安局长。当了没一年，她就烦了，把大事小情一股脑推给副局长，自己天天躲在大院里种菜。于是，公安局的院子里长满了黄瓜茄子辣椒，墙上房上爬满了豆角秧，也许是她种上了瘾，便要弄个专业的干。她找到市委书记，死说活说要回家种地。她的战友、领导死劝活劝竟留不住她。

二姨又犯了牛劲，高低走了。

后来有人说，二姨走对了，否则，依照她那个脾气，赶上"文化大革命"，不死也要脱层皮，但许多人不赞成我上边讲的二姨是种地上了瘾才卸甲归田的。关于她回家的原因，多年来一直有几种说法流传。

第一种说法：二姨当了公安局长之后，有一次坐火车到省城办公务。她带了几个人，前呼后拥很威风。二姨喜欢打猎，办完了公务，到省公安厅弄了几箱子弹，让手下人扛着上了火车。谁知乘务把子弹扣下，要她们开证明来取。那时的乘务大都是些新中国成立前的留用人员，二姨从心里就看不起这些拿过国民党薪水的，两下就谈崩了。二姨火了，便不再言语。车到站，二姨脸一沉，命令手下把乘务捆了，带着子弹下了车。乘警来阻拦，吃了二姨几个耳光，那个倒霉的乘务被弄到公安局吊打了一顿，然后二姨让人把他放掉。谁知那个乘务是见过些世面的，赖着不走了。二姨无奈，只好把他关了起来。铁路局不干了，告到铁道部长滕代远那里，又找到公安部，公安部来了专人调查，要处分二姨。二姨生了气，便弃职回家了。

第二种说法：1950 年镇反运动中，公安局抓了一批反革命，其中有两个是二姨在江西打游击时交下的绿林朋友。二姨念及旧情，义气第一，不顾原则把他们放了，二姨因此引咎辞职。（这种说法，极不可靠，二姨毕竟受党教育多年，绝不会这样无原则地乱来。）

第三种说法，属于桃色。二姨自跟那个杨少爷离婚之后，一生没嫁人，作为她那种身份，是件颇令人猜测的事情。（有传说我二姨心理变态，是战争年代留下的病。我认为这是不怀好意的人糟蹋我二姨，二姨怎么会得那种没意思的病）传说颇多的是二姨进城后，爱上了一个大学教师，那男人姓方，长得极俊。二姨就跟他恋得热火朝天，就要同他结婚了，姓方的却被抓了起来，因为怀疑他是国民党潜伏下来的特务。于是二姨伤感至极，弃职回家。二姨由此受了刺激，以至一生没有结婚。她后来收养了我六舅的儿子古小坡。

但传说最多的是二姨爱上了她在林山县师范学堂的同学刘占乔。我曾听妈妈告诉我，刘占乔很喜欢二姨。但那时刘占乔已定了亲，是古家庄的一个女子，也在林山师范学堂读书，叫古凤儿。二姨后来参加了革命，便与刘占乔失去了联系。刘占乔结婚后，古凤儿生下了一个女儿，叫山儿。刘占乔两口子后来当了八路军走了，不久，古凤儿在战斗中牺牲了。刘占乔便没有再娶。刘占乔脑袋在战争年代受了伤，新中国成立后就复员回到古家庄，拉扯着山儿过活。新中国成立后，二姨依然单相思，极苦，便不爱江山爱情人，解甲归田了。但刘占乔没有娶二姨的意思。县里有几个老战友便极力撮合。但刘占乔只是微笑，不说行，也不说不行。传说有一次刘占乔曾约二姨去他家，那天晚上，二姨去了，并且换了过年的新衣服，但当她走进刘占乔家的院子，却没进屋，站了一刻，又转身出来了。有人说，二姨见到了古凤儿，浑身是血，披着月光站在院子里，朝二姨笑。二姨不信鬼，但于心不忍。人们常常看到二姨去帮着刘占乔干活，山儿也和二姨很亲。人们偷偷地怀疑二姨和刘占乔有那种事。刘占乔是1957年死的，那年夏天，他到坡下去割草，栽倒了，脑溢血。他被人抬到屋子里，睁着眼睛不咽气，山儿吓得哇哇大哭。这时，有人便跑到乡里喊二姨，二姨正在乡里开会，急急火火地赶回来，进屋坐在炕头上，拉了拉刘占乔的手。这是人们第一次见俩人在光天化日之下拉手。刘占乔笑了笑，便闭上眼，那手硬在了二姨手里竟没抽回去。二姨主持给刘占乔下了葬。刘占乔埋在古家庄的西坡上，二姨常去刘占乔的坟地转，刘占乔的坟边后来有了许多树，一棵一棵都是二姨亲手栽的，是些槐树杨树什么的。每年春天杨树叶子一绿，槐花一开，煞是好看。人们看到，二姨自此苍老了许多。山儿是1959年嫁人的，嫁到了南岭谢家庄，是二姨替她找的人家。我没见过山儿，她应该还活着。

以上这些传说，似乎都能构成二姨弃职归家的理由，但我都不愿相信，我曾问过二姨，她稳稳一笑，不答，我便不敢再问。*

我见过二姨常常到刘占乔的坟上去闲坐。我想，只有这时，二姨才可能真正面对自己，面对内心。和所有的平常人一样，二姨也会在自己的内疚、悲苦、忧烦和怀旧等个人情感中徘徊。谁的心灵秘密会全部公之于众呢？二姨也不会的。世界上，应该允许个人的秘密由个人带走。

二姨回到古家庄后，当过一段时间的野民岭区副区长。但她

* 上述哪个是真相？谁个说得清楚？

总也不到区里去，总在山上转，似乎在找什么。二姨身后总带着一条名叫“黑豹”的黑狗。后来“黑豹”老死了，二姨就又养了一只黑狗，取名“黑虎”。

1958年春天，二姨去了省城。过了些日子，二姨带回来一支地质队，带着罗盘和一些野民岭人没见过的仪器，在野民岭里转，说是找金。那个地质队长，是二姨的一个老部下。那些日子，二姨整天乐哈哈的，并让野民岭各村寨时常弄些酒肉去慰问那些找金的地质队员。大约过了三个月的样子，地质队长神色沮丧，带着队伍要走。那天，二姨拦在山口，黑着脸，不让地质队出山。“黑豹”就蹲在二姨的脚下，凶凶地盯着那地质队长。二姨就骂开了那个队长，骂他们是白吃国家干饭了。此外，还骂了些极难听的话。那个队长一声不吭，脸色涨红地站在那里，听二姨骂完了，还是带着队伍走了。

二姨在林山县很神，老百姓都传说她有“免死证”，是毛主席专门给一些立了大功的人发的，也就是杀人不偿命。全国这样的证证极少，二姨就摊上一个。我小时候很是相信了一阵子，大了也就不信了。世间哪有那种玩意儿。但二姨的威信在野民岭是真真的。她说话一言九鼎，县里的干部也让她几分。“文化大革命”闹红卫兵也没敢怎么样她。先说她是林彪的老部下。后来林彪死了，又说她是叶剑英元帅的老部下。谁敢动她？二姨在“文化大革命”中，还当过一段时间的林山县革委会副主任。她到死也没有驼背，她总带着那只叫“黑虎”的狗在山里转，见到谁，便笑着说话，那“黑虎”就卧在她脚下，仰头看她和人家聊天。二姨极少发火，但人们都惧她。

二姨是1976年8月死的，二姨死得很突然，那天到公社开会，坐着就突然没气了。县里为她开了追悼会。葬礼十分隆重，野民岭的各个村子都去了人，给二姨送葬，那纸钱扔得漫山遍野，许多人都哭了，还有哭昏过去的。人们都念着二姨的好处。

二姨没有火化，被葬在林山县烈士陵园。二姨的棺木刚刚放进挖好的墓穴里，那“黑虎”便跳进去，那畜生不叫，只是默默地伏在二姨的棺木上，人们把它抱上来，它又跳下去，再抱，它疯狂地叫起来。那叫声吼得人胆寒。人们只好将它活埋在了二姨的墓里。*

* 赞一句，有情有义！

古家庄传说，二姨生前有个遗愿：她死了要埋在西坡上刘占乔的坟旁。如此说来，最后人们没有随了二姨的遗愿。

二姨死时，我正在新疆库尔勒市出差，没能赶回来给老人家送葬。这成了我终生的憾事。**

** 唉！人生憾事多多呀！

六　攻打林山县城

周一凡来野民岭半年后，向省委报告了林山红军独立师的发展情况。不久，林山红军独立师接到了省委的指示，对周一凡到林山红军独立师后的工作很不满意。指示说：周一凡同志到林山县后，执行的是右倾机会主义路线，要立即纠正。周一凡同志是省委党代表，要领导林山县委和红军独立师的工作。现在应该立即采取攻势，夺取林山县城，发展林山县的革命成果……

四舅后来说，这个指示简直是逼命。

接到省委指示后，周一凡特派员当即命令林山红军独立师攻打林山县城。

三舅不同意，说红军独立师武器装备差，战斗力还不行，硬打林山县城要吃亏，不能拿鸡蛋往石头上撞。

周一凡说三舅贪生怕死。

三舅说周一凡盲动主义。

三舅和周一凡吵翻了，两个人乒乓五四拍开了桌子。吵到后来竟面对面骂开了粗话，爹娘老子全端了出来，眼睛对眼睛，鼻尖对鼻尖，不差两寸远，像两只斗架的公鸡。吵到最后，三舅一把揪住了周一凡的脖领子，骂道："你这个王八蛋，想毁了林山的革命。我操你八辈姥姥。我告诉你，我妹妹就是垫了圈，也不能嫁给你这个混蛋！"

周一凡涨红了眼睛，骂道："古志河，你混蛋！"一拳打过去。

俩人扭打在一起。人们赶快将他俩拖开。

二姨气得直哆嗦，指着三舅吼："你们直管吵，直管打，把我扯上干啥？"

当天夜里，周一凡便代表省委撤销了三舅林山县苏维埃主席的职务和林山红军独立师师长的职务。按照周一凡的意见，是要把三舅下放到连里当兵的，后来被他的秘书张尔陆劝阻。周一凡任命梁有田担任林山红军独立师师长，周一凡代理林山苏维埃主席。三舅被周一凡派到独立师一团当副团长去了。

后来攻打林山县城的失败结果，证明了三舅是正确的。三舅是有远见的，或者应该说是十分精明的。三舅是农民出身，他至少懂得革命也要像种庄稼一样，不能拔苗助长。但是，即使按照三舅的建议，结局也会有两种可能，胜利或者失败。即使不去攻打林山县城，陈明然会放过这只眼皮子下面的红军独立师吗？也许周一凡命令攻打林山县，才有了后来林山县革命的火种。这是好事还是坏事？历史难以定论这些假设。历史有着很大的不确定性，很像体育比赛中的抽签，充满了幸运与背运。谁临危受命，历史的责任就落在谁的身上。领导者的责任永远是逃不掉的。

三舅再没说话，他接受命令去了一团的驻地曹家集。然而他刚刚去了三天，就差点儿被一团团长田运生枪毙了。可是在此之前田运生对三舅一直是唯唯诺诺的。看来乘人之危是常有的事情。

林山红军独立师下辖三个团。

*且理直气壮。

一团长原是梁有田兼任，梁有田调任独立师师长，接替三舅后，周一凡就提升一团三营长田运生当一团团长。三舅当团副。

二团长是原斜坡村农会赤卫队长余满囤。

三团长是原宋家村农会赤卫队长宋大安。

田运生原是曹家集农会赤卫队副队长。我采访曹家集时那里的人说，田运生长得人高马大，是个砍柴的好手。他娶了个老婆叫春花，长得挺好看。那一年，田运生上山砍柴，不在家，曹为仁把春花强奸了，并霸占了春花。田运生回来寻不见老婆，便在曹家门口骂街，挥舞着砍柴刀喊曹为仁出来要拼命。曹为仁让人把田运生捆起来，打了个半死。后来，曹为仁把春花玩够了，扔给了曹太生。用现代观点看，春花竟忘了阶级立场，死心塌地跟曹太生过了。曹太生六个老婆，春花排在了第七。曹家集的人讲，曹太生是只色狼，村里谁家的闺女媳妇长得好，都要遭他的殃。曹为仁一共四个老婆，其中四姨太很妖，曹太生也硬插进去一腿。曹为仁拿他没办法，只好睁一只眼闭一只眼。

后来，田运生参加了农会。杀了曹为仁之后，第一件事就是伙同村里的几个光棍，分掉了曹为仁、曹太生的老婆。田运生分到曹为仁的四姨太，并把曹太生的六姨太分给了同胞兄弟田宝生。春花分给了村里的一个拐子。

三舅知道了，把田运生臭骂了一顿，要他赶走四姨太，把春花接回来。

田运生不服，跟三舅吵："曹为仁霸占我的老婆，我为什么不能跟他的老婆睡觉。"

那几个光棍也吵吵："共产党共产共妻，可以共曹为仁的财，为什么不能共他的老婆。"

他们的理由十分充足。*

三舅火了，关了这些人的禁闭。这时有人发现，四姨太偷偷给逃到马耳山的曹太生送信，于是四姨太被抓起来，三舅下令崩了那个娘们。由此，田运生暗暗跟三舅记了死仇。他喜欢四姨太，他有一次喝醉了说："那娘们儿才叫娘们儿，细皮嫩肉喂养得好。姓古的欺侮我，这么好的娘们儿让他古志河给崩了。真是操蛋透了！"

田运生没有再找春花，春花在拐子家总挨揍。那拐子总怀疑春花在外边野，动不动就把她打个半死。再后来，春花挨不过，就在房梁上挽条绳子，结果了自己。

不久，周一凡来到野民岭，批评三舅方法粗暴，下令放了田运生一伙人。田运生很机灵，看出周一凡有来头，便极力在周一凡面前表现，讨周一凡好。周一凡喜欢上他了，便让他在一团当了团长。

三舅来到一团的第三天夜里，田运生喝完了酒，让弟弟田宝生带着几个亲信，跟着他把三舅从被窝里掏出来，一条绳子捆了个结实。

"田运生，你要干什么？"三舅吼道。

"干什么？你他妈的通敌。"田运生冷笑。

"放你娘的屁……"三舅大骂，还没骂完，挨了田宝生一个大嘴巴。

田运生派田宝生骑马去报告周一凡，问干部通敌怎么办？

周一凡刚睡着，迷迷糊糊被田宝生喊起来，懵懵地听了，就答道："如证据确凿，杀！"

田宝生赶回曹家集传达了周一凡的命令。

田运生让人把三舅带到村外的山坡下。

田运生得意地笑："古志河，你杀了老子的娘们儿，老子今天送你上路。"

三舅气得要疯："田运生，你要抵命的。"

田运生冷笑一声："抵命？老子是奉了周代表的命令杀你的。"

该着三舅活命，田宝生找周一凡报告的时候，正被查哨的二姨听到，二姨心细，怀疑田家兄弟闹鬼，骑马跟在田宝生后边到了曹家集，她找了一个田运生的亲信打听谁通匪，那人支支吾吾，二姨给了他两巴掌，那人便招了，说三舅通敌，就要处决。二姨骂了一声，骑马追了下去。好险，那天晚上月亮正圆，二姨真真切切看到那几个人正要朝三舅开枪。二姨扯出腰里的霸王鞭抽过去，打散了那几个人，田运生被抽了个跟头，爬起来还要动手。二姨拔出盒子枪，骂道："谁再不老实，姑奶奶先送他走路。"

田运生带着人跑散了。

二姨跳下马，解开三舅的绑绳。

三舅怒道："你若不来，我险些被他们弄死。"

兄妹二人回一团找田运生。田运生和田宝生都没踪影了。

二姨窝着一肚子火回来找周一凡，大骂："我三哥怎么通敌了？你他妈的说清楚！"

周一凡好容易才弄明白，跺脚连叫糟糕，赶紧下令捉拿田家兄弟一伙，但是没抓着。

周一凡又下令让三舅当了一团团长。

插话：田家兄弟

田运生就此带着田宝生几个人当了叛徒。他们跑到省城投奔了我二舅。田运生在我二舅手下当了一名排长。后来又当了连长、营长。再后来他贪污军饷，二舅要枪毙他，他和田宝生逃跑了，又投降了日本人。从此田家兄弟死心做了汉奸。1940年在山西太原一带作恶。1944年田运生被当地抗日政府捉住，枪决了。捉田运生的那个民兵英雄名叫于喜娃，我采访过他，他已是70岁的老汉了。他回忆说，田运生是个稀泥软蛋，听说要枪毙他，立时吓晕了，屎尿弄了一裤裆，被拖死狗一样拖出去弄死的。对这样一个曾经挥着柴刀要跟地主拼命的农民，落到这样一个结果，我的确无话可说。田运生的确是林山县的耻辱。

田宝生当过伪军营长，血债不少。抗战胜利后，没了他的消息。人们一直认为他被打死了。1991 年 6 月，白须飘飘的田宝生竟活着回到林山县。他已是香港的大亨了。据说，他新中国成立前夕到了国外，做生意发了财，后来又到香港，滚雪球似的滚了几十年，竟滚出了几个大公司。他那次回林山县，说要为家乡的现代化建设出把力。他说林山县盛产水青冈，这种木材纹理直，材质细，极适宜制作家具。他要跟林山县合资办一个木材加工厂，并当场签了协议。他还赞助了林山县教育局 15 万港币。我当时得到消息后，心里有一种说不出的滋味，便没去采访他。听说，田宝生在林山县受到隆重欢迎，县委领导多次设宴招待他，并有 A 省一名副省长亲自陪同他参观了野民岭斜坡村曹家集的乡镇企业。现引 A 省日报 1991 年 6 月 17 日第一版的一则消息：

本报讯：海外华侨田宝生先生，最近在省政府领导的陪同下，回到林山县观光旅游。田宝生先生系我省林山县人，1948 年出国，现为海外著名企业家。此次回国观光，受到家乡人民的热烈欢迎。田先生激动地表示，要为曾养育他的家乡的现代化建设出一把力……田老先生还吟唐诗一首，以表乡情：少小离乡老大回，乡音无改鬓毛衰。儿童相见不相识，笑问客从何处来……

我不好在这里揣度田宝生先生此次还乡的心情。但是对于这样一个曾是野民岭的革命败类，发展到这样一种辉煌的结果，我也的确无话可说。我可以斩钉截铁地说田运生是野民岭人的耻辱，但我说不清田宝生先生是野民岭人的耻辱还是光荣。

野民岭有一句老话：看人要看后半截。这该是一种怎样的历史观点？声妓晚景从良，半世之烟花无碍；贞妇白头失守，一生之清苦俱非。这也是名言。

田宝生或者如此？*

1995 年，田宝生的儿子田子强由美国回来，人们才知道 1994 年田宝生死在了美国。死前，他嘱咐大儿子田子强将他的

*上述段落读来心中百般滋味，饶是个三十年河东，三十年河西？借时下网络语言问一句：田宝生算是个什么梗？

骨灰带回野民岭。

田子强在省城住下，由A省统战部和外贸公司的几位领导同志陪同他到了林山县，再到野民岭，认真勘查了两日，最后选中了风景宜人的断角岭为田宝生的骨灰下葬地。墓前，立了一块高两米，宽一米的大理石碑，虽不符合黄金分割法，却也雄浑壮观。碑前，立有田宝生的两米高的整身雕像，质地为上等汉白玉石料，座底为黑色大理石。据说，此项工程耗资数万美元，由林山县建筑公司施工。那几个月，一直发不出工资的县建筑公司奖金竟是多多的。墓碑上的字，由省书法家协会副主席蒲柳先生所撰："爱国华侨田宝生先生之墓"。颜体。传神透骨，功力深厚。传说蒲先生也由此得了若干美元。

可是田子强竟没到曹家集，就径直回县了。曹家集的人哂笑："田宝生的儿子怕挨揍哩！"后来听说田子强在林山县受到了县政府隆重招待，听县政府招待所的炊事员出来吹牛说，那几天的酒瓶子就卖了好几百块钱。田子强临走时，捐给林山县10万美元盖学校，说这是田宝生生前嘱咐的。后来又听说，县教育局有人将这笔款子挪用了一部分，还塞了个人腰包一些，不久事发，为此撤掉了几个干部，还抓了两个人。

1929年农历9月25日，在周一凡的指挥下，林山工农红军独立师，会集各乡农会赤卫队攻打林山县城。

据林山县党史记载，那一天全县的农会赤卫队员及农会会员近五千余人，手持大刀、长矛、土枪，随同林山红军独立师，从四面八方扑向林山县城。也许，林山县城对他们的意义，只是迈向他们未来理想的第一步。苏维埃，尽管是遥远的，虚幻的，却是美丽诱人的。我常常想，不能笑话这些山民，他们有时看得很近，他们很满足从豪绅手里夺得的几亩几分山地。他们有时又看得很远，他们看到了苏维埃，以至不惜为之付出鲜血和生命的代价。

党代表周一凡站在高高的土岗上，一脸严峻。

枪炮声、鞭炮声、锣鼓声、叫喊声一时大作。天空中塞满了骇人的怪啸声，县城四周的山野都震动了。我现在不能推测周一凡面对这支凶猛的攻城部队想了些什么，但他绝不是像后来史料上记载的那样：葬送了林山县红军独立师。应该说，当时的梁有田等人与周一凡一样，怀着巨大的期冀，把全部生命热情放在了这次攻城上。夺取城市，的确是当时中共斗争的一个战略。

弥漫的硝烟裹挟着飞扬的尘土遮住了太阳，遮住了满天满地的红旗。

天空变得暗暗的。

枪弹一直打了一天一夜。

县城西边的城墙被红军的土炮炸开了一个大豁口。攻城的人们呼喊着进去，又被雨一样的子弹打了出来。县城的四周，城墙上下，扔满了红军和农会赤卫队员的尸体。*

*一句『扔满了』，读来惊心动魄！

新中国成立后，中共林山县委曾在城西一华里处建了一座红军烈士纪念碑。一些碑在“文革”中被毁，“文革”后重建。碑顶，是一尊粗犷豪勇的红军战士雕像，一张野民岭人粗糙剽悍的脸孔。土枪，绑腿，大刀斜挎在背后，令人感到遥远。

纪念碑上深深刻着：

工农红军林山独立师，1929 年创建于林山县野民岭革命根据地。在省委县委领导下，出色地进行了宣传发动组织群众的革命武装运动，巩固了林山县苏维埃政权。1929 年 9 月 25 日，林山红军独立师在周一凡、古志河、梁有田等同志的指挥下，会同林山县各乡农会赤卫队，进行了攻打林山县城的战役。战斗中，红军指战员不怕牺牲，英勇杀敌，重创国民党林山驻军。斯为林山农民革命运动的旗帜。林山县人民之荣光。为林山县革命立下巨大功绩的林山工农红军独立师永垂不朽！

然而碑文没有记载，国民党部队那精良的武器装备对山民们狂热的革命激情曾经做过多大的嘲讽。

攻城的红军和赤卫队员不肯退却。死尸、鲜血，能惊寒人的胆魄，更能激怒人的复仇情绪。驻守在城里的国民党部队也已死伤过半。驻守团长方公卓，新中国成立后进了战俘营，后特赦，在A省图书馆工作。我曾向他了解过当时的战况。方公卓笑着指指他的右耳，我才发现他的右耳少了一块。他说，这是那场血战留下的纪念。他说自那一场血战，他已隐约感觉到共产党最终会得天下的。他感慨地说，只有共产党才能动员起那漫山遍野的农民置生死而不顾的。

的确，那一仗，林山县城一定会被攻破的，尽管攻城的人们付出了太沉重的代价。但是情况发生了变化，陈明然的援军到了。当时，陈明然刚刚与北方的一个军阀打完了仗，从前线抽调回一个旅的兵力，来镇压林山红军独立师。这个旅的新任旅长就是我二舅。

战机急转直下。

红军这时已伤亡惨重。二团长余满囤、三团长宋大安均已阵亡。

漫天遍地的红旗已经化成了漫山遍野的红水，那不是惨烈的夕照，那是林山县工农红军战士生命的血水。胜利与失败，仅仅是一念之间。也许，周一凡的内心充满了悲怆。英雄的梦想破灭了。

周一凡命令撤退，由他带一个营断后掩护。

三舅和梁有田争着留下，要周一凡先撤。

周一凡已经负伤。他的腿上血流如注，用一条手巾死死扎住，脸苍白得像张纸。他喘了口气说：“这次战斗失利，我负全部责任，由张尔陆同志如实向省委报告，我接受处分。现在，独立师由古志河同志全权指挥。”

三舅急道：“周代表，有什么事下来说，你先撤。”

周一凡摇摇头：“别争了，我留下掩护。”他顿了顿：“那天的事你不要记在心上，我这个人小资产阶级意识……”[*]

“别说了，周代表，你快撤！”三舅喊。

周一凡突然火了：“古志河同志，梁有田同志，我命令你们撤退！”

“周代表！”张尔陆落泪了。

“你立刻去省委汇报。”周一凡命令张尔陆。张尔陆还想说些什么，但是他看到周一凡那痛苦的面孔，便什么也没有说，转身走了。

“周代表！”梁有田还要说什么。

“撤！”周一凡转过脸去。

二姨疯了似的要跟周一凡留下来，周一凡让人把她拖走。他深深地看了二姨一眼，这是充满悲怆的一眼，这是极惨烈的最后一瞥，也许倾注了他热烈的一生。他转过头去，再也不看二姨。此时的周一凡已经变成了一只愤怒的老虎。

周一凡带着一百七十多名红军，用土枪土炮拼死抵挡着二舅的先头队伍。三舅和梁有田带着溃败的红军和农会赤卫队撤散。四舅曾回忆说：“你三舅一路跑一路哭一路骂。我从没见过你三舅那种悲哀的样子。”

周一凡他们的子弹打光了，他被活捉了。

林山县党史记载，敌人给周一凡动了大刑。周一凡一直破口大骂，后被敌人割了舌头，装在木笼子里游街。最后，周一凡和几个红军干部一起被割了头，挂在城门上示众。[**]

张尔陆秘书去了省委，他到省委后向省委写了林山县红军独立师攻打林山县城失败的情况汇报。他在汇报中写过这样一

[*] 人之将死，其言也善，闻者泪目！

[**] 壮哉！英雄！周一凡！

段话：

> ……周一凡粗暴地拒绝了古志河在野民岭建立革命根据地的建议，坚持攻打林山县城，然后向保州市进军。致使林山红军独立师元气大伤……周一凡到林山县之后，迫害打击古志河同志，排挤梁有田同志，他的私心膨胀……我认为周一凡是林山红军独立师失败的主要责任者……[*]

可我认为张尔陆的观点是不对的，或者他是在某种压力下违心地写了这个报告，或者他写这个情况汇报时，是对周一凡有偏见的。至少没有给周一凡一个公平的定论。

我常常想，周一凡是一个悲剧，作为一个省委派来的党代表，他绝不是一个无能之辈。革命不是儿戏，省委对周一凡来领导林山红军独立师的工作，有着十足的信心，周一凡对自己也应该是深信不疑的。他也许聪明过人，但他的人生经验却是贫乏的。他本想干得出色一些，但是他的智慧的局限使得他走向失败。他是来领导林山红军独立师工作的。但对于野民岭这样一个地方，对于古志河这样一些土生土长的野民岭人，毕竟不在他的人生视野之内，或者说他是一个客人。他渴望做出一些成就，奉献给他为之奋斗的共产主义事业。但是他仓促地来到野民岭这样一个陌生的地方，面对一群陌生的毫无军事素质的山民，他本来局限的人生经验，便更加显得进退失据了。等待他的只能是失败，这是周一凡悲剧的必然。

也许更悲剧的是那个年代人们本不该那样听话的。如果我三舅拥兵坐大，对周一凡不理不睬呢？林山县革命运动或者会是另外一个样子了。但这也是假定。历史从来只能给人们做出一个答案。

张尔陆后来到了江西，任河西县委宣传部干事。1931年7

* 一句『私心膨胀』，应是张尔陆个人情绪化了。

月，被打成AB团，后被杀害。1932年被平反，追认革命烈士。*

攻打林山县城的战斗据后人统计，林山红军独立师共伤亡三分之二计两千余人，各乡农会赤卫队伤亡二千五百余人。

整个林山县像死去一样安静。

四舅回忆说："那些天，各村的狗都不吠。"**

七　红军独立师的失败

红军独立师撤回到斜坡村曹家集太子崖村一带。

这一带地形地物复杂。我二舅古建勋不敢轻易围剿。他派兵封锁了通往斜坡村曹家村太子崖村的道路，如此封锁了一年多的时间。

1930年农历一月初，野民岭下了一场大雪。骤然而来的寒冷气候，加剧了对红军生存的威胁。

红军独立师近两千人和七百多名伤员，缺衣少食断药，因冻饿而死的人时有发生，开小差的几乎天天都有。

梁有田建议红军独立师撤出野民岭，转移到江西，与那里的红军会师。

三舅拒绝了，他说天冷不好转移，且国民党部队重兵封锁，也很难突围。

1979年，梁有田曾告诉我，整个林山工农红军独立师，实际上只有他和三个人是工人成分。梁有田为什么对我说这个情况？我想他大概是向我暗示林山红军独立师悲剧的原因。这或者真是悲剧的原因。三舅作为中共林山县第一任县委书记，实在不好用当今的思维方式来衡量他，三舅在本质上是一个农民，许多农民所具有的狭隘，他也很难避免。他和绝大多数土生土长的野民岭籍的红军士兵一样，实在不愿意离开野民岭。他们的欢乐忧愁都寄托在野民岭。他们固执地相信东山再起。他们不稀罕野民岭以

* 张尔陆如此一个结果，令人无语哽咽。

** 百里无鸡鸣，念之断人肠。

外的世界，或者说他们不信任野民岭以外的世界。由于这些诸多的原因，所以，林山红军独立师的命运就注定是悲剧的。而到了八十年代，野民岭外出打工做生意不归的农民，竟数不胜数。我曾在广州偶然碰到一个当了商店老板的野民岭青年，他对我说起野民岭时很轻蔑:“那鬼地方太穷，太闭塞。”

“你出来这些年不想家?”我问。

“不想。那穷地方值得想吗?”他反问。*

我无语。

据A省党史记载，当时省委多次指示林山红军独立师转移出野民岭。但为什么红军独立师迟迟不动?党史没有写。我猜测，这些指示都被三舅扣下了。

情况越来越严重，给养已经没有。山上可吃的树根树皮都被扒来补充了红军战士身体需要的热量。

那天三舅查哨，见赵铁锨和几个战士正分吃一只地瓜。

见到三舅，铁锨忙站起来，脸红红的请三舅吃地瓜。

三舅火了。当时炊火全断，哪有地瓜可吃?认定他们是偷了老乡的口粮。三舅抄起鞭子就打，赵铁锨结结实实挨了三鞭子。

赵铁锨被打晕了。等三舅打完了，他才吞吞吐吐地说:“是我娘送来的。”

三舅怔了:“你咋不早说?”

四舅回忆说:那天刮着西北风，冷风硬得像刀子一样往人肉里扎。天阴阴的，三舅的脸也阴阴的。他把队伍集合起来训话:“红军不许随便打人。今天我错打了赵铁锨同志，现在请赵铁锨同志打我30鞭子。”

说罢，三舅脱了上衣，赤背跪在了雪地里。

硬硬的山风撕着三舅的脊梁。

人们磁住了。

赵铁锨不敢动手。

三舅大吼：“赵铁锹，你要冻死老子的。”

赵铁锹猛然举起鞭子，大颗泪珠重重地落下来。

1930年3月，A省委再次用电台命令林山红军独立师战略突围，转移江西。报务员译出电文，交给了三舅。

三舅看完了，怔在那里，许久没说话。他木木地把电报交给了梁有田等人。

梁有田、二姨和十几个干部把电报传阅了，一齐把目光盯着三舅。

三舅缓缓吁出一口气：“开会！”

在营以上干部会议上，三舅传达了省委的命令。

四舅说，那会整整开了一夜。许多人都哭了。他们实在不愿离开林山。

三舅在会上决定，他带一团掩护，梁有田带二团三团突围，所有轻伤号随梁有田转移，重伤员分散到老百姓家里隐藏起来。

四舅扑在三舅怀里哭：“三哥，我不转移，我要跟你死在一起。”

三舅眼一瞪：“屁话，咋会死！”

梁有田坚持说：“老古，你突围走，我留下掩护。”

三舅大笑：“有田，你一定要冲出去，将来还要你们坐江山哩。”

梁有田回忆这段情景时，老泪纵横。他说，当时大家一致要求古志河同志突围，但他固执地要留下掩护，否则他不会死的。当时梁有田没能弄懂我三舅——作为中共林山县第一任县委书记，他只能执行省委突围的命令；作为一个野民岭人，三舅当然只能死在野民岭。

第二天清晨，三舅召集斜坡村、曹家集、太子崖村的农民代表开会。

三舅声音有些颤抖："各位爷爷、奶奶、大爹、大娘、哥哥、姐姐们，我们这些日子给你们添麻烦了。这些负伤的同志，希望你们能收留下来。"三舅转身，指了指他身后四百多名或躺或坐或倚靠在树干上的重伤号，竟一时哽咽，说不下去了。

三月里的山风还是硬的，像小刀子一样割着人们的脸。

三舅顿了顿："我希望你们能收留他们，他们是为大家过好日子，才弄成这种样子的。你们有缺儿子的就认个儿子，缺兄弟的就认个兄弟。他们养好伤，能帮你们种田砍柴。我古志河谢谢你们。日后革命成功了，会记住你们的恩德的。我给你们作揖了。"

说完，三舅深深地给人们鞠了一躬。他抬起头时，已泪如泉涌。

会场上一片唏嘘声。

四百多名重伤员就这样分散了。

这四百多人，大凡活下来的，后来不外乎两种选择：一些人做了规矩的山民；另一些人后来参加了林山县的共产党游击队。前一些人没有发展成什么大出息的。只有一个叫余万有的斜坡村人，新中国成立后当过一届A省农民劳动模范，1958年大炼钢铁，他上山砍木头，被一棵倒下的水青冈砸折了一条腿，后来当了几年斜坡村村支书。再后来贪污了生产队几千块钱被判了刑。再后来便死在了监狱里。那些参加了游击大队的，一些人在抗日战争时期牺牲了，活着的，新中国成立后大都当了干部。有一个名叫刘占水的当过林山县两年的工业局长，后来就因病提前退休。他是刘家岭人。他有个儿子叫刘春华，后来做了两年林山县的县委书记，后因贪污被判了20年徒刑。此是后话，我在第五章里还要提到。

这天夜里，突围的战斗打响，国民党部队察觉到了红军的意图，用密集的火力封锁住各个路口。

这一仗打得实在残酷。三舅带着一团与正面的敌人交上火，一团的红军简直是以死相拼，用血和命给梁有田他们荡开一条路。[*]

梁有田和我二姨一共带出去五百多人，辗转到了江西上杭。反围剿后，还剩下三百多人。长征以后，还剩一百多人。经过抗日战争、解放战争、抗美援朝之后，包括梁有田在内，还仅存六个人。

国民党部队捉住了突围的几十个红军，二舅吩咐将这些红军俘虏绑在野民岭山道两旁的树上示众。后来，又吊在我姥爷坟前的树上，浇上松子油，点了天灯。[**]

八　五舅的结局

四舅说，那天夜里，他和梁有田、我二姨他们被冲散了，他和几个人在太子崖村外的死尸堆里装死，直到第二天天黑才爬出去。他们一路讨饭，也到了江西。四舅后来参加了长征。抗战开始，他当了八路军某部副团长。平型关战役后，他当了团长，1939年和国民党某部有一次联合行动。那天，国民党的一个军长宴请八路军某部团以上干部，四舅也去了。和那个军长见面时，他怔住了。

那军长是我二舅古建勋，二舅的副官竟是我五舅古建业。二舅和五舅都怔住了。兄弟三人都很尴尬。

三个人怔了半晌，互相点点头，谁也没说话。

宴会结束，二舅单独送四舅出来。五舅跟在二舅身后。

二舅严肃道：“四弟，此次行动，还望你能先公后私。”

四舅咬咬牙：“没什么好说的。先国仇，后家恨，咱们的债，日后再清。”

说完，四舅狠狠瞪了二舅、五舅一眼，便骑马走了，头也不回。[***]

* 『荡开』二字，多少条命？作者用笔极简！

** 绝无天理，只泄私愤！

*** 如此一『瞪』，再不回眸。心中之愤，跃然纸上。

四舅回忆说：那次战役，如果他那个团不出动，二舅的队伍就要吃大亏。

自此一别，兄弟三人竟没能再见面。四舅后来得知二舅的消息是在二舅死去之后。二舅死于1940年的曹侯县战役中。二舅在那场败局已定的战役打响前，让五舅走了，应该说二舅是有私心的。后来的情况是，五舅加入了胡宗南的部队，1949年去了台湾。

1985年6月，四舅接到中央统战部转来的一封由美国发来的信，竟是我五舅古建业写来的。信上说，他早已退休，在美国当寓公。他的妻子五年前去世。唯一的一个儿子一年前因生意破产，跳楼自杀了。信写得十分苍凉，有落叶归根的意思。信的最后引了两句唐诗：度尽劫波兄弟在，相逢一笑泯恩仇。

四舅看了，却不复信。

我妈妈劝他："四哥，都老了，过去的事，算了！"

我也随声附和："是呵是呵！"

"算了？轻巧！多少人命？"四舅涨红着脸，声音大得吓人："他古建业若回来，自管回来，因为现在国家有政策。但他不要来见我古志刚。"*

* 大丈夫者！仇恨可以放下，但绝无原谅！如四舅也。

"那年的血流得太多了。"四舅坐在沙发上，喃喃自语，哀怨的眼睛闪着泪光。我从没有见过四舅这种悲伤的样子，赶忙走过去，他抓住我的手，轻轻拍了拍，长叹一声："孩子，别笑话我没肚量，事非经过不知难啊！你们没经过，没经过啊！……"

话没说完，四舅的声音便哽住，他再也讲不下去了。

手足之情，决绝到这个地步，谁好再劝？

1991年3月，白须银发的五舅终于回来了。他在北京下了飞机，便给我母亲打来电话，要她和四舅去北京会面。妈妈当即给四舅挂电话。

"哦，知道了。我最近身体不好，你自己去见他吧。"四舅的反应十分冷淡。

“四哥，你……”妈妈很不高兴。

“就这样吧。”四舅把电话挂了。

我陪妈妈到了北京。

兄妹相见，抱头痛哭。那情景极惨。我感觉五舅很慈祥，由此淡化了头脑中那个久已形成的反革命形象。

五舅惶惶地问：“四哥怎么没来？”

“他最近身体不好。”妈妈搪塞。

我和妈妈陪五舅在北京游览了几天，便又陪他乘飞机回保州市。五舅急于见到四舅，途中他认真地向我打听四舅的情况。我浮皮潦草地向他讲了讲四舅的情况。我总预感结局不会令人愉快。

我担心的情况果然发生了。四舅果然不肯见五舅。

我们去了保州市省军区干休所，被那个和和气气的警卫挡住了。

“对不起，首长不会客。”

“他做得太不近情理了！”我几乎发作。

“请通报一下，我是他弟弟。”五舅似乎在乞求。

“首长说，他没有弟弟了。”

五舅的身子颤抖了一下，掉头走开了。他默默地，没再说一句话。

在省统战部的同志陪同下，五舅到林山县去了几天，我自然始终陪着。那天去了野民岭古家庄，五舅说想去看看我姥爷的坟。但古家庄的坟早已经平了，只有一片绿绿的麦田。五舅在麦田里缓缓跪下了。他表情木然，但我感觉到他的心在流泪。

林山县的领导原计划要我五舅到曹家集、太子崖去转转，因为五舅感觉累了，没能成行。

县委李书记在县政府招待所设宴款待了我五舅。酒宴间杯觥交错，五舅提出想回林山定居，李书记当场答应给五舅盖房。几个月后我去林山县，那房子果然盖好了，很漂亮，地师级规格的，四室一厅。

五舅由林山县回北京了。临行时他对我说，他在北京会会老朋友就回林山县。

但他终于没能回来。他留在北京，在全国政协担任了一个闲职。翌年二月份他竟突然中风去世了，终年 78 岁。我和妈妈去参加了五舅的遗体告别仪式。五舅留有一份遗嘱，遗嘱上写了五舅的两个心愿：一个心愿是将他从国外带回来的两万余美元，捐给中国老年协会；再一个心愿是把他的骨灰埋在古家庄。

遗嘱是在五舅去世前 12 天写成。看来五舅对自己的突然死亡已有预感。

我和妈妈把五舅的骨灰从北京抱回来，埋进了古家庄的西坡下面。之后，我去看四舅，向他讲了五舅的治丧情况。

四舅淡淡地听完了。当听到五舅遗嘱把骨灰埋到古家庄时，四舅怔了一下，闷了许久。四舅似乎是在漫不经心地给我讲了些五舅早年间的事，其中一些是他从未讲过的，比如说五舅在抗日战争后期在胡宗南的手下当团长，的确打过几个胜仗什么的。

“他还是很能打仗的。”四舅说。

我突然问：“您怎么知道五舅这么多情况？”

四舅看看我，起身从抽屉里取出一本厚厚的册子，递给我：“这是他生前寄给我的，你拿去吧，你是动笔杆子的，我想也许对你有用的。”

我接过一看，惊呆了，竟是五舅写的一本回忆录手稿。我翻开看看，里边的字迹有的已经变色了。看得出，这是五舅花了许多年时间写成的。我当时收起了，我想这本回忆录五舅为什么要寄给四舅呢？也许是想要证明一些什么吧。

我起身告辞时，竟发现四舅眼眶里蓄满了泪。*

顺便说一句，五舅的这本回忆录，为我写这部《家园笔记》

* 终究手足之情，眼眶里蓄满了泪，心底必是翻江倒海啊！

中的第四章，提供了许多情节。

五舅死了。他在林山的“四室一厅”空了下来。正巧赵富又给四舅写信诉苦，他一直认为四舅是大官，大官说句话是顶事的。四舅离职后，一直不管别人的事。他常说，不在其位，不发其令。这次却破了例，当即亲笔给林山县委写了封信，信写得很激动，里边有这样的话：“赵富也算是个革命老干部了，难道竟不如那个双手沾满鲜血的国民党军官古建业吗？有古建业的房子，为什么就不能有赵富的房子？”

也许是赵富的儿子找A省省委告状起了作用，抑或是四舅的这封信起了作用。不久，赵富又给四舅来信说问题已经解决了。林山县委已答应把我五舅空下的那套“四室一厅”给他。他最近就要举家迁回林山县。他在信的最后万分感谢林山县领导同志对他的关怀，并请四舅转达他诚挚的谢意。

四舅读罢信，摘下花镜，靠在沙发上，闭起眼睛，苦苦一笑：“打江山的要感谢坐江山的？”

此事过后一年，赵富又来了信，是从林山县寄来的。他说已在林山县住下，信上恳求四舅到他家去坐坐，他要当面致谢，务必光临。

所谓坐坐，我理解出是吃酒的意思。我感到这老汉挺俗。

我料定四舅是不会去的，因为他一向是讨厌这类节目的。况且四舅自1930年从野民岭突围出来之后，绝少回林山县。谁知他读罢赵富的信，竟执意要去跟赵富坐坐，并要我陪他去。我猜不透他是怎么了。莫非人老了，性格都会变得这样让人不好理解？

一路上，四舅不说话，挺闷。

保州市通过林山县的公路，近年已经修宽了，很好走。桑塔纳轿车沿着山路急驰。那环山绕岭的柏油路像一道瀑流，曲曲折折地奔泻下来。初夏将去，道路两旁的水青冈，盛开着淡绿色的小花。

车行到太子崖时，四舅突然让司机停车。

四舅下了车，拄着拐杖，踏着陡陡的石径小路，往山上走。我和司机慌忙上前搀扶他，却被他粗暴地推开了。我只好紧紧跟定他。

上到半坡，他已气喘如牛，竟再也上不动。我扶他在一块青石上坐下，替他揩着额上的汗。他苦笑着说："我真是快死了。"

他歇了一会儿，突然问我："龙生龙，凤生凤，这话你信不？"

"血统论。"我笑了。

他不笑："也许真是一种希望。"

我一时没弄懂他是什么意思。

他接着说："比如说，我非常希望你比我强，但你会不会比我更强呢？"四舅的目光紧盯着我。

我看出他眼里有一些哀怨，是那种关于种子退化的哀怨。我无言以对。

四舅微微喘口气，不再理我，他抬眼望着高高的山顶，自语道："我小时听人讲过，林山县这些山都是有魂灵的。后来我长大了，就不相信了。现在我老了，却又相信了。"停了一刻，四舅指着山上那一棵棵水青冈，问我："你知道这种树最适宜做什么吗？"

我笑道："做家具。听说田宝生在林山县投资开办木材加工厂，就是用它做家具的。"

四舅笑了笑，摇摇头，没再说什么，只盯着那一棵棵水青冈发呆。许久，他站起身，说："我们走吧，赵富怕是等急了。"

我搀扶着四舅下山，这次他没有拒绝。

下山后，我又仰面望望高高的太子崖，猛然间感到一种悲壮。四舅说得对，这山是有魂灵的。岁月像风一样刮走了，像云一样飘远了，但这山的魂灵仍在。

轿车急驰着，道路两旁，那一棵棵水青冈迅跑地向我们扑来。我注视着它们，猛然间，它们幻化成我的舅舅们、姨妈们和赵铁锨们。

我心里渐渐产生了一种羞愧，是一种很肃穆很庄严的羞愧。

我突然落泪了……*

从林山县回来那天晚上，我在写字台前打开《植物学辞典》，查到了水青冈的词条，如下：

水青冈：即山毛榉。山毛榉科。落叶乔木。高达25米。叶卵形，长6—15.5厘米。有疏锯齿。初夏开花，淡绿色。雄花序头状；雌花序柄长3—6厘米。壳斗四裂，外被多数细长卷曲毛状苍片。结坚果两个，卵状三角形。多产于我国长江流域及以南地区。耐荫喜温湿气候。生长较慢，木材纹理直，结构细。可做铁道枕木。**

我很失望地合上了辞典，我想编写这部辞典的人们一定是疏忽了，他们实在应该到野民岭去考察一下，那里是漫山遍野的山毛榉。

九　三舅之死

三舅被子弹打断了一条腿，给捉住了。二舅让人把他单独押在姥爷家的地牢里。之前，这地牢里曾经关押过我姥爷，现在我三舅却关押在这里。或者是二舅无意，或者是二舅有意。他把三舅关在这里是否想让三舅思考什么。

* 我试想，作者行文至此，必定心中大风起兮云飞扬，激情如雷电交加。

** 铁道枕木？神来之笔，蕴含非常啊！

过了两天，国民党部队在野民岭西坡下杀人。

四面的坡上崖上站满了荷枪实弹的国民党士兵。

二百四十多名红军和赤卫队干部被五花大绑往坡下牵。

斜坡村、曹家集、太子崖、刘家岭等村的千余名老百姓被驱赶着前来观看。

人群中有许多被杀者的爹娘、妻子、儿女。于是哭声一片，震得四周的山崖发颤。

三舅是最后被押出来的，他没有被上绑。他额上冒着汗，拄着一根棍子，很吃力地拖着那条断腿。那腿上还淌着血。二舅曾派人给他包扎了伤口，但三舅撕去了包扎。

传说三舅被俘那天晚上，二舅跟他谈了半夜。兄弟俩谈崩了。村里人传说，二舅本不想杀三舅，可那天晚上二舅做了一个梦，梦见姥爷提着自己血淋淋的人头，来到二舅枕边坐下，大喊："我儿，为我报仇！"二舅惊醒了，姥爷却不见了。二舅再睡，又见姥爷仍在枕边叫喊。于是，第二天二舅改了主意，决定杀三舅以告慰姥爷的亡魂。这种传说，现在已经无可对证。*

林山县文联编写的三套集成中有描写我三舅赴刑场的这一场景：

……古志河同志拖着一路血迹，往坡下走。走着，突然放开嗓子唱开了山歌：

哎嗨哟，打开粮仓吃白米啊，
哎嗨哟，杀了老财有马骑啊，
哎嗨哟，穷苦哥们儿闹赤化啊，
哎嗨哟，好光景过得万年长啊。

那山歌嘶哑，但高亢，硬硬地撞着周围的山崖，惊得人心发慌。一些国民党士兵也禁不住击掌叫好……

* 托梦杀人？果然好借口。

但是，根据林山县党史的记载，三舅唱的是另外一首歌，曲子是野民岭的山歌，词是他题在地窖里的一首绝命诗。如下：

今日好汉走刀口，
杀头放血为自由，
儿孙夺得江山后，
岭上老酒祭我头。

唱罢，古志河同志壮烈牺牲……

我不知道这两个版本哪个更接近真实。或者说还有第三个版本，三舅根本就没有唱歌。*

三舅妈赶来了。她挎着一个篮子，上边盖着一块粗布手巾。她奋力在人群中向前挤着。

一个士兵横枪拦住她。

“你要干什么？”

“我是他媳妇，送送他。”三舅妈指指三舅。

“不行。”士兵坚决地摇头。

二舅在山坡上的一块大青石上坐着。他那位置能俯视刑场的全景。他看到了我三舅妈，传下话来：“让这女人过去。”

三舅妈走到三舅跟前，眼泪刷刷地淌下来。

三舅怒道：“你来干啥？”他拖着腿往前疾走。

三舅妈在后边跟着哭：“我是你媳妇，送你一程。”

三舅停住脚，十分温和地说：“快回去吧，别给我丢人。”

三舅妈垂下头不说话，并不走开。

“快回吧，要招人笑话的。”三舅仍然温和地劝她，然后，继续走。

三舅妈默默地跟在后边。

三舅停住脚，怒道：“你快走！”

* 极有可能！

三舅妈不敢再跟下去，从篮子里取出一罐酒，又取出一只碗，倒满，凑到三舅嘴边。

三舅仰脖喝了。他一连喝了三碗。

三舅妈又取出一块肉，小心地放到三舅嘴里。

三舅吞下了，大笑："夫妻一场，你对得起我了。走吧，嫁个好人家。"说完，拖着腿又走，头也不回。

三舅妈想再跟几步，二舅已从坡上下来，从身后叫住她：

"弟妹。"

"二哥。"三舅妈眼泪不止。

"弟妹，他罪孽太重，你等着收尸吧。"

二百四十多名红军和赤卫队干部在坡下一字排开，被士兵们强行按倒跪下。三舅排在第一个，几个刽子手提刀走过来。

二舅最后望了一眼三舅，手一挥，转身离开。*

* 毕竟手足之情，恨得咬牙，却也心疼得要紧。

刽子手们的大刀飞舞起来了，鲜血似怒放的花叶一般飞溅着，一颗颗头颅在刺耳的"咔嚓"声中连连落地，艰难地在地上翻滚跳动；无首的身躯在跃起、扭曲。刑场上扬起一阵弥天的红雾。

人的生命是顽强的，也是脆弱的；是泰山，也是鸿毛。山民们为了活得更好，然而却活得不好。他们死得壮烈，像震地的惊雷。他们死得容易，像野民岭那漫山的树叶，无声无息地落了。落叶？落叶！

砍三舅时砍得很痛苦。刽子手认识三舅，手发抖，砍了两刀，没砍下来。

三舅拧过身子破口大骂："狗日的，给爷爷痛快点儿。"

又砍了一刀，三舅的头才砍下来。

林山红军独立师至此失败。A省国民党剿匪司令陈明然给上司的报告底稿，现存于南京档案馆，兹具引如下一段：

林山赤匪经我军围剿后，实力损失殆尽。赤匪所谓独立师除少数溃散，大都在林山县西部野民岭、斜坡村、曹家集、太子崖一带被剿灭。赤匪尸陈遍山漫野，大快人心。匪首古志河等尽被逮捕就地正法。林山剿匪军事至此，大体可告段落。惟零星残余匪徒，我军仍在搜捕，不日将根本肃清。林山黎民，可高枕无忧。

三舅的人头，是被姥姥和三舅妈捡回去，请人缝在腔子上，装入棺材的。

二舅不许三舅的棺材进入祖坟地。

姥姥和三舅妈到仓山县请了几个人，在一天夜里把三舅的棺材抬到山里，刨了个坑埋了。三舅妈给了那几个外乡人好多钱，把他们打发走了。三舅埋在哪儿了，野民岭的人谁也不知道。我猜想，三舅妈怕三舅仇人多，去掘坟暴尸，才请外乡人帮忙的。

姥姥死后，三舅妈也死了，后来大姨也死了，便无人再去给三舅烧纸。

新中国成立后，四舅和我母亲回去找三舅的尸骨，县委也派人四处寻找，竟寻不见。

县委只好在林山县烈士陵园给三舅修了一座空墓。这座空墓，“文革”中被红卫兵毁掉了。“文革”后也没有再建。县委的意见是：既然是空墓，也就没有重建的意义。只在纪念碑上补刻了三舅的名字。

1986年，我为三舅重新建墓的事情，曾找过林山县委。那时的县委书记姓宣，是个年轻的知识分子。宣书记笑着说：“你三舅作为革命烈士，他参加革命的初衷，也许不是为了占这三尺之地吧。而且目前耕地这样紧张。”

我一时无言以对。

宣书记又笑笑说："作为革命烈士，你三舅将永远活在林山县人民心中。这是最大的纪念碑，对吧？"

永远活在心中？我着实不敢相信地望着林山县这个第二十三任县委书记。

之后不久，我听说这位宣书记为自己盖了一栋两层小楼，占地十余亩。*

十　大舅之死

我写过了林山县红军独立师的结局，现在可以腾出笔来写一写我大舅古志川的结局了。大舅是 1932 年牺牲的，他死在了 A 省的监狱里。

国民党叛变革命，使得那些年中国共产党的血流得太多了。包含在"血流成河"这个短语中有多少共产党人的生命呢？大舅自然是其中的一个。

关于大舅那时期的情况，我走访了许多人。关于大舅被捕的情况至今是个谜：大舅当时从上海回 A 省任省委书记，他的公开职业是一家旅社的副经理。然而他刚刚在省城驻足两天，就被逮捕，关押在 A 省国民党警备司令部看守所。一个月零三天后，被枪杀在省城庄济寺。

传统的说法是：当时党内出了叛徒。而谁是犹大？这个问题至今没有结论。**

大舅的一个老战友，曾在中央顾问委员会工作，我就这个问题拜访过他。老人家清楚地回忆：当时古志川同志请求去苏区，因为他有军事斗争经验。古志川同志几次对中央说，他不宜去 A 省，因为 A 省国民党驻军司令陈明然是他北伐时的同事，而且许多人对他太熟悉。若中央一定要他去白区，他则要求去别的省。他的要求，被当时一位中央领导否定了。

*『宣书记』一节，似是闲笔，作者信手拈来，读者却感意味深长。

** 史如大海，何处打捞真相？

老人家叹了口气，郑重地告诉我，古志川同志的牺牲与当时中央内部的人事矛盾有直接关系。

也就是说，我大舅和当时中央一些同志有矛盾，他们便把大舅当包袱甩给了敌人？我不想做出这样的结论，这太残酷了。即使在政治开明的今天，我也不愿承认这个结论。但似乎没有别的结论。*

* 读得惊心，不由得不信。

大舅被捕后，作为政治要犯，被秘密关押在A省国民党警备司令部看守所。

A省国民党剿匪司令陈明然，非常了解大舅，他们曾经一起北伐，并肩作战。而昔日的战友同志变成今日仇敌，历史走过了一段怎样弯曲的路程啊！我相信陈明然和我大舅都会为这次见面感慨万千。陈明然召开会议讨论如何处置我大舅，并电告蒋介石。曾是黄埔军校校长的蒋介石当然认识大舅，而且很欣赏我大舅的才干。于是，他派人来劝降大舅。

根据我的采访，在大舅被捕后的一个月中，陆陆续续从南京、武汉、上海等地来了国民党要员三十余人。其中有大舅的同学、旧日的上司、部下，频频与大舅会面劝降，但均以失败告终。最后一次，由陈明然亲自出面，那次谈话记录，现存于A省档案馆，我曾查阅，摘录如下：

陈明然："志川兄，蒋先生对你的真才实学至为爱惜。"

古志川："明然兄，你已对我挽救多次，但我听不进，有负盛意，奈何？"

陈明然："志川兄乃共产党知名人士，不过贵党已穷途末路，你又何必不识时务？事已至此，理应幡然回首，不失俊杰之风。"

古志川："明然兄，道不同者不同谋也。"

陈明然："志川兄，你不一定要公开反共，可以做些其他工作嘛。且中共不少中坚分子，已有许多回头是岸了。志川兄若不肯与我们携手共商国是，也可到治学机构，著书立说，文章千古事嘛……"

古志川："志川不做犹大。"

陈明然："你刚刚30岁，真就舍得这样死去？不可惜？"

古志川（笑）："共产主义总有一天会在全中国全世界成功。古志川纵然一死，又何足哉。"

陈明然："志川兄不想家吗？"

古志川："我与野民岭一草一木皆有骨肉之情。然而，国难当头，乡关何处？我一介书生，也就死得其所了。*

* 既然做了对手，早已有了被杀的觉悟。

劝降至此，已无回旋余地。

陈明然怔怔地看看大舅，仰天长叹："志川啊志川，你啊……"就再无话。

又过了15年，陈明然与蒋介石的嫡系陈诚闹翻，从而得罪于蒋介石，被调到国防部任次长，去掉了兵权。新中国成立前夕，他被裹挟到台湾，后以治病为名到了美国，后又辗转到香港经商，但亏了本钱，便做了寓公。1970年，他曾写信给周恩来总理，请求回国定居，而后突然发病，未能成行。1970年10月25日凌晨在他的公寓里去世。时年75岁。

我要感谢A省公安厅的同志，他们调查到当年看守我大舅的一个士兵还活着。他们带我去找他了解情况。那天，落着毛毛细雨，我们在省城一条小巷里找到了这个人，他已是眼花耳聋的老汉。他的大儿子在省水利局工作，是个知识分子，他陪他父亲接待了我们。我向他讲明来意，他为难地笑笑，说时间太久远了，怕老人记忆不清了，试一试吧。于是，他大声在老人耳边把我们的来意喊了一通。

老人听懂了，迟疑地看了看我，又看了看他儿子。

他儿子又大声说明我们没有恶意，只是了解一下情况。

老人停顿了许久，闭上眼睛，仿佛进入了很遥远的回忆。又过了许久，他睁开眼睛，断断续续讲了大舅当时被关押的一些情况。老人当时是一个排长，并且认识我二舅。他介绍的一个重要情况是：我二舅曾在陈明然劝降大舅无效之后，又去探望过大舅。

根据史料记载，我二舅从林山到省城后，在陈明然手下又当了团长。如此看来，陈明然是很器重二舅的。

根据老人的回忆，那天大舅和二舅的会见，原是定在陈明然宽大的会客室的，但是大舅不去，坚持在牢房会谈。[*] 大舅当时做何想，已经不得而知。二舅进了大舅的牢房，牢房里的空气散发着难闻的霉味。大舅坐在那里，只是笑笑，并未起身。二人说了几句，便不再说话，大舅的目光从二舅的脸上移开，凝视着盖满黑灰和挂满蛛网的牢房小窗。老人回忆说，当时我二舅用方言和大舅交谈（应该是林山方言，否则，他们会使用什么方言呢？）他听不大懂，好像弟弟劝哥哥退出共产党。弟弟说得很动感情，落了泪。哥哥却无动于衷。

二舅意识到他们兄弟之间的谈话，已经失去了亲情。二舅起身默默地告辞，退了出去。他走出牢门，摸出怀表看了看，他和大舅只交谈了十几分钟，却似乎谈完了一生。

陈明然司令在外边等着二舅。

二舅把大舅的态度报告了一遍。

陈明然默然无语，闷了一刻，叹道：“志川乃历尽沧桑之人，生死之事，早已看透。三军可夺帅，匹夫不可夺志。你我不必再枉费心机了。”

二舅点头道：“孟子云：贫贱不能移，富贵不能淫，威武不能屈。我大哥真是身体力行了啊。”说罢，二舅已是热泪滚滚。[**]

陈明然怅然离去。

老人回忆到此，骤然停住，叹道：“兄弟二人，各保其主。”

老人又对我谈了许多。根据这次采访，我整理出以上情况。

*『不去』二字，即是原则。所谓气节，略见一斑。

** 眼中热泪滚滚，心中佩服得要紧！

第二天上午 9 时许，负责行刑的特务队长（姓张，河南人）来到大舅囚室，向大舅出示枪决令。

大舅看过，从张队长手里接过笔，在上边签了字，把笔还给张队长。张队长退到一边。大舅稍事整理衣衫，随张队长走出囚室。在林立的警卫之中步出警备司令部，向百米之外的庄济寺走去。刑场就设在那里。刚刚进入深秋，木叶纷纷，庄济寺里一派肃杀之气。

我多次去过庄济寺。民间传说这里是庄子修身养性的地方，又传说济公和尚在此久住。实际上，这家寺院是明末年间，一个叫慧觉的和尚化缘后在这里修建的，没有什么特色。庄济寺的格局很像大户人家的四合院。我怀疑那慧觉和尚大概想还俗，便假名建寺庙为自己盖宿舍。但也有人考证说庄济寺原不是这种格局，被后人翻修过几次成了现在这种样子。总之，这里还算得上是个风景很宜人的地方。春暖花开，那宽畅的庭院里绿草茵茵，游人如云，许多善男信女来寻觅庄周和济公的灵气。焚香祈祷，这里已经没有了一点点杀人刑场的遗迹。我感叹，大舅的确被人们忘却了。大舅的那个年代也的确被人们忘却了啊！*

* 读到此处，击节长叹：我们的确『记性不好』啊！

大舅走进庄济寺。

寺内空气像绷紧的弓。门前摆着一桌酒菜，一个士兵端过一坛酒，打开，香气四溢。士兵小心地斟满一杯，双手放在桌上。此为上路酒，是陈明然特意为大舅准备的。

浓郁的酒香飘过来，大舅嗅了嗅。士兵敬礼：“请古先生饮。”

大舅摆手笑道：“我已多年不饮酒，还是不破戒的好。”

士兵一怔，退到一边。另有一个士兵端上一杯茶。

大舅爽然一笑：“甚好。甚好。”双手接过，认真吹去上边的浮叶，一饮而尽。然后，细心把茶杯看过，仿佛在把玩一件古董，交还给士兵，并点头谢过。

此情景，曾载当时香港大公报 A 省通讯，摘录如下：

共党要犯古志川至庄济寺，此时兵士林立，游人禁绝，鸟雀鸣止。古信步进寺，已见一桌酒菜。有兵士端一杯水酒敬上，古摇头谢绝。另有兵士侍茶一杯，古饮罢，泰然自若，表情闲淡……

我当年查阅此资料时，深感大舅窝囊。他至少应该像电影上英雄人物那样，讨一纸墨，愤然写下："砍头不要紧，只要主义真"之类的词句；或饮了那杯酒，后用力掷杯于粉碎，再然后，高唱国际歌或喊几句口号什么的。

而他没有。他出奇的平静。*

二舅走过来，和大舅面对面注视了片刻，闷闷地问："大哥还有什么事情要嘱咐的？"

大舅摇摇头，又定定地看了二舅一眼，转身向庭院中间的草坪走去。

走进草坪，大舅停住脚，回转身，面对那成排的枪口，淡淡笑道："开枪吧。"

宝姑是1932年从上海到A省的途中得到大舅被杀的消息的。于是，组织上让她改道去江西了。她在瑞金苏维埃工作了一段时间，后来参加了长征，一直在部队做军事工作。新中国成立后在某炮兵学院当过副院长。"文化大革命"被冲击，之后便离职休养。现在，她还活着。

前几年，为了给大舅写传记，我曾去北京找过她。

她住在海淀区干休所的一栋小楼里。小楼后边有一个小花园。我去的那天，园里的月季花开得正盛。她正和老伴坐在花园里晒太阳。

秘书把我引到她面前，她呆呆地望望我，迟钝地示意我坐

* 此节作者写得平静，读者读得却是血脉贲张。

下，表情很淡。我明显地感觉到了和她之间的距离，这似乎是一个不好沟通的老人。我有些灰心。

我通报了姓名，她很漠然，两眼无神地看着天。她的老伴在一边的躺椅上打盹，口水从他嘴角偷偷溜下来，秘书掏出手绢，帮他轻轻揩去。

宝姑真的老了。我怎么也想象不出这个迟钝得近乎呆滞的老女人，当年竟是红军里的女指挥员。我曾在A省党史办公室见过她的一张照片，头戴八角帽，腰里插着手枪，英气逼人。而现在，她老了。岁月真是无情。“少携一剑行天下，晚落空村学灌园”。我想起了这两句古诗，好像是陆游的。此诗道出了英雄晚境的苍凉和无奈。

我对她提了大舅的名字，宝姑那无神的眼睛一下子变得明亮了。她看看我，很激动的样子。她转身叫醒了老伴，她的老伴听她说了几句什么，也十分激动，我感到我们之间的距离一下子消失了，我们突然亲近起来。

宝姑握住我的手，一个多小时都没有松开。宝姑讲了我大舅在广州、上海的一些事情。我感觉到她的思维是相当清晰的。我没有记录，只是听。她的手有些颤抖，那颤抖通过我的手，传遍我的全身，我感到了一种母亲般的温柔。

我的眼睛潮湿了。我突然想喊她一声大舅妈。但我忍住了。

我们在花园里谈到日落，是保姆出来催了几次，才回屋吃饭的。

我本来没有留下吃饭的意思。但宝姑执意留我，我不好走。

一边吃饭，宝姑一边问我母亲、四舅及林山县一些我不知道的人的名字和事情。我再次惊讶老人竟有这样好的记忆力。

饭间，进来一个和我年纪相仿的男人。宝姑介绍说，这是她的小儿子。宝姑向他说几句什么，我没听清，大概是向他介绍我的身份。他向我点头笑笑，然后便坐下喝酒。我记得是五粮液酒。他让了让我，我说不会，他不相信地笑了笑，便自斟自饮。他喝酒的样子证明他很能喝。喝罢酒，他站起身，掏出一张名片给我，便告辞了。

我记得那张名片很精致，后边是英文，烫金且有香水味。上边印了一大堆官衔、职务，诸如董事长总经理什么的。后来这张名片不知被我随手丢到什么地方了。去年，我偶然在报纸上看到了他的消息，他倒卖批文，行贿受贿，被捕了。捕前是某部一个副局长。我想他至少要判十年以上徒刑。但我又想，以他的神通也许判不了十年，或者一年也判不了。

吃完饭，又坐了会儿，我便告辞。宝姑让保姆搀扶着送我，一直送到大门外边。我突然感到我对她产生了一种异样的情感，是爱，是尊敬，我一时理不清。

“常来玩。”宝姑说。

“嗯。您请回吧。”

“让你妈妈也来，我走不动了。”宝姑苦笑。

“嗯，您回吧，大舅妈。”我终于这样叫了她一声。叫完，我已落了泪。

她听清了我叫她什么，怔了一下，凄然一笑：“……好，好。”她也流泪了。*

*一声『大舅妈』，读者泪潸潸。

十一　六舅其人

我还是要讲一讲我的六舅。

至今，古家兄妹仍是野民岭的老话题。人们兴致勃勃地谈论起古家家族时，却不谈六舅，人们绝口不提他，或许已经忘记了他曾存在过。我总替六舅悲哀。

六舅是古氏家族一个反面的例子。

我有六个舅舅，两个姨。六舅排行老九。

姥爷为我制造了一个很壮观的舅舅姨姨们的群体。在这个群体中，六舅声名最为糟糕，甚至连跟着蒋委员长跑到台湾去的五舅也不如。

野民岭崇拜硬汉子。六舅不是硬汉。

我六舅 1935 年从林山县师范学堂毕业，而后留校当了教师。1937 年抗战爆发，六舅被校友于默然说动，在林山县参加了抗日工作。他识文断字，先在区上当文书，后来调到县大队当小队长。1940 年秋天，林山县游击队编入八路军 129 师，六舅随部队转移到太行山。六舅当过八路军连指导员，1942 年日本人秋季大扫荡，六舅开小差逃掉了。

六舅开了小差，溜回古家庄。他若不溜，熬到现在，应该是野民岭一名显赫的人物。可是他溜了。或者他躲过了死亡，或者他溜掉了一个很有出息的前程？谁说得清呢。

六舅溜回古家庄第三年，娶了我六舅妈，依次生下我的两个表哥一个表弟一个表妹。六舅一直规规矩矩种地当农民。新中国成立后也曾在村里当民办教师(他在林山县师范学堂读的书总算是派上了些用场)。六舅妈是 1960 年死的。她死时全身浮肿，脸呈绿色，她是饿急了，误吃了有毒的野菜死的。使我哽咽的是，六舅当时带着村里的小学生们给生产队看玉米地，但他们全家只吃掉了地里的野草，竟没有动一株玉米，甚至一片玉米叶子。我可怜的六舅妈，是否应该说是死于六舅的大公无私呢？六舅妈死后第五个月里，我 17 岁的大表哥去山上剜野菜没有回来，第三天，六舅上山去找到他，他竟早死在了山顶。六舅后来说过，当时他只要从地里弄回几棵玉米，我六舅妈和表哥就不至于那样。

我坦率地告诉读者，六舅之所以没有那样做，绝不是高度的觉悟，而是胆小。*

* 似乎并非一句『胆小』这么简单，那个特殊年代，才会有如此之人物，如此之性格。

二姨曾感叹着对我说：“你六舅就不该生在野民岭。他真是个胆小鬼。”

六舅也曾对我说：“我没有害过人，但我怕死。我也怕疼。” *

也许是这种性格冲突，二姨辞职回乡后，跟六舅一直关系较淡。1965年冬天，县里发下几张招工表，给了二姨一张。我至今也不知道那张表是怎么来的。当时我正在县里上初中，刚刚放假，我去二姨家看她。那天下着大雪，二姨带着我到六舅家来了。二姨不是常到六舅家来的。记得二姨坐在炕上，很威严的样子。六舅坐在门槛上，不住地点头称是，像一个欠债的。后来二姨把我二表哥古小坡喊进屋，对六舅说：“你那开小差的事怕将来耽误孩子，让小坡过继给我吧。你看？” 六舅点头说：“就依二姐，就依二姐。”

我当时感觉六舅心里是极不乐意的。但他只是眉头皱了皱，没有再说什么。从此，表哥便管二姨叫娘。后来，表哥古小坡顺顺当当招工走了。后来表哥告诉我，在家长一栏里，他很不情愿地填上了二姨的名字，表哥一直认为二姨太霸道。

第二天，六舅也许是为了答谢二姨，请二姨吃饭。二姨带着我去了。进了门，二姨坐在炕上。二姨让六舅也上炕，六舅不肯，二姨又让他上炕，六舅还是不肯。二姨发怒了：“你这人，怎么在家里也活得没骨头似的。”

六舅红了脸，便坐在炕沿上，屁股只啃了个边边。那天二姨高兴，亲自倒酒。自己倒了一碗，又给六舅倒了一碗。六舅很为难，看看二姨。二姨不说话，端起碗一口干了。六舅便也一口干了。六舅酒力不济，二姨还没走，六舅便醉倒了。二姨走时，看看躺在炕上的六舅，叹口气，对我表哥说：“给他盖件衣裳，莫要冻着。” **

六舅那天醉了一天一夜。第二天表哥到县里集合，六舅也没能去送。表哥古小坡后来对我说，他到了工厂之后，给家里写了封信，过了些日子，收到了我六舅的回信，是我表妹古小娟代笔写的，是六舅的口气，信上写了那天没能送，请儿子原谅的话。

* 老实人实话实说。

** 一个『啃』字，写活了六舅的窝囊；一个『盖』字，写出了姐弟之情。作者用字精彩。

那时，表哥只感到六舅窝囊，他还不能理解一个在儿子面前失去了尊严的父亲是怎样的心境。表哥说，这么多年过去了，每每他的自卑感强烈的时候，就没来由地恨我六舅。

“文革”开始后，野民岭西岭公社的造反派抓走了六舅，硬说我六舅当年开小差当了汉奸，给日本人暗中搜集情报。六舅刚刚被打了几下，就受不了，便揭发了我二姨也是汉奸。亲弟弟揭发，不会有诈了。造反派便来古家庄提审我二姨。二姨跟她们到了公社，指着我六舅的脑袋大骂造反派们：“一个开小差的胡说八道你们也信？真昏了头不成！”

也许野民岭公社的造反派毕竟不像大城市那些造反派敢作敢为，也许他们真的慑于我二姨手里有一张毛主席亲自颁发的，可以杀人不偿命的“免死证”！野民岭公社的造反派们没敢把我二姨怎么样，放了二姨，二姨临出门，朝六舅跺脚：“你又何苦害我？你何苦呢！”

六舅没被放回来，仍留在公社交代历史问题，又过了几天，六舅上吊死了，临死时大喊：“二姐，我对不住你呵！他们打我，用烧红的铁丝扎我。”

二姨给六舅下葬时朝我叹气：“你六舅说得对，他不仅怕死，而且怕疼。他真不像是野民岭的种啊。其实，我们兄妹九个，你六舅是最聪明的一个。他实在是一个读书人。”

读书人？我对二姨为六舅下的这种结论不解。*

或者如此？如果六舅不生在野民岭这样一个地域，他或者能够成为一个学者之类的人物？在古家庄小学读过书的人常常说，我六舅上课从不用课本。他能把一些课本倒背如流。省交通厅古振华副厅长曾经在古家庄小学读过书，他回忆说，你六舅可以背大半本的《红楼梦》，唐诗宋词张口就来。古副厅长说这话时，用很服气的目光望着我。

但我至今仍然泄气，常常为我有这样一个六舅感到羞惭。他那被怯懦浸透了的生命，当年若在抗日战争的某一次战斗中完结，也就不会在我母亲的家族史上抹上这极窝囊的一笔了。

六舅的性格的确同野民岭人的性格有些格格不入。

野民岭是一个野气腾腾的地域。六舅也应该是一个野气腾腾的汉子才对。

我常常想起姥爷。

世界上是否真的有遗传，遗传?！*

*放眼去看，精神遗传多是不到位？

本章人物补遗之一：袁子平的故事

清末年间，林山县衙有一个师爷，名叫袁子平。他曾在我姥爷家做过一段时间的管家。关于他的传奇很多。特记如下几则。

袁子平是仓山县袁家村的一名秀才，屡试不第，却写得一手好字，行草隶篆，样样非常。传扬出去，名声渐渐响亮。县太爷听到，就传他来衙问话。袁子平是一张利嘴，一肚子四书五经能够朗朗背诵如流。县太爷大羡，就留他在县衙做了师爷。久了，因他恃才傲物，一张利口，从不饶人，县府中人大都敬而远之。袁子平就常常与人写些讼状，弄些碎银，到茶肆酒楼去消费。也就常常醉在街上，被人抬回县衙，县衙内就恨他丢了官家的面皮，县衙换了两任知县，只因他文笔好，都留任了。

袁子平在县内名气很大。因他深熟官府之道，为人写状，常常化险为夷。那年，乡间有一泼皮刘四，到市上呼啸，抢人瓜果，与小贩李秋争斗起来。李秋抡起一张板凳，将刘四打死。刘四手下便将李秋告下。衙里来人，将李秋押入大牢。几番审讯，就要将李秋问成死罪。

李秋家人慌慌来寻袁子平求救，袁子平抬手就索三百银子。李家救人心切，送上银子，袁子平便拿过状子看，只见状上写道：刘四为市人皆知泼皮，人称大虫。那日，刘四闯市抢夺，李秋与之较理。二人打斗，李秋失手将刘四打伤致死。实属李秋怒杀刘四。

袁子平哂笑："只此一句，这官司你家便是输定了。"

李家的人惊问何故。

袁子平道："刘四泼皮，尽人皆知，只是你李家却杀不得，家有家法，官有官规，他纵然犯了死罪，也要由官家来处置，却不劳你李家代官府办理。"

李家的人慌道："如何是好？"

袁子平摇头道："一入公门，九牛不回。这讼状的事怎敢乱用字眼呢？你家李秋真是死定了。"

李家人忽地跪倒："还望袁师爷救命。"

袁子平笑笑，捉起笔来，只把"怒杀"一句抹去"怒"字，改做"斗"字。就成了李秋斗杀刘四。袁子平掷笔笑道："如此，就变做二人打斗，刘四被失手致死。李秋就无大碍了。"

后来官司打到县府，李家一口咬定二人打斗在一处，刘四被李秋失手打死。县府就不好判李秋抵命。李家掏了些银两，厚葬了刘四，便无事了。此事传开，人们就惊叹袁子平手中一支笔抵得上几条人命。*

* 善讼者不诉。果然如是。笔也杀人，笔也救命。

再一件，林山县城关镇大户王仓，因不肯借钱与表弟，二人吵起来，王仓喊家丁把表弟赶出门去。表弟恨恨地一口恶气出不来，半夜就吊死在王仓的街门上。这表弟原是个赌棍，因王仓不肯借贷，就无法向债主交代，也就不惜死了。家人听到动静，就出来看，表弟早已断气。家人唬得白了脸，喊出王仓，王仓腿就软了，自想一场官司是脱不去了。百思无计，就连夜揣着银子去县里求助袁子平。

那天，袁子平吃得醉了，睡得正酣畅。他被王仓喊醒，听明白后，就伸手向王仓要钱："你拿五百银子来，我自替你消灾免祸。"

王仓忙取出银票递上。

袁子平道："你立刻回去把尸体解下，一定不要让人看到，然后再来找我。"

王仓忙回去把表弟解下，就再来找袁子平，袁子平却又呼呼睡了。

王仓把他摇醒，慌道："师爷睡得安稳香甜，我可如何是好？"

袁子平迷迷糊糊道："你还回去，把你表弟再挂到门上就是了。"

王仓急道："你莫拿了我的银子再害我啊。"

袁子平道："你按我说的去做，我保你无事。"

王仓疑道："怎的无事？"

袁子平道："你回家去睡，明早不要起来，有人喊你也不要开门，待官府的人到了，你再开门，便是一问三不知，自会无事。"说罢，就又呼呼睡了。王仓心神不定地去了。第二天一早，村中地保看到尸体，就慌得喊王仓，王仓竟是不应。地保就告官。官就到了王仓门上，喊出王仓。尸体早已经被官家解下勘验了，王仓在官家面前跪倒。

官家就问王仓："你可认得此人？"

王仓看过："自然认得，此人是我表弟。"

官家又问："他如何死在你家门上？"

王仓摇头说不知，也不说表弟前来借钱之事。此时就有人计算王仓，悄悄对官家道："死到他家的门上，自然是王仓逼死无疑了。"

官家笑道："我已经验过尸体，缢痕有二，一深一浅，定是与王家有仇者所为，移尸以图讹害。"

就无人再说。官家只判了王仓置一具棺木葬了表弟。*

以后，此事渐渐传出，人人称道袁子平出神入化。

大清退位，民国成立，袁子平退休回仓山老家。袁子平到家

* 读到此处瞠目结舌。袁先生神乎其算！

后就在村里散发银两，周济穷汉。一时乡亲人人称道。袁子平被称作“及时雨”。

家人不解，问他：“为何这样放财？”

袁子平笑道：“我在衙里做差多年，朋友多，自然仇人也多，这样做了，让人无得口实。古人讲：径路窄处，留一步与人行；滋味浓的，减三分让人尝，此是涉世平安之道。”

家人不信，暗笑袁子平过于小心。不料过了些日子，有人在袁子平的邻居院中放火，便有人到县里把袁子平告下。邻居却作证，袁子平并无放火。于是，袁家无碍。

袁子平退休后，野民岭古家庄的乡绅古鸿光来请，古鸿光曾与袁子平一同考过秀才，二人稔熟。古鸿光请袁子平到他家教书。袁子平就到野民岭古鸿光家做了私塾先生兼管家。袁子平给古家管了几年账，袁子平便告辞回乡。有人问：“古财主对你不薄，每年工钱丰厚，你何故不再做了？”

袁子平笑道：“我在古家多年，看出古家渐渐势微。而且古鸿光闭目塞听，怕有大乱子要出。我此时不走，到出事时再脱身，便显得不义气，怕要有人说长道短了。”

果然，袁子平离开古家不久，古鸿光便与野民岭曹家集发生冲突。古鸿光家破了大财。人们称道袁子平有先见之明。

又一年，袁子平的二儿袁中在太原做生意，吃了人命官司。袁中写信托人捎到袁子平，要家里赎他出来。

袁子平看到信，长叹一声：“我老了，直是走不动了。”就让三儿袁可带重金去太原把二儿赎回。

袁可不曾动身，大儿袁良就寻来，袁良在县城做皮毛生意，他与袁中为一母所生，进门就心急火燎地哭道：“父亲何故不让我去赎弟弟？”

袁子平淡道：“你买卖上做得紧，生意不好耽误了。”

袁良摇头怒道：“我与二弟乃一母同胞，他眼下吃了官司，我已经是心如火焚，若不去，岂不是坐视二弟受苦。袁可乃父亲后续所生，且一向与我和二弟不睦，他到了太原怎么尽心尽力？父亲若不让我去，我今日便死定了。”说罢，一双泪眼就定定地看袁子平。

袁子平想了想：“你执意要去，我有几句话嘱咐。到了太原，要上下打点，不可手面尴尬。那官场之人手上都黑惯了的，该使钱时便要大把的使钱。”

袁良点头道：“孩儿记下了。”

袁子平看看他：“你若记下最好，我只怕你……”

袁良不快：“父亲难道还信不过我？”

袁子平长叹一声，就让袁良去了太原。

袁良到了太原，那衙里的人便接了袁良。其中有人是袁子平的旧识，便笑道：“我们打点一番，破费些大洋，此事便是无事了。但请少爷放心。”袁良见众人已经承诺，便放下心来，就在钱财上使得窄了。一些袁子平的旧识便没有再打点，衙里人暗中就有些怨恨袁良小气。

那仇家得知袁良到此行贿，便惶惶的，暗中下了死钱，一定要结果袁中性命。果然，县府最后判决下来，判了袁中一个死罪。袁良急了，再去寻找袁子平的一些旧相识，但这些人已经得了袁中仇家的好处，此时都纷纷躲了。刑期到了，袁中被枪毙。

袁良无奈，就带回袁中的棺椁。到家时，袁良惊讶袁子平已经准备了丧事的所用之物。

葬了袁中，袁子平就在家中宴请帮丧的亲朋好友。席间，袁子平面如常色，并无悲凄颜色。众人就纳闷。终于有人问：“袁先生，二少爷夭折，您如何无伤悲之色？”

袁子平淡然道：“我早知如此，还有何悲苦之色。”

众人一愣，问袁子平如何出此言语。

袁子平道：“袁可虽然是我后续所生，与袁良、袁中一向不睦，但我让袁可去办这事却是放心，袁可自小没有受过苦难，花天酒地惯了，那赎人的事情本是个花钱的事，袁可自然不会小气，那袁中还有放不回来的道理？袁良虽然与袁中一母同胞，情谊深厚，但袁良过苦日子惯了，舍不得花钱。况且他又经商多年，在钱财上看得很紧，视财如命，出手便不会大方。那衙中的人虽是熟识，都是吃黑吃惯了的。若不使大把的钱银，也不会出力的，所以我不能让袁良去。但他执意不肯，并以死相挟。我深知袁良的烈性，他说得出也一定做得出。二子之中，我只能舍去一子。那袁中为人暴躁，迟早还要出事，我就只好舍他而保袁良了。袁良一去，我已经知道他带回的只能是袁中的尸骨了。”

众人听得发呆，袁良埋下头去。

席上，只见袁子平脸色如常，谈笑着劝人饮酒。

袁子平年有八旬，无疾而终。

本章人物补遗之二：韩丰的故事

韩丰是林山县民国第三任县长，做县长之前，是林山县有名的屠夫。韩丰在城里开了一间屠坊，专司屠杀。此业韩家已经传了几代，先是走村串寨兜揽生意，传到韩丰这一代，便把生意做得疯火，在林山城里开了屠坊。

韩丰是野民岭南岭赵家庄人，长得粗猛，力气过人，一口百十斤的大猪，他捉住腿脚，只一掼，那猪便被摔在地上，筋骨就被摔断，再不能爬起。只见那猪在地上嗷嗷鬼叫，一双赤眼盯紧韩丰。似有无限怨恨。

韩丰的屠刀二尺长，平时闲置不用，上边着多年血浸，早已成了暗黑色，歪歪地挂在屠坊外面的墙上，逢到阴雨天气，那刀便铮铮作响，十分骇人。街上人说那是无数畜生的魂魄在哭在喊。遇得屠事，主顾将猪推进院来，韩丰便摘下这刀，在门外的青石上磨上几下，便见了刃。韩丰眯起眼睛看看，圆起口在刀刃上呼呼吹上几口，人们看得心颤，便觉得那刀有了杀气，逼得人胆冷。于是韩丰脱去上衣，露出一胸的黑肉，手持屠刀，先在半空中挥舞一番，舞成风葫芦状。他随手丢出去，那屠刀便直愣愣地飞到屠案上，恶恶地吃进案子。然后他大步走到车前，扳住那牲口，只一掀，那猪便扔在屠案上。那猪便知道大限将到，便嚎。嚎声尖且凄厉，听得人耳暴心裂。韩丰一只手按住那猪的首级，另一只手便将屠刀从案上提起，暴叫一声："上路嗨！"那刀光一闪，就攮了进去。早有坊中的伙计将血盆接住，那鲜鲜的血暴窜出来。那猪渐渐小了嚎叫，再过一刻，便恨恨地咽气了。*

*——『扳』——『掀』——『扔』，写活了神力；——『按』——『提』——『闪』——『攮』写足了神技。此一节写得精彩好看！

韩丰杀屠，一概留下肚肠杂碎，将肚肠杂碎细细做了，弄到街上去卖。余下的便用粗盐腌了，留下慢慢享用。如此便是屠坊的财路了。

每年一进腊月，鞭炮一响，韩丰的屠坊就格外忙乱起来。韩丰便每日喝得醉醺醺，红红着两只小眼睛，烧着兴奋，坐在一只油污污的木凳上，张望着主顾上门。

大清退位，进了民国。林山县设县制。第一任县长古鸿洲上任，做了一年，便去职，换了新任县长范洪。范洪上任，不似古鸿洲文质彬彬，下狠令整治林山县市井规范。几个月抓了不少盗贼泼皮，山上的强人也不敢轻易到县城来搅闹了。范洪上任不到一年，街面上便祥和起来。时近年关，城内就有商贾富绅敲锣打鼓，绑了猪羊到县衙送礼，欢喜得范洪远远迎出来，拱手笑道："天下太平，范某与民同乐。这些礼物实不敢受啊。"

正在谦让，就听一阵躁乱。众人惊得转身去看，只见一头大猪竟自挣脱了，颠颠地向街中跑窜。几个伙计上前去挡，竟被这猪撞翻了。众人就笑。范洪就让县衙去几个精壮的兵士去追那猪。

几个士兵追出来，身后尾着一帮喜热闹的、乱哄哄的人跟到了街中。人们前追后堵，那猪无路可逃，就在街中立定，一双小眼睛红红地怒视，猛地发一声吼，其声高亢尖厉，众人唬得心慌，发一声喊，脚下先自退了几步。几个兵士就拥上去，但还不及捉拿，那猪就乱冲乱撞，几个士兵登时东倒西歪。为首的兵士气急，就掏出枪来。此时，猛听得有人笑道："为这一个畜生，何必如此！"

众人定眼去看，就有人爽然笑了："韩屠夫到了，活该这畜生受死了。"

韩丰笑笑，就大步走过去。那猪已经愤怒至极，长嚎一声，疯撞上来。韩丰竟也不躲，闪电般伸手出去，就捉住了那猪的耳朵，那猪就尖叫起来。韩丰一声喝，手上拧得更紧，那猪就软了。韩丰飞起一脚，那猪歪倒了，口中便淌出血来，瞪着两只小眼睛，愤怒地看定韩丰，却再也爬不起了。

众人看得眼呆，喝出一声彩来。*

*读到此处，也要拍案喝彩。

范洪就走过来，笑道："这位汉子，真是一身力气，狠勇得让人眼爽哩。姓甚名甚啊？"

旁边有人就笑："范县长，此人便是城中第一屠夫韩丰。"

韩丰听说此人是县长，忙施一礼，口中慌道："刚刚一时得意忘形，扰了市面平静。还望县长不要怪罪。"

范洪哈哈笑道："时下英雄不问出身。看你适才手段凶猛，果然是一个好屠手啊。不瞒各位，范某便是屠户出身啊。"

众人听得一片愕然。

范洪笑道："刚刚见你手法娴熟，看得我也眼热，就到县府攀谈攀谈如何？"

韩丰笑道："小人一个屠夫，如何敢与大人讲话。"

范洪大笑："现在已经是民国，何来这多旧礼。"就牵了韩丰的手，亲亲热热去了县衙。

众人傻傻地看着。

进了县衙，范洪便让人看了座位。韩丰拘束得脸热，手脚无措。范洪笑道：“壮士不必拘泥。”再挥手，差人就端上茶来。

韩丰揩一把额上的粗汗笑道：“韩丰一个粗人，何劳县长如此抬举。”

范县长笑道：“范某也是粗人出身的。”就说了自己当年在乡里给人杀猪的旧话，一边说，一边比比画画，十分热闹。*

* 范县长说得一堂和气，韩屠夫听得如坐春风。

韩丰听得入神，不觉笑道：“敢情我们屠人也出了范县长这般人物啊。”

渐渐就说得亲热，范县长笑道：“你开一个屠坊，收入微薄，就关了，到我县里来做事情吧。”

韩丰忙摇头道：“我不识文墨，怎能到衙里混事？使不得的。”

范县长大笑：“屠事中人，大都性情爽直，你如何做女儿态。明日来衙中听事吧。闲时，做做屠事，也是无妨的。”

由此，韩丰便在衙中做了差。韩丰自知这份差事是范县长的赏识，就做得甚是卖力。一年之后，韩丰升做了差头。范县长十分喜欢，便做主将堂妹范芹嫁了韩丰。

再一年后，范洪花钱运动，就提升到省城供职。范洪竟举荐了韩丰做了林山县县长。消息传开，城中人就乱笑：“那个范洪直是乱闹哩，怎的让一个杀猪的当了，真怕是把林山县人做猪宰哩。”

韩丰做了县长，却不将屠坊关张。每天县府无事了，仍来屠坊，看伙计们杀屠。看得技痒，便跨步过来，推开伙计，操起屠刀屠杀一番，直弄得满身污血，方才过瘾似的笑笑，心满意足地骂一声：“日他娘的哎。”然后招呼随从走了。随从个个看得暗笑。传到市井，人人叹气：这等人物做了父母官，百姓真是要遭殃哩。

正在林山县人看不中韩丰的时候，不料韩丰却做了几件大事。他在范洪走后的第一年冬天，先是破获了城中大户乔迈勾结山匪劫官库一案，又带着县里的自卫团在一个大雪的天气攻破了灶台山，把作恶多端的灶爷古鸿明给活捉，砍了头。后来又攻下了几个土匪的山头。到他离任去省城那年，除去望龙山几股强匪，林山县的匪事少了许多。土匪们也不妄自下山。后来听说几股土匪都与韩丰订了规矩，不到林山县来打劫。

林山县果然太平了许多。

这一年秋天，军阀开战，林山县大乱，自卫团也不济事，韩丰散了自卫团，关了县衙，回到屠坊经营生意。时值林山县蝗灾，方圆百里赤地一片，屠宰的行当便冷落下来。每日街面上乱得紧，常常有大兵杀来杀去，山匪们也趁机下山进城乱抢。此时，韩丰终日关门闲坐，范芹就去省城范洪那里住。

这一天夜里，韩丰家里突然闯进一群盗匪。韩丰被几个蒙面汉子从被窝中揪出来。赤条条推到院子里。韩丰面色平静，呆眼看着这一帮蒙面汉子。

为首的一个汉子骂道："狗官，你做官几年一定有不少细软金银，快快拿出来，休叫我们动手。"说着，就把一口刀在手中弹响，刀光寒寒地在夜色中泛亮。

韩丰笑道："听口音，你们一定是本县的饥民了。我就这一个破宅，任你们搜寻。"

几个汉子就到各屋去翻找，却什么也没有找到。

为首的汉子是一个白脸，恶笑："狗官，莫非你为官两年，竟没有一点儿私藏？"

韩丰猛地想起，就笑道："我一时晕了。你们到后院窖中去看看，有几坛旧年盐浸的猪下水，一并取出吃了罢。"

几个汉子就去了后院的地窖，真的翻出十几坛盐肉。他们当院撕开封口，一阵浓浓的肉香冲撞出来。汉子们口中潮了，就涌上去，扑到坛子边去抓肉来吃。

"慢！"白脸汉子大叫一声，众人就不敢再吃。

白脸笑道："韩丰，你别是在坛中下了毒吧？"

韩丰笑道："你们也太那个了。这十几坛下水，是我预备荒年食用的。看你们个个腹中如鼓，才取出犒劳你们。你们竟是如此小心。罢了，我就不再谦让了。”于是，就坐在坛子边，大把抓出盐肉吃起来。

汉子们见状也凑过去，紧吃起来。一时间，只听到满院子忙乱的嘴巴响。*

*一句『满院子忙乱的嘴巴响』，写得精彩生动。读者如身临其境。

韩丰吃饱了，起身笑道：“我想几位也都是善良人物。过此荒年，还是各自本分谋生吧。莫要贪图一时不劳而获，而坏了后人的名声。”

白脸骂道：“狗官，不屑你来饶舌，捆了！”

冲过来几个汉子，取一条绳子，把韩丰绑在了院中的树上。

韩丰笑道：“你们好不讲理，盐肉也吃了，就该走路。我也好去睡觉，绑我在这里算是什么？”

白脸恶笑道：“你这一个屠夫凭地做了什么县长。今日便要结果你。”说着，就操着一柄刀过来。

韩丰愤怒地大叫：“真是没得天理了。”只见他奋力一挣，那身上的绑绳就断了。

众人直了眼，喝彩一声：“好力气。”

白脸怒怒地手一挥，众人就拥上来，要擒韩丰。韩丰胳膊一抡，那几个人便风刮似的跌倒。韩丰取笑道：“你几个这般无用，如何做得贼人。”

白脸恨道：“你这狗官，今日便结果你。”就与另一个黑脸汉子抢上来，一左一右夹住韩丰，想扳倒他。不料，韩丰竟是脚下生了根一般。

二人大骇。

韩丰却嘻嘻一笑，一手提起一个，风车似的舞将起来。众贼人看得眼呆，齐刷刷地跪倒：“韩县长，快快放了吧。”

韩丰便将那两人放下，两人软成一堆泥，瘫在地上了。

韩丰打了个哈欠，伸一个懒腰：“如果玩耍得够了，你等就快去赶路吧，我还要睡哩。”他长长地打了个哈欠，转身就要进屋。

众人呼天抢地：“还望韩县长收留。”

韩丰慌道：“这饥年饿月，上边也不发饷，我还养不活自家，如何收留你们？玩笑了玩笑了，快走路，快走路。”说完，就要慌慌地关门。

众人蹿上前抱住：“县长不留，今日我们就死在这里。”

那白脸汉子叹道：“县长，我叫杨昌，本是野民岭于家寨的富户。这些都是我的家院。日前刚刚遭了匪劫，还望县长收留。”说着，就一跪在地。

韩丰无奈，苦笑道：“你这几个好不讲理，腌肉吃尽了，还不走路。罢，罢，只好留下一并挨饿了。你们若要命大，挣过这荒年，便在屠坊做事吧。待世面平静了，到县里谋个差事。”

众人大笑。

过了几个月，战事平息下来，范洪派人将范芹送回林山县城，韩丰又到县衙问事。杨昌几个人便留在了屠坊。不想就出了一件事。那个杨昌本是富家子弟，拈花惹草惯了的，见到范芹年轻貌美，就不免心猿意马。那范芹原本就不中意韩丰，一来二去，和杨昌就勾搭在一起了。那日，韩丰被人请去吃酒，二人料定韩丰不会回来，杨昌就睡在了范芹房中。不想，韩丰半夜回来了，堵个正着。一时，韩丰气得哇哇暴叫，就将二人捆在院中了。

屠坊中人都惊得起来，呆看着院中两个衣衫不整的男女，有人就气愤地喊道：“县长，如何不结果了这两个狗男女。”

杨昌勾头到地，一声不吭。范芹只是恨恨地盯着韩丰。

韩丰恨道：“不劳你们动手，我会亲自处置这两个混蛋的。”然后就让人将两把屠刀拿来。

有人道：“县长，这样出去，会招惹闲话的。”

韩丰想了想：“说得是。”就让人把二人装进车，出了城。

到了城外，天色渐渐亮了。韩丰就让人把二人押进山里。韩丰拎着两把屠刀，随着二人进了山。山中的雾气好大，磕磕绊绊走到了一个山洼处。韩丰停住脚，喝一声：“站住。”

范芹骂道：“狗官，你就快点儿动手吧。”

韩丰眯着眼睛，仰天叹了口气：“你们这两个狗男女，我平日待你们可算是不薄了，如何做出这样让我无脸面的事。你们若是明里对我讲了，这事情还有个商量，事到如今，让我如何对县里人讲哟。我现在做了县长，非是旧日只做屠事的日子了。”说到这里，就气得说不下去，蹲在那里喘气。

那两个人呆了，不知道韩丰如何讲出这番话来。

起风了，满山的树叶乱响，雾气四下逃散着。

韩丰起身恨道：“今日我老韩就破个例，你二人直管转身去跑。你二人若是命大，就躲过我这两把屠刀。若是躲不过，便到了地狱里，路上就不要骂我老韩了。”

杨、范二人就怔住。

老韩立目喝道：“还不快跑！”

二人转身就跑。跑出几十步，就听到后边韩丰大喝一声，两把刀就直愣愣地飞过来，擦着二人的头飞到了前边的一棵树干上，扑扑扎进了树干，刀身颤颤地尖响。二人吓得呆住，一时醒过来，转身看着韩丰，双双跪下了：“多谢县长不杀之恩。”

韩丰骂道：“哪个要你们来谢，老韩今日手气不好，被你二人走脱了。”说罢，从怀里掏出两叠光洋，手一扬，扔过去：“你二人去做个小本生意吧，只是不要再回这里来了。如果让我见到，就别想再活了。”说罢，转身就走。

身后，那二人跪下，哭道：“谢谢县长了。”

韩丰猛地站定，身子一颤，却不回头，低低地叹了口气，软软地挥挥手，大步走了。

一条山道踩得乱响，震得满山的野风乱吼。

本章人物补遗之三：白世光的故事

白世光的故事与韩丰有关，韩丰在任上时，杀了与灶台山匪古鸿明勾打连环劫官库的乔迈。白世光原是乔迈家的仆人。

白世光出身原是林山县城的大户人家，后来家道败落了，便做了街中泼皮。在进乔迈家做仆人之前，终日在街中厮混。

白世光那日帮一户人家办丧事，挣了几两银子，就想到城东怡红院去会那个相好的歌妓芸儿。想了想，又觉得这几两银子似乎是少了些，就去城中贯通赌馆下注，想多赢些。不料，手气却是晦气得很，几只牌摸下来，都输光了。他心一急，便发起泼来，被赌馆中伙计拖起来，扔出门外。白世光一肚子恶气无法发泄，就二次冲进赌馆，扬声大吼要赌命。惹得赌馆的武师们上前摁倒了白世光，就要痛打。这时赌馆老板李义出来，喝住武师。

李义笑道："老白，你这人好不晓事！我这赌馆，原是有钱的进来，无钱的出去。我知你泼，却要泼得入理。你赌命，如何赌法？"

白世光爬起来，盯着李义恶笑："李老板，莫要欺老白一时手面窄了。"说着，就从腰中扯出一柄刀来，咣的一声丢在桌上。那刀便在桌案上咣咣地翻了几个身，闪动着寒气。*

李义大笑："李某也是从刀尖上滚过来的，却也多年不见你这等人物了，随你怎样赌！"

白世光叫道："好说。"就举起刀来，寒光一闪，就剁下自己的一根小手指。血立即扑满了桌案。

赌场上的人看得眼呆。

白世光举着那根断指笑道："李老板，我要这算一千大洋。"

李义笑道："就依你。"一招手，就有人从柜上抬过一只银箱。从里边取出十封，齐齐地码在了桌上。李义取过一封，笑道："老白，上眼验过了。"就在桌上一拍，那十封银元便散了，亮亮的银元满桌乱滚。

白世光伸手将衣衬扯下一条，缠住伤口，吼道：“上牌。”

一个瘦瘦的牌工走过来，将牌洗得哗哗如流水一般。李义稳稳坐下，朝白世光笑道：“发牌。”

白世光就捉住一张牌。李义也随手提起牌来。店内一片死静，只听得啪啪的翻牌声响。一局牌下来，白世光竟是输得精光。*

李义笑道：“老白，你还要怎样赌？”

白世光紫了脸，呼地站起：“今日白某就在此赌个壮烈。”他抄起刀来，一指自己的左臂：“我今日就赌这只胳膊。”说罢，挥刀要砍。这时，猛听到一声喝：“且慢。”

众人抬头去看，就见一个黄脸汉子大步走了进来。人们认得，他是本城富商乔迈。乔迈在江湖上声名响亮，黑白两道与他皆有来往。乔迈哈哈一笑，就在赌桌前坐下。

李义忙起身抱拳笑道：“乔爷今日得闲了？”

乔迈笑道：“我要与老白赌上一回。”

白世光呆呆地看着乔迈，一脸茫然。

乔迈看一眼那桌上的断指，哑然失笑道：“老白，大丈夫输得起，赢得起。何必用如此下作手段。”**

白世光脸就涨红，口硬道：“你乔爷好不讲理。李爷开的是赌坊，却没讲什么赌得，什么赌不得。我白某赌罢了胳膊，还要赌脖颈上这颗人头哩。”说罢，就横眼看乔迈。

乔迈摇头笑道：“我乔某不与你赌这些，只赌一万大洋。你若赢了。我便与你；你若输了，便到我手下做事。如何？”

白世光一愣，就笑：“如此说，我赢输都是有饭吃了。”

李义一旁冷眼看白世光：“乔爷这是可怜你这个泼皮了。”

白世光恶笑：“我与乔爷做注，关你屁事！”

乔迈笑了：“如此，你我就赌上一回。”一招手，牌工就将牌

* 上得了赌桌，就得有输光的觉悟。

** 乔先生说的是。赌棍也得讲个脸面，岂能人设崩塌？

哗哗地洗了。

二人就坐在桌前翻牌。一局牌下来，白世光竟又是输了。乔迈笑道："天意如此，白爷就委屈了。"他哈哈笑着站起身，扬长出门去了。

白世光笑骂道："今日手气果然不济。"就随乔迈去了。

到了乔迈府上，白世光就问："不知乔爷要我在府上做何差遣？"

乔迈叹道："我知你也是一个热血汉子，只为一个穷字所扰，不得已坏了市井中的名声。我乔某素敬英雄好汉，今日就给你三个去处。"*

白世光笑道："还请乔爷明示。"

乔迈正色道："其一，我给你几十块大洋，你去街中做一个小本生意，养家活命，莫要再到街上撒野使刁。其二，你就在我府上听用，每月支你20块大洋。其三，你若不惜死，我就写一个二指宽的条子，指引你到绿林朋友那里去入伙。如何？"

白世光挠挠头皮，笑道："我虽识得几个字，心却粗糙得很，做买卖定要赔了，到时便不好再来寻乔爷告济。如果上山为匪，我还不想过在刀口舔血的日子，每天心惊胆战，睡觉都要睁一只眼，不好受的。我还是在乔爷府上听用吧。白某一身的力气，牛马还是做得的。"**

乔迈点头一笑，喊来下人，带白世光去换衣服。

白世光走到门口，又突然停住，转身问道："我仍是一头雾水，不知乔爷为何接济白某？"

乔迈笑道："我观你面色不俗，才肯帮衬。好男儿总要有个正经着落。再则，你并非出身寒微，日后总要做些光宗耀祖的营生才是。"

白世光脸一红，眼就湿了。他低头叹道："多谢乔爷一番好意，世光一定尽心做事。"他深深一揖，退下去了。

* 上、中、下三策？

** 必是脑洞大开，自然选了上策。

自此，白世光就在乔迈家中做事。转眼过了一年，白世光在乔迈手下做得十分卖力。乔迈就让白世光做了“趟街”，即每日到城内乔家各个店铺收银，然后交回府中的账房。

这一日，白世光到城内各处店铺收了一千余大洋，回来的路上，见太阳还未偏西，当路过李义的赌坊时，白世光心中一动，脚步就黏了起来。赌坊门前有相熟的笑道：“白爷，久未曾光顾了。何不来消闲消闲。”

白世光笑笑，就拔不动步子，心中就痒得难忍，心下就想，今日或者手气济了，若进去赢上一些，今夜就去会会芸儿，也让她欢喜欢喜。定了主意，就迈步进了赌坊。

一进门，就被李义迎住。李义拱手笑道：“老白，在乔爷那里发财发得紧了，也不见你来试试手气了。”

白世光笑道：“今日就来赢你。”就在赌桌前坐下，大叫一声：“发牌。”

几局下来，白世光竟黑了脸。手气竟是不济，几百块大洋输进去了。白世光恶声骂道：“再赌。”两个时辰过去，一千余大洋竟是全输掉了。白世光脸色灰灰地站起来，软软地走出赌馆。暮色如水，沿着黑黑的街道涌涌淌来，白世光心下方寸大乱，暗想：乔老板对我厚爱，我却做下这等事，还有何面目见他啊。我只有到江湖上闯荡一番，日后发了财运，再回来谢他了。想罢，就转身大步出城走了。

乔迈等到半夜，仍不见白世光回来，就让人去城内寻找。下人去了，来报白世光逃走了。乔迈呆住，半晌无话。

第二天，乔迈就到城中怡红院去了一趟，见了白世光那个相好的歌妓芸儿。芸儿哭道：“我也不知他如何做下这种事情。”

乔迈叹道：“他日后若回来，就让他来见我，我自有话对他说。他本是一个精明之人啊。”

第二年春上，灶台山匪首古鸿明劫了官库，赃物不及运出，就潜在了乔迈的家里。不料，乔迈手下一个叫王才的门人，竟是贪图县长韩丰的悬赏，告了。

县府内有乔迈的朋友，就早早将风儿透出来。

家人劝乔迈跑掉避一避风头。乔迈笑道："我若走了，各个店铺岂不是要受我牵累了。"他安然地在堂前坐定。这时，突然又想起一件事，就喊过账房，低低说了几句。账房含泪去了。不一刻，县府的警察闯进门来。乔迈起身迎住。

为首的警察笑道："韩县长请乔爷进衙，得罪了。"说罢，一挥手，手下就上来锁了乔迈。

捕快们押着乔迈进了府衙。县长韩丰升堂问案。乔迈横眉冷对，并不答话。

韩丰怒道："乔迈，你本是城内富商，就该知法守法，怎敢勾结山匪，劫取官库，你老实讲了！"

乔迈笑道："韩县长，我乔某是本分的生意人，怎么会勾结山匪？"

韩丰一笑："你是不见棺材不掉泪了。来人！"

然后就派几个警察搬上从乔迈家起出的赃物。乔迈长叹一声，低头不再讲话。

韩丰大笑："你还是招认了吧。"

乔迈恨道："事已至此，生生死死，乔某早已置之度外。"

韩丰笑道："你若写一封信，引古鸿明下山，我老韩便可从轻发落你。"

乔迈哈哈笑道："大丈夫怎能卖友求生。我自不会讲的。"他仰头不语，一脸凛凛的傲气。*

韩丰大吼一声，堂上的警察抢上来，就给乔迈用了大刑。乔迈竟是无一句话。韩丰心下赞叹，就把乔迈收进了死牢。又过了些日子，在一个大雪的天气，韩丰带着自卫团摸上了灶台山，活捉了古鸿明，然后，就把乔迈、古鸿明及一干被捉的山匪砍了头。韩丰将乔迈的尸首交与乔家，乔家便在城西埋了乔迈。*

第二年秋上，发了横财的白世光前呼后拥地回到了林山县。到了乔迈门前，便哈哈笑着，让下人去通秉乔爷。乔家的门人一脸哀容迎出来，告知了乔爷的事情。

白世光如雷轰顶，晕倒在街上。

白世光醒过来，就去了怡红院。见了芸儿，芸儿早已哭成了泪人。白世光皱眉道："我只问你，乔爷如何得罪了官家？"

芸儿长叹一声，就说了事情的经过。白世光听后，目光呆呆。

芸儿叹道："乔爷说过，世光若回来，必要他做一个生意。"她从床下取过一个箱子，打开，里边竟是满满的一箱银元。白世光一下子呆住了。

芸儿叹道："乔老爷讲，世光原是个精明仁义之人，若能做生意，便是成了结果。乔老爷一再叮嘱我，一定寻你回来。你……"她说不下去了。

白世光呆呆地盯住那一箱银子，磁住了一般。

空气闷得发紧，白世光一抬脚，踢翻了那箱银子，转身出门去了城西。

白世光在乔迈坟上哭死过去。

白世光就在街中乱转。有人见到他恶恶的一双眼，冒着凶光，便不敢与他说笑。过了几天，王才的头便被人割下来，挂在了城门上。警察去看，见王才的人头上留有一张字条：狗官韩丰拿命来！竟是用血写成。警察们看得心惊，慌慌地回县府报了。韩丰笑道："什么人敢如此？"并不放在心上。

那天，韩丰到城东饮酒，回来时，天色暗了。路边风儿一响，就蹿上来一个汉子，持刀杀过来。韩丰一惊，酒就醒了一半。左右便上前与那汉子恶斗。那汉子不敌，被擒下。韩丰一声喊，便绑到眼前，有人识得，叫一声："韩县长，歹徒是白世光，原是乔迈家中的恶仆，输掉了乔迈的大洋跑掉了，不知何时又回来了。”

韩丰一愣，就笑道：“白世光，你为何要杀我老韩？”

白世光恨道：“你杀了我家主人。我要杀你自然是要为乔爷报仇。今日被你捉住，便随你杀剐。”

韩丰一怔，笑道：“乔迈勾结山匪，罪在国法。何况已经死了。你又何必再为他出这份死力？”

白世光笑道：“大丈夫知恩图报。”

韩丰想了想：“好，我今日念你知恩图报，就饶过你这一回。去吧。”*

* 念你青葱年纪，且饶过你这回了。

白世光一愣，随即恶笑：“你休得要打错念头。你若放我，我定还要杀你的。”

韩丰笑道：“我既放你走路，还怕你不成？”

白世光冷笑道：“县长好大度，只怕日后悔疼了心口。”就拱一拱手，转身消失在暗夜中了。四周只听得风声飒飒。韩丰呆呆地，长叹一声，带人去了。

再一个月后，白世光乘夜混进县府，不及行刺，又被捉住。警察便将白世光押到韩丰面前。月光如洗，白世光面目显得十分凶恶。

韩丰骂道：“你这贼人，已经被我捉住二次，还要怎样？我只看你是一条好汉，才留下你的性命。你竟是这般不知进退。”

白世光恶笑道：“纵是30次，你白爷也断不会饶过你的。”

韩丰怒道：“你真的不惜死？”

白世光恨道：“只要杀你，纵然死上百次千次，也无二话。”

韩丰看了白世光一眼：“我老韩敬重你是一条好汉，你若留在我属下，我自会不计前嫌，厚重待你。如何？”

白世光笑道：“但不知你要赏我多少？”

韩丰笑道：“我赏你100块大洋如何。”

白世光想了想，叩头便谢。

韩丰突然道：“你与你家主人情深意长，让我如何信你？”

白世光叹口气：“我几番刺杀你不成，已经灰心意懒。天意如此，我只好苟活了。难得韩县长如此厚爱，白世光虽是粗人，也识得抬举。”

韩丰笑了：“只是你英雄一场，让我怎么好相信？”

白世光一愣，苦笑道：“既如此，我今日让韩县长放心。”说罢，猛拔了旁边一个警察的佩刀，挥起，落下，白世光的右臂飞了出去，鲜血溅了满堂。白世光脸白得似纸：“韩县长，如此便可放心了吧。”

韩丰惊了脸：“好了好了，你这是何苦，快来人！”韩丰慌地起身喊人拖下白世光敷药。

白世光便成了独臂人，又过了几个月，韩丰给了白世光一些钱。白世光就在城南开了一个茶店。林山县人皆笑白世光有始无终。白世光并不辩解。

县府有人对韩丰道：“韩县长，白世光市井泼皮，从来言而无信，看他目光凶恶，怕有后患。”

韩丰摆手道：“不提，不提。他已经成了废人，苟活而已。”

那日，白世光来见韩丰，说请韩丰去饮茶。

韩丰想了想，摆手道：“饮茶莫如喝酒，免了吧。改日我请你饮酒。”

白世光看了韩丰一眼，点点头，怏怏去了。

有警察一旁道：“白世光目光藏奸，县长看不出？”

众人都附和，说白世光有鬼。

韩丰大笑：“此人奸诈，我早已经看破。”

差人不解：“为何不早除掉他？”

韩丰叹道：“他是一条忠义汉子。”说罢，长长叹了一口气。

左右窘住。*

*要离断臂，千古留名。只可叹白世光不是要离，韩丰也非庆忌。情节虽然相似，角色绝然不同。

第二天傍晚，韩丰派人去请白世光，邀他在城东山上赏月饮酒。

白世光如约到了山上，只见山上一桌两椅，韩丰坐在那里，再无他人。明月当空，山上山下，流银淌白，微风草动，只听秋虫声一片。

白世光目光灿烂起来。

韩丰笑道："今夜月亮好看，邀你来此一饮。"

白世光谢过，就坐下，与韩丰把酒叙话。

三杯过去，韩丰问道："我今夜邀你来此，为何？"

白世光摇头："不知。"

韩丰大笑："只为要你取我性命。"

白世光一愣。

韩丰道："你忍辱负重，早已经算计我多时，我不想被人暗算，才决意让你当面杀我。"

白世光笑了："县长差了，我早已经归降了县长，自断右臂，已经成了废人，怎么会再有杀机？"

韩丰摇头："身怀利器，杀心自起。我早已看破你，你何苦再瞒？你自残归降，只是为寻机替乔迈复仇是了。"说罢，就自斟自饮。

白世光冷了脸："你既看破，为何不早除掉我？"说罢，便站起身，四下看。

韩丰笑了："再无他人，我敬重你是一条忠义汉子，今日才成全你，怎会带人来呢。"**

白世光恶声道："你真的要我杀你？"

韩丰爽声道："那乔迈勾通灶台山古鸿明一干山匪，劫持官库，罪在当诛。这事你本该明白，换上你来做县长，你又该如何处置？你几番谋害我，是为你主人报仇，一腔忠义难得。冤冤相报，何时了断。我今天便成全你。你若杀我，就动手，久了，怕

** 光棍对光棍！光明正大。

是我手下寻来，你走不脱的。”韩丰伸手从桌下取出一口刀，扔过去。再斟一杯酒，一饮而尽，神态自若。

白世光看一眼韩丰，弯腰拾起刀，定眼一看，赞道：“果然好刀。”就猛地舞起来。立刻呼呼风响，杀气腾腾，月光都被砍碎了。

韩丰赞了一句：“还是好身手。”

白世光收住刀，看定韩丰。

韩丰闭目而坐，淡淡道：“动手吧。”

白世光惨然一笑：“韩县长，我今日真是杀不了你了。你的一片心意我领了。”他仰天叹道：“乔爷啊，白某岂是贪生怕死之辈，无奈韩丰如此，我真是与你报不了这今生的仇恨了。”他仰天高声唱道：

雨里深山雪里烟，
说时容易做时难，
拼将恶死酬知己，
一诺千金亦枉然。

唱罢，大吼一声：“我老白真是没用。”就猛地横刀向颈，一抹，登时鲜血暴溅。白世光直直地倒下了。韩丰看得眼呆，怔在了那里。

韩丰一阵酸楚，泪如雨下，哈哈笑了。

韩丰当夜就差人去买了棺椁，在城西乔迈的坟旁葬了白世光。后来林山城里的人就将这两座坟唤作“主仆坟”。

一年过去，主仆坟上竟长出两株树来，再一年过去，就野野地长得高了，一些枝枝叶叶竟也搭在了一起，一副依依不舍的样子。风儿吹过，枝条间发出飒飒的声响，好似主仆二人在窃窃私语。*

三年之后，韩丰被范洪提升到省城做警察署长。韩丰走前到

* 作者写得入情至理，好一幅感人画面。

城西乔迈和白世光的坟上看了看，给两个坟上填了几锨土，深深作了一个揖，转身走了。

送行的人看得呆住。*

*读者看到此处，必是长叹一声：韩丰磊落！

本章人物补遗之四：王一冲的故事

王一冲是我大姨夫，下边讲的是一个有关他的故事。

民国三年冬天，太原商人葛金良欲到直隶林山县做牲口生意，就同妻子秦红玉一同去了口外。一路大雪飘飘，天寒地冻，夫妻二人到了口外，得知牲口价钱十分可赚。葛金良喜出望外，讲好了价钱，就定下了五百头牲口。葛金良让秦红玉带着家人袁勇先行到林山县去联络买主王一冲，他随后赶着牲口送到林山县。临行，葛金良叮嘱秦红玉，要她女扮男装，免招惹是非。秦红玉却不经意，笑道："我久处烟花，世面见得多了。"

秦红玉原是太原城里唱红的歌妓，后被葛金良包下赎出，就嫁给了葛金良，随着葛金良做生意。夫妻二人举案齐眉，日子倒也过得美气。**

**小人物的美好生活，莫过如此。读来羡慕。

秦红玉到了林山县，按照葛金良的嘱咐，先去了盛和店洽谈。盛和店的老板王一冲与葛金良曾有一面之交。王一冲买卖公道，为人仗义，在百里方圆颇有名气，与秦红玉却还不曾谋面。进了盛和店，秦红玉就递上了葛金良的名帖，不巧王一冲外出做生意了。

王一冲的账房听秦红玉讲罢，便爽口应了这笔300头牲口的买卖。秦红玉又找了城内几家大户，订出去200头，便成交了这笔牲口的生意。然后，就带着袁勇住在了城内兴隆店内，等葛金良赶牲口前来交货。

葛金良却迟迟不到。秦红玉原是风尘中人，耐不住寂寞，便每日到林山县城内的酒楼茶肆去消闲。

谁料等了一个多月的光景，却仍不见葛金良影子。秦红玉望眼欲穿，慌慌地让袁勇到口外去迎一迎葛金良。袁勇去了十几天竟不见回来。那天兴隆店内住进了几个从北边来的客商，秦红玉忙去打问，那几个客商说，上个月有一个山西的牲口商贩在紫金关被匪人劫了，生死不明。

秦红玉大惊，就欲起身去紫金关寻。不巧一连几日大雪，道路被封了。秦红玉就怏怏地在店内傻等。这天店家高二牛催秦红玉结账。秦红玉来林山县带的盘缠不少，却都大把大把地花尽了。秦红玉满脸愧色道："店家再宽限几日，待葛金良来了再结账。"

高二牛笑道："你一个弱女子，若真正是做生意，如何总在酒楼闲泡，怕是大户人家私奔出来的吧？日后人家找上门来，我怕跟着吃了官司。你若交不出店钱，我就认了晦气，便放你出店，你何必用这话来推我？"说完转身走了。

由此，一连几天，店里的餐饭也不再送。秦红玉就到厨上去讨，厨上早已听了高二牛的嘱咐，便冷言恶语或调戏几句才肯甩出一碗半碗剩饭。秦红玉心中凄楚，举目无亲，心中蹿起一股急火，就病倒在客栈中了。时值深冬，窗外北风恶啸，秦红玉顿觉悲凉无比。*

店家一再催红玉上路。秦红玉却已经身无分文，如上路，自己一个弱女子，如此天气定会冻饿毙倒在途中的。思来想去，秦红玉无计可施，只好去卖身为奴。

高店家听秦红玉说了欲卖身为奴的想法，便笑道："你虽瘦弱，却容貌姣美，定卖出好价钱的。"

秦红玉苦苦一笑："随行就市，卖出你的店钱就是了。"

高店家就派一伙计随秦红玉去了市上。

寒风萧萧，秦红玉一路身上寒冷，心中凄然。市上人山人海，鞭炮声震耳，秦红玉猛地醒悟，年关将至了，心中更加感慨，就颤颤地取一草标插在头顶，垂头坐在市上候着主顾，泪就断了线似的涌下来。

* 举目无亲且走投无路。此情此景，正是难堪！

熙熙攘攘，不时过来几个乡绅模样的人，来到人市上看。几个主顾便站定在秦红玉面前，争论价钱。一个黄脸汉子掏出20块大洋，交与了店中伙计，便色眯眯地过来牵秦红玉的手。秦红玉头不敢抬，心中哀叹自己竟落到这般地步，泪便落得更急。

黄脸汉子正要领着秦红玉走，猛听到一个高高的声音说道："今日如何这样清淡啊。"

秦红玉抬头去看，只见一大汉带着几个随从漫步走来。走到秦红玉这里，大汉打量秦红玉："这个女子也是要卖身的？"

秦红玉点头道："正是。做生意赔了些本钱，卖身还账的。"

黄脸汉子笑道："王老板，这女子我已经买下了。"

大汉笑道："李老板真是眼疾手快啊。"

店家小二在一旁笑道："女子怕是不识，这位便是林山县大名赫赫的王一冲先生。"

秦红玉心中悠地一惊，就更不敢抬头相看了。一阵寒风袭来，秦红玉便缩紧了身子。

王一冲看看秦红玉："看你面色潮红，怕是病了吧。"

秦红玉慌道："这几日有所不适。"

王一冲想了想，就对黄脸汉子笑道："李老板，今天可否给我一个面子，这女子就让给王某了吧。"

黄脸汉子迟疑了一下，就笑道："既然王老板看中，在下就让了。"

王一冲就让下人取过30块大洋交与黄脸汉子，黄脸汉子接过去了。

王一冲问道："大姐口音像是山西人，请教芳名？"

秦红玉羞得不肯报出真名，垂首道："太原人。姓梁。"

王一冲又问："我向你打听一人，你可识得葛金良先生？"

秦红玉一怔，就埋下头道："不识。"

王一冲笑道："我曾听说葛金良先生娶了一个风尘绝色，还不曾有缘一睹啊。”

秦红玉摇头道：“小妇人不知的。”

王一冲叹道：“葛先生与我做了一笔生意，至今却无有音信了。真是让人挂念啊。”

秦红玉心头一热，抬起头来，怔怔地看着王一冲。

王一冲问道：“刚刚听说大姐做生意赔了本钱，不知道大姐要卖多少价钱？”

秦红玉叹道：“我已经是身无分文，只是暂时卖身，得上十几元，结清店账，日后家里来人，我再赎回自己。”

王一冲摇头道：“生意上的事不好说的。今日既然让我遇到，就先借给大姐盘缠，还清了账目，大姐即可回家。”

秦红玉一怔，摇头道：“不可，小妇人多谢王先生一片诚意。但假若小妇人是一个小人，借了王先生的银两，从此一去不回，岂不是要坑了先生。”

王一冲笑道：“我若借你，就不曾计算你何日还我。在家千般好，出门一日难。你我都是生意场中人，生意之事赔赔赚赚，日后你若发达了，还我便是。你一个弱女子，在生意场上闯荡已经十分不易了。”就回头喊过下人，取过50块大洋，交给秦红玉：“50块钱，大姐便可回太原了。如果见到葛金良先生，代王一冲问候了。”说罢，转身就走。

秦红玉怔怔地接过那钱，呆望着王一冲，不禁喊一声：“王先生。”

王一冲转身笑道：“大姐还有何事？”

秦红玉喉头哽住，一揖到地：“小妇人谢过王先生了。”

王一冲忙抢过来扶住秦红玉，笑道：“大姐莫要客气，日后王某若走到太原地面上，还望大姐多多照应啊。”笑罢，就一路扬长去了。

秦红玉起身定在了那里，直到看不见王一冲了。街中空空荡荡，只听得寒风沿街乱跑。*

秦红玉就回太原。一路上感慨不已，深感王一冲这个人仁义得很。到了山西界上，就住到一家客店。半夜时分，听店内一阵大乱，迷迷糊糊听到一个耳熟的声音在跟店家说话。她猛地坐起，穿衣出门，见葛金良正赶着一群牲口进店来。秦红玉大叫一声："金良。"

葛金良一怔，呆呆地一看，不觉大叫一声："红玉啊！"就扑上前来。夫妻二人抱紧，哭成一团。店家看得傻了。

二人进了屋子，灯光下，秦红玉看到葛金良衣衫褴褛，面容消瘦，早没有了分别时的精神，就惊问发生了什么事情？

葛金良长叹一声，说出了原委。两个月前，葛金良赶着牲口到了紫金关处，路遇一帮山匪，牲口被抢了去，他也被强行拉入了伙，做了山匪们的账房先生。葛金良没得办法脱身，就在匪窝里周旋。前几天，这一帮山匪与另一帮山匪交火，葛金良趁机把剩下的牲口赶了出来。一路狂奔，算是逃离了山匪的掌握。再查算牲口，损失了百余头，不期在这里遇到了秦红玉。

秦红玉听得呆呆的。葛金良就问秦红玉如何来到这里。

秦红玉就把自己如何病困林山县，又如何卖身遇到王一冲，赠送了盘缠，才到了这里的事情说了一遍。

夫妻二人叹息了片刻，就商议如何处理这桩生意。想来想去，就决定把这一批牲口仍送到林山县。

第二天一早，二人赶着牲口去了林山县。走了几日，到了林山县。秦红玉想了想，对葛金良道："我前番刚刚受了王一冲的恩惠，实在是不好意思再见他。我在城外客栈等你，你自己去见他吧。"

葛金良笑道："那我就一人去接洽。"葛金良就去了王一冲的府上。

只见一个挺大的院落，青砖红瓦，前后庭院。院中几棵老

* 读到这里，感慨万千。秦红玉一如秦叔宝；王一冲果然单雄信。

树，风吹起，枯枝飒飒作响，一下就看出此宅家道久长了。葛金良向门人递了名帖。

王一冲迎出来，见到葛金良，就拱手笑道：“葛先生如何这样迟缓。我这笔生意已经与别人做了。”

葛金良就哑了口，呆呆地望王一冲。

王一冲就道：“这一笔生意你们误了脚程，我已经重新购得一批牲口了。”

葛金良苦脸道：“这一笔生意，实在是天不作美。”就说了路遇匪劫的事。说完，他起身深施一礼：“还望王先生多多成全。葛某小本生意，经不得风浪，此次遇难不死，已经心惊胆战了。求先生好坏给个价钱就是。这几百口牲口我若是弄回山西，再出意外，真是要倾家荡产啊。”说话的声都颤了。

王一冲忙笑道：“葛先生莫要着急，这一笔生意，我仍收下就是，仍按讲定的价钱。”

葛金良听得大惊：“万万不可，一定要折价才是。我路上已经问过，眼下市上牲口已经落价了。”

王一冲笑道：“生意场上，要讲个‘仁义’二字。你已经不易，我怎好再让你雪上加霜啊！”*

*击节长叹：王一冲了得！如此商贾义气，可传千古！

葛金良扑通跪倒，眼里就有了泪：“如果这样，让我日后如何报答啊！”

王一冲慌地扶起葛金良，叹道：“葛兄何必如此，真是折杀我了。生意之道，用兵之道。水无常形，商无常道；成败赢亏，相生相克。常言，人算不如天算。你总是尽心尽力了。买卖不成，仁义还在，莫要再说报答的话了。”

葛金良听罢，心中感慨万千，拱手道：“王先生大人大量，这一笔生意真是让先生亏了许多，日后一定多多报偿。”

王一冲摇头笑道：“不必不必。葛先生这一笔生意多有不顺，如今平安到此，王一冲心中已经很是高兴了。若真是葛先生有个长短，王某真要不安了啊。”

又说了会儿话，王一冲就让下人喊账房来，把价钱与葛金良结算清楚。结罢了账，又留葛金良吃饭。挺晚了，葛金良才醺醺然地从王一冲家里出来。葛金良抱拳道：“山不转水转，日后如有用得着我们，直请王先生吩咐。”

王一冲笑道：“说得极是。林山县近年收成不济，如明后几年贵地五谷丰旺，还望成全。我先定下300石谷米了。”

葛金良点头：“葛某记下了。”

王一冲笑道：“我听说葛先生近年娶了太原最红的歌妓为妻，好不让人羡慕。下次来林山县，一定同来让王某仰赏才是，我一生最喜听山西小曲了。”

葛金良心中苦笑：你早已经见过，竟是不识，他哈哈笑道：“一定一定。”

葛金良回到客栈，秦红玉已经等得着急。葛金良就说了王一冲大仁大义的事，说得感动，眼睛都湿了。

秦红玉也叹道：“果然是君子之风。我原以为商道多是利益之辈，不想林山县竟有这等人物啊。”

葛金良叹道：“这一笔生意直让王先生亏空了上千大洋。来年我们一定给人家补上才是。”

秦红玉点头。

第二天，夫妻二人就动身回太原了。

寒来暑往。第三年春上，葛金良与秦红玉听到林山县闹粮荒，就趸了五百石谷物运到林山县。二人商议，这批谷物定要低价盘给王一冲，以报前年相济之恩。于是，二人就押解着几十辆车。一路风尘来到林山县。秦红玉笑道：“春暖花开，全不似去年凄楚景象了。”

到了林山县，夫妻二人进了王一冲的家门，就有家人迎出来，听葛金良报了姓名，就去喊主人出来。一会儿，就有一个身着重孝的中年妇人迎出来。葛金良和秦红玉看罢，就惊得呆了。葛金良怯怯地问："不知家中有了丧事，不知道是何人？"

妇人叹道："是我家先生王一冲。上月一场暴病，就没了。我是王一冲的妻子古玉环。"*

葛金良、秦红玉大惊失色。

古玉环道："我听先生生前讲起过，二位是山西太原的朋友，快快请到屋里坐。"

进了屋子，葛金良就谈到了来送谷物的事情。古玉环道："这一批谷物，林山县正是奇缺。一冲生前已经嘱咐，要我按林山县的价钱收下。"

秦红玉含泪摇头道："不行，这一笔谷物原是替王先生筹措的。如果赚钱，我们于心不安的。"

古玉环叹道："这是我家先生临终遗言，恕古玉环不敢违命。"

秦红玉一愣，就叹道："生意如若做到王一冲先生这步田地，实为商道中极品了。"

古玉环长叹道："我家先生生前常常说有一大憾事，不能一睹太原葛金良内人秦红玉的绝色绝音，二位回去可代我家先生向秦红玉问候。"

秦红玉再也忍不住了，泪就涌下来，扯住古玉环的手哭道："大嫂啊，我就是秦红玉啊！"

秦红玉就跪倒在王一冲的灵前，悲悲地唱起了山西小曲：

曾记得昨年一段恩，
风风雪雪逼煞人……

只唱了两句，秦红玉已经是泣不成声。窗上阳光一陡，涌涌地猛泄进来，王一冲的灵牌金光闪闪……**

* 情节突如其来，读者登时惊愕！

** 读到此处，我已无语凝噎！

第三章(上)

本章主要出场人物

刘海儿:望龙山山大王。(? 至 1931 年)

李啸天:我爷爷。望龙山山大王。(1885 年至 1937 年)

齐昌文:狼窝岭山大王。(? 至 1937 年)

古志海:灶台山山大王。(生卒年不详)

青　儿:我奶奶。望龙山女匪首。(? 至 1937 年)

于默然:林仓县中共县委书记。(1915 年至 1991 年)

于友亮:仓南县游击队长。(1912 年至 1984 年)

李震杰:我大伯。林仓县委副书记。(1905 年至 1963 年)

李震明:我二伯。(1907 年至 1969 年)

李震山:我四伯。(1917 年至 1937 年)

李震谷:我五伯。(1919 年至 1937 年)

李震方:我父亲。(1921 年至——)

李金枝:我大姑。(1915 年至 1950 年)

李银枝:我二姑。(1920 年至 1937 年)

章兆铭:国民党第 39 师副官长。(? 至 1937 年)

杨怀义:断角岭匪首。(? 至 1937 年)

白义彰:望龙山的军师。(? 至 1937 年)

王寿山:柏岭匪首。(? 至 1945 年)

一　我的爷爷在望龙山

我爷爷李啸天在 1908 年野民岭李家寨的血案中死里逃生，被刘海儿带着跑进了望龙山落草，到 1937 年，我爷爷已经做了 29 年地地道道的土匪。在刘海儿的悉心培养下，我的爷爷渐渐成了一个杀人不眨眼的山大王。按照时间推算，我爷爷随刘海儿逃进望龙山那年应该是 23 岁。

我只去过一次望龙山，那山的确很高，地理书上讲望龙山海拔 835 米，是林山县内仅次于元胡山的第二高山。望龙山位于李家寨西去 30 里。山下荆棘丛生，沿一条险陡毛糙的山路盘旋上山，登到山顶，要半天的工夫。山顶有一峰头，状似龙头，气势凶猛顶天而立。因此得名。当地传说，天上有恶龙作孽，玉皇震怒，贬谪人间，在此遭受日晒雨淋之苦。还有一种传说，说望龙山原叫恶狗山。当年皇太极派多尔衮出征到此，嫌此名不雅，即赐名望龙山。这一块龙头状的石头，直径十米余，高四米余，质地为花岗岩，攀上它的顶端，向下俯视，是深不可测的涧谷，寒风由下阴猛地卷上来，使人头晕腿软。那次我攀上岭去，站在那块状似龙头的石头上，茫茫云海中，似乎能看到爷爷和父辈们那一张张野性的布满杀机的脸孔，一支支凶悍残忍的马队，在云雾中呼啸滚动而来。

我由衷地敬佩我的爷爷和父辈们竟会在此雷打不动地住了几十年。

1908 年，刘海儿带着我爷爷李啸天逃进了望龙山。据我父亲说，过后几天，我奶奶带着我三岁的大伯、一岁的二伯也跑进了望龙山。林山县文联编著的三套集成中说，我大伯、二伯是在望龙山出生的。这种说法失真了。我大伯、二伯并非在望龙山出生，大伯、二伯并不是天生的匪种，而是被逼良为匪的。一个

“匪”字，其中有多少人世间的辛酸呢？*

奶奶在望龙山上又接连生下大姑、三伯、四伯、五伯。后来，爷爷又娶了二奶奶，也就是我奶奶，生下六伯、二姑还有我父亲。

小时候，我奇怪爷爷为什么要给我制造这样一个阵容庞大的父辈群体，仿佛跟谁赌气似的。后来我长大了，渐渐明白些了——爷爷在努力地制造不朽，为了李氏家族香火旺盛。可怜的先人，使生命发扬光大的最原始的方法，就是努力生儿育女。

刘海儿常常带着爷爷下山做劫道绑票的生意，爷爷的土匪素质提高很快，渐渐变得心狠手辣，传说他吃人心喝人血的事情也是有的。他终于成为一个杀人不眨眼的土匪首领。望龙山的势力发展到抗战前夕，已经成为野民岭各路土匪最厉害的一股。**

岁月流逝，刘海儿老了，他便不再主持望龙山的事务，把望龙山的领导权完全交给了我爷爷。据我父亲回忆，刘海儿虽未受过正式教育，但具备做领袖的能力与品格。他为人处世信守一个原则：“疑人不用，用人不疑。”他始终放心放手让手下人拥有独自办事的权力，换句话说，刘海儿似乎在望龙山搭起了一个舞台，他让山匪们在这个舞台上尽情尽性地表演各自杀人越货的本领与才干。刘海儿的这种用人机制，培养出了一大批狡猾凶残的土匪，这应该是望龙山土匪势力发展壮大的一个重要原因。刘海儿把望龙山的军事指挥权交给了我爷爷之后，他自己则带着几个随从下山，走州过府挥霍游逛。他不再操心山寨的事情了。一些匪首开始并不服我爷爷的气，刘海儿说：“啸天是当贼头儿的料，我放心。”这些人也就不再讲什么了。父亲回忆，当时同我爷爷争夺领导权的主要是陶振岳和许树青，这两个人都是刘海儿的心腹。陶振岳比我爷爷年纪小，对刘海儿十分忠诚，刘海儿死后，他便带了几个亲信下山走了。我爷爷挽留他，陶振岳笑道：“一山不容二虎，你我兄弟好聚好散，就此分手，各打天下，免得日后

* 接续作者一句，其中更有多少血腥呀！

** 果然是，头一年见血腿脚软，第二年杀人不眨眼。

生是非伤和气，对不住老寨主的夙愿。”陶振岳就走了。如此说来，旧时人心地宽阔，心里有什么说什么，潇洒得很。

陶振岳下山后在江湖上闯荡，后来在河南投靠了孙连仲的部队，因他头脑灵活，又有一身功夫，且长得人高马大，颇得上司赏识，很快被提拔当了连长，后又被31师师长池峰城提升为警卫营长，后又被池峰城推荐给孙连仲当警卫营长。大概就在这时，陶振岳得罪了孙连仲的二太太罗毓凤。起因是罗毓凤打麻将输了不给钱，并恶语伤害了陶振岳，骂他是“土匪痞子”，陶振岳一怒之下掀了桌子。回到营部，收拾东西，带了十几个人走了。当时孙连仲不在司令部，副军长田镇南派人追了三十多里路，没有追到。陶振岳自此在河南南阳一带当土匪，重新操练劫道绑票的生意。他敢杀敢干，而且仗义疏财，名声很好，很快发展到三百多人的队伍。不久，他在信阳与池峰城的部队遭遇，他的队伍被打散，他被活捉，押解到孙连仲那里。陶振岳自知难逃一死，神色安然。孙连仲怒道：“我待你不薄，你为何要跑？”

陶振岳恨道：“我和罗毓凤闹不来。”

孙连仲皱眉道：“太太说话你也不听？”

陶振岳气呼呼地说：“我是你的兵，又不是你太太的兵。”

孙连仲大怒：“老子今天毙了你。”

陶振岳哈哈大笑：“那就别废话了。”说罢，转身就朝外走，头也不回。

孙连仲扑哧笑了：“是条汉子。”快步向前，给陶振岳松了绑，把陶振岳扯到椅子上坐下：“子和(陶振岳号)，你在我棚子里当兵，也有几年了，也算是心腹之交了。你要走就走，我也不拦你，娘们儿的事别记在心上。俗话说，好男不跟女斗。你走吧，好自为之，日后有难处，直管回来张嘴。”

这一番话，把陶振岳说愣了，他懵懵地向外走了几步，猛地转回身来跪倒：“军长，我一时气盛糊涂。我不走了，打死也不走了！”

陶振岳从此成了孙连仲的铁杆儿。

后来，陶振岳在孙连仲手下当了团长。台儿庄战役，池峰城部告急，孙连仲派陶振岳去增援，孙连仲吼道：“陶子和，你上去顶住，若有闪失，提头来见我。”陶振岳在西关增援，打了一天一夜，第二天清点，只剩下二十多人，陶振岳身上八处负伤，肠子都被打流了出来，竟没死。孙连仲在陶振岳的担架前慰问：“子和，你立了大功，我奖你一万大洋。”陶振岳道：“司令，有你这句话，够我一辈子使用。钱，我一文不要。”孙连仲听罢，竖指叫道：“我没看走眼，你是条汉子。”

陶振岳伤愈，升为少将旅长。1941 年随孙连仲第二集团军到达河南，克复南阳战役后，河南第六区自卫军司令别光汉宴请孙连仲及其部下，那一日，陶振岳开怀痛饮，大醉，被人搀回房中，第二日不起，人们撞开门，发现陶振岳竟已醉死。

陶振岳是野民岭南岭方庄人，陶氏家族是小姓，抗战前曾有十余户人家。1942 年，日本人大扫荡，制造无人区，陶家被日本杀光，至今方庄陶姓不复存在。特在此记上一笔。*

* 穿插叙述陶振岳，信笔拈来，不游离且生动自然。好笔法。

陶振岳走了。许树青也辞行下山。

传说许树青是一条面皮黑黝黝的汉子，他也是望龙山的老匪首，原是铁杆岭上的匪首。当年铁杆岭被韩丰攻破后，他投到了望龙山。刘海儿死后，许树青对爷爷说他已经厌倦了望龙山的日子，想去外地换换山头。此话说完，就也下山了。爷爷亲自送他到山下，许树青带走了一些金银和一个名叫水儿的女人。据说那女人是许树青从省城窑子里买出来的，长得十分耐看，许树青十分珍爱。传说许树青去了苍山县西马山，那里有他的旧弟兄，他在那里做了一年的军师。后来又不想干了，就带着水儿下山。许树青下山之后，就和水儿化了姓名，在林山县开了一个茶店。他说人老了，想过几年安生的日子。听说后来被官府识破捉去砍了头。*

刘海儿是在陶振岳和许树青下山之前死的。死于一次偶然的闪失。

刘海儿死于1931年。那年夏天，他去省城作案后被抓住，随去十余人全部被捕。我听父亲说，那次本来不该出事，刘海儿平常下山游逛，并不作案，偏偏那一次刘海儿下山久了，花亏了钱袋，于是，那天他们抢了一个钱庄，挺顺利。本该立即回来，偏偏刘海儿在省城有一个相好的鸨儿，偏偏那天刘海儿来了兴致，非要到那鸨儿处住一宿，结果被人抄了。有人说是那鸨儿告密的，因为望龙山的土匪常常在省城作案，那鸨儿是望龙山的一个落脚处，早已被警方盯住了，事先把那鸨儿弄去吊打，又放回来当内线，望龙山的人一到，便报告。我父亲每每提及此事，便骂那鸨儿。然后再骂世上一切妓女都不是东西。我不以为然，那鸨儿做的是皮肉生意，刘海儿只是她的顾客，谈不上什么感情。况且，一个烟花老板，被弄去死命吊打，怎经得住。

刘海儿被捕后，A省警察厅很是干脆，当天审理，第二天便毙了刘海儿，随捕十余人，统统处决。很有点儿从重从快的味道。此事曾载A省1931年8月5日晚报：

昨夜，警探于青园街14号抓获惯匪刘海儿及其同伙12人。刘犯是在青园街歌妓杨某处过夜时被抓获归案的。据悉，警察厅已于当夜审理，前日戏园楼西街黄家喜钱庄被抢一案系刘海儿所为。刘犯一干人俱供认不讳。

又讯：今日上午10时30分，惯匪刘犯海儿及同伙12人于西郊沙河桥处被处决。兹警方已布告其家属五日内收尸。刘犯海儿多年在省城作案，人人切齿，今日伏法，市井拍手称快。

* 见缝插针交代许树青，之后重墨交代刘海儿下场。所谓一板三眼，节奏分明。作者叙述功夫略见一斑。

林山县三套集成中对刘海儿被杀另有一说：出卖刘海儿的不是那个鸨儿，而是刘海儿的一个随从刘栓。那次随刘海儿下山的13个贴身随从，被称作是刘海儿的十三太保。而报上刊出的却是“及其同伙12人”，少了一个。三套集成上说，只少了那个替刘海儿管钱的随从刘栓。刘栓是苍南县人，十多岁父母双亡，沿村乞讨，一日在望龙山下被刘海儿撞见，被带上山来，刘海儿见刘栓眉清目秀，心中喜爱，便收他做了义子。再后来刘栓长大，竟是爱财如命、又嫖又赌。有一次他偷偷下山，在林山县的赌馆里狂赌了三天三夜，输了一万大洋，刘海儿得知后，死死用鞭子抽了他一顿，刘栓稍稍收敛。那次在省城，刘海儿抢了黄记钱庄，刘栓见财起意，为了独吞这笔钱，便告发了刘海儿，然后带钱跑了。三套集成中说，我爷爷李啸天到省城为刘海儿一干人收尸时，其中没有刘栓的尸体。

林山县地方志办公室的同志曾对我讲，他们曾去查阅过A省警察局的敌伪档案，没有找到当年处决刘海儿一干人的案卷，当年审理这件案子的人，今已不知下落。所以，刘海儿的捕因，便只有传说了。

据父亲回忆，刘海儿是河南上蔡县城关人，前几年，我利用出差的机会，路过上蔡县，到城关寻找这位传奇人物的家族。但上蔡县城关并没有听到过刘海儿这个人物，一些上年纪的人告诉我，传说光绪年间，此地出过几个响当当的绿林人物，但绝无刘海儿这样一个名字。

或许，刘海儿不是他的真名了。

刘海儿在望龙山有一位压寨夫人。父亲追忆，那女人叫杏儿。杏儿生得瘦小，其貌不扬，她原是刘海儿在外埠一家富商那里绑来的“票”，那家富商竟没来“赎票”。父亲说是刘海儿绑错了票，本来去绑那富商的千金，却绑了个丫头。刘海儿也没有“撕票”，见那丫头很温顺，便娶她做了压寨夫人。她给刘海儿生了一儿两女。刘海儿死后，杏儿便找爷爷说，要回河南上蔡给公婆烧纸。话里透出要离开望龙山的意思。我爷爷便拿出许多金银盘缠，找了几个心腹喽罗，送杏儿母子回河南。时过一年，那几个喽罗竟没回来。父亲说，当时有三种传说：

一、那几个喽罗见财起意，途中杀了杏儿母子，分了财物逃之夭夭了。

二、他们被军阀的部队劫持了。当时河南地面极不安静。父亲说，过后许多年，爷爷仍然懊悔不已，责怪自己太粗心，兵荒马乱的，实在不该放杏儿母子走。

三、我爷爷杀了杏儿母子。因为杏儿与陶振岳关系密切，杏儿想搞掉我爷爷让陶振岳做寨主。我爷爷便杀了杏儿，又挤走陶振岳。对这种传说，我不想评论，我实在不愿把爷爷想得那样毒辣。

此说也记上一笔。*

* 历史没有了真相，只好留下传说。

刘海儿死前，曾建议爷爷把大伯、三伯送到林山县学堂读书，据说刘海儿看中了大伯和三伯是可造之才。于是，爷爷把大伯和三伯送到了林山县学堂读书。后来把我父亲也送去读书了。也许爷爷的初衷是让大伯、三伯读书，想让他们将来能够成为刘伯温那样的人物，可以把望龙山打家劫舍杀人越货的事业发扬光大。谁知道大伯、三伯读过书之后，竟然参加了共产党，不再回望龙山了。我三伯还跑到延安去了。这不能不使爷爷非常气愤。

刘海儿死前，望龙山土匪的实力已经达到了空前鼎盛的时期。野民岭大小十几股土匪，纷纷依附了望龙山，拥戴刘海儿为野民岭的“舵把子”。最令人瞠目的是，野民岭许多村寨的壮男壮女，农忙时种田，农闲时便上望龙山跟刘海儿当“业余土匪”，到外县和百里之外去打家劫舍发财致富，真正做到了“民匪一家”。这的确是中国匪患史上一种奇异的现象。按照A省大学历史系张业教授的观点，野民岭的地理环境和社会文化，造成了这样一种特定的匪患现象。或者如此？

但刘海儿生前并没有彻底征服野民岭，灶台山的古志海和狼窝岭的齐昌文不肯拥戴刘海儿当“舵把子”。当然，刘海儿生前也没有想当什么“舵把子”，他也没有对齐昌文和古志海动干戈，刘海儿是宽容的。据我父亲回忆，刘海儿常常说的一句话是：各有各的山头，各过各的日子。于是，灶台山、狼窝岭与望龙山相安无事。刘海儿死后，我爷爷李啸天决心吃掉古志海和齐昌文。我猜定，我爷爷不仅要做望龙山的首领，而且要做野民岭各个山头的首领。

古志海即是我三姥爷的长子，论辈分，古志海应该是我的堂舅。1916年，当时的县长韩丰攻破灶台山时，古志海逃走，风声过后，他重新在灶台山拉起了杆子。我常常想，如果我的这位堂舅自1916年洗手不干，他应该是一条别的人生道路。可是他没有洗手。或者说，他已经不可能再学会干别的什么职业了。

父亲说，1935年夏天，他从林山县师范学堂毕业回到望龙山，爷爷正在全力以赴攻打灶台山。当年秋天，灶台山被我爷爷攻破，古志海被活捉。

父亲回忆说，古志海是在一个晴朗的中午，被押到望龙山上来的，他全身被剥光，绑在望龙山石洞口的一棵枣树上。爷爷放一条猎狗过来，那狗就扑上去，粗糙的舌头在古志海滴血的脸上舐来舐去。

爷爷手里掂着一把尖刀，坐在不远处的一块石头上，远远望着古志海，不时用手指弹着刀，发出清脆的声音。

几个喽罗在古志海的胸前撩泼着凉水。

古志海的心就要被掏出来，准备给爷爷下酒吃。

古志海破口大骂：“李啸天，我操你八辈祖宗。”

爷爷冷笑着站起身，慢悠悠走过来，用刀子逼住古志海的心口，骂道：“狗娘养的，死到临头，还嘴臭。”

古志海依然骂不绝口，嘴里溢出一股股白沫。

爷爷皱皱眉头，手中的尖刀一扬，一道寒光射出去，刀直直地吃进了远处的树干，刀身颤颤地乱响。爷爷猛地喊了声：“给他松绑！”喊罢，转身就走。

喽罗们上前放开古志海。

“你他娘的为什么不杀你爷爷？”古志海怒吼。

爷爷站住，转过头：“姓古的，你也算是野民岭的一只猛虎，我李啸天今天这样杀了你，怕今后不好在江湖上做人，你走吧。”

古志海怔了怔，穿上衣服，拔步就走。

“站住！”爷爷猛地吼一声。

“你悔了？”古志海站住，冷笑一声，并未回头。

爷爷哈哈大笑：“我李啸天一言九鼎。只是要告诉你，今后放你一条生路，莫要再来找死。”

古志海野野地笑了，回过头来，手指着爷爷：“休想，今日放了我，日后我一定回来报仇，不出三年。你若害怕，今日便杀了我，以绝后患！”

爷爷放声笑了，挥挥手：“你这狗日的，还算是野民岭的种。死到临头，说话还是硬气。你走吧。”说罢，仰头看天，那天，晴晴的，蓝蓝的。疯狂的太阳正在中天上轰轰烈烈地燃烧，烧得天空没有一丝云。

古志海迈着雄壮的步子下山走了。

爷爷在山上望着他，一动不动。直到古志海一路小了，没了踪影。

古志海竟没再回野民岭找我爷爷报仇。有人说他离开野民岭，到南方去做生意了，新中国成立后死在了香港。更多的传说他去了北京，后来参加了卢沟桥抗战，被日本人捉住，放出狼狗，活活咬死，至死，古志海仍破口大骂。*

我相信后一种传说。古志海这种汉子，根本不可能平心静气去做生意，他若不给狼狗咬死，一定会回来找我爷爷较量。

我雄心大志的爷爷吃掉了古志海这一股山匪，却没能吃掉狼窝岭的齐昌文。

齐昌文是狼窝岭下的齐家庄人，家道贫寒，那一年欠了齐家庄财主齐敬轩的地租，齐敬轩上门催讨，齐昌文交不出，他的妹妹被抢了去做抵。后来，齐昌文东挪西凑了钱去赎人，他妹妹已自尽，他只领回一具尸体。齐敬轩家的佣人偷递出话来，是齐敬轩见齐昌文妹妹好看，便要用强，齐昌文的妹子便把剪刀插进自己的胸里。齐昌文一声没吭，抬回妹子尸体埋了。过了几天，齐昌文跳墙进了齐敬轩家，先用刀子把齐敬轩宰了，又用刀子逼着把齐敬轩的妹子干了，然后放了把火，烧了齐敬轩家的宅子。那天，齐昌文便上了狼窝岭拉起了杆子。过了几天，齐敬轩家告到林山县衙，引来几个捕快，上狼窝岭草草搜了搜，搜不到齐昌文，便回去了。

齐昌文逐渐网罗了一批有人命案的山民上山入伙。这些人拿着白捡来的命不当贵重，常冒险到外埠大户人家去杀人越货。传说他们曾千里奔袭到天津抢了一家珠宝商，竟未失手，得了许多财富。变卖了，换了枪，势力由此渐渐雄壮起来了，到了1933年，狼窝岭已经拥有了快枪百余条。齐昌文扬言要跟望龙山见个高低。说到底，齐昌文也想当野民岭的土匪领袖。

1935年秋天，我爷爷攻破了灶台山之后，即派人把狼窝岭下的一个客栈抄了。那是齐昌文设在山下的一个窝点。窝点里的十几个山匪尽被杀死，由此，我爷爷和齐昌文的战争拉开了大幕。过了几天，齐昌文带人在林山县城外抢了我爷爷一批货。父亲说，那是我爷爷刚刚由苍山县抢劫一个土豪的布匹绸缎，准备

* 又是见缝插针的写法，古志海这个人物，着墨不多，却生动至极。与爷爷一番对话，写得精彩好看。两个硬汉性格，活灵活现。

运到林山县去销赃的。爷爷便带人去打狼窝岭，并扛了一挺机关枪。这挺机关枪是望龙山的镇山之宝，是刘海儿生前派爷爷花了九千大洋从省城暗中托人从国民党正规部队里买来的，轻易不肯动用。父亲说，这挺机关枪是野民岭各股土匪惧怕望龙山的一个原因。颇有点儿当今世界超级大国搞核讹诈的味道。那天晚上，天幽幽的黑，在狼窝岭下，两边交了火，那挺机关枪在我爷爷手里叫喊起来，当场打死了齐昌文的十几个人。齐昌文不敢恋战，撤上了山，任我爷爷在山下叫骂，硬是不再出来。

这年冬天，齐昌文的舅爷从望龙山下经过，被捉上山，爷爷只让人割去了那个倒霉的舅爷的两只耳朵，放走了他。没几天，李家寨的祖坟被人刨了。自然，又过了几天，齐昌文家的祖坟也被扒了。

你来我往，双方都不肯罢手。仇恨到这种地步，自然是不共戴天了。

论实力，望龙山远比狼窝岭强大，但狼窝岭距离望龙山近二十里山路，爷爷鞭长莫及，且劳师袭远，加之狼窝岭地形复杂，爷爷硬干也不会占便宜。

爷爷和齐昌文的战争折腾到1936年春天，林山县“清山镖局”张清山师傅亲自出面调停。传说张清山武功很高，一把鬼头刀使得出神入化，且枪法极准，百步之外能打瞎麻雀的眼。他黑道上的朋友极多，我爷爷和齐昌文都是他的至交。那天，张清山在林山县“望山春酒楼”请我爷爷和齐昌文喝酒。

齐昌文干罢一杯酒，朝张清山拱手：“昌文不再与望龙山动武。”然后斜眼看我爷爷。

我爷爷嘿嘿冷笑：“我可以饶过你，但我的手下一定要割下你的脑袋。”

齐昌文涨红了脸跳起来，吼道：“你好大口气，要吃天哩！”

爷爷依然冷笑：“我只要你真刀真枪来干。”

⊙李啸天是我当过土匪首领的祖父

齐昌文站起身："哪个怕你，今日我是看清山兄的情面。"

爷爷也呼地站起："你不怕就好。"

两人涨红着脸，鼻尖对鼻尖，不差一寸远，像两只斗架的公鸡。

张清山铁青了脸，从怀里扯出手枪拍在桌子上："啸天兄，你摊子大，我说不动，一张老脸就此丢尽，劳烦你把我处置掉，你们再去拼斗。"

爷爷一时干在那里，他不好对张清山说硬话，张清山与刘海儿是至交，曾经帮过望龙山。爷爷扭头去看窗外，那春雨下得正急。他想了想，咬咬牙，回头望定张清山，拱一拱手："就依清山兄便是。"

张清山松一口气，笑道："多谢二位赏脸。"

至此，望龙山与狼窝岭各自收敛，井水不犯河水。

1937年初，张清山押镖在山东济南被人杀死，爷爷便又与齐昌文开战。

父亲回忆说，爷爷发誓要剥齐昌文的皮。齐昌文则悬赏一万大洋取我爷爷的人头。

但是，几个月后，我爷爷和齐昌文都自动终止了这一场战争。因为日本人开进了林山县。在日本人隆隆的炮声中，我爷爷和齐昌文之间的恩恩怨怨已经显得无足轻重了。*

* 此一节交代了齐昌文，作者不动声色，留下了伏笔。

我常常想，爷爷本来可以威风凛凛地当他的山大王，没有谁能教育他金盆洗手，举家迁回李家寨做乐天知命的本分山民。他也不会轻举妄动，学李自成那样打到北京当皇帝。他还没有这样的本钱也就没有这种野心。他原本只是要在山高皇帝远的野民岭当一辈子职业土匪的。传说爷爷常常叫人在望龙山中种树，至今望龙山中有一片郁郁葱葱的山毛榉，就是爷爷带人亲手栽下的。是不是可以这样说，以我爷爷这样一个悍匪，如果没有一点儿宽阔的胸怀，没有一点儿充足的信心，没有一点儿为子孙后代造福的远见，他绝不会有种树的举动的。也许，爷爷真是向往一种不知有汉，无论魏晋，其乐陶陶的世外桃源的山匪生涯。然而，历史不会为成全他当一辈子山大王的理想而改写。

1937 年 10 月 17 日，高举着太阳旗的日本人开到了林山县。

林山县城的国民党 67 师 348 团，是两个月前匆匆赶来驻守的。团长司马云争主持城防。但是他们仅仅守城两日，1937 年 10 月 19 日，日本人攻破林山县城。《林山县志》载：

民国二十六年十月十七日，日寇兵临城下，中国国民党 67 师 348 团中校司马团长云争主持城防，城楼上悬挂“抗日卫国”大旗，城中百姓纷纷参战，日寇联队一千余人多次猛攻不下。10 月 19 日晨，冷雨如注，我军民精疲力竭，司马云争持枪站立雨中督战。日军用大炮轰城，西城墙坍塌，日军拥入，守军与日军巷战，刨敌百余。午时，部分守军与百姓由东城撤出，断后守军全部战死，司马团长为国捐躯，时年二十有七岁。

1937 年攻占林山县城的是日军联队司令官坂田义则大佐。

根据《日军侵华史》记载，坂田义则 1910 年生于日本岩宁县的一个名门之家。其父是原南部藩的一个汉学学者，由此坂田自小熟悉汉语。1926 年毕业于日军陆军中央幼年学校，1930 年毕业于日军陆军大学，取得日军最高学府学历。因其精通汉学，1932 年被派往中国，任驻汉口谍报员。1934 年回国带兵，任大队长（营长）。1937 年再度到中国，调华北战场，任 33 联队联队长（团长），升为大佐。1942 年调热河省任守备司令。1943 年春，在太行山与八路军聂荣臻部交战被俘，自杀未遂。1956 年，中华人民共和国最高人民法院特别军事法庭审判在押日本侵华战犯；6 月 21 日，判决制造林山县野民岭惨案及制造热河无人区的罪魁，在服役期间升为将官，并获日本帝国三等旭日章、四等宝和章奖励的坂田义则有期徒刑20年。1963年，坂田刑满释放回国，后不知所终。

我们相信1963年被释放回国的坂田义则一定是垂头丧气的。他是以一个失败者的身份离开中国的。我可以想象，1937年10月19日，攻占了林山县城的坂田义则，一定是一副踌躇满志的样子，他把不屑的目光投向了野民岭的望龙山。

二　1937年的望龙山抗战

1937年10月22日，攻占了林山县城的日军联队司令官坂田大佐，一大早派人到野民岭李家寨抓了几个人，要他们到望龙山给我爷爷送一封招降信。太阳落山的时候，信送到了我爷爷手里。

父亲回忆说，那封招降信大概提了以下几个条件：

一、野民岭的绿林队伍由皇军整编，委任我爷爷当林山县皇协军司令。

二、野民岭的绿林队伍整编后，撤出野民岭，驻扎县城，野民岭修建若干炮楼，由皇军统一派员驻守。

三、皇军24日由野民岭通过，攻打苍南县城，野民岭所有绿林队伍不得干扰……

爷爷读完这封口气强硬的招降信，当即撕得粉碎，喊师爷白义彰写战书给坂田，要他放出人马来望龙山决战。

白义彰嘿嘿一笑：“寨主切莫轻举妄动，还要三思后行。”

爷爷一指白义彰的鼻子：“义彰，莫非你要我做汉奸？”

白义彰摆手：“寨主说到哪儿去了。日本人来势汹汹，我们应避其锋芒……”

爷爷瞪眼骂道：“我看透你小子没种，软蛋。”

白义彰勃然变色:“啸天兄，我白义彰虽一介寒儒，手无缚鸡之力，却也是血性汉子。匹夫见辱，拔剑而起，十步之内流血。你如何这样看我！”说罢，就要拂袖而去。

爷爷忍不住笑了，忙道:“我这一句戏言，师爷何必认真。你有何破敌妙计，快快讲来。”

白义彰道:“林山县城破之日，我曾在山顶观望日寇，其势力浩大，其枪炮凶猛，其兵器精良，我望龙山与其交战，只恐贼众我寡啊。但古之善用兵者，能使寡敌众，昔晋谢玄五万人马，战退苻坚百万雄兵，此一战……”白义彰捻动山羊胡子，看看左右。

爷爷笑了:“师爷有话直言，就别念戏文了。”说罢，屏退众人，独留下白义彰商议。*

据父亲说，白义彰相貌丑陋，身材矮小，留着山羊胡子，一副酸腐气，字却写得极棒。他原是县城摆地摊的勘风水兼测字的先生，那次我爷爷到县城作案，在街中闲逛，路过他的地摊，心血来潮，便要测一字。白义彰推过纸笔，要我爷爷随便写一字，爷爷抬头看天色渐晚，便写了一个“暮”字，白义彰接过看了，又抬头认真打量了一下我爷爷，皱眉说道:“先生，恕我直言。”

爷爷笑了:“但讲无妨。”

白义彰看定爷爷:“字是好字，可惜草丛横生，掩日无光，虽另有一日，但因一人之故，先生怕多有不测。再看你满脸杀气，我断你两日之内，必有牢狱之苦。”

爷爷变了脸，低声怒道:“你如何这样咒我？”

白义彰笑道:“文字游戏，何必当真。信则有，不信则无。”**

爷爷也扑哧笑了:“先生所言极是，是我性急了。”说罢掏出两块大洋，放到桌上。

白义彰摇头一笑:“免了。若测得不灵，日后先生要心痛的。”

* 倚重！

** 哈哈！此话两头堵。测错了，别找我后账。

爷爷哈哈大笑："索性我再写上一字，请先生再测上一回。"说罢，提起笔，略一沉思，写了个"天"字。

白义彰接过又看，叹道："先生这字又是凶兆。"

爷爷冷笑："看来今日你要咒我到底了。"

白义彰不笑："先生此行要访友，但此人已是二人，二人必是二心，先生怕是吃累了。难免应了上个字：两日牢狱之苦。但是有惊无险，并无大碍。"

爷爷再也按不住气恼，又掏出两块大洋，摔在桌上，转身走了。

白义彰在后边嘿嘿直笑。

我爷爷那次果然是来找望龙山在县城的眼线。那眼线是园楼街怀盛茶店的账房。父亲回忆，那眼线把爷爷邀去是为抢一家银店的。不料，那眼线已在前一天被警察盯住，抓他时，拒捕被打死。爷爷走进茶店，感觉不对，掉头走出来，却被几个在店里盯梢的警探追出来抓住，关进局子。爷爷死不认账，随行的几个喽罗忙花钱运动。于是，爷爷只在牢里住了两天便被放出来。

爷爷由此对白义彰深信不疑，花了大礼，恭请白义彰到望龙山当师爷。白义彰慨然应允了。*

* 此段写白义彰来历，一个算命先生的形象有趣传神。

这个白义彰测字的故事是父亲讲给我的，我一直半信半疑。这些年到处发现特异功能，我便只好相信了白义彰有特异功能。

白义彰上山后，的确为爷爷出了不少主意，深得我爷爷的赏识。他还帮着我爷爷在野民岭找了一阵子狗头金。他常常带些人在山上刮挖乱刨，他手里拿着一块罗盘，指指划划。但是，白师爷终究也没有找到狗头金。

爷爷依了白义彰的主意，算定坂田必定路过野民岭去攻打苍南县，就给坂田写了回信，表示愿意归降，并保证野民岭道路畅通。信交送信人带回。然后差了十几个快腿山匪下山，分头去请野民岭各股匪首来望龙山商议，准备打坂田的伏击。

父亲回忆说，那天半夜的时候，爷爷集合队伍，点卯时，独独少了四伯。爷爷把四伯手下的喽罗喊来，一记耳光，那喽罗招了，说四伯昨夜下山找相好的女人去了。

父亲回忆说，四伯在我的父辈中是最受爷爷奶奶宠爱的一个。四伯漂亮，一张白净子脸，大眼睛忽闪忽闪透着机灵，而且嘴上乖巧，极讨爷爷喜欢。几个伯伯都只有三四个随身喽罗，四伯竟有十几个喽罗。他经常下山赶集上庙，一些大姑娘小媳妇不错眼珠盯他，传说跟四伯相好的有十几个。那天，他是被王家庄的王寡妇拖去了。王寡妇是王家庄的美人，结婚没一年，汉子便暴病死了，她熬不住，便常有三里五乡的光棍地痞晚上来跳墙头，敲窗户。自从她跟我四伯好上之后，便成了四伯的专用品，没人再敢来吃她的豆腐了。传说王寡妇极有风情，躺在男人怀里能软得化成水。那一阵，四伯正让她勾得失魂落魄。

父亲说，那天夜里，爷爷的原意是集合队伍训话，搞一下战备，不一定非要追究四伯，可白义彰在旁边说了一句话，便坑苦了四伯。

白义彰摇头叹道："四少爷沉迷女色，日后怕难成大用。要耽误望龙山的生意哩！"说罢，就掉头而去了。

爷爷的脸立时红了，喊过二伯，要他带人去把四伯绑回来。

那天四伯喝得醉醺醺的，睡得正香，被二伯撞开门，从王寡妇的被窝里拖了出来，捆猪似的绑个结实，四伯破口大骂："老二，你别狠，看老子日后怎样收拾你。"

二伯不理他，押他往回走，天亮时，押到爷爷面前，爷爷一瞪眼："打！"

二伯扯过鞭，虎虎生风地打起来，打得四伯在地上滚，杀猪似的嚎。

爷爷看四伯不经打，更加恼了，吼道："往死里打，娘个逼，大敌当前，你个王八羔子还去睡破鞋。”

四伯惨叫：“二哥，手下留情呵！”

二伯一声不吭，他向来只听爷爷的话，根本不会念及手足之情，那鞭子抡得更快更猛。

大奶奶和我奶奶赶来了，齐声喊：“停了。”

二伯看了爷爷一眼，爷爷点点头，二伯便收住鞭子。

大奶奶含了泪，劈头给了二伯一记耳光：“你也太狠了。”

我奶奶搀起皮开肉绽的四伯，指着爷爷吼：“当家的，他不是你儿哩！”

白义彰匆匆走来：“寨主，苍南县国军贺镜人师长派人来了。”

爷爷一怔，瞪了四伯一眼：“今日先饶过你。”转身随白义彰去了聚义堂。

国民党39师师长贺镜人，于1936年驻扎苍南县后，曾多次派人来望龙山联络，曾委以团长之职要整编爷爷的队伍，遭到爷爷拒绝。这次又派了他的副官章兆铭送来他的亲笔信。信中请求我爷爷以抗日大局为重，拦击坂田，他四天之后集结队伍来野民岭增援。他任命我爷爷为39师林山抗日独立支队司令，并遣章兆铭副官带来百余枪支及弹药。

爷爷读罢信，哈哈大笑，让人收下章兆铭带来的枪支弹药，然后设宴款待章兆铭。父亲回忆说，章兆铭长得白面书生，酒量却是惊人。席间，爷爷放出几个喽罗去敬酒，竟全部被他灌倒。

席未散，铁鸡岭的匪首姚士俊第一个赶到了。

姚士俊是我二姑奶奶的大儿子。姚士俊如何在铁鸡岭当的土匪？说法不一。据我父亲讲，那年姚成岳和他父亲到省城制作“姚家包子”，因口味不对，被道台大人赶了回来。姚老爷子一病不起，姚成岳便关了县城里的铺子回姚家集务农。后来我二姑奶奶给姚成岳生下了姚士俊、姚士安兄弟俩，再后来姚士俊长大了，便随姚成岳外出跑买卖，在口外贩了几年牲口，颇赚了些钱。那年春节，姚成岳、姚士俊回来过年，那天姚成岳喝多了些酒，被人拉去赌钱，手气极不顺，输了些。姚成岳精明透顶，照理就该到此罢手，但传说他喝酒昏了头，气往上撞，没命地赌了三天两夜，连房子老婆全输进去了。姚成岳便跑了。债主们上门催债，又喊又骂，二姑奶奶一气之下上吊了。姚士俊、姚士安各操起一把剥猪刀子当场捅死几个人。两兄弟分头逃出姚家集，竟跑散了。

姚成岳家的房子让债主们拆了，债主们扬言抓住他们父子要剥皮，赌钱赖账在野民岭是万万不许的，还敢杀人！姚家父子在姚家集惹动了民愤。

姚成岳再也没有回来，传说他讨饭死在了口外。

姚士安后来跑到阎锡山的队伍里当了兵，新中国成立前夕去了台湾。去时是上校军衔，至今不知所终。

姚士俊则跑进望龙山投奔了我爷爷，玩命干了几年。刘海儿死那年，他觉得翅膀硬些了，便想自己闯天下。爷爷给了他些钱，放他走了。他后来在铁鸡岭拉起了杆子。到 1937 年，铁鸡岭也发展到了几十条枪的声势。

父亲回忆说，那天傍晚时分，铁皮岭的丁泉水，棋盘山的叶庆禄，柏岭的王寿山，断角岭的杨怀义先后到了望龙山。使爷爷惊讶的是，曾经在林山县学堂读书，后来就不知去向的大伯也跟着杨怀义上山来了。跟大伯上山来的还有一个戴眼镜的汉子。

父亲回忆说，他们当时真没有想到大伯能回来。更没想到大伯是代表中共林山县委来与爷爷商议共同抗战的事情的。大伯和三伯自 1932 年从林山县师范学堂毕业，就再没有回望龙山。大奶奶和我奶奶听到大伯回来了，一齐跑出来，两个女人抱住大伯哭成一团。

爷爷见了大伯，气呼呼地就让人绑大伯，却被大伯镇住了。大伯正色道："爹，我此次上山，是为联合抗战的事情来的。"

白义彰也在一旁道："寨主，大少爷此次是为公务上山，你们应该先论国家事，再叙父子情吧。" *

爷爷看着一脸严肃的大伯，皱眉道："几年不见，你还真长出息了。"

杨怀义一旁笑道："李寨主，大少爷是来跟您谈抗战的事情的。"说着，把跟大伯上山来的那个戴眼镜的汉子给我爷爷介绍："李寨主，这位是林山县抗日游击支队长于先生。"

"我叫于友亮。"戴眼镜的汉子朝爷爷拱拱手道。

爷爷淡淡一笑："怀义兄弟，你啥时候跟什么游击队勾上了？"

杨怀义称赞道："啸天兄，大少爷和于先生都是个有学问的人啊。"

爷爷冷笑一声："这年月学问顶屁用，打日本人靠这个。"他拍拍腰里的枪。

于友亮笑了："李老英雄，我早领教了您的威名。抗日救国，匹夫有责。四万万民众，没有枪的总不能都当亡国奴吧。"

杨怀义忙说："于先生的队伍有二十多条快枪。"

爷爷哈哈大笑："还没有我一个手指头粗。"

大伯不笑："爹，你何以众寡论短长。说吴三桂，堂堂七尺之躯，拥兵数万，却屈膝投降认贼作父，有不如无。多少英雄儿女，手无寸铁，外侮当头，不惜以性命相搏，五步之内流血，谁敢小觑？我们目前虽然还势单力孤，杯水车薪，但常言道：众人拾柴火焰高。添我们几个，总是无不如有吧。"

爷爷一时涨红了脸："几年的书你真是没有白念，好一张利嘴。" **

* 白师爷言之有理！赞！

** 好一张利嘴，讲得好道理！赞！

大伯正色道："有理走遍天下。"

爷爷嘿嘿笑了，不再理大伯，转身问于友亮："于先生到底端谁的饭碗？"

杨怀义凑到爷爷耳边说了几句。

爷爷一怔，瞪了杨怀义一眼，起身朝于友亮拱拱手："于先生，什么这个党那个党，我李啸天都不买账。我看你们一肚子学问，望龙山也放不下。打日本的事，人人有份，我打我的，你们打你们的，我不高兴外人在我这里搅浑水。"

于友亮上前一步，还要说什么。

爷爷摆摆手："大路朝天，你我各走半边，我这望龙山，野菜山酒，不好待客，于先生，我就不留了。"说罢，转身问大伯："你还走吗？"

大伯道："爹，我现在已经是有组织的人了。"

爷爷愣了愣，态度突然温和了，他点点头："也好，现在天下大乱，你们兄弟两个在山外边，也好。"

大伯皱眉："爹，这联合打日本的事……"

爷爷摆摆手："不说这个了，你三弟好吗？"

大伯点头："他很好。"

"他怎么没有跟你一起回来看看呢？"

"我们不在一起工作。"

爷爷哦了一声，怔怔地看了大伯一眼，轻声叹了口气："我老了。你告诉你三弟，他就是不回来看看我，也该看看你娘的。"

大伯说："我告诉他。"

爷爷点点头，对杨怀义说："怀义兄弟，送他们下山。"说罢，就转身走了。*

我大伯和于友亮上山劝说我爷爷联合抗日这件事，中共林山市党史上有记载：1937年省委根据抗战的需要，将林山、苍

* 读到此处，令人喟叹：爷爷虽然英雄，格局却是不大呀！

南、苍山三县合并，成立林南仓县，任命于默然任林南苍县县委书记、县抗日游击队总队长。下辖林山、苍南、苍山三个游击支队。大伯任县委副书记，兼抗日游击队总政委。在此之前，大伯和于默然同在A省搞农运工作，七七事变后，二人奉命到林山县发展抗日武装，并指示他们收编野民岭的土匪武装，扩大抗日力量。这样，于默然和我大伯商议，让于友亮和我大伯到断角岭去找于友亮过去旧友杨怀义，此时，于友亮任林山县游击支队长。杨怀义被于友亮说动，准备参加抗日游击队。时值我爷爷送信约杨怀义到望龙山商议抗击坂田之事。杨怀义便带着我大伯和于友亮到望龙山游说。

杨怀义这个人在林山县挺有些名声。杨怀义是山东济南人，家乡遇灾，他来林山县投亲不遇，就病倒在林山县，后被药王堂老板佟志川收留，就在药王堂当了伙计，那时同于友亮相识，成了朋友。后来杨怀义因为杀了几个街中的泼皮，就上山落草了。杨怀义为人仗义，极得我爷爷的器重信任。我常常想，杨怀义带我大伯和于友亮上山的初衷，他是有几分把握说动我爷爷的。如果能说动我爷爷与林山县抗日游击队联合抗日，爷爷后来的人生道路或者有另一种辉煌。可惜，我爷爷竟没有被说动。

杨怀义怏怏不乐送我大伯和于友亮下山。

杨怀义歉然:“不能玉成此事，实乃怀义无能，还望大少爷和友亮兄海涵。”

于友亮拱手笑道:“怀义兄言重了，李老英雄决意抗日，我们肃然起敬，联合与否，则另当别论。李老英雄对我党颇多误解，日后自会烟消云散。抗战不分彼此，后会有期。”

我大伯问道:“杨先生何不同我们走?”

杨怀义叹道:“啸天兄待我不薄，叫我如何忍心负他而去，大敌当前，只有患难与共了。”

于友亮和大伯点点头，拱手与杨怀义道别。

走出很远，回头看，杨怀义仍站在半山腰没动。

太阳西斜，万道金光，雨一般泼着，望龙山浴成血色。*

插话：于友亮

于友亮是野民岭南岭于家集人，他的祖上是贩布的商人，到了于友亮这一代便败落了。于友亮后来靠舅舅佟志川资助，进了林山师范学堂读书，在学校时参加了共产党。毕业后就在林山县搞地下工作。1937 年抗日战争爆发，于友亮任林山县抗日游击队长。

林山县党史记载，1938 年之后，于友亮领导的林山县游击支队发展很快，到 1939 年初，已有五百余人，机枪十余挺，步枪三百余支。1939 年 7 月 16 日，林仓县的游击总队在 A 省省委错误指挥下，攻打林山县城。攻打两日不克，损失惨重，伤亡近三百五十人，仓山游击支队长李大水牺牲，林山游击支队长于友亮负伤。我大伯和于默然带领余部撤回南岭贺家集一带，后又撤到仓南县。一些负伤的战士由各村寨的群众带进山养伤，几天后，日本人搜山，搜出一些伤员，押到贺家集用刺刀挑了。负伤的于友亮被田家寨的田登科老汉藏进地窖，没被搜出。于友亮在田家寨养了三个月伤，跟田登科的女儿田香兰好上了，后来便结了婚。又过了一个月，于默然带领游击队回来，于友亮便跟着队伍走了。又后来于友亮随于默然编进八路军正规军。于友亮走后半年，田香兰生下一个儿子，取名于小亮。

新中国成立以后，于友亮由部队保送到北京大学进修，看上了一个女同学常莹，后来常莹肚子被于友亮搞大了，于友亮便要田香兰离婚。那时田香兰刚刚随于友亮到了北京，听于友亮说离婚，便落了泪。这是 1954 年的事情。

正值我大伯来北京开会，来看于友亮，大伯知道了此事，先摔了一个茶杯，又当着香兰的面，打了于友亮一记耳光。于友亮不吭气。我大伯对田香兰说:“别理他，晾他几天就好了。”

田香兰叹口气:“李大哥，我只要他这颗心，心要飞了缘分就尽了。别难为他了。”说完就在于友亮写好的离婚书上摁了手印。

第二天，田香兰收拾了自己几件衣服，系了个小包袱，打票回林山县了。

田香兰把13岁的儿子于小亮留给了于友亮。香兰说:“北京大，儿子日后能长见识。”于小亮在北京念书到高中毕业，便参了军，后来当到副排长。1963年在天津参加抗洪抢险时牺牲了。

于友亮跟常莹结了婚，常莹给于友亮生了一儿一女。我大伯由此同于友亮交恶，我大伯还到部队告了于友亮一状。部队因此给了于友亮一个处分。1959年，于友亮转业到北京某部当了一个科长。

于友亮很能干，那处分没有阻碍他的前程。不久，于友亮当了处长。后来又当副厅长，厅长。人们说，如果不是“文化大革命”，于友亮肯定能当部长。

我去于家集采访时，于家集的人对我说，于友亮“文革”前一直没有回过家乡，于家集的人只知道他在北京当官。有的乡亲到北京找到他，他都是很热情地给安排住宿，吃饭，还给零花钱。若是看病，他便给联系医院。但从不办找工作之类的事。他只办过一件这样的事，还不是于家集的，是王家庄的王大秀。王大秀的父亲是烈士，新中国成立后母亲也死了，他带着妹妹过。合作化那年，大秀到山里开石头，砸伤了腿，成了拐子，订了婚的媳妇也吹灯了。大秀找到北京于友亮那里，于友亮当场给他写了条子，到宣化龙烟铁矿上班了。后来大秀在宣化成了家。1980年，大秀因病提前退休，带着老伴回了家。1982年大秀死了。但他老婆每月照领退休金。堂兄弟吃了药，也开大秀的药单子，由大秀老婆寄到矿上去报销。逢年过节，还能领回些补助。如此过了些年。1985年春节，宣化钢铁公司来人到王大秀家里慰问，才知王大秀已死去多年。来人便责备村干部为什么不报告，还让王大秀家属冒领退休金。村干部笑笑：“大秀的父亲是打日本死的，是有功的。现在人家生活有困难，领几个钱，公家还在乎呵。岂不是太小气了啊。”

“文化大革命”开始，于友亮被批斗。造反派曾派人到于家集调查过，还找过田家集的田香兰。田香兰什么也没有说，后来于友亮去了干校，常莹便同他离婚了。他们的一儿一女都下乡了。儿子和于友亮划清了界限，下乡几年，就选调回城了。女儿不划，便分配到大西北插队落户了。

于友亮在干校喂了一年猪，那天，一阵头晕，栽倒在猪圈里，一查是高血压。过了些日子，于友亮便申请病退，被批准后，他便回到林山县野民岭于家集落户。他的本家已没有人了。大队支书是他远房的侄子，让村里出钱给他盖了两间房子，他孤零零地住下，自己起火做饭。除去每月底到公社的邮局去领取北京寄来的五十元钱生活费，便是戴着那副用胶布粘着腿儿的眼镜儿，在山坡上漫逛。他极少串门。

那日他又去南岭公社的邮局，正逢集日，他领出钱，便在集上闲逛，却碰到了卖鸡蛋的田香兰。

白发人对白发人。俩人都老了。

“你好吗？”于友亮干涩地问。

“还行。”田香兰看着于友亮。

俩人一阵沉默。

“听说你回来了，也没去看你，一人过？”田香兰又问。

“嗯，还好。挺清静的。”

“闷吧？”

“有点儿。”于友亮笑了。

“要是闷，就到田家集来住吧！”田香兰看看于友亮，伸手撣了撣于友亮肩上的毛草叶儿。

于友亮心里一酸:“你不恨我?”

“恨过几天，后来觉得没意思，便不恨了。这都是命，你说哩。”田香兰笑了笑。

俩人一直在集上说话，田香兰的鸡蛋一个也没卖掉。直说到太阳西斜，俩人才分手。于友亮回到于家集，天已黑了。

过了几天，于友亮跟当村支书的远房侄子打了个招呼，便搬到田家集去，和田香兰住在一起。

他们没有办复婚手续，于友亮曾找过田家集的村干部，说要办个手续，怕不合法。

村干部笑:“你们不合法，谁合法？你们本来就是夫妻吗!”

于友亮感到跟他们说不清，便不再说。

又过了几年，邓小平上台。秋天的时候，北京冶金工业部打来电报到林山县组织部，要于友亮回京。县里派人来田家集通知于友亮，要他收拾一下，三两天动身去北京报到。

送走了县里人，于友亮闷闷地坐在院子里，手里卷着旱烟，眼睛懒懒地盯着院子里的正在一片一片落叶子的杨树，叹口气:“我真累了，不想再回去。”

田香兰笑笑:“你是公家人，不去还行?”

于友亮说:“我老了。”

香兰望定他:“你还不老。”

“不老?”

“真不老。”

于友亮笑了。

第三天，于友亮还未动身，常莹和大儿子从北京找到了田家集。

于友亮不说话，冷眼看着常莹和儿子。儿子长成汉子了，常莹脸上的皱纹多极了，头发却黑黑的，显然是染过的。常莹给于友亮带来了一副新眼镜儿。她摘下于友亮那副破眼镜儿，要扔。

于友亮夺回来，仍旧戴上。

常莹腿一软，给于友亮跪下了，呜呜地哭。

于友亮冷笑：“这架势，不如不回去。”

田香兰看看常莹，再看看一旁站立的于友亮和儿子，摇摇头：“也怨不得他们，谁也不是神仙，做事难免有个闪失。”说完，泪已满面。

于友亮眼睛发潮：“香兰，你跟我去北京吧。”

常莹哭得更凶。

田香兰抹了把泪，叹口气：“都是命！”然后上前搀起常莹，转身回了屋里，关上门，好半天没动静。

于友亮喊了香兰两声，不见答音，便推门欲进屋。没想到那门竟闩死了。常莹上前敲了几下，也敲不开。于友亮心下一紧，就一脚踢开门，香兰已经吊死在了屋梁上。*

于友亮放声大哭。

埋了田香兰，于友亮随常莹和儿子回到北京。

于友亮仍被安排在某部任厅长，但他始终没和常莹复婚。1983 年于友亮离休，1984 年死于癌症。临终，让秘书打电报把在西安大学教书的女儿喊回来。

于友亮的女儿后来把于友亮的骨灰带回野民岭田家集，埋在了田香兰的坟边。这是于友亮生前嘱咐的。

于友亮的故事的确是与我爷爷无关的故事，但于友亮的确是野民岭的一个有名的人物。特此记上一笔。**

三　王寿山兄弟的叛变

父亲回忆，那天我大伯和于友亮下山后，爷爷便请各山头赶来的匪首们到望龙山的聚义厅商议。

望龙山的聚义厅是一个大山洞，里边很宽绰。听父亲说，刘

* 读到此处，心如刀割。人间再无田香兰……

** 此章节实写于友亮，却写出了田香兰这一个奇女子。读来心潮难平！

海儿当寨主那年，便请石匠打了许多石凳石桌，约有上百个座位，很是气派。抗战时期，日本人曾一度想在这里建仓库，因山势太高，运输不方便，遂作罢。1943年，八路军和日本人的一个中队在山上激战，这个山洞被日本人用炸药崩塌大半。“文革”后，我陪A省报社的几个记者上山游览，洞内已杂草丛生，洞内的石桌石凳都已见不到了，听说大都被附近村寨的山民弄走了。

父亲说，那天聚义厅的会吵吵嚷嚷开到半夜方散。散时，所有的匪首们都喝了血酒盟誓，那血是匪首们用刀刺破各自的中指，滴入酒碗的。

喝完血酒，姚士俊先走一步下山了，爷爷让他回铁鸡岭带着他的队伍去诈降坂田，随坂田的队伍去苍南县。其他人也都回去集结队伍，约定第三天中午前在马耳山会合。那里是坂田去苍南县的必经之处，爷爷要在那里打坂田的伏击。爷爷绝对不会想到，他这次自以为是、天衣无缝的安排，竟是他走入绝境的第一步；他也绝对想不到，他走出望龙山这一步，竟是再也不能回来了。*

父亲回忆说，第二天后半夜，他只睡了一小会儿，天灰灰亮时，便被叫醒，跟着爷爷的队伍下山了。山上，只留下我大姑夫和我四伯守护。这一段情节，父亲回忆时仍很困惑，他说不清爷爷本是一个很精明的人，怎么会倾巢而出呢？怎会只留下四伯和我大姑夫带着十几个人看护家眷守护山寨呢？父亲回忆说，当时白义彰曾劝说爷爷三思后行，理由是那些匪首朝秦暮楚惯了，万一生变，怕难以应付。白义彰说，这些匪首大都是些不见兔子不撒鹰的滑头，虽然国难当头，同仇敌忾，但总会有人计算如何先让别人火中取栗。白义彰或者已经看透，有些人打着抗战的旗号，心里真正相信的还是如何保存自己的实力。爷爷却固执地说，白师爷多虑。爷爷说，没有哪一个野民岭的汉子会去同坂田穿一条裤子。国难当头，仇敌也会变成朋友。老奸巨猾的爷爷，此时竟变得书生气十足。*

20年后，于默然在A省日报发表了一篇回忆野民岭抗战的文章，他在文章中分析李啸天当时的心理是求胜心切。没有认真分析临时联合起来的各路山匪其实是一群乌合之众。李啸天过高地估计了自己在匪首们中的威望，这是任何一个当了领袖或者正准备当领袖者的通病。领袖的威望总是与拥护者的利益联系在一起的，当拥护者的利益被伤害时，领袖身边便仅仅剩下了他自己孤单的影子。

我认为于默然的这种分析是准确的。**

那天中午，各路的杆子立即随我爷爷在马耳山会合了，独独王寿山的杆子没到。爷爷让各路土匪在马耳坡上埋伏。血红的太阳疲倦地西斜了，渐渐化进了山底，仍不见坂田的队伍。王寿山也没有动静了。爷爷心疑，各路匪首焦躁不安。暮色中，马耳山下跑来一个满头大汗的探子报告，说坂田改变方向去了望龙山。

爷爷顿足："娘的逼，老子被人涮了。"

各路杆子立即随我爷爷回奔望龙山。父亲回忆说，当时都跑得上气不接下气。行至半路，已见望龙山上烟火腾空。再往前跑，迎住了从望龙山上逃出来的四伯，他浑身是血，见到爷爷，扑通跪倒，哇哇大哭："爹，都完了，大娘被杀死了，二娘和大姐被鬼子抓去了……"爷爷大叫一声，一口血喷了出来，晃一晃，就从马上栽下来了。

望龙山这一场事变，是被柏岭匪首王寿山出卖造成的。

柏岭的杆子头原是王寿山的堂兄王寿汉。王寿汉与我爷爷一向不和，后来同狼窝岭的齐昌文磕头换帖，与望龙山为敌。王寿山原是王寿汉下面的一个喽罗，被我爷爷收买了，在柏岭搞了一次政变。传说是我爷爷派去三个杀手，悄悄随王寿山去了柏岭，半夜把王寿汉杀死在被窝里。王寿山做了首领。柏岭一带至今有

* 土匪头子书生气，算命先生明白人！

** 何止准确，绝对精确！

许多关于王寿山的传说，说王寿山手毒心辣，贪财更贪色，柏岭一带被他糟蹋的女人数不过来。王寿汉被害之后，王寿汉的两个老婆和一个女儿都被他弄了，后来又卖到了省城妓院里。他老婆看不过，劝了他几句，竟被他活活掐死。据我父亲回忆，王寿山曾看中我大姑，但我爷爷不喜欢王寿山的为人，没答应。大姑看中了爷爷的保镖田大壮，后来田大壮便成了我大姑父。王寿山由此心生忌恨，但他惧怕爷爷，知道爷爷可以搞掉王寿汉，同样可以搞掉他。于是王寿山在我爷爷面前依然百依百顺的样子。坂田攻破林山县城后，县城里的警察局长俞家春当了汉奸。坂田给我爷爷送信的前一天，俞家春带了三千大洋和一个漂亮的东洋女子去了柏岭。一夜风流之后，王寿山便答应了给皇军做事。爷爷召集各路匪首商议伏击坂田之后，他离开望龙山便去了县城，给俞家春报信了。

王寿山从此便死心塌地在林山县当汉奸了。他当过伪警备大队大队长，后又当了伪县长。抗战结束后，他没能溜掉，被抗日政府捉住，判了死刑。公审他那天，一百多名妇女拿着锥子、剪子扑上台来，又扎又咬，站岗警卫们根本拦不住，王寿山就被这些疯了似的妇女活活扎死了。有目击者回忆，王寿山被扎成了筛子状。可见其罪大恶极。*

由于王寿山的出卖，我的家族蒙受了巨大损失。

日本人由王寿山带路，冲上了望龙山。我的两个奶奶、两个姑姑和我四伯、大姑父带着仅有的十几个人进行了殊死抵抗。我大奶奶被乱枪打死在崖边。我大姑跳了崖。我二奶奶和我二姑被捉住绑下山，做了人质。我大姑父带人掩护我四伯从后山的野藤上爬下去给我爷爷报信。我大姑父子弹打完了，被活捉，他和几个喽罗被日本人绑在山顶的几棵白杨树上，先被挖掉了眼睛，又掏出了肚肠，挂在树上，最后又割掉了生殖器……

我不忍详写这个场面。**

* 恶有恶报！出来混总是要还的。王寿山买单吧！

** 惨无人道！不忍卒读！

“一夫当关，万夫莫开”的望龙山就这样轻而易举失守了。康大鹏、刘海儿、我爷爷几代人苦心经营的望龙山匪巢至此覆灭。写到这里，我不禁慨然长叹，我爷爷过于自信了。兵无常势，水无常形，变化是必然的。爷爷对王寿山等人叛变的事，如何竟是一点儿预防也没有呢？爷爷自认为他登高一呼，野民岭的土匪们就会蜂拥聚到他的旗下，但真正能聚到他旗下的又有几个人呢？

插话：大姑李金枝的后来

望龙山失守那天，我大姑李金枝的确跳了崖。

那天，我大姑的子弹打光了，被几个日本兵追到崖上，那几个日本兵兽性大发，脱了衣服，大笑着扑过来。大姑站在崖上不动，等他们扑到跟前，猛地拖住前边两个，滚下崖去了。我曾去过那地方，险极。几十丈深的涧谷，涧底的寒风不时尖响着掀上来。一个人从这里跳下去，需要足够的胆量，何况是一个女人。也许，大姑应该就此壮烈地死掉，那么我的家族历史上，又能添上壮烈的一笔。可是，大姑没有死。于是，她就有了后来让我的家族尴尬的历史。*

大姑跳下去之后，被山崖上的树杈野藤碍着，落进北崖下的草丛里，她的腿摔断了，昏了过去。第二天，被山下乔家洼砍柴的农民乔石头发现，背她回去，请了村里的郎中给她治伤。大姑醒过来，让乔石头去给我爷爷送信。乔石头赶到马耳山，日本人正抓了不少山民在山上修炮楼。乔石头打听到我爷爷去了断角岭，便又赶去找。但断角岭已经让日本人围了，那枪放得像炒豆子。乔石头回来告诉我大姑。后来，又听说我爷爷的队伍被打散了，我爷爷在断角岭下被割了脑袋，大姑大哭一场。又过了几个月，大姑伤好了，便到山里去拉杆子，乔石头和他弟弟乔铁头也跟去了，后来乔石头成了我第二任大姑夫。

* 如何尴尬？此处埋下包袱。

大姑很是在野民岭凶凶地折腾了几年，成了人人皆知的女土匪头儿。她和日本人真刀真枪地干。日本人剿了她几次，均未得逞。1943 年 5 月，大姑带人混进林山县城，去偷袭王寿山，未成。我大姑夫乔石头被抓住，在城门上活活吊死。尸体挂了半个月示众。*

大姑的队伍在这一次偷袭中损失惨重，便带着乔铁头十几个山匪去投靠了仓南县的杆子李连山、李连河兄弟。李氏兄弟也是李家寨人，论辈分，应是我的同辈。抗战结束后，这股土匪便回到野民岭的柏岭山上安寨了。

1949 年，解放军进驻野民岭剿匪，曾派人到柏岭劝降，李氏兄弟及我大姑不降，并杀了劝降的解放军代表。1950 年春，这股土匪在柏岭被剿灭。我大姑李金枝和李连山在抵抗中被击毙。李连河被活捉，后被公审枪毙。**

我总感到，大姑这辈子挺冤。她若早死，便是一位抗日英雄形象。而她竟以与人民为敌的称号给自己的一生画了句号。大姑以这种方式结局，真是我的家族的悲哀。有一次父亲谈到大姑时，我曾说，若是我父亲或者三伯或者大伯当时赶回来劝劝她，她或许会投降的。

父亲摇头苦笑："难说。你大姑是个犟种，极认死理。而且国民党已封了她是什么林山县反共救国军副司令，她是不会降的。她那年在望龙山跳崖实在应该死掉，倒能落下个好名声。"

父亲也这么看。

大姑的小叔子乔铁头没有顽固到底。那年解放军包围了柏岭，他便溜下山投降了。铁头认识几个字，大多识字的便比不识字的心眼活些。其实铁头也没少干杀人越货的事，但他投降了，便被宽大处理，不再追究了。新中国成立后，乔铁头在乔家洼娶妻生子，后来在生产队里赶大车，人缘不错，"文革"中竟没受罪，还被林山县"革委会"作为"改造好的土匪典型"宣传过一

* 又死一夫！

** 如此下场，果然尴尬。

阵子。1989 年，他的小儿子乔小满结婚了。媳妇叫石素梅，石门庄人，小两口模仿城里人，旅行结婚，不料在省城闹市中走散，石素梅被人贩子拐卖了。乔家如雷轰顶，铁头打发全家人到全省各地市县寻找，没有下落。半年之后，省城逮捕了一些人贩子，其中有一个姓尹的人贩子交代，他曾与另一个姓刘的人贩子将石素梅卖到了安徽 D 县。乔铁头和儿子从林山县公安局开了证明信，坐汽车又坐火车赶到 D 县。接待他们的是一位五十多岁的妇女干部，她看过乔小满带来的证明和结婚证。为难地说：D 县共有一千多名被拐卖来的妇女，其中有十几岁的小女孩，卖给 55 岁的老头儿，都无法解决。有一次县公安局的车去解救几个被拐卖的妇女，当地一些群众把汽车拦住，强行从公安人员手中抢回被害人。乔铁头父子无奈，只好自己找到石素梅被拐卖的那个村子，结果，不但没见到石素梅，还被村里人一顿拳打脚踢轰了出来。父子俩没了主意，便坐火车来找我，他们知道我是记者，请我在报纸上为他们说理。

那天，乔铁头坐在我的办公室里，不停地唉声叹气，时而又跺脚骂：“这比我当土匪那时还厉害，怎么没人管呢？老子真想再当一次土匪了。”

我无言以对。我不能骂政府无能。在这一个被改造得老老实实的土匪老者面前，我只能沉默。

听说这件事在《中国妇女报》登了。再后来结果怎样了，我不得而知，乔铁头父子没有再找我，我希望他们一家团圆了。可是今年我在一张法制报上看到了一条让我瞠目结舌的消息。乔铁头竟然参与了拐卖妇女的集团。据报上讲，近几年，经乔铁头拐卖的妇女竟达三十几人。乔铁头被枪毙了。

我实在想不透乔铁头如何会走上这一条道路。但我想，早年间的土匪生涯，在他身上总有些匪气残留着。*

* 作者如此想，或有道理？

四　齐昌文之死

父亲回忆说，那天，爷爷好半天才醒过来。爷爷咬牙切齿地咒骂王寿山。

杨怀义和白义彰商量了一下，劝爷爷去断角岭暂住，断角岭是野民岭第三大岭，杨怀义家多年在岭上为匪，苦心经营，颇有些实力。且岭上地势险要，岭下是林山县去苍南县必经之路，确是向坂田发难的好地处。杨怀义如此放心地让我爷爷进入他的山头，可见杨怀义心胸的开阔。

我爷爷听罢连连摇头："怀义兄弟，你的情义我心领了。我李啸天现在已是丧家之犬，如何能进入你的山头。"

杨怀义道："啸天兄，大敌当前，还分什么彼此。不要小看了杨怀义的器量。"

爷爷沉思片刻，点头同意："就依怀义兄弟。你这份情我会记住的。"爷爷又转身问章兆铭："章副官，贺师长的队伍何时能到？"

章兆铭认真地回答："我们最多坚持两天，贺师长就会赶到。"

爷爷想了想，喊过白义彰："师爷，你带几个人到县城逛逛，看看姚士俊，他若没得手，就让他把队伍带到断角岭。"

白义彰带了几个人走了。

父亲回忆说，那天晚上，爷爷汇集起几股千余名土匪去了断角岭，第二天傍晚，二姑上了断角岭。她是被坂田放回来给爷爷送劝降信的。

那信，爷爷看也不看就扯碎了。爷爷黑着脸看着二姑。

二姑垂下头，她身上穿着一条很不合体的破裤子。

爷爷冷冷地问："你让小鬼子脏了身子？"

二姑猛地哭了。她掉头向崖边跑去。这时有人去追，爷爷怒吼道："别管她，让她去！让她去！"

二姑疯跑上崖，猛地停在了崖头，转过身来，哀哀地看了爷爷一眼。众人看得眼酸心软，就埋下头，不忍再看。只听到山风呼呼地悲响。再抬头，崖上已经没有了我二姑。只见残阳如一道鲜旺的活血封上山顶，将空空的崖头涂抹得血迹斑斑。

爷爷仰天大笑，笑得满脸是泪。*

当天夜里，探子来报，说狼窝岭被坂田攻下了。

王寿山不仅出卖了望龙山，而且还出卖了狼窝岭。

王寿山实在应该算是野民岭抗战的第一败类。

狼窝岭地形复杂，易守难攻。且齐昌文为人谨慎，轻易不许外人到岭上乱走动。相传狼窝岭上共有暗堡十多处。我爷爷当年和齐昌文打得不可开交，但终究没敢轻易攻山，有所顾忌，也在于此。王寿山对狼窝岭的地形却十分熟悉。当年柏岭的王寿汉与齐昌文很有交情，曾一同联手对付我爷爷，王寿汉常来狼窝岭走动，王寿山常常随同前来，和狼窝岭的一些喽罗混得极熟。久了，那些喽罗们也不避他，随他四处闲游看景致，一些暗堡要冲被他暗中记死了。他带着日本人偷袭望龙山得手后，当天夜里，又带着日本人来到狼窝岭，绕过山下的岗哨，上了岭，等齐昌文发现，日本人已接近山顶。

短兵相接，齐昌文同日本人开始了血战。

大多暗堡不再发生作用，狼窝岭损失惨重。

双方激战到后半夜，齐昌文那边的枪声渐渐稀疏下来，齐昌文就让人高喊投降，又派人过来给坂田送话，要坂田退到半山坡，他集合队伍受降。否则，他宁可拼死在山上。

坂田答应了，约定一个时辰。

坂田足足等了一个多时辰，天已渐亮，仍不见齐昌文的人下山。

坂田大怒，指挥队伍冲上山顶。

* 读到此处，登时哽咽！『爷爷仰天大笑』，心头必是撞痛，不可名状！

然而竟无一人抵抗。

山顶处，晨雾蒙蒙，只见齐昌文孤孤的一个人站在一块页岩上，晨雾如梦如幻地涌在齐昌文身边，齐昌文神态安详。坂田看得发愣，不觉停住了脚步。

齐昌文看到坂田身边的王寿山，哈哈大笑：“我就猜到是你这个王八蛋带狗日们的上来的。不然老子决不会败了这一仗的。”

王寿山让人上前捉齐昌文。

齐昌文嘿嘿一笑，拉响了绑在腰里的手榴弹，与几个扑过来的鬼子一同炸上天去。

坂田怒冲冲地命令搜山。

山上已无一人。

齐昌文已把一百多个弟兄连同他的家眷从后面的绝壁上用绳梯送走了。手下劝齐昌文也逃走，但他不走。据从狼窝岭逃下来的人说，当时他老婆跪下求他走，被他臭骂了一顿。父亲曾感慨地对我说：“齐昌文怎么会走呢？要是换上我也不会走，不亲身弄死几个狗日的，怎么能咽下这口气。再说，齐昌文是一山之主，偷偷溜掉，要被小鬼子看短的。”

这似乎应该是齐昌文最后与日本人同归于尽的逻辑。*

* 拍案赞叹：英雄性格必是英雄逻辑！

从狼窝岭逃下来的人，大都跑散了。其中有几十人跑到了南岭贺家集，参加了我大伯和于默然领导的林南苍县抗日游击总队。据于默然新中国成立后回忆，这几十个人大多在抗日战争中牺牲了。活下来的大多已不知下落。我后来知道了有一个叫薛占杰的，新中国成立后在苍南县民政局当副科长。“文化大革命”中还因为他当土匪这一段历史挨整了。他 1980 年离休。我去采访他的时候，他已偏瘫卧床。回忆起野民岭的抗战，老汉仍很激动，他向我讲述了当年在狼窝岭与坂田部队交战的经历。他讲他们那些人打仗牺牲的情形，他讲一个山匪被两个鬼子用刺刀扎透肚子，仍然拼死扑过去，咬断了一个鬼子的脖子。他讲的时候，眼里含着泪，极动感情。他说他很感激我采访他，他希望我把那些死去的人写进书里去，还一再叮嘱我写一写齐昌文。否则，人们就忘记他了。叮嘱完了，他又怯怯地问："写土匪抗战，行吗？"我听得眼睛湿了，连声说："行！行！齐昌文是英雄！"*

插话：齐昌文的后人

齐昌文的妻子下山后又嫁了人。齐昌文的两个儿子被本家兄弟收养了。

齐昌文的大儿子叫齐金山，一直在齐家庄务农，结婚生子，1996年春节，因喝了假冒的白酒，中毒不治身亡。

齐昌文的小儿子叫齐立山，后来娶了本村一个寡妇。新中国成立后一直安分守己过日子。1967年，齐立山的头上长了个大瘤子，开始不在意，后来那瘤子气催似的疯长。到1968年秋天，齐立山瘫在炕上，那瘤子长成了脸盆大。后来长到了背上，真是一种罕见的怪病。这事被刚刚到林山县执行毛主席"六·二六"指示的解放军某部卫生队得知，经调查，村里证明齐立山为抗日英雄后代，贫下中农的成分属实，便把齐立山接到省解放军某部医院，请当时被打倒靠边站的外科专家郭毅田大夫组织会诊动手术，手术成功地为齐立山摘除了瘤子，重79斤。这一下，齐立山成了名人，随着电台报纸报道，全国各地都来信来电慰问他。当时，那个瘤子成了宝贝，作为标本，更作为展品，陈列在省城毛泽东思想展览馆里。报纸上说，这是我国医学界在毛泽东思想指引下，首次成功摘除特大脑部肿瘤的病例。齐立山也就此被选为省人大代表。村里立刻让他填表入党，林山县革委会提名齐立山当了县农林局副主任。他到处被人请去做毛泽东思想伟大胜利的报告。1969年4月，齐立山作为省"九大"代表，到北京参加了中国共产党第九届代表大会。回来后，被任命为林山县革命委员会副主任。

历史如此荒谬地开了一个玩笑。*

齐立山现在还活着，只是林山县革命委员会副主任和农林局副主任早就不让他当了，也没有人请他到处做报告了。但他仍然很受齐家庄人的尊重。当年，全国各地来齐家庄参观的不少，县里市里省里因此为齐家庄拨了不少特批款和化肥。齐立山是为齐家庄做出过杰出贡献的历史人物呵。**

前年，我曾到省采访过郭毅田教授，他已离休。谈及此事，他苦笑：“太荒唐！动手术的没当上代表，长瘤子的倒当了代表。”

我问郭毅田教授这些年见过齐立山没有，郭毅田笑笑说，齐大伯每年都要来省野战医院看望大夫和护士们，每次来都带些大枣花生什么的。齐大伯朴实厚道，是个极重情义的老汉。那些年，都是县里派小车接送。“文革”以后，都是他自己坐长途汽车来。医院里的医生、护士差不多都认识他。齐大伯至今仍然总说“文化大革命”好，说要不是“文化大革命”，毛主席也不会派人到山沟里去给老百姓看病的。还说现在山里人看病难极了，他村里有一个后生闹盲肠炎，送到县医院开刀，一时拿不够押金，医院便不见钱不开刀，等村里人疯跑着取够押金回来，那后生早已经生生疼死在县医院的走廊里了。郭毅田感情很复杂地对我讲这件事，他的眼睛里不时闪着泪光。

那似乎是一个不好解释的年代？***

五　断角岭血战

齐昌文死了的消息，当天便被我爷爷的探子报到了断角岭。

父亲回忆说，当时爷爷听了愣了好一阵，猛地站起哈哈大笑：“齐昌文算是野民岭的汉子，李啸天打完了这一仗，给他树碑立传。”笑完，泪水已蒙了眼。

父亲回忆说，那天晚上野民岭刮起了横横的西北风，一夜未

* 谁人说得清楚？荒唐历史留下了多少深刻的『玩笑』？

** 乡亲们惊喜不惊喜？齐立山意外不意外？

*** 读者见仁见智。

停，一直刮到天亮，天空被刮得浑黄，满山的石头乱滚。

黎明的时候，坂田的队伍开到了断角岭下。

我奶奶被五花大绑着，被几个汉奸推搡着走在队伍前边。那几个汉奸在山下喊，要我爷爷下山说话。

先是杨怀义带了几十个荷枪实弹的土匪走下山来，扇子面散开。

随后，一乘四人抬的红色漆布大轿，缓缓移下山来。章兆铭走在轿子的前边，二伯、四伯和我父亲紧紧跟随。各自手中持着短枪，机头张着。

轿子停稳，爷爷走出来。他身着皂色马褂，铁青着脸，两眼闪着毒毒的冷光。

那边队伍里，走出一个矮胖胖的日本军官，他就是坂田。坂田嘻嘻笑了笑，嘟噜了几句日本话，他身边一个戴鸭舌帽的翻译朝爷爷说："李大英雄，太君说了，他很佩服您，希望同您合作，会给您带来好处的。否则，您的下场不妙。"

爷爷没说话，冷眼看着被绑在队伍前边的我奶奶。

我奶奶衣服被撕烂了，血浸得满身，头昂着，闭着眼，头发像乱草一样在风中飘着。

二伯禁不住喊了一声："二娘！"

爷爷回头瞪了二伯一眼。

二伯缄住口，不再喊。

我奶奶听到喊声，突然睁开眼，猛地往前闯了两步，嘶哑地喊起来："当家的，别忘了你是中国人！别跟小鬼子讲和。"

站在奶奶身边的汉奸慌忙往后拖她，捂她的嘴，两个鬼子上前抽奶奶耳光。殷红的血，不断从奶奶嘴里淌出来，但她仍挣扎着喊："当家的，你要有种，就别软了腿！"

父亲回忆说，他当时感到爷爷身子颤了颤，但爷爷什么也没说。

坂田挥挥手，奶奶被拖到后边去了。

奶奶的叫骂声不时从后边传过来，后来便听不到了，大概被堵上了嘴，或是被打昏过去了。

插话：关于我奶奶

我一直想给奶奶写个传记。但关于她的资料太少了，甚至连她姓什么，至今也没搞清楚。这真是一件遗憾的事情。三伯和父亲回忆说，奶奶的名字叫青儿。他们也是听我爷爷这么叫的。父亲告诉我，我奶奶姓赵，三伯则说我奶奶姓曹，他俩在这个问题上竟也统一不了认识。李家寨一些上了年纪的人，也说我奶奶姓曹，是仓山县皇沟乡燕坡村人。为此，我曾到燕坡村走访过一趟，询问了燕坡村一些上年纪的人，但他们都记不起当年有谁家的姑娘叫青儿，也记不起有谁嫁到了野民岭，而且嫁给了方圆百里无人不知的土匪头子李啸天。最使我绝望的是，燕坡村从没有过曹姓或者赵姓。于是，奶奶的出生地就成了个疑案。

野民岭还流传着一种使我难以启口的说法，说我奶奶是省城的一个妓女。我爷爷上山不久，随刘海儿到省城办生意，那一夜住进了妓院，我爷爷便与一个叫青儿的妓女相识。一夜风流，便海誓山盟，第二天我爷爷花钱赎出了这个妓女，于是，这个妓女便成了我爷爷的第二个老婆，也就是我奶奶。

或许这是真的。于是我三伯，尤其是我父亲便不愿意对我道破奶奶的出身了。

奶奶上了望龙山后，与我大奶奶相处融洽，后来刘海儿死了，爷爷坐了第一把交椅，山寨里的大事小情，她也能帮着爷爷张罗。她为人心地善良，野民岭一些村寨逢集起店，她常常带人去采买，从没有过欺行霸市的劣迹。一些讨饭的叫花子，大都得到过她的施舍。这或许与她苦出身有关。野民岭一带传说，奶奶慷慨好施，每逢阴雨连绵，或者积雪不融的时候，奶奶就在山上四望，发现哪个村子少烟缺炊，就让手下的喽罗送些粮食柴火去。

奶奶长得很美。传说她上山不久，第一次下山到铁皮岭下赶庙会，带着几个喽罗在集上转悠，正被在集上闲逛的铁皮岭的土匪丁泉水撞见。丁泉水的魂一下子飞去了，慌不及地让人把我奶奶抢上了山。丁泉水把我奶奶送进他的洞里，喝退左右，就要用强。我奶奶不急不躁，笑笑说：“这位大爷，别乱来，你弄了我，要坏大事。”

丁泉水嘿嘿笑道：“你别唬我，小娘们儿，丁大爷是天不怕地不怕的，不管你是哪家员外小姐还是哪家富商的太太，今天我丁大爷也要过过手。”一边说一边来扯奶奶的衣服。

奶奶边挣脱边说：“李啸天是我当家的，你若不怕他，我就让你弄。”

丁泉水蛇咬了一样，登时惊了脸：“当真？”

奶奶笑：“你差人去问就是。”*

丁泉水慌地拱手施礼：“丁泉水有眼无珠了。”**

那时铁皮岭的势力极小，是断断惹不起望龙山的。

丁泉水忙喊人弄来一顶小轿，抬奶奶下山。半道上，正遇我爷爷风风火火赶来。他听到那几个喽罗跑回去报信，说奶奶被丁泉水抢走了，气得肺都要炸了。

爷爷劈手揪住丁泉水：“姓丁的，老子今天活剥了你。”

丁泉水慌道：“李大哥，我可没动嫂夫人一下。”

奶奶从轿里下来：“啸天，丁寨主请我到山上逛逛，人家奉承周到，你不谢人家，为何动蛮。”

爷爷一怔：“手下说你被抢去了。”

奶奶笑：“胡说。这不人家送我回去。”

爷爷连忙朝丁泉水拱手道：“啸天莽撞了。”

传说丁泉水后来认我奶奶做了干姐，与我爷爷相处极好。刘

* 哼！『我有药』！

** 哎呀！『我有病』！

海儿活着的时候，曾给了丁泉水不少枪支。由此，铁皮岭的势力渐渐雄壮起来，成了望龙山可靠的联盟。

由此看来，奶奶很善于替爷爷搞统一战线。*

* 女中豪杰，情商智商了得！

传说我奶奶有时也凶得似煞神。据父亲讲，1936年夏天，爷爷的保镖李山豹到山下孙家集办事，喝醉了酒，闯进孙家集的木匠孙满银家。孙满银不在家，山豹强奸了满银的女儿孙玉花。玉花刚刚订了婚，还未出嫁，羞得觅死觅活寻短见，要跳崖，被人扯住。帮望龙山做过事的孙满银咽不下这口气，跑上望龙山找我爷爷告状。

爷爷一瞪眼：“满银，你莫胡说，我手下人绝不会干这事。”

孙满银痛哭流涕一劲磕头：“句句实言啊！”

爷爷无奈，喊出李山豹对质。

山豹头一拧，死不认账。

孙满银揪住山豹又撕又打：“天杀的，作了孽，还敢赖！”

爷爷被吵烦了，喊过四伯：“你给满银弄点儿钱，别嚷嚷了。不管有没有，揍豹子三十鞭子，关他几天。”说完，爷爷转身走了。

孙满银没接钱，一路哭着骂着下山了。

父亲说，其实爷爷是心里明白装糊涂。豹子他爹是爷爷同宗堂兄，当年随我二曾祖在林山县城里暴乱时战死了。豹子是后来被我爷爷接上山的，教他练武，教他打枪，一手拉扯大了。爷爷喜欢他，一直当儿子看。豹子手黑胆大，常跟爷爷下山作案。豹子还救过爷爷的命，那年爷爷带人在仓山县地界劫官粮，被人家围住走不脱，爷爷腿上中了两枪，栽倒了，豹子背上爷爷，跑了回来。只为这，爷爷也不会杀他。

孙满银告状的时候，我奶奶一直在旁边听，只是冷笑不说话。

过了几天，奶奶下山赶集，带了四伯、五伯和我父亲，并要山豹一同去。

路过孙家集，奶奶说要进去看看。山豹脸一红，说不愿进去，要在村外边等奶奶。

奶奶笑了："怕什么？你做了亏心事？"

山豹只好跟着进村。

奶奶进村问了问人，径直奔了孙满银家。

孙满银呆了，以为奶奶来报复。

奶奶坐在炕头上问："玉花姑娘呢？"

孙玉花泪人似的从里屋出来。

奶奶叹口气："别哭了，过来。"奶奶一指李山豹："认准了，是不是他？"

山豹黄了脸，拔腿要溜，奶奶喊我四伯、五伯扯住他。

孙玉花扑通给奶奶跪下："求夫人，给我做主！"

奶奶铁了脸："豹子，你还赖吗？"

豹子头一扬："是我干的又怎样？"

"有种！"奶奶称赞一句："捆了！"

我父亲和五伯掏出绳子捆豹子，豹子挣不脱。

奶奶对孙满银说："你若信得过我，跟我走。"

孙满银父女跟着我奶奶走，奶奶把山豹带到孙家集的崖上，对山豹说："你作了孽，自寻死，有什么话，只管留下。"

山豹软了腿，跪在奶奶脚下："婶婶，饶了小侄。"

四伯对奶奶说："二娘，还是把豹子押回山，让俺爹发落的好。"

奶奶冷笑："你是说俺当不得家？"她朝五伯和我父亲一挥手："送豹子上路。"

五伯和我父亲便把豹子按倒，勒死在崖上，让奶奶验过，尸首抛下崖。

孙满银父女给奶奶深深鞠了一躬，转身走了。

⊙无苍石岂有苍鹰

* 这个情节可圈可点。好一个快意恩仇的奶奶！赞！

回到望龙山，四伯抢先把这事对爷爷说了。

爷爷火冒三丈骂奶奶："你这个臭娘们儿，怎能这么干！"

奶奶也火了："当家的，你带人到哪儿胡干都可以，兔子不吃窝边草，别在眼皮子底下伤天害理让人骂。"说罢，气呼呼地走开了。*

爷爷干瞪眼，无可奈何，喊来五伯问："豹子的尸首呢？"

五伯说："娘说，豹子作了孽，只能喂野狗，丢在孙家集崖下了。"

爷爷叹口气："找回来，弄口棺材埋了。"

这段故事，是父亲讲给我的，自然没有编造和传奇的成分。父亲敬重我奶奶，我听出他极力把我奶奶讲成知书达礼，大家风范的形象。这或许是父亲不愿对后辈人道破奶奶妓女出身的苦衷吧。

** 几个数字读来发人思考，意味深长。

父亲告诉我，奶奶有一个侍女，是从林山县人市上花两块大洋买来的，叫叶儿，是个孤儿。叶儿跟着舅舅过活，舅舅也苦得很，便把她卖了。叶儿九岁上山，一直在山上待了九年，跟着我奶奶。奶奶很喜欢她。望龙山被王寿山出卖那天，叶儿正巧下山给奶奶买东西，躲开了那场灾难。后来叶儿嫁到了石门村，嫁的那人叫喜财，比叶儿小两岁。后来喜财当八路军走了，便没回来，一直到新中国成立后，县民政局给叶儿送来一个烈士证，才知道喜财已经牺牲了。喜财给叶儿留下两个孩子，都是男孩儿。老大新中国成立后在县里念高中，后来又上了大学。老二在家当农民。这两个孩子都极出息。老二前些年搞运输，后来又买汽车，成了林山县有名的阔人，石门村近年新盖了一座关帝庙，就是他出钱给村里修的。老大现在成了科学家，是搞运载火箭的，很出名，但我想他不会比弟弟挣钱多。据报上讲，有关部门曾给搞运载火箭的参加人员记功，一等功奖励100元，二等功60元，三等功30元，即使老大获一等功，他也只能拿100元。**

叶儿现在还活着。我去年曾到石门庄找过她，想请她回忆一下我奶奶的事。她不在家，去北京她大儿子家了。听说她的身体很硬实，我想明年再去找她。

此是插话。打住。

父亲回忆说，那天爷爷一直铁青着脸，他听坂田叽里咕噜讲完了，又听翻译讲了坂田的意思，许久，爷爷才缓缓地开口说话："坂田，你派几个懂中国话的上山来跟我谈谈，要姓李的投降，总要说出个道道来。"

说罢，爷爷对杨怀义、章兆铭挥挥手："回去！"低头钻进轿子。

坂田让俞家春带着三个手下和一个日本人随爷爷上山。

坂田的队伍就在山下的梁家寨扎下，等候爷爷的消息。

父亲回忆说，俞家春胖胖的，穿一身黑色的绸缎裤褂，满脸堆笑地跟着我爷爷上山来了。

爷爷来到断角岭的聚义厅，头也不回，手一挥："绑了！"

丁泉水和四伯几个人扑过去，一边骂一边用绳子捆了俞家春五个人。

俞家春尖着嗓子吼："啸天兄，两国交兵，不斩来使，你别坏了规矩。"

爷爷嘿嘿冷笑："屁话，你算哪一国？今天把你们赚来，就是要宰了你们，先替我老婆孩子抵命。可惜，没赚来王寿山那个王八蛋。"

俞家春大骂："李啸天，你是小人一个。"

爷爷阴笑："小人？我姓李的就是土匪。你们给小鬼子当狗腿，就是汉奸。拉出去！"

俞家春五个人，被绑在聚义厅外的几棵树上。丁泉水、杨怀义几个早已经等得心焦气躁，操刀在手，满脸杀气地奔过来。

那个日本人大叫大嚷，被四伯捅了几刀子放了血，没气了。俞家春和他带来的三个汉奸，是被丁泉水、杨怀义等人一刀一刀割死的。爷爷有话，不能让这几个家伙痛快地死。父亲回忆说，这四个人开始杀猪似的叫，后来便昏过去，爷爷让人用冷水泼醒了他们，再割，直到生生割死为止。*

杀了这几个人，爷爷便和章兆铭、杨怀义和丁泉水几个人布置工事，准备和坂田死拼。爷爷一脸杀气，拎着枪，在山上转来转去，不时破口大骂，气急败坏的像个煞神。

父亲回忆说，爷爷气急败坏是因为姚士俊生变了。坂田的队伍开到断角岭时，去跟姚士俊联系的白义彰回来了，他是逃回来的。随他去的几个人都被姚士俊扣了。白义彰是借口上厕所拉屎翻墙逃出来的，肩膀上挨了一枪，没伤着骨头，可弄得身上全是血。白义彰上山就骂："猪狗不如的东西。"骂完，就仰天长叹："易涨易落山泉水，易反易复小人心啊！"**

* 以牙还牙，报复得解恨！

** 『翻墙逃出来』？白师爷身手不凡呀！

插话：关于姚士俊

姚士俊死心塌地投降了坂田，这是爷爷始料不及的。原来商定，姚士俊去诈降坂田，然后袭击坂田后路，与爷爷前后夹击，收拾坂田。谁知弄假成真，姚士俊真的归顺了坂田。这就给爷爷造成了极大的被动。

关于姚士俊叛变的原因，有两种说法。

按照父亲的说法，姚士俊去诈降，没能使坂田信服，坂田请他吃饭，姚士俊把队伍放在城外，只带了几个保镖进了城。席间，姚士俊被缴了械，坂田把姚士俊关了起来，大概是对他用了刑，姚士俊经不住，便答应真心投降，传令让他的队伍进城，接受了坂田的整编。于是姚士俊做了汉奸。但他提出条件，不去参加围剿他表哥李啸天的战斗。坂田答应了。所以，姚士俊没去围剿断角岭。

长期流传在野民岭关于姚士俊降敌的原因是另一种说法。姚士俊与丁泉水有仇，俩人都看中了西岭石门庄石匠石宝平的女儿石小雁。小雁姑娘长得很美。姚士俊和丁泉水先后都托人去说媒，石宝平干脆都推辞了，说谁也得罪不起。姚士俊和丁泉水都派人去送了财礼，俩人都动了抢的心思。但姚士俊晚了一步，石小雁被丁泉水抢上山去了，拜堂成亲，成了丁泉水的三夫人。姚士俊不肯吃这个亏，带着队伍来铁皮岭打仗，双方各有死伤。我爷爷出面干预。我奶奶做主把石小雁断给了丁泉水。（野民岭传说我奶奶和丁泉水有暧昧关系，我也半信半疑，否则，那年她怎么会心平气和地被丁泉水抢上山去，事后又在爷爷面前替丁泉水的行为遮掩呢？据说丁泉水长得威武雄壮。或许我奶奶动了心。所以，她要处处维护丁泉水了）姚士俊不敢得罪我爷爷和我奶奶，只好忍了这口气。从此，姚士俊和丁泉水记下暗仇，在打家劫舍的买卖中，常有摩擦，不可开交。那次爷爷召集各路杆子抗击坂田，丁泉水在爷爷手下很红，姚士俊气不过，便反水了。这种传说，我不大信。但野民岭的人反诘我："怎么不会，吴三桂不也是为了一个女人才当汉奸的吗？姚士俊真是为了一个石小雁才当汉奸的。"

石小雁后来死得挺惨。坂田围剿断角岭之前，她回了石门庄娘家。第二年，鬼子在石门庄修炮楼，她被抓进城去，给鬼子糟蹋了。后来姚士俊还算有情义，讲了讲情，放小雁回石门庄。但他爹石宝平黑了脸，不让她进庄，逼着她自杀，小雁便上吊自杀了。石宝平埋了她。石门庄传说，石宝平是个极倔的老汉。1943年被鬼子抓进炮楼，用刺刀挑了。死前，骂不绝口，日本人把老汉的舌头割掉下酒了。

姚士俊投敌后，曾做过林山县伪副县长，伪警备大队大队长。他为人奸诈，待人接物，常常是笑容满面。但他心狠手毒，人称笑面虎。他在林山县作恶颇多。传说县城里各家店铺都要每月向他进贡。如果少了或者缺了，便要被安上一个通匪的罪名给抓进警备队用刑。姚士俊在林山县做了一件唯一的好事，就是恢复了“姚记包子铺”，使这一传统小吃没有失传。他没有亲自经营，从姚家集请来了他堂叔的儿子姚天庭经营“姚家包子铺”。

姚士俊在林山县当汉奸到了1943年春天，他弟弟姚士安悄悄回到林山县。那时，姚士安在阎锡山的部队里当营长，奉命来劝哥哥投明。这一年，姚士俊正不得日本人信任，他也觉得日后下场不妙，便带着队伍跑出林山县，参加了国民党的队伍，在阎锡山的部队里当了一名副团长，后又当团长。但他只当了几个月，上司见他手下大都是些反复无常的绿林中人，怕他日久生变，便调任他当副旅长，去了兵权。他手下的人也被调散。姚士俊为人心机颇多，恐日后遭人算计，便以治病为由去了重庆，托姚士安的关系在重庆活动。不久，他结识了戴笠，戴笠介绍他去了云南，在龙云手下做事，实则监视龙云。后因一件烟土案，姚士俊被扯进去，龙云要借机杀他。幸因姚士俊平日喜交往，朋友很多，事先得到信，便连夜化装逃出云南，后在天津做起生意来了，发了些财，闲居在天津。这一年，日本人投降，国民党政府颁布了《关于惩治汉奸条例》，他十分害怕，便找他在国民党部队的一些关系，重新在国民党部队任职。1947年底调至北平，在傅作义手下任军需处副处长一职。1948年，父亲奉命找他串联旧部起义，他便串联了涿州、房山、新城等地的国民党一些部队起义。新中国成立后，因他对北京地区黑社会比较熟悉，被安排在北京市公安局工作，在调查顽伪特务残匪等方面的工作中起了一定的作用。1966年8月，姚士俊以历史反革命罪被北京市公安局逮捕，1971年2月姚士俊在山西太原关押期间病故。1983年，北京市公安局对姚士俊的问题进行了复查，结论如下：

北京市公安局

关于姚士俊问题的复查结论

姚士俊　男，终年 71 岁。A 省林山县野民岭姚家集人。原住北京 A 城区 B 街 81 号。历史上曾当过土匪，颇有罪恶。1937 年投靠日军驻 A 省林山县坂田联队。曾任伪副县长，伪县参议员，伪警察局长，伪县警备大队大队长。参加过多次“清乡”“扫荡”，有血债。1943 年 3 月起义，任国民党第 A 战区 B 团团长，C 旅副旅长，1944 年任国民党云南省参议员，昆明市警察局副局长。1945 年底任国民党北平警备区军需处副处长。1948 年经我军与之联系，姚表示弃暗投明，串联房山、新城、涿州的国民党旧部起义。1949 年，作为留用人员安排在北京公安局做刑侦工作。1961 年退休，1966 年被北京市公安局逮捕，1971 年病故于山西太原。

经复查，姚士俊于北京新中国成立前夕即与我党建立联系，对革命做出了一定贡献，属于起义投诚人员。新中国成立初期，在北京市调查顽伪特务残匪等工作方面，做了一定有益的工作。虽曾任伪职，根据“既往不咎”的政策，对姚士俊的历史问题不应加以追究，据此，撤销原北京市公安局 1966 年 8 月 11 日逮捕的决定，予以纠正。

（印章）

1983 年 × 月 × 日 *

父亲说，第二天拂晓，恼羞成怒的坂田在山下看过那几具被山上抛下来的血肉模糊的尸体，下令向断角岭进攻。

我奶奶被押在最前边。她披头散发，被两个汉奸架着，身上的衣服都被剥光了，身上是一道道的伤痕，黑红的血，涂满了她那一身白净的皮肉。我不忍在此考证我奶奶遭受了多么惨无人道的折磨。

没有枪声，风呼呼地刮着。

我奶奶走到半山坡，突然野生生地喊起来：“当家的，你草鸡了，开枪啊！你的胆子让狗吃了？你还是个长着蛋包子的男人啊！”

* 此段读来真是无话可说了。所谓浪子回头，所谓迷途知返，所谓放下屠刀，所谓什么什么，姚士俊够得上吗？

奶奶这一声『好』！喊得读者登时血热胆壮！

奶奶的喊声尖厉无比，刺得人心发颤。

山顶，爷爷猛地从石头后面站起，眼睛通红，一脚踢开身边手持机枪的四伯，夺过机枪，大吼一声："青儿，明年今日，我给你烧纸。"

爷爷手里的机枪疯狂地吼叫开了。

断角岭上的枪声炮声叫喊声登时响成一片。

奶奶和她身边的汉奸鬼子倒下了。奶奶大笑一声："当家的……好！"便仰面倒在山坡上。*

坂田的队伍似蝗虫一样拥上来。

父亲回忆说，那枪子山上山下对着飞，像雨。坂田的炮弹一颗接一颗落在山上，不时有人炸得血肉横飞。山上山下的惨叫声让人听着撕心裂肺。

山坡上扔满了双方的尸体，中午的太阳被炸起的硝烟和土雾死死遮住。

第一道工事里，章兆铭指挥的土匪死伤十之八九，很快被攻破。第二道工事里，丁泉水的脑袋被掀走半个，脑浆子涂在岩石上。白义彰的一只胳膊被打断，四伯把他背到了山顶的洞里。

抵抗者渐渐不支，逐渐往山顶撤。

一颗炮弹在爷爷的身后炸响，爷爷身后的两个随从，登时被气浪抛下了山坡。爷爷向前踉跄了几步，他的额头被一块飞来的弹片刺了个大口子，血涌出来，他伸手抹了一把，满脸都是血，更加狰狞。他被二伯搀起来，眼里冒着凶光，劈面揪住身旁的章兆铭："姓章的，老子的人在这儿死拼，你们的人呢？姓贺的要戏要老子啊？"

"毙了这个王八蛋！"四伯用手枪逼住章兆铭的脑袋。

章兆铭很窘："李司令……"

"什么狗屁司令，老子不干了！"爷爷吼。

章兆铭皱眉道："李司令，一定是出了什么差错，不然贺师长的队伍一定该到了。事到如今，我章兆铭也难过。”说着，泪落下来：“章某决非贪生怕死之辈，我既到此，就没有想活着回去。”

爷爷被他说怔了，拍拍章兆铭的肩膀：“章副官，不怪你，这是天意。”他看看山下，眉毛抖起来，传令道：“往山顶撤，把狗日的先放上来。”

插话：关于贺镜人援兵不到的原因

关于贺镜人按兵不动的事情，多年来说法很多，有的说贺镜人贪生怕死，有的说他暗中勾结坂田，试图叛变。“文革”后，我在林山县党史办编写的《林山县抗战史料》中看到事情原委：贺镜人刚刚派章兆铭同我爷爷联系上，他便被上峰一纸电文紧急调离。军令如山，贺镜人部连夜向南撤退，后在湖南被重新整编。由此，我爷爷的林山县抗日支队成了孤军作战。

贺镜人系黄埔四期毕业生，一生积极反共，曾调往胡宗南部下在陕甘宁边区搞摩擦。1943 年调新 38 师任副师长，入缅作战，在野人山一战立功，归国后升为中将。抗战胜利后，调任国防部军法局副局长，到任几天，因涉嫌一桩黄金走私案，被捕，入南京监狱。五个月后，由蒋介石批示释放，在南京闲居。1947 年，被重新起用，调任国民党第 3 军副军长，同年 12 月，于清风店战役中，被我军击毙。

父亲回忆说，那天傍晚天骤然黑下来，铜钱大的雪片落下来，且越落越急。爷爷趁机指挥反攻，坂田的队伍撤到半山腰。爷爷的队伍得以喘息。天彻底黑下来后，爷爷布下岗哨，便召集大小头目在断角岭山顶的藏经洞里议事。

我两次去过藏经洞，那曾是断角岭土匪睡觉的地方。洞内十分宽绰敞亮。进入洞内百余步，便是个相当于数百人会场模样的地方。洞内四周有人工拓宽的痕迹。传说很久以前，西天如来佛处闹政变，十八罗汉奉如来之命，曾在此藏贮经文。照此说来，西方极乐世界里也有恼人的政治斗争。再往深处走，是一些深深浅浅的小洞，有的洞顶常年有泉水滴下，是匪首及家眷的起居室。这里冬暖夏凉，近年来旅游业兴起，每年夏天，这里游人如云。1995 年，林山县商业局在这里装修了一番，置了一些床铺，办成了“藏经洞仙人旅社”。

父亲回忆说，那天夜里，藏经洞里点燃了松油火把，亮如白昼，各路匪首大小头目几十人，聚在洞里，听爷爷讲话。

爷爷额上的伤口用白布包扎了，但那血还是顽固地浸出来。他声音沙哑：“啸天无能，连累各位英雄了。”说罢，朝大家拱拱手。

爷爷顿了顿：“坂田大兵压境，我等死守，必败无疑，请众位商议一条万全之策，是战是降？”

众人万万没想到爷爷会讲这样的软话。

洞内一时怔住，无人讲话。

爷爷苦苦一笑：“大家如无良策，啸天决定明日一早自缚下山，任日本人宰割，但求日本人放诸位一条生路，啸天也就死不足惜了。”说罢，默默坐下。

章兆铭惊了脸，刚要站起说话，被身旁的白义彰偷偷按住。

杨怀义茫然地望着爷爷。

二伯猛地站起来：“爹，你老人家怎能讲没志气的话？”

爷爷怒道：“莫非要我看着你们一个一个去死？”

我父亲恼恨地站起来：“就是死，也不能投降小鬼子。”

四伯站起身：“爹说得对，古人讲，识时务者为俊杰。日本人枪好炮好，来得势头凶猛，咱们别再拿鸡蛋撞石头了。”

神岭的庞仲魁和棋盘山的叶庆禄相互看看点点头，庞仲魁站起来说：“啸天兄，四少爷讲的极是，国民党跑了，共产党也见不着，咱爷们儿在这儿为谁卖命呢？真是操蛋哩！”他嘿嘿笑了。

叶庆禄也站起来："是这个理，我下山去跟坂田那个王八蛋讲和，他当他的皇军，咱当咱的土匪，井水不犯河水。"

爷爷不动声色地点点头："还有谁愿去讲和？"

四伯走到爷爷身边："我去。"

爷爷转身喊白义彰："师爷，你可愿下山走一趟？"

白义彰歪在章兆铭身上睡得正香，且打着呼噜。爷爷竟没喊醒他。

爷爷看看四伯和庞仲魁、叶庆禄二人："你们到洞外集合队伍。"

"李寨主。"杨怀义一脸怒气站起身，朝我爷爷拱拱手："人各有志，杨怀义这就告辞。"

"告辞！"

"告辞！"

洞内站起一多半人。

爷爷笑笑："不在乎片刻。"他扯住杨怀义，又喊住四伯。

爷爷走过去，认真地看看四伯，突然莫名其妙地说了一句："你娘死得早了。去吧。"

四伯和叶庆禄、庞仲魁向洞外走去。

爷爷目送他们，默默地。

三个人即将走出洞口，爷爷猛地从怀里拔出枪，啪！啪！啪！三声枪响，三个人中弹，叶庆禄、庞仲魁一声没吭，就倒下了。父亲回忆说，爷爷的枪极准，从不虚发。

四伯身子歪了歪，吃力地转过身来，胸口冒出紫红色的血，不解地喊了一声，那声音委屈极了："爹，你这是……"没说完，便倒下了。

洞内一时大乱。*

二伯、五伯、六伯和我父亲一齐扑到洞口，他们扶起四伯，四伯已断了气。

“肃静！”爷爷大吼一声。

洞内安静下来。

爷爷阴冷冷的目光看看大家：“在座诸位，哪个要是生了二心，这就是样子。是野民岭的种，就别软了膝盖。咱们死了，也不能给后辈留下当汉奸的骂名，让他们日后不好做人。”说完，把手里的枪扔给杨怀义：“怀义兄，我李啸天若向日本人投降，你就用这支枪打死我。”

爷爷大步走出山洞。

他身后爆起一片喝彩声。*

* 不禁拍案赞一声：爷爷决绝！

二伯、五伯、六伯和我父亲将四伯的尸体抬出洞。白义彰走过来，看看四伯，叹口气：“这孩子，心太实了，你怎么就没看懂你爹呢？”

父亲回忆说，四伯死得太冤。四伯心眼乖巧，听爷爷的话听惯了。一向看我爷爷的眼色行事。那天爷爷只是为了试探，从而借机除掉一些企图生变的人，谁知四伯聪明反被聪明误，糊里糊涂送了命。

我由此感到爷爷太阴毒。为了剪除异己，不惜搭上自己的儿子。这种残忍的性格特征，或许是野民岭人性格中顽固不化的一面。**

** 作者如此分析，虽然刻毒，却有道理。

四伯被二伯、五伯、六伯和我父亲埋在断角岭的山顶。父亲说，他新中国成立后曾上断角岭寻找四伯的尸骨，但始终没找到。或许被雨水冲散失了。父亲说，当时十分仓促，那坑挖得很浅。

一夜大雪。山上山下只有零星的枪声。

天放亮的时候，雪停了，却起雾了。雾很重。山下的炮弹又飞上山来了。炮火的气浪使浓雾激荡起来，粉碎起来。西北风从山间凶猛地刮下来，弥天的雾气迅速逃散了，野民岭在越来越明亮的阳光下，显出了隐藏了一夜的巨影。

炮火中，山上山下开始了拉锯般的争夺。冲上来，打下去。打下去，冲上来。山上的阵地像一个酷刑下的囚徒一般，在枪林弹雨的抽打下，颤抖着，痉挛着，哀号着。断角岭已经是千疮百孔。

疯狂的进攻，顽强的抵抗，使山上山下暴烈的战斗本性被最大限度地刺激起来了。我推测，此时的坂田，一定也和他的对手李啸天一样杀红了眼睛，他也已经有了孤注一掷的决心，他决不相信，这样一支绿林队伍，竟会有这样顽强的铁血。

1937 年 10 月 28 日早晨，中共林南苍县委的抗日游击总队派两个人从断角岭南坡的绝壁上冒死爬上山，与我爷爷联系。父亲回忆说，那两个人一个叫郝占奇，一个叫王什么，记不清了。他俩是五更时爬上岭的，浑身是血，衣服被岩石和荆棘割成一条一条的了。

那两人带来了我大伯和于默然两个人亲笔签字的信，信上竭力劝我爷爷突围，不要再固守断角岭。信上约定爷爷 29 日子时从西坡突围。林南苍县抗日游击总队届时接应。

父亲回忆，大伯和于默然派人上山送信时，爷爷的队伍已经同坂田战斗了整整三天三夜。空气中弥漫着呛人的火药味和血腥味。断角岭东西北三面山坡上，积雪被血水溶化了，石头被血浸红了。一些进攻者和抵抗者的身子都炸碎了，人肉东一块西一块，到处扔着胳膊大腿，有的挂在山坡的树干上，有的抛在岩石上。爷爷的队伍死伤三分之二，还剩下不足 500 人，且弹药将尽。山上的人都拼红了眼睛，生与死的界线，似乎已不复存在。

生死或者本来就没有界限。

爷爷读罢信，问来人：“你们是不是以为我李啸天穷途末路了？”说罢，仰头爆发出一阵让人毛骨悚然的大笑。笑声里掺杂了一种恼怒和凄哀，他的神态像一只受伤的狼。

来人怔了怔，一时没弄懂我爷爷是什么意思。

爷爷收住笑："我李啸天还没有到老本输光的地步。生死有命，我不会给你们什么游击总队添麻烦的。"说罢，不等来人解释，便让杨怀义安排那两人去歇息。

父亲曾对我说，爷爷当时已经有了突围之心，但这事由于默然和我大伯提出来了，便使爷爷的自尊受到了伤害。像爷爷这样的人，为了维护自尊，甚至可以拱手把生命送给对手。在他危难时，如果有人对他同情怜悯，无疑是把他逼上绝路。他拒绝帮助。这种野民岭式的硬汉性格真是悲哀极了。*

*此处作者用词不准，『悲哀』？应是悲壮才对！

半夜里，野民岭刮起了大风，飞沙走石似乎要从山坡上揭下一张皮来。坂田停止了进攻，枪炮声暂时停歇了。爷爷和章兆铭、杨怀义在山顶的阵地上转，六伯和我父亲几个人在后面跟着。

天色渐渐放亮时，风渐渐软下来，周围的山峦现出了清晰的轮廓。望着在冷风中精疲力竭仍然持枪困守的喽罗们，爷爷眼中闪过浓浓的哀伤。

爷爷回头问杨怀义、章兆铭："二位，我李啸天是贪生怕死之辈吗？"

二人一怔，相互看看，杨怀义惊异道："啸天兄何出此言？"

爷爷咬牙切齿道："日他小日本的先人，我狠想了想，想透了。我不能再让弟兄们硬拼等死，咱们的弹药也尽了，该杀出去了。"

杨怀义道："那就按于先生和大少爷信上说的，今晚子时下山。"

爷爷瞪了杨怀义一眼："你我兄弟多年，何时求别人的饭食吃饱自家肚子？"

一阵风横扫过来，风中传过来几声惨叫。

杨怀义脸一红，不再说。

章兆铭皱眉道:“如果山下无人接应，怕不容易冲出去，现在坂田红了眼睛。”

爷爷冷笑:“小鬼子挡不住，今晚天一黑就下山。”说罢，他眯起眼看那灰蒙蒙的天空，不再说话。也许，灰雾蒙蒙的天空让爷爷产生出许多虚幻缥缈的感觉，断角岭四面黑黝黝的山影挤压着他，一种失败的预感挤压着他。此时的爷爷，想了些什么呢?我不好推测。

山上山下，一时静如坟场。风胆怯地吹着。

一钩残月，斜吊在西天。

六　我爷爷的结局

充满杀机的夜幕终于訇然而降。

东山的月亮还未升起，就被浓浓的夜雾死死锁住。断角岭周围的山峦呈现出一片朦胧的暗影。西北风又开始猛烈起来，嚣张地卷着碎石，在山坡上疯跑。

断角岭像一个失眠的怪兽，在暗夜里兀立着。

岭上，爷爷传令队伍，准备突围。

一百多名伤号，被隐藏在藏经洞底的两个山洞里。爷爷朝大家抱拳:“弟兄们，委屈大家在此暂避几日。只要李啸天活着，就一定回来接大家下山。”说着，爷爷嗓子哽住，竟再也讲不下去。

有人喊道:“李司令，你只管走你的。小鬼子发现不了，算咱命大。发现了，咱用牙咬也要咬死他几个。”

白义彰的胳膊被打断了一只，爷爷让他留下，但他死活不肯，说死也要同爷爷死在一起。

那两个山洞的入口，爷爷让人用石头垒死，只留下底口，通向绝壁。

父亲回忆说，爷爷把突围的队伍分成了东西北三路。北面的一路，由爷爷和章兆铭带着率先闯阵，荡开缺口，吸引坂田，掩护东坡和西坡突围。

父亲说，当时杨怀义和二伯都争着从北面率先闯阵，但爷爷铁了主意，谁也劝不动。父亲说，爷爷决定由他从北面下山，吸引鬼子，放松东西两侧，无疑是去送死。爷爷这样做，与其说是突围，莫如说是去壮烈地自杀。爷爷当时的内心活动，已无据可查，但作为一个野民岭的好汉，他爱护荣誉应该是胜过生命的。不管他初衷如何，结局都一样。这是他性格所致，归根到底，爷爷只是在选择一种死亡方式。他只是在追求一种人生的最后结局。

西坡突围的队伍由杨怀义带领。

东坡由我二伯带领。

队伍很快分成了三批。据父亲回忆，这三批人并没有预先划分，只是匆忙之中临时拨堆。然而，这临时的拨堆，竟决定了这些人中的幸存者此后的历史命运。*

父亲回忆说，那天晚上山上乱极了。五伯跟爷爷走了，六伯和我父亲本来是跟着二伯由东坡突围的，混乱之中竟和二伯失散了；六伯和我父亲竟跑到了杨怀义的队伍里去了，只好跟着杨怀义从西坡突围。

根据我采访的史料推测，爷爷和章兆铭带着一百二十多人刚刚冲到断角岭下，就同早已经张开大网的日本人交上了火。爷爷他们的子弹很快打光了，与鬼子们进行了白刃与肉搏。鬼子们蜂拥过来，爷爷被几个日本人用刺刀刺伤被俘。章兆铭一条腿被子弹打中被俘。白义彰和我五伯等三十多人随我爷爷被押进梁家寨的祠堂。当夜，坂田亲自提审，劝我爷爷投降。爷爷破口大骂，又被重新押回祠堂。

祠堂里，众人哄着白义彰唱一段戏文来解闷。白义彰就摇头

* 唉！奈何历史常常『临时拨堆』啊！

晃脑唱了起来，悠扬凄婉的戏文在祠堂里响起：

白义彰坐祠堂自思自叹，
想起了这一战好不惨然，
我好比笼中鸟有翅难展，
我好比虎离山受了孤单，
我好比南来雁失群飞散，
我好比浅水龙困在沙滩……

众人喝出一声彩来，白义彰唱得更加得意了。

昨夜晚断角岭一场血战，
只杀得血成河尸骨成山，
只杀得众英雄东逃西散，
只杀得众英雄滚下山岩……

爷爷笑骂：“师爷，你唱得惨惨兮兮的，不好听。”

白义彰住了口，看看爷爷，笑道：“舵把子，我唱得不好，这几天嗓子累了些。不唱了不唱了。”

爷爷笑道：“闷得慌，你说几个笑话来听。”

白义彰点点头，他就给大家讲了几个笑话，逗得人人捧腹。白义彰却不笑，他表情安闲地讲完了笑话，就凑到爷爷跟前低声说：“啸天兄，不是兄弟不肯奉陪到底，小鬼子明天一定要割咱们的脑袋，我是个读书人，总得要些体面，不愿身首异处，请让兄弟我先行一步如何？”

爷爷笑：“你怎知道明天一定要割脑袋？”

白义彰眉头一扬：“我算出来了。”

有人嘲笑：“师爷，你若能算，何苦落到这个地步。”

白义彰似乎有些不好意思，也笑了：“千算万算，总有失算。”说罢就站起身，朝众人深深一揖：“啸天兄，诸位兄弟，恕不奉陪了，离天亮尚早，大家还能睡个小觉。咱们来生再见了。”一转身，朝石墙撞去。

登时鲜血似桃花飞溅，白义彰毙命。

爷爷就哈哈笑了：“这个师爷哟。”*

第二天早上，爷爷等三十多人被日本人押至断角岭下，绑在一棵棵木桩上，梁家寨及周围村寨的山民们被日军强行赶来观看。

五伯临行前，对坂田的翻译请求，先杀我爷爷，再杀他，坂田听了，点头同意，让人给五伯松了绑。

五伯上前几步，跪在爷爷面前：“爹，儿先给你老人家送终了。”说罢，用力磕了三个响头。

爷爷哈哈大笑：“好！好！”

三十多条好汉一起喊：“舵把子，孩子们给你老人家送行了。”

坂田赞许地点点头，挥挥手，爷爷第一个被日本兵挑开了肚肠。随后，五伯及三十多人被一一挑了。前几年，我去梁家寨采访几个当时被强行赶去观看的目击者，他们告诉我，那些人被杀时，有的破口大骂，有的哈哈大笑，有的表情闲淡，都如游戏一般，全没有一个惊恐失色的。

据林山县党史办编写的《林山县抗战史料》记载，章兆铭被俘后，被王寿山指认出是国民党正规军的参谋，便没有被在断角岭处死。他后来被押到了林山县城，被严刑拷打，让他供出贺镜人部的军事情况。章兆铭不吐一个字，坦然自若，后来被关在林山县死牢，他咬破中指，题壁一联：

七尺微躯酬野岭

一腔热血溅林山**

* 爷爷此一笑，穿越时空。白师爷在爷爷心中定格！千古！

** 好联！

这副血联一直保留到新中国成立后，党史办记录下来。

过了几天，章兆铭被押出去毙了。临刑之际，章兆铭神色不变，慷慨如平生，大呼：“后有来者！再杀贼寇！”便从容就义。

非常遗憾，至今林山县党史办也没查清章兆铭是哪方人氏。父亲讲，章副官识文断字，肯定是读书人出身(那题壁一联作得工整对仗，便是佐证)。章兆铭的口音像是南方人。

爷爷他们被杀后，坂田没有将他们暴尸示众，当天让部下在断角岭下挖了个大坑，将这三十多具尸体掩埋了，并立了一块墓碑，上边刻写：“支那烈士之墓”。这件事记载于《林山县抗战史料》：

1937年10月29日，日军将被他们残害的抗日志士李啸天等三十余人葬埋于断角岭下，并立碑，借以收买人心。

我不大赞成这种“借以收买人心”的说法。虽然我提不出更多有力的驳论来。我感到坂田当时的动机是复杂的。

此碑于“文革”初期被毁。

《林山县抗战史料》上记载：国民党政府于1938年5月曾发布褒恤令，如下：

林山县国民抗日支队司令李啸天，副司令章兆铭，于野民岭抗战诸役，成以捍卫国家，保卫疆土为职志，迭次冲锋，奋厉无前。论其忠勇，洵足发扬士气，表率戎行。不幸身陷重围，死于敌手。追怀壮烈，痛悼良深。李啸天、章兆铭，均追赠陆军少将衔。并交行政院，从优议恤。两位将军事迹，存备中央档案馆，以彰忠烈，而励来兹。野民岭战死官兵遗属，每人均着抚恤壹佰元。此令。

我曾问林山县党史办的同志，国民党留下的档案是否有此记载，那烈士遗属每人一百块钱的抚恤金可曾发过？

党史办的老陈同志摆手骂道："狗屁！我们除了从当时的国民党中央日报上查到了这条消息，查遍了南京重庆国民党留下的档案材料，差旅费花掉好几千，连个屁也没查到。那每个遗属的一百块钱，也一定让哪个狗官贪污了。"

这似乎是唯一的答案。

本章人物补遗之一：白义彰的故事

林山县西去60里，入野民岭南岭。山一路高上去，山道逶迤险如蛇行，且弯且陡。货进货出，皆使畜生脚力。野民岭南岭盛产柿子、红枣，每到深秋，漫山漫岭果香四溢，红红黄黄如染如涂，爽眼得很。

野民岭南岭的柿子、红枣产地最盛为南岭东寨。东寨背靠望龙山，一寨全是枣树、柿树，果实皆甘甜洌口，胜于他处。外埠贩子多来此地。

东寨却是无一口甜水井，四处井水颇多，皆是苦水。东寨几代曾在村前村后掘井，仍是苦涩。渐渐东寨人便死了心。民国五年，东寨换得了族长梁占奎。梁占奎心高气盛，便将族人聚到祠堂议事。

正是深秋，祠堂外落叶飘飘，族人听得耳乱。也不知梁占奎所议何事，心下更乱，齐齐地把眼盯紧梁占奎。

梁占奎笑道："我东寨吃了几辈苦水，真是让人泄气得很。人生一世，便要给后人留下点福荫。我想在村前村后重新掘井，定要掘出一眼甜井。"

族人听得一怔，齐声称赞，都道梁族长此举是大善事。于是，梁占奎便派人去请林山县城内最好的风水先生白义彰来东寨勘查水脉。

过了两天，白义彰先生被一顶小轿抬到了东寨。梁占奎携了几个族中的长辈迎出村外。只见那顶灰布小轿被两个壮壮的山民抬着，颤颤悠悠地在村前停下，走下一个中年汉子，此人瘦长脸，眉毛稀疏，留着山羊胡子。族人中有人识得，汉子正是林山县神算白义彰。

梁占奎抢上几步，深施一礼："有劳白先生了。"

白义彰抱拳拱手，细细打量了梁占奎一番，嘿嘿一笑："梁族长眉清目秀，果然英雄天相啊。只是性情孤傲，少不得要生出些是非来的。"

白义彰如此爽直，众人听得一怔，就看梁占奎。梁占奎心中不悦，却是一脸微笑："梁占奎是一介山民，不识礼数，还望白先生多多启蒙。请。"就向前引路向寨中走去。

用过了酒饭，白义彰就开始在寨中踏勘。他手里拿着罗盘，认真端量。如此，他在山前山后溜溜转了几天，时而闭目沉思，时而摇头叹息，却终不发一言。梁占奎心下烦闷，却也不好多问。又是几天过去，白义彰又到寨中各个井上看过，还是不置一词。踏勘罢了，梁占奎即宴请白义彰。白义彰席间只是谈天说地，爽爽地饮酒，却不提踏勘的结果。

梁占奎皱眉道："不知白先生看出甜水可在何处挖掘？"

白义彰摇头笑道："不好讲的，不好讲的。"

梁占奎呆呆地饮了几杯，按不住心中焦躁，笑道："还望白先生直言相告，东寨还有无甜水？"

白义彰笑道："梁族长，白某已然踏勘了几日，看出东寨水脉连成一气，自有一脉地象，乱掘乱挖，怕是要坏了地脉啊。"

梁占奎不再笑，虎起脸追问："我只问白先生，东寨有无甜水？"

白义彰笑道："一方水土，一方人物。东寨自上几十代都饮这苦井，为何非要重新再掘新井？”

梁占奎皱眉：“白先生此言大谬。想我东寨自上几十代都吃用这涩涩的苦水，无非是先人不图进取，抱残守缺罢了。今日梁占奎既为族长，便要在东寨另做一番景象。莫要讲什么一方水土一方人物。普天之下，怎好命中注定东寨人只吃得苦水。”

白义彰笑道：“梁族长英雄气盛，我也实言相告。东寨也并非没有甜水可掘，只是怕挖得出甜水，祸亦不远矣。”

梁占奎一愣：“还望白先生说个透彻。”

白义彰两眼微闭，淡淡道：“水无常势，足亏皆有定数。掘出甜井之日，便是苦井竭泽之时，东寨大难当头，便屈指可数了。”

梁占奎起身作色：“还望先生指点一二。”

白义彰饮罢一杯酒，笑道：“白某话已说尽。梁族长，如若不信，还望梁族长另谋高人指点迷津。”说罢，就起身拱手告辞。

梁占奎就同族人梁子强几个，厌厌地送白义彰出了村寨。走到山口，白义彰拱手道：“莫再远送。”转身就上了轿子。

一阵山风生猛地扬过来，满山的果树响成一片。一道残阳躲进了山口，如血的晚照便淋淋地涂满了山道。梁占奎呆呆地看着白义彰的轿子出山。

白义彰走出几步，似又想起什么，他喊住轿夫，下了轿，走回来几步，望定梁占奎，正色道：“白某多舌，梁族长面带苦涩，凡事还要三思而后行。东寨百姓，数代安居乐业，春华秋实，自有定数。梁族长何苦独出心裁，歧途亡羊呢。”说罢，深深唱一个喏，便又上了轿子。那轿子缓缓没进了山道。

梁子强几个听得发呆，直眼看定梁占奎。

梁占奎不发一言，呆呆地看白义彰去了，久久方才转过身来，恶声对众人冷笑道：“这迂腐一派陈旧言语。我就不信，东寨掘不出一口甜井。”说罢，一脚便踢飞了一块石子。那石子惊慌失措地滚下崖去了。

梁占奎大步回到村里，便在祠堂召集族人议事。梁占奎怒道："那腐儒之言不可听信，今年我们便要打井。"族人无不振奋。梁占奎便带着全寨人在村前找井。

历时三年又三月，竟在村北掘出两眼甜井。那两眼甜井水势湍急，涌得好旺。有人汲上来饮，甘洌爽口。梁占奎亲自动手汲上一桶，舀一瓢饮了，仰天大笑："好水啊好水！"

东寨人一片欢腾。梁占奎命石匠做了两块一人高的大碑，上刻："东寨甜井"，立于两眼甜井旁。

自有了甜水井，东寨却出了一件奇事，寨中的果实成色却是逐年下降。贩子们到此，尝过东寨的柿子红枣，便皱眉叫苦道："如何这般苦涩。"于是，贩子们便渐渐绝了踪迹。东寨的山果便没了一点儿生意。东寨人便用来造酒，那酒也造得酸涩。东寨人无奈，只得以这苦涩的果子果腹。全寨一片哀怨之声。

这一年，竟遇大旱，两眼甜井水势渐渐浅下去。水斗放下去，常常是半桶泥沙提上来，浑浊得很。梁占奎就愁得终日长叹不已。思前想后，不知所以然，梁占奎就差人去县城请白义彰来指点。

白义彰第二次来到东寨，寨前村后看了一日，便眉头紧锁，摇头晃脑回到村中，一言不发，只是叹气。

梁占奎不解："先生看过，可说破此事内中因由。"

白义彰皱眉道："梁族长，恕我直言了，直是那两口甜井，坏了东寨的一派水脉。我前番来此已然讲过，一方水土，一方草木。苦尽甜来，阴阳相对。强差水土，自是坏了地理纲常。"

梁占奎急道："可有解救之法？"

白义彰盯着梁占奎道："直是要将那两口井填去。"

梁占奎冷笑道："听先生言语，难道是我占奎违背天意，毁了东寨的风水。"

白义彰微笑不语。

梁占奎阴阴地看了白义彰一眼，叹道：“白先生今日讲了这番理论，是否要被他人得知？”

白义彰笑道：“我已经料定，我今日讲了这番，定是走不脱了。不知梁族长要怎么处置白某？”*

梁占奎冷笑道：“白先生既已经猜到，我怎好再让先生这番话蛊惑人心。”

白义彰大笑：“我早已经料到梁族长会有此举，如何不曾防备。林山县衙的官司你怕要吃定了。”然后就淡淡地饮酒。**

梁占奎听得一愣，手一软，酒杯就落到地上，咣地碎了。

胞弟梁子强几个人听到摔杯声，就抢身进来，看到谈笑自若的白义彰，不禁呆住。白义彰看着手持利刃的梁子强几个。神色不变。***

梁占奎硬着脸冷声喝道：“不得无礼，送白先生走。”

白义彰再饮一杯酒，才起身唱一个喏，出门走了。

梁子强泪就涌下来：“适才白先生一番话，我们都已经听到，族长何不填了那两眼甜井。”

梁占奎大怒：“你等好晓事，听那风水先生一派胡言，就要填井。岂不知那两眼井是我东寨苦掘了三年方才寻出。”

梁子强等人便噤了声，低头不语。

又一年过去，东寨的果树竟染了怪病。叶子黄黄，果实挂不到秋天，便纷纷坠落。梁占奎慌慌地请来几个林山城内园林高手看过，竟也是无方可医。

寨内一片惶恐，乡民们便纷纷外出逃荒了。

那天，梁占奎站在山上，眼睁睁又看到几个乡亲惶惶地出村去了，他心头一阵凄然，眼睛闭上，两行清泪淌下来。太阳软软地跌进山去，梁占奎仍在山上坐着，慌得家人去寻，梁占奎仍然不走。家人上前苦劝，竟被梁占奎喝退。家人怯怯地退了，远远地看，见那山风硬硬地刮起，梁占奎须发飘飘。

*哈哈！大白天的，哥们儿别说聊斋了，亮底牌吧！

**哈！我算命先生岂能被你算计？

***此一刻，酒桌气氛诡异非常。

第二天一早，梁子强几个上得山来，请梁占奎下山。远远地上得山来，见梁占奎稳稳地坐在山顶。梁子强看得定住，只一夜，梁占奎的须发竟已白透如雪。

近前些轻声喊，梁占奎一动不动。梁子强近得前来，猛地一声长啸，竟是满脸的泪了。众人拥上来，看到梁占奎早已气绝。*

东寨人大悲大痛，发送了梁占奎。

梁子强接任了族长。把全族人喊到梁氏祠堂。梁子强提议填掉那两眼甜井。

有人怯道："井是老族长用了三年的方气掘得，怎么好就填掉。"

梁子强叹道："只为了两口甜井，坏了东寨的气脉。如果老族长地下怨恨，便是子强一人之故，碍不得他人。"说罢，就提一张铁锨奔了那两眼甜井。

众人就尾着梁子强去填那两口甜井。到了井台，遥遥见那两块石碑，森森地打眼。众人脚下放软，就看梁子强。梁子强扑通跪倒在井边："族长在天有灵。子强身后填井，实出无奈，万请恕罪啊……"喊罢。放声痛哭。

一片哀声，便在山坡上响起，搅得东寨人阵阵心寒。

梁子强哭罢，就站起身，抢过一张铁锨，大吼一声："填井！"扬起一锨土抛下去。

第二年春上，一场春雨过后，全村各眼的井，苦水重又冒出。

又过了几年，东寨的果木又盛了起来。偶有人在山中走过，便能听到白义彰的笑声。笑过之后，便是满山的寂静，风儿一刮，树叶疯响，再听，似有梁占奎的叹息之声，十分感慨。**

又过几年，白义彰骑马从东寨路过，他身后跟着一群精壮威武的随从，十分风光。白义彰下马去观看那两口被填住的甜水井，微微笑了。东寨人便知道了白义彰已经是望龙山的神机军

* 唉！当是忧愤身亡。

** 或是感慨：若有来生，再不破坏环境。

师了。

那日，白义彰还到东寨坐了坐，与梁子强说了几句闲话。后来见白义彰走了，再也没有回来。

本章人物补遗之二：张山的故事

民国二十二年，林山县东街有了一家茶店，字号：水青店。老板张山。

林山县城内茶店不多。林山县人不善饮茶，水青店门楣不亮，不惹眼，生意清冷，勉强维持。

张山老板生得黝黑粗壮。外埠口音和本地口音掺杂，人人记得他去年冬天的时候来林山县城落脚。后来有人看到他买了东街这一处临街的旧宅，再后来，张山将旧宅稍事装修，便开了茶店。

老板娘名叫珍儿，长得小巧可人。有茶客进店，珍儿便款款地上前侍茶。客人用过，丢几枚钱在桌上，起身离店。珍儿便送出门，唱一个喏，细细说声："走好。"再回转身来收拾桌上的茶钱。

张山只管担水烧茶。张山不与人交往，左邻右舍见面，他也只是泛泛地点头致意，并不搭讪。若无主顾，他便坐在店里闷闷地饮茶，珍儿则坐在一旁定定地看他，十分出神。久了，二人相视一笑。偶有茶客撞见这情景，便说珍儿笑得好看。

东街有一大户叫陈克明，做绸缎生意。林山县新任县长是克明的远房表兄，克明由此在林山县城十分风光。那日，克明饮了酒，在街中闲走，忽觉口渴，便拣近踏入水青店，正撞见珍儿对张山笑，克明醉眼看得呆了，脚下软了，坐下饮茶，那茶竟无滋味，直拿眼睛在珍儿身上乱摸，珍儿却不再笑。克明好色，家中养了几房妾，个个似花儿一样水嫩，今日见了珍儿，克明便愧感自己那几房水嫩的花儿没有了颜色。*

*哈！见色起意，克明绝非好人。

如此，克明接连几日来水青店饮茶，一双眼长在了珍儿身上。那天，克明按捺不住，看看张山不在，便放出几句轻薄的话儿来挑逗珍儿。珍儿不搭腔，装聋作哑，只是续水侍茶。克明心中痒极，一把捉住珍儿的手腕。珍儿并不惊慌，冷眼看克明，看得克明大窘，通红了脸，放开手，丢下几枚大钱在桌上，起身离店。出门回头看。珍儿没送他，却见张山担水回来。张山铁着一张脸，似乎浑然不觉什么。

克明在家闲了几日，心里放不下珍儿，挨不住，那日又来水青店。张山却换了珍儿来侍茶。克明无趣，一杯茶只呷了一口，便丢下茶钱退出。张山黑着一张脸送出门，仰天闷声说一句："走好。"

克明从此不再来水青店饮茶。*

这年秋天，县城西边的仓山县的西马山上来了一伙强人，团防吃了强人的好处，便反水。强人拥入城，将城内富商及县府一干人等捉住，绑至在街上，索要财物。陈克明也在其中。街民们被强人持刀逼住，走不脱，只好站定观看。

秋风刮得紧，扫荡着落叶，满街乱滚。

强人们均头戴面罩，只露出两只眼睛，凶得让人胆寒。首领是一个独臂，长得人高马大。他吼一声，两个喽罗上前扯出两个富商，要他们交出金银赎命，两个富商口硬，两个强人骂一声，手一扬，刀光一闪，两个富商的胸上便迸出血来，倒在街上。人群中惊叫起来，富商们骇得脸都黄了，腿一软，先后跪下去了。

独臂人再一声喝，几个强人拥上去，拖出陈克明几个人。这几个人唬得魂散，急喊家人去搬金银细软。不一刻，各户的金银细软都搬了来，小山似的堆在街中。

独臂人鄙视了众人一眼，嘿嘿冷笑："九牛一毛，如此吝啬，砍了。"

强人们就挥刀上来。

* 身不能至，心向往之。

围观的人们就闭紧了眼睛。

突然听到有人用粗粗的声音喊了一声:“刀下留人。”

独臂人一怔,挥挥手,强人们便停住刀。围观的人墙两边闪开,目光齐齐地盯过去,只见张山缓缓地走进来,朝独臂人拱一拱手:“看在我的薄面上,就放生了他们吧。”

独臂人细细地看着张山,目光突然软下来,后退一步,扑通跪下,重重地叩了一个头,拾起身,暴吼一声,强人竟随他风卷般地去了。堆在街中的金银细软也没有掠走。

张山远远地望着强人们去了,目光如雾。

富商们及县府一干人被人解开绑绳,如梦初醒,涌上来,倒头向张山拜谢。

张山淡淡地拱手,叹了一口气,转身走了。

水青店门前,珍儿倚着店门迎住张山。

珍儿眉头微皱,细细地叹一声:“你大祸不远了。”

张山刚刚要进店,就停住脚,埋下头,良久,答一句什么,挺含混。珍儿不再说什么,闷了一刻。二人进店。张山沏一壶茶,慎慎地饮。目光茫茫,盯着窗外,远处是隐隐约约的望龙山,锁在雾气里。

傍晚,获救的富商们在城里的酒店摆下酒席,由克明出头引路,来请张山赴宴。张山挡在店外,连连摆手谢绝。

克明哀告:“还望赏脸。”

张山深深一揖:“我从不饮酒,还望饶过。”

众人只好作罢。

自此,张山成了小城的奇人。每日上街担水,街人遇到便纷纷搭讪致意。

水青店的生意就火了。一些商贾便常常来此饮茶,大都付与高价茶钱,借与张山攀近。张山却仍无表情,仍旧在柜上闷闷地饮茶,茶店里只听到珍儿与茶客们说笑搭讪。

如此又过了一年。那天，张山又到街中担水，街中突然大乱。张山冷眼望去，见团防押解一辆囚车匆匆过来，车内一个血肉模糊之人。张山细看，惊了脸，竟是独臂人被缚在车内。只见那人浑身是血，双眼紧闭。张山慌地丢了水桶，疾走几步，欲与独臂人搭话，却被凶凶的团防拦住，眼睁睁地看那囚车去了。

张山便向街人打听。街人议论，西马山上的强人内讧，有人招安，暗中降了县府，便将独臂人灌醉绑来送官。

张山听得皱眉，也不去收拾水桶，大步奔回茶店。

珍儿正在端茶侍客，张山闯进来，喊她到后屋说话。张山要珍儿快些换衣服从后门出城。

珍儿含了泪，要张山一道走。

张山伸手抚一把珍儿的脸，叹口气，摇摇头。

珍儿就换了衣服，流着泪从后门走了。

张山便回到柜上饮茶。

片刻，克明便带人走进店来，拱拱手，说请张山夫妇去吃酒。

张山瞄瞄克明身后，竟是几个换了便衣的警察。张山淡淡一笑，爽口答应。

克明就往后屋走，问珍儿去哪儿了?

张山说珍儿到街中采买，片刻便回来。

克明笑笑，说就等珍儿回来。就坐下饮茶，大模大样，全无了平日的谦恭。

两碗热茶呷下去，克明坐不住，起身张望。

张山就起身道:“我们先去便是。”

克明笑笑:“还是等等的好。”

张山摇摇头:“珍儿现在怕是已经出城了。”

克明一怔，恨恨地盯着张山。

张山向克明伸出双手:“绑了吧。”

克明很窘的样子。

张山大笑:“我手无寸铁。”

克明一招手，身后的警察便亮出绳索扑上来。张山被按在当地，捆了个结实。

张山被绑进县警察局里，整整被拷打了一夜。警察局审他如何认识那伙强人。张山缄死了口，一字不讲。克明凑过来，要张山讲珍儿的下落。

张山盯住克明，哈哈笑了。一口浓血喷出来。

又过了几日，张山和独臂人一山被绑出城外斩首。二人囚车相遇，独臂人满脸愧疚，说带累了兄长。

张山惨惨一笑，并不搭话。

刑场设在城内乱草岗。沿途街上人纷纷拥上去，乱石砸上囚车，大骂张山勾来了强人。警巡拦不住。于是，未到刑场，张山已经毙命。*

后来听说，那张山原不叫张山，叫许树青，原是望龙山上的匪首。那珍儿原也不叫珍儿，叫水儿，是张山在望龙山上的压寨夫人。这二人是来林山县卧底的。幸亏被县警察局识破。

也有人说，那“水青”店的字号，就已经不打自招了。于是人们恍然大悟。

但水儿自此再无消息。**

本章人物补遗之三：杨怀义的故事

这个故事是讲断角岭匪首杨怀义上山落草之前的事情。

民国年间，林山县西关有一家药店，字号:药王堂。老板佟志川，年逾花甲，德高望重，人称林山县第一妙手。药王堂是老字号，到佟志川手里已传了五代。

药王堂颇多绝技，治中风偏瘫，跌打损伤是拿手好戏，方圆百里来求医问药者颇多。于是，药王堂的生意就红红火火。

* 读到这里，长叹一声，自古『街人』，从来如此。

** 或是挥一挥衣袖？

佟志川却抑郁不乐。他曾连娶两房，皆无生育，便是自家的毛病了。死了心，就不再娶，收养了二姐家的儿子过继，取名佟小川。佟小川成年后，聪明过人，却不精心学问，也不热心生意，只跟佟志川学会了“望闻问切”，就不耐烦，整日与街上一些纨绔子弟混成一片，吃喝嫖赌。佟志川碍着姐姐的情面，不好严管狠治，却暗自伤心，叹息佟家的绝技要断后了。

民国二十年深冬，天降大雪，野野地落了三日。雪停，佟志川一早起来喊伙计扫雪，伙计们扫着，竟扫出一个冻僵的汉子来，发一声喊，惊得丢了扫帚。

佟志川过来看，见那汉子30岁左右的年纪，面色已然青紫。摸一把脉，尚有一息。佟志川忙让伙计们把汉子抬进店里。

佟志川就配了几味药，亲手熬了，给汉子徐徐灌下，又取过一床棉被给汉子严实盖好，一个时辰过去，汉子逼出一身冷汗，苏醒过来。

佟志川坐下与汉子说话，知道了这汉子名叫杨怀义，是山东济南人，因家乡闹水患，逃难至此。佟志川见他知书达礼，便问他欲往何处？

杨怀义道：“家乡已被大水漂空，只好四海为家了。”

佟志川道：“你若不嫌，可在我店中做工。”

杨怀义感激道：“救命之恩，已没齿不忘，又给我安身立命之处，要我如何报答才是？”

佟志川笑道：“说不上。杨先生今日到我店里，或是你我前世有缘吧。”

杨怀义就留在了药王堂当了伙计。

那天，佟志川在街上闲走，碰到了城东卖炭的王二年，二年见到佟老板，就要躲藏，被佟志川喝住。佟志川上前细细打量，好生诧异。

半年前，王二年到城外砍柴，从崖上跌下，摔折了腿。两日后才被人找见，送到药王堂求治，佟志川看了，说耽误了两日，怕要落下残疾，就配了几剂药给王二年吃了。半月后，王二年便能行走，只是有些跛。佟志川今日见到王二年，王二年竟是行走如常人，一点儿不跛了。佟志川便问："如何好了？"

二年赔笑道："吃了先生的药，慢慢就好了。"

佟志川怒道："休要哄骗老佟，是何人给你医好的？"

二年无奈，低声道："是您店里杨先生给我医的，杨先生不让说的。"

佟志川惊了脸："你说的是杨怀义？"

二年说："正是。那日杨先生在街中见到我，问了我的伤，又问了您开的方子，就在您的方子上又加减了几味药，嘱咐我吃上三剂，就会痊愈。但不许我对别人讲此事，更不许我对您佟老板讲此事。我将信将疑，就回去吃了三剂，腿脚又酸又痛，出了一身大汗，就一点儿也不跛了。"

佟志川听得都愣住了，点点头，对二年说："你去吧。"就转身走了。

王二年在身后急嚷："佟先生，您千万不可对杨先生讲啊。"

佟志川回到店里，见杨怀义正在柜上写账，就让杨怀义随他到内房来。关上房门，佟志川问道："王二年的跛脚是你医好的？"

杨怀义红了脸，作一揖："杨怀义班门弄斧，冒犯了佟先生，请恕罪。"

佟志川哈哈大笑："你手段不凡，谈何冒犯？只是老汉走了眼，没看出你也是医道中人。失敬了。"

杨怀义叹道："不敢再瞒佟老板，杨某祖上四代行医，传至杨怀义，本该发扬光大。谁料杨某不善阿谀，竟开罪了官府，被逼得背井离乡。" *

*竟有如此背景，怪不得呢。

佟志川拱手道："难为杨先生在小店委屈了这些日子，如不嫌弃，我送杨先生些本钱，可在城内开一处药店。以先生的医道，生意自然兴隆。”

杨怀义连连摆手：“佟老板对杨某有救命之恩，刻莫敢忘。再则，以我几道雕虫小技，怎敢另立门户抢先生的买卖。”

佟志川认真道：“佟某确是诚心诚意，杨先生不要误解了。”

杨怀义死活不肯，佟志川只好作罢，心底平添了十分敬重。

由此，二人常在一起谈医论药，很是投机。久之，佟志川就有了把药王堂传于杨怀义的念头。那天下午，佟志川请杨怀义到自己房中饮酒。酒过三巡，佟志川就谈了想法。

杨怀义听罢大惊，丢了酒杯，慌地一揖到地：“佟老板莫说醉话，我一个外埠外姓人，受您救命之恩，已是终生难报答了，绝无一丝要夺佟家家业的歹意。”

佟志川叹口气：“佟小川是我亲外甥，我怎不疼他，怎不想把这药王堂传于他。怎奈他吃喝嫖赌不经正业，这药王堂若交在他手里，岂不是毁了？”佟志川就说不下去，眼就湿了，扭过头，哀哀地看窗外，一抹夕阳烧得正急。

杨怀义听得怔了，闷了一刻，就劝道：“少爷少不更事，日后自会练达。佟老板不必忧心忡忡。”

佟志川苦苦一笑：“只好听天由命。”说罢，长叹一声：“可惜我与杨先生相识太晚了。”

这年秋天，佟志川病倒，杨怀义亲手配了几剂药，吃下去竟不奏效。杨怀义愧道：“杨某医经浅薄，指上不明，误了佟老板。”

佟志川笑道：“我大限已到，非药石所能医得，你已竭力尽心了。”就让人找佟小川回来。

佟小川被伙计们从街上的赌坊中找回来。佟志川看他一眼，叹道：“我死之后，你做何打算？”

佟小川道：“接手药王堂。”

佟志川冷笑：“我只怕你要败了药王堂的。”就让杨怀义和伙

⊙岁月像云一样飘远了，但山的魂灵仍在

计们近前来。

佟志川道："我死之后，店里所有生意由杨怀义接管，佟小川辅佐。药王堂大事小情均由杨先生定夺，佟小川不得干预。空口无凭，立字为据。"说完，就从枕下取出早已写好的文书，递给杨怀义。

杨怀义红了脸，急忙摆手推辞。

佟志川目光哀哀地看着杨怀义。杨怀义含着泪，软了口，就接过文书。

佟小川在一旁就黑了脸，冷笑一声，转身走了。*

又过了两日，佟志川死了。杨怀义帮着药王堂办了这一场白事之后，就主持了药王堂的生意。佟小川就不理事，仍是吃喝嫖赌，偶尔回来，也只是到柜上拿钱就走，不问其他。更有一些街中的泼皮打上门来，拿出佟小川写的借据讨账，杨怀义一一付过。杨怀义有时闷闷地独自沉思。

那天，佟小川又回来拿钱，被杨怀义喝住："如此挥霍，药王堂便是一座金山，也要吃空的。少掌柜收敛些为好。"

佟小川嘿嘿恶笑："你一个外姓人，果真要做药王堂的老板了？"

杨怀义也冷笑起来："我做药王堂的老板，是你养父生前定下的，有字为证。从今往后，你不要再回来。"就喊伙计佟三取来二百大洋，放在桌上。

佟小川大怒："姓杨的，我父尸骨未寒，你竟敢把我扫地出门？"

杨怀义大笑："此一时，彼一时。现今杨某是药王堂的老板，今日就要请少掌柜走路。这几块钱就算我佟某送的盘缠了，请少掌柜笑纳。"

佟小川青紫了脸，牙就咬得咯咯响，猛一扬手，桌上的大洋飞了满地。佟小川转身大步出了药王堂。

* 黑下脸冷笑，心中已恨到极致！

杨怀义哈哈大笑。

这事就风传开，一城人都骂杨怀义薄情，佟志川坟土未干，佟小川已无家可归。有人就气不过，就告到县府，县府就传杨怀义去问，杨怀义当堂亮出佟志川留下的字据。县府也就无话可说了。

又一日，几个泼皮又找上门来，拿着几张借据讨账。杨怀义让人赶出店去。那几个泼皮就去找佟小川，佟小川却已经离了林山县。

佟小川离开林山县，去了省城。赌一口恶气，做开了买卖。却不是行家，几次生意做下来，本钱赔尽。那天，佟小川在茶馆里闷闷地吃茶，一抬头，见药王堂的伙计佟三进来，佟小川就低头，佯做没看见。佟三却惊喜地喊一声："少爷也在此？"

佟小川笑问道："佟三，你来此做甚？"

佟三就坐下，叹道："少爷不知哩，自你走后，只因我为少爷抱了几句不平，也被杨怀义赶了出来。"

佟小川恨道："我父有眼无珠，收养了这个卑劣小人。"

佟三叹道："现在药王堂在他杨怀义手里，我们也无法可想。"

佟小川闷头不语。

佟三说道："事到如今，我说话就不怕得罪少爷了，倘若当初少爷听老爷的话，不惹老爷生气，也就不至于让杨怀义得逞了。现在少爷医不成，商不就，拿杨怀义有何办法？"

佟小川脸就红红的。

佟三解开随身的包袱，取出几本书："我出来时偷了老爷的药书，不知少爷有用无用？"

佟小川眼睛一亮，伸手接过书，认真翻看，长叹："我当年若下一番苦功，如何会被杨怀义逼到这步田地。"

至此，佟小川就在省城住下，苦心研读佟志川的药书。他心灵聪慧，又有些功底，一年下来，便在省城开了诊所，赚了些钱。第二年，就开了药店，字号仍是“药王堂”。生意颇是看好。

那日，佟三笑问：“少爷乐不思蜀，莫非忘了杨怀义夺店之仇？”

佟小川恨恨地说道：“刻不敢忘。只是我医术不精，还不是杨怀义的对手，再忍辱些日子，才好回去找杨怀义较量。”

又过了一年，佟小川关了省城的诊所和药店，和佟三回了林山县，在东街开了一处药店，取名“药王大店”。门前贴了一副对子：

路从绝处开生面

人到后来看下台*

杨怀义听说了，只是嘿嘿笑，并不褒贬。

那一日，药王大店门前又有泼皮搅闹，说佟小川过去欠下的账，仍要佟小川加足利息还上。佟小川说一时手面紧张，再宽允几日。如此搅闹了半天，方散了。

杨怀义听了，并不言语。

“药王大店”开张后冷清了些日子，渐渐就火了起来，就抢走了药王堂许多生意。有些杨怀义医不好的患者就去“药王大店”，用了佟小川的药，竟十分奏效。这样就有了高低，药王堂的生意就日趋冷落了。

那天，杨怀义让伙计去“药王大店”找佟小川，请佟小川到药王堂饮酒一叙。

佟小川嘿嘿冷笑，一口回绝。

佟三在一旁劝道：“去一趟又何妨，看他杨怀义如何说话。”

佟小川想了想，点头答应。

第二天，佟小川就带着佟三来到药王堂。只见药王堂装修一新，远非旧日形象。佟小川一别多年，几乎认不出了。心内不禁平添了许多感愤，一口恶气就涌上来，扯大步进店，却不见杨

* 好联！直接叫阵！

怀义。

佟小川就坐下等，佟三在一旁大笑起来。

佟小川诧异："你为何发笑？"

佟三道："事到如今，也不好再瞒少爷，少爷也莫再恼恨杨先生了。少爷当年放浪形骸，杨先生怕少爷毁了药王堂，才无奈使出这法子逼少爷出走，又让我暗中跟随你到天津，用激将法逼你苦学，今日少爷已医道成熟，杨先生便放心了，昨天，他已经将那几个过去跟少爷闹事的泼皮杀死了。他不愿吃官司，便走了。"

佟小川听得呆了。

登时感觉脑子不够使了。*

佟三让伙计从柜上取过账本，放到佟小川面前，佟三叹道："这上边是药王堂几年来的账目，笔笔清楚。所有盈利，杨先生走时没拿一文。"说罢，已湿了眼。

佟小川怔怔的，泪就淌下来，就问："杨先生何时走的？"

伙计答道："一碗茶的工夫。"

佟小川忙起身追出去，佟三几个伙计也忙跟上。追出城西十余里，并不见杨怀义的踪影。大家怅怅的。

佟三长叹一声："杨先生怕是不会再回来了。"

佟小川一双泪眼向前望去，只见野民岭处，夕阳如血。

* 如此一个底牌，佟小川听得呆住，读者读得呆住！

第三章（下）

一　断角岭北坡突围的后况*

1937年10月28日晚上，断角岭的勇士们开始了求生的突围。

北坡冲下来的人几近全部战死，我爷爷和章兆铭、白义彰等三十多人被俘，后被杀害。北坡只侥幸突围出去了十几个人。

这十几个人后来都生死茫茫了。我只查清了其中三个人的下落。

第一个是杨铁庄，南岭铁皮庄人。

杨铁庄突围出去后，和几个人参加了林南苍县的抗日游击总队，后来编入八路军129师。他作战勇敢，立了不少战功。到解放战争，他已经当了副团长。他还曾与我二姨共事多年。新中国成立后，他又参加了抗美援朝，任某师副政委。1953年回国后，转业到新疆一个地质公司当党委书记。1963年，他曾回乡探亲，来古家庄探望过二姨，那天他在二姨家喝酒，二姨让我到供销社打山枣酒，我记得那天杨铁庄喝醉了。杨铁庄走后不久，便派了一支地质队来野民岭找金矿，找了三个多月，一无所获，便撤走了。二姨失望至极，大骂地质队是白吃饭的。杨铁庄60年代调到北京地质部。“文革”开始，他被整得极惨。因为在望龙山当

* 北坡东坡分别写来，读者看得清爽！

过土匪的那段历史，他被红卫兵捉去交代问题，打断了三根肋骨，后来被弄到云南一个干校去劳动。他的老伴是冶金部的一般干部，“文革”初被整得患了精神分裂症，1969年跳楼死了。杨铁庄1975年被落实政策，在南方一个地质公司当“革委会”副主任。1978年，我在一篇新闻报道里得知他去世的消息，他随一个地质队进山检查工作，心脏病猝然发作，死在山上。他当时是地质部的一名高级干部。作为优秀革命干部的典型，当年的报刊上很是宣传了一阵子。

杨铁庄的大女儿叫杨晓青。1968年从北京中学毕业回野民岭插队。当时，我二姨跟县里说了说，调她到野民岭公社当了广播员。她的普通话说得很好。1973年，我回乡探亲见过她，她长得的确很漂亮，眼睛长得特像杨铁庄。那年，我本家堂叔李义民的儿子李洪年也从河北省石家庄中学毕业回乡到李家寨插队。那年，李洪年到公社帮着写批判稿，认识并爱上了杨晓青，一劲追她。二姨也愿意成全他俩。1974年，二姨跟县里说了说，推荐他们两个去上工农兵大学。这年，我转业到了省报社记者部（从此，我便以谈歌的笔名发表文章至今），他俩临走前还来省报社找我玩了一天。在我印象中杨晓青很活泼，还能写诗歌，她临走交给我她写的几首诗，后来我在报上给她发了两首，那时写稿没稿费，我只给她寄去两张样报。

过了不久，“批林批孔”运动开始闹得厉害了。我在《人民日报》上看到了杨晓青和李洪年合写的文章，他俩声明反对走后门，坚决和资产阶级法权决裂，要求回野民岭继续扎根干革命，让更有资格的贫下中农子女来上大学。我读完后愣了，又读了一遍才相信是他俩，我暗暗替李洪年惋惜了一番，当时我从直觉上认为这是杨晓青瞎激动。依照李洪年的性格，我猜出他纯粹是跟着杨晓青瞎起哄。

这一下，他俩很是红了一阵子。

听家乡来人说，他俩回到野民岭后，李洪年仍旧老老实实上山干活，杨晓青则到处被请去做报告，在报告里还点名说二姨是资产阶级法权代表人物。她的报告还简要地在保州市的报纸上登了。林山县委放出话来，准备调杨晓青到县团委当副书记。

二姨大骂李洪年是猪脑筋，又骂杨铁庄养了个混账女儿。

1976 年以后，便没人请杨晓青做报告了。原来县委要调她到县团委的许愿也告吹了。她便回公社广播站，但公社说广播站不缺人了。她点名批了二姨，批了公社，公社当然记恨她。她只好到铁皮庄的生产队下地干活，但她只干了几天，就说要回北京治病，于是她就走了，走时连李洪年也没告诉。她没再回来，听说她当了兵，走的杨铁庄一个老战友的后门。后来又听说，她只当了一年兵，就转业到了 Z 市一家报社。从此就听不到她的消息了。

1983 年，我曾突然收到她寄来的一本小说集，是她写的。

我读了，印象不深，或者说水平一般，现在连书名也忘记了。

后来又收到她一封信，信上说她到 Z 市文联当专业作家了。信中还夹寄来一篇小说，要我在报上给她发表。我便把她的小说转给文艺副刊的同志，到底用了没有，我没有追问，我这人马虎，后来把这事给忘了。现在想起来，觉得有些对不住她。

1989 年闹那场政治风波时，我听说杨晓青也到天安门绝食去了。我不奇怪，她那种性格是会去出那样风头的。但我不相信她会饿肚皮，她那聪明劲儿是不肯吃那种亏的。后来在报纸上，读到她一篇要当精英的文章。再后来又听说，她跑到国外去了，看来她立志要当精英了。*

李洪年一直在林山县干。1977 年他考上了省农业大学，毕业后又回到林山县，后来当了西岭乡的乡党委书记。后又当了县办公室主任、副县长。后来又到省委党校学习了半年，回来后调任苍南县常委、副县长。看来，李洪年要在苍南县扎根了。但我总

* 杨晓青人生曲折，多是性格所致，她似一个『跳来跳去的女人』？

感觉李洪年的性格不适合做官，他重感情，爱激动，这恰恰是官场所忌讳的。

李洪年结婚比较晚。妻子是他大学的同学，在苍南县当宣传部长。我没见过。曾听表妹说，长得没杨晓青漂亮。结婚那天，表妹也被请去喝喜酒，李洪年竟喝醉了，醉得一塌糊涂，他哭着喊杨晓青的名字，谁也劝不住，闹得很不愉快。看来李洪年一直没忘了杨晓青。

表妹后来跟我说这件事时，也动了感情，大骂杨晓青不是人，没良心，坑了李洪年好多年。我不便陪骂，只好干听，骂了一会儿，或许她骂得没意思了，便不再骂了，叹口气软软地说："说到底，不是一家人，不进一家门。命！"

命？性格即命啊！*

* 什么人什么命？这话对吗？

第二个人叫郝占奇。野民岭西岭郝家集人。

听父亲讲，郝占奇是郝家集大地主郝振明的大儿子，后来在林山县学堂读书参加了共产党。1937 年 10 月 28 日是他和另一个叫王什么（名字不详）的人把于默然和我大伯的亲笔信送上山的。突围那天，他坚决要随爷爷从北坡突围，以掩护东坡和西坡的突围。他竟没死，冲了出来。郝占奇后来在林山县武工队当小队长，后来转入正规军。因为他有文化，提升很快，抗战胜利那年，他已是团政治委员了。1946 年"五·四"指示后，郝家集分了郝振明的地，郝占奇的弟弟郝占生和妹妹郝秀芬不服，与村长郝大仓顶撞，于是被揪斗，戴高帽子游街。郝占生因在村里作恶颇多，游街的时候竟被围观的山民打死了。郝振明一口气窝住，病倒了。他派郝秀芬到部队找郝占奇。郝占奇带了两个警卫员赶回来，当夜把郝大仓几个农会干部抓到家里审。郝占奇指着大仓的鼻子吼："老子打日本打老蒋，你们抄老子的后路。你们找死啊。"

郝大仓不服，和郝占奇顶撞起来，后又对骂开了。郝占奇被骂恼了，从腰里掏出手枪吓唬郝大仓。

郝大仓更不服了，拽开上衣，拍着胸脯：“开枪呵，谁不敢谁是丫头养的。”

那几个农会干部见郝占奇窘了，都哄笑着向前凑：“开枪呵！”

郝大仓更加得意地嚷嚷起来：“开枪呵！”

郝占奇血往上涌，脸都涨红了，他咬咬牙，真的开枪了。

郝大仓和那几个农会干部全倒下了。

郝大仓临死前笑道：“你还……还算有……种！”

郝占奇当天夜里就回部队了。

这次恶性事件，惊呆了林山县政府，派人找到郝占奇的部队。部队把郝占奇抓了。军区当夜研究后下令：枪毙郝占奇。于是郝占奇被枪毙了。*

*读到此处，感慨良多，人生总能遇到许多『坑』，坑，无论大小，有些坑能爬出来，有些坑则爬不出来。郝占奇没能爬出来。

据说枪毙郝占奇是秘密的，谁也不知道在什么地方执行的。郝占奇的棺木，被郝振明派人弄回去，埋在了郝家集。

我父亲回忆说，郝占奇家里原有一个老婆，郝占奇当了八路军后，她守在家里，1942 年日本人扫荡，被打死了。郝占奇在部队又找了一个，叫乔玉兰，是军区文工团的，给郝占奇生了一个女儿。郝占奇死后，乔玉兰带着女儿嫁人了。嫁给谁了？我父亲记不清了。

一步错，终生错。人真是要注意自己在偶然情况下的理智。悲剧常常在感情冲动下铸成。郝占奇的确是个悲剧人物。按照我父亲的说法，郝占奇若不死，依照他的才能，前途该是很大的。我父亲一直认为郝占奇是一时气愤杀人，而当时军区的结论是：郝占奇属于混进党内的阶级异己分子。

我常想，这个结论放在当时或许有必要。放在历史上去看，是不公正的。但是，历史总是匆忙的，历史没有精力给每一个不公正的结论重新做结论。

也许，郝占奇被历史匆忙地忽略了。*

第三个人叫马占魁，也是郝家集人。

我父亲对马占魁印象很深。马占魁原是郝家集的贫苦山民，因和人打架打死了人，才跑进望龙山当土匪的。马占魁长了一颗大头，很聪明，但不爱说话。他上山后很被白义彰看重，白义彰教他认字，他跟白义彰学会了阴阳八卦算命测字。他还下得一手好棋，在望龙山没有对手。他曾做过我爷爷的账房二先生，帮着白义彰管理望龙山的经济账目。他突围出去之后，一直在江湖上乱跑。后来跑到河北省张家口，杀了个鬼子弄了条枪，又干开了打家劫舍的买卖。后来纠集了几个人到张家口的黄羊山落草，但他只当了几天的山大王，便给日本人剿了，把他关进监狱。他后来又越狱跑出来，跑到北京。经人介绍，进了警察局，当伪警。他做人手黑，民愤极大。日本人投降那年，他又溜回张家口，开了个客栈(我想也是黑店)。同年，他参加了一贯道，帮助国民党政府屠杀了不少共产党员，血债累累。张家口解放后，他作为要犯被通缉，他跑到宣化，在宣化老君观当道士。镇压反革命那年，他隐藏不住，便自毁了容貌，溜回林山县，在林山县城外摆酒摊儿，后来被省公安局的人捉了。据说捉他的人是一个名叫高世方的侦察员。马占魁被捉去后很快就枪毙了。他是一贯道塞北片的坛主。《一贯害人道罪行录》中有关于他罪恶的记载。

马占魁曾在张家口娶妻生子，他的后代已不好查询，没有一点传说。**

二 断角岭东坡突围的后况

东坡的突围队伍由我二伯带队。

* 被历史忽略者多多啊！

** 此人物可算得上典型！一生黑到底了。

二伯带着二百多人从东坡突围，付出了沉重的代价。坂田在东坡下布置了与北坡同样猛烈的火力网，二伯他们一下子就撞进了网里。冲在前边的百十多人一下子就被如风的子弹击倒了。后面的人涌上来，与日本鬼子拼开了白刃，被蚂蚁一样多的鬼子团团围住，大部被鬼子用刺刀挑了。坡下的冰冻的积雪，都被血溶化了。

二伯被一条狼狗扑倒，人和狗滚在了一起。二伯死死咬住狼狗的脖子，他身上被那畜生撕得血淋淋的。二伯终于咬断了那狼狗的脖子，满嘴的狗血，他被人拉起来，跑出了包围圈。乱哄哄溃散之中，他不知道拉他的人是谁。

二伯一共带出去三十多人。他们一直向南跑，后来在途中遇到国民党第 15 集团军 27 师。二伯便带着这些人参加了国民党的部队。二伯他们所在的那个团的团长叫林克凡。听二伯讲了断角岭的战况，林克凡很受感动，让二伯当了排长，后来又当了连长。二人由此相交很深，后来，林克凡跟二伯拜了盟兄弟，并介绍二伯参加了国民党。由此，二伯成了我的父辈中一个国民党员。我小时很奇怪，二伯为什么没有像电影和小说里描写的那样，及时受到地下党的点化，最后投诚起义呢？而且他还干得挺卖力气，后来竟还一步步爬上去了。

1942 年 2 月，仰光告急。中国政府应英军要求，中国远征军入缅作战。林克凡部划归 200 师 59 旅。林克凡任旅长，二伯任炮兵营长。1942 年 4 月 27 日，59 旅在曼德勒与日军 56 师团交火，损失惨重，英军没有按预定计划参加会战，撤出了战斗。59 旅残部向北撤退，林克凡在途中中弹负重伤。后来牺牲。林克凡临绝前，把二伯叫到身边：“好兄弟，我死后，把我的尸体烧了，骨头带回去。”

二伯流着泪点头。

林克凡叹道：“入缅作战，寸功未见，大败而归，我好恨呵！”言毕，恨恨地咽气。

二伯燃化了林克凡的遗体，接替林克凡，带着59旅四百余残部回国。

林克凡的遗骨被二伯埋在了昆明。*

《民国英烈辞典》中有林克凡的条目：

林克凡，字亦前，河南新乡人，黄埔六期毕业生。

二伯应属于机遇和能力同步的那种人。由缅归来，他官运亨通。1946年，他升任国民党的少将旅长，1948年底，他被南京政府派往北平，劝说傅作义将军抵抗到底。临行，被破格升为中将师长。当时傅作义将军已决心起义，傅将军与二伯有过几次见面的交情，他十分器重二伯，曾经婉言劝二伯留下。

二伯拒绝说：“一臣不事二主，我不好同共产党合作。”

傅将军说：“弃暗投明，李将军何必如此顽愚不化。”

二伯说：“党国待我不薄，怎能反目为仇。”

傅将军再劝：“蒋家为民众抛弃，败势天定。”

二伯凄然一笑：“我只有玉石俱焚。”

傅将军正色道：“我若强留下你？”

二伯说：“我必自杀以谢将军。”

傅将军长叹：“罢了。人各有志。”

傅作义用飞机送我二伯去了上海。

后来，二伯随汤恩伯去了台湾，一直在国防部任职。1969年，二伯突发脑溢血，死于台北国民党陆军医院。终年67岁。

二伯有两个女儿，没有儿子。大女儿嫁给了加拿大一个华裔商人，是做纺织品生意的。二伯母随去同住。小女儿名叫李娜，在“台湾中央大学”任教，教授先秦历史，在台湾颇有些名气。1988年，她到香港参加一个文学讨论会。会议期间，她要到广州游览，计划在白云宾馆住一天，她打电话托统战部门寻找她父亲家族的人。统战部的同志找到了我，我就到广州去看她。由此，我知道了二伯以上一些情况。

我陪她在广州玩了一天。她很高兴，我最后一直送她上飞机。在飞机场临别时，她送给我一块金表和一套她研究先秦诸子的文集做纪念。

我也送了她一本我写的书。我对她说："李娜，有机会让二伯母和姐姐回大陆看看。她们也该给祖宗们烧点纸了。"

她笑笑，点点头，便转身走了。

我心里慨叹一声，野民岭对于她来说，是淡漠的。

李娜走出几步，突然停住，回过头来，咬着嘴唇，目光凄楚地望着我，竟已是满脸的泪。

我心中大颤。我闪电般地读懂了李娜的目光。

哦，野民岭呵！ *

随二伯突围出去的三十多人，又随二伯去了缅甸。但归来的不足十人。后来，这几个人大都参加了内战。后大都不知下落，只有两个人在平津战役中被俘，新中国成立后关押在抚顺战俘营里。

一个叫曹大牛，俘前是上校团长的职务。1955年被赦，举家回乡参加劳动。他是南岭曹家集人。"文革"中被该村贫下中农批斗，曾自杀，未遂。"文革"后，被选为县政协委员。1987年病死。他有一儿一女，都已成家立业。他孙子曹友鹏是林山县有名的养鸡专业户，现有五个养鸡场。

另一个叫郑南岭，是南岭杨庄人。俘前是陈长捷手下的少将副师长。1962年特赦，他在功德林改造时学会了机械修理。特赦时要求到工厂劳动。由此分配到北京钢铁公司的车间里当修理工。1972年退休。郑南岭从没回过家乡。有乡亲进京来找他，他也不见。很怪。我写此篇前曾去北京采访他，不料他已于几个月前去世了。

郑南岭的一妻一子在平津战役中失散，到他死时也没有音讯。郑南岭没有再娶。他不寂寞，他武术极好，在北京教授了不少徒弟。他退休后住在北新桥一个四合院里，他的徒子徒孙常来陪他聊天。他的徒子徒孙干什么的都有，工人、干部、军人、医生、教员、郊区的农民、商店售货员种种(这是“文革”中郑南岭没受到冲击的重要原因。他的一些徒弟是造反派头头)。每到夏日傍晚，他的徒子徒孙便在他的院子里和他神聊乱侃。郑南岭一点儿也不斯文，光着膀子，坐着小马扎，挥着大蒲扇，喝着茶水，谈笑风生。时而让徒儿们在他眼前走几招，他再指点一番。他一个在菜市场当经理的徒弟回忆说:“师傅爱放鸟，常有徒弟买些鸟送去，师傅仔细端详，然后把鸟笼放在院子中央，打开鸟笼，看着鸟儿飞上天，良久注视，直到看不见了，便大笑，极开心的样子。”

郑南岭的后事是他的三徒弟主持办的，很隆重。他的三徒弟在北京一个无线电厂当生产副厂长，姓方，我去两次才找到他，方厂长谈着谈着落了泪:“师傅为人极正。教功夫、更教人。有一回老九(郑南岭的九徒弟)在西单跟人家撞了车子，双方吵起来，老九火了，一脚把人家踢了个嘴啃泥，扬长而去。围观的有人认识他，便找师傅告了状。师傅把老九叫来，当着我们的面，给老九来了个扫堂腿，老九摔出去四五米。师傅青着脸说:‘今天让你尝尝恃强凌弱的滋味。你走吧，我不再是你师傅了。’老九吓得一个劲儿地认错，师傅不理他，高低让老九走了。后来，老九的妻子得了癌症，到处求医问药，师傅听说了，拿出两千块钱，让人送去，老九接了钱，哇哇大哭。找到师傅跪下了。师傅说:‘我不是真赶你走，你性子太野，要磨一磨。你给你家里的治病，病好了，就回来吧。’但没等老九回来重新认师，师傅就去世了。”

我问方厂长:“郑师傅谈起过他在国民党部队的历史吗?”

方厂长摇摇头："师傅从不谈，我们也不敢问，师傅曾提起过他在野民岭跟日本人打仗。记得师傅说那一仗打得极惨，到处是血。山里的石头都浸红了。许多弟兄的身子都炸碎了，东一只胳膊西一条腿的。师傅常感慨：'现在怕是没有谁知道这些死去的人了。'"

我感到郑南岭晚年是极思念野民岭的。

但他为什么一次也没回去看看呢？

他为什么那么喜欢放鸟儿呢？

没有人能回答这些了。*

三　断角岭西坡突围的后况

父亲对我讲，那天晚上他和六伯随着杨怀义带领的二百多人由西坡下山。杨怀义说："西坡没有路，日本人不会在西坡拦堵。"但是，突围时却遇到了料想不到的困难。西坡竟是日本人防范最强的，而且日本人似乎已经料到山上突围的人会从这里下山。父亲认为是王寿山算定爷爷会从这里突围，才让日本人在西坡设伏的。看来对付中国人，还是中国人最有办法。

父亲说，他们刚刚下了西坡，敌人机关枪就叫起来了。冲在前边的人刮风似的倒下一大片。杨怀义没有想到会是这样一个局面，但他稍稍乱了一下，就冷静了，他大喊一声，让人们向西南坡跑，西南坡底下是一条深涧，杨怀义让人们从那里攀住野山藤溜下山底。但是断角岭西南坡极陡极险，黑夜中，人们向前跑时，有许多人踩空了，滑下涧，便不知生死了。

杨怀义带着父亲、六伯一百多人悄然溜下西南坡深涧，但队伍中有人过于紧张，枪走了火，守卫在涧底的日本人便围了过来，一场血战开始。冲在前边的杨怀义和我六伯等五十多人被日本人的机枪打倒了，眼睁睁看着这批人就要葬身涧底，这时日本人的身后响起枪声，后来才知道这是于友亮带来的林山游击支队在日本人的屁股后面打响了。我父亲带着余下的人趁机趟开一条血路，冲了出来。杨怀义和我六伯没能冲出来。

被于友亮接应出来的不足40人。

这支不足40人的队伍，参加了于默然和我大伯领导的林南苍县游击总队。不久，于默然发展我父亲入了党。我父亲后来又在李家寨、石门庄等几个村子发展了一批党员。林山县党史记载，这些村子由此建立了党的组织。这里要记一笔的是，我父亲去袁家村发展党的组织时，认识了一个梳着大辫子的姑娘。她叫袁桂兰，后来这个袁桂兰就成了我父亲的妻子。父亲1940年和袁桂兰结婚，袁桂兰就嫁到李家寨，后来当了李家寨的妇救会主任。一年之后，袁桂兰还给我父亲生下了一个女儿，取名叫李华。可谁也没有想到，袁桂兰最后跟我父亲竟是一个悲剧的结局。这是新中国成立之后的话了，我将在第五章里写这段故事。*

听父亲讲，那时入党很容易。看中了你，便派人去问你，你若同意，便记上个名儿，就算是了。日后党里有事便找你。三五个月或半年一年交一次党费。党费没有标准定额，大多拿粮食、药材什么的交上去即可。

读者千万不要以为我父亲是胡编乱造，我曾采访过野民岭一些老共产党员，他们讲的与我父亲讲的大致相同。他们说，那时如果看中了谁，就派人去问：

“你在党吧。”

“有甚用？”

“为打日本哩！”

“在就在。”

“好，你起誓不反水。”

“我起誓，若反水就不是人养的。”

“再起誓，被捉住不咬人。”

* 此处埋下一个梗。

"咬人天打雷轰。"

"好，你在党了。"

然后，发展人回去向支部书记汇报，支部书记便在党员名册上添上一个新名字。

就这样简单而且容易，绝没有层层审批盖章的复杂程序。

中央党史记载，中共中央对党外积极分子入党的考验历来非常严格。朱德元帅就曾被当时个别中央领导长期关在党外，提出几次申请，均没被批准，最后，还是在法国被周恩来介绍入党的。

如此看来，一些政策法令执行到基层便常常走样，这也是由来已久了。*

* 确乎由来已久，读者感慨良多。

我父亲参加了林南苍县抗日游击总队之后，便在于默然手下工作。他发现于默然总和大伯争吵。父亲后来说，他那时还不知道我大伯是"左倾"盲动。此后过了几个月，在我大伯的坚持下，游击总队攻打苍南县城，失利，伤亡很重。省委便把大伯调到省委搞农运工作。于默然接替了我大伯的职务。1940年4月，我父亲随于默然编入八路军正规部队。抗战胜利后，又随于默然参加了平津战役。新中国成立后，于默然和父亲先后转业到地方，两个人才分手。父亲转业到保州市钢铁厂，于默然则回到保州地区任副书记。他没有想到，他后来又与我大伯在一起工作了。我父亲后来回忆说，于默然和我大伯李震杰真像是一对打不散的冤家。

父亲对于默然十分尊敬，他始终认为于默然是一个才子型的干部。于默然经常亲自动笔写文章，常有文章在省报和地区的报纸上发表。有几篇很是轰动过一时。作为个人而讲，于默然确是有天分。他是我党的一个很出色的干部。他长期在农村工作，他的工作作风是很务实的。多年枪林弹雨的生涯，又使他这种务实的性格中，有了一种奋不顾身的冲锋枪手榴弹的个性。他资格很老，但是新中国成立后他一直没有受到重用，是因为他常常抗命不遵，敢于给上级提意见。跟于默然共过事的一些老同志都说，于默然性格孤傲，不合群，不随大流。换句话说，于默然的个性太强了。而官场历来需要共性，不需要个性。个性太强的人是要吃亏的。1959年，于默然被划成右倾机会主义分子。除去当时的历史条件，其中很大程度上，有着于默然性格上的原因。

插话：于默然的故事

我开始写这部书的时候，我第一个感觉就是我无论如何也躲不开于默然这个人物。于默然是在中共林山县党史上发生过重要作用的人物。*

于默然是野民岭南岭于家集人。他个子不高，不大爱讲话，戴一副近视眼镜。他曾是林山县学堂的1933年毕业的高才生。

于默然是1934年在南方参加共产党的。1992年，我在为写这本书收集素材时采访他时，他向我出示了一张照片，照片已经发黄变脆，上边的于默然留着分头，戴一副眼镜，像一个文质彬彬的学生。他说这是他1938年在林仓县任县委书记兼抗日游击队总队长时照的。我想象不出这样一个文质彬彬的人，竟然曾是林仓县的抗日游击总队队长。他手里至少有几十条鬼子汉奸的性命。于默然身体不好，那是战争年代给他留下的纪念。他头部留有一块弹片，一直没能取出来。然而，却没有影响他敏捷的思维。

于默然那天竟然对我说，他参加共产党这件事，说起来十分偶然，他本来是去参加国民党的。至少是想在国民党里混点什么的。我听后吓了一跳，但于默然的表情不像是开玩笑。这种话题也不是能开玩笑的。

下面是我第一次对于默然的采访后的录音整理，经过于默然的审阅。现在抄录在下面。

* 于默然的确是这部书里的一个『重要存在』。读者的确应精读一下本章节。

于默然自述（摘录）

……1933年，我18岁。那年林山县遭遇了本世纪最为严重的一次特大干旱。旱魔吃掉了千余名山民。那是一个阳光毒辣的黄昏。我从林山县学堂毕业了，我当时想去广州，走之前，我回家与父亲告别。村外的田野在烈日下已经是一片焦土。我的父亲正在村头枯坐，他看到我，便仰天长叹："孩子，你还回来干什么，你已经念过书了。去逃一条生路吧。"我当时心中十分怆然，就沿着龟裂的土地，背着西坠的太阳向东南去了。我当时走出很远，回过头来。看到父亲那枯瘦的身材定在七月流火的田野里，像一株已经被烤干了水分的野草。我知道从此很可能回不到这块生我养我的土地了，我扑通一声跪倒，向远远呆望着我的父亲磕了三个头，之后，长长地哭一声："爹啊！"我的哭声如诉，我感觉我的哭声悠悠地四下散开，无力地落进了没有收获的田野。

我只身去广州，是林山县学堂王鹤鸣老师介绍我去的。王老师说他在广州有一个亲戚在政府里做事情，王老师给我写了一封信。我便揣着王老师的信走了。我那时并没有什么远大的政治抱负，只是想去解决一下肚子的问题。王鹤鸣老师，是仓南县人。抗战开始后，老先生在仓南县抗日政府任宣传员，写标语。1940年夏天，被日本人抓住活埋了。

我走到武汉时病倒了。当时，我的肚子里已经没有了一点儿热量，我感觉肯定走不到广州了。如此说，当人们奔向一个既定的目标时，首当其冲的是要具备体力上的实力。我记得我发着高热，歪歪斜斜地躺在了武汉的街道上。我斜眼盯着这座花花绿绿的城市，当时的心情真是绝望极了，我搞不懂自己为什么躺在这样一个乱哄哄的地方。武汉人叽叽喳喳地说着我根本听不懂的土语。街上是一座座的楼房，我眼晕得很，有时还能看到街上跑小汽车，我那是第一次看到小汽车，感觉很像家乡田野里那些放大了的硬甲虫。

我竟然没有躺倒。后来想起来应该算是一个奇迹。我虚弱得像草一样的身体，竟然赶走了病魔。我记得我三天没有进一点儿水米，我只是不想死，不甘心。我觉得死在那样一个不明不白的地方算什么啊？我拒绝在那样一个让我眼晕的地方死去。人真的有这么大的耐力吗？我后来一直怀疑我当时也许饿昏了，记忆有误。这些年全国兴起了气功热，好多大师都可以辟谷，就是说可以几个月不吃一点儿东西，甚至可以几年

不近一点儿人间烟火。许多人都深信不疑，我却不信。但是由此说，我三天不吃一点儿东西，又能算什么呢？(大笑)

我也许还算聪明，认定自己是走不到那个名叫广州的城市了。我就在当地谋食了。我去了一家航运公司，给人家扛大包，很像现在的民工打工仔(笑)。而这一个决定，也就有了我后来的命运。几个月后，我在公司认识了一个叫范大哥的汉子。他叫范五，我想那是一个化名。那个范大哥是共产党，一年后，范大哥介绍我参加了共产党。我当时入党的动机是很不正确的，我当时是抱着一种在家靠父母，出门靠朋友的旧意识入党的。一个远离家园的流浪汉，是需要朋友的。许多共产党的知识，我是后来才懂得的。我由此得到了一个新的人生。后来我奉命回到林山县搞革命宣传工作，从此我与范五同志没有了联系。听说他是抗战中牺牲的。

1934年，我任中共林山县委宣传干事。后来调到省敌工部任副部长。部长是李震杰同志(李震杰即我大伯)。1935年我曾因为反对省委副书记张明同志的“左倾”冒险主义，受到撤职处分。1936年张明同志牺牲后，我的处分撤销。1937年9月，根据抗战形势需要，省委将林山、仓南、仓山三县合并，成立林仓县。调我和李震杰同志到林仓县委，李震杰同志任县委书记兼县抗日游击队总队长，我任县委副书记，兼游击总队政委。1939年秋天，在研究攻打仓南县城时，我反对李震杰同志的“左倾”盲动主义，李震杰同志将情况上报省委，我被省委批评。后攻打仓南县城失利，游击队伤亡很重。1939年底，李震杰同志调走。我接任李震杰同志的工作。

1940年春天，我领导的林仓抗日游击总队，划入八路军正规军。由此我离开林仓地区。此时，林仓县撤销。此后，1940年至1949年，我先后任八路军129师军需部副处长、处长。后调任华北军区政治部副主任、干部部副部长。

1949年，我转业到保州地区任地委副书记兼组织部长。1953年任地区行署专员。1958年，我顶着不办人民公社食堂。这件事被中央通报批评。后来毛主席到保州地区视察，批评了我。省委派员到保州地区督战，此时李震杰同志由林山县委调到保州地委当书记。我一直不大积极按照李震杰的指示办。比如我一直反对把林山县变成人民公社。我也反对在仓山县推广那种简易楼房。我曾经跟李震杰说：“劳民伤财，要让后人骂的啊。”李震杰同志好几次严厉地批评我，后经他提议，交地委讨论，决定不再让我管农业，保州地区开始大办食堂。我在会上发牢骚说：“什么食堂万岁，我看这种东西活不过三岁。”后来我被拔了白旗，这句话被作为反动言论，被保州地区反复批判过。

我与李震杰在历史上就闹不团结，后来有人说，省委把李震杰提到保州地委当书记，就是要他去搬掉我的。是不是这样，已经不好考证。但我知道当时管干部的省委副书记赵千里同志对我一直抱有很深的成见，我和赵千里同志于1942年开始共事，他一直是我的上级，他总批评我骄傲自大，目中无人。

1959年庐山会议之后，全国开始反右倾，我被赵千里同志点名定为右倾机会主义分子、反党分子，是彭德怀的走狗。我被撤职，保留党籍。我不认识彭德怀同志，可是组织上认定我跟彭德怀有着思想上的必然联系，认定我追随彭德怀恶毒攻击了社会主义制度，攻击了三面红旗。

省委派人到保州地委宣布对我处分那天，李震杰主持会议。那次会议同时宣布了十几个人。散会后，李震杰单独留下我，李震杰似乎有话对我说。那天屋里很冷。冬天的风像鞭子一样抽打着窗子。屋里的墙角处有一个火炉子，我感觉身上很冷，就坐在炉边烤火。李震杰坐过来，他脸色苍白地看着我，似乎想说些什么，可他好像一时不知道从哪里说起。

我看着李震杰，艰难地笑笑：“老李，今后我们不会总见面了。”李震杰说：“老于，我们是党的人，应该任劳任怨啊……”我生气地说：“任劳任怨我能做到，但不能乱扣帽子。我何曾反党？你知道我的性格，士可杀不可辱是旧话，我们党内不能说这个话，可是……”李震杰摆摆手，打断了我的话，他递给我一支烟：“老于，你不要因为撤职……”我知道他误解我了，我摇头说：“老李，我不是沮丧失去了职务，你我相处二十多年了，虽然总是意见相左，但是相知很深。你我都是从战争年代过来的，我们连命都不怕丢掉，还怕丢掉官职吗？我不理解的是，我究竟错在什么地方了？彭总错在什么地方了？也许历史给予我们的担子太重了，我们无力承担。”李震杰脸色苍白地说：“我同意把你划成右倾，但我不同意把你定性为反党分子。”我长叹一声：“我不会怪你的。谁都受过别人的委屈，谁也都委屈过别人。这个道理我懂，历史自有公论，在此关头，古人说过，为官者或者选择一时寂寞，或者选择万古凄凉。我只能选择寂寞一时，我决不会选择凄凉万古。达人观物外之物，思身后之身，宁受一时之寂寞，不取万古之凄凉。但是我们会付出不该付的代价。如果只是错误地处理了我们几个人、几十个人、几百个人，倒也罢了，怕的是今后……”李震杰的声音突然变得冷了：“老于，你现在还是党员，要服从。”我点点头：“你将来是要对历史负责任的。”我说完这句很沉重的话，就转身向门外走去。李震杰喊住我，走过去，伸出手，我也伸出手。我们两个人的手紧紧地握住了。四目相对，我呆呆一笑：“从此后，你的耳朵就清静了，听不到我跟你吵了。”李震杰艰难地笑笑：“你多保重啊，你的身体……”说着，李震杰转身从提包里取出一个纸包，递给我：“这是二百块钱，我知道你大手大脚惯了。”我愣了一下，就接过去，转身走了。我没有想到，我与李震杰就此一别，竟成永诀。我再回到那间地委会议室时，已经是 20 年之后，那时李震杰已经死去 18 年了。实事求是地讲，我与李震杰同志在历史上是一直搞不到一起的。但是，我始终认为他是一个好同志。他年龄比我大十岁。

我作为右倾机会主义分子被拔了白旗之后，先是被贬到仓山县商业局当计划科副科长。1964 年，我又被调到仓南县的李家庄公社当副社长。那些年我情绪很不好，变得不爱说话，有人说我总是苦着一张脸，大概是一副忧国忧民的呆相吧。(苦笑)“文革”中，我被下放到仓南县的一个村里劳动。农民们没有人嫌弃我，他们对我很好。那个村子里的造反派也没有整我。也许人们认为我实在是一只死老虎，身上已经实在没有油水可榨了吧。1979 年，我被平反，摘掉了右倾帽子，回到林山地区任副书记。20 年，世间有多少变化，我的职务如原地踏步。

地委安排我抓农业，我热火朝天地搞开了分田到户责任田。林山地区由此成了全省的一个农村改革的典型。1982 年我调到了省里，担任了省委副书记。1985 年离休。

我离休之后……(下略)

那天，于默然没有对我谈他突然离休的原因。据我了解，于默然从省委副书记的位置上退下来是一件很突然的事。在这之前，省委传说于默然可能调往中央。但当时中国的改革形势发展很快，于默然对当时的中国改革在看法上出现了问题。或者说，他终于赶不上历史潮流了。1982 年，于默然亲自处理了一起私营老板雇工案，引起了诸多议论。这件事的起因是一个农民进省城开办了省城第一家私人饭店，雇工17名，这在当时已经是沸沸扬扬的大事件了。省委政策研究室将此事作为动态报告了省委，认定是雇工剥削。当时省委颁布的政策是个体工商户雇工不得超过两名。当时于默然批复这件事时，定性为剥削，下令取缔了这家私营饭店。而当时全国的改革开放形势已经如春潮汹涌，以于默然个人对抗强大的社会潮流，加之他在具体处理这件案子的时候又过于自信，师心自用，既没有对地方上的情形做周密的考察，也没有派专人去调查案情，听取声辩后再做出实事求是的裁决，于默然的失察已不待言而自明了。于是，于默然理所当然地受到了改革派的同僚们的攻击和参劾。事情还没有结束。1985年，省里开展了一场关于资产阶级自由化的大讨论，关于如何走社会主义道路，于默然对城市里出现的一些私有经济进行了猛烈的抨击。在这个问题上，于默然和当时的省委书记发生了激烈的争执。之后，于默然打报告要求离职休养。获准。可以说，于默然在他的人生选择的路口，是主动退下来了。或者说，他是在历史的转弯处，被甩下车来了。或者，他是自己掉下来了。

退下来的于默然，没有像一些老同志那样，去到一些很赚钱的公司去兼职。有一段时间，高薪聘请他的人踏破了门槛，可他都坚决地回绝了。他的客厅里，有一幅中堂，是北京一个挺有名气的书法家的墨宝。上面的题字是："布衣暖，菜根香，识时务者如此。"我那次去于默然家，看到了这幅字，哑然。我看到了这个老革命者淡化了的心态。

我那次去找于默然是第二次采访他，我是为正在赶写的一篇关于"大跃进"时期的文章找一些素材。我事先打电话邀了一下，他很爽快地答应了。

那天天气挺好，是一个风和日丽的早晨。我坐在于默然的客厅里，窗台上是几盆绿得要滴出水的仙人掌，开着几朵艳艳的小黄花。于默然哈哈笑着，我知道他的心情很好，就开门见山端出了话题。我想请他讲一些关于1958年那个狂热年代中一些荒谬的事例。

于默然竟沉默了。窗外的鸟儿却好听地叫着。

闷了好久，于默然苦苦一笑："那个年代不好就一句话说清楚的，我现在倒有了一种新的观点。"

我笑道："您说。"

于默然的目光有些凄迷："也许那个年代是对的，你想想看，自古以来，一盘散沙似的中国人，何曾像五六十年代那样众志成城，那样坚不可摧，怎好让人一盆凉水浇灭啊。"

我顿时愣住了，我实在没有想到于默然会这样讲。我仔细地看着于默然，我相信我当时若照照镜子，我的脸上一定全是尴尬。

于默然望着天花板，灰灰的眉毛扬起来："'大跃进'时有一首挺有名的民歌：'天上没有玉皇，地下没有龙王，我就是玉皇，我就是龙王，喝令三山五岳开道，我来了！'你听到过这首荡气回肠的民歌吗？"

我笑了："是一种狂妄。那时这种民歌太多了。"我读过一本《红旗歌谣》，那上面都是些假大空的东西。

于默然严肃地看着我："你也许太简单了，那也是一种中国人的精神。你没有读出那里边关于中国人的气魄。而现在人们都在金钱的庙堂里顶礼膜拜了，人们缺少的不正是这些吗？你能够说这就是进步吗？"

我一时呆住，我开始回忆那段曾被写进小学课本的歌谣：天上没有玉皇，地上没有龙王，我就是玉皇，我就是龙王，喝令三山五岳开道，我来了。于默然也许说得对，那的确是一段震撼人心的歌谣。我不得不承认那里边有一种让人血热胆壮的大气魄。

我感觉到了于默然的深刻。和我父亲一样，他们这代人都有一种过来人的深刻。可是，他们真的过来了吗？历史有时像一条河，许多人会永远留在河的那边。留下他们的，有时并不是波涛，也不是河那边的花花草草。而是别的一些什么。是什么呢？我一时说不清楚。

于默然悠悠地说："1959年的庐山会议，毛主席所处的位置，思考问题决不会像彭总那样，他所肩负的历史责任也不允许他像彭总那样思考问题。这一场事变，彭总是英雄，毛主席也是英雄。当然，这是我的一家之言了。"我摇头苦笑道："您这样说不是自相矛盾吗？"于默然一脸正色："不矛盾。事情是复杂的，历史有时不能以胜败论英雄，有时也同样不能以对错论是非。只要不是书呆子，你就会理解这样一个道理，真话不见得是对话。正确与否的标准不是一个简单的真话与假话的界定，还与时机、形势有关系，更与民族、国家的利益有关系。同样一句真话，十年后是对的，十年前就讲不得。一切要利于大局。"他的眼睛亮亮地盯着我。我还是反对说："您讲的不是大局问题，您是含混了历史。"于默然并不理会我，而是一路说下去了："彭德怀元帅是伟大的，彭总敢于以一个唯物主义者的真实态度，直面现实。他不怕龙颜大怒，敢于直谏上书，是一个为民请命的好官啊。毛主席也是伟大的，消沉了几千年的中国人啊，刚刚被共产党振奋起来的民族精神，毛主席不许可让人拔掉气门芯。六亿人的气不可泄啊。没有这一股气，我们就不会安详地走过三年自然灾害。想想看，三年自然灾害，放在任何一个国家，能够承受得住吗？我们承受住了。尽管我们付出太大的代价。"

一时间我有点发愣，于默然讲了一种我从没听到过的观点。我总感觉他在什么地方错误着，可我一时想不透彻。但我知道他一定是在什么地方错误了。我承认毛主席伟大，我也认定直言上书的彭德怀元帅是千古悲剧。

于默然苦苦一笑："现在说起来，人们好像都变得满嘴的道理了，说我们闭关锁国了多少年，当年你想开放，可你开放得了吗？美国人整整困了我们二十多年啊。真是不当家不知道柴米贵啊！毛主席要是没有那么强大的精神，我们就得给人家磕头了哟。我们现在就是一个什么工业也不会有的大农业国，还谈什么原子弹，还谈什么机械化，见鬼哟。”于默然激动起来，一阵剧烈地咳嗽。我呆了呆，思索道：“也许您讲得有道理，但是我感觉当年把精神推到了一个极致，和今天把物质推到一个极致，是同样的两种错误。”于默然看看我，笑了：“我们不争论。”他站起身，走出门去。太阳已经升高了，金灿灿的光芒扑射得于默然满身满脸。我从后边看去，于默然的腰竟依然是直直的。我感慨不已，他已经是一个快80岁的老人了，竟还有如此敏捷的思维。

沉闷了一刻，于默然转过身来，缓缓地说：“小平同志讲得好，如果风气搞坏了，经济上去了还有什么意义？改革绝不能付出精神文明这样一个代价啊。”他好像是自言自语，又好像对我讲这番话的。于默然讲到这里，他朝我苦笑着：“我当时是反对‘大跃进’的。现在老了，却有些怀念那段岁月了。我也不明白这是怎么了？也许我真是有些老了，有些怀旧了。1958年，那真是一个中国人豪迈的年代。你知道什么叫作无人售货吗？”我笑道：“知道，我听说那年月人们都在忙生产，路边的售货亭没人售货，谁要买东西，就把钱放在那里，把东西取走就是了。一天下来账是不会错的。”我很早就听父亲讲过这个历史。于默然点点头：“是啊。那年月几乎不知道什么叫作偷窃。现在想起来真好像是在讲神话。但我们的确在那样一种神话中生活过的啊。”我笑道：“我总怀疑那是强制后造成的结果。”于默然愣了一下：“强制？你们这一代人好像不大喜欢强制，可你们知道强制的必要吗？举个最简单的例子，人们为了孩子不学坏，能够避免一些强制的手段吗？再比如，如果为了维护人们安定的生活，国家能没有强制的纪律吗？如果人们只是空谈，好像还不大理会，但当你在街上被一个坏人抢劫的时候，你还会反感国家的强制吗？”

我脸红了，我无言以对。我知道在这些问题上，我远远比父辈们浅薄。

于默然看出我的窘迫，笑道：“我总感觉你们这一代人在什么地方迷失了，你怎么看价值迷失？”我愣了一下，笑道：“我也说不好。”我实在不愿揭开一个沉重的话题。于默然叹了一口气，说道：“你也许知道，一个解放军战士和几个坏人做殊死搏斗，身负重伤，那么大的事迹，只是给他提拔了一个排长了事，而一个青年歌手，一参军，就按团职待遇了。这合适吗？”他摇摇头：“也许我的脑筋真是旧了，跟不上了。好了，先吃饭。”

那天，于默然一定要留我吃午饭。中午饭吃得闷极了。于默然一声不吭，我十分后悔刚刚跟他争论，老人或者真的生气了。吃罢了饭，于默然喊我到他的房间去。我进去了，见于默然怔怔地坐在沙发上，两只眼睛空空茫茫的。我很小心地坐在他身边。我没有先说话，屋里很静，静得有些压抑。

于默然突然问道：“你知道林山县那个叫刘志强的扶贫模范乡长吗？”

我想了一下，点点头，记起了刘志强这个人。我是1993年在我四舅家第一次见到他的。他是现在野民岭南岭乡的乡长，一度被新闻媒体炒得很热，事迹也非常感人。他在南岭乡当乡长十几年了，常常跑省里市里要扶贫款给乡里搞项目。然而他的家却穷得底儿掉。报纸上宣传他，说刘志强乡长家里没有一条像样的被褥。我不以为然，我不知道这样宣传他，是对他好还是不好。再则，我也不相信他家里果真没有一条像样的被褥。我事先已经听说过这个人是很能钻的，几乎所有林山县出去的老干部或新干部，他都找过，想法要扶贫款。1993年，他去保州市干休所找我四舅，求我四舅帮着跑一些扶贫款。那是我第一次见刘志强，他抽着旱烟，坐在四舅的院子里，皱着眉向我四舅诉苦。刘志强长得很高，像一棵没有营养的豆芽菜。他见到我四舅时，双手跟我四舅握手，连声说：“古司令，全靠您了，全靠您了。你是咱们县出去的老前辈了，可要帮助咱们县脱贫啊。”他说得挺动感情。四舅是从来不给家乡人办事的。我亲眼见过几次古家庄的人在四舅那里碰钉子，四舅连见也不见这些人。记得 1973 年，我二姨古玉梅活着的时候，曾经亲自写过条子，请四舅托关系给古家庄弄一点儿化肥，四舅没给办。不仅没办，还把那个拿着二姨写的条子来找他的支书骂走了（二姨后来与四舅交恶跟这件事也有关系）。我曾经怪四舅太绝情，那毕竟是家乡的事情。四舅一脸严肃地告诉我，省里曾经给林山县一些贫困村子拨下去很多救济款子（那时不叫扶贫款，叫救济款）。“结果怎么样？把那些人养懒了。”四舅愤愤地对我讲。1993 年，刘志强找到我四舅这里来了。刘志强那天像一个演员一样在我四舅面前做戏，拍着胸脯说：“只要我刘志强还有一口气，我就要把村子里的水井打下去，彻底改变村子里几代缺水的面貌。”四舅竟被他感动得老泪纵横，连连说：“行，这件事，我破下老脸来，也要争取下一笔扶贫款。”那天，四舅给刘志强写了不少条子，告诉他到省里找这个人或者找那个人。总之，刘志强心满意足地走了。事后，四舅很是夸奖了刘志强几天。后来我知道了，这个刘志强实在是一个骗子，跑回去的扶贫款都挪用做了别的了。我四舅却一直怀念着这个刘志强。我不愿意说破这件事。我担心老人生命中最后一点儿对家乡的热情被我击碎。那个刘志强实在是在我四舅这里又得逞了一次。我四舅真的上当了。

我对于默然讲了我在四舅家认识刘志强的经过。于默然苦笑道：“你四舅的确上当了。因为我也上过这个人的当，我也帮他跑过一些扶贫款。但大多都被他们挥霍掉了。”我苦笑道：“您看透了他就好，这个人在林山县还是好干部呢。”于默然说：“1994 年秋天，林山县野民岭遭了洪灾。按说野民岭是不应该遭洪灾的。

这是一个缺水的山区，而且年年都搞一些水库建设，但是偏偏遭遇了洪灾。我详细问过保州市水利局，一个姓沈的局长很不高兴地告诉我：我们给林山县的防洪款每年都发，可是这些钱都让他们挪用了。林山县的水利建设，大都还是新中国成立初期的建设，能不出事吗？我无言以对。”于默然有些无奈地看着我。

我点点头说：“1994 年秋天野民岭的那场洪灾，其实并不是很大，林山县却嚷嚷得很凶，保州市开始给林山县捐款捐物。报纸和电台把这件事炒得很热闹。我常常想一个问题，我们的工作中总有一种病态的东西，总是喜欢把事情做过。本来是雪中送炭的事情，却做成了叠床架屋的事情。野民岭闹洪灾的事情也炒热了省报社。那一次我多捐了一些。这毕竟是我家乡的事情。别人捐了 20 块钱，我一下子捐了一千块钱。我感觉心里有一种发烫的东西在折腾我。我记得捐款的时候，我没来由地想起了当年为解放林山县死去的父辈们。我还很被自己感动了一下。可后来，我对自己这种做法很不以为然了。给野民岭送救灾物资的时候，我跟去了。我满心想到老百姓会出门迎接的，会像电视上常常演的那种热泪盈眶的场面。可是我错了。野民岭的老百姓没有一点儿受灾的痛苦表情。到处都是解放军在帮助老乡们盖房子。我看到一个小战士，也就是十八九岁，两只手都已经磨破了，肿了起来，流着黄水。而他旁边的老乡们却是喜气洋洋的样子。省市电视台的记者扛着摄像机正在录像，我看到一个老乡正在喜笑颜开地表扬那些小战士。我突然产生了一个念头：如果让这些战士的家长看到这些画面，他们该做何感想呢？我总感觉这场救灾变了味道。我的那些喜笑颜开的乡亲们，似乎真是发了洪水财了。用一个喝醉了的老乡的话说：要不是这场灾，我们去哪儿吃这好的东西，我们什么时候能住上这样的新房呢。还有一个老乡开玩笑似的对我说：就别给我们送白面了，给我们送些方便面来，吃着也省事。最好是康师傅大碗面。野民岭受灾的几个村的房子很快就盖好了。农民们把解放军战士送走了。农民们住进了他们的新房子。我当时看到他们那副兴高采烈的样子，心里一阵发酸。他们心里不一定感谢这些来救灾的解放军战士，而是一定在感谢这次洪灾。”

于默然看着我，几乎有些愤怒地说：“野民岭那次是借洪灾发财呢，你知道野民岭的山民们用抗灾的物资过上幸福生活后得意忘形的情况吗？而后他们又大吃大喝铺张浪费的情况吗？丢人啊！”

我伤心地点点头，我在那次救灾过程中，目睹了一些让我脸红的情节，我曾经在石门庄村外的路边见到了一辆由保州市开来的卡车，那司机正在骂大街：“操，你们真是吃撑了。”我问了问情况，才知道，那司机开着车，把厂里捐助的一些旧衣服送来了，可是村里的人围上来看了看，就都不满意地转身散去了。很明显，他们嫌东西旧。那司机骂：“现在我们厂的工人闹下岗，大家还是支援灾区。可这些老百姓简直是没良心了。”我脸红红的，我感觉那司机骂的话，像石头一样砸得我心中滴血。这就是我野民岭的乡亲们吗？我问了问那司机，那司机姓李，是市纺织厂的。现在纺织厂已经濒临倒闭了，可是工人们还是捐出了这么多的衣物。我感觉那些半新不旧的衣服，有些还带着工人们的体温。我那天一冲动，就坐着这位李师傅的车去了南岭乡找乡长刘志强。那天还真找到了刘志强。他正在乡政府里和几个乡镇干部打麻将，他看看我们，皱皱眉，似乎遇到了个难题。他后来笑道：“给这些衣服干什么？给些钱就是了。现在谁们家还缺穿的啊！”我愣住了。我看着他，不知道该怎么样回答他。但是刘志强那天没有给我难堪，他还是找人把衣服卸了，然后硬拉我到他家吃饭。我注意到他家电视机、洗衣机、电冰箱应有尽有。饭桌上鸡鸭鱼很是丰盛，看不出像受过灾的样子。他似乎是看出了我的心思，刘志强笑道：“大记者，您真是赶上时候了，要不是受灾，我们吃不上这个。毛主席说坏事变好事，这次灾害来得是时候，我们可以跟上边张嘴要些钱了。现在村子里穷兮兮的，比不上你们城里。”我问刘志强：“你们不能自己干点儿什么？也能挣钱啊。”刘志强嘿嘿一笑：“您不是外人，我问您，是挣钱容易，还是要钱容易？”我无言，这的确是一个很简单的问题。我望着他那透着精明的脸，深深地被一种失望击中了。我想起了四舅，我感觉到我们被愚弄了。

于默然叹了口气，近乎有些无奈地说：“救灾之后，我那次随着老干部考察团去了林山县野民岭，了解了很多我根本想不到的情况。近几年，省市政府为使林山县等一批老区脱贫，花了大量的财力物力。但是林山县的脱贫情况，较之仓南、仓山、冯县等几个贫困县，还是糟糕得多。大多的乡村，返贫的情况现在很严重。那次我和几个老同志去了野民岭的斜坡村。那天，天已经冷了，天上下着雪，我们走在斜坡村的路上，遇到了一个很和气的农民，他一路把我们引到了村委会。那个农民叫余小年。那天，我们在斜坡村遇到了野民岭西岭乡的何兴身副乡长。何兴身副乡长对我们说：‘你们看到的这种返贫现象，是很多的。这地方的老百姓就是认钱，什么也不认的。比如政府给他们调拨了种牛，他们用过一年就卖了钱，然后再向上边伸手。’我生气地问：‘难道他们把种牛都卖了，你们也不管吗？’何副乡长摇摇头：‘管过，没有用的。’我皱眉：‘我想你们是没管过的。老百姓应该听话啊。’何副乡长苦笑：‘斜坡村的余小年，去年想卖种牛，让乡里给教育了一顿，可事后，他却把牛弄死了，卖了牛肉。’我愣住了。我想不出那个一脸微笑的余小年会做出这种事情。何兴身副乡长长长叹了一口气：‘他们认定，国家肯定是要管的。把牛杀了，国家还会再给的。’我不再问，我感觉自己的心里在流血。我想象不出我的父老乡亲还会做出什么让人尴尬的事情。我后来就问何副乡长对扶贫怎么看？何副乡长叹口气：‘人懒了。不知道啥时候懒的。谁也不想干活，都想等着。于书记，你们都是老首长了，让我说句难听的话，国家也有责任啊。您们扶了多少年的贫，可是谁扶过他们的志气啊。’后来，何兴身副乡长陪着我们几个人在斜坡村里转。我们看到了斜坡村的另一个场面——全村几十个光棍晒太阳的场面。有人数了数，说一共是37个。那一片山坡，已经被他们坐得光光溜溜的，寸草不生了。光棍们嘻嘻哈哈地坐在那里，说着笑话。有的就在那里睡着了，没有人干扰他们。这是一幅什么样的图画啊！我们这支老干部考察团离开林山县的时候，天气变得很冷了，硬硬的山风呼呼地刮着。我们知道，去年市里掏钱在那坡上种了一片防风林，可是没有人管，都死掉了，被村里的人拿去做了柴。山后边是一座水库，这水库已经多少年失修了。这是‘大跃进’年代造的。许多人累死在了工地上，可以想象当年建设水库的不易。现在，水库里已经没有一滴水了，干成了一个坑。听说是上游把河水改道了，建了一个游乐场。真让人无话可说。我们同去的几个老同志都哭了。”

于默然说不下去了，他一时哽住了。他木木地看着我。

我看着这个伤感的老人，我发现他言语之间缺乏了自信，涌到他思绪中的全是一些支离破碎的感觉和细节。我很想对他解释一下林山县以及野民岭的这些年不尽如人意的情况，但是我狼狈得什么也说不出了，好像一个临上场的运动员，突然发现自己走错了场地，而自己在这个场内却是毫无技能可言。

于默然气愤地接着说：“仅我知道的那个刘志强，他在的南岭乡就把多次要来的扶贫款大把大把地挥霍掉了，根本没有什么扶贫项目可搞，也从不交到财政手里，上级也从不追查。个中答案，不言而喻。是我们的群众太窝囊了吗？不是有举报信箱吗！不是有举报电话吗！老百姓似乎已经麻木了。用老百姓的话说，告有什么用？官官相护。近年来，林山县搞了两个开发区，当然是指新技术开发区。被征用了土地的农民涌入了城市。而这些被征用的大片土地，又闲置了多少年！现在又一片片地盖起了各单位的宿舍。一片片竞相媲美的宿舍区像花园一样美丽，但是从无人过问。”

我苦苦一笑说：“无人过问？于伯伯，您说这里边有官官相护的因素？”

于默然摇头说：“这种遗风，不是几十年的事。我最近读了一下《海瑞集》，那里面讲到他审问民事案件的处理方针：凡讼之可疑者，与其屈兄，宁屈其弟；与其屈贫民，宁屈富民；与其屈愚直，宁屈刁顽；事在争产业，与其屈小民，宁屈乡宦，以救弊也。事在争言貌，与其屈乡宦，宁屈小民，以存体也。这种传统，其实不是从海瑞开始的。刚刚说到老百姓举报，其实从来就不是平等的。海瑞是一个好官，但他这套理论，现在来看，真是应该扔进历史垃圾堆的啊，但是一时半会儿我们还不能够扔掉。这是一件多么悲哀的事啊！”

我问：“就像您刚刚说过的，我们是不是缺少一种社会强制力量？”

于默然点头说：“对，我们缺少一种社会的强制力量。光是立法还不够，老百姓能够而且愿意照法律的条文执行，其条文不仅合法还要公平。也就是我们常常说的合情合理。否则，就行不通。倘若法律与社会情况及老百姓的生活上有了距离，则行不通。我讲明白了没有？”

我茫然地看着他。

于默然看着我说：“我总想讲清楚这个道理。比如，我们现在居住的五四大街这个闹市，人挨人，至今连汽车都不能通过了，即使省委下令在街头竖立一块时速80公里的路牌标志，还不是自欺欺人吗！反过来说，如果国家下令在高速公路上竖立一个时速十公里的限制路牌，哪怕我们有天大的本领，把全国的警察都调过去，也不见得能把这个限制推行到底。你听懂了吗？这就叫利益驱动。”

我当然听懂了，但是我无话可说。

他突然摆摆手：“不说这些了。”他沉默了。我看出他有些累了。许久，他喃喃地说了一句：“我永远不会再回家乡了。”我看到，他的眼睛湿润了。此时的于默然已经79岁了。

我知道他动了感情。他这样年纪的人，能动这样的感情，的确出乎我的预料。我心里一阵难受，呆呆地望着于默然那失神的目光。

于默然好像累了，他摆摆手。我从他的房间里走出来。我长长嘘出一口气，努力从于默然给我设置的思维障碍里走出来。但是，于默然的一番话却在我耳边久久不散。他曾经是那个时代的悲剧人物，但是，他现在竟是这样看待那个时代。四十多年过去了，他前后的思想竟是判若云泥？这是一个经历过战争的老人，他曾经多少次在死神布下的网阵里挣脱出来。生与死的问题，也许早在几十年前就已经被他置之度外了。而现在，他慌乱了，是一种感到无助的慌乱。他到底在什么问题上变化了呢？

于默然于1997年去世。终年82岁。于默然结过两次婚，第一个妻子在抗日战争中牺牲，没有给他留下孩子。第二个妻子在外交部干部司当处长，1967年在被红卫兵批斗中被打致死（后按病故处理）。第二个妻子给于默然生了一个女儿，叫于萍。

于萍1968年高中毕业插队到仓南县。二姨得知后，把她要到了林山县，到古家庄落户。二姨让她到古家庄民办小学教书。我那时还没转业，那年探家回乡见过她。那是我第一次见她。于萍长得很帅，梳着两个小辫子，很活泼，嘴里不失闲，总唱些“听罢奶奶说红灯”什么的。

于萍来古家庄落户的第二年，跟古家庄一个下乡知青黄超谈起了恋爱。这便有了一段让人伤感的故事。我顺笔记在下边。*

*作者这种纪实写法并不常见。除却于默然自述，就是作者与其的对话摘录，叙述从容淡然，情节并无悬念，但句句读来，竟是感觉高屋建瓴，见血见骨。

插话：黄超的故事*

我没见过黄超，只听表妹和西岭乡的人讲过关于黄超的事。至今野民岭人仍然很怀念这个知青。

听表妹说，黄超长得很高的个子，浓眉大眼，很好看的相貌，见人总是笑呵呵的。他是古家庄知青点的点长。

听我表妹古小娟讲，于萍到底什么时候和黄超好上的，谁也不知道，但有人看见过他俩在山下面的坡凹里搂着亲嘴。

表妹说，村里开始很器重黄超，村党支部还想发展黄超入党哩。但后来黄超和二姨闹翻了。他们的闹翻是由林燕和古二印结婚引起的。

那年在古家庄插队落户的有十多个知青，有四个女的。其中一个叫林燕的和一个叫乔红梅的长得很漂亮。听表妹说，村子里的许多小伙子都喜欢她俩，常常晚上歇了工，都到林燕和乔红梅的住处去玩耍。

林燕的父亲新中国成立前在国民党部队当过上校军医。新中国成立后被留用，在保州市医院当外科医生。“文革”开始后，被当作历史反革命揪了出来，戴了几回高帽子游街，一时想不开，回去便喝了敌敌畏。林燕的母亲改嫁了。林燕被下乡落户到了古家庄。听表妹说，林燕的母亲嫁给了一个造反派头头儿，那个造反派头头儿给林燕的母亲改了贫农成分。本来也答应给林燕改成分留城的，但林燕不肯让继父在她身上乱摸，结果林燕没能留城，是被当作地富反坏右的子女下乡的。林燕总是偷偷地哭，表妹说，许多人被她哭得忘了阶级感情，暗暗同情她。

那时古家庄的大队会计是古二印。古二印是贫农，村里人传说古二印的爷爷那一辈家道很富裕，但古二印的爷爷吸大烟，败了家业，才给古二印挣了一个贫农的称号。古二印读到高小，没考上初中便回生产队干活。但古二印不愿下地干活，他母亲找我

* 小说的难点有时在于转折。作者笔法熟练，转折自然而然，由于默然转到于萍，由于萍引出黄超，毫无违和之感。

二姨哭，二姨便让古二印在队里当记工员，后来又当了大队会计。古二印的样子凶凶的，总是训斥知青们，尤其对林燕训得更凶，而且经常把林燕吼到大队部去交代问题。开始人们以为古二印革命，后来才知道古二印是把林燕叫去强奸的。林燕来了红，也不放过。林燕不敢说，后来怀孕了，便想自杀。吃了农药。幸亏那时农药质量差，没死成，在县医院里救过来。林燕便跟知青们吐了实话。黄超一气之下，便和几个知青去找古二印。在大队部里，黄超几个知青把古二印打得杀猪似的叫。

二印妈知道了，就跑着找到在地里干活的二姨求情。二姨便来到队部，让知青们放了古二印，又让黄超把林燕喊来。

那天，二姨便在大队部里审古二印，又审林燕。

审完了。二姨默默吸着烟，不说话。知青们围定了看我二姨。

许久，二姨叹了口气，问林燕："孩子，两条道。一条，送古二印到县里公安局，判刑下狱。再一条……"二姨顿了顿："你同古二印结婚吧！"

古二印妈拉着古二印扑通给林燕跪下了。

林燕放声大哭，忙把古二印妈搀起来。

二姨走过去，拍拍林燕的肩："孩子，听我说一句，办了古二印，你日后也不好嫁人。不如跟了他，古二印出身好。你好好想想，想好了再找我。"说罢，她转身走了。

知青们万没想到二姨出了这么个道道，都气炸了。黄超当天便带着几个知青上县里告了二姨，说二姨包庇强奸犯。

听表妹说，县里曾派人到古家庄调查过这件事，但不了了之。

黄超是绝对告不倒我二姨的。

林燕终于答应了我二姨，嫁给了古二印。听说古二印结婚那天，请了许多人去喝酒。也请了二姨，但二姨没去。

那时二姨是西岭公社革委会副主任，过了几天，二姨在公社召开的各村干部会议上讲，希望女知识青年和当地贫下中农结婚，真正做到扎根农村干革命。

这一条指示，西岭各村都认真贯彻了。于是自愿的，强迫的，许多知识青年与西岭公社的村民结婚。到后来，南岭公社也把二姨这项发明创造学了去。后来，一些和农民结了婚的知青还到林山县里和保州地区做了扎根的先进事迹报告哩。保州地区的报纸上还登了不少这些知青的采访记。一个姓冯的知青还作为典型被选为代表出席了全国四届人大。

二姨真是做了一件荒唐透顶的事情。*

仅据 1973 年野民岭南岭、西岭两个公社的统计数字，与农民（贫下中农）结婚的知识青年共 167 人。“文革”以后共有 156 人离婚返城或者返城后离婚。其中有的连离婚手续也没有办，干脆一去不回头了。林燕也在其中。

至今，野民岭那些离了婚的光棍汉、寡妇们对我二姨这个始作俑者不知有何想法？

假如我二姨还活着，她又有何感想呢？**

当时因为这件事，林山县就向地区和省里报经验。林山县要求各公社和生产大队上报知青和贫下中农结婚的数字，要定期完成。这样急于求成，就出了事。有些村子的光棍汉们就开始强行跟女知识青年交朋友。有的抱着生米做成熟饭的主意，开始对女知青用强。大李村的一个光棍汉李顺子强奸了一个女知识青年，那个女知识青年跳崖自杀了。

消息传出来，野民岭的知识青年们愤怒了。

大李村的知识青年把那个光棍汉李顺子给打残了。大李村的生产队队长也被知识青年们打了，大李村的干部们到公社告状了。带头打人的两个知青是齐卫东、李向阳。这两个人都是黄超的同学。他们连夜跑到古家庄来跟黄超商量。黄超想了想，便带

* 何止荒唐透顶，简直伤天害理。当事人怼天怼地怼空气，恨风恨雨恨二姨！

** 悔意爆棚？

着齐卫东和李向阳去野民岭南岭公社告状。事情到此也许应该告一段落，公社可以批评一下知青不该打人，再派人抓李顺子，平息一下民愤，也不至于闹出后来那么大乱子。

南岭公社书记当时是秦四海。他已经听了大李村的报告，先把送上门来的黄超三个人扣起来，然后便派人去李家庄抓参与打人的知青们。这一下，把野民岭的知青们给惹怒了。

那天夜里，野民岭的五百多个知识青年，拥到南岭公社去救黄超三个人。他们跟公社领导争吵起来，知青们便砸了南岭公社，救出了黄超、齐卫东、李向阳。此时就发生了混战，南岭公社的秦四海书记被知青们扎了十几刀，当场毙命。混战之中，有人还在南岭公社放了把火，那火烧红了天。

县公安局赶来时，知青们早就跑散了。

这一起恶性案件报到了省里，省里派人来林山县，坐镇追查此事，定性为反革命案。先是抓了强奸女知青的农民李顺子等人，然后就抓闹事的知青。

县公安局来野民岭两个公社现场办案。那一天就从各村抓走了几十人，弄到公社里拷问，追问是谁杀了秦四海？是谁放的火？第二天，县公安局又来各村抓人。西岭公社又被抓走了几十个知青。其中古家庄被抓走了三个。第三天又抓，前后三天，西岭、南岭两个公社共抓走了一百多个知青。

第四天上午，黄超赶到西岭公社自首，承认是他带头闹事的，承认秦四海是他扎死的，承认那火也是他放的，不要再抓别人了。

黄超自首时，我二姨在场。二姨当下就火了，拍案喝道：“黄超，你不要大包大揽，有人看到你那天根本就没有动手。”二姨有开脱黄超的意思。

黄超很冷静地对我二姨说：“古主任，那火的确是我放的，人也是我杀的。”

二姨怒道："你想好了，不要乱讲。"

黄超点头："我想好了。"

二姨脸色苍白地坐下了。

黄超被公安局带到县里去了。

表妹后来说，那天夜里，下了雨，雨下得很大，像泼水一般。于萍坐在雨地里哭了一夜。那哭声像锯，锯得人们心里冒血。

表妹还说，那个雨夜里，二姨在屋子里抽烟一直到天亮。

过了十几天，被抓去的人陆陆续续放了回来。据说省里的一个领导讲了话，不要打击大多数，县里还关押着十几个人，黄超被下了死狱。于萍和一些知青去看他，县里不让见。县里有人传出话来，黄超对带头暴乱、在南岭公社杀人放火的情节供认不讳。消息传到古家庄，知青们如雷轰顶。

又过了几天，县里召开公判大会，判决杀人纵火的反革命分子黄超死刑。判处强奸女知青的李顺子死刑。

1984年，我曾去采访林山县工业情况，顺便采访了这件当时轰动全省的反革命案。被我采访的每一个人几乎都说，那火根本不是黄超放的。公社书记秦四海也不是黄超杀的。那天，黄超只是指挥大家跟公社讲理。至今野民岭人仍在骂那个敢做不敢当的孬种。有人说，火是铁皮庄的知青刘占军放的，杀秦四海也是他扎的第一刀。枪毙黄超那天，刘占军疯了，又哭又笑，高声喊着黄超的名字。几天后，人们在铁皮庄的井里发现了刘占军的尸体，他自杀了。黄超为什么要去替刘占军顶雷呢？至今是个谜。有人说，刘占军是黄超的同学，两个人非常要好，刘占军在城里有一个寡妇娘和一个残疾的妹妹无人照顾，是刘占军跪着请求黄超去替他顶雷的。还有另一种说法，当时被抓走的知青们，有人经不住审讯拷打，被打急了就乱咬，几个人同时咬定了黄超，黄超年轻气盛，就充了一回英雄。后来，黄超在监狱里曾经反供，但当时省里要求赶快结案，县里就不许黄超翻供。于是黄超便死定了。

枪毙黄超那天，各村的干部们被通知到县里参加宣判大会。

刑场设在望龙山下，开完了宣判大会，囚车缓缓地从县城开出来，前边是警车开路，后边是警车押送，押车的除去警察，就是荷枪实弹的民兵。那刺刀在太阳底下闪光刺目，杀气腾腾。

一共有两辆囚车，黄超在第一辆囚车上。他被捆着，剃了光头，胸前挂着打了红叉的大牌子，背上插着绝命牌。他被人抓住肩膀站立在车上。他的身边是另外两名被判了有期徒刑来陪绑的知青。

第二辆囚车上押着李顺子。

表妹陪着于萍来看黄超。

听表妹讲，那天她看到黄超，他瘦了许多，表情木木的。

路两旁围着各村赶来观看的山民。

于萍疯了般地朝前挤着，大喊:“黄超!”

黄超听到了，看看于萍，点点头，生硬地笑了笑，囚车便开过去了。

囚车还没有开到望龙山，意想不到的事情发生了。

路两旁，一片黑压压的人群拥上公路，表妹回忆说，至少有二百多人。他们都是古家庄的农民。人群里八个小伙子抬着一口棺材，柏木的，涂着暗红色的漆。走在前边的是古家庄第三生产小队队长赵宝山。

路被堵死了，开路的警车停下来，刑警们端着枪驱赶人们。

人们根本不动。

赵宝山走上前，要求给黄超喝碗酒再走。

坐在前边警车里的县公安局长朱国才跳下来，怒冲冲指着赵宝山吼:“把这个人抓起来。”

听表妹讲，朱国才是部队转业干部，平常说话像石头一样硬，“文革”后被调出公安局，安排在商业局做一般工作。后来他自己联系调回东北老家了。

警察们未曾动手，黑压压的人群拥过来。

朱国才拔出枪，朝天放了几枪。

二姨走出来，她也在人群里。听表妹讲，是二姨把古家庄的人喊来给黄超送行的。的确，除了二姨做这件事，换了别人谁敢？

“古主任。”朱国才瞪了二姨一眼：“这是怎么回事？”

二姨对人群挥挥手。

人群向后退了退。

二姨看着囚车，对朱国才说：“让黄超下来，喝碗酒，再上路。”

“不行！”朱国才恼了。

“那你走得过去吗？”二姨冷笑。

二姨顿了顿：“你不是本地人，山里的规矩你不懂，人上路要喝上一碗哩。”

朱国才冷笑：“古主任，你长几个脑袋？”

二姨也冷笑：“你少吓唬我，我当年带过兵打过仗，杀人放火见过不少，那时还没有你呢。你看着办吧。”说罢转身就走。

朱国才忙拉住二姨：“古主任，怕出乱子呵！”

二姨看着朱国才，冷笑一声：“出了乱子拿我是问。”

二姨不再说话。仰天看着，天上是暴燃的太阳。*

朱国才咬咬牙，回头吩咐：“把黄超押下来！”

黄超被推下车，木木地硬着身板，看着二姨。

二姨走到黄超面前，站定，看了一刻，眼里含了泪，点点头，闪在一边。

黄超站在那一片黑压压的山民面前，腿一软，就跪下了。

人群中有了哭声。

* 太阳暴燃，二姨高冷。

没有语言，空气沉沉的，凝固了似的，只听到哭声。*

朱国才呆了，一句话说不出，转身找二姨，二姨不见了。

黄超泪飞如雨，颤声喊道：“谢谢乡亲们！”

赵宝山走上前，端上一碗酒，双手捧到黄超嘴边，黄超一饮而尽。

饮毕，黄超颤颤地站起，被两个刑警架上了囚车。他头也不回。

路闪开了。

赵宝山大喝一声，那酒碗摔在路中央，粉碎了。

黑压压的人群中唱起了歌。先是几个人唱，后来一千多人都亮开嗓子野野地唱起来。

那是野民岭一首极普通的山歌，是一支关于偷情的歌儿。

> 哎嗨哟！大老爷堂上定了罪，
> 哎嗨哟！回来还要一块睡。
> 哎嗨哟！屁股板子挨了九十九，
> 哎嗨哟！出门还要手拉手……

我至今也不明白，古家庄的人们送黄超上路，为什么要唱这样一首歌。

黄超被毙在望龙山下。

随后，黄超的尸首被山民们入殓埋在那里。

这里我要告诉读者，听我表妹讲，那天去给黄超送行的，都是些古家庄的农民。除去于萍，知青们一个也没有去。表妹说，知青们的确都被吓坏了。表妹对我说，她后来真是看高了那些平常偷鸡摸狗或者高喊口号的知青们。

枪毙了黄超的第二天，县公安局去抓古家庄的赵宝山，罪名是赵宝山拦劫刑车。赵宝山却跑了。有人说，是二姨介绍他到外地去做临时工了。“文革”后，赵宝山才从安徽回来。据赵宝山

* 读到此处，无语凝噎。

说，他出去跟人家干包工，还挣了些钱，并带回来一个媳妇。

“文革”以后，被判刑的十多个知青都放回来了。林山县委在落实政策时把这个事件重新定性为：“因县委原领导工作失误，造成群众闹事。当事者不予追究，黄超属于错杀，予以平反，比照工伤处理，按照有关规定抚恤家属。”

表妹讲，黄超的母亲和黄超的弟弟在“文革”后到野民岭来看过黄超的坟。表妹说，黄超的父亲抗战时期也在这一带打过游击，“文革”中，被抓进监狱，死在了监狱。“文革”后才平反。表妹还讲，当年二姨那样对待黄超，似乎是因为二姨跟黄超的父亲属于老战友之类的关系。二姨生前没有讲过，表妹只是猜测。

我突发奇想，黄超的父亲是否当年也在这一带为匪呢？我曾动过念头，去采访一下黄超的母亲，但我还是终于打消了这个念头。我不忍心去触动一个失去丈夫又失去儿子的女人那伤心的记忆。

二姨发动的这起拦劫刑车的事件，被当时省的领导，定性为反革命事件。二姨被弄到县里办了两个月学习班。回来被撤掉了西岭公社革委会副主任的职务。林山县委的头头们，大多被撤职。公安局长朱国才也被撤职。野民岭各村的干部被撤换了80%以上。

听表妹说，那一年冬天，野民岭一场雪也没有下，冷极了。那一年的春节，野民岭放鞭炮的极少。*

于萍又在古家庄小学教了几年书，听表妹说，那天她跟在黄超的囚车后边跑了几步，便昏死过去。黄超死了以后，她不再爱说话，下了课便躲在屋里拉二胡，那曲子苍凉哀婉至极。点滴分明，听得人心颤。1974年招工农兵大学生，二姨到县里为她走后门，准备让她同杨晓青、李洪年一批走。但过了县里这一关，到学校竟没有通过。于默然是敌我矛盾性质，所以于萍没有走成。后来，二姨又给她一个在部队复职了的战友写了封信，让于萍当文艺兵走了。表妹说，那天二姨送于萍上路，一直默默地送她走

* 天上无雨雪，人间也稀声。

出十多里路。走到望龙山下，于萍在黄超的坟上烧了纸，大哭了一场。

于萍后来在部队上了大学，“文革”后又考了研究生。后来分配在上海一个军事研究所。在写这部小说之前，我到上海开会，曾去找过她，想采访她当知青时的一些事情。她是科研所的高级工程师，大校军衔。听说近年她有几项发明在全国获奖。

她变得让我几乎认不出了，完全是一个严肃庄重的军人了。我记忆中那个活泼可爱的学生形象一点儿也没有了。她的头发过早地白了许多，一副眼镜遮不住她眼角密集起来的鱼尾纹。

那天她请我在科研所的食堂里吃饭，她的话很少。听我说了来意，淡淡一笑：“过去的事我差不多都忘光了。”

她跟我回忆了我二姨，我看出她对我二姨的怀念之情。我们又扯了几句闲话。我问她的家庭情况。她回答得很潦草，她只是告诉我，她现在还没有成家，仍是一个人。

吃罢饭，我便告辞。

她送我到门口。

我终于忍不住，问了一句：“你还记得黄超吗？”

她的身体颤抖了一下。

我突然后悔我太残忍了。

她顿了顿：“我不想谈这个。”

我抱歉地点点头。我发现她眼睛里突然闪动了一下泪光。我心绪复杂地告辞走了。

听表妹说，于萍每隔两三年，便回林山县一次，到望龙山下黄超的坟前，烧一把纸。然后，也不进古家庄，便坐长途汽车回去。黄超的坟前有几棵山毛榉，现在都已经长得十分粗壮高大。那都是于萍栽下的。

人是决难忘记的。

记忆或许真是一件很悲哀的事情。*

*唉！记忆虽有美好，多是重负难释。

四　藏经洞里百余名伤员的结局

1937年10月28日，被我爷爷隐藏在望龙山藏经洞里的一百多名伤号的结局是相当悲惨的。

1945年，林山县伪县长王寿山被抗日政府逮捕，供出了那一百多名伤号遇难的经过，听来让人眼热鼻酸。

那天，鬼子们由王寿山等几个汉奸带着冲上断角岭。他们搜查了藏经洞，没有发现什么，鬼子们就要撤走，那几个汉奸执意再搜一搜，结果，他们发现了洞底那两个藏人的山洞，扒开垒死的石头，冲了进去。

于是，藏经洞成了鬼子们的杀人场。一百多名负伤的好汉们破口大骂着，赤手同鬼子们拼命。其中有二十几个人互相搀扶着朝洞底奔去，洞底是百丈深的悬崖。有人大喊："兄弟们，临死也要拉个垫背的，拖他娘的几个下去。"这二十几个人站住脚，追上来的鬼子没提防，万万没想到这些人已放弃了求生的愿望，要与他们同归于尽。有七八个鬼子被这二十几个伤残了的好汉拖住抱住。好汉们哈哈大笑着，和鬼子们撕扯着一同滚下山崖。笑声在山谷中飘荡，久久不散。

两个洞里的伤号，全被鬼子们用刺刀挑了，没有一个活下来。

新中国成立后，野民岭区政府派人进洞，拣出一堆堆白骨，埋在断角岭上，立了一块碑，碑上刻着：

断角岭抗日志士墓

"文革"初期，一群红卫兵上山掘了那碑，说不能给土匪们树碑立传。那些白骨被他们挖出，扔得满山都是。红卫兵们还开了现场批判会。

“文革”后，林山县委曾讨论重新立碑。本来就要动工，但县委班子换届，新上任的县委郑国昌书记反对说：“墓穴已空，重新立碑没什么意义了。”

县官不如现管。一把手发话，于是作罢。

那二十几个从洞底跳下悬崖去的好汉，却侥幸活下来一个，叫葛志安。是铁皮岭下的刘庄人。据说他苏醒过来，已经好几天了，被几个砍柴的发现，送回刘村他叔叔家。当时他只剩下一口气，他叔叔连棺材都给他预备好了。后来他又奇迹般地活过来了。新中国成立后，他一直在生产队里当饲养员，请媒人介绍，娶了苍南县的一个寡妇，带来一个男孩子，后来又给他生了一个女儿。1984年，我曾找他采访。他已经七十多岁了，但身体很硬实，他说两个孩子都很孝顺他，他现在日子过得挺幸福。

葛志安的一条腿断了，是那年跳崖摔的。他拄着拐送我出门。他笑着说：“要不是这条腿，当年我就参加游击队了。如果打不死，现在也弄个离休干部当当。”看他那神态似乎很遗憾。

我问他“文革”中挨没挨整，他大笑：“敢！老子是抗日功臣，也有人想整我来着。那年，村里的几个后生押着我去县城，要去批斗，路过古家庄，被你二姨截下了。”

“人家怕我二姨？”我问。

“当然怕，你二姨有免死证哩！毛主席亲自发的。怎么，你不知道？”老汉奇怪地问我。

“你也信？”我差点儿笑了。

“真的哩，咋不信！”他更奇怪了。

我终于忍不住笑了。

五　1937 年野民岭汪家庄的抗战

1937 年 11 月 5 日，坂田义则在断角岭彻底打垮李啸天的林山县抗日支队后，稍事休整，便向苍南县进逼。途经野民岭南岭的石门庄、汪家庄、冯家集等 11 个村寨，对手无寸铁的山民进行了血腥屠杀。据《林山县抗战史料》记载，野民岭的百姓当时对日本侵略者的凶残面目还没有认识清楚，所以许多人没有撤到山里去，被日军杀死在家中。日军沿途见人就杀，见房就烧，当时的野民岭是一片火海。

日军在南岭汪家庄，遭到了汪永年带领的自卫团的拼死抵抗。

汪永年是汪家庄的富户。汪永年早年当过兵，后来发了财，便回家了。听汪家庄的老人们说，汪永年为人直爽义气，野民岭的土匪大都与他相处很好。他和我爷爷曾有过八拜之交。他组织的一百多人的自卫团，爷爷还曾给过他一些枪支。据传，汪永年曾多次参与过我爷爷的打家劫舍及“绑票”活动，是一个名副其实的“业余土匪”，至少，他应是我爷爷在外围的一个“眼线”或者是“交通站”之类的什么。

那天，汪永年让其弟弟汪伯年带着汪家的家眷，随汪家庄的村民转移进山了。汪永年和他的自卫团都喝了血酒，并用鸡血涂在身上(野民岭的一种迷信风俗，传说如此便可以刀枪不入)。然后，这支一百多人的自卫团，同坂田的队伍进行了枪战和肉搏。当天下午，汪永年和他的自卫团全部战死。

躲进山里的汪伯年，后来拉起了一支几十人的杆子，自封为司令。1940 年，苍山县游击队扩编为中共苍山县抗日独立团，接收了被鬼子打得东逃西跑的汪伯年。汪伯年部被改编为独立团下属第五支队。1941 年夏天，苍山县独立团编进八路军正规军，进了太行山，后来传说汪伯年在“百团大战”中牺牲了。汪伯年家中还有一个老婆和一个女儿，县民政局便按烈属待遇她们。“文革”后，我读到关于纪念左权将军的回忆录，其中提到一个叫王勇的人，说这个王勇个子很高，一脸小麻子，很狂妄，是林山县野民岭人，一直想脱离八路军，后来带了十几个人跑了，跑到了国民党那里，当了团长，在华北一带同八路军搞摩擦，1943 年在河北定县同八路军打了一仗，这支部队被消灭，王勇被击毙。这个王勇似乎应该是汪伯年。

汪永年的儿子叫汪玉庆，今年 62 岁。汪玉庆的大儿子汪宝明现在是林山县颇有些名气的农民企业家。他前几年开办草编厂很是红火，是林山县的利税大户。我就汪永年抗日的历史去采访过汪玉庆，老汉请我喝酒，他喝酒很厉害，大口大口地，直喝得脸红扑扑的，便骂街：“操他娘的，现在邪了，又跟小日本鬼子搞得火热，忘了那时候死了多少人了，操他娘的，我爹算白死了。”他眼睛通红地盯着我，目光里有一种愤愤不平的东西。

那天，汪宝明也陪我和他爹喝酒，汪宝明很是不解地看着汪玉庆。他悄悄对我说：“我爹不知道怎么了，提起日本人就骂。现在国家都开放了，他还这样，我爹真是老了……”

汪玉庆看看儿子，突然骂道：“你懂个屁！”

汪宝明忙赔笑：“好好。我什么也不懂。”汪宝明很孝顺。

汪玉庆眼睛红红地看着我：“大记者，你说小日本可恨不可恨？现在咱们还同他们做什么买卖？真是忘本了啊。”

我只能点点头，我看看汪宝明，汪宝明朝他眨眼微笑。我隐约感觉到，汪玉庆老汉藏在心底的这种民族仇恨，会在下一代身上淡漠的。

1997 年 11 月，汪宝明开办的草编玩具厂，被人放了一把火，损失一百四十余万元，他与日商订了合同，即将交货，统统地被烧毁，坑得汪宝明拍着屁股骂大街。汪宝明是林山县创汇大户，林山县公安局紧急立案侦破，十天之后破案，纵火者竟是他爸爸汪玉庆。老汉供词很简单：“那年日本人杀了俺家 15 口人，俺娘活活让他们糟蹋死的，俺爹让他们用刺刀挑了，又掏出心来喂了狼狗。现在我儿子做玩具帮他们哄孩子，他赚钱红了眼，连仇人也忘了，俺就烧他狗日的。我放火那天，是小日本侵略汪家庄的五十周年祭日。”汪玉庆赤红着眼睛怒吼。

汪宝明跺脚：“爹哎，这是哪辈子的事情了。”

汪玉庆被判刑二年，缓期一年执行。本来要判重刑，汪宝明送了礼托人说情，才算轻判了汪玉庆。*

* 作者闲笔写出这个情节，其中意味深长。

野民岭 1937 年的抗战以我的祖辈父辈失败而告终。我的以拦路抢劫为生涯发展到同日本人浴血相搏的祖辈父辈，曾给野民岭留下了耻辱，也留下了悲壮的一页。在民族史上，记录了他们的丑陋，也展示了他们的真诚。我恳请读者能深深谅解他们，因为他们毕竟倒在了抵御外侮的鲜血里。

1946 年 10 月，林山县父老曾为我的爷爷立碑。该碑高 3 米，宽 1.5 米。碑文为当时林山县书法家薄义清先生所书。该碑曾立于望龙山上，“大跃进”年间被毁。1985 年，林山县文管所的同志得知此碑仍存于西岭石门庄农民石满仓家，文管所的同志找到石满仓，这个 25 岁的山民告诉他们，此碑是他父亲当年从山上捡回，垒了猪圈。当即拆去圈墙。此碑重见天日，只是已一分为四，许多字迹不可辨认，抄录如下：

国民党林山县抗日义勇军□队司令李啸天字长风野民岭李家寨□□世居于此□家世相承代生英烈光绪三十有二年□□□父李公远达其叔李公宏达结野民岭□□□乡绅并望龙山□□汉抵御官军死于□难而长公少时禀性沉毅身居绿林之中喜结江湖志士杀富济贫除暴安良深得野民岭父老乡亲拥戴□□□□□变之后长化

曾云日寇侵入国难日□啸天效命正当斯时野□□□为啸天之坟墓□□□□□山子民世代居此应与□□共存亡□□□□□□□捐生报国□□矣□□□□烟□□公率众困守□□□力抗强虏□□以大军压境一时炮火如雨烟尘障天公身先士卒激励部众奋死抵御血战七昼夜歼敌数百人枪弹用罄后以白刃拼杀部众争先效死尸填山壑血溅天野抗战之烈死事之惨惊天地□□□公不幸□□□落日寇守酷刑折磨威武不屈富□□□痛斥敌寇凛然受死浩气干云英风□□□举县同钦□□□□呜呼烈矣立碑铭志藉以□□□□□□□同仇□念□公啸天□朽

林山□□□敬□

薄义□撰□□□

民□□□年□□□

碑文中所刻“杀富济贫，除暴安良”应属不实过誉之词。我爷爷是做过伤天害理之事的，但因为他是抗日死的，人们便敬仰他、粉饰他、神化他，但他毕竟是一个曾经杀人越货的土匪，这是无论如何也抹杀不掉的。

所找到的这一分为四的石碑，现存于林山县文管所。1985年8月为纪念抗日战争胜利40周年，林山县民政局在断角岭曾为我爷爷立碑处重新立牌：

野民岭抗战纪念碑

那年夏天，报社组织几个人到林山县一边采访，一边游览避暑。大家爬上断角岭看到了这座碑。时值游客如云，许多人在碑前指指点点，说这是国民党某军某师的墓碣。也有人说这是为纪念几个八路军壮士在此跳崖的墓碑。于是讲了另一个狼牙山五壮士的故事。我心里多少有些冷清，感叹游人已经不知道了我爷爷的故事。历史真是太容易淡漠了。

由此向北不远，便是由县统战部负责林山县建筑公司施工的“爱国华侨田宝玉先生之墓”。两下比较，这座“野民岭抗战纪念碑”更显得寒酸了些。于是我心中竟有了一种隐隐作痛的嫉妒，感叹历史有时竟被金钱所左右。

那次下山后，我到林山县采写乡办企业的通讯。那天我住在林山县招待所，县委书记郑国昌已经调走，新任县委书记袁为民设宴招待我。我认真算了算，他应是林山县第27任县委书记。袁书记极善谈：“我的名字好记，和女排教练一个名字，不过人家可比我知名度高多了。”

那天他喝多了，胖胖的脸上红红的，额上逼出许多细汗。

他把我记成了西岭石门庄人。

我纠正说我是李家寨人。

他问我：“家中还有什么人，需不需要照顾？”

我说：“家中没什么人了。”又问他，“袁书记对李家寨熟悉不？”

他说：“我刚调来时去过两次，挺穷的村子。李家寨早些年出土匪，出过一个大土匪李啸天，很有名。”

我忙说：“李啸天是个抗日英雄。”

他摇摇头说：“你不大清楚，李啸天不该跟国民党搞在一起，虽然抗日有功，但也屠杀过抗日群众，有血债的。”

我惊讶地张大了嘴，心里替爷爷喊冤。

他问我：“你是不是和李啸天沾亲？”

我违心地摇摇头，心头掠过一阵悲哀，是那种不能为先人证明的悲哀。

袁书记看我有些呆，就忙举杯道：“不提这些事了。喝酒。”

那天吃完饭，袁书记很苦恼地说：“都说野民岭有金矿，还发现过狗头金。你这位大记者，能不能替我们在报上吹吹，让地质队来探探。你知道我们县太穷了，要是真能挖出金来，老百姓可就富了，现在太穷了！”

这是他请我吃饭的真实目的。

他说得很动感情，是一种真正的一方父母的感情。

我点点头。

分别时他用力和我握手，我记得他的手绵绵的，有几分女人气。

又过了几个月，我到北京出差，顺便到地矿部看望我一个当局长的战友老高。我们1971年曾在开封一块儿当兵。

我提了提袁为民的请求，老高连连摆手：“那个县委书记我见过，来过几次，还来过信，好难缠，非让我们派人去找金。”

我说：“都传说野民岭有金。”

老高一撇嘴：“屁！日本人都找遍了，就差挖地三尺了，1980年，我刚刚调来，我们的老局长就派飞机在那个地区航测，拉了五百多公里的测线，狗屁异常也没发现。”

我笑笑，我知道那次兴师动众找金的航测。

“可是那地方确实出现过狗头金呵！”我说。

老高笑了，打开卷柜，找了几份资料，扔给我：“我也不跟你废话了，说你外行怕你不乐意听，你自己回去翻翻吧。”

那天，我把资料带回招待所，读到半夜，又增加了一些关于狗头金的知识。

摘录如下，不知读者是否有兴趣。

传统的观点认为，狗头金是原生金矿脉中的山金经过风化作用破碎，再经过搬运（河流、洪水或冰川等），在适当条件下，沉积而成。但是随着狗头金发现块数的增多，研究工作日益深入，狗头金的许多特征已经很难用这种物理特征来解释了。当前，地矿学家对狗头金的成因，主要认为是化学作用或生物（包括细菌）

作用形成的。研究表明：

一、狗头金颗粒都大于原生金矿床或含金地质体中的金矿物颗粒。

二、狗头金的成色也常常高于原生金。

三、狗头金的表面常常生长着瘤状突起或高成色的薄膜，或生长有锥状条纹。

四、狗头金的内部可见同心圆环带状结构或其他矿物的包裹体。

五、在开采过的砂金矿区，经过数十年数百年后又可重新发现狗头金。

这些特征说明，金是呈溶液或胶本或悬浮体状态在天然水中运移的，并在适当条件下，围绕着机械搬运的金粒沉淀，再生长大的。

当代地矿研究工作还发现，若干动植物机体可以吸附金，如苔藓、木贼含炭的物质等，这些生物死亡，可以形成金的堆积。还有人发现，仙人掌杆菌，可将溶解的金从水中结晶出来，在菌体周围形成八面体或十二面体金的结晶层，从而提出狗头金的形成与某种细菌活动有关。*

* 细心读过以上『狗头金』知识，感觉脑洞大开，作者似乎写了狗头金之外的什么语境，让读者浮想联翩。

本章人物补遗：大头的故事

林山县人大多饮酒，于是酒楼酒馆就多。刚刚解放那年，还有许多老字号。

上等吃酒处如城东“春义酒楼”，南街的“仙客饮”，每日中午到晚上，饮者如云。大多是林山官员或者商贾在此谈生意或者闲叙。

城北门外沿护城河，有许多小吃，便是最下等的吃酒处了。护城河旁官家大道，为通南北之必经要冲，每日来来往往车辆行客不息，大多在护城河的小吃处打尖歇脚。于是小吃处的生意就火，若只是林山人，即使海吃海喝，也是养不活这么多小吃摊儿的。

1949年，城中来了解放军，对小吃摊上的人一一做了登记，对一些嫌疑者也做了审定，个别与国民党或者山匪有牵扯的人，都抓走了，剩下的当然都是良民。

各家小吃大都用几根木杆支起一间棚子，棚外炉火做些主食，棚内有常备的酒菜，摆几张小桌，几只小凳，揩得水亮。夏日，桌上备有凉扇，供吃客们去暑气。吃客用过酒菜，就掏出钱来丢在桌上，起身告辞。主人也不看钱数，只看吃客，送出棚去，说声走好，再回来收拾桌上的钱。大抵是不会错的，也有豪气的食客多给。*

人们渐渐发现，众多的小吃棚，大头的生意很盛。

大头个子矮小，脑袋却大，一脸麻子，近60岁的样子，真名不详。吃客们都喊他大头，他也爽口答应。也有茶客问起他的姓名，他便笑答："喊我大头就是了。"久了，人们便无兴趣追究他的真名实姓了。大头口音颇杂，他曾对人说，他是河南人，一场洪水漂空了妻儿老小和家财，就只身流浪到此，开这小吃棚活命立身。但人们还是能听出他口音中难以遮住的林山本地的声调。

大头不爱说话，一副呆相。他的小吃摊儿生意红火，全是靠他那一副象棋招徕顾客。那象棋银元大小，重金属制成，似铜似铁，掂在手里，很有些斤两。棋子涂着一层厚厚的黑漆，天长日久，沾腻了许多油污，十分脏眼。棋盘就在棚内的桌上刻好，有瘾的客商在护城河边歇脚，就进大头的棚子，喊一碗酒，再买几只大头烤制的烧饼或者取出自家带的干粮，边吃边捉对在棚里厮杀，把那脏兮兮的棋子摔得响亮。他们摔上一局或者两局，便开心地上路，并无人计较输赢。

大头也常常与吃客们对弈。棋瘾大些的吃客，总要与大头

*好一幅街头市井风俗画，作者写得云淡风轻，读者读得古风荡漾。

纠缠几局才罢手走路。大头从不输却也从不赢，竟都是和棋。久了，这件事在林山县传开，说大头的棋艺在林山市算得上高手了。

林山县棋迷甚多，就有好事的瘾君子来河边寻衅大头。大头也不拒绝，但要人家先买他的酒吃，才肯厮杀。于是，棋痞们就掏出钱来买酒买菜，轮番与大头斗棋。几日过去，直战得天昏地黑，大头仍是局局不败不胜。人来人往，凑趣助兴的就平添了不少，大头的摊儿就热闹了。由此，大头成了林山棋界的话题，也就惊动了林山棋界的领袖陶然。*

* 哈哈！大头是棵梧桐树？招得凤凰陶然来？

陶然是林山县富商，三代经营酒店，“仙客饮”就是他家的祖业，颇有些家财。陶然自幼嗜弈，梅花谱能倒背如流。陶然接手酒店之后，却不再经心生意，每天在城内乱走，与人捉对，杀楚河汉界车仰马翻，还常常把人邀到家中，杀得通宵达旦。渐渐，陶然的棋力在林山杀出了境界，便走州串府去寻狠家争斗，却遇不到对头。于是，陶然大感寂寞难挨。那一年，陶然吃酒吃得醉了，便放出狂话，在林山县立擂十天，三局两胜，如有人胜他，则赠送一千大洋。乘着酒劲，让账房写出布告，沿县去张贴。于是，城中有人叹道：“32 子，本是人间游戏，陶老板怎么好取祖上传下的家业作注呢？”一城都说陶然呆傻了。风传出去，就有方圆百里的狠家先后寻上门来，陶然就在仙客饮摆下擂台。一连十几日，攻上门来的几十余名棋手，概莫能外被斩下马来。

最后一天，陶然就要收擂，却来了一个名叫高世方的棋手，此人面貌平常，棋道却狠，竟与陶然下和了三局。陶然大喜，认定是天公作美，与他派对，便要与高世方再战三局。高世方却摆手推辞，说自己有事，不能久留。陶然如遇知音，依依难舍，那天，一直送高世方出城，二人在城外分手。

陶然长叹：“此时一别，不知何时才能相见。”

高世方笑道：“林山就要解放，到时我来以棋会友。”

陶然执手相握。高世方想了想，笑道："我有一局残棋，留给陶先生解破。"说着，便折下一条柳枝，在地上画了一局残棋。

陶然盯上去看，只见这局残棋势如平常，却是杀机四伏，生死茫茫。黑红将帅，遥遥相对，兵临城下，束手待毙。猛看时似有一线生机，再看时，却是大限即到，回天乏术。陶然摇头皱眉，再看一刻，额上竟逼出些许细汗，终于，一脸愧色，抬起头来，拱手道："陶某不知就里，敢问高先生，此局出自何人之手？"

高世方摇头笑道："我也不知，只是父亲传下这一残局，据说已经传了几代，皆无人解破。我久闻陶先生棋术精湛，特此一求。我想，既是棋局，就有解破之法，相生相克，阴阳相对。陶先生如有耐心，来日定可解破此局。"

说罢，高世方告辞。

陶然由此就记下了这局残局。新中国成立一年多了，陶然却不曾见高世方来林山县。*

这天，几个棋痞来找陶然，向陶然讲述大头如何厉害。说这话时不免添油加醋，有意激陶然去斩大头。

陶然只是笑，却无动于衷。于是，有人再激一句："那大头手段厉害，怕是陶老板也不是对手哩。"

陶然沉下脸来，说："那我就去会会这个大头。"

陶然被众棋痞拥簇到了大头的酒棚。大头迎出来，拱手笑道："陶老板来了。"

陶然惊诧道："你认识我？"

大头笑："陶老板是林山棋界领袖，我怎么不知？今日陶先生怕不是来我这里吃酒的吧。"

就有棋痞在一旁笑："哪一个来吃酒，陶老板今天来与你较量较量。"

大头摇头："我不能废了生意。"

*哈！作者轻描淡写埋下了高世方这个伏笔。

陶然就笑："我自然会付你酒钱。"

大头不再说什么，就引陶然进了棚子。此时心急的棋痞们早已经将棋摆好。

陶然拱手："请了。"

大头笑："主不压客，陶先生请。"

陶然不再推让，执红先走。一招一式稳稳走来，或许陶然还不摸大头底细，就不敢放肆。大头也一招一式稳稳应对，空气有些发紧。棚子内拥满了人，呆呆地看。终了，竟是大头输了。陶然淡淡一笑："承让了。"

第二局，陶然大刀阔斧，长逼直入，大头颇费心思，走到二十几个回合，大头又输了。众人哄笑，大头也笑，就起身唱一个喏："陶老板，果然好手段。"

陶然笑道："搅了你的生意，抱歉。"就掏出一叠纸币，放在了棋盘上。众人去看那叠纸币，不觉直了眼，惊叹陶老板出手大方。

陶然一拱手，弯腰出了棚子。大头就送出来，淡淡道："走好。"送出两步，看陶然走远了，就回棚子，收拾那叠纸币。

有人笑："大头，够你做一年的生意了。"

大头笑笑，也不说话。围观者就都散了。

陶然由此把林山棋痞的面子找回来，大头也就没了精彩。渐渐，大头的摊子就冷落下来。但大头的棋仍摆在那里，偶有路过的行客进棚饮酒，乘兴捉对厮杀起来，大头就在一旁呆看，也不说话。看得久了，或许看出破绽，就呆呆一笑。

这一年秋天，连连阴雨，"仙客饮"的生意淡下来，这一日，陶然正在店中闲坐，忽听楼下有人呼他："陶老板。"那人一路呼着上楼来了。

陶然起身迎了，一怔，突然惊呼起来："高先生！几年未见。快坐快坐。"就吩咐伙计上茶。

高世方笑道:“承蒙陶老板还记得高某。”

陶然笑了:“陶某盼得好苦，已经耐心等了几年。你今日刚刚驻足，一路劳顿，你我明天再战。否则传扬出去，就要说陶然以逸待劳了，断不敢担这样一个恶名声。”

二人哈哈笑了。

高世方笑道:“我今日来林山，还有一事相求。”

陶然笑道:“还望直言。”

高世方点头:“还记得我留下的那局残棋?”

陶然皱眉:“记得，我还是不曾解破。”

高世方略略沉思。

这一夜，二人谈到很晚。*

第二天，陶然大战高世方的消息风一样刮遍了林山城。有棋痞一早跑到河边大头的酒棚，告诉大头:“那姓高的下了一万块钱的赌注，如果林山县谁赢了，便输与谁。你何不去碰碰运气。”

大头怔了一下，笑道:“或许我一会儿生意淡了，便去看。”

太阳上了一竿子的时候，陶然与高世方来到酒楼。陶然的“仙客饮”酒楼早早爆满了人。二人坐在酒楼上，高世方先掏出个布包，厚厚的，放在了桌上。人们定眼去看，猜想那一万元的赌注便在里边。

伙计端着棋枰上来，飞快地摆好，又退下。

高世方笑道:“陶老板，高某还有一言。”

陶然笑道:“直言讲来就是。”

高世方笑道:“如果我赢了陶先生又该如何?”

陶然笑道:“如果我输给高先生，我这仙客饮酒楼便归高先生了。”

听者一片哗然。

高世方摇头叹道:“天外有天，钝利成败，神鬼难料。稍有不慎，这祖传的酒楼便易手他人。陶老板一点儿也不心疼?”

*『谈到很晚』，此一句内容多多。读者细思极妙。

陶然淡淡道："富贵如云，金银似水，生不带来，死不带去，我今生今世，只好此道，真若是遇到狠家，用酒楼作注，也算是输得痛快淋漓，今生有幸了。"说着话，就转身去看楼外，只见秋风扫过，护城河水泛着白沫，岸上杨柳纷纷落叶，一派肃杀之气，逼了满眼。

高世方呆了一下，就笑道："君子一言。"

"快马一鞭。"

"陶老板果然直爽。"

"彼此彼此。请了。"

高世方摇头："我今日寻衅打上门来，已经不恭了，还是陶老板请。"

陶然大笑："你远道而来，主不压客。请。"

高世方微微一笑："那我就失礼了。"高世方就执红先走。架上了中炮，杀气骤然间满了棋枰。

楼下楼上已经围得水泄不通，二人每走一步，就有棋痞们报下楼来。这一局棋直杀到日落时，那报棋的早已经声颤。眼见得陶然局势累卵。有几个围观的棋痞们耐不住心焦，挤上楼来，见陶然已经是一脸土灰，额上一层细汗。高世方嘴角挂着几丝寒笑。

一局残棋已经僵在了那里。

观者无语。

真正是一片死寂。

高世方呷一口冷茶，扬手泼在了地上，哈哈笑道："陶老板何必再做困兽斗？"

陶然长叹一声："士别三日，不料你有如此长进。我认输了。这仙客饮归你了。"他哗啦一声推了棋子，软软地站起，身子晃了晃，伙计忙上前扶住他。

棋痞们恶恶地盯着高世方。

高世方起身叹道：“偌大的林山市……”

此时，只听有人低低地笑一声：“且慢。”

众人转身去看，竟是河边摆摊儿的大头。只见大头一脸肃穆，棋痞们忙闪开。大头手里提着一个脏污污的布袋，走了进来。他冷眼看了一下高世方，沉沉地说道：“不知道高先生可否愿意跟我一赌？”*

高世方冷冷地问：“你是何人？”

大头就笑：“我是何人并无妨碍。我今日只想赢你那一万块钱。你若败了，就将你那一万块钱和陶老板的仙客饮输与我。”

高世方点点头，微微笑了：“那你若败了呢？”

大头说：“我自有东西作押。”就把布袋解开，倒出那一副沉沉的棋子和一本棋谱。一旁的陶然惊呼了一下，他自然认得那棋谱。

高世方看着大头。

大头笑道：“高先生，这个注可作数？”

高世方点点头：“如果值，自然作数。”就掂起那棋子细细看。

大头笑道：“这些脏棋子怕是有碍高先生观瞻了。”

高世方淡淡一笑：“这怕不是一般的棋子吧。今日我也长一长见识。”

大头笑：“这是旧时朋友送的，是生铜铸就。”

高世方放下棋子，皱眉道：“我已经苦战了一天，你强兵袭弱。怕不公道吧！咱们换一个办法如何？”

大头笑道：“自然不算公道，我可去一车一马。”**

高世方眼睛亮了一下，突然笑道：“如果这样，我想出一道残局，如果你解破了，便算是我输了，如何？”

大头笑：“也好，我倒看看是如何一道残局。”

高世方点头，就摆下了那道残局。

大头盯上眼去，不觉笑了：“真是一道绝妙的残局，我已经破

* 大头逆行而上？你可连陶然都敌不过呀！

** 大激将？或是狂妄？

了。”说罢，信手捉子，几手下来，那残局便破解了。

高世方愣了一下，一旁的陶然也愣了。

大头看看高世方：“如何？”

高世方点头称赞：“你果然是一个当世的高手。”

大头微微笑了。*

* 嗯！得意者多是忘形。

高世方突然大喝一声：“马占魁。”

大头猛地应了一声，看看高世方，竟再也说不出话。他脸上的笑容僵住，呆在了那里，脸似一张纸样。他沮丧地坐在那里，刚刚的精气神儿一点儿也没有了。

众人晕在云里雾里了。**

** 什么梗？

呆了一刻，高世方笑道：“我们找得你好苦啊。你何时把自己做成了麻子，口音也改了。所以你才敢回林山县。”

马占魁苦笑一声：“我原想老死在林山县。看起来，你们是不会让我逃掉的啊。”说罢，他颤颤地起身，惨惨地对高世方说：“咱们走吧。”

高世方点点头，和陶然握握手，就站起身。他打开桌上的布包，里边哪里有什么钱，是一副闪亮的手铐。高世方给马占魁戴上了。***

*** 原来如此！

二人就去了。

陶然一路送下楼去，呆呆地看高世方和大头走远了。

高世方再也没有来过林山。

听人说，马占魁第二年被枪毙了。他是一贯道的坛主，有很大的罪恶。高世方是特意从省城来捉拿他的。

陶然也不再下棋，却终日研究那本棋书。他的店在 1954 年公私合营时，改叫“跃进饭店”。

陶然于 1981 年去世。临死前，他捐给某出版社一本棋谱。他只说是一个马姓的人编著。棋谱后边有一道残局，注明：高世方排局。

第四章

本章出场人物

古建勋：我二舅。国民党78军军长。（1899年至1940年）

焦难先：国民党78军副军长兼196师师长。（1906年至1940年）

郭克武：国民党56军副军长兼132师师长。（1902年至1940年）

郑国英：国民党196副师长。（1918年至1940年）

古鸿洲：我三姥爷。原民国林山县第一任县长。（1877年至1940年）

贺如飞：国民党78军158师师长。（？至1940年）

谭家轩：国民党78军参谋长。（？至1940年）

邓天桢：国民党78军161师师长。（？至1940年）

古建业：我五舅。二舅的副官。（1914年至1992年）

佐　田：日军北方战区副指挥官。（生卒年不详）

小林多喜二：日军北方战区参谋长。（生卒年不详）

彭其森：中国北方战区长官。（1905年至？）

蔡　勇：原国民党78军军长。（1883年至1940年）

胡士辉：曹侯县保安团团长。（？至1940年）

薛寒芸：二舅的妻子。（？至1940年）

马　光：国民党 78 军军医。（1914 年至 1991 年）

一　二舅之谜

我在这一章里主要是写我的二舅古建勋。在这本《家园笔记》中，我本来是不想多写二舅的，但是二舅参加了 1940 年北方战区的抗战。所以无论如何我是不能逃过这一笔的。再则，二舅的结局一直是个谜。二舅原是国民党 78 军军长，在 1940 年保州市抗战中，曾受命在仓南县阻截佐田师团。但是，二舅在此期间叛变了。这是“文革”中公开的说法。后来的《保州市抗战史》也是这样记载的。于是，古氏家族便由此蒙上了巨大的耻辱。野民岭几乎人人都知道我二舅古建勋是一个大汉奸。汉奸，是一个人人都会觉得齿冷的罪恶字眼。

一本历史书这样记载：1940 年秋，古建勋率国民党 78 军在保州市抗战中投敌。军参谋长谭家轩等因阻止古建勋叛变被杀害。古建勋投敌后，因内讧，被日军北方战区副司令长官佐田忌恨生疑。1940 年冬，古建勋所部一万二千余人，被日寇集体杀戮于曹侯县张家庄东沙河。“古建勋罪恶的生命在东沙河结束了，这是黑色的死灭。那天的太阳也应该是黑色的。”这本历史书中用了这样色彩强烈的语言叙述我二舅的投敌与死亡。

而这一场残酷的屠杀过程，该书竟无一个字记载。以至连我二舅古建勋投敌的过程，该书从始至终也没有提供给读者一两个可让人信服的细节，读过很让我失望。上大学三年级的时候，我终于鼓起勇气，向历史系的一个著名的教授请教这个问题。教授盯了我半天，似乎我问了一个重大的国家机密。

教授沉吟了很久，后来淡淡地说：“关于这场战事，我只知道是 1940 年发生的，是以国民党某军团全军覆没为结局的。但关于这场战事，各种正规版本的抗日战争史书却绝少记载，而且说法不一。古建勋是你的什么人？”教授突然问我。

我笑笑，没有满足教授的好奇心。

我当时还是注意到了，教授只说这一场战事，一个似乎是经过精心选择的中性词。他没有提到汉奸或叛敌字眼，这是为什么？这绝不是教授的失误，我知道教授是史学界权威。

我的一个远房表舅张子年是那场战事的幸存者，也许是唯一的幸存者。遗憾的是，这个幸存者没有给我提供一点儿关于那场战事的细节。据说张子年是被当地的老百姓从死人堆里扒出来的，那时他身上有七个枪洞，只剩下一丝气。他活下来了，可是他疯了，就在曹侯县城里疯跑，曹侯的老百姓都喊他“疯兵”。一直到新中国成立后，我那退职回到林山县野民岭的二姨古玉梅得知了消息，才把张子年从曹侯县接回了野民岭，给他在古家庄找了一间屋子住下。张子年不再疯跑了，可是终日不敢出门，后来就用剃刀割断了手腕上的动脉，把血放跑了。

二姨曾经对我说：“张子年是被吓死的。”

二姨又说：“张子年当土匪出身，杀人越货如麻，胆子天大，怎会被吓死呢？他一定是受了太大的刺激。”

张子年受了什么刺激呢？

没有人能够回答了。*

1991年，我那去了台湾的五舅回来了。1992年，我从四舅那里得到了五舅古建业的《古建业回忆录》手稿，五舅在他的回忆录中，很详实地记叙了我二舅在1940年保州市抗战中的战事经过，我读过之后很是震惊，那一场战事的后面竟是如此错综复杂。历史的真相原来是极容易掩盖的。**

二 1940年北方战区军事会议

那段古城墙一直在那里诱惑着我。

* 读者疑云重重，作者逐一写来，不知作者下边设置了什么样的『悬疑』存在。读者只有手不释卷。

** 如何一个真相？怎样一个硬核？

秋山圖

⊙秋山图

1993年，当我准备写这本书的时候，我登上了保州市东三十里处的那一段古城墙。那是一个秋天的傍晚。远远望去，残阳如一注鲜烈的活血泼上古城墙，将这一段多年失修破败了的古城涂抹得血迹斑斑。几只昏鸦呱呱叫着，挥动着黑色的翅翼，从灰秃秃的垛口处掠走，遥遥扑向了就要燃尽的夕阳。

根据我五舅古建业回忆录中所写，1940年的秋天，也是在我登上这段古城墙时的这样一个秋天，国民党78军军长即我二舅古建勋和副军长焦难先就站在这一段古城墙上，他们有过一次心情极其灰凉的谈话。那天，几个高大威武的士兵荷枪实弹，沿着古城墙的垛口四下游动，显得有些无聊。他们不时看看在城上密谈了很长时间的两位长官。

那时，我的五舅古建业给我二舅古建勋当副官。五舅看到焦难先的副官林志成不耐烦地低声埋怨着。

五舅看着林志成那种心不在焉的样子，就凑过来笑道："老林，怎么丢了魂儿似的。"

林志成对我五舅笑道："古副官，你今天晚上找个因由出来，哥哥我带你去个好去处，城里的思春楼有个叫百灵的山西姐姐，保你销魂的。"

五舅笑道："我可不敢，请假出来嫖妓，让我们军长知道了，我这脑袋就要送给别人了。"

林志成不在乎地苦笑："这鸡巴年头，有一天就说一天，我看谁的脑袋也都是系在裤带上的，再说像咱们这样的杂牌军，还穷讲究什么啊。"说罢，就靠在垛口上，闭起眼睛。

铁红的太阳渐渐烧化了，似一汪红红的颜料，软软地流向幽幽的山谷。黄昏如血。

我那身材高大的二舅，呆呆地望着远天辉煌的落照，他也许觉得自己已被熔化在这热烈的黄昏里了。他身旁的副军长焦难先，一个络腮胡子的中年汉子，也出神地望夕阳西下。他们二人是林山县师范学堂的同学，又同在黄埔军官学校第三步兵科毕业。焦难先从1926年一直跟着我二舅，1940年，他是我二舅手下的副军长，兼196师师长。

五舅古建业在他的回忆录中写到，1938年，我二舅古建勋接手78军之前，78军曾是一支兵力强大的部队。78军辖四个师——焦难先的196师，郭克武的132师，贺如飞的139师，古建勋的158师。到1938年，78军军长蔡勇受排挤被迫下野，刘天虹接任军长，再几个月后，刘天虹在行军途中染上了疟疾，病死军中。我二舅古建勋被提名接任78军军长。但是这时78军已经失宠。郭克武的132师已经划归到黄召涛56军属下了。焦难先的196师，也由北方战区指挥。二舅的78军实际上只有两个师的兵力了。五舅在回忆录中说，古建勋吃亏就吃在上边没有靠山。他的老上司陈明然已经在蒋委员长手下坐了冷板凳。当然，问题还不仅是这些。

五舅回忆说，1940年8月12日，南京方面派参议员关绍方以古建勋表弟的身份来到78军。关绍方是我二舅在黄埔军官学校时的同学，二人交情很厚。后来追随了汪精卫，在南京国防部任职。此次以表亲的身份护送薛寒芸母子三人来78军，是来游说我二舅古建勋反水的。关绍方并带来了汪精卫的亲笔信。二舅委婉地拒绝了。可关绍方有一股子不辱使命的执着劲，仍是天天纠缠着我二舅。二舅不便发作，就把关绍方交给了五舅，让他好生侍奉，自己则躲起来不再见关绍方。虽说如此，但二舅心中并不踏实，关绍方滞留在78军，消息早已经渐渐传开，上峰必然更加猜忌。

我常常想，此时的二舅有些进退失据。二舅是聪明的，他此时却感觉到自己愚笨；他的经验是丰富的，现在却感觉到贫乏。他感觉在自己经验和智慧的库存中，找不到一个解决目前困境的启示。

风渐渐地硬了起来了，焦难先重重地叹了一口气：“军座，关绍方滞留在78军，只怕你是难逃瓜田李下之嫌啊。”叹罢，就把目光转向城墙下边的山野。

暑气已经过去，秋色把草木涂染得深绿。浓浓的绿色中，已经隐隐地露出了夏季的败象。连山野都显得十分忧伤。*

二舅缓缓转过身来，一向粗硬的嗓音有些沙哑：“难先，汪先生待我古建勋有知遇之恩。没有汪先生的提携，怎会有我发达到今日。公与私，我分得清爽。我古某并未随汪先生去南京啊。建勋是个粗人，但是民族大义却还是懂的。汪先生委身倭寇，是他个人性情所定，古某并不赞成。我内人薛寒芸虽是汪先生的表妹，但在国事上与汪先生并无瓜葛，怎好混为一谈？总不该让古某学吴起杀妻求将吧。上峰怎能不问皂白，就要置古某于死地呢……”说到此，二舅已经激愤至极，渐渐地涨红了脸，眼中就有了闪亮的泪花。他仰天大吼一声：“苍天无眼啊！”

城墙下面的五舅和林志成被二舅吼得一惊，慌慌地跑上来。焦难先挥挥手，让他们退下了。

二舅长叹一声：“我真想交出兵权，还乡种田了。此处西去距离我的家乡野民岭也就是140华里，半天就到了。”说罢，他看着辉煌如火的野民岭的方向，已是热泪长流。

焦难先苦笑道：“军座，你若交出了兵权，岂不是交出了脑袋。”

夕阳终于烧尽了，夜的潮水悄悄涌过来。就有了黑色在空中滑动的声音。**

二舅面目狰狞起来：“若逼得紧了，老子只好真的去投汪先生了。”

焦难先摇头道：“莫说气话了。如今国难当头，你我生死都已置之度外，这种恼人的烂事不提也罢。几日后，仓南县就要有一场恶战。彭长官已经命令我明日出发，先行在仓南县驻足。我今

* 七月流火，景色消沉。

** 作者暗示什么？

日只是给你提个警醒，莫遭那般小人算计。说句泄气话，生生死死都是命中注定，军座不必愁肠百结。大战在即，我辈只有舍命向前了。”

二舅冷笑一声：“我早已料到，这种当炮灰的事情，自然是你我这样的杂牌军了。日前攻打保州市，还不是你我各部充作前部，拼杀浴血。他们那些嫡系毫发无损，我看得清楚，不日决战，你我仍是派作打头阵的角色，与其放心不下，莫如借日本人的手消灭掉心安理得。”

焦难先道：“你我只要无愧于国人，后人自会有公论。走吧，彭长官就要开会了。我想他和史坚如还不至于在会上怎样于你，你在城外还有万余弟兄呢。”

二人走下古城，步子都显得滞重。林志成和我五舅带人闷闷地跟在二人左右。

起风了。一阵大风生猛地扬过来，像一匹匹野马，在古城上狂奔，在山坡上的树林中掠过，发出浪涛般的呼啸。残枝败叶在坡上疯滚着，时而斑斑驳驳卷到半空，让人看着眼晕。风中弥散着一股难闻的腥气。二舅就想起当地土人给这风起了一个十分难听的名字。叫什么风？二舅一时想不起来了。

我现在猜想，二舅当时的心情已经糟糕透顶。

二舅已经不再被上峰信任。不再被上峰信任的军人的心情应该是多么灰凉啊！他开始被一点点儿拿掉兵权。被拿掉兵权的军人就是被剪断翅膀的飞鹰啊。

二舅曾是汪精卫的部下。他的太太，也就是我的二舅妈薛寒芸，是汪精卫的一个表妹。这种关系，在中国文化上来讲，二舅就有了与汪精卫不可割断的联系。至于二舅与汪精卫联系不联系，这已经不是二舅的事情了。这是中国文化的特征。

我们今天的某些事情，不是仍旧走不出这种文化现象的阴影吗？

*作者此语，入木三分。

1940年的秋天，我二舅心事重重地去了保州市内的北方战区指挥部。

三十华里路，一个多小时就到了。二舅到达保州城时，保州城里已经拥满了军人。保州市政府门前岗哨林立，如临大敌。十几辆美国吉普车先后驶来，停在了灯光雪亮的门前空场上。

93军军长许景祥，56军军长黄召涛和刚刚提升为副军长的郭克武，78军军长古建勋和副军长焦难先，北方战区副长官兼53军军长史坚如，以及各军参谋长鱼贯走进一间由教室改成的临时会议室。中国北方第五战区彭长官在此召开军事会议。

会议室里临时拉起了一排电灯，亮如白昼。窗户用黑色窗帘严严实实地遮住，正面墙上挂着一张用牛皮缝制的宽大的军事地图，上边密密麻麻标满了红蓝黄三色箭头。

白胖白胖的彭其森长官缓缓走进会议室，他身后跟着一身戎装的副长官史坚如。史坚如冷冷地在会场上扫视了一眼，目光在二舅身上停留了一下，二舅硬硬的目光迎上去，史坚如目光一软，就避开了，他把目光落在了坐在我二舅身旁的78军参谋长谭家轩身上。二人点头示意。

坐在焦难先身旁的56军副军长郭克武笑道："今天史副长官好威武啊。"

史坚如毫无表情地看了郭克武一眼，没有说话。

郭克武有些尴尬，低低地骂了一句："真是操蛋，神气个鸡巴。除了溜腚眼子，还会什么！"

五舅的回忆录中写到，郭克武一向看不起史坚如。史坚如是黄埔二期毕业生，是蒋委员长的嫡系。史坚如更看不起由土匪起家而进入军界政界的郭克武，史坚如曾经说，军人的血质是透明的，土匪手上的血是肮脏的。写到这里，我已经觉得史坚如偏执了，在中国历史上，有多少真正意义上的军人呢？又有多少军人的血是透明的呢？*

彭其森长官没着军装，穿一件蓝色长袍，戴一副金丝眼镜，像个商人。他四下环顾，一脸笑容，给空气紧张的会场带来了一股祥和的气氛。五舅回忆录中写到，彭其森原本就是商家。北平、上海等城市都有他家的字号。后来进了军界，跟蒋委员长过从甚密。此次来北方战区坐镇，自然带来了尚方宝剑。在座军官，大都知道彭长官心黑手硬。那年，他的一批烟土在途中被史坚如手下两个师长暗中截获，坐地分赃了。彭长官竟然不声不响。人们料想彭长官要吃哑巴亏了。谁知事过半年，两个师长被彭长官传唤了去，找一个罪名，关了起来。史坚如闻讯赶来求情，彭长官只是笑，却不放人。过了些日子，两个师长的属下二十余人，被彭长官召去，说是要仔细询问此事，这些人就去了，料想彭长官只是勒索些财物便会作罢。谁知，彭长官问也不问，就把这二十余人并那两个师长，一同处死了。据说就在他眼前让人用绳子活活将这一干人勒死了。这些人一片鬼哭狼嚎，彭长官只是在一旁静静地观刑，面带笑容，并呷着茶水，声色不动。消息传开，人们毛骨悚然。从此，彭长官有了一个“笑面虎”的绰号。

我曾翻阅过国民党抗战将领录，彭其森，字长青，湖北武昌人。生于苏州。父亲是绸缎商人。1926 年毕业于苏州商学会。我很奇怪，一个学商业的，怎么会那么快做了北方战区的指挥官呢？野史记载，彭其森跟国民党上层人物走动很勤，他的北方战区长官，是用大洋买来的。或者如此？

千奇百怪的中国干部制度啊。*

彭长官慈祥地笑笑：“都到齐了。现在开会。”

全体起立，笔直地站好。墙角处有几只耗子吱吱乱叫。有一只大概是受到同类的攻击，在会场上乱跑起来，爬上了彭长官的脚面。彭长官的笑容就僵住，眉间露出些许惊慌。

二舅看在眼里，很想笑。他 1937 年在张家口驻军时，曾枪

* 读者必是体会深刻。

毙了一个倒卖军火的商人，那人与彭长官长得有几分相像。记得那家伙还没被拉出去，就吓得昏死过去了，屎尿弄了一裤子。二舅当时就笑，这样的人还有胆量倒卖军火。

风越刮越大，凶凶地扑打着窗子。那种腥气就钻进了会场。二舅猛地想起来了，当地土人给这风起了一个委实让人悚然的名字：鬼风。二舅后来曾对五舅说，这个鬼风的名字，实在是一种不祥之兆。

三　佐田和他的参谋长小林多喜二

根据史料记载，当彭其森长官在保州城召开国民党北方战区军事会议的时候，日本佐田师团司令官正在仓山县的指挥部里等候着一个消息。

仓山县日军佐田师团司令部，灯光雪亮。两个颇有姿色的日本艺伎正在抚琴拨弄一支名叫《樱花》的曲子。佐田身穿和服，笑眯眯地看着两个艺伎用娴熟的手指灵巧地弄琴。他听得入神，就闭上眼睛，如水的音乐就涌满了房间。佐田就觉得此时犹如在温柔的水中漂浮。

门外有军靴响起。佐田睁开眼睛，见参谋长小林多喜二大佐走进来。佐田挥挥手，两个艺伎躬身倒退而下。

小林报告：“中国北方第五战区现在保州城里召开军事会议。据情报，敌 78 军之一部，将向仓南县做先头运动。”

“噢！”佐田为之一振。他一跃而起，随手从身上摸出两块龟板，扬手抛向空中，随即朝龟板落下的方向深深叩拜。

我写此书之前，曾读过小林多喜二于 1953 年写的回忆录。根据小林多喜二的回忆录所写，佐田极为迷信。佐田自来华参战，每逢大的战事，他必占卜凶吉。小林非常讨厌佐田这种行为。

合龟一看，竟是大吉。佐田一阵高兴，大步走到窗前，推开窗子，朝着窗外不远处的那座关帝庙垂首默祷。

昨天，佐田攻占仓山县之后，就发现了这座关帝庙，就把司令部设在了庙的附近。其时，庙内关帝的塑像已经被炮弹炸成了两段。佐田当下让人从城内捉来工匠修复。据小林多喜二回忆，佐田说他自小曾粗读过中国的《三国演义》，佐田十分喜欢关公这位中国的战神，他认为中国人没有把这位战神供奉到更高贵的大庙宇里，是对这位战神的不敬。佐田对这位战神的虔诚崇拜，不亚于佛。这或者是文化的认同吧。*

佐田默祷完毕，回身问小林："南京派特使去游说古建勋部，有无消息？"

小林摇摇头："古建勋不是普通的中国人，他不会被轻易说动。按照中国传统的道德排列，忠义礼智信。忠是第一位的。忠是忠于君主。汪先生目前已经不再是中国人的君主。相反，中国人现在把他比做中国历史上一个叫秦桧的宰相。这是很不好的事情。"

佐田不解："秦桧？"他的中国历史知识很少，有时总感到小林在他面前卖弄。一年之后，佐田与小林闹翻，小林多喜二调走。小林后来在回忆录中说，他的调离有与佐田军事意见常常相左的原因，更多的原因，是佐田感觉小林多喜二伤了他的自尊心。

小林笑笑："秦桧是中国南宋王朝时期一个有争议的人物。他提倡与邻国搞共荣互通。由于长期的夸张宣传，此人自古以来在中国人心目中的形象很不好。所以说，古建勋不大可能与汪先生合作。"

佐田摇头大笑，抬手击掌，就有一名艺伎端一壶日本川奇酒进来。佐田示意小林坐下对饮。艺伎就跪在一旁侍奉。

佐田饮尽一杯酒，问小林："我们日本有句古话，一个武士的

* 日本人崇拜关老爷，应是坊间传说，不知真伪。

家里并非都是武士。古建勋不与汪合作，难道他的部下就没有可与皇军合作的伙伴了吗？”

小林点头笑道：“师团长料事如神。南京方面做了这件事的安排，已经准备下丰厚的财力。所谓重赏之下必有勇夫。古建勋下属一名旅长已经同意与汪先生合作，该部队现在原曲县驻扎，近日就会有所行动。此事告成，中国北方战区即会撕开缺口，所辖各部必然会士气低落，军心大乱。”

佐田大笑，再饮一杯，已然微醉，站起身来：“小林君，我认为，不管对付敌人还是朋友，我们奉行的都应该是武力。”说着皱身从墙上摘下战刀，猛地拔出。雪亮的战刀在灯光下闪动着凛凛寒气。

小林心里跳了一下，冷眼盯着佐田。

佐田嘶哑地吼一声：“我要让中国人在累累的尸骨中向帝国朝拜。”吼罢，佐田突然仰头哈哈狂笑起来，举起战刀，凌空劈下，一道红雾扬起，跪在一旁的艺伎已被挥作了两段，鲜血直扑了佐田满身满脸。

小林声色不动，心中却涌起一股莫名的惆怅。他在1953年的回忆录中写道：“我总感觉大和民族是一个感情炽热的人种，受了岛域地理的影响，造成了先天的性急，短视和容易悲观的悲剧性格，而缺少内省和临机应变的能力。这些特点在佐田身上表现得尤为突出。日本民族崇拜樱花和武士，而这却是两个悲剧的象征。樱花开得最美的时候，却正是它即要凋零的时候；一个武士最为荣誉的时候，却正是他奔赴沙场的时候啊。”这也许是小林多喜二经过战争之后，对日本文化的反思与批判。

小林不愿再坐下去了。他站起身，淡淡道：“师团长，您醉了。”就转身出来。小林后在回忆录中说，当时他已经感觉到佐田骄蛮自用。1943年，佐田师团在河南战役中的全军覆没，小林说自己是有预料的。

小林回到住处，打开了保州市地图。

四　忧心忡忡的焦难先

五舅回忆说，保州城里的北方战区军事会议开了四个小时，直开到半夜方散。狂风已经歇止。满天月光如洗。二舅和焦难先最先退出会场。

刚才的会议决定被二舅猜中，彭长官把焦难先的196师从78军划出去了，直接归北方战区指挥。彭长官让焦难先赴仓南与佐田师团先行接触，让78军随后接应打援。彭长官还告诉我二舅，说有三个《中央日报》的记者要随78军战地采访。我二舅郁郁不乐。他后来对五舅说，他感觉78军成了一只任人割杀的肥羊。那三个记者分明是军统派来的特务。

二舅对焦难先说："你先走吧，我想去看一看我三叔。此次离开保州市，不知道何时能回来。"

焦难先点点头："我也一同跟你去看一看古老先生。"

二人刚刚要上车，就听到有人喊他们。郭克武走出会场，在门口牵起他那条名叫雪豹的狼狗，喊住二舅和焦难先："二位老总留步。"*

二舅和焦难先转身看看身材瘦小的郭克武。二舅很冷淡地问："郭老总有何见教啊？"自郭克武把132师从78军拉走之后，他对郭克武很是反感。

郭克武在野民岭当过十几年的土匪，为人粗鲁，痞味很重。自1927年从野民岭逃走之后，他曾在张作霖手下当过营长团长。后来投奔到78军陈明然属下任旅长，当年，二舅因与郭克武同是林山县老乡，曾一度和郭克武交往颇深。不料去年出了这样一件事情：郭克武的弟弟郭克城和焦难先手下一个姓梁的旅长联手武装走私烟土，被焦难先得知。焦难先治军很严，严禁部队抽大

* 此处顺手写了一笔「雪豹」，后边必有「雪豹」的情节安排。

烟，就让他的亲信37旅旅长郑国英暗中追查。那次，郭克城和梁旅长刚刚把烟土运到张家口城里，就被追来的郑国英截获，郭克城和梁旅长拒捕，双方就动了枪。郑国英是个焦躁性格，把部队压了上去，郭克城和梁旅长被击毙，所有烟土被郑国英就地烧了。当时，二舅刚刚任78军军长，他没有料到会发生这种事情，惊得二舅陪焦难先亲自上门去向郭克武谢罪，被郭克武骂了出来。至此，郭克武与焦难先反目。郭克武发誓要割下郑国英的人头，祭奠郭克城。两个月后，郭克武就私下活动，把自己的132师划到了黄召涛56军去了。

郭克武笑道："二位老总即要开拔，小弟准备下几杯水酒，为二位老总壮壮行色。"

焦难先抱拳拱手，微微笑道："不敢劳烦郭军长了。去年那件事，实属焦某治军不严，伤了令弟的性命，也伤了我们之间的和气。今日军情紧急，焦某就不敢盘桓，打完这一仗，焦某定到帐前谢罪。告辞。"就转身大步走了。

郭克武讪笑道："焦老总今日夺得先锋印，英雄得志，果然不肯给老郭一个面子了。"

二舅在一旁道："克武兄，古某有一句，不知当讲不当讲？"

郭克武大笑："古老总一向爽直，怎么也学会了客套！请讲请讲。"

二舅道："大敌当前，还望我们精诚团结，同仇敌忾，一些旧怨，还要暂且置于脑后才是。"

郭克武笑道："古老总，你为人仗义，我老郭一向佩服，不过……"说着就走近了些，放低了声音："只是而今人心不古，世情险恶。你我这样的杂牌比不上那些嫡系，要自己疼爱自己才好。不要被人家做了鱼食。姓彭的让你去打援，你莫认真哟。"

二舅心头热了一下，觉得一向刁钻的郭克武竟也讲了真话。可他脸上却不动声色，也许郭克武听到了一些什么。二舅笑道：

“谢谢郭老总提示。只是我不想要你总记着焦难先当年那一箭之仇。冤家宜解不宜结啊。”

郭克武嘿嘿笑了：“古老总，你真是个仁义汉子。我郭某闯荡江湖几十年，恩恩怨怨见得多了。那一件区区小事我早已经忘记了。若提旧怨，想我老郭当年还是被令尊大人赶出野民岭的呢。我何曾记过仇呢。你若能再见到焦老总，就让他代我向郑师长问候。”说罢，郭克武一抱拳，就上了吉普车。*

雪豹没有上车，就跟在车后边箭一般飞跑起来。

二舅呆呆地站在那里，盯着郭克武的车子没进了夜色。参谋长谭家轩走过来：“军座，我们去哪里？”

二舅看看面色清秀的谭家轩，轻轻叹了口气，说一声：“回军部。”就转身上了吉普车。他不知怎么突然打消了去三叔那里的念头。

五舅回忆说，二舅当时的心情极其灰凉。他现在手下只有邓天桢、贺如飞两个师了。五舅说，1938 年自从蔡勇离开 78 军之后，78 军在我二舅古建勋手里就一步步走向了瓦解。

五舅回忆说，焦难先当时的心情也不好。但是焦难先比二舅稍稍清醒些。焦难先曾经对五舅讲过，即使 78 军跟汪精卫没有旧时的联系，仅古建勋、焦难先、郭克武这几个人同是林山县的乡党，也会让上峰猜忌的。焦难先说过，无论如何，上峰是不会让 78 军坐大的。把焦难先的 196 师划离出 78 军，是焦难先预料之中的事。

保州市的秋夜，一片寂静。

焦难先坐在吉普车中，看着车窗外。银白的月光在街上流淌，车子似乎在水上漂游。不时有巡逻车在街上呼啸驶过，让人感觉保州市弥漫着凶凶的杀气。焦难先想起刚刚接受命令时，彭长官那双笑眯眯的眼睛中藏着的杀机，彭长官要 196 师先行赴仓

* 匪气、痞气、流氓气、牛气、豪气、江湖气，郭克武性格跃然纸上。

南县迎战佐田。这一招儿既削弱了古建勋的实力，也为下一步将古建勋从 78 军搞掉做了铺垫。大敌当前，先要纠缠上这些无谓的内部争斗，焦难先一阵阵心寒。

吉普车刚刚要驶出城，焦难先猛地醒悟，吩咐司机掉头。

副官林志成问："军座要去哪里？"

焦难先苦苦一笑："此一去不知是否还能回来。我想再去看望一下古老先生。"

吉普车重又开回城里，颠颠簸簸转进了一条小巷，在小巷的深处停下。

焦难先跳下车来，大步走到一个门前，抬手轻轻叩动门环。不一会，门就开了，迎出一个青年汉子。

焦难先微微一笑："老先生睡下了吗？"

汉子轻声道："老先生还在堂上作画，刚刚还念叨将军呢，快请进吧。"就闪身在一旁。

焦难先放轻脚步走进门。

这是一处老式的四合院。院中有一棵老柳，风儿吹过，枝条扬扬甩甩，弄碎了满院的月光。院子里种了一些花草，三面墙上爬着红白紫三色相间的牵牛花，已经开败。墙下有几盆未放的新菊，窗前绑成支架的竹竿上，挂了一些丝瓜和扁豆，叶子招摇，在月光下十分惹眼，给人一种超凡出世的幽静感。焦难先心中涌起一种感叹：万物都在轻灵的生死中转动。他的心绪一阵乱，有些伤感的东西浮涌上来。*

焦难先走进正房，正房的客厅里灯火通明，一个花甲老者，正聚精会神伏在宽大的紫檀木桌案上作画。老者白发灰眉，一缕长长的银须在胸前飘洒，一身灰布衣服，透出一股道骨仙风的气概。此人正是古鸿洲。**

五舅回忆说，1940 年 78 军在保州市的日子里，二舅和五舅去看望过他们的三叔古鸿洲，焦难先也曾作陪一道随去看望。焦

* 写景即写古鸿洲之人生态度。焦难先伤感，应与古鸿洲心灵之间，或有某种暗合。

** 寥寥几笔，形神俱备。

难先去看望古鸿洲，不仅仅因为古鸿洲是林山师范学堂第一任校长，更因为古鸿洲是民国的元老。古鸿洲早年东渡留学，后曾在日本讲学，还曾是日本现任侵华司令官岗村宁次的汉学讲师。他在武昌起义后回国，先在黄兴手下任职。后因与同僚负气，就自荐到林山县做了一年的县长。因袁世凯要复辟称帝，就愤然辞职去蔡锷手下做了参军，蔡锷死后，他再度流亡国外，再后来回国，在国民党政府任闲职。后来在南京当过一年代理副市长。1936年辞职，来保州市闲居，闭门修炼丹青。古鸿洲名气大，在军界政界声望很高，有许多弟子和故交，登门拜望者或求画者如云。就连天不怕地不怕的郭克武也曾上门问候，后又派人送了些礼物过来，以示敬重。

古鸿洲神情贯注，全然不晓焦难先进来。焦难先也不说话，轻轻上得堂来，静静地站在一旁，看古鸿洲笔走龙蛇。屋内静得直听呼吸响。

古鸿洲笔下是一幅泼墨山水。远处几座高山，画得伟岸险峻似隐若现。两只苍鹰冲天而起，飞扬跋扈。一块乌云远远移动，透出险象。山下有一条小溪，湍湍正急。三叶小舟，由涧底飘然而至，十分悠闲自得，似浑然不觉大雷雨在即。画面张弛相对，疏密相间，极有章法。焦难先看得眼呆，失口叫一声："好。"目光就定在了画上。*

古鸿洲猛回头，哈哈笑了。他放下手中的笔："焦将军来了，快快请坐。"就吩咐下人上茶。

古鸿洲笑笑："将军可是要出征，特来向老夫作别？"

焦难先点头道："正是。特来向前辈求教。"

古鸿洲眉头皱起，长叹一声："谈何指教？国难当头，哀鸿遍野。将军自然要奋勇杀敌了。"此话讲毕，屋内一阵沉默。

焦难先一时也无话，就把目光投到对面的墙上。壁上空空，只悬有一柄宝剑，鱼皮古鞘，古色古香，让人感觉绝非平常

* 大构图必是大心胸。

之物。

一阵细碎的脚步响，焦难先转身去看，见一个青年女子走到画案前，将一砚研好的墨端上来。女子秀色姣丽，美丽中透着几许忧郁。焦难先曾听到传闻，古老先生有疾，常有一些姣美女子陪伴左右才可作画。

焦难先问道："前辈要画什么？"

古鸿洲笑道："我拟画一长卷。早已成竹在胸，只是我体力不胜，十分沮丧。"

焦难先道："前辈身体有碍，何不另找一块清静地处，修身养性。如有打算，晚辈可以效力。"

古鸿洲摇头笑道："谢谢将军美意。只是老朽腿脚懒散了，大概要在此地坐化了。"

焦难先笑笑："晚辈有几句话不知当讲不当讲？"

古鸿洲微微一笑："不妨。只管坦言讲来。"

焦难先就说道："现在国势式微，危若累卵。人心也乱，人言也乱。外面对前辈颇有些谬论，以讹传讹，难免要三人成虎啊。"

古鸿洲哈哈笑了，抬手一捋胸前的白须："我早已听到不少，不外乎谣传老夫与岗村的交往。老夫当年在日本的确做过岗村的汉学讲师，但总不会以此给老夫定下一个汉奸的罪名吧。"

焦难先摇头叹道："这倒在其次。日前，南京陈璧君女士曾在报上发表文章，说她曾在前辈门下学习丹青，谆谆教诲，至今不忘。陈女士此举，只怕是顾左右而言他，对前辈名节多有不利啊。"

古鸿洲勃然变色，一拍桌案："荒唐至极。一个卖身投靠的女子，国人难道会相信她的一套鬼话！"

焦难先道："不论怎样，前辈总有瓜田李下之嫌，难免授人以柄。恕晚辈直言了。"

二人一阵无语。

古鸿洲沉默了片刻，便站起身："老夫谢谢焦将军一番关怀。"

焦难先起身告辞。古鸿洲送他出来。

走到院中，古鸿洲道："焦将军，老夫多嘴了，你面上多有灰气，怕是此去多有不测，当心为好。"

焦难先心头一震，就有一种不祥。古鸿洲精通周易，与人说卦看相，常常一语中的。

风儿漫不经心地拨动着那棵老柳的枝叶，弄出一片碎碎的乱响，听得人一阵阵心中焦躁。

古鸿洲微微一笑："老夫姑妄言之，将军姑妄听之。"

焦难先苦苦一笑："多谢前辈指点。国难当头，晚辈也就顾不得爱惜自己了。生死祸福，只有听天由命了。"说罢，就沉沉地行一个军礼，大步走出了院子。他的步子有些涩重。

古鸿洲淡淡地看焦难先去了，脸上全无表情。许久，长叹一声，又抬头望天。

只见满天月光如水。*

五　郭克武与青风会的联系

据林山抗战史料记载：1940 年秋天，国民党 56 军 132 师驻守在保州市外的肖家镇。

肖家镇在保州市城南十里处，传说是汉开国丞相萧何的封地。镇前有一座萧何庙，已经多年失修，现做了 132 师的行辕。彭长官让郭克武守在这里，一大早，56 军军长黄召涛打电话给郭克武，黄召涛嘻嘻哈哈地说，现在彭长官对郭副军长很赏识，希望郭副军长将来能堪大任。郭克武当然明白彭其森是拉拢他的意思。去年他跟古建勋闹翻，把队伍拉出来，他就有些后悔。他知道古建勋的人品比黄召涛靠得住，至少他跟古建勋还算是老乡。而黄召涛简直是一条狼，当年笑眯眯地拉拢他，现在恨不得把他

* 但听心中狂风大作。

的132师全部吞掉。郭克武也嘻嘻哈哈地说了几句多谢黄军长栽培的话，就放了电话。郭克武恶恶地骂了一句："都是王八蛋东西！"

郭克武摸出怀表看了看，知道196师已经开拔，立刻喊进姜副官，劈头就问："那件事办得怎样了？"

姜副官不到30岁，瘦瘦的身材，透着干练精明。他原来是沈阳街头的一个要饭花子，那年在街头寻衅，被郭克武撞见。郭克武上前呵斥，不料这个花子竟跟郭克武耍开了泼皮，用石头把自己的脑袋砸了个口子，血就哗哗地流。郭克武为人顽劣，看得有趣，就让人给他包扎了，带回了团部。后来，就让他留在身边当了勤务兵。后来，郭克武到中原作战，负了伤，这个小叫花子冒死把他背下来。之后，郭克武就提他当了自己的副官。*

* 哈！读来有趣。姜副官竟是街头泼皮出身。郭长官选拔人才独具慧眼，果然不拘小节。

姜副官道："我昨天已经找到了青风会的二堂主。只是余堂主不曾得见，不知大哥什么时候去拜山门？"

郭克武道："现在就去，你我都要换件衣服。这个余大头也真是神气了，连面也不见呢。"

姜副官转身出去，不一会儿，托着两件青布长衫和两顶礼帽进来。雪豹蹿蹿地跑过来，围着郭克武撒欢。郭克武踢了雪豹一脚，笑道："滚，今天不带你去的。"就开始换衣服。

吉普车碾着黎明的雾气，驶出肖家镇。驶进保州城里时，天光渐渐亮了。太阳从东方的山峦跳出，雾气使得它显得很大，很红，边缘模糊，很像一片大大的伤口，让人看得心紧。

进了城，姜副官就笑道："大哥，你可是故地重游，有何感想啊？"

郭克武笑骂："有个屁感想，当年老子是让古建勋他爹从野民岭赶跑的，野狗一样窜到这保州城里吃过一顿饭。说到底，那老汉真是个好汉哩。"

姜副官沿路看着街道："大哥，这保州城是座古城哩。"

郭克武笑：“听说这城墙是北宋年间所造，明清两代多次加固。沿街的牌楼房舍多是明清所建，我也说不好。我老郭没有这份文气。”说罢大笑起来，边笑边看着街道，他突然想起当年自己在这里绑票的事情来。他骂了一声：“真他妈的鸡巴快。13 年过去了，老郭也老球的了。”*

街上古风荡荡，宜人心魂。目前，日本人刚刚被赶走，街面上又恢复了往日的繁华。晨阳刚刚落进城内，叫卖声就满了大街小巷。只是沿街走动的巡逻军人，给城市增添了许多肃杀气氛。姜副官指引着吉普车驶进一条小巷，姜副官先跳下车来，在一家大门前用力叩动门环。

郭克武跳下车，抬头看看这一处宅子。高大的墙院，一色的青砖。几株松柏很是伟岸，苍老的枝叶探出头来，能看出这家院子已是年代久远了。红漆的大门，密密麻麻钉满了拳头大的铜钉，闪闪发光。门上悬挂一块匾额，十分爽目。上写：百年如意。字体苍劲雄浑，看出绝非等闲之辈的手笔。

郭克武嘿嘿一笑：“这青风会气派得很哩。余大头真是不可小看了，果然发了横财哩。”

保州市地方志记载：保州市的青风会原是清末哥弟会在北方的一个边缘组织，任务是为哥弟会筹措粮食，后来帮内争斗分裂，青风会就自成了体系，主要是经营一些粮食生意。1932 年，野民岭斜坡村的余大头接手了这个组织之后，逐渐改变了这个组织性质，余大头广开山门收徒，于是青风会庞大起来，分堂遍布保州地区的仓山、仓南、刘县等十几个县。在省城也设有分堂，还发展到了山西和内蒙古。余大头把野民岭山匪杀人越货的经验用到其中，青风会渐渐也变得十分神秘，并逐渐演变成一个地地道道的受雇佣的杀人组织，在江湖上颇负盛名。据说，军统曾多次想吞并这个组织，可是一直没能成功。保州市是青风会的老堂驻地。新中国成立后，保州市公安局逮捕的青风会首领们交代，

* 唉！也算是少小离家老大回？

那天郭克武来拜山门，是请青风会做一件杀人的生意的。他们交代说，如果知道郭克武后来赖账，他们是不会接这件杀人生意的。

此时的郭克武很有信心。昨天姜副官已经跟青风会的二堂主见过了。郭克武当年流落到东北之后，曾入过帮门，这次就是以拜山门为由，来雇佣青风会的。他也很想见一见过去的老朋友余大头。他没有想到青风会能够发展到这样大的声势。

红漆大门缓缓开了，闪出一个伙计打扮的青年汉子。汉子打量了一眼姜副官和郭克武，就抱拳施礼问一声："九曲弯弯弯那王庙。"

郭克武点头笑笑，随口答道："十层台台台北五台。"这一套黑话，郭克武很熟练的。

汉子再问："前门进左有青松绿柳。"

郭克武再答："后门出右看天竺海棠。"

汉子微微一笑，闪在一旁："请。"

郭克武和姜副官被引进正房。一个白发白须，身着灰布长袍的老者，正端坐在太师椅上。老者左手端着一把银制水烟壶，右手指夹着一支长长的纸煤儿。起身淡笑道："老汉有失远迎。两位老大请坐。"

郭克武深施一礼："兄弟唐突叩山门，门里门外，还望帮衬。"

老者笑道："安清不离远与近，好说好说。上茶。"

一个孔武雄壮的伙计就端茶上来。

老者呼地一口吹燃手中的纸煤儿，点着烟壶上的烟丝，吸了两口，就把烟壶放到桌上，看一眼郭克武："请问老大高姓。"

郭克武道："好说。弟子在家姓郭，在外姓潘。"

"请问老大何处来？去何处去？"

"弟子从来处来，到去处去。"

"敢问老大贵帮号？"

"回老大，本帮号长白16。"

"贵帮船只旗号？"

"本帮船18只，八千口，火头旗，生铁杆。"

"老大排行为几？"

"头顶万字，脚踏吾字，怀抱学字。"

"贵师何人？"

"子不言父名，徒不说师号。"*

老者哈哈笑了："真是自家兄弟了。不知郭老弟来此地何事？是否出门匆匆忘记了柴米，浅在了这里。不必客气，张口即是。"

郭克武摇头笑道："兄弟不缺柴米，只是送一件生意上门。还望老大引见接纳，我与余帮主曾是故交。"

老者眼睛一亮，不再笑，盯住郭克武："余帮主近年躲清静，不大见客。"

郭克武脸上显出失望的表情。他没想到余大头现在变得架子这么大了。他心里恶骂了一声。

老者笑道："我听郭老弟的意思是来替人催活儿的？"

郭克武道："正是。"

老者道："催活儿上门定做就是，不必找余帮主了。"

郭克武拱手道："我听说门内兄弟可先红后白。我近日手面稍有尴尬，不好意思，特来请老大通融。"就看了姜副官一眼。姜副官就从包里取出三封银洋，放到桌上。

老者笑道："自家兄弟，不必客气，兄弟既是余帮主的故交，好说好说。我引你们进堂就是。二位稍候。"说罢，起身进了内室，片刻，双手托一柄刀出来，交与郭克武。郭克武忙躬身接过。

老者笑道："老弟可带此物去城内北街'何记长生店'。柜上验过此物，就会按照先红后白的堂规，接下你的活儿。"

郭克武忙谢了，将刀交给姜副官。

郭克武起身告辞，老者把郭克武送出大门，拱手道："郭老

* 言来语去皆黑话，老郭原来帮内人。

弟，恕不远送。”大门就重重地关上了。

郭克武带着姜副官走在街上，一股很复杂的心绪浮上心头。13 年过去了，郭克武又神采飞扬地回来了，而弟弟郭克城却死在了外面。郭克武没有感觉出保州城有什么变化，但心中却涌出一种人生的苍凉感。

“何记长生店”在保州市北街深处。此街共有七八家棺材铺，一些做好的棺材就抬出放到了街面上。或是大红或是大黑，在阳光下十分扎眼，让人看过心头懔然，似走到了阴阳界上。郭克武走进何记长生店，店内并无主顾。一个瘦小的伙计笑吟吟地上前招呼：“二位客人要用材？”

郭克武点头：“自然是有生意上门了。”就看姜副官，姜副官就取出那柄刀，递与伙计。

伙计脸色陡地一变，接过那柄刀，细细端量，就小心收起，低声道：“二位随我到后边说话。”

穿过一条长长的过道，三人就到了后边的一间房子。走进去，屋内一片阴森，窗子上遮着黑布，几只棺材摆在屋里。郭克武心头就掠过阴阴的寒气。

伙计反手把门关上，点燃一支蜡烛，笑道：“掌柜的，二堂主领来了活儿。”

话音刚落，一阵吱吱咯咯的响声从一只棺材里发出来。随着几声咳嗽，那只棺材盖子就自动掀开了，一个刀条脸的汉子手举着一只烛火站了出来。

郭克武捏紧了心，就感到这个刀条脸并非阳世间人，那摇曳不定的烛光在那张刀条脸上晃来晃去，更添了几分恐怖。*

刀条脸哑哑的声音问道：“二位老大可是替人买寿材的？”

郭克武道：“不知贵店开什么价钱？”

刀条脸干干地笑了：“一分价钱一分货色。”

郭克武笑道：“价钱好商量，只要你们活儿做得利索。”

* 读者或与郭克武同感，有半夜三更点着油灯读《聊斋》的悚然。

刀条脸淡淡地："二位要我们去做哪一个？"

郭克武一字一顿："郑国英。"

汉子呆了呆，声音稳稳地："莫非是78军196师副师长郑国英？"

郭克武点头道："正是。不知开什么价钱？"

刀条脸久久不语，空气闷得人心头汗津津的。

刀条脸终于说话了："漫天要价，就地还钱。二位可先报一个价钱上来。"

郭克武道："我可以出50万大洋。"

姜副官一旁笑道："这个手面不算不阔绰了吧？"

刀条脸沉沉地道："这个价钱还算可以。二位可以走了。"

郭克武却没有动，笑道："店家还有什么要交代的？"

刀条脸嘿嘿笑了："二位既是二堂主引见，就该知道敝店的规矩。郑国英死后第三天，二位就要将50万大洋送到这里。如果二位眼下手面吃紧，从现在开始，就要费心用力去筹措这50万了。这毕竟不是个太小的数目。"

郭克武大笑："这个你们放心。"

刀条脸也笑："我们从没有为这种事担心过。"

郭克武道："我只要你们一个死话，此事几日能办清？"

刀条脸几乎想也没想："五天之内，人货两清。"

郭克武道："我们要不要立个字据为凭。"

刀条脸摇头笑道："小店虽然名头不亮，却是一言九鼎，我们从未与任何人立过字据。"

郭克武爽然一笑，拱手告辞，就和姜副官出来了。

刀条脸并不送他们，只是阴阴地一笑，噗地一口将蜡烛吹灭。屋内又是一片黑黑的死寂。

六　二舅的困境

天还没有破晓，保州市北郊的78军司令部的灯突然亮了。

五舅回忆说，那天黎明前，二舅头疼欲裂，我二舅妈薛寒芸惶惶地让我五舅去喊军医马光过来给我二舅针灸。

二舅后来对五舅说，那天晚上，他做了一个噩梦，梦到被人绑上了刑场，举着鬼头刀的刽子手狞笑着走上前，二舅破口大骂，那个刽子手手起刀落，二舅就觉得自己的头飞了出去。二舅跑着上前去追自己的头，却怎么也追不到。他愤怒地大吼一声，就醒了。醒来之后，浑身大汗，他头疼得要炸开似的。二舅后来对五舅说，他感觉这个梦是一个凶兆。

五舅匆匆喊来军医马光。马光给二舅扎了几针，二舅感觉好多了。

站在一旁的薛寒芸担心地问："马医生，怎么样？"

马光笑道："不要紧的，军座主要是休息不好。"

二舅苦笑笑："马医生，你去休息吧。"

马光笑笑，他拾起药箱就走了。薛寒芸对二舅说："你再躺一会儿吧。"

二舅摇摇头说："我没事了，你睡吧。"他随手点燃一支烟，闷闷地吸着。

随着阵阵鸡啼，越来越亮的晨光漫进了窗子。街上传来脚步声和口令声，是哨兵换岗了。二舅看看身旁的薛寒芸，不由得轻轻叹了口气。

据五舅回忆，二舅的部队刚刚在保州市集结，关绍方就把薛寒芸和两个儿子从南京送来了。其实本来二舅也想打电报让他们来的。薛寒芸带着孩子住在汪精卫那里总是有人议论长短。二舅曾对五舅说，他原想在保州城里买一处宅子，让薛寒芸母子暂且住下。或者，他想把薛寒芸送到野民岭古家庄去。可是，眼见着保州市就要燃起战火，二舅放弃了这个打算。但是把他们母子放到何处，二舅却没有了主意。使二舅更加心乱如麻的是，他还不知道应该如何处理关绍方这个来劝降的老同学。

二舅轻轻走出来，在院子里吸烟。这是一家大户人家的宅子，暂时被征用做了78军的司令部。院子南边和北边是两溜青砖灰瓦的房子，院子当中有两棵粗壮挺拔的槐树，横空伸展的枝干撑起两顶硕大的伞盖，荫护着这院子里也许已经生息了几代的主人。二舅向北房看去，灯光仍然亮着。谭家轩的副官曹敬贤正站在门外，见到二舅，就立正敬礼。二舅朝瘦瘦的曹敬贤点点头，就走进去。参谋长谭家轩正伏身在铺展在两张八仙桌上的地图前，沉思着，他竟没有察觉我二舅进来。

五舅回忆说，二舅对谭家轩的感情十分复杂，一方面，二舅颇欣赏这个年轻有为的参谋长。谭家轩两年前调任78军参谋长时，二舅不仅十分戒备，也十分看不起这个乳臭未干的军官。1939年8月，78军在沙河战役中，二舅患了疟疾，昏迷了四天四夜，谭家轩代他指挥，竟重创三倍之敌，而后78军脱身撤去。从此，二舅不得不对谭家轩青眼相看了。只是谭家轩常常十分的忧郁，沉默，让人不好猜测。贺如飞等几个师长提醒二舅，谭家轩是上面安下来的眼线。二舅曾经多次对五舅讲过，谭家轩若成为自己的心腹该多好啊。

二舅咳嗽了一声。谭家轩转过身来："军座，你起得好早。"

二舅道："我睡不安稳。焦难先昨天开拔了。这一仗够他受的。怎么，你又是一夜没睡？"

谭家轩笑笑："我习惯了。"又转身去看地图，语调有些隐隐的凄凉："军座，仓南县血战，已成定局。况且此战非同小可，举足轻重。放着精良骁勇的史坚如、黄召涛这般牛刀不用，偏偏让焦难先这样一支杂牌军去打前站。莫非彭长官深谋远虑，真的是举重若轻了。”

二舅看了一眼谭家轩，心里骂，这都是姓彭的夺我的权呢。你是真不明白，还是装聋充哑。二舅脸上却不动声色，淡淡地说了一句：“主将不明，累死三军，都是活该的事。”说罢，就仰靠在沙发上，闭上眼睛。他感觉困意又潮水一样涌上来。

谭家轩淡淡地问道：“军座，你表弟关先生走了吗？”

二舅一怔，困意顿时跑光了，睨开眼睛：“还没走。有事？”

谭家轩摇摇头：“没事，我只是随口问问。”他又说道：“部队明天开拔，我到各师去看看。”就出门去了。门外就传来曹敬贤给谭家轩牵马出门的声响。

二舅又点燃一支烟，深深吸一口。窗外传来报晓的鸡叫。晨曦缓缓刺破了夜幕。急促的马蹄声渐渐远去了。二舅闭上眼睛，却再无睡意。

二舅闷了一刻，呼地站起，大喊一声：“古建业。”

好一刻，五舅才揉着眼睛跑进来。

二舅看他一眼：“你怎么又睡着了，昨晚上又跑出去了？”

五舅不好意思地笑笑。这件事在五舅的回忆录中一笔带过了，他只是讲焦难先的部队出发前的晚上，他睡得死极了。他说从没有睡得这样死过。我猜想，那天晚上，五舅一定和焦难先的副官林志成去了保州市的思春楼妓院。我还猜想，那天晚上，五舅随林志成去了城里的思春楼之后，一定跟那个叫百灵的山西妓女干了半夜。那个女人肯定不同凡响，床上手段一定很厉害，所以才把五舅身子弄得乏乏的，回到营地就睡死过去了。当然，五舅在他的回忆录里并没有讲这些，这只是我的猜测。*

* 哈哈！猜测？作者想象力丰富，实写五舅『寡人有疾』。

五舅跟随二舅已经十多年了，曾有两次在战场上把负伤的二舅背了下来，二舅十分爱惜五舅，总想把他放在身边。因此，五舅也就总没有提拔起来。但五舅并没有怨言。我猜测，二舅对五舅好色的毛病也就睁眼闭眼了。二舅看了五舅一眼，叹了口气：

“你呀！”

五舅干干地站在那里，手足有些无措。

二舅问：“关先生这几天怎样？”

“还好。昨天傍晚，贺师长还找他喝酒呢。”

“他说过几时走？”

“他不曾提起过。”

“参谋长问过你什么吗？”

“没有。”

二舅笑了。以谭家轩那样的人物，怎会向自己的副官且是亲弟弟打听关绍方的情况呢。

二舅点燃一支烟：“你去把贺师长，邓师长，周旅长喊来。”

五舅答应一声，转身去了。五舅后来回忆说，当时二舅手下只有贺如飞、邓天桢两个师了。周志远这一个直属旅实际上只有两个团。

不一会儿，贺如飞和邓天桢、周志远先后到了。二舅吩咐五舅：“不许别人进来。”五舅答应一声，就守在了门口。

二舅望望这三个心腹部下，说：“彭长官要我们援应焦难先部，然后在仓南县打围。我想听听三位的见解。”

贺如飞皱眉道：“军座，现在我们是被姓彭的当猴耍了。以咱们这点破装备，这苦仗恶仗都让咱们去承受。这是要 78 军去当炮灰啊。现在我的 265 旅还在原曲县受困，孤立无援，史坚如应名接应，却按兵不动。齐成章催了好几回了。说史坚如再不发兵，他就大开城门，投降日本人了。”

二舅骂道：“混账话。”

邓天桢笑道：“军座，78 军这一回真是被人送到了火炉上烤啊。现在外面对您的闲话委实不少。关先生还没走，他总不能长留在我军啊。”

二舅皱眉道：“我有心冷落他，他却看不出，赖在这里。我与他总归是兄弟一场，我也不好撕破面皮啊。”

周志远道：“昨天《中央日报》来的三个记者，二男一女，说是现在关于78军的传言很多，他们要随军采访些日子，写些稿子，以正视听。昨天还在老邓的防地转悠呢。这关先生的事情，还是早些打发他走路为好。”

贺如飞怒道：“天桢，你把那几个狗屁的记者赶走。”

二舅摆手道：“使不得，他们是彭长官派下来的。据说，其中一个与彭长官私交甚厚。他们愿意看什么就看什么，你们注意些就是了。” *

门外传来急急的脚步声。五舅进来报告：“军座，参谋长回来了。”

周志远骂道：“这个谭家轩也是一条狗。关先生的事，他一定闻出味道了。”

二舅叹道：“谭家轩是何等人物，这件事休想瞒得过他。这事也就是做到人人心中有，个个嘴上无就是了。”

谭家轩一脚踏进门来，满脸急色：“军座，原曲县齐成章告急。”

二舅“啊”了一声，就站起来。屋里的人都呆住了。

谭家轩又道：“再有，焦副军长在距离仓南县三十里处受阻，郑国英副师长他……”谭家轩面有悲伤之色。

二舅皱眉：“郑国英怎么了？”

谭家轩的声音有些哽涩：“郑国英副师长在途中被人暗杀身亡。”

二舅大喝一声：“什么？你说什么？” **

* 记者？抑或眼线？

** 唉！郭克武买卖成交。

插话：郑国英之死

郑国英死得的确突然。五舅的回忆录中也没有对这件事做更多的叙述。郑国英之死的确是一件很不正常的事情。对于郑国英的死一直有两种说法。其一：郑国英在行军至仓南县的途中，被日军特工人员伏击，中弹身亡。其二：郑国英被保州市的帮会组织青风会受雇于人所害。我同意第二种说法，即按第二种说法叙述如下：

焦难先的196师开拔后，第二天到达了仓南县境内。天却阴得重了，再走出几里，天就下起了毛毛细雨。渐渐下得大了。道路就泥泞起来。士兵们征衣湿透，步履涩重，在雨水中蹒跚行走着。

先头部队的一个团由副师长郑国英带领，郑国英骑在马上，浑身湿透，他心中十分郁闷，硬着一张脸，不说话。

团参谋长小心地说道："让部队避避雨再走？"

郑国英瞪他一眼："屁话。军情急如火。天黑时，必须到达仓南县城。"

联络官策马跑来，在吉普车前勒马报告，说当地乡绅特意在前边设酒，要为郑将军壮行。

郑国英不耐烦道："不见。他们怎么知道老子到了这里？"

团参谋长苦笑道："这年月能保住什么秘密。"

联络官打马前去了。郑国英仰头看看天，只见雨越下越猛。

不一刻，联络官又折回来报告，说那些乡绅执意要见郑师长。

郑国英透过雨雾已经看到，前方道旁有十几个乡绅在雨中跪着，手里高高地举着酒碗。这一幅雨中图画十分感人。

郑国英心头一热，就跳下马来，大步走向那几个乡绅，伸出双手去搀扶他们。连声说道："各位父老，郑某担当不起啊。"

其中一个留着山羊胡子的乡绅问道："您就是大名鼎鼎的郑国英将军？"

郑国英点头道："正是在下。"

山羊胡子高高举起酒碗，朗声道："久闻郑将军大名，今日特来向郑将军敬酒。祝郑将军早传捷报。”*

郑国英笑道：“郑某真是不敢当了。各位绅士的盛情在下心领。只是郑某行军从不用酒，以免误了军中大事。”

山羊胡子呆住，看了郑国英一眼，猛地哈哈大笑起来：“既如此，这杯水酒就算是为郑将军送终了。”手一扬，那酒碗就朝郑国英面门掷来。

郑国英一惊，挥手将那酒碗击落，就见那十几个乡绅同时趴下，身后的草垛就伸出十几支冲锋枪来，朝着郑国英乱射。

这期间突变太快，谁也没有提防。郑国英和团参谋长及联络官几个人，登时被如风的子弹击中。

郑国英怒目暴张，大吼一声：“什么鸟人，敢暗算老子……”他向前跨了两步，就扑倒了。血从胸前涌出来。

参谋长等人也倒在了血泊中。

十几个乡绅同时滚了出去。郑国英身后的卫队如梦方醒，大步抢上来，向这些杀手射击。这些乡绅模样的人一个也没有跑掉，全部毙命。躲在草垛里的十几个杀手，也被冲上去的卫兵击毙。

焦难先闻讯从后队赶到，看着血泊中郑国英的尸体，泪如雨下，不禁仰天咆哮起来：“想不到我最勇猛的部下，竟倒在了这里！是哪一个下如此毒手？”

一阵阵的凉风吹过来，雨下得更加急促起来。泥泞不堪的道路上，泛着浑浊的泡沫。血水在雨水中渐渐淡化了。卫兵为焦难先撑起雨伞，被焦难先粗暴地推开。他感到了一种难言的压抑。

十几个被雨水浇透的士兵，从队后抬来一具黑色的棺材。焦难先知道，这是郑国英出征前在保州城里为他自己匆匆做下的，实为激励部队拼死沙场。谁也不会想到，郑国英竟然会倒在这里。

雨点噼噼啪啪砸在棺材上，发出沉闷的声响。焦难先听得心

* 敬酒就是敬钞票。郑将军在他们眼里就是一摞钞票。

中一阵阵冷痛。他不觉仰天长叹，一双泪眼向前望去。

只见苦雨漫天，悲风满路。

据《保州市抗战史》记载，郑国英被刺这件事后来被彭其森长官报到了国防部，国防部大怒，派军统来此调查。但没有结果。新中国成立后，青风会被逮捕的首领交代，他们是被余大头派去刺杀郑国英的。当时派的是刘宝山几个，这几个人当时都被打死，也就没有留下活口。

一代名将如此下场。郑国英悲哉！此是插话。打住。*

* 读到此处，彻底词穷。

七　蔡勇之死

78军是得到196师副师长郑国英阵亡消息的第二天向仓南县开拔的。部队开拔之时，大雨如泼如注，一直下了两天两夜。78军行进得极为艰苦。五舅回忆说，在第二天傍晚的时候，雨才停了下来，蒙蒙的大雾吞没了道路，天在漫天漫地的浓雾中悄悄地黑尽了。泥泞的道路上滚动着牛奶般黏稠的雾团，队伍行进的速度明显慢下来了。二舅在吉普车中昏昏地睡着，吉普车在湿乎乎的空气中碾着泥淖淖的道路前进，摇摇摆摆地像一个喝醉了的汉子。谭家轩按照古建勋的吩咐按时叫醒了他："军座，原阳县到了。"

78军的任务是打援。部队前进的路线是"之"字形。绕开了仓山县，从原阳县穿过，再经曹侯县去阻截佐田师团。彭其森长官并没有这样布置，而是谭家轩这样建议的。

二舅睁开眼睛，看看黑黑的窗外，什么也看不清楚。他吁了一口气："参谋长，贺如飞有消息了吗？"

谭家轩道："还没有。估计他已经到达原曲县了。"

五舅回忆说，78军离开保州市前，二舅让贺如飞带一个旅去接应齐成章部。史坚如的部队摆在那里不声不响，二舅说不能看着齐成章让日本人吃了。他后悔自己当初就不该留下齐成章部在原曲县驻守。自己真是太老实了。

二舅吩咐停车，对谭家轩说："命令部队在原阳县宿营。"

谭家轩笑道："军座是要拜望蔡军长吧。"

二舅点点头："我听说他多年来一直在这里隐居。岁月如梭，屈指算来，我已经有两年多不见他了。有些事，就好像昨天发生的一般。"说着，二舅已经跳下车来，对身旁的五舅道："你去把本县县长找来。"

五舅扯过一匹马飞奔去了。军号在黑夜中响起来。

二舅对谭家轩道："你带部队进城，我去见蔡军长。"说着，转身对身边的军医马光说："你跟我去一趟，老军长身体不好，你给他看一看。"就打亮一只手电筒，大步向城里去了。

二舅大步走着，不时抬头看天，起风了，雾开始流散。

根据五舅在回忆录中所讲，原78军军长蔡勇，是保定军校二期炮兵科毕业，山西榆次人，曾追随冯玉祥参加过北京政变。1932年任78军副军长。与陈明然同事。因陈明然与冯玉祥过从甚密，引起上峰不快。1934年，南京派军调组调查陈明然克扣饷案，查无实据，调陈明然任国防部中将参议。后提任蔡勇任78军军长。1938年2月，蔡勇因与汪精卫有旧交，军统派员调查，蔡勇愤然辞职。

五舅带着原阳县范县长在城门口迎候二舅。范县长干瘦的身材，穿青布长袍，文质彬彬的样子。他见到二舅走过来，忙向前赶了几步，满脸堆笑道："古军长，有失远迎了。"

二舅打量了一眼这个县长，心中有些不悦。战火连天，政府用这样手无缚鸡之力的人物，如何搞得抗战？二舅勉强笑道："经过贵地，多有打扰了。"

范县长恭请二舅到县府坐坐。二舅摆手道："军情紧急，我到贵地小歇，是要进城拜望蔡勇将军，还请带路。"

一行人就进了县城，雾已经悄悄地散淡了。风不紧不慢地吹着，街道上幽幽的静。范县长就在一条弯弯曲曲的小巷里停住，对二舅笑道："蔡将军就住在里面第一个门里。我就不进去了。蔡将军喜欢清静。我曾来拜望过几回，都吃了闭门羹。"

二舅点头道："多谢范县长带路。城务繁忙，请回请回。"

范县长告辞走了。二舅就进了小巷。在第一个门第前停住。五舅带人四下散开。二舅抬手轻轻叩门。门内就响起了脚步声。一个青年汉子开了门，打量了二舅一眼："长官找哪个？"

二舅忙揖一礼："请通秉，旧部古建勋求见蔡将军。"

汉子声色不动："家父早已经退出军界，不再与军界往来应酬。"

二舅听得一愣："家父？我记得蔡军长从未娶妻，你从哪里冒出来的？"

五舅在后面听得直笑，小声道："军座讲话太粗。"

汉子微微一笑："我是蔡将军的义子。"

二舅忙拱手："失礼了，还请通秉一下。"

汉子固执地摇头："家父刚刚睡下，还请明日再来。"

二舅就尴尬地站在门口。

此时，就听里边一阵大笑："是古建勋吗？让他进来说说话吧。"

汉子忙闪到一旁。二舅朝汉子一笑，就大步进了门，进了中堂。五舅和马光紧随在二舅身后走进去。

蔡勇站在中堂迎住二舅，朗声笑道："建勋老弟，别来无恙？"

二舅肃然立正敬礼："军座。"就打量蔡勇。

蔡勇头发已然灰白，且稀稀落落了。一身洗得毛白的灰布衣裤，打了几处补丁，道出了日子的维艰。二舅登时心中涌起一阵酸楚，声音就有些冷颤："军座，身体可好？我这位马军医有些手段，让他给您看看。”二舅招手，军医马光就走上前来，朝蔡勇立正敬礼。

蔡勇笑道：“难为你们还记得我这个老汉。我不在乎什么了。马军医，你也坐吧。”马光就在蔡勇旁边坐下，给蔡勇把脉。

青年汉子端上茶来。

二舅笑道：“一别几年过去，军座精神矍铄，不减当年。真是老而弥坚。”

蔡勇摇头笑道：“我记得你一向爽直可爱，几时也学会了奉承。”

二舅忙笑道：“不敢。我仍记得当年军座打我那50军棍。”

蔡勇大笑：“我也记得。你是刚刚领了一营人的军饷，就输在了牌桌上。士兵们找我告状。若不是你刚刚立了战功，加上陈明然将军代你求情，我岂是打你50军棍就能了事的啊。”

二舅笑道：“自那之后，建勋再不敢赌。”

蔡勇点头笑道：“这话我信。”

马光此时已经把完脉，蔡勇笑道：“如何？还望马军医直言相告。”

马光说：“将军此病是思虑过重引起，气血两亏，肺有实火。我开几剂药，蔡将军用过再说。”说罢，就要开方子。

蔡勇摆摆手：“罢了罢了。我不在意什么了。”马光很尴尬。二舅愣了一下，就摆手让马光退到一边。

二舅又和蔡勇说了阵子闲话。蔡勇就问：“你怎么滞留在这里？并不是专为看我老汉的吧。”

二舅掏出一封信，递给蔡勇：“特来请军座指点迷津。”

蔡勇看过，把信退给二舅，淡笑道：“汪兆铭真是十分的赏识你啊。他派哪个来下书与你的？”

二舅道：“关绍方。”

蔡勇“哦”了一声，就点头道：“你们同窗几年，可算得上是知己了。他可曾把你说动了？”

二舅脸就涨红：“军座放心。建勋虽然愚昧，却还不至于卖国求荣。汪先生虽对建勋恩重如山，但建勋断不会去与他同流合污，破败子孙。只是，现在重庆对我百般猜忌，听说蒋委员长已然下了密裁令，要彭长官对我视情定夺。瓜田李下，真让我进退失据啊。”

蔡勇好一阵无语。呆了许久，才道：“你先去吧，我今日有些累了。”

二舅一愣，他没想到蔡勇对此事竟然很淡漠，就起身告辞，怏怏退出来。

东方破晓，日头毒毒地冒出来，空气又显得闷燥了。破败的原阳县城墙，在湛蓝的天空下显得十分丑陋。78 军沿着城外的土道向东去了。灰溜溜的土道蒸腾起一片黄浊的雾气，犹如坟场般的悲软，在车轮的重碾和士兵们的踩踏下，更显得有些不堪重负。

二舅特去向蔡勇告辞。蔡勇住宅的街门上却落了锁。二舅闷闷上路了。部队行出原阳县城十里，前队有人飞马来报，说蔡将军已经在前边的长亭设酒，要为古军长饯行。

二舅慌得停车跳下来，疾步向前跑去。

长亭内，摆着一张小桌。桌上摆了一壶酒和几碟酒菜，还有两只酒杯。蔡勇穿一身白袍，肃然站在长亭之中。秋风吹过，他稀疏的白发旗帜般硬硬地扬起。*

二舅跑上前，立正敬礼：“怎敢劳烦军座远送。”

蔡勇笑道：“昨晚老汉怠慢了古将军，还望古将军不要记恨。今日蔡某特备几杯薄酒，来送古将军一程。”

二舅一愣，听蔡勇口气十分庄重。再看其脸，却无异样。

蔡勇双手端过一杯酒来，慌得二舅双手接过，一饮而尽。

蔡勇哈哈大笑，再端过一杯，二舅就又饮了。

蔡勇再端一杯，二舅再饮了。

* 此段叙述，极有画面感。蔡将军威武。

二舅身后的谭家轩一干人看得眼呆。

蔡勇放下酒杯，不再笑："蔡某已然行将就木，建勋老弟，你我共事十余年，沙场驰骋，也算得上同生共死了。汪先生与你与我都曾是交情一场，一番恩义，不提也罢。如今却是刀兵相见，生死不共。愿将军此去沙场，不可以私废公。一步走错，就要坏了 78 军的名声啊。切记切记，民族为重，名节为重。你我铁马多年，莫负了老汉一腔热望啊……"说到此，蔡勇竟说不下去，就哽住了喉，声音喑哑下来。*

二舅没承想蔡勇竟讲出这样一番沉重的言语，不觉呆了，眼里就有了泪，颤声道："军座放心，建勋记下了。"

蔡勇仰天大笑："是了，是了。"猛地转身，向亭中的石柱撞去。谁也不曾提防，不及阻拦，眼睁睁看着蔡勇撞得脑浆迸裂，鲜血四溅，登时毙命。

二舅大喊一声，猛扑过去，扑通跪倒，泪流满面："军座，你这是何必？我来看你，不想却是害了你啊！"

二舅身后的将士，都一起哀哀地跪倒了。

太阳渐渐升高了，像一团烈火悬浮在空气中。一块灰色的云，如同一只巨大的鹰，向凌厉的太阳扑去。**

五舅在他的回忆录中写到此事时说，蔡勇之死实在与我二舅无关。蔡勇是要以死来斩断二舅与汪精卫的联系。这件事，五舅在回忆录中十分感慨。我想这个问题或者不似五舅想的那么简单，蔡勇之死，也许同他对政府过度失望有关。***

死者已经不会回答。

* 此番肺腑之言，犹如滚滚雷音，似在读者耳边炸响，一时无语哽咽。

** 应是蔡将军英魂化之。

*** 靡不有初，鲜克有终？

八　郭克武与青风会结仇

保州市西街的一个宅院，昨天被征用了 56 军 132 师司令部。

郭克武正仰靠在沙发呼呼大睡。雪豹安详地卧在他的脚下也睡着了。

昨天，彭长官让他把军部迁进城内来了，说是史坚如部队已经开走，让他进城驻防。郭克武刚要下令部队进城，彭长官又让他暂且把师部先移进城，部队还是在肖家镇驻守。郭克武明白，自己在彭长官眼皮子底下，彭长官才肯放心。

昨夜，彭长官过来看他，还带来几瓶法国拿破仑。郭克武喝得大醉。彭长官何时走的，他也不知道。一早醒来，竟还是困，于是，接着又在沙发上睡了。

有脚步声，雪豹猛地立起来。门一开，姜副官走进来，喊醒了郭克武："大哥，青风会来人求见。"

郭克武打了个哈欠："妈的，他们怎么知道老子进城了？让他进来吧。"

姜副官笑笑，转身出去，不一会儿，就带着刀条脸走进来。刀条脸朝郭克武深施一礼："郭将军，我来了。"礼毕，也不待郭克武让座，就在一张椅子坐下了。他呆呆地望着郭克武，脸上毫无表情。

雪豹围着刀条脸转了几个圈子，吐着长长的舌头，刀条脸眉宇间就有了一丝惊慌。*

郭克武挥手赶开了雪豹，对刀条脸笑道："你是如何找到这里的？"

刀条脸道："我们既然接了生意，自然会知道主顾是谁了。"

郭克武称赞道："我第一次上青风会，你们就认出了我，好毒的眼力啊。"

刀条脸笑道："那天郭将军虽然换了便装，但身材举止却不会改变。大将风度，总是要被人识破。再者，若非郭将军，我们也不会那样一口应诺下这一笔大生意的。"

郭克武点头道："我已经得到消息，你们果然已经如约做了那活儿。"

* 明写『雪豹』，暗写老郭。

刀条脸淡淡道："我们本来给郑国英准备了一口棺材，可惜那几个弟兄没能带回他的尸首。"

郭克武笑道："是不是因为他们也变成了死人啊。"

刀条脸淡淡道："这是常常有的事情。但是他们总算做好了这笔生意，给青风会添了进项。"

郭克武点头道："青风会果然名不虚传。郭某实在难以想象，你们竟能假扮乡绅，且没有引起郑国英的怀疑。我原是准备暗中助你们一臂之力的。"

刀条脸有些不悦："如此说来，郭将军始终怀疑我们的力量，不大相信我们能做好这笔生意的了。"

郭克武笑了笑："现在郭某相信了。只是，你不想知道我为什么要杀掉郑国英吗？"

刀条脸淡淡道："主顾的心思我们从不想知道。取人钱财，与人消灾。我们只是赚钱做生意。郭将军把钱交给我，我可以回去写账了。"

郭克武笑笑："这钱你们赚得也太容易些了。"

刀条脸眉头微微一动，眼睛里有了冷冷的光，他盯着郭克武。他似乎听出了郭克武的话中的意思。

郭克武看一眼身旁的姜副官。姜副官笑道："50 万大洋是我们开的价钱。只是我们近来手面很是尴尬，这件事就有些为难了。"

刀条脸眼睛露出凶光，他淡淡说道："如果我没有听错，你们是说不想支付这笔款项了？"*

郭克武仰靠在沙发上，长长地打了一个哈欠，闭上眼睛。

姜副官笑道："眼下战事吃紧，军费开支太大，我们只好抱歉一回了。"

刀条脸怔了怔，摇头叹道："像你们这样的主顾，我们好久没有遇到了。"

* 催款的一定很诧异：郭长官你可是有身份的人呀，竟然也是『老赖』？

郭克武听得来了兴趣，他睁开眼睛，看着刀条脸哈哈笑了：“这么说，郭某不是第一个赖账的了。”

刀条脸点点头：“四年前遇到过一位，是我亲手送他上路的。那位主顾很是有些来历，害得我们花去整整半年时间，才将他装进棺材里去的。”

郭克武哈哈笑道：“不知贵帮要怎样处置郭某？”

刀条脸淡淡道：“将军与那一位不同。那一位是真的付不出，要躲起来。将军没有躲，而且也不是付不出。”

郭克武又哈哈笑了。

刀条脸静静地说：“我们做的是生意。生意是求财不是求气。我们听余堂主说，郭将军还曾是他的旧人，既然郭将军不能如期付款，我们就放宽些，一个月可以结清吧。如果一个月付不出这笔钱，我们就宽限将军两个月总可以了吧。郭将军以为如何？”

郭克武摇摇头，站起身：“你回去告诉余大头，我很感谢他帮我了却了一桩私怨。可是你们也的确从我这里取不走这笔钱的。”*

刀条脸也缓缓站起身：“郭将军不该这样说话。”

郭克武笑道：“不妨请你老兄帮我出个主意，既不给你们这笔钱，也不伤我们彼此的和气。”

刀条脸摇头苦笑：“实在没有这样的办法。若是每个主顾都像将军这样，青风会早已在江湖上销声匿迹了。”

姜副官笑道：“你们只好吃这一个哑亏了。”

刀条脸不急不躁地笑笑：“既然郭将军不肯付账，我们只好向郭将军讨命了。”

姜副官勃然作色，就要拔枪，郭克武用目光制止了他。郭克武摇头笑道：“向我老郭索命不难，可如果这样，青风会就要先有灭门之祸了。”

刀条脸淡淡地一笑：“为了维护青风会的帮规，我们就不能计

* 哈！果然老赖呀。

较太多了。向将军讨命，我们或许要花去太多的本钱。但是不如此，我们日后就不好在江湖上立足了。”说罢，刀条脸向郭克武唱一个喏，转身走出门去。

姜副官拔出了手枪。刀条脸似乎听到动静，脚步似乎迟疑了一下，竟又大步走了出去。

一声清脆的枪响，刀条脸就像一条装满了粮食的麻袋，晃了晃，就结结实实地扑倒在门前的石阶上了。血就像无数红色的小虫，急急促促地爬下了石阶。刀条脸艰难地抬起头来，看着郭克武，嘴巴张了张，似乎想说什么，但他什么也没讲出来。他的一双眼睛死鱼一样睁着，盯紧了郭克武。郭克武感觉刀条脸那双眼睛很可笑。但是郭克武并没有预料到这件事情后来的恶果。写到这里，我猜测，如果郭克武知道这件事后来会发展到那个地步，他是不会赖掉这笔账的。

据青风会新中国成立后在交代材料中叙述，由于郭克武赖账，青风会由此与郭克武结仇。余大头下令要不惜代价取下郭克武的首级结账。

事情果然如此。

郭克武的132师行辕在保州城里陷入了一场麻烦。刀条脸被打死的当天晚上，他停在门外的吉普车就被人烧了。同时，他的家眷住处，有几个蒙面人跳墙进去，投放了几枚手榴弹，四个卫兵被当场炸死。第二天，彭长官电话通知郭克武到他那里去开会，回来的路上，太阳还高高地悬在西天上，三个大汉猛地从路旁扑上来，端着机枪就要向郭克武的车射击，被郭克武左右早有防备的卫士开枪击毙。郭克武跳下车来，看着被打成筛子状的三条大汉，笑骂道："光天化日之下，就敢向老子动手。"

姜副官在一旁道："青风会开始报复了。"

郭克武点点头说："这只是刚刚开始。"他不再说话，皱紧了眉头，他内心有些后悔了，后悔自己过于低估了这一个帮派的力量，也低估了余大头。今日之余大头，并非是昨天之余大头了。郭克武略略思索，转身上车，对姜副官道：“咱们再去见一见那个二堂主。”

二堂主已经没有了那天的热情，淡淡地在客厅接待了郭克武。他手里捻动着一串酱紫色的佛珠，语调沉沉地问：“将军是为了那笔欠资而来的吧？”

郭克武点头道：“正是。细细想来，郭某昨天做得确有些不妥。也许我们应该坐下来，再好好谈一谈价钱。”*

二堂主摇摇头：“怕是为时已晚。将军现在即使再拿出几倍的价钱，老朽也爱莫能助了。”

郭克武一愣，旋即笑了：“你们青风会真要杀掉郭某，也并非是一件容易的事，你们的余大头，是我多年前的旧相识，他的手段我是知道的，我的手段他也是清楚的。”

二堂主点点头：“将军说得极是。你本来就是帮门中人，见识多广，要杀你的确不太容易。但我们还是不能罢手的。因为我们如果这样忍气吞声地罢手，实在有碍青风会在江湖上的声誉。或许将军明日就离开此地，我们也还是会追随而去的。我们总要找到将军，取回将军的性命。我们的耐性一向是很不错的。”说到此，二堂主手一用力，那串珠子就断了，劈劈剥剥滚了满地。

郭克武心头一凛，就哑住了口。

二堂主微微一笑，就起身进了里间。姜副官恶笑一声，就掏出了枪来。郭克武按住他，二人走了出来。

夜暮已深，天空飘着小雨，风细细地吹着，街上已不见一个人影。沿街的门板都已然上好，一片死寂中，似乎隐埋着无数杀机。夜的灵魂，似乎在无声无息之中，已经悄悄涂上了斑斑血迹。郭克武隐隐预感到，保州市就要出现许多个血腥的日子了。**

* 横的怕愣的，愣的怕不要命的。老郭含糊了。

** 郭克武的内心，此时应该有了一种对未知日子的恐惧。

九　焦难先的结局

五舅回忆，78军刚刚进入曹侯县境内，就接到焦难先的告急电报。焦难先在电报中讲，196师昨晚突然处在了日本佐田师团的重围之中，史坚如、黄召涛各部根本没有阻拦，至今也没有接应。现在196师正在恶战，部队已经死伤过半，仓南县即要陷落。焦难先电告二舅不要来仓南县打围了。杯水车薪，于事无补，且劳军袭远，没有史坚如、黄召涛各部的配合，78军的后援全等于是送入虎口的羊肉。

五舅回忆说，当时二舅听谭家轩念着电文，脸色苍白得似纸。众人全都是心中大恸。二舅已经听出电文是焦难先亲口所拟，语调凄凉，无限悲愤。他似乎看到了焦难先那张绝望至极的面孔。二舅的泪刷地淌了下来，他悲伤地喃喃道："难先啊，你如何愚到这般地步。不晓得好汉不吃眼前亏这句老话吗……"

谭家轩念毕电文，呆呆地看着二舅："军座……"

二舅恶恶地对谭家轩道："命令部队火速前进，天黑前必须赶到仓南县。我们不能看着焦难先被日本人一口口地吃掉。"

谭家轩皱眉道："前方李家堡是黄召涛的防区，他的两个师摆在那里，我们不好强行通过，只好绕道了。"

二舅吼道："不绕！谭参谋长，你到前边指挥，把炮兵拉上去，给我轰黄召涛这个狗娘养的！让霍团长把吃奶的劲都用上！"

谭家轩苦笑道："军座，你这不是越搞越乱了吗！现在《中央日报》的三个记者就在我们军采访，若报道出去……"

二舅咬牙切齿地骂："我不管什么记者不记者，他们爱怎么报道就怎么报道，老子今天要先替焦难先出这一口恶气。"他回头大声喊："机要员，给史坚如、黄召涛这两个王八蛋发报，就说我古建勋操他们的先人！就说我要到重庆去告他们！"

谭家轩叹口气，就到前边去了。

不一会儿，前面传来轰天震地的炮响。炮弹像成群的黑色乌鸦，遮天盖日地向李家堡飞去，在空气中发出刺耳的尖叫声。二舅仰靠在吉普车中，闭上眼睛。突然，炮声停了下来。二舅猛地睁开眼睛："怎么回事？"

矮矮的炮兵团长霍冬霖哭丧着脸跑来了："报告军座，彭长官拨给咱们的这批炮弹，全他妈的是臭弹，没有一发能打响的。"

二舅气得脸色涨红："你怎么才报告，早干什么去了？"

霍冬霖委屈地说："谁会想到是这样啊。这下可算毁球的了！就几箱能响的，刚刚还都打光了。遇到日本人，我可是拿什么打啊？"

二舅大骂："到时我把你填进去打了！"

五舅从后面跑过来："军座，贺师长回来了。"

贺如飞神色不安地从后面大步跑来，他身后跟着一个军官，浑身是血，衣服全撕破了。

二舅惊讶道："如飞，你怎么回来了，齐成章呢？"

贺如飞一脸愧色，俯到二舅耳边："军座，齐成章反水了。"

二舅呆了，脸渐渐白成一张纸。他挥挥手，让别人散去，看着贺如飞："怎么回事？"

贺如飞愧疚道："我也没有预料到。这是265旅的王营长，是他跑出来向我报信的。"贺如飞就把齐成章叛变的事情说了。

二舅听完了，怔怔地好半天说不出一句话。

五舅后来回忆说，齐成章接到贺如飞去原曲县的电报后，就连夜开了连以上的军官会议。齐成章说，265旅已经苦苦守了近一个月，史坚如和黄召涛的部队也不来接应，现在城里早已断粮，265旅成了没有人要的孩子。265旅已经半年多没有拿到军饷了。现在日本人已经得了势，汪先生也比蒋总统开明，汪先生就是要靠日本人的力量统一中国眼下这个乱哄哄的局面。我齐成章决定学汪先生的样子，投降日本人，干一番大事业。齐成章讲完了，就问谁不同意。当场就有几个人反对，就被齐成章让人拉出去给毙了，就没有谁再敢说什么了。当下，齐成章就让打开城门，放日本人进城了。一个姓王的营长是从后城墙爬下去，逃出来给城外的贺如飞报信的。

二舅好半天才缓过来，对那个王营长点点头：“你深明大义，我日后定会奖赏你的。古建业，你带王营长先去换件衣服，就先安排他在司令部干点儿事吧。对了，你带关先生到我这里来。”五舅带王营长去了。

贺如飞气愤愤地说：“军座，我安排几个弟兄混进原曲县，干了齐成章这狗日的算了。”

二舅摇头叹道：“人各有志，就由他去吧。”就仰头看天，不再说话。

一会儿工夫，五舅把关绍方带来了。

二舅嘿嘿笑道：“绍方兄，265旅是你给指了一条飞黄大道吧！”

白净净的关绍方，一身商人装束。听到此话，他一愣：“建勋，你说什么啊？”

二舅笑道：“你真是不知道？我的265旅已经追随汪先生去了。”

关绍方哈哈笑了：“建勋啊，你真是冤枉我了。这些天，你明里待我如同上宾，实则对我扣押软禁。关某就是有心去策反你的部下，也苦于没有机缘啊。”

二舅苦笑道：“你来我这里，外面早已传扬得人声鼎沸，你实在是不好再待下去了。你几时走？”

关绍方笑道：“既然汪先生派我前来说项，我怎好无功而回啊。”*

*哈，你下逐客令，奈何我不动。

二舅苦笑：“绍方啊，此一时也彼一时，你我虽是同窗挚友，但眼下却是各为其主。你固执己见，强留在我的营中，就不怕我杀了你去蒋委员长那里请功啊。”

关绍方摇头笑道：“我既来此，早已将生死置之度外。况且两国交兵，不斩来使。我想暂无性命之虞。”

正说着，谭家轩从前队跑来：“军座，黄召涛的部队闪开了通道。”说罢，就看了关绍方一眼，笑道：“关先生。”

关绍方向谭家轩点头笑笑。

二舅冷冷地对五舅道：“带关先生去休息。”

关绍方嘿嘿笑着随五舅去了。

二舅对谭家轩道：“命令部队全速向仓南县前进。”

五舅回忆说，进入仓南县那天阳光很好，78 军的部队进入了仓南县。县城很静，偶尔有零星的枪声，更显得战后的仓南县城一片寂静。

二舅一脚踏进仓南县，就被那惨烈的场面惊呆了。街道上一片死亡的寂静，到处是尸体，到处是血迹，到处是丢弃的枪支。断垣残壁处的烟火仍在弥漫，呛人的焦臭味在四下扩散着，升腾着。196 师的一些伤兵，倚在街道两旁的太阳地里，或躺或坐，大都蜷缩着，麻木了一般。前边两队伤兵发生了争吵，街巷被堵塞了。一排担架停在了二舅身边。二舅走到一个伤兵面前，问道：“你们的焦军长在哪里？”

那个伤兵呆呆地抬起头来，二舅看到这个伤兵腹部缠着绷带，不断向外洇着血，有些血已经干结了，像铁锈色。伤兵的脸上蒙着一层死灰的颜色，他傻傻怔怔地看着二舅，不说话，石化了一般。

五舅一把揪住伤兵的衣领，骂道：“你他妈的聋了，长官问你话呢！”

伤兵还是不说话，他望了五舅一眼，是一种濒临死亡的眼神。五舅有些胆怯地放开了手。

二舅不再问，继续往城内走。走出几步，身后却猛然响起那个伤兵的惨笑声。五舅回忆录写到这里时说，当时听到那笑声真是很可怕的，像一只受伤的狼那种疯狂的长嚎。二舅怔了怔，却没有回头。

前边突然冲过来一个军官模样的汉子，拦住二舅，充血的眼睛闪着恶毒的光芒。他大骂起来："你们怎么才他妈的来啊。让196师全军覆没啊。你们这是借刀杀人啊，好歹毒的心肺啊！"他咒骂着，就挥拳向二舅打来。

五舅飞起一脚，那汉子就跌了出去。

五舅骂："狗日的你敢乱来，老子毙了你！"

在城西的一间倒塌了的房子里，二舅找到了焦难先。

焦难先已经死了，躺在一张旧席上。几个伤兵默默地守在两侧。其中一个向五舅点点头。五舅认出了是焦难先的副官林志成。林志成向二舅报告，焦副军长的指挥所被日军包围，焦副军长和他的卫队拼死抵抗，最后焦副军长自杀殉国。

二舅皱紧眉头："当时你在哪里？"

林志成道："我被焦副军长派到城东督战了。"

二舅蹲下身，看到焦难先太阳穴上的枪洞。他掏出手帕，小心地拭去了枪洞旁的血渍，然后站起身，脱下了帽子，默哀了片刻。他转身问林志成："林副官，196师现在还有多少弟兄？"

林志成道："我粗略清点，大约还有一千三百余弟兄，包括伤兵。"

二舅点点头："全部编进161师。"

林志成愣了一下，猛地涨红了脸："军座，不行啊，196师不能就这样完了，不能啊……"林志成的泪水流出来了。

二舅长叹一声："可是它已经完了。"

林志成张张嘴，还要讲些什么。二舅挥挥手，不让他再说。

此时，抬头看看渐渐西下的太阳，对五舅道："传我的命令，太阳落山时，全军将士为焦副军长送葬。"说罢，转身对贺如飞道："如飞，你马上去请一个风水先生来，给焦副军长找一块墓地。"

贺如飞一脸悲伤地点头去了。

谭家轩道："军座，是否传令在仓南县驻营？"

二舅断然道："老子不在这个鬼地方挨日本人的炮弹！送走焦难先，全军向曹侯县城集结。"

谭家轩为难道："彭长官命令我们在这里与佐田决战……"

二舅冷冷笑道："将在外，君命有所不受。"

邓天桢道："军座，谭参谋长说得有道理，还是要从长计议。我军不在仓南县设立防务，怕是要授人以柄的。"

二舅看了邓天桢一眼，略略思索："天桢，那你就暂留在仓南县佯守几日。若遇战事，即向曹侯县集结。记住，你切莫再学焦难先不识进退，把我整个的161师再都送进去了。我们都是后娘养的，自己要爱护自己。"

五舅回忆说，那天的黄昏时分，悲壮的军号吹响了。十几名号官站在城头，一排铜号在夕阳中闪着金色的光。焦难先的棺椁在城东的一片田野里下葬。这块墓地是一个胡须花白的老风水先生，骑着一头瘦驴在城外踏勘了一个多时辰才选中的。这个风水先生是贺如飞从仓南县城西十里外的王家营请来的。踏勘完了，风水先生却没有收二舅送他的一百大洋。二舅再三要他收下，老风水先生凄然一笑："焦将军为国捐躯，我怎好再收酬金呢！不要再羞臊老朽了。"说罢，向二舅深深一揖，便骑着那头瘦驴，沿着黄黄的土道扬长去了。此情此景，让二舅感慨了许久。*

一万多名中国士兵，分成几路纵队涌向这一块田野。一个方方正正的墓穴已经挖就。32名高大的士兵抬着棺椁缓缓走来。头前的一个士兵一声喊，焦难先的棺椁就稳稳地放进了墓穴。二舅第一个走上前去，接过士兵递过的铁锹，掘了第一锹土，奋力扬了下去，然后又把锨交给了身后的谭家轩。他走出几步，又回过头，最后看了一眼就要被黄土掩埋的棺椁。他心底一阵苦痛，猛地仰天大吼起来：“嗨！嗨！”

部下一时都被他吼得呆住，悄然而惊，肃然而恐，不禁随他向天望去。只见夕阳如血，苍山如海……

一座坟山在一万多名中国士兵的脚下巍巍垒起……*

五十多年之后，我曾经到焦难先的坟上去过。那坟几乎已经不是坟，而是一个好大的山丘。上边绿绿地种了许多果树。许多小孩子们在上边玩耍。我问当地人，这里埋的是什么人？人们竟答不上来。有人说这里是乱葬岗，也有人说这本来就是一个土丘。我向他们提及焦难先的名字，他们都愣愣地摇头。

我心中一阵感慨。刚刚几十年过去，焦难先的确已经被人们忘记了。历史是多么经不住时间的淘洗啊。**

*画面震撼！作者读者皆无语。

**有道是：大江东去浪淘尽……

插话：关于焦难先后人的一些情况

五舅在回忆录中写道：焦难先娶妻较晚。1932年，焦难先驻军在北平，娶了燕京大学毕业生胡倩文女士。胡倩文生下一子，取名焦之霖。焦之霖生下来便体弱多病。1940年焦难先牺牲时，胡倩文带着刚刚七岁的焦之霖居住在重庆。后不知所终。

焦难先是林山县城关镇人，焦姓是城关镇的小姓。城关镇现在已经没有焦姓了。焦难先的一个侄子焦世文于1942年参军出来，再也没有回去过。新中国成立后，焦世文在省委组织部干部处当副科长。他因为没有文化，就没有提拔上去。“文革”后，他当过省纺织局被服厂的党支部书记，正科级（按副县级待遇）。1986年离休。

我曾向焦世文问过焦难先家室的情况。焦世文说，他伯父焦难先曾在城关镇娶过一个女人。那女人姓刘。但娶亲半年之后，焦难先便走了，没再回来。那姓刘的女子也没有生养，四年之后，抑郁而死。如此说来，我五舅古建业在回忆录中关于焦难先娶妻较晚一说不实。*

焦世文有一儿一女，儿子焦越北，是保州市面粉厂的车间副主任。女儿叫焦越南，跟我是一个部队的战友。焦越南后来成了我的妻子。也许这是我写这一节的主要动因。

1997 年，我的内弟焦越北夫妻两个都不开工资了。焦越北是正式下岗，他妻子于淑兰却是上班不发工资。我曾经好几次让妻子送些钱给他们，可妻子每次又把钱拿回来了——内弟不要。内弟是个极要强的人。他说他可以给人打工。他学过电工，每天他都骑着自行车去劳务市场。他的自行车后架上绑着一块小木板，上边写着：电工。字是用黑色油漆写的，歪歪斜斜的很潦草。内弟说，有时候弄好了，他一天可以挣几十块钱回来。可我知道，他常常弄得不好，连一块钱也挣不回来。有一次我到他家，他正一个人闷闷地喝酒，他眼神独独地看看我，一定要我陪他喝几杯。酒是当地产的那种两块钱一斤的劣质散酒。喝的时候，一股烫烫的感觉像刀子一样直直地扎进胃中。我很惧怕这种酒，只能很小心地陪着他喝。他好像已经喝多了，面色潮红，舌头有些发硬，目光像棍子一样僵直，凶凶地戳着我：“你说，像我这样一个学过电工的，还能出去给人家打工。可是车间里那些磨面的工人，他们怎么办呢？现在一个劲儿地嚷着让工厂自救，他们有什么本事去自救？他们当中有许多人已经五十多岁了，他们除了会用机器磨面还能干什么？他们老老实实干了一辈子了，他们相信政府一辈子了，现在让他们怎么办呢？如果是我们工人自己喊自救，这还算是人穷志不穷的一种气节，可市政府让这些人自己救自己，那么还要市长干什么啊？”我无言以对，苦笑道：“这些都是国家的事，用不着咱们操心的。”我盯着手里的酒杯。内弟目光软下来，长长地叹了一口气，又闷闷地喝酒了，再也没说一句话。我知道，除了叹气，我们还能说什么呢？

* 作者平铺直叙的文字，有一种浇灌的力量，瞬间淹没了小说情节写作的束缚。其中一些议论，似脱缰之马，并不拘泥小说应有的框架与格式，读来只感觉激情与悲情胶着汹涌，绝无游离之感。

再说焦越北的妻子于淑兰。

于淑兰在电机厂上班，她曾经是一个出色的仓库保管员，得过许多奖状。但她已经一年多没有开一分钱了。电机厂1997年跟一个外商合资了。按说应该效益好了，可是那个外国老板说他是来中国办企业的，不是为中国人解决工作的。他不能全部接收这个厂子的工人。急了眼地想引进资金项目的市领导们，都答应了。于是，于淑兰厂里的一千三百多名工人被划入了另册。另外成立了一个电机二厂，让一个姓郝的厂长承包了。

这一千三百多名工人，开始还干得不错，每人交纳了一万块钱的风险抵押金。可是姓郝的厂长一上台就开始贪污。一年后事发，被公安局铐走了。第二任厂长姓张，承包了厂子之后，倒是没发现他贪污什么，可是乱造一气。据说他酒瘾极大，而且只喝人头马或者茅台。从1998年开始，厂里的工人一分钱也开不出来了。于淑兰想往外调，张厂长说："谁要调走可以，但要没收那一万块钱的风险抵押金。"于淑兰说，这个厂子在张厂长承包之后，一天天的更加难过起来。据说张厂长发誓要寻找一个合资伙伴，于是便常常到国外和香港乱跑。于淑兰对我们说，如果真的合资了，她一个月能拿一千多块钱。一千多块钱，在这个中等城市里是一个挺诱人的数字。我也很高兴地祝愿张厂长早日找到某个肯来中国投资的外国人。可是于淑兰那忧郁的目光告诉我们，这一切她是不抱希望的，她只是说说而已。

于淑兰的工作问题成了我妻子的心病，她总对我说："你当记者，认识人多，帮着她调调工作吧。焦越北下岗了，还能出去干点活儿挣钱，于淑兰天天还得上班，可一分钱也不开，怎么行呢？"其实，我这个记者能办多少事情呢？认识人多，不等于能给你办事的人多。但我不忍妻子终日长吁短叹，于是，开始到处给于淑兰联系调动工作。那天，我刚刚走进一个效益还不错的公司，我认识这家公司的一个副经理。我正在盘算如何对这个副经理讲于淑兰的工作，我的呼机就响了，是妻子急呼我。我就抄起来电话回话，我当时绝没有想到那一个关于我内弟女儿小丽不幸的消息正在悄悄向我逼来。我拨着电话时，眼睛去看窗外。

正是阳春三月，院子里有几棵抽绿的柳树，在温和的风中摆动着，很容易让人想起电视广告里少女们被洗得干干净净的头发。我注意到了电话旁边的台历：3月5日。电话接通了，竟是我妻子带哭腔的声音，我只听了一句，脑袋就“嗡”的一声，变成了洗脸盆大了。

1998年3月5日，我内弟的15岁的女儿小丽失踪了。从那一天起到现在，阳光、鲜花、欢歌笑语等世界上一切美好的东西，好像都与我们一家无关了。我们陷进了一个生活的黑洞。我能听到我们全家的生命，在那黑洞中坠落的声响，并带起嗖嗖的冷风。3月5日，是毛泽东同志题词向雷锋同志学习的纪念日啊。怎么会出现这种事情呢？这一天，也许中国的每一个城市里，都拥满了学雷锋做好事的军人、工人、学生，他们兴高采烈地义务劳动，以纪念那个影响了中国几代人的中国士兵。而就在这一天，我内弟的女儿焦小丽却走失了。

后来听焦越北沮丧地说，那天，念初中三年级的小丽放学回来，把一张卷子交上来。内弟看了一眼，不及格。正因为这些日子找不到活干，常常发脾气的内弟，就扬手打了小丽一个耳光，骂道：“小婊子，老子勒着裤带供你，你一点儿面子也不给老子挣。”小丽就哭着跑出去了。内弟追出门去，跳脚吼着骂：“躲了初一，躲不了十五。小婊子，有胆量就永远别回来。”于淑兰晚上下班回来，听说了，还一劲儿给焦越北拱火：“这孩子你早该管管了，再这样下去，真要成了小婊子了。”她一边说，一边挽起袖子开始包饺子。那天晚上他们吃的饺子是韭菜馅的。

当天夜里，小丽没有回来。内弟没有在意。第二天，小丽仍没有回来。第三天，仍没有回来。焦越北和于淑兰急了，就疯了似的找小丽。找遍了小丽的同学家、老师家和我们在省城的所有亲戚朋友家。然而都没有。

小丽失踪的三个月后，妻子家里又添了事。我75岁的岳父焦世文的腿摔断了。老爷子下楼的时候鬼使神差地多迈下了一个台阶。于是，为他勤勤恳恳工作了75年的左脚踝骨很容易地折了。等我匆匆赶到医院时，岳父已经打好了石膏，很安静地躺在病床上了。我的内弟两口子和我妻子一脸苦相守在病床前。岳父好像并没有把他自己的腿放在心上，见到我就一个劲儿地追问小丽找得怎么样了？老人的目光充满了苍凉的期冀，让我不敢对接。我把目光移向窗外。城市的阳光正在火一般泄着，知了们乱喊乱叫着。天气预报天天说有雨，却总不见下雨。我感觉到心里一阵阵闷燥，我感觉我正在被城市闷得软了骨头。这个城市真像一个蒸锅，一切坚硬的东西，都会被蒸得水软。

小丽失踪三个月了。一个15岁的女孩子失踪三个月意味着什么？谁都不敢说出那个可怕的结局。三个多月的时间，像锯子在我们全家的心上一天天地锯过去了，我已经感觉我们全家的心脏被锯得鲜血四溢了。可小丽仍然没有一点儿消息。那天打开电视，正在播一个拐卖妇女的案例，我神经质地关掉了电视，心开始突突地跳。妻子呆呆地看着我，家里一片死静，我们彼此都知道内心想的是什么。是的，我们都已经猜到了谜底，可谁也不敢说破。

于淑兰还能撑得住，焦越北却已经疯疯癫癫的了。他开始满街乱跑，我们不得不天天到街上去捉拿他回家。那天他呆呆地蹲在小丽学校的门口，目光痴痴地看着放学的孩子们，嘴里低语着什么，一头脏脏乱乱的头发在阳光中像一堆败落的野草。我跑过来拉他的时候，他怔怔地望着我："为什么啊？"他空空野野的目光中已经没有了愤怒，我读到的都是屈服。一种向命运的屈服。

我们在所有能登广告的报纸上反复登着寻人启事："有告诉

焦小丽下落者，给予五万元酬谢；有报知线索者，给予两万元酬谢……”我们曾经接到过十几个提供线索的电话和信件。我和妻子先后去过河南、山东、四川，先后见到过17个提供线索者。然而，除去他们急于想得到那五万元或者两万元酬谢，我们几乎没有得到一点儿关于小丽的真实消息。最后一次，我和身心已经憔悴的妻子又去了河南郑州。在郑州郊区的一个小旅馆里，两个脸色黑黑的汉子接见了我们，他们说：“我们知道那个小丽在哪里，而且我们手里掌握着十几个孩子的下落。如果你们马上给现金，我们就立刻带你们去见孩子。”几乎疯狂了的妻子急不可耐地当场就说：“给他们钱，快给他们钱。”就在我刚刚把钱从提包里掏出来的时候，公安局的进来了。亮亮的手铐锁走了那两个汉子。公安局的告诉我们，这两个人是骗子，已经骗了许多人了。

我们还接到过一个从东北打来的长途，一个粗猛的声音对我们说：“如果你们预付两千块钱现金，我可以提供线索。少于两千，无可奉告。”这好像也是敲诈。我们没有再去。我真的不明白，这种乘人之危的人为什么这么多，好像一夜之间从地下冒出来似的，不是常常说人心都是肉长的吗？可现在许多人的心像是一块锈迹斑斑浸泡在冰水中的铁板，坚硬得没有一点儿温度。

我已经记不得从哪一天开始，内弟躲在屋里不再出门，他目光迷离，嘴里整天嘟嘟哝哝地不知道在讲些什么，似乎在与什么不可知的神灵对话。迷离的目光中，好像在乞求着什么结果。内弟总是看着自己的手，独自悲悲地喃喃：“我真是混蛋啊，我为什么要打她那一巴掌呢？”我的心悠悠地发紧，感到内弟要有什么事情发生了。终于，有一天早上，内弟用菜刀剁去了自己那只手，鲜血溅得满床满墙。

内弟自残的那天，太阳疯狂地在空中跳舞，滚烫的空气像是要爆炸，全家都感到自己像是被点燃的火药。天空没有一丝云，却是灰蒙蒙的。我猛然感觉自己被一种什么东西击中了，我悲哀地自语:“太阳也是灰色的，满天的灰凉之色，到下个世纪，也许我们这一生再也见不到小时候那种蔚蓝色的天空了啊。”

妻子淡淡地说:“那有什么奇怪的，工业污染嘛。”她突然又不说了，也许她也想到了别的什么。

岳父的腿仍然没有接上。妻子不上班了，整天在医院照顾岳父。于淑兰所在的厂子效益还是没有一点儿亮色，听她说，那个姓张的厂长还是国内国外地乱跑，说是一定要找到投资伙伴。于淑兰还是死心塌地想调出来，她苦恼地说:“就是美国总统来投资，我也不在那个厂子呆了。我现在就想辞职，可是我那一万块钱的风险金一定得拿回来啊。”

我托了一个朋友和朋友的朋友的朋友找过那个姓张的厂长，可是没结果。张厂长仍然是那句强硬的话:“调走嘛，也可以，一万块钱的风险抵押金就不能退了。”我终于找到了另一个战友，他的一个表姐夫是于淑兰厂的党委书记，姓冯。那天晚上，我满怀希望跟着我那个战友去找这个冯书记。

我们去了冯书记家。冯书记听我们说了来意，摇头说他一点儿权力也没有。他说:“不是我不肯帮忙，是我说了不算。现在是姓张的承包。我这个党委书记是摆设。说不定哪天不高兴了，就把我撤了。别怪我不去替你讲情，我也有老婆孩子，我也得罪不起那个流氓啊。”

我长叹一声:“这还像是个国有企业吗!”就和战友起身告辞。

冯书记送我们出来，似乎言犹未尽，他苦笑道:“我已经很难说清我们的国有企业的属性。或者说它是国有企业，或者说它是私人企业。如果说它是国有企业，那么每一个职工都是企业的主人，这些话明明白白地都写在一些法律条款上。如果说它是私人企业，那么任何一个厂长或者公司经理，都有权把企业的财富随便支配的。不是讲国有资产的流失吗，工人有那个权力去流失吗！”冯书记不再讲。他的内心似乎有着巨大的不安。

从冯书记家回来，我坐在家里苦思苦想，需要托什么人跟那个张厂长讲一讲，才能把于淑兰顺利地调出来呢？（关键是要把那一万块钱风险金顺利地拿回来）我想得头疼，却没有想出一点儿办法。这个时候，电话响了。

妻子在电话里哭起来：“你来一下吧，医生怀疑我爸是癌症……”

我脑袋轰地一下：“你胡说八道什么啊？”

妻子哭得更厉害了：“真的，你来一下吧。带些钱来。”

我努力让自己静下来。我问：“这事跟赵铁讲了嘛？要让赵铁送一张支票去才是。”赵铁是我岳父单位的现任厂长兼党委书记。

妻子哭道：“有什么用？他们厂里现在也穷兮兮的没钱啊。”

我说：“不管有钱没钱，总要先跟他们讲一声的。行了，我就去。”我放下电话，奔了出去。

岳父离休前是这家被服厂的党委书记。这家小工厂只有二百多人，是一个市属的国有企业。现任的厂长赵铁是一个转业干部。赵铁是从部队转业下来的一个伤残军人。他20年前在唐山抗震救灾中，一条胳膊被砸断了，扔在了唐山。岳父在厂里的时候，赵铁是车间主任。岳父跟赵铁闹不来。两个人针尖刀刃地闹了好几年，最后还是以岳父离休结束了战斗。

我赶到医院时，全家人正在为住院费的问题发愁。岳父已经确诊了。现在家人好像已经并不在意岳父的病况，而是这笔医疗费怎么办了。

妻子告诉我，岳父的手术费和手术后的化疗费需要四万多块钱。而现在家里一下子是拿不出这么多钱的。退一步说，就是家里现在能拿出这些钱，也是要使出绝力的。面对这样一个近乎是天塌地陷的数字，当然是要找岳父的单位的。而岳父那个单位现在的经济状况却是非常的不好。

也许是我们谈论的声音太大了，让病房里的岳父听到了，他让人搀着走出来。他盯着我们问："怎么回事，医药费解决不了？"

我们面面相觑，什么都瞒不住了。

妻子讷讷地讲了关于医疗费用的情况。

岳父的脸阴着，他哼了一声："扶我去打电话。"

妻子忙赔笑："爸，您别急，这事我们去办。"

岳父粗暴地推开我妻子，让我们搀着去了医务室。岳父抓起电话，拨通了，我们在一旁听着岳父跟赵铁发脾气。

岳父脸涨得通红："赵铁，我告诉你，我也是给厂里干了几十年的人了，我现在这样了，厂里如果连住院费也不肯掏，那我就去市委告你们。"岳父把电话摔了，眉头皱着对我们讲："你们就去找赵铁，看他敢不给钱。"

岳父的电话果真奏效了，当天下午，赵铁派会计送来三千块钱，他自己却没有露面。而这三千块钱无疑是杯水车薪。赵铁也太抠门了，我和妻子去找赵铁。然而，找赵铁竟是非常困难。我们到单位和他家去了十几次，他都不在。

我感觉赵铁在捉弄我们。我咬牙切齿地对妻子说："我就不相信找不到他。"

那天晚上，我和妻子就在赵铁家的门口蹲着。大概在半夜的时候，赵铁回来了。他正要上楼，我喊了一声，他愣住了，看了我们一眼，淡淡地说："上楼来说吧。"赵铁的嗓音沙哑，像是感冒着。

我和妻子跟他上了楼。进了家门，他把灯打开。灯光下，他的脸有些苍白得好像失血。我盯着这个满脸愁色的中年汉子，他有一只袖管空空的。

房间里十分简陋。两只破旧的沙发，一张单人床。我听岳父说过，赵铁的妻子已经死了多年，就一个孩子也上大学去了。他现在一个人过着。

赵铁苦脸看着我们，笑道："坐吧。对不起，也没有开水了。"

我摆摆手："不用客气。我们是来问钱的事的。"

赵铁点着一支烟。我发现他单手点烟的动作非常熟练。赵铁深深吸了口烟："我是在躲你们的。"

我和妻子一愣，没想到赵铁这么直爽。

赵铁苦苦一笑："没办法，你们也去过厂子了，都看到了。现在厂子就那样了。车间都出租了。办了歌舞厅和电子游戏厅了。工人们都放了长假。只有二十几个工人上班。你们说要三万，我实在没有办法。现在厂里已经有五个重病号了，都需要钱啊。钱啊……"他停了停，把烟蒂扔在地上，用力地踩灭。又说："焦书记是我们厂的老领导了，我们应该首先解决，可是我们……不说这些了，我们一定想办法，不会让焦书记为难的。"赵铁突然说不下去了，眼睛湿湿的，背转身，眼睛看着黑黑的窗外。

屋里一阵沉默，只听到桌上的一架马蹄表在嗒嗒地走动。这已经是一只老表了。我几乎猜不出它的实际年龄。但我相信，它摆在这里，是因为它一定有一段非常的经历。正面墙上是年轻时的赵铁和一个很漂亮的女士合影。我想那一定是赵铁故去的妻子了。这张照片应该是一个怎么样的故事呢？我重新看着赵铁。他转过身来，艰难地笑笑："你们相信我说的话吗？"

我明白赵铁讲的都是实话，一时不知道该说些什么，浑身燥热起来。

过了好一刻，赵铁长叹一声："请你们转告焦书记，我赵铁绝不是为难他的。今天我已经让会计准备了些钱，真是不多。我也没有办法，有些钱是从……算了，就这样吧。下来我再想想办法。你们明天去会计科吧。"

我和妻子告辞。赵铁送我们出来。楼道里的灯光很是昏暗。赵铁沙哑地说一声："我不下去了。"我回过头来说："您请回吧。"

昏暗的灯光下，我看不清赵铁的脸，但感觉到他在流泪。

我们在楼梯上转了几个弯，听到了赵铁关门的声音，沉闷极了。不知怎的，我又想到了赵铁桌上的那只旧式的马蹄表。后来很长时间。那只表的沉重的钟摆，总在我梦中出现。

第二天，我们去了岳父的厂子。先到了赵铁的办公室，他不在。那个姓李的办事员告诉我们，赵厂长去推销了，让我们去财务科。

我们进了会计科。那个瘦瘦的会计似乎已经等我们了。他艰难地笑笑："来了啊。"就推过来一个纸包，很大。我计算了一下，如果里边是十元的票子，那这些钱至少应该有五万块。赵铁真是不虚言啊。

我感激地笑笑，就打开了那个纸包。我愣在了那里，妻子也呆呆地愣住了。

会计尴尬地朝我们笑着。

一堆脏乎乎的钱就推散在我们面前，里边还有许多五角钱的票子，脏兮兮地和我们对视。我傻在了那里。

会计的声音突然喑哑下来："不好意思，许多都是这两天收上来的门票钱。请你们点一下。"

妻子看看我，我的头突然疼起来，我对妻子说："你点一下吧。我去厕所。"我跑了出来。我蹲在门口的台阶上，点着一支烟。我脑子里一片空空茫茫的。夏日的风呆头呆脑地在街上吹着。对面是一个卖磁带的小店，一个歌星正在号叫着，像是被热得发昏了的吼叫。我听得清楚，那是一支很旧的歌子了：

花篮的花儿香啊，
听我来唱一唱，唱呀一唱。
来到了南泥湾，
南泥湾好地方，好呀地方。
好地方来好风光，好风光来好地方。

到处是庄稼，遍地是牛羊……

我一时恍惚，不知道这样的歌子为什么会有这样的唱法？好像是张三的一件衣服，被李四穿上了。还是那件衣服，却是那样的不合适。精神变成了形式，神圣变成了小丑。一切都已经失范。

过了很久，妻子出来了。她哀哀地看着我，好半天才吐出一句：“走吧。”

我站起身随着妻子走出去，妻子突然声音软软地：“不用再找赵铁了。”

我不解地看着妻子。妻子艰难地摇摇头：“刚刚会计告诉我，上次那三千块钱，不是厂子给的，那是赵铁自己的钱，是他存了几年的残废金。”

我像给人打了一棍子，呆呆地看着妻子。妻子的泪流下来了。

我心里一酸，眼睛就模糊了。城市里闷热的风呼呼地烤着，真像一个蒸笼，但我突然明白了，这城市不是一切都会被蒸得水软，比如赵铁。

我没来由地想起了赵铁那只扔在了唐山的断臂。

小丽还是没有消息。全家人似乎已经疲惫不堪了，没有人提议再出去找了。全家已经花掉了近乎几十年的积蓄。我为于淑兰跑工作的事情，现在已经到了要劲的关头。我的一个战友已经为于淑兰又联系好了一个接收的厂子——玻璃总厂。厂长田军是我一个战友的同学，是市里很有名的扭亏大王。田军听我介绍了于淑兰的情况，拍着胸脯说：“没问题，我这里缺少懂业务的仓库保管员。我只等他们放人了。”

我这个战友，不知道用了什么办法，搞到了一张主管张厂长的某局长的条子。我拿着条子去找姓张的厂长。我已经见过那个张厂长，是一个黑胖胖的大汉，我曾暗想这种人应该去搞一种四肢发达的行当，如何竟搞起了企业。

我是那天下午去于淑兰厂里的，我知道张厂长一定是个吃喝玩乐的家伙，上午一般都是因昨天晚上熬得过火，要补觉的。一般来说只有下午去找他才能在。我轻轻地敲门，一个女人的不耐烦的声音说："敲鸡巴什么嘛，进来，进来！"

我进去了，见到张厂长睡着了。他躺在办公室的一只真皮沙发上，两只脚蹬在一只漂亮的茶几上，睡相十分的难看。如雷的呼噜声中，长长涎水小河一般流下来。我闻到了一股浓烈的酒气，我还注意到，他那黑黑的脖子上，戴着一条粗粗的金链子。办公室里还有一个漂亮的女人，认真装修过的脸上桃花灿烂，她斜靠在沙发上，当然也是喝多了。刚刚骂人的话，我也就不能在意了。我忍住气赔着笑脸："我找张厂长，我是来调于淑兰的档案的。"我怕那女人讲出不客气的话来，忙又说出某局长的名字，把条子也递过去了。

那女人愣了下，接过条子看着，又看看我，仿佛我这张条子是冒名写的。

女人又看看我："你跟局长认识？"口气软和多了。

我忙笑道："挺哥们的。是不是请张厂长……"

女人笑道："你要早说跟局长是哥们，不早就办了。甭喊厂长了，他这些日子也累坏了，让他多睡会儿吧。你等着，我去拿档案，开调令。"女人朝我飞了一个媚眼，就转身出去了。

妈的。就这么简单？我长出一口气。坐在屋里等那女人。我抬头看看四周的墙上，都是一些锦旗和奖状。最让我好奇的是，正面墙上贴着一张很大的财神。那财神朝我微微笑着。我看着那个躺在沙发上的张厂长，此时正鼾声如雷。

我终于等来了那个拿着调令抱着档案的女人，她把调令交给我，笑道："久等了。"又将于淑兰的一万块钱风险抵押金交给了我。

这个女人变了个人似的，温情脉脉地送我出了厂门，在厂门口，这个似乎能当张厂长一半家的女人，说了一句把我吓坏了的话：“如果您肯帮忙，请跟局长说说，我也不想在这里跟着这个王八蛋干了。我……”女人眼圈一红，眼睛里就有了闪亮的东西。

我脑子蒙了一下，还没来得及多想，那女人已经转身走了。我傻瓜似的愣在了那里。

于淑兰终于如愿以偿，到田军厂长的厂里上班去了。1999年元旦，作为答谢，我把田军厂长请到家里来喝酒。那天下着小雪，田军一身寒气地来了，进了门就不好意思地说：“还这么客气啊？”那天我们喝得很多，田军的话也多了起来。我发现田军是一个很深沉的人。他讲了很多这些年当厂长的感受。他说：“中国的工人比世界上任何一个国家的工人都通情达理。这些年我感觉改革的节奏太快了些。从砸三铁开始，总是在折腾工人。已经十几年了，难道改革还没有到位吗？现在有一种怪现象，讲稳定的厂长成了保守派，天天一个点子乱折腾的倒是成了改革创新。这话也许有些反动了，改革现在到处被人们乱用着错用着。一个厂长，一个政府官员，如果他只是嘴上喊着改革，而心系他处，那么风险就会影响公益。现在企业搞成这个样子，让人的感情非常复杂，连谈一谈这个字眼也感觉沉重。”田军突然停住了，眼睛里流露出一种费解的东西。我读懂了，那是一种正常人的迷失。

窗外的雪渐渐失去了耐性，渐渐大了起来，雪片子和着冽冽的北风呼啸着在空中旋转。树的枝丫在风中哗哗地作响，时而掀起一片海涛般的吼声。我觉得我的心在这海涛中沉没。

那天，当田军喝尽最后一杯酒时，他长长嘘出一口气：“我们玻璃总厂在我去之前，竟有两年多不开工资，可是工人们没有一个找政府去闹事的，就算他们不闹事，他们就在大马路上坐着，那全市就得乱套了。可他们没有，他们除了自己想办法谋食，就是老老实实地在家里等着，等着工厂复兴。这本身就是一件悲壮的事情。工人是我们改革的主力军，而不是包袱啊！”田军说到此，已经泪如雨下。

我无言以对。

焦小丽还是没有一点儿消息。

我可怜的内弟焦越北依旧是疯疯癫癫的。*

*读罢此章，不禁拍案长叹，只感觉内心围墙塌陷，耳畔雷声滚滚。

十　胡士辉下毒

五舅回忆说，埋葬了焦难先，78军只留下邓天桢部在仓南县佯守，其余所部当夜就从仓南县撤出来了。第二天临近中午的时候，部队开进了曹侯县城。县城的街上空空落落，极少见到行人，有一种坟场的氛围。街道两旁的店铺都关闭了，门窗缝隙里时而闪动着胆怯的目光，窥视着这一支突然涌进城来的部队。

二舅在县府前下了车，喊来五舅：“古副官，让弟兄们到学堂和客栈去住，尽量不要打扰老百姓。再找城内的粮行和大户人家征些军粮，给人家打张条子。”

五舅苦笑道：“人家若是不肯呢？”

二舅不耐烦道：“莫非这还要我教你吗？”说罢，转身同谭家轩进了县府。

曹侯县的鹿县长早已在县府门前迎候。鹿县长是一个有几分女人气的胖子，他客客气气将我二舅和谭家轩迎进了县府。

二舅在院中止住脚，看着院中几棵高大的古柏，问道：“贵县有些历史了吧。看得出这几棵老树定是有些名堂了。”

鹿县长笑道：“鹿某孤陋寡闻，听说是明末一位名士侯朝宗栽下的。不知真伪，存疑了。”

二舅盯住那几棵古柏唏嘘了一阵，突然转身问鹿县长："鹿县长，你怎样看侯朝宗这个人啊？说说看。"

鹿县长笑道："说不好。只是李香君还能守节，可是这个侯朝宗连一个烟花女流也抵不住，不免让后来的读书人有些泄气。"

二舅摇头笑道："不然，不然。照我看这个侯朝宗倒是识务的。那个李香君为那个倒霉的小朝廷守节，却横遭那个小朝廷的凌辱，那还为他们守什么节呢？人家大清朝的开国皇帝可正经是一代明主啊。"说到此处，他意味深长地看了身旁的谭家轩一眼。

谭家轩脸上不动声色，笑道："军座在发思古之幽情了。"

鹿县长怔了怔，也在一旁笑道："古军长文武双全，真是好学问，好议论，让人听来别开生面啊。"*

二舅仰头看衙前的一副对子：

辩口悬河万语千言常默默

辞源倒峡连篇累牍自滔滔

二舅读了一遍，就苦笑一声："如此说来，上下几千年，只是一句笑谈了。真是书生意气。"

这时，突然响起一阵匆匆的脚步声，五舅大步跑进来，满脸喜悦："报告军座，胡士辉还活着，他要见你。"

二舅愣了一下，旋即惊了脸："胡士辉？在哪里？"

鹿县长笑道："是敝县保安团长，常听他说曾与古军长相识。"

二舅急道："快快让他进来。"

五舅转身出去，就引进一个满脸络腮胡子的大汉。大汉站在二舅面前立正敬礼，颤声道："大哥，胡士辉前来报到。"

二舅困惑地打量着胡士辉，猛地笑道："你真是胡士辉，我不是做梦吧？"

说着，俩人同时抢步向前，猛地抱在了一起。

* 哈！这三人对话颇有味道。古军长引古道今心有旁骛；参谋长虚与委蛇云淡风轻；鹿县长左右周旋应付裕如。

二舅突然松开胡士辉，抓起胡士辉的一只空空的袖子：“怎么……”

胡士辉不在意地笑道：“就是那年跟阎老西开仗，扔在了娘子关。我也被晋军俘虏，后又逃出来，就到此地落脚。原想做个小本生意，不想被鹿县长看中，就滥竽充数做了保安团长。”

二舅皱眉道：“你这些年不知道我在哪里？为何不去找我？”

胡士辉苦苦一笑：“我已经成了废人，何苦再去给大哥添赘。”

二舅捏住胡士辉那只空袖，叹道：“你这个人啊……”话未说完，眼就湿了。

谭家轩上前搭讪道：“军座常常提起胡先生大名。听说那年跟吴佩孚打仗，军座负了重伤，是胡先生把军座背下火线的，算是救命之恩了。”

二舅向胡士辉介绍了谭家轩：“这是谭参谋长。”

胡士辉向谭家轩点头致意。

鹿县长笑道：“今日古军长与胡团长阔别相逢，应该好好喝上一场才是。”

谭家轩点头笑着喊我五舅：“正是，古副官，你去弄些酒菜，再把几个老总喊来，开开荤。”

胡士辉忙拦住我五舅：“不必，我今日听说大哥来了，已经在城内聚友楼备了一桌，请各位过去小饮。”说完，就看二舅。

二舅哈哈笑道：“旧人相逢，难得一醉。”就吩咐五舅去喊贺如飞等人过来。五舅转身出去了。

五舅回忆说，那天二舅真是高兴，他没有想到当年的胡士辉还活着。五舅回忆说，二舅那天有些失态，也许他那些日子太压抑了，但是他不知道一个阴谋正在悄悄地向他逼近。真是应了那句话，战乱年代，人心不古。

不一刻，贺如飞、周志远先后到了，他们与胡士辉都是旧友，见面十分惊喜，一路说说笑笑，就去了聚友楼。鹿县长说有事缠身，推辞不去了。二舅就不再劝。二舅不大喜欢这个女人气的鹿县长。

聚友楼是曹侯县城里最大的一家酒楼，或者因为军队进城，街上少了游人，就显得生意十分清淡。楼下几棵杨柳，秋风吹过，满目黄叶飘飘，更是平添了几分凄凉冷落。

二舅几人大步上得楼来，就有伙计笑脸迎上。灶房内就响起热烈的烹调声音。

众人在楼上坐定。不一刻，冷盘热炒就前呼后拥地端上来。胡士辉逐个给大家斟满酒杯，然后高举起一杯酒，高声笑道：“我胡某已经有十余年不曾与诸位见面了，今日草办了一桌，给诸位接风，不成敬意啊。”

贺如飞就笑：“老胡，别再客套，这年月能吃上这样一顿，就十分不易了。喝，喝。大家都喝啊。”

众人就随着举起杯子。刚刚要饮，就听楼下一阵嘈杂，林志成慌慌地跑上楼来了。

二舅放下酒杯，皱眉问：“林副官，怎么回事？”

林志成看一眼胡士辉：“刚刚有几个可疑的人在楼下探头探脑。让古副官给抓了起来，一搜，果然身上藏有短枪。”

谭家轩看看我二舅，淡淡一笑：“身怀利器，杀心自起了。”

胡士辉哈哈大笑了：“误会了，误会了。一定是我手下的人。”

林志成一挥手，怒气冲冲的五舅就把几个大汉带上楼来了。

胡士辉看一眼那些汉子，怒道：“我今日与我大哥久别重逢，没你们的事，都走吧。”

二舅也笑了，挥挥手：“都走，都走。”

谭家轩似乎心不在焉地把玩了一下手中的酒杯，他抬眼盯了一下我五舅。

五舅皱了一下眉，同林志成耳语了几句，就放那几个大汉下楼去了。

* 读到此处赞一句：胡士辉丈夫也！敢作敢当不甩锅！

胡士辉坐下笑道："大家喝酒。"就举起酒杯，看着二舅，"大哥，小弟先干为敬。"就一饮而尽。

二舅笑道："老弟还是当年那样爽直。"就举杯欲饮。

"军座，且慢。"林志成突然伸过手来，抢去二舅手中的酒杯："胡团长，我刚才搅闹了你的酒兴，就此赔罪，也敬你一杯。"说罢，不容众人说话，就一饮而尽。

二舅冷下脸："林副官，这里没你的事，退下去。"

胡士辉冷眼看了林志成一眼，嘿嘿笑道："你一个小小的副官还不配与我一同喝酒。"就再给二舅斟满一杯，递过去，说一句："大哥，请了。"

二舅忙接过，刚刚送到嘴边，不承想刚刚要下楼的林志成猛地转身扑回来，挥手打掉了二舅的酒杯。

二舅大怒，猛喝一声："古建业，把林副官给我押下去！"五舅却站在那里不动。

谭家轩不动声色地对我二舅说："军座，还是让林副官把话说完。这酒不必太急。"

二舅还要发怒，却怔住，他看到林志成竟已经歪倒，林志成双手捂住腹部，一脸痛苦地喊道："军座，酒中有毒。"

众人失色，都慌地丢了酒杯。二舅就看胡士辉，胡士辉也已然痛苦地歪在地上了。

二舅上前抱起胡士辉，大喝一声："兄弟，何人下毒？"

谭家轩呼地站起，大喊一声："古副官，全城戒严。"

五舅拔步要走。胡士辉吃力地睁开眼，苦苦一笑："建业，别去了，毒是我下的。"*

众人全都愣住，只有谭家轩静静地盯住胡士辉。

二舅大惊失色："你，你为何要害我？"

胡士辉的声音已经十分微弱："都说大哥你已经暗中投靠了日本人。"

二舅大恸："兄弟啊，你把古某看成了何种人物啊！"

胡士辉惨惨一笑："世道艰难，人心不古，不好说的。我今天对不起你，也是有命难违啊。"说罢，吃力地从怀中掏出一张纸来，头一歪，登时气绝。

二舅展开看过，竟是一纸上峰给胡士辉密裁二舅的命令。

二舅恸然垂泪道："胡士辉，你好糊涂啊。"

众人都呆呆地怔在了那里。周志远跺脚道："老胡啊，你好迂哟。"

贺如飞长叹一声："好像是一场梦。转眼之间，我等险险在这曹侯县城做鬼。"

楼下突然枪声大作。五舅跑下去，又气喘吁吁跑上来："军座，那个鹿县长带着保安团向我们打冷枪，打死了我们好几个弟兄，向城外跑了。"

二舅看了看胡士辉和林志成的尸体，叹道："由他们去吧。"

五舅在他的回忆录说，胡士辉是不对的。不管如何，他不该在酒里下毒。真不讲义气。我不同意五舅这个观点。如果胡士辉明明知道二舅是汉奸，他为什么不能在酒里下毒呢？如果他不下毒，那么他为朋友算是尽心了，但他就是违背了大义。这种情况常常有两种结果，背公死党也是义，守职奉上也是义。而背公死党则义成，守职奉上则义废。

胡士辉实在是不亏职守。*

* 虽然莽撞，却是牛人！

十一　郭克武屠杀青风会

保州市已经陷入一场恐怖的氛围中。为躲避敌机轰炸，彭长官三天前已经将北方第五战区指挥部迁至冯阳县了。郭克武便以维持治安为名，调了两个团进驻保州市，并下令宵禁。当夜逮捕了千余名有青风会嫌疑的市民，第二天一早，将这一千多人绑到保州市的闹市，以汉奸的罪名枪毙了。登时一片鬼哭狼嚎，保州市人切齿咒骂郭克武是“郭屠夫”。*

彭长官闻讯打电话来，问郭克武是怎么一回事？

郭克武笑道：“青风会暗中勾结日寇，企图献城。”

彭长官淡淡道：“郭副军长，不可滥杀，以防生变。”

郭克武笑道：“彭长官放心。上峰也讲过的，宁可错杀，决不错放。大敌当前，还是严加防范的好些。屈死一两个，也是在所难免。”

彭长官淡淡一笑，就挂了电话。

但是，郭克武这种血腥的屠杀，并没有能阻止青风会向他展开更凶猛的报复。**

头天下午，郭克武的三姨太去街上洗澡，与一个女仆一同被人用绳子勒死在浴池里。两个卫兵则被人打死在浴池门口。早上，他坐着汽车去城外视察防务，车行到肖家镇的桥头，一个算命的瞎子迎面走来，并不躲闪。司机连连按喇叭，那瞎子竟朝着汽车奔来，手里举着一件什么东西。司机惊叫一声：“炸弹！”猛地刹住车。车上的姜副官飞快地拔枪探出头，向那瞎子射击。瞎子怒吼一声扑倒了，手中的炸弹轰地响了。瞎子血肉横飞，桥前就冲出十几个人来，端着枪向汽车乱射，雪豹就在车中直立起来，狂叫着要扑出去，被郭克武按下了。司机急踩油门，汽车疾风一般冲过去了。

郭克武隐隐地感到了恐惧。他此时已经明白，自己的血腥屠杀并没有吓倒青风会。青风会并非是一帮乌合之众，那种悍不畏死，那种绝对服从，真正是一个训练有素的军事组织。而这种行动的迅速和杀人的功效，和这种誓死不肯妥协的强硬态度，更是大大出乎郭克武意料。他有些不解，面对他这样一个重兵在握的军事首脑，青风会竟然毫不退缩，且气焰万丈。只有将这个组织连根拔掉，才能制止他们这种疯狂的暗杀，否则，自己在保州

* 绝非打击，而是碾压！恐怖如斯。

** 报复解决不了老赖制造的问题，但可以解决制造了问题的老赖。

市就一刻也不得安宁了。然而在短时期消灭这样一个根深蒂固的帮门，却又是一件不大现实的事情。他心中生出了一阵深深的懊悔，当初实在不该赖账，为了区区几十万大洋，就与这个凶残的杀人组织为敌，实在有些不划算了。他决定再去会一会那个二堂主，他也很想拜见一下分别多年的余大头。余大头真是让人刮目相看了。郭克武让司机向城内开去。*

姜副官砸开了二堂主的街门，一个下人低眉软气地告诉郭克武："二堂主已经多日不曾回来，长官如果找他，可去城东的龙音寺。"说罢，就转身慌慌地关了街门。

郭克武笑道："那我就去一趟吧。"

姜副官摇头道："那个老家伙凶奸得很，大哥还是不去的好。我代劳走一趟就是了。"

郭克武眉毛立起，冷笑一声："老子泥里河里都蹚过，还怕他暗算！"

龙音寺在城东十里处的一座山上。郭克武带了一队士兵沿着小道上得山去。小路上落叶缤纷，山地里的庄稼已经收割完了，紫云英开得满山，成群的山雀像一片片灰色的云，时时扑没进山地里，啄食着什么。郭克武突然想，如果没有战争，简直忘记了这里是前线呢。他一步步上得山来，已经听到梵音不绝于耳。

姜副官带人先跨进寺院，并无异样。郭克武随后走进来，就见院内十分清静，院内有几株柏树，不高，却老。有一种所有古殿中所见到的那种苍凉感。寺庙的门窗却有些糟朽，也许经过了上百年的风吹雨打。贴在石墙上的青苔已经干枯，像一块块经年的血斑。黑黑的，很难看出这寺院究竟有多少年月了。

郭克武朝姜副官丢个眼色，姜副官会意，吩咐士兵向大殿两侧去了。郭克武牵着雪豹，走进大殿，姜副官百倍警觉地紧随而入。只见几个和尚盘膝坐在那里沉声诵经，并不抬头。郭克武就在殿内四下观看。姜副官就要去喊和尚问话，被郭克武摇头

* 早知今日，何必当初。求郭克武此时心理阴影面积。

制止。

梵音回响，烟飘缭绕，清香醒人神智。郭克武似乎在认真听着木鱼声。听了一会儿，课诵完毕，一个五十多岁的和尚走过来，一声佛号，深揖一礼："施主。"

郭克武道："我来找余堂主说话。"

和尚一脸惊诧："这里是佛门静地，并无什么余堂主。"

郭克武笑道："二堂主在吗？"

和尚呆呆地望着郭克武，不再说话。

郭克武笑道："那我就求上一签。"

和尚就端过来签筒，哗哗摇动。郭克武就抽出一签，低头去看，只见上写：秦败擒三帅。就递与和尚："请大师解破。"

和尚看过，诵道："施主，此乃下下签。有道是，似鹊飞来自入笼，欲得翻身却不通。南北东西皆难出，此卦诚恐祸无穷。大凶，大凶啊。"

郭克武皱眉道："如此说，我老郭现在是在劫难逃了？"

和尚无语，空空如也的目光看着郭克武。*

郭克武猛地哈哈笑道："那你们还不动手，还等什么？"

和尚似乎没有听懂，打了一揖，回身就走。郭克武轻轻打了一个口哨，身旁的雪豹就猛地蹿起，扑倒了那和尚。那打坐的十几个和尚突然站起，都从衣襟内扯出枪来。与此同时，寺外闯进一群早有准备的士兵，手持冲锋枪，子弹似狂风暴雨射向这些和尚。和尚们纷纷倒地，声断气绝。

沾满火药味的血腥气立时扑满了大殿。

郭克武怔了片刻，便走出大殿。天色已是黄昏，满山残枝败叶飞滚，夕阳胆怯地缩到了山后面。暮色冷冷地涌动着。

郭克武冷笑了一声，对姜副官道："我看这世上莫非真有不怕死的？"说罢，他大步走下山去了。

郭克武在保州市开始了疯狂的屠杀。他当天晚上就又派部队

* 空空如也？应该是一种绝不向老赖妥协的目光。

抓来三百余名青风会的嫌疑者，审也不审，就地在街上处决了。同时让姜副官带人在青风会的几处宅子放了大火。一时间，保州市里火光冲天。*

*郭克武倒要看看，谁是屠夫？谁是羔羊？

城内的谣言越传越吓人，说郭克武要把青风会的帮人斩尽杀绝。但是，屠杀刚刚进行了一天，郭克武正杀得眼红兴起，就接到彭长官发来的战报，日军佐田师团一部正迂回向保州市逼近。郭克武只好暂时放弃了对青风会的报复。

十二　二舅诈降

1940年10月5日晚上，我二舅收到了彭长官由冯阳县发来的电报，责问二舅为何进驻曹侯县。要求78军立即返回仓南县，与佐田师团接触，并要二舅立即赴冯阳县参加作战会议。二舅看罢电报，扔给了谭家轩，意味深长地问道："参谋长，你以为如何？"

谭家轩还未开口，一旁的贺如飞跳脚骂起来："这一帮王八蛋，对军座不怀好意。军座不要听。咱们78军就在曹侯县待着。把老邓也喊回来，让史坚如、黄召涛他们这帮亲娘生的去跟佐田打吧。会也不要去开。刚刚关绍方先生还对我讲，姓彭的要对军座下毒手的……"说到此，自觉失言，瞪了谭家轩一眼，就不再讲。

谭家轩不在意的样子，他想了想说："军事会议之事，军座若是不去，但还要派人去的。我可以代军座去参加会议。否则要给上峰以口实啊。"他目光有些忧伤地看着二舅。

贺如飞瞪了谭家轩一眼："会无好会，姓彭的是给78军摆鸿门宴呢。"

谭家轩皱眉道："贺师长太多虑了些。大敌当前，我想彭长官还不至于……"

贺如飞冷笑道："怎么会不至于，我算看透了，这种人打日本人都是稀泥软蛋，对付我们可是狠心毒手。"

二舅没有说话，默默看着窗外。窗外一片死黑，不透一点儿光亮。有风从窗子缝中吹进来，风中带着一股潮气，似乎要下雨的样子。

谭家轩道："军座……"

二舅摆摆手："让我再想一想……"

贺如飞看着我二舅说道："那我就代军座走一遭，也就免了军座抗令不遵的口实。"

二舅想了想："参谋长还是不要动了。那就有劳如飞了。"他转身对谭家轩道："参谋长，给邓天桢发电报，让他向曹侯县方向动作。我担心他让史坚如那个混蛋算计了。我们也要做做样子，明天一早就撤出曹侯县城。"他大步走到地图前，略一思索，手就落在地图的一个坐标上："后天一早，我们在张家庄与邓天桢会师。"

谭家轩为难地道："军座，这……"

二舅摆摆手："你别再说了，就这样定了。"说完，就走出了房间。

二舅来到薛寒芸的房间。我的二舅妈薛寒芸正在灯下读书；这是她多年的习惯。二舅常常为此感慨，他曾对五舅说过，薛寒芸实在不该跟他结婚。她若与一个学者结合，肯定能做出一番大学问的。二舅看着在灯下读书的薛寒芸，心头有些酸楚的东西泛上来了。

二舅又看看两个儿子，两个孩子刚刚睡着。二舅不由得轻轻叹了一口气。薛寒芸放下书，看着二舅。

二舅想了想，就道："寒芸，我想让你和孩子先离开部队。眼下军情如火，万一有个闪失……"*

* 唉！有道是儿女情长，英雄气短。

薛寒芸道："如果你怕拖累，就让孩子们离开吧。在这个时候，我是不放心离开你的。只是你想把他们送到哪里去呢？你不是说过送他们回野民岭吗？”

二舅摇头：“现在怎么可能，这是在彭长官的眼皮子下面啊。”

薛寒芸闷了一下，无奈地叹息：“真是我连累了你啊。”

二舅看看薛寒芸，心头的酸楚更觉凄烈，他伸手将薛寒芸握住：“不要这样说……”二舅的眼睛就湿了。*

薛寒芸问：“你让他们去哪里？”

二舅想了想：“我想让他们到西安你二姑那里去。”

薛寒芸点点头，轻声问：“建勋，你想让孩子们几时走？”

二舅道：“今夜就走，不然一旦有变，就怕走不脱了。”

薛寒芸想了想：“让谁送他们走？”

二舅道：“建业弟弟心粗，我想让陆副官送他们走。”说罢，就起身看看熟睡的两个孩子，又对薛寒芸道：“你喊醒他们，我去告诉陆副官。”就转身走出门去。

薛寒芸带着两个儿子走出来时，二舅和副官陆洪川已经站在了院里，还有一辆吉普车停在那里。二舅看看两个愣愣怔怔的儿子，强笑道：“大虎二虎，送你们到西安二姑姥那里去住几天。上车吧。”

两个孩子不知所措地跟着陆洪川上了车。吉普车就发动了。

薛寒芸突然喊了一声：“洪川兄弟。”

陆洪川就探出头来：“夫人还有何嘱咐？”

薛寒芸颤声道：“洪川兄弟，军长戎马半生，就这两个骨肉，拜托你了……军长他心里……”就再也说不下去，深深朝陆洪川弯下腰去，鞠了一躬。

陆洪川慌地从车上跳下来，向薛寒芸行了一个军礼：“夫人，陆洪川万死不辞！夫人但请放心。”

两个孩子就哭了起来。二舅猛地火了，怒道：“陆洪川，开车走。”

* 读到此处有分交：心有猛虎，细嗅蔷薇。

陆洪川就上车。吉普车冲进夜色里，渐渐消失了。

薛寒芸身子一软，就歪在了二舅的肩上。二舅叹口气，就要扶她进屋去。

马光这时走过来，喊了一声："军座。"

二舅看看他："马军医，有事？"

马光说："军座，我想请假回乡。"*

二舅一愣，笑道："现在部队已经不许准假了。"

马光点头："这我知道，但是我还是想请假的。"

二舅闷头想了想："你容我想一想。"

马光愣了一下，点点头："还望军座早些给我答复。"就转身走了。**

* 大战在即，请假回乡？理由？

** 好倔强的军医！

五舅在他的回忆录中说，1940 年 10 月 7 日清晨，78 军在阴蒙蒙的天气里，向曹侯县城外的张家庄开拔。半路上，天就阴得越来越重，似乎空中负载着千万斤的重量，到了中午时分，天空终于承受不住，一场大雨就哗哗地落下来。78 军冒雨赶到张家庄时，邓天桢的队伍还没有赶到。二舅忧心忡忡。

二舅住进了一个大户人家的宅子。他感到十分疲倦，闷闷地吸了一支烟，刚刚要躺下，门外就传来五舅的急急的声音："军座，出事了。"

二舅皱眉道："进来说。"

五舅神色慌慌地进来："袁国刚被人杀了。"

二舅"啊"的一声跳起来，随五舅走出去。

雨已经小了。街上漫动着湿冷的空气。

二舅随五舅走进机要室，机要室已经站满了人，二舅看到机要科长袁国刚倒在椅子上，面门上有三个枪洞，血流得满面，还没有干。女机要员被杀死在电台前，机要柜被翻得狼藉，两部电台都被砸烂。现场十分混乱，有明显搏斗过的痕迹。女机要员的指甲里有血，似乎是抓破了凶手的某个部位。

二舅莫名其妙地恨恨地骂了自己一句："我真是混蛋。"他挥挥手，让人把这两具尸体拖出去埋了，他心里燃着了一股恶火。门外有脚步急响，是谭家轩进来了。二舅冷冷地看了一眼谭家轩："参谋长，你怎么看这件事的？"

谭家轩摆摆手，让人们都出去。他点燃一支烟，面色凄然道："军座，事情如何闹到这般地步了？恕我直言，上峰要对你下手了，这也许只是开始。"

二舅恶恶地笑道："参谋长还准备有何行动？"

谭家轩看一眼二舅，苦苦一笑："军座，你是说我吗？你想想看，我若真是要取你的人头，何必延迟到今日呢？我与军座相处已然两年有余，光明磊落，从无是非，难道军座对谭家轩的为人，还心存戒备？"说罢，潸然泪下，转身走出去了。*

二舅没想到谭家轩突然这样直率，一时呆住了。他闷了一刻，才怏怏地回到司令部，刚刚坐下，五舅就进来了，对二舅笑道："邓师长到了。"

二舅顿时精神一振："太好了。快让他进来。"

邓天桢大步走进来，身后跟着周志远。不容二舅说话，邓天桢劈头就问："军座，如飞真的去代你开会去了？"

二舅一怔。点头道："他昨天去的。"

邓天桢神色大变，跺脚道："军座，你好糊涂啊！如飞此番是有去无回了啊！"

二舅心里一紧，脸上笑道："量他姓彭的敢把如飞怎样。他欲加害的是我，不会为难如飞的吧？本来谭家轩要代我去的，我担心他在姓彭的那里说三道四，就让如飞去了。"

邓天桢叹道："军座，265 旅哗变一事，自然是贺如飞的责任。上边对军座早存有杀心，恨屋及乌，姓彭的必置如飞于死地，方好向上边交代。我们一个不去，他鞭长莫及，若有人去，

* 彼此不能相知，话说得心酸。唉！

自然是送入虎口，怎能生还啊……”说到此，邓天桢泪就落下来：“生死有命，如飞真是命中有此一劫啊。”

二舅呆呆地一句话也说不出了。*

周志远在一旁咬牙切齿：“军座，把谭家轩那个王八蛋宰了，拔了78军眼睛里这根钉子。你发话吧。”他拔出枪来，站起身就要往外走。

二舅摇头制止：“谭家轩若要杀我，何必等到今日。”

几个人都呆呆的。

邓天桢叹道：“军座，我有一句话，不知当说不当说。”

二舅苦苦一笑：“你有话就讲。”

邓天桢道：“眼下局势已然明朗。上边就是欲把我们78军往日本人的枪口上送，借刀杀人，铲除异己。我们进也是死，退也是死，现在只有一条路可以走了。只是……”

二舅盯住邓天桢：“你尽管说罢。”

邓天桢道：“请关先生来。”

屋内一片寂然。空气紧张得有些颤。

二舅掏出一支烟，手却颤抖，没有点燃，就猛地把烟摔在地上。他一脸凄怨：“罢了！古建业，你去请关绍方先生来我这里。”

五舅出门去了。

邓天桢又说：“军座，我刚刚回来的时候，看到那三个《中央日报》的记者正在跟谭参谋长的副官曹敬贤嘀咕什么。他们还在照相呢。”

二舅的眉头皱了起来。

邓天桢低声说：“现在78军正在危急时刻，对这三个记者是不是可以采取一下非常措施，而且我也不放心他们手里的胶片，一旦传扬出去……”

二舅点点头，看看周志远：“志远，这件事情交给你去办吧。利索些好。”

周志远说："军座放心。"就起身走了。

二舅疲惫地坐在椅子上，他长长吁出一口气，心里充满了伤感。

五舅走进来说："军座，关先生来了。"

关绍方笑吟吟地走进来："建勋兄，邓师长。"

二舅和邓天桢忙起身迎接。二舅一扫脸上的疲惫之色，哈哈大笑着握住了关绍方的手："绍方兄，请坐。我这几日只是心闷，请你过来聊聊。这几天怠慢你了，莫怪哟。"又转身对五舅道："任何人不许进来。"

五舅转身出去了，关上了房门。

就在我二舅和关绍方密谈的时候，《中央日报》的三个随军记者被周志远派人关了起来。这三个记者是在谭家轩的副官曹敬贤的房间里被抓走的。

曹敬贤一脸怒气来找谭家轩，他沉着脸说："谭参谋长，周旅长对新闻记者这样做法，怕是不好吧。这事你要出面说说才好。"

谭家轩想了想，点点头，就去了军部。

谭家轩一进军部，却被我五舅拦住。谭家轩就在门口等候。过了一会儿，就见我二舅和邓天桢送关绍方出来了。二舅和关绍方握握手，关绍方走了。二舅转身看了一眼谭家轩："谭参谋长，有事？"

谭家轩点点头。

二舅就和谭家轩、邓天桢走到屋里。三个人坐下。

邓天桢笑道："参谋长是听了曹副官的话才来说情的吧？"

谭家轩一愣，就笑了："无外乎人称邓师长是小诸葛。一语猜中。不过新闻记者还是不得罪为好。军座，你看呢？"

二舅没好气地说："他们在军营中窜来窜去的，已经妨碍了军务。还有你那个曹副官，我听说他与机要室的血案有关。"

谭家轩一怔，就看邓天桢。邓天桢朝他微微笑着，声色不动。

谭家轩有些恼火："邓师长，你有何证据？"

邓天桢笑道："自然有证据。参谋长与他终日相守，难道一点儿蛛丝马迹也没有察觉？邓某不敢说参谋长是彭长官派到78军来看视军座的，可我断定曹敬贤却是上峰差遣到78军来坐探的。那天，或者是袁国刚截获了上峰给曹副官的密电，才被曹副官下了毒手。我们太小视他了，竟酿成大祸，枉送了袁科长和机要员的性命。"

谭家轩冷笑："我今日只要邓师长出示证据。"

邓天桢也冷笑道："参谋长何不亲自去找曹副官问个明白？"

谭家轩怒道："我若现在去找他，你是否要说我谭某去与他通口风了。"

邓天桢点头笑了："参谋长果然聪明过人。"

二舅在一旁不耐烦："你们两个不要斗嘴了。"就大喊一声："古建业！"

五舅大步进来。

二舅皱眉道："喊曹敬贤副官来见我。"五舅转身就走。

谭家轩起身喊住五舅："慢。古副官就说我找他来此有事。"他回头看看邓天桢："若真是不幸被邓师长言中，曹副官断是不敢来见军座的。"

邓天桢点头微笑。*

五舅匆匆去了。

不一刻，曹敬贤随五舅来了。进了门，曹敬贤看看谭家轩，立正道："参谋长有何吩咐？"谭家轩不看曹敬贤，却看我二舅。

二舅对邓天桢道："天桢，你有何话讲？"

邓天桢微微笑着站起身来，慢慢走到曹敬贤面前，看一眼曹敬贤衣领上露出的绷带，笑道："曹副官，你这是怎么搞的啊？"

曹敬贤有些窘，强笑着：“报告邓师长，是被树枝挂的。这个鬼地方。”手就下意识地抓紧了腰间的枪。

邓天桢“噢”了一声，哈哈笑了：“是啊，这个鬼地方。”笑声未落，就猛地伸手撕开了曹敬贤的衣领，扯下绷带，曹敬贤的胸前就露出了几道深深浅浅的抓伤。二舅和谭家轩都看得怔住。

曹敬贤猛地跳开一步，掏出枪来。

二舅淡淡道：“邓师长，你喝醉了。”就朝曹敬贤摆摆手：“曹副官，没事了，你去吧。”

曹敬贤收起枪，狐疑地系好上衣，敬了一个军礼，就缓缓转身向门外走去。邓天桢飞快地掏出枪来，枪就响了。曹敬贤也已经回过头来，枪也从腰间拔出来，可是却晚了。血从他的胸上流出来。他恶恶地盯住二舅和邓天桢，无力地低声骂了一句什么，就颓然倒下了。五舅回忆说，当时也许曹敬贤只慢了一两秒。但是生与死之间，有时就只有这一秒或者两秒作数。

谭家轩痛苦地长叹一声，无力地闭上了眼睛。

邓天桢看看谭家轩，笑道：“参谋长，我邓某失敬了。我邓某虽是个粗人，却也看出此事与你无关。”

二舅道：“天桢，你去周志远那里，把那三个记者打发了吧。我和参谋长有几句话要说。”

邓天桢会意地点点头，目光中闪出杀气，就大步出去了。

二舅看看谭家轩：“谭参谋长，曹敬贤跟随你多年，我杀他也是无奈。”

谭家轩睁开眼，摇头叹息：“他竟是连我也瞒过了。此人在我面前温良恭敬，竟是这等一个人物。真是人心难测啊！”

二舅摆摆手道：“曹敬贤效忠上峰，本无可指责，不提也罢了。谭参谋长，我有一件事情没有跟你商量，我已经准备和佐田谈判。参谋长是去是留，还请早作打算。”说罢，就盯住谭家轩。

谭家轩一脸哀色，淡淡道：“军座此举，谭家轩早已经料到。

我已经说过，我与军座相处已经两年有余，虽然不曾肝胆相照，却也是知此知彼。我还不敢相信军座真心附逆。军座或是另有所图，只是负隅之举，险象环生。军座若作姜伯约，那佐田岂是钟会啊。军座还要慎之又慎才是。”*

* 肺腑之言！

二舅呆呆地看着谭家轩，竟一句话也说不出，心中暗暗惊讶谭家轩如此机敏。

谭家轩站起身，步子软软地走出门，又回过头来，苦笑道：“如果我没有计算错误，关绍方先生刚刚已经去了佐田那里，最多三五天之后，关先生就能带回佐田同军座的约定了。”说罢，转身走了。

二舅怔怔地看着谭家轩走了。

邓天桢来到周志远旅部的审讯室，在门外就听到痛苦的惨叫声。邓天桢笑着点燃一支烟，就推门进去。见几个粗壮的士兵，都赤着膊，手里挥着鞭子。那两个男记者被绑在房梁上，已经被抽打得血肉横飞了，惨惨地喊叫着。那个女记者双手抱在胸前，蜷缩在墙角，嘴里淌着血，一脸愤怒的表情。她的外衣已经被剥下来了，只穿着一件内衣。周志远坐在一张椅子上，朝邓天桢微微一笑。邓天桢丢个眼色，周志远便出去了。那女记者见邓天桢进来，便猛地站起喊道：“邓师长，请你马上放我们出去。”

邓天桢朝那几个士兵喝一声：“住手。”

士兵们便放下那两个浑身是血的男记者。

邓天桢一脸歉意：“对不起各位，周旅长治军不严，部下总是粗鲁。我也是刚刚得知。”

女记者忙着穿好衣服，她发怒道：“邓师长，我要见古军长，他作为长官，应该教育部下懂得什么叫作新闻自由。”

邓天桢看着女记者那双美丽的大眼睛，笑道：“当然。当然。只是古军长现在军务繁忙，没有空闲接见几位。我现在要你们把这些天拍摄的胶片交给我。我也是受命于人啊。还请你们原谅。”

女记者迟疑道：“如果我们不能交给你呢？”

邓天桢摇头道：“这是不能讨论的。我只能暂时拿掉你们的新闻自由，还要拿掉你们的人身自由。这是战争，请小姐理解我。”

女记者想了想说：“胶片我们已经交给了曹敬贤副官，他是一个受过高等教育的人。我想你们不会为难他的吧。”

邓天桢微微笑了：“当然。曹副官是党国的有用之才。”就对那几个士兵道：“你们去曹副官屋里找回那些胶片。”几个士兵就出去了。

邓天桢转身对女记者笑道：“听小姐的口音，是直隶人吧。”

女记者点头道：“是的。我是直隶定州人。邓师长也是直隶人吗？”

邓天桢笑道：“咱们真还是老乡呢。我是高阳人。我小时候跟着父亲到定州贩过白菜呢。”

女记者道：“邓师长的家乡可是盛产花生的地方啊，还出了一个大名鼎鼎的佟麟阁将军。”

邓天桢笑道：“是的是的。记者小姐果然有些乡音。家中还有什么人吗？”

女记者眼圈一红：“听说村里都让日本人给炸成平地了。一家人生死茫茫，音信全无了。”

邓天桢长叹一声：“国难当头，多是如此了。每每念及，总是心如刀割啊。”

二人一阵无语。*

女记者就问：“邓师长何时能回家乡看看呢？”

邓天桢摇摇头：“邓某是军旅中人，只有视沙场如归，怎敢念一己私情啊。只是你这韶年花季，却……”邓天桢突然不再说。

两个士兵进门来了，交给邓天桢两只相机。邓天桢接过拆出胶片，熟练地曝了光，然后朝三个记者笑笑：“你们可以离开 78

* 相对皆无语，同是乡愁人。

军了。”他与女记者握握手：“请谅解周旅长及属下的无礼，现在是战争，没有办法的事情。”

女记者听得一怔，脸上露出一丝依依的神情，点头道：“再见了，邓师长。”

邓天桢温和地笑笑：“再见。”

三个记者走出去。邓天桢送他们出来。女记者朝他挥挥手，邓天桢也微笑着挥挥手。

三个记者跨上马，走出百十步。邓天桢突然掏出手枪。三声枪响，三个记者就横栽下马来，女记者在落下马的同时，还回过头来看了邓天桢一眼，邓天桢见到那双美丽的大眼睛里充满了惊异。*

五舅在他的回忆录中没有记下这三个记者的姓名。五舅说他们或许真是彭其森长官派下来看视78军的坐探。对五舅的这种说法，我不认可。他们是彭其森派下来的，但并非就一定是坐探。他们三个人在78军认真调查采访，或许只是出于记者的职业道德。他们死于非命，却真是让人心痛的事。

邓天桢说得也许不错，这是战争。无论是我二舅还是邓天桢还是周志远，他们都是没有耐心在是与非的层面上纠缠的。

按照时间推算，1940年10月12日，也许就是在邓天桢毅然解决了那三个《中央日报》的随军记者的第三天，在仓山县城日军佐田师团的司令部里，佐田正眯着眼睛，仰靠在沙发上，听翻译诵读关绍方带来的古建勋的亲笔信。

佐田听完了，猛地坐起，哈哈笑了，对关绍方道：“关将军，古建勋将军是否真的有亲日诚意？你们中国有句老话，叫作兵不厌诈。在你们一部叫作《三国演义》的古代小说中，这种事例可是太多了。”

关绍方笑道：“佐田将军的中国知识真是不少。古建勋的确是

* 老乡见老乡，杀你无商量。

一员不好驯服的猛将。但是现在古建勋已经是走投无路。换句中国话说，叫作‘为渊驱鱼，为丛驱雀’，是中国人把古建勋推到帝国这一边。”

佐田听懂了，仰天大笑起来。

小林在一旁皱眉问道：“关先生，我还有一事不明，为什么古建勋一定要齐将军率部回去呢？”

关绍方笑道：“齐成章部原本就是古建勋所辖，古建勋只是要保持原班的建制，不想被吃掉实力罢了。这也在情理之中。中国有一句古话：韩信将兵，多多益善。我想每一个将军都希望自己的部属越多越好吧。”

佐田点点头，对小林道：“明天派石村副队长作为我的代表，随齐成章去见古建勋。由石村整编这支中国军队，如何？”

小林点点头。他的目光中似乎有些犹豫。

五舅的回忆录写到这里时，他十分感慨。五舅说二舅的意愿是想让佐田来此。但是佐田却没有来。我写到这里，不免暗笑二舅的天真，见多识广的佐田能来吗？*

1940 年 10 月 14 日下午，是一个绝好的天气。晴空万里，太阳温和地在空中移动。张家庄村外的田野里，齐成章的两千多人的队伍开过来。走在前边的齐成章眉头皱着，他心中一直存有疑虑，他不敢相信古建勋会这样轻易向佐田投降。他太了解古建勋的性格了。他想把这个疑问告诉佐田，但是佐田那种不容商量的口吻，使他把一肚子疑问咽了回去。齐成章是一步一鬼地随着石村和关绍方来到张家庄的。**

张家庄的村前，站满了荷枪实弹的士兵。森森的杀气，在空气中弥漫。二舅和谭家轩从庄里迎出来。

齐成章慌得跳下马来，一脸愧色，朝着二舅跪了下去：“军座，齐成章冒犯了，今日回来，任凭军座处罚。”

二舅忙伸手搀起齐成章，笑着：“盖世功劳，当不得一个矜

* 泄气！张网欲捕虎，来了几只羊。

** 『一步一鬼』，形神俱备。

字；弥天大罪，当不过一个悔字。看人看一世不看一时，成章，我今晚给你接风。”

二舅身后的邓天桢、周志远几个冷冷地看着齐成章。齐成章心中掠过一阵寒气。

齐成章四下拱手抱拳：“只要军座不怪小弟，小弟就心安了。”

关绍方在一旁笑道：“齐旅长也只是先建勋兄一步。不提，不提了。”就把石村引见给二舅和谭家轩、邓天桢、周志远等人。

谭家轩淡淡地向石村点点头，就向远处看去。太阳已经软软地落进远处的山峦，前边是一片巨大的洼地，暮色渐渐在洼地中漫起来。一种悲怆的声音似在暮色中缓缓滑动，如丝如织……谭家轩心中一片迷茫。

太阳渐渐消失在西天。暮色在凉凉的晚风中漫上来。

1940 年 10 月 14 日(农历九月十四)的晚上，是一个晴朗的夜晚，月上东天，如水的月光遍地流淌。

二舅夜宴石村、关绍方、齐成章三人。一桌酒喝得十分酣畅。几个威武高大的士兵，不时端上热炒。隔壁的灶房，传来厨师叮叮当当舞动锅勺的声响。

二舅与关绍方谈兴正浓，不时爽声大笑。齐成章在一旁赔着笑，眉宇间不时滑过紧张的神色。他总感觉二舅有些反常。他再看看石村，石村重重地打了一个哈欠。他似乎对这种漫无目的的闲聊不感兴趣。

二舅再次举杯笑道：“三位，我古某多年军务劳顿，极少清闲。今日就权做一回闲人。几位，今日可放松喝酒，不必拘泥。”

齐成章笑道：“军座极少这样放松。我今晚一定陪军座多喝几杯。一醉方休。”

二舅摆手笑道：“闲人无事，总在自适，饮酒以不劝为欢，下棋以不争为胜，书画以无拘为妙，操琴以无弦为高，邀会以不期而遇为率真，会客以不迎送为坦诚，若一定要受到俗成的礼节约束，就会落入套子而没有了人生的乐趣。绍方兄，你说我讲得如何？”*

*妙论！收藏了！

关绍方笑道：“相识多年，我从未听到过建勋兄有如此谈兴。”

二舅笑道：“绍方兄，只我俩谈得热闹，冷落了别人。放一张唱片来听听，去去闷气。”二舅招招手。

站在门口的五舅就走过来，摇起了桌上的唱机。一段动人心魄的锣鼓响过，谭鑫培苍劲悲凉的唱腔就灌满了房间：

叹英雄失势入罗网，
大将难免阵头亡。
我主爷洪福齐天降，
刘伯温八卦也平常。
早知道采石矶被贼抢，
早就该差能将前来提防，
将身儿来至在大街上……

石村点头笑道：“中国人的音乐真是奇妙。”

关绍方似有所思：“建勋兄的心绪或许有些低沉了吧。”

二舅起身关了唱机：“绍方兄，事到如今，你是怎样看我的？”

关绍方笑道：“我突然发现我有些简单了，对这件事开始半信半疑了。”

二舅笑道：“哦？绍方兄细细讲来。”

关绍方放下手中的酒杯道：“先说信，78军现在日本人的枪口下，算不得遭遇十面埋伏，也已是兵临绝境。建勋兄心细如发，不会拿着78军万余名弟兄的性命取笑的。况且现在重庆方面已经将建勋兄划入汪先生信徒之列，早已起疑你与汪先生暗通秦晋。再者，你与汪先生是至爱亲朋，路人皆知，怎么会没有一点儿瓜葛？纵然你是和氏之玉，任你周身是嘴，也无人肯听你的辩解了。上峰杀心已起，建勋兄即刀俎鱼肉。所以，你只有这一条路可走。”

二舅点头笑道：“颇有道理。你又疑在何处？”

关绍方笑道：“说疑者，你并非卖主求荣的性格。你我交往多年，我知你是疾风劲草，视死如归之人。你是敢拿身家性命开这个玩笑的。你只是胸中一口恶气未出，要赚齐成章回来。如能赚来佐田，则更是喜出望外。”

二舅击掌大笑：“知我者，绍方也。” *

关绍方叹一口气：“壮士断臂。其实我早该想到是这样一个结局的。只怪我好大喜功，在汪先生面前夸下海口，我太急于求成了。”说到此，猛地缄口，看着石村与齐成章，苦苦一笑。

石村一惊，盯住二舅：“你真……是诈降？”

齐成章脸就白了，呆呆地一句话也说不出了。

二舅微笑着朝石村点点头：“刚刚关先生已经说破。古某不好再相瞒了。” **

石村怒吼一声，猛地蹿起，就要掏枪。他身后就扑过来两个士兵。石村就被按倒，被绳子捆了，嘴里塞了条毛巾。石村挣扎着，凶恶的目光盯着二舅。

二舅稳稳地坐着，他看看石村，笑笑说：“石村先生，少安毋躁。”他摆摆手，两个士兵就把石村拖出去了。

齐成章脸白成了一张纸，他刚刚掏出枪来，二舅起身大喝一声：“齐老四。”

齐成章手一软，枪就被五舅夺下。又过来两个士兵，扭住了齐成章。

齐成章凄然喊道：“军座，兄弟我是不得已献城的啊。史坚如那个王八蛋，不发一兵一卒啊……”

* 果然知己！

** 唉！还没听明白？两位的智商该充值了呀！

二舅暴喊一声："住嘴，别再说了。你跟了我十几年，我竟没看透你竟是一个软骨头。"他一挥手。齐成章一路号哭着被拖出去了。

屋里只剩下了二舅和关绍方。二人相互看着，谁也不说话，屋中一片死寂。

关绍方淡淡一笑："建勋兄，你一定不会放我走了吧。"

二舅点点头："是的，我如不杀你，就不好向三军将士做个交代。"说罢，转过头去，看着窗外。*

一轮明月，惨白忧伤，悠悠地悬浮在空中，似乎有着无限心事。

关绍方叹道："汪先生真是看错了你啊。且不说你们是至爱亲朋，他对你曾是恩重如山啊。你果真将这些忘记得一干二净？"

二舅回转身来，长叹一声，就湿了眼："绍方啊，自古忠义不能两全。即使汪先生在此，我也只好杀他以谢天下了。"

关绍方愣了一下，就朗声笑了："好，好。恩怨分明大丈夫。喝酒，喝酒。"就举起酒杯。

二舅也笑："我今夜同绍方兄饮个痛快。"

二人重新对面坐了，豪饮起来。饮尽最后一杯，关绍方已经略有了醉态，晃晃地站起身："在何处执刑我？"

二舅也站起："就在屋后。绍方兄，请。我送你一程。"

二人相扶走出屋子，就见后院已经掘好三个深坑。石村、齐成章都已经被绑在那里。嘴里被塞了毛巾，嚷不出声音。石村两眼冒火，怒视着二舅。齐成章则垂头站在那里。五舅提一把大砍刀站在一旁。几个壮壮的士兵站在一侧，惨白的月光下，皆是满脸杀气。

关绍方看看那深坑，击掌笑道："何时已经做好了？"

二舅道："就在你我喝酒之时。"

关绍方皱眉道："建勋，你我兄弟一场，能否给我一个全

* 你有病，我没药。奈何。

尸？”

二舅面露难色，摇摇头说：“这个，恐怕不行，我还要借绍方兄颈上的人头一用。”

关绍方点头笑道：“我已想到。只好成全你了。”*

* 兄弟一场，人情送你！

二舅看一眼五舅。五舅一挥手，那几个士兵就架起石村、齐成章拖到土坑前，摁倒。五舅提刀上前，低低地吼一声，刀就挥起。寒光一闪，石村的人头就飞了出去。再一刀，齐成章的人头也飞出去了。血直扑了五舅满身满脸，月光下分外狰狞恐怖。

关绍方稳步走过来，在坑前跪倒。五舅提刀上前。二舅转身就走。

关绍方猛地回过头，泪就落下来：“建勋兄，我还有一个妻子和两个孩子在南京，就托付给你了。”

二舅已经泪如雨下，猛地站住，却不回头：“我知道的，如果我能活着出去，自会悉心照顾。绍方啊，你放心去吧。”说罢，大步走了。

关绍方闭上眼，低声喊一句：“来吧。”**

** 恍惚诸葛斩马谡？

五舅托刀在胸抱一抱拳：“关先生，一路走好。”猛地挥起大刀……

二舅回到住处，刚刚躺下，又想起什么，他坐起身。薛寒芸问他：“你去做什么？”二舅说：“我去看看马军医。”

二舅去了马军医的屋子。过了一刻，二舅又回来了。

薛寒芸问二舅：“马军医不是要请假吗？”

二舅轻轻叹口气，喊进来五舅：“你去准备五百大洋，把马军医喊来。”

马光一会儿就来了。

二舅说：“你走吧。我准你的假了。”说罢，就让五舅把五百大洋给了马光。

马光摆手："军座，这怎么可以？"

二舅笑道："你我是乡亲，姑且算上是一份乡情吧。还望收下。"

马光愣了愣，接过大洋。

二舅凄然一笑："你跟我多年，奔波劳碌，辛苦你了。"

马光湿了眼，朝二舅深深鞠了一躬，转身走了。二舅一直送到门外，才缓缓转身回来。

薛寒芸问："你不是不准假吗？"

二舅苦笑道："他是一个读书人，胆小心细，知道如果这一仗败了就不得了。他当年来投奔我，并不深知军旅之中生死无常。这几年战事频频，他早已经心惊肉跳，惶惶不可终日了。所以我也想让他回去。不过我这几天事情繁忙，没有来得及告诉他。刚刚我去找他，见他在屋里看书，我站了一刻，他也没有发现。但是我看他没有翻书，知道他在想心思。他去意已决，我不好挽留了。朋友之谊，不能勉强，这一仗我已经知道了结果，怎么好留他呢。如果我强留下他，朋友就成了冤家了。" *

薛寒芸叹道："你这样做……"

二舅淡淡道："子曰：忠告而道之，不可则止。睡吧，天快亮了。"

夜色悄悄地褪尽。

天光大亮时，78 军司令部的门前，竖起了三根长长的杆子。三颗血糊糊的人头，高高地悬挂在上边。

士兵们都看得眼呆了。**

锡箔似的太阳，犹犹豫豫地升高了，怔怔地悬在了中天。村外的一片空场上，已经搭起了一个临时的台子。台子下边，五舅带着司令部的警卫队，齐整整地站在那里。四十多个剽悍的士兵，每人手中执一把砍刀，刀光在太阳下泛着刺目的寒光，杀气

* 掩卷一叹：知恩马军医；知心古军长。

** 骇目！

腾腾地涨满了空场。距离台子几十步的地方，百十个精壮的士兵，已经挖好了十个几丈见方见深的土坑。掘出的黄土，堆成了十座小山，散发着浓郁的泥土气味。

78 军营以上的军官都被召来了，站在场上。又过了一会，二舅和谭家轩、邓天桢几个人走出了村子。二舅仰头望望天，就举步上了台子。谭家轩脸色灰灰地随后走上来。二人就在台子上落座。邓天桢几个人也随后走上来。谁也不说话，空气似乎凝冻了一般。

二舅呷了一口茶，就挥挥手，人们转眼望去，只见村中押出来长长的一队士兵，即齐成章带回的 265 旅。

此时的季节已经逼近霜降，落叶已然飘尽，寒意已然浓重。

二舅空空的目光掠过那十个大大的土坑，第三个土坑前有一株光秃秃的老槐，一只黑乌鸦呆立在上边。乌鸦看一眼二舅，似乎惊慌起来，就猛地叫了一声，举起黑色的翅膀，从锈铁似的枯枝上嘎嘎地飞走了。

二舅怔了怔，就淡淡地对台下的五舅说一句：“开始吧。”

五舅一声喝，大刀队就快步走到 265 旅的队前。先有两个手执大刀的行刑士兵，走到队伍中，分别架起一个士兵的双臂，快步跑到第一个土坑前，就见行刑士兵怒喝一声，其中一把大刀挥起落下，一团红雾暴扬起来，一颗人头立刻滚进了土坑，行刑者再飞起一脚，死者的尸体就被踢下坑去。这一个刚刚事毕，后面的一个又跟着被架上来，仍是一刀之后，再踢下坑去。于是，走马灯似的一个接一个。有的被架上来时，脖子挺得直硬，且破口大骂；有的则早就软了腿，昏倒在土坑前了。在前边行刑的刽子手，每砍到十余人，就已经是鲜血溅得满身满脸，刀钝臂酸，手就软了，就出现了一刀不能致死者，受戮者就撕心裂肺地嚎叫起来。五舅就暴喝一声，由后边等候的刽子手上前接替。在场上观看的军官们，有的看白了脸，呆定了。有的则不忍再看，哀哀地埋下头去。

刑场上已经是哀号阵阵，呛人的血腥气弥散开来。

二舅木然地坐在台子上，声色不动，时而低头呷一口茶，时而抬头望天。天是蓝蓝的，远处有一片云，胆怯地移动着。

挨近暮色，第十个土坑即要填满。二千多人的队伍只剩下三十几个人了。当一个中年汉子被架上土坑时，他突然挣脱了，飞跑到台子前，扑通跪倒，喊道："军座啊，我们随着齐旅长走错一步，已经是后悔死了。千错万错，就错在了齐旅长身上。我们当兵的明白什么啊？军座，你就给265旅留下几个种子吧。"这中年士兵哭喊着，就嗵嗵地叩头，只叩得血流满面。

五舅大步过来，让人拖起这汉子向土坑走去。这汉子一路扭过头来，吼着："军座，军座啊，我们跟你出生入死多少年啊，手心手背都是肉啊！你杀了我之后，就不要再杀了啊！"

二舅仰头看天，不说一句话，却已经是泪流满面。

谭家轩猛地站起，大喊一声："古建业，把剩下的人都放掉。"

五舅一愣，就看二舅。二舅却已经转身走下了台子，径直向村子里去了。

五舅挥挥手，余下的三十多人，就被押回了村子。

刑场上的人已经走散，只留下了表情木然的谭家轩和邓天桢。

血腥气味向空中升腾着。

邓天桢看一眼谭家轩，淡淡道："参谋长，我们到村外走走，如何？"

谭家轩长叹一声，向西天望去。

夕阳无力地下沉着，西天悠悠浮动着一抹伤口似的暗红。谭家轩心头一阵灼痛，他感觉自己被暗红的夕阳烫伤了。

谭家轩随着邓天桢走出了村子，来到了村外一片巨大的盆地状的洼地。野风疲惫地吹着，融进了滚滚涌上来的暮色中。一派凄冷的景色。*

邓天桢在一块大石头前站住了，笑道："我们前年春上到过这里的。"

谭家轩点点头。1939 年 78 军北上集结，途经这里。那时正值春天，麦子一尺多高，整个洼地像一块绿色的地毯。其间点缀着黄黄的油菜花，很是好看。而现在已是残秋，巨大的洼地里，绿色已经全无，皆是一片死灰的颜色。远处那起伏的山丘，似暗隐着凶险生硬的杀机。

今天早上，在处决 265 旅叛变将士之前，二舅召开了军事会议，决定在这片洼地里与佐田师团决战。二舅一脸不容置疑的表情。谭家轩皱眉道："军座的意图是否过于草率了？"二舅看他一眼，淡淡道："参谋长心灵聪慧，如果你想隐藏一片树叶，最好把它放在哪里？如果你想隐藏一颗沙粒，最好把它放到哪里？"谭家轩愣愣地听着。二舅惨惨一笑，似乎还想说些什么，却终于什么也没说，即宣布散会。**

邓天桢指了指这片洼地，问谭家轩："参谋长，如果让你指挥这场战役，你会把 78 军全部摆进这片进退失据的洼地吗？"

谭家轩苦苦一笑："邓师长，除非我是一个拙劣的棋手，或者有意输给对方。我实在不能理解，像军座这样一个久经沙场的悍将，与其说是在这里摆下了一个战场，莫如说为 78 军的全军将士找到了一块墓地。当然也包括他自己。"说到此，谭家轩突然止住，他被自己的猜测击中了，一种不祥的感觉使他失神地望着邓天桢。

邓天桢却笑了，笑声里有一种沉重的悲哀。他手摸着身旁的大石头说："你是不是还可以预想，军座就是站在这块石头背后，指挥着我们冲向对面的敌阵，看着我们成群地倒在日本人的炮火下面的？他也许是最后一个走出来，用一颗手雷结束了自己？"

谭家轩疑道："你怎么能说是用手雷？"

* 放眼一片景色，心中全无营养。

** 树叶？沙粒？怎样一个玄机？

邓天桢点头笑了："战场上不可能找到他的尸体的。"

谭家轩情不自禁地伸出手，摸摸那块已经被暮色浸得冷冷的石头，只觉得指尖腻腻，似乎被染成了红色。那上边似乎是一个将军的血在汩汩而涌。谭家轩闭上眼睛，似乎能听到，两万余名中国士兵在死亡之前发出的哀号与呻吟，以及子弹和炮火像飞蝗一般地呼啸。谭家轩艰难地摇摇头，喃喃："不应该是这样子的。"

邓天桢点燃一支烟，谭家轩发现他的手在颤抖。邓天桢深深地吸了一口烟，嗓子有些干燥："我们刚才只是一种推测，即 78 军在集结途中，与日军在此遭遇，激战两天两夜，全军覆没。"

谭家轩目光空空茫茫，一句话也说不出来。

邓天桢顿了顿，目光逼视着谭家轩："还有第二种结论，就是军座在决战前的晚上，已经被疑心其反叛的部下杀死，来指挥这场战役的是另外一个将军。这个将军自然是党国的嫡系。如此一来，彭长官就不能眼睁睁看着自己的嫡系葬身虎口，情况也就会急转直下了。"

谭家轩哀哀地一笑："邓师长是在说谭某吧。兵临绝境，78 军还把谭某看成是异己吗？谭家轩与彭其森并无来历啊。"说着，眼中就荡满了泪水。

邓天桢一怔，拍拍谭家轩的肩："看来参谋长是心无别念了。"

谭家轩凄然道："既然事无转机，谭某只有听天由命了。邓师长或许另有趋利避害之策。"

邓天桢苦苦一笑，颤声道："我与军座出生入死多年，命运早已捆在了一起，分不开的了。只是你，至今连一个清楚的名分也没有……"邓天桢突然说不下去了。他点燃一支烟，深深地吸了一口，吐出来，呆看着烟在风中吹散。

谭家轩看了一眼邓天桢，他缓缓地说："邓师长，我谭家轩来 78 军已经两年有余。枪林弹雨，浴血征战，活到今日，也算命大了。我虽不及邓师长、贺师长等与军座情同手足，但谭家轩一介书生，投笔从戎，热血报国，78军将士也应该有目共睹。我近日心绪很乱，辗转反侧，草拟了一信，愿告之军座，又恐军座对我心存戒备，生出疑忌，反而弄巧成拙。今日邓师长对谭某心情略有体察，还望邓师长转达。”说着，就从怀中取出一封信，递于邓天桢。

邓天桢怔怔地从谭家轩手中接过这封信，一时不知所以然。*

* 什么内容？参谋长怀璧其罪？

谭家轩仰天长叹：“邓师长，谭家轩于此已将生死置之度外了。”

邓天桢收起信，点点头，转身扬长去了。

暮色越来越重了。

谭家轩一动不动，洼地里一片死寂，只有野风呆呆地吹。

插话：洼地里的无数只眼睛

我曾三次去曹侯县张家庄寻找我二舅被杀戮的地方。

这是一片巨大的盆地状的洼地。洼地当中有一条河。那河叫拒马河，是由山中的泉水汇集涌出。每逢雨季，山洪咆哮，拒马河就陡然涨起。而这都是史书的记载。而今，河水早已干涸，只留下一个空空荡荡的名字，让后来人发思古之幽情。

我第一次去是在1993年的春天，洼地里种满了黄黄的油菜，煞是好看，像一块巨大的鹅毛地毯。穿红着绿的农家女儿，在菜地里奔跑追逐，像一只只美丽的彩蝶。真是一幅赏心悦目的田园图画，似乎这里什么也没有发生过。

我第二次去是1994年的深秋，那绿绿的地毯被剥掉了，裸露出了深褐色的土地，有几分狰狞。那寒冷的河道则像一把古老的剑鞘，横在那里。宝剑没有了，勇士没有了，气氛却依然肃杀凶猛。再望远处，三面是起伏的土丘，像几个醉汉，东倒西歪，睡伏在那里。遥想当年，数万名日本人就是在这土丘后边冲出来，大开杀戒，一万多名中国士兵在这进退无据没有一点儿屏障的洼地里被消灭了。我呆呆地站在那里，似乎永远也不能理解，我的二舅怎么会陷入这样一个被动挨打的狼狈境地呢？我似乎看到洼地里闪动着无数只眼睛，他们想对我诉说些什么？

我第二次去这片洼地时，碰到了一个来此旅游观光的老者。老汉白须飘飘，很有几分道骨仙风。我递上一张名片，我俩攀谈起来。他告诉我，他曾听说过当年这里发生的那场近似屠杀似的血战。早年间，这里年年闹山洪。发生血战的那年，也正值汛期，但偏偏没有出现洪水。于是，尸体一具也没有冲走，统统就地埋了。从那之后，洪水在此绝迹。农人们开始在河滩上经营庄稼，庄稼年年都长势好，庄稼人认定，是中国士兵的血把这一道荒凉的河滩变成了肥沃的土地。

我愣愣地听着，如同听一个远古的神话。*

“您怎么知道这么多？”我突然醒悟了些什么，脱口问道。

老汉笑笑，没做回答，飘然走了。

第二次从洼地回来之后，我产生了一种强烈的渴望，我想揭示这场被史学家们忽略了的惨剧的全部。我的直觉告诉我，这场悲剧的成因应该是很复杂的。

我想从保州市抗战入手调查。于是，我花去了整整三年时间，走访了所有仍然活着的保州市抗战的目击者和参加者，问他们是否知道曹侯县张家庄的这一场血战。他们却一一拒绝了我。我发出去几十封信，在信中反复说明没有别的意思，只因为我二舅古建勋是那场战役的指挥者。但这些信都是泥牛入海了。我只收到了一封信，那信写得很模糊：

谈歌同志：

大示收悉。所谈之事，年代久远，我已经记忆不清，实在无可奉告。历史就是历史，死去的已经死去，后人何必再挖掘演义。关于那场战役，传言甚多，劝你大可不必当真。比如，你可以认定司马迁的《史记》是

* 怎么听怎么感觉一点儿都不『历史』呀！

司马迁写的。你也可以认定《史记》是后来的一些人的托名杜撰。怎么说都可以，因为，活着的人谁也没有去过那里。

即颂

平安

知名不具

这是一封匿名信。信中所写的“记忆不清”“年代久远”的话是明白无误的推辞。写信的人小心翼翼地向我提醒着什么而又掩盖着什么。我从字里行间读到了写信者那战战兢兢的心态。这封信是谁写的呢？

我想到了那个白须飘飘的老者。

他会是谁呢？

他会是当时的见证人？目击者？

1998年的深秋，我第三次走进了这片寒风凄凄的洼地，我开始这样设想：二舅站在这块大石头后面，怒吼着。士兵们像潮水一般涌向对面山丘，在暴雨一般密集的枪弹下成批成批地倒下去，像成片成片的高粱被割倒。他们在极其狼狈的地形上，毫无生还之望地被杀戮着。二舅就在他们身后奋声吼叫着，二舅泪如雨下，二舅心如刀割，二舅却亲手把这些忠诚于他的士兵送进了这一个天然的坟墓……

我想到这里，猛地一怔，惊出一身冷汗，转身大步走出了这片洼地。走出很远，又猛地停住，缓缓回过头来，再望一望漫天寒风游荡着的那一片洼地。我突然感到，这片洼地里有一股神秘的且凶狠逼人的霸气。它知道这里曾经发生过的一切，但它什么也不会讲的，它只是要把一个谜一样的故事留给后人去猜测。

此后，我常常在梦中走进这片洼地。我在梦中看到洼地里眨动着无数只眼睛，目光空茫，似乎要向我诉说什么。*

*作者三进『洼地』，真相或能破空而出？

十三　谭家轩之死

现在让我猜想一下，1940 年 10 月 15 日的黄昏，78 军参谋长谭家轩站在那片洼地里的时候，他一定感觉到一种恐怖从心底袭上来。他又突然记起当天早上军长古建勋的那两句话：如果要隐藏一片树叶，如果要隐藏一颗沙粒。这真像是一句阴森可怕的咒语。古建勋是要隐藏一场凶杀。这真是一个精心策划的阴谋，每一环都有着严密的逻辑。一万余名中国士兵鲜血将浸透这片洼地。一个悲壮的抗战故事下面，却埋藏着一个后人无法理解的阴毒残忍和无奈的死亡陷阱。

一阵凉凉的晚风吹过来。谭家轩似乎嗅到了一种古老的血腥气。

谭家轩闷闷地走出了洼地。

谭家轩走回司令部的时候，二舅和薛寒芸正坐在里面说着什么。见谭家轩进来，薛寒芸就起身给谭家轩沏了一杯茶。谭家轩点头谢了。

二舅笑道："今日古某对 265 旅大开杀戒，参谋长对古某一腔悲愤忠义或许应该一目了然了吧？"

谭家轩呷了一口茶，叹道："诸葛伐魏，天下称其忠；武穆抗金，百姓知其勇。军座血染征衣，则身处嫌疑，欲投鼠而先忌器，足将进而趑趄，进退失据。心中悲苦愤怒，后人知其然，可知所以然？" *

二舅苦笑道："想我古某与汪先生并非同流合污，国家如何竟将我视为心腹大患，必置于死地而后快呢？瓜田李下，众口铄金，不由得古某分辩。内人昨天还赠予我一诗，读罢好让我感慨不已。我知你文才出众，你不妨捉刀代我和上一首，以表我心志。"说着，就看薛寒芸。

薛寒芸笑道："让参谋长见笑了。"就从桌上取过一张诗稿。

* 不在此岸，不在彼岸，不在河中，军座置身何处？

* 不念昨天，不念明天，不念今天，或是本来面目？

谭家轩起身接过读了：

天各一方别路情，
送君宝刀杀气横。
欲知肺腑同生死，
何必安危问去兵。
策杖只因图雪耻，
横戈原不为侯封。
故园亲侣如相问，
愧我边尘尚未名。

谭家轩读罢，笑道："夫人巾帼大志，满腔热血，跃然纸上。把军座近日心绪抒发得淋漓尽致。我虽不才，还是拙和一首，以言军座心志。"就起身在屋中踱了几步，返回到桌前，取过纸笔，洋洋洒洒一挥而就。

二舅接过看了，喊一声好，就递与薛寒芸。薛寒芸就细声读道：

生死山河倍关情，
此日临歧苦路横。
磊落丈夫谁好剑？
牢骚男儿惑能兵。
才堪逐电三驱捷，
马上飞鹏一羽轻。
卷土重来何相问，
不误将士当世名。*

薛寒芸读罢，不禁击掌称赞："谭参谋长果然当今曹子建。"

谭家轩摇头苦笑道：“夫人见笑了。”

二舅微微笑道：“古人云：诗言志。我听罢，似觉得参谋长心事重重。”

谭家轩盯住二舅，淡淡道：“我在想军座今天早上的那两句话。如果要隐藏一片树叶，我想自然要隐藏在树林中。如果要隐藏一颗沙粒，最好是隐藏在沙漠里了。但是如果要隐藏一场凶杀呢？家轩愚昧，不得其解，还望军座明示。”*

屋内顿时一片死寂。

二舅脸色苍白地看着谭家轩，良久，他无力地挥挥手：“谭参谋长，我无法回答你，你去休息吧。”

谭家轩站起身：“我还要去巡营，军座和夫人休息吧。”就向二舅和薛寒芸点点头，走出门去。

皎洁如玉的月亮已经高高地悬在了东天上，银光似水，流动似有声。谭家轩走在街上，猛听到身后一个熟悉的声音问：“是谭参谋长吗？”

谭家轩答了一声，就要回过头来，这时，枪响了。谭家轩只感觉心头一阵热痛，就倒下了。也许他最后的一个念头是：“我太书生意气了。”

五舅的回忆录写到此处有些遮掩，五舅写谭家轩是那天夜里被乱兵打死的。我不大相信五舅说的。对谭家轩，二舅早存有杀机。这种杀机里边隐藏着很复杂的情绪。或者说二舅把对彭其森的一腔义愤，也发泄到谭家轩身上了。我常常想，这种在古往今来各种各样的战争中凶残地剪除异己的行为，更多的时候已经超出了对与错的层面。这是后人难以把握历史人物或者事件的原因之一。只是这类事件让后人的伤感至极是一样的，肝肠寸断是一样的，让后人掩卷慨叹也是一样的！

还应该说到的是，我猜测杀谭家轩的人，应该是我的五舅。我决不相信谭家轩被乱兵打死一说。

* 拆破玄机，竟是如此惊悚？

司令部里，薛寒芸听到了这一声清脆的枪声，她心一颤，泪就淌下来："建勋，你为何一定要杀他呢。谭家轩是一个才子啊。"

二舅呆呆地说："他在78军卧底多年，只好是这个下场了。谭家轩绝非百里之才，可惜他生不逢时啊。"说罢，就把手中谭家轩写下的那页诗稿凑近桌上的火烛，燃着了。他怔怔地看那诗稿在手中化为灰烬。

薛寒芸泣问："那你为什么肯放马光走，而不放谭家轩走呢？"

二舅叹道："我跟马光是乡党，还是朋友，而跟谭家轩则什么都不是，或者说，我跟他只是互生猜忌的同僚。他跟马光是不一样的啊。"*

薛寒芸叹道："你做事太求圆满，其实做人做事总要把眼前的路留宽一点儿，也让别人好走路。比如谭家轩……"

二舅摆摆手："你那是妇人之见，这是战争。"

薛寒芸不再说话。

二舅叹道："寒芸，这些年，你没有跟我过上几天好日子，今天又落到这般田地。明天血战，我只有一死对国人。只是我堂堂七尺之躯，竟不能使你一个妇道脱离此地，真是……"二舅声音就喑哑下来。

薛寒芸看着二舅："你是万人之首，此时此刻，怎好儿女情长。或许真的是我拖累你了。"

二舅苦笑道："这与你并无牵扯。"

一阵风突然夺门而入，桌上的蜡烛慌乱地扑闪着火焰。

薛寒芸道："我先去睡了。"就走出门。

二舅呆了一刻，起身喊一声："古建业。"

五舅应声出来。

二舅走出军部，来到村道上，他是在做最后一次巡营。前边的一个村院里，有士兵粗野的对骂声和厮打声。五舅恶恶地骂了

* 纵是人畜无害，奈何生不逢时。

一句："我去看看。"

二舅摇摇头："算了。"就向炮团的驻地走去。

团长霍冬霖正与几个军官喝酒，见二舅进来，几个人慌地站起，一起立正："军座。"

二舅看看几个站得笔直的军官，笑道："都坐啊。"

霍冬霖小心说道："军座，明天这一仗，咱们怕是要吃亏啊。"

二舅黑下脸来："霍冬霖，你胆子短了多少？"

霍冬霖猛地起身立正："报告军座，我打十四岁起跟你当兵，没有冲着枪子眨过眼的。"

二舅看他一眼："那好，现在你就去把全部大炮都给我炸毁。"

霍冬霖跳了起来："什么？"他一定认为自己听错了。

二舅皱眉道："你莫非想把这些没有炮弹的大炮都送给日本人？"

霍冬霖猛地蹲在地上，哇哇地哭起来。

二舅飞起一脚，踢翻了霍冬霖，骂道："你敢抗命不遵？"

霍冬霖站起身，给二舅行了个礼，就转身往外走。

二舅喊住他："站住。唱一段戏文。我好久没听你唱了。"

霍冬霖哭道："我唱不出来。"

二舅大怒："唱不出也要唱。"

霍冬霖冲出屋子，高声吼起来：

哗啦啦大炮一声响，
血淋淋的人头滚道旁。
哇呀呀……

接下去就是霍冬霖的号啕大哭声，一路飞奔而去，渐渐听不到了。

二舅看看那几个磁住了的军官，淡淡一笑："你们喝酒吧。"

门外一阵马蹄声。有人大声喊着："军座。"随着喊声，一个司令部的侍卫冲进门来，惊慌地大喊道："军座，出事了，夫人她……"

二舅惊地站起。

薛寒芸静静地躺在床上，似乎是睡着了。她的太阳穴上有一个枪洞，鲜鲜的血已经涌到了地上。地上是一支小勃朗宁手枪。

二舅冲进屋子的时候，邓天桢几个军官已经在屋里了。二舅走近前，掏出手帕，伏下身，轻轻揩去了薛寒芸脸上的血渍。二舅再也忍不住，几滴冷泪落下来。他的薛寒芸从此离他而去了。二舅泪眼蒙蒙地看着薛寒芸纸一般苍白的遗容，一句话也说不出。五舅在他的回忆录中写到此处时，他有一个疑问。五舅不明白薛寒芸临自杀前为什么一个字也没有给我二舅留下。或者薛寒芸对我二舅真的已经无话可说了？不论怎样，这一个不安的灵魂即此闭上了眼睛。*

村外猛然响起轰轰的爆炸声。二舅手一颤，手帕就落在了地上。他转身走出门来。

月光下，炮团的参谋飞马奔来，在院中跳下马，向二舅报告："报告军座，全部大炮正在炸毁。团座和团副都已经自杀殉国，特遣我向长官报告。"

二舅微微点头。邓天桢走过来，将一封信递给二舅："军座，谭参谋长生前让我将此信转交给你。"

二舅一怔，打开了信，读罢，脸上陡然变色，他猛地转身喝道："天桢，你如何现在才给我？你……"

邓天桢愣住了："……我，我从村外回来便去了师部巡查，待赶到司令部时，谭参谋长已经……"

二舅颤声道："天桢啊，天桢，你一向机警过人，如何这一次……就……"二舅说不下去了，他仰天长叹一声，就缓缓地撕碎了那封信。

* 不留只言片语，必是生无可恋。

被撕碎的纸屑，随风飘散，像一片片白色的精灵，消失在暗夜里。

五舅的回忆录写到此处，又有了一个疑问，五舅猜不透谭家轩临死之前给二舅写了一封怎样的信，以致使二舅脸色大变。五舅感慨地说，如果邓天桢从村外回来，先不到师部，而是直接找我二舅转交了那封信，谭家轩的后果会是怎样的呢？但是，一切都已经晚了。谭家轩终究是死了。谭家轩在那封信中写的什么？永远不会有人知道。

风渐渐地硬了。

站在风中的二舅一动不动。良久，他突然转身对五舅说："建业，你走吧，我已经给胡宗南发了一封电报，你到他那里去。"他用哀哀的目光看着五舅。

五舅猛地愣住了："军座，不，大哥，我不能离开你……"

二舅苦苦一笑，语调出奇地温柔："别再说了，快走吧，天快亮了。"二舅又亲手牵过一匹马来。

五舅呆立着。

二舅突然大喝一声："古建业！"

五舅愣愣地立正："军座。"

二舅勃然大怒："上马。"

五舅上了马，眼泪止不住地淌下来。

二舅呆呆地说一句："你将来若是能回野民岭，请替我在爹坟上烧点纸。"

五舅流着泪点头。

二舅长叹一声："你……如果能见到你四哥、六弟，还有你二姐……不说了，你快走吧。"二舅突然在五舅的坐骑上猛击一掌，那马就飞奔而去，箭一般射进了夜色。

二舅一动不动，看着五舅远远地消失了。

轰隆隆的炮声中，肃杀的西北风嘶叫着，白天边生猛地涌来……

插话：贺如飞之死

写到这里，我想应该交代一下贺如飞的结局了。贺如飞的确是我二舅手下一员勇猛的战将，但他却不幸屈死在彭其森的手里。五舅在他的回忆录没有写到贺如飞的后来。也许五舅并不清楚贺如飞是如何去往北方战区指挥部的。如果五舅清楚贺如飞被害的情况，五舅为什么不写呢？

五舅的确不清楚。

那么我们就依据传说来写贺如飞的结果。那天，贺如飞的越野车抵达冯阳县城的时候，天已经黑尽。贺如飞没有直接去北方战区指挥部报到，而是让车先在城内的一家小饭铺停下，他和几个随从进去吃饭。酒足饭饱，贺如飞笑道："我今日代军座去见姓彭的，怕是再难出来了。你们几位跟了贺某多年，今日就在此相别吧。"

几个随从都愣住了。

贺如飞的目光暗淡下来，他长叹一声道："你们如果不想回去，也不必再回去了，78军的前景确乎有些不妙，他日不被日本人吃掉，也要被姓彭的吃掉。你们现在就开车出城，各自找一个安身立命之处。"说罢，就从挎包里掏出一叠大洋，拍在桌上："我无家无业，并无积蓄可赠你们。这点儿路费，你们路上用吧。"

贺如飞再看看几个随从，起身拱一拱手，就大步走出去了。

那几个随从慌慌地跟出来，在夜色中凄声喊道："师座……"

贺如飞猛地站住，却不回头，艰难地摆摆手，又大步走了。身后登时响起随从们的痛哭声。

随从们已经感觉到，一身是胆的贺如飞，此去无回。

贺如飞大步走进了北方战区指挥部。写到这里，我又想起那句性格即命运的老话。人生的确时刻充满了千变万化的偶然，设想一下，如果此时贺如飞掉头返回我二舅那里；或者他与那几个随从出城而去，从此隐匿江湖，其结果会是什么样的呢？而贺如飞不会。一身是胆的贺如飞大步走进了北方战区指挥部。或者说，一只苍鹰飞进了凶残的猎手早已经张好的网中。这是一张万劫不归的死网。

人生无常，充满了变数。但不变的是性格。

战区司令部灯火通明。彭长官阴着脸接见了贺如飞，也不让座，挥挥手，让侍从们退下去了。彭长官坐在沙发上，慢吞吞地问道："古建勋为何不来？"

贺如飞道："古军长军务繁忙，特派我来见长官。"

彭长官冷笑一声："目前军情如火，78军几番抗令不遵，贻误战机。上一回动作迟缓，导致仓南县一战大败，焦难先部196师全军覆没。日前，古建勋又私自将78军开进曹侯县，战区电令他迂回仓南县，他竟是迟迟不决，做何用心？现在外面纷纷传扬78军与汪伪暗通秦晋，欲图不轨，你是古建勋的心腹爱将，对此做何解释？"

贺如飞道："仓南县一战，黄召涛、史坚如各部按兵不动，隔岸观火，许景祥部佯进不进，导致焦难先部孤军深入，实属战区调度失当，与78军无有干系，还要彭长官明鉴。"

彭长官怒道："贺如飞，你部下齐成章之265旅反叛，你与他共事多年，你脱得了干系吗？"

贺如飞冷笑："齐成章旅投敌，并非我贺如飞也投敌了。长官与汪精卫也曾多年共事，难道也有了干系？"

彭长官脸就渐渐暗下来，嘿嘿笑道："算你口硬，你就留在这里先不要回去了。待军法处审理之后，我再做定夺。"说罢，就拂袖去了。

几个威武雄壮的士兵走进来，朝贺如飞道："彭长官请贺师长到后面休息。”

贺如飞站起身来，冷冷地一笑，大步随几个士兵去了。

传说，贺如飞被囚的消息传到保州市，郭克武匆匆赶来了。

那天晚上，彭长官的官邸灯光雪亮。从保州市赶来的郭克武向彭长官与史坚如汇报了保州城的防务情况。彭长官满意地点点头：“有克武兄在保州市坐守，我彭某可以高枕无忧了。”

郭克武笑道：“老郭有一句话，不知当问不当问？”

史坚如笑道：“郭老总一向快人快语，何时学得文官做派了？”

彭长官笑道：“你又是军饷的事吧？”

郭克武摆手笑道：“不说军饷。老郭只问一句，不知二位长官如何处置贺如飞？”

彭长官怒道：“自然要按军法处置。郭军长有何见教？”

郭克武道：“贺如飞是一员猛将，齐成章叛敌一事，确与他无干。如若杀他，怕是要长了日寇志气。”

彭长官冷笑一声：“郭军长的意思是讲我彭某长敌人志气，灭自家威风了。”

郭克武忙摆手：“老郭绝不是这个意思。”

史坚如笑道：“那郑国英之事又是长何人志气？”

郭克武脸一红：“史兄莫开玩笑，郑国英的事听说是青风会所为，与老郭没有牵扯啊。”

彭长官哈哈笑了：“我倒是听说青风会与你有些过不去呢。”

郭克武笑道：“那是属下有人与青风会发生了一点儿误会。”

彭长官与史坚如相互看了一眼，同时微微笑了。彭长官点头：“那就好，那就好。”说罢，就闭起眼睛吸烟。

郭克武身上一阵燥热，就忙告辞出来。

史坚如送他出门，拍着郭克武的肩正色道：“郭军长，你与古建勋不一样，你虽非黄埔系，却是彭长官的嫡系。你前程远大，要好自为之呀！”

郭克武忙拱手抱拳：“多谢了。日后还望史兄多多提携。”

史坚如淡淡一笑，也拱手还礼：“好说，好说。”

郭克武的车飞驶出冯阳县城门，走出好远，来到一片野地。郭克武大喊一声：“停车！”

郭克武跳下来，雪豹也随着跳下来。只见四野空空，冷风悠悠地漫过来。郭克武解开裤子，撒了一泡尿，一边尿，一边仰天大骂：“姓彭的，姓史的，我日你们的先人啊！”

雪豹就朝着野地空空地狂吠起来。

郭克武骂完了，系上裤子，喊一声雪豹，就快快地上了车。他低声叹一句：“贺如飞啊，你是命里当绝，我老郭救不了你了。”

对于贺如飞的结果，郭克武是绝望了。郭克武或者已经凭着他多年的土匪和军人生涯的直觉，认定贺如飞不可能再有奇迹出现。

我五舅的回忆录中没有写到贺如飞的死。我想我是不能不写贺如飞之死的。贺如飞的死实在是一个惨烈的悲剧。

贺如飞是在被彭其森关押了七天之后处决的。按照我查阅的当年的《民国日报》所记载，贺如飞是在1940年10月13日被杀害的。与他同时被害的还有我二舅的两个儿子和二舅的副官陆洪川。陆洪川和我二舅的两个孩子是如何落入彭其森之手的，至今是一个谜，甚至连传说也没有。只是林山县文联的三套集成上有一笔传说，说是军统所为。姑且认定如是说。

我们可以想象，1940年10月13日的早晨，关押在冯阳县国民党北方战区囚室里的贺如飞被砸门声震醒了。他起身打开门，几个气势汹汹的士兵闯进来，后面是一个瘦瘦的军官。军官笑道：“彭长官请贺师长去议事。”

贺如飞心下已经有些明白，冷笑道：“可是要料理贺某的后事了？”

军官脸一红，闪在一旁，就有两个士兵上前，用绳子捆了贺如飞。贺如飞并不挣扎，随他们走出去。

天已经麻麻亮了。门口有一辆军车，贺如飞被推上去。他还未坐下，就听到有人哑哑地喊了他一声："贺师长。"

贺如飞回头一看，不禁"啊"的一声，惊得脸都白了，竟是陆洪川和古建勋的两个儿子被绑在车上。

陆洪川一脸愧色，哑哑地说："陆某无能，陆某无能啊！负了军座的信任。"就低下头，再也说不出一句话了。

贺如飞再看那两个孩子，浑身是血，都已经昏死过去了。

贺如飞一时泪流满面，仰天怒吼："天理何在啊！"

军车在彭长官的行辕门口停下。贺如飞被推下车，带进了彭长官的办公室，彭长官最后见了贺如飞一面。彭长官淡淡一笑："贺师长，你今天死到临头了，但是，你现在若能发一封电报让古建勋来冯阳，或许还有生还的可能。否则，你只好替他顶罪了。"

贺如飞恶声骂道："姓彭的，我贺如飞日你十八代的先人！你真是个猪狗不如的畜生，连两个孩子也不放过。"

彭长官点燃一支烟，深深吸了一口，笑道："非常时期，只好采用非常手段了。我们本不想伤害古建勋的家眷，无奈他与汪伪合污。天怒人怨啊。"

贺如飞大骂："姓彭的，我日你先人啊！"

彭长官不屑道："像你这等兵痞，勾结日伪为虎作伥，不杀你，怎平民愤！"就向左右看看，几个士兵走过来，推着贺如飞往里屋走。

贺如飞怒吼道："你们要干什么？"

彭长官恶笑道："你这家伙口臭得很，一会儿游街示众，不要扰了市区的清静，只好让你闭嘴了。"

贺如飞被几个士兵推进屋去。贺如飞被按在地上，一个士兵就将一把钳子伸进他的嘴里，一扯，就夹出了他的舌头。另有一个士兵持一把剃刀过来，刀光一闪，贺如飞的舌头就两断了。鲜血扑了士兵一身一脸。贺如飞环眼爆裂，疯狂地咆哮起来。

彭长官微笑着看完了这一幕，就拂袖走出来。陆洪川和两个孩子也被推进去。不一刻，里边就传出阵阵的惨叫声。*

* 读到此处，只觉万箭穿心。铲除异己，累及无辜，竟然做到如此丧心病狂的地步。为丛驱雀，为渊驱鱼，也能做到这般变态？

失血似的太阳升起来了，病歪歪地白在了天上。已经昏死过去的四个人，被一队士兵拖上一辆军车，去冯阳县的市区游街。车前边挂着一块牌子，上边写着：卖国求荣，十恶不赦。

冯阳县的市民们涌上街头，一边观看着，一边咒骂着，有的用石子投击这四个人。四个人都渐渐醒过来。他们都已经没有力气。两个孩子惊恐地哇哇喊叫着，血从他们的嘴角不断地涌出来。贺如飞和陆洪川哀哀地看着不断向他们投掷石块和脏物的市民，泪水刷刷地流着。

汽车在闹市被愤怒的市民截住了。有几个市民蹿上汽车，拖下这几个昏昏欲死的人。有人发一声喊，于是，疯狂了的市民就挤上去，用嘴去咬这几个死囚。押送的士兵早已经被挤到了人群外面了。

十几个手持利器的市民挤进去了，很快，这四个垂死的人就在几声惨叫中被活活肢解了。市民们高举着这四个人的四肢和内脏，切齿咒骂着四下散去了。街中心，只留下一滩滩暗红的血，在太阳的照射下，渐渐变得黑了。

这一天，冯阳县到处出售汉奸肉。初起是一片一块钱，卖一片，骂一句："汉奸。"后来，就暴涨到五块钱一片了。整个冯阳县，弥散着浓烈的令人欲吐的血腥气味。

这一幕被一个名叫黄焕成的《中央日报》记者如实记录，后来登在《中央日报》，摘录如下：

是日，北方战区在冯阳县处决投敌汉奸贺如飞等四人。贺贼原系国军第78军158师师长，贺贼于今年初与日寇佐田师团暗中勾结，因其出卖，致使仓南县国军第196师损失惨重。处决贺贼之时，冯阳民众人心大快，集市上争抢贺贼之肉食之，贺贼之肉一时价钱飞涨，成为笑谈。

写到这里，我握笔的手软弱无力，我已经极度悲哀。我可怜的冯阳县民众啊，你们知道贺如飞是如何之人吗？可悲的黄焕成记者，你真的认定处决贺如飞是人心大快吗？但我实在也无话可说，中国历史上的这种惨烈的悲剧，绝不是从贺如飞开始，也绝不会自贺如飞终结。

苍天在上？*

* 掩卷长叹，忽然想起袁崇焕……

十四　郭克武的132师的覆灭

驻守在保州市的56军第132师，遭到了日军飞机的狂轰滥炸。城内已是一片火海。飞机刚刚遁去，佐田师团的山炮野炮又接踵而至。炮火中，城内的屋舍和132师近日构筑起的堡垒登时飞上半空。厚厚的城墙也早已被炸得千疮百孔。

第三天下午，郭克武似乎感到了破城之日已在旦夕，就让姜副官把所有的文件电码全部烧毁，并把132师将士花名册让姜副官用油纸包好，埋在城西的一座土地庙里。他对姜副官苦笑道："日后停了战火，这个破庙已经被炸没了模样，一定会有香客们来翻修。那时，花名册就会见天日了。咱们132师的英烈们就不会被埋没了。"

姜副官笑道："还是大哥聪明过人。"**

** 赞一句：郭克武有心了！

天黑之前，郭克武召集团以上军官做了最后一次训话。四处露风的司令部里，点燃了许多蜡烛。烛火在风中摇摇晃晃，四面墙上人影绰绰。雪豹哀哀地卧在墙角处，昏昏地垂着头。昨天它跟随郭克武巡城，被飞起的两块弹皮砍断了一只后腿，流了太多的血，已经站立不起来了。

鲜血染透征衣的军官们拥在郭克武的司令部里。

郭克武清清嗓子，看着这些跟随他多年的军官们，笑道："弟兄们，咱们现在已经不是当年拉杆子的时候了。咱们现在是中国军人，军人以牺牲为天职。现在我们坚守保州市，战至一兵一卒，也不能向小鬼子服软的。我老郭平日待弟兄们多有不到之处，今日就一并原谅了吧。"说罢，就四下抱拳拱手。

军官们发现，平日霸道凶悍的郭克武，此时双瞳通红，泪光灼灼，嘴角硬硬地抿着，眉头聚着无限苍凉。刚才的只言片语，似乎已经是他几十年土匪和军旅生涯的最后总结了。于是，一种凛然之气和一种英雄末路的慷慨，就在军官们的目光中暴射出来。*

有人笑道："军座说到哪里去了啊？"

"军座，你平日待兄弟们不薄么！"

郭克武一阵无语，抬头看看正面墙上的那一面白缎红字的旗子。此旗是在保州城内闲居的古鸿洲老先生送给他的。

那天，日军还没有攻到保州市，郭克武亲自去劝我三姥爷古鸿洲离开保州市。古鸿洲笑而不答，让书童到街上的饭铺买来几碟小菜和一壶老酒，与郭克武小饮。酒至半酣，郭克武就保州市战事，求古鸿洲一卜。古鸿洲就引郭克武到了院中。古鸿洲抬头看天，满天银河璀璨，下弦月泻势式微。朱雀七宿中的鬼宿四星，悠悠地排列成方正形状。

那天，古鸿洲看罢星相，苦苦一笑："郭将军，不祥征兆啊。一星遭劫，百星昏暗。各自坐守，束以待毙。将军怕是要孤军浴血了。"郭克武笑骂道："我老郭就不曾指望那几个狗娘养的会来援助。"古鸿洲叹道："若论用兵之道，将军或者撤离此城，暂避日军锋芒，才是上策。"郭克武忙摆手道："使不得，使不得。那要让世人笑话老郭了。若那样，就跟钻小鬼子的裤裆没什么两样

* 无论郭克武之前如何，此刻顶天立地。

了。”古鸿洲点头称赞：“将军果然国难英雄。今日老朽送将军一句话。”就大步回到屋里，铺开一方白缎，用笔蘸饱了朱砂，写下了“惨烈一战”四个大字。郭克武忙郑重接过。古鸿洲就送郭克武出来。郭克武再劝一句：“老先生还是离开此地为好。”古鸿洲笑道：“将军既不退避，老朽怎好溜之乎也，就在城内为将军站脚助威吧。”此一句，听得郭克武血热胆壮。那天，郭克武朝古鸿洲深深一揖，转身走了，他没有回头，但他感觉到古鸿洲的目光像剑一般直逼着他的后心。

众人都随着郭克武的目光去看那面旗子。那四个朱砂大字，似在烛火中闪动着血色。屋内一时鸦雀无声。

日本人的枪炮声暂时停歇下来，只听到门外院中那几棵老槐的枝条，打着尖利的风哨。人们心中涌起一种难忍的疼痛：132师这次真是完了。56军的黄召涛和53军的史坚如，是决不会来救这支杂牌队伍的。惨烈一战，即132师的最后归宿。古鸿洲的这面旗子，已经暗示132师最后的日子到了。

郭克武挥挥手：“诸位弟兄，此战怕是132师的最后一战了，大家都要舍死向前，不给132师丢脸，不让中国人脸红。散会！”

军官们散去了。郭克武喊来报务员，给战区发出最后一份电文：

11月2日，我援军未到。敌寇即将破城。郭即督残部，与寇做最后巷战。

发完电报，郭克武命令报务员将电台砸毁。

1940年11月2日午夜时分，保州城又是火光冲天，日本人开始了新一轮的攻势。枪炮声顿时又猛烈起来。佐田亲自督阵的敢死队，日本人头上皆缠着白布条，像一群疯狂了的饿兽，嗷嗷吼叫着向城墙的缺口扑上来。吼叫声恐怖惨烈，在震耳的枪炮声中，更让人毛骨悚然。

城南李天镜旅的压力越来越大。两天多来，他一直站在城头督战。他的额头被炮弹皮削去了一大块，露出了骨头，缠上了绷带，血依然汩汩地流着。眼看着一个个浑身是血的士兵从他身旁倒下去，有的连队已经打得一个人都不剩了。他嘴里时而咒骂着黄召涛和史坚如，时而在城上跑来跑去吼叫着。最后，他跑下城来，奔到司令部，见到郭克武就喊："大哥，我实在顶不住了，我不忍心看着弟兄们一个都不剩，只留下你一个人当光杆司令。"

李天镜实在是急了，才讲出这样不管不顾的话来。

郭克武破口大骂："你他妈的混蛋！这一仗就是一个人也不要剩。"

李天镜突然哭了："大哥，总要给132师留下点儿种子，咱们不能打绝户仗啊。不能让黄召涛、史坚如那些王八蛋看着132师没了啊。"说着，腿一软，就跪在了郭克武的脚下。

郭克武怒喝一声："李天镜，我日你先人。你他妈的滚开，老子去替你上城头。"说罢，飞起一脚，踢翻了李天镜，抬腿就往外走。

李天镜爬起来，拉住郭克武，又揩一把眼泪，咬牙切齿道："既然大哥决意拼光老本，我就没得话说了。我李天镜自当兵那一日，就把脑袋挂在裤带上了。"他抬手敬一个礼，转身就跑，头也不回。

郭克武恶吼道："李天镜，士兵打光了，你就上前填进去。你填过了，我郭克武就填进去！"吼罢，转身对身旁的姜副官道："姜副官，你马上组织敢死队，该老子上去了。"

姜副官笑道："大哥要上，也总要等我上过了再上的。"说罢，就转身去集合敢死队。

敢死队由郭克武的警卫队组成。几天的血战，警卫队早已死伤大半，集合起来的队伍不过百十号人。郭克武粗粗检阅了一下这支破衣烂衫精神疲惫的队伍，就在队前站定，用喑哑了的嗓子说道：“弟兄们，你们跟我郭某多年了，福也享过，苦也吃过。今天我要往死里送你们，也是不得已。我也想过给 132 师留些种子，可咱们跟小日本打到这个份儿上，就顾不得许多了。”郭克武一挥手，姜副官就让人抬过一只箱子，打开，是满满的一箱银元。

郭克武道：“大家分一分吧。”

队伍里就有人说：“军座，这时候您就别提钱了。”

有人喊道：“命都不要了，还要钱干蛋用啊！”

“多给些手榴弹吧。”

“谁还想活着出去啊！”

郭克武顿时豪气冲天，一脚踢翻了箱子，银元散了一地。郭克武哈哈大笑：“这话我爱听。弟兄们，你们先跟着姜副官在前边走，我随后就上去。”

姜副官大步走到郭克武面前，扑通一声跪倒：“大哥，我已经跟了你多年，今日诀别，来生再侍奉大哥。”说罢，重重地叩了一个头，起身朝敢死队喊道：“是爹娘养的就跟我来吧！”喊着，他大步向前跑去，头也不回。

只见敢死队跟着姜副官嗷嗷叫着冲上城去。

郭克武仰天大笑，拔出枪来，走出司令部。硝烟散处，他看到有两个汉子迎了过来。他刚要问话，就见两个黑洞洞的枪口对准了自己。*

此时，郭克武身旁已无一兵一卒。

郭克武嘿嘿笑道：“你们大概是青风会的人吧？”

其中一个汉子微微笑道：“郭军长还算明白。”

郭克武笑骂：“你们两个狗日的是来讨账的吧？这是什么时候，你们可真他妈会凑热闹。”

另一个汉子道：“我们讨账是从不分日子的。”说罢，手中的

* 两个什么鬼？怎么出现的？

枪就响了。郭克武向后仰倒下去，临了，他艰难地骂了一句："余大头，老子日你的先人……"

两个汉子万没有想到，不知什么时候雪豹竟悄悄地拐着腿从他们身后跑过来，雪豹一声低吼，猛地跃起，凌空扑下来，同时带翻了两个汉子。它一口先咬断了一个汉子的喉咙。它再一抓，就扬起一片血雾，已经掏出了另一个汉子的心脏。雪豹这闪电般凶猛的一扑，是两个汉子根本无法抵抗的。两个汉子死前的那一刻，似乎应该有些遗憾，他们也许太轻视这条负了重伤的狗了。

雪豹拐拐着走到郭克武的身旁，郭克武已经不能说话了。他两目圆睁，目光滑过雪豹，向天空望去，滞留在一团刚刚升起的浓烈的硝烟上。那团硝烟，在火光中变幻着形状，突如奔马，突如悬崖，有一种力透夜幕的凶狠霸气。硝烟散处，他似乎看到焦难先、郑国英闪出身形，朝他微微笑着。

雪豹高昂起头，发出一声长长的哀鸣。

十五　古鸿洲之死

据保州抗战史记载：1940 年 11 月 3 日清晨，日军攻破了由中国军队驻守的保州市。郭克武部 132 师全军覆没。

佐田着一身齐整的戎装，骑马进入了这一座散发着浓烈硝烟味的城市。破败的城头上，高高悬起的太阳旗在寒风中呼啦啦地飘扬着，佐田的心情却十分黯然。他盯着那面猎猎作响的太阳旗，目光空茫且有些呆滞。他没有想到，这一支被关进网里的中国军队竟会和他死拼到底。更使他不可理解的是，这一支杂牌部队，怎么会有那样顽强的战斗力呢？为此，他竟损失了上千名大和民族的凶猛儿郎。

佐田委实有些沮丧。

他在市区的中心下马。几个士兵押着两个受伤的中国下级军官走过来。前边的一个有一条腿已经被炸断，被两个日本士兵架着。另一个失去了一只胳膊。

肃杀的寒风傲慢地在街道上穿过，吹扬起一股难闻的气味。

佐田冷眼盯着这两个中国军人，用生硬的中国话追问郭克武的下落。那腿断了的军官似乎听懂了，点点头，身子向前倾过来。佐田误认为他要讲什么，就向前靠近了去听。

那个军官突然伸手把佐田腰中的指挥刀拔了出来，猛地向佐田劈去。佐田慌慌地闪开了，却惊出一身冷汗。两个日本士兵就端着刺刀冲过去，佐田喝住了他们。那个军官哈哈大笑，一条腿稳稳站定，把刀一横，抹断了自己的脖子，他的身体硬硬地向后倒去。佐田呆呆地，他十分赞赏这种自杀动作，这比大和民族的切腹更加雄浑激越。

佐田把目光投向第二个俘虏。那人哑哑地干笑着："你要问什么？"没等佐田再问，那人突然眶眦俱裂，暴叫一声，竟是咬断了自己的舌根，一张口，一股浓浓的赤血箭一样直直地射向了佐田，喷了佐田满脸。佐田怒吼一声，拔出了枪……

小林多喜二后来在他的回忆录中写道：从此，佐田再没有信任过一个中国俘虏。

城内的几百名中国伤兵，全部被佐田下令用刺刀挑了。佐田怏怏不乐。在这场以皇军大获全胜的战役中，六千余名中国士兵，有自杀的，有逃亡的，但被抓获的三百余名俘虏，却没有一个向他投降的。佐田被这一种集体赴死的生命状态深深震撼。

郭克武的雪豹没有死，哀号着伏在郭克武的身旁，怒视着围上前的日本士兵。这个畜生的两条腿都被打断了。佐田非常喜欢这只狗，让手下把它弄走治疗驯化。手下就一直把雪豹关在笼子里。两个月之后，雪豹的伤被医官医好了，进食了，态度也十分的安详。那天，佐田来看它，让医官将它放出来。

雪豹欢欢地跑出笼子。佐田眉头舒展了，而惨剧就在这一刻发生了。雪豹突然狂叫一声，猛扑向佐田。一个军曹冲过来，死死挡住了佐田，佐田得空掏出枪来，向这畜生射击。但那畜生连连中了十几枪之后，无望地长嚎一声，就地一滚，又蹿过来，一口咬住了那军曹的喉咙。那军曹就这样死在了这畜生的嘴下。几个士兵愤怒地冲过来，要碎尸这只狂犬。佐田摆摆手，制止了。他神色肃穆地向雪豹行了一个中国军礼，然后，让手下拖出去掩埋了。

佐田看到的只是死去的郭克武，但从雪豹身上他又看到了活着的郭克武。*

* 求佐田心中阴影面积……

攻占了保州市的第二天下午，佐田更换装束，穿了一件深蓝色的中国长袍，去看望古鸿洲老先生。我三姥爷古鸿洲是佐田的顶头上司岗村的讲师。佐田曾听岗村几次谈起过古鸿洲。他还记得岗村谈起古鸿洲时的那种敬重的神情。

我三姥爷古鸿洲居住的庭院，已经被炮火炸得狼藉。院中那棵老柳，也已被拦腰炸断。一股焦煳味在院中弥散着。

古鸿洲正在堂中作画，一个青年女子在一旁垂手侍立。古鸿洲神情专注，先将十几张宣纸粘在一起，铺在地上，然后甩脱鞋子，赤脚踏上去。他一招手，那青年女子就双手递过一支大笔。那笔有一人高，似一把拖布。古鸿洲手持大笔，在半人高的墨缸里奋力搅动、饱蘸着。他刚要拔出笔，佐田就走进门来。

古鸿洲停住，淡淡地看着佐田。

佐田走上堂，向古鸿洲躬身施礼。佐田身后的一个胖胖的翻译对古鸿洲道：“佐田师团长特来拜见古老先生。”

古鸿洲摇头：“老朽并不认识你们。”

佐田有些尴尬，向前迈一步，再鞠一躬：“我特地来转达岗村长官的问候。”

古鸿洲大笑：“我已经是国破家亡之人，还要什么问候？”笑罢，就不再理会佐田，也不给佐田让座，径自转身去作画了。

佐田也不发作，就站在古鸿洲身后，静静地观看古鸿洲作画。

古鸿洲取马步站定，一声吼，就从墨缸里拖出那管大笔，黑黑的墨汁扬扬甩甩淋漓一纸。古鸿洲再吼一声，拖大笔在纸上奔走，佐田只看到古鸿洲一双赤脚在纸上如飞。顷刻，纸上就出现了一道汹涌奔腾的大河。断岸之上，草木震动，风起云涌。一只老猿引颈长啸。远处是一道道起伏延绵的苍山，苍山之上有几块云朵，黯然失色。一轮圆圆的太阳缓缓下沉。那太阳画得似一个面盆大。佐田看得呆住。他粗通中国的字画，但他从来不知道中国画还会有这种作法。

古鸿洲似乎有些吃力，就停住笔，稍作喘息。略略沉思后，他一招手，青年女子就从缸里取来一碗墨，双手稳稳地递与古鸿洲。

古鸿洲只手颤颤地接过，只一扬，就泼在了那太阳上。墨色四散开来，那只大太阳就浸出更大的面积。墨色渐渐凝住，一个黑黑的大太阳就凶凶地晕在了那里。古鸿洲再一扬手，那只碗就飞出堂去，堂外传来清脆的爆裂声。

古鸿洲似用尽了一生的力气，身子软软地坐在了画上。他抬头对佐田笑道："你既来了，这一幅长河落日图，就托你送给岗村宁次吧。"

佐田忙躬身谢了。古鸿洲肃然坐定，两目微闭，只听他猛地喝一声，一张口，一口血就喷出来，直喷到那轮黑黑的太阳上。那太阳竟是太黑，那血竟是化不开那团浓浓的黑墨。古鸿洲哈哈大笑，笑声在堂中震动，久久不散。笑毕，古鸿洲颓然地仆倒在画上，竟已气绝。

"老师啊！"那青年女子尖尖地喊一声，就扑上前来，软在了古鸿洲身上。

佐田心中大骇，不禁倒退一步，呆呆地怔在了那里。这一幅画上的血色，就在他心里涂染成了永恒的风景。

佐田从我三姥爷古鸿洲的住宅出来时，已经是夕阳西下。晚风袭来一阵透骨的寒气，佐田的心绪突然有些败坏。他没有按照原路回去，或者说他不愿意再走进那弯弯曲曲的深巷。他转身向城外走去。

保州市城外的色彩与城内的色彩大不相同。浓重的暮霭笼罩下的远山呈现出深郁的青钢颜色，西山后边的天幕上即要沉落的太阳蓦然间散射着炫目的金光，给远处那锯齿般的山峦镀上了一层金光闪闪的边带，神秘得使人心慑。山峦起伏像汹涌的深海。佐田呆呆地看着，一直看到西天那一缕最后的光芒熄灭了。佐田突然苦苦地笑了，他想起了什么？

后人已经无法知道他当时的心境。

再十天后，中国军队北方战区之史坚如 53 军，许景祥之 93 军，先后在冯阳县、平梁县两地被佐田师团分割歼灭。至此，中国军队北方战区防务，全线土崩瓦解。

是时，中华民国二十九年冬。

一场大雪如席，飘白了世界。*

* 读到这里，一时心中静若坟场。

第五章 *

本章出场人物

李震方：我父亲。保州市钢铁公司第二炼铁厂书记。(1921年至——)

古玉雪：我母亲。原保州市钢铁公司医院医生。(1921年至——)

李震杰：我大伯。保州地委书记。(1905年至1963年)

李震声：我三伯。某市市委书记。(1916年至1999年)

贺二喜：保州市钢铁公司党委书记。(1908年至1964年)

袁桂兰：我父亲的妻子。李家寨生产大队党支部书记。(1923年至1961年)

李震仓：李家寨生产队长。(1926年至1961年)

方林声：林山县县委书记。(1925年至——)

古志刚：我四舅。原省军区司令员。(1906年至1995年)

一　我的父亲和母亲

这一章里，我要讲一讲我的父亲和母亲。

我父亲李震方自1937年10月从断角岭突围之后，即参加了于默然领导的林仓县抗日游击总队，后转入八路军正规部队。他

*『草灰蛇线，伏脉千里。注此写彼，手挥目送。』作者深谙此道。在之前几章，作者把一些重要人物及事件的结局与结果做了伏笔，一概留在了第五章。作者仍然文字简约，却处处光泽，让人一时参不透其心底风景的颜色。

一直打仗，直到1949年。

1949年，心情复杂的傅作义将军向共产党开放了北平的大门。穿着灰布军装的解放军官兵们似潮水一样涌进了这座避免了炮火的古城，这其中就有我的父亲。我曾多次在电视上看到过这一段解放军进城的纪录片，父亲离休后，每每看到这段片子时，总是兴奋地指着电视：“看，看到没有，那就是我。”于是，我就傻傻地盯着，却始终看不出那人头攒动的队伍里，哪个是父亲。我曾经把眼睛盯在距离电视十几厘米的地方，可是这段影片总是一晃而过，仍是模模糊糊看不出哪个是父亲。据说，电影胶片的寿命最多保存一百年，质量次些的就到不了一百年。那么，一百年后的人们，将不会再对这段影片进行费力的拷贝了。

后来，我干脆用录像机录下了这段镜头，反复播放，反复定格，可还是看不清哪个是父亲，哪个是他的战友。

曾听父亲说，他们只在北平待了七天，还没有来得及弄清楚天安门在哪里，皇帝老儿在哪里办公，在何处下榻，父亲所在的那个团就接到了命令，去保州市，去和一支部队换防。我父亲当时的职务是营教导员。

关于这次换防的原因，至今仍没有见诸报端，也没见诸各种我所能看到的军史资料，这大概仍旧属于不能启封的历史机密。我从父亲嘴里只得到了一些皮毛的说法：被换防的那支部队，在进驻保州市之后，把这座城市搞得很不成样子。有些战士抽大烟、嫖暗娼，一个团长还接受了一个戏子送给他的几根金条，还和那个姿色不错的戏子美美地睡了一夜——条件是放走那个戏子当军统特务的男人。父亲感慨地说：“共产党从国民党手里接下江山的时候，面临的不只是一条南京路啊。”我知道这话不是父亲说的，而是一个领袖人物说的。父亲只是在严肃地复印。

父亲说，他们是坐军列去的。先坐火车，又坐汽车，又走路，又坐汽车，再坐火车。军列整整走了十几天才到达保州市。

一路上，他们共遭遇了十几起土匪和特务的袭击。铁路被拆毁了十几次，有一次战士们下车去寻找被拆走的铁轨，匆忙之中却踩到了国民党特务埋下的地雷，当场就牺牲了六个战士，其中有两个是北平市刚刚参军的学生。

那天，军列就停在沿途的一个小站，猖狂的西北风呼啸着，几只寒号鸟不时从路边干枯的树枝上惊起。全团的将士在这冰冷的天气里，为这六名战士送葬。刚刚下过雪，天空是阴灰灰的颜色，阳光偶尔从厚厚的云层里挤出来，透着一种急躁的挑逗的情感。父亲说，他们的团长贺二喜在雪地里跳脚骂着："我日他先人的，不消灭掉这些龟儿子，老子不姓贺了。"这是一句要让对手们付出代价的毒誓。

1949年的岁尾，保州市是一个很冲动的城市。蒋委员长十分不甘心地离开了大陆，解放军扫荡着残余。父亲说，他后来才理解残余是一个最顽固的东西。父亲曾经给我举了一个洗衣服的例子，他说："一件脏衣服大概是好洗的，可是最后留下的那顽固的油渍或墨迹，是要费些工夫才能弄干净的。"这是一个似乎很浅显的道理，多少年之后我才懂得了它藏在字面后边的深刻。*

那时的保州市仍旧是乌烟瘴气的，暗杀和绑架时有发生，还常常出现一些有政治背景的经济骚乱。有几家工厂的工人也在要求增发口粮的口号下，被一些人煽动起来闹事。

父亲曾对我说，他们进驻保州市第二天，他带了一个连的战士去军管了一个闹得非常凶的厂子。三天的时间，就莫名其妙地失踪了十几个战士，有两个是在废料堆里找到的，已经成了冰冷的尸体。手脚都被捆绑着，头上还有铁器的击痕。市公安局日夜破案，却没有一点儿线索，只是抓了几个有敌伪历史的嫌疑犯罢了。

烟土仍在黑市上交易，小偷仍在街上作案，妓女仍偷偷摸摸

* 确凿深刻，通俗易懂！

在街上拉客……父亲讲，当时社会秩序太乱了，或者说已经乱得没有了秩序，一些战士莫名其妙地就失踪了，有的被人暗害了，有的开了小差，有的则是生不见人死不见尸了。

父亲在这座乱哄哄的城市驻守了一个多月，后来就转业到这座城市公安局，任刑警队长。

父亲在保州市公安局干到1951年底，就被贺二喜调到保州市钢铁厂(一年后扩建为钢铁公司)。父亲在保州钢铁厂任办公室主任兼秘书处长。这应该是一个前程似锦且不好估量的职业。父亲任办公室主任还是称职的。父亲当年曾经跟着望龙山的白义彰学过四书五经，还曾经到林山县师范学堂读过两年书。父亲参加革命之后，又学习了马克思、列宁和毛泽东的书。于是，父亲就成了有革命文化的干部。连天的炮火一经停止，文化就有了超越出枪杆子的优势，所以，有文化的父亲就很受重用。按照他的一些老战友的说法，当时我父亲有望升任公司党委副书记，他若不出那一桩风流韵事，以至断送了政治前程，连党籍也险些没保住，他现在或许已经是省一级的干部了。也许真的会这样?

我常常负疚地想，我这可悲的生命或许是用一个省长的职务换来的。

也有人说，我父亲的悲剧就在于他是一个读书人，读书人喜欢读书人，于是就喜欢出了问题。由此看来，“喜欢”这种人类行为，一旦过了头，就不会是什么好事了。乐极生悲，大抵如此。

1952年，保州市钢铁厂扩建为钢铁公司，为支持国家的钢铁事业的发展，有一大批技术和文化干部调到了钢铁公司。其中一个叫古玉雪的女同志迷住了父亲。这里要说明的是，古玉雪是野民岭古家庄人。她的父亲就是当年被林山县苏维埃镇压的反革命古鸿光。按说，李、古两家是有血海深仇的。但是父亲似乎不在意这些。他爱上了古玉雪，而且爱得有些不可自拔。

父亲的悲剧由此开始。悲剧得由此一蹶不振。

我走访过父亲的一些老战友，他们回忆说，古玉雪那时长得好漂亮，爱笑爱唱。他们使用了一句陈旧的比喻，说古玉雪像一枝花。古玉雪是学医的，她在钢铁公司的职工夜校当教员。传说，每逢古玉雪上课时，夜校里总是坐得满满当当的。我总不大相信，我推算，那一年古玉雪应该是 30 岁，一个 30 岁的老姑娘怎么会是一枝花呢？

姑且就算古玉雪是一枝花吧。钢铁公司的党委书记贺二喜也喜欢上了这一枝花。于是，父亲就有了一个强劲的情敌。

脱下军装之前，贺二喜是团长，父亲是他手下的一个营教导员。贺二喜很赏识我的父亲，因此，贺二喜当了公司书记之后，才调我父亲来给他当办公室主任兼秘书处长。这应该是一对铁心铁胆的上下级，却成了情场中的对手。该如何较量？贺二喜的优势大于父亲，他是参加过长征的老干部。妻子在战争中牺牲，独身。无子女，无家室之累。我父亲则是有家室的。但我父亲的一些优势也大于贺二喜，有文化，30 岁出头，年轻英俊。贺二喜则是 40 岁开外，一张有四寸长刀疤的脸，一副能使天下所有的林黛玉们望风而逃的凶恶的面孔。

情场逐鹿谁得手？战友们都纷纷来劝父亲退出这场角逐，把古玉雪让给贺团长。*

在战场上对贺二喜唯命是从的父亲，竟昏了头似的，毫不让步。他一面抓紧与那个斗大的字认不下几箩筐，死活不进城，仍在野民岭李家寨当村支部书记的妻子袁桂兰离婚；一面加紧对古玉雪的攻势。后来干脆利用职权把古玉雪调到钢铁公司秘书处，当秘书。并对再来劝他退出角逐的战友们大发霍霆：“我就是要娶古玉雪，豁出去这个处长不当了，也要娶她。”

不爱江山爱美人。这是一句气吞山河的爱情誓言，也是一句误人误事的蠢话。情场使人变傻，大概人同此理。我可怜的父

* 唉！自古此事能相让？！

亲也不能免俗。遗憾的是我至今没能了解这段男欢女爱故事的全貌，如果能细细写出来，相信也会使当今的情种们泪飞如雨。

父亲经过了两年多的离婚大战，竟以失败告终。袁桂兰不肯离婚，最要命的是父亲必须到林山县的县法院去请求离婚，而当时林山县的县委书记是我大伯李震杰。县委书记李震杰对弟弟李震方这种陈世美的行为深恶痛绝，他坚决反对我父亲离婚。县法院谁敢成全我那十万火急闹离婚的父亲呢！

于是，可怜的父亲就不能和古玉雪结婚。更悲剧的是古玉雪却怀孕了。这样就既成了乱搞男女关系的事实。古玉雪受了处分，被下放到第一炼铁厂去劳动了。父亲也因此被停职检查。

事已至此，贺二喜悻悻地退出了对古玉雪的角逐。

于是，就有一个记者恨恨地写了文章，在保州市的报纸上刊出来了。文章指名道姓地对我父亲进行了道德攻击，说我父亲是丧尽天良的陈世美，一进城就被花花世界迷住，另觅新欢，企图甩掉用小米支援了革命的农村妻子。父亲的恶行一经见诸报端，他的政治生命就宣告完结了。人们盼着给父亲一个很像回事的处理。很快，他的处理结论也就有了。但是很让人们失望：党内严重警告处分，撤公司办公室主任和秘书处长的职务，调钢铁公司第一炼铁厂任车间主任。据说，这个处分在当时有很多人不满意。但是，这个处理决定是在公司党委书记贺二喜的坚持下强行通过的。否则，对父亲的处理会比这更严重。父亲的情敌保护了他，这在今天似乎是不可思议的事情。但是，公司党委还做出了第二个决定，让古玉雪立即调出保州市钢铁公司。

李震方和古玉雪这一对男欢女爱的露水鸳鸯，就这样生生被拆散了。但事情没有最后结束，古玉雪还没有调走之前，已引起政工部门的注意，公司组织部门开始对古玉雪的历史重新调查，调查在几个月之后很快有了结论：古玉雪在林山县学堂读书的时候曾参加过三青团，而且和国民党特务有过接触。特嫌？

1954年5月1日，当全国工人阶级庆祝新中国成立后的第五个国际劳动节的时候，正在炼铁厂车间加班干活的古玉雪被抓走了。她竟没能和我父亲见上一面。她和他都不曾想到，古玉雪这一去竟是26年。而且26年后，这一对曾经爱得死去活来的男女，竟再也没有见面。

古玉雪给我父亲留下一个不满三岁的儿子。这是他俩苦恋一场的唯一收获。说不清是硕果还是恶果。这个孩子名叫援朝——援朝就是我。我很不光彩地来到人间，却有了一个十分光彩的名字。

父亲把我一年一年地带大了。

写到这里，我已经十分难过，为了我的出生，我的父亲和母亲都付出了过于沉重的代价。我是以一个私生子的身份来到这个世界上的。或者说是一个有妇之夫和一个女人私情的产物。一个没有经过人类文明生产原则的承诺，就冒冒失失跑到人间的生命。一直到许多年之后，我仍羞于提起我的父亲和母亲。我在内心世界中，至今仍觉得自己是一个孽障。这种负罪感或许会像阴影一样紧紧缠绕我的一生。这真是悲凉没顶的事情啊！

父亲在古玉雪被逮捕之后，写了一份深刻的检查。由此，他得到了组织的原谅。据说，他这个检查是在贺二喜的帮助下完成的。如果没有贺二喜，他无论写怎样的检查也是无济于事的。父亲得到了组织的原谅之后重新开始工作，不久升任钢铁公司第二炼铁厂党委书记。他在保州市钢铁公司一直干到1960年，突然被人揭发曾经在过去的工作中散布过反党言论。揭发人当时保密，后来才知道，竟是我母亲在狱中交代的。本来已经从父亲现实生活中消失了的母亲，又向伤口刚刚愈合的父亲射来一支硬箭。于是，父亲中箭落马。他以漏网右派的身份被下放到黑龙江的林区去采伐。许多战友认为他肯定不会活着回来了，于是，我被送到了李家寨我父亲的妻子那里。谁知道父亲竟坚强地活到了

“文革”结束，“文革”后，他的问题得到平反，在林区担任了一个普通职务，再后来，他就离休，1978年，我那年迈苍苍的父亲从黑龙江林区回到了我现在住的这座城市。他本来可以留在林区。但他想回来。他说：“人老了，恋旧啊。”父亲恋什么呢？

我现在居住的这座城市，“文革”后盖了不少干休所，里边拥挤着父亲的许多战友，他们都是以共和国功臣的资格闲居着。渐渐地，他们的队伍越来越小了。到现在，据我所知，像父亲这样资格的，还有不足200人了。有的现在已经言语迟钝，有的终日躺在床上，连房门也出不来了。历史无情地淘洗着当年的英雄们。

父亲离休后的样子很让我担心。他不打麻将，也不跟着那些老人们练气功。他除了读书看报，总去街上目中无人地乱走，有时还胆大妄为地横穿马路，且并不在乎来来往往像潮水一样卷来卷去的车辆。我总预感父亲会出什么事情的。果然，那天走在街上，他被一辆轿车撞了。

这些年，城市里的轿车多了起来，仿佛一夜之间从天上掉下数不清的车。随着这种繁荣，城市的交通事故也繁荣起来。父亲出事的那个月的交通通报说：“共发生恶性交通事故178起。”父亲只是繁荣中的一起。

那辆撞人的轿车繁荣了一下交通事故之后，就匿事跑了。没有人记住那辆车的牌号。目击者只记得那是一辆进口的豪华轿车，凡是能够坐那种轿车的，或者是有钱的，或者是有权的。然而，这个或者有钱或者有权的肇事者，竟相当卑劣地跑掉了。父亲的腿被撞断了，他昏昏地躺在马路上两个多小时，没有一辆车在他身边停下来。最后还是来了两个交警，问清了他的身份，打电话把我喊了去，父亲才住进了医院。医生恨道：“只要提前一个小时，老人的腿就能保住。”

只好截肢了。

* 人生各有晚境，读来苍凉莫名。

我小心翼翼地把要截肢的情况告诉了父亲，我担心他接受不了这个现实。没有想到父亲是那样平静。他听我结结巴巴地讲完了，淡淡一笑：“截吧。”说完，两只古井一样的眼睛就怔怔地盯着天花板。天花板上有几只苍蝇在捉对厮杀，它们嗡嗡地叫着，好像陷入了一场纠缠不休的或情或仇的纠葛里。

这场交通事故，我们当天就报案了。但是，那撞人的至今没有下落，也许他们已经忘记了，他们曾在城市繁华的路段撞倒过一个老人。现在的人们是很容易忘事的，现在的人们是不愿意对责任负责的。据交通队的同志讲，这几年汽车肇事逃走的事情太多了。还发生过一个司机撞倒了一个妇女后，被人截住，那个司机豪气冲天地把妇女拉上车，说是送往医院。人们轻信了。可是那个司机却把妇女拉到郊外，扔到了路旁的沟里。那个妇女被人发现时，已经过了十几个小时，却早已经断气。哦，如此说，我父亲算是幸运的了。

父亲截肢出院之后，他的生活内容发生了重大变化，他天天不再读书看报，而是先去练气功，然后就是拄着一支拐，到街上找几个行将就木的老人去打麻将。一万、三条、东风、白板，嚷成一团，乐不思蜀。每到吃饭的时候，我或者妻子还得去到街上找他回来。

那天，我去找父亲，见父亲手里拿着一张西风，喃喃地自语：“变了，变了。怎么会又变成西风了？我要的是东风嘛。”

我望着只剩下了一条腿，而且头发几乎落光了的父亲，心里一阵酸楚。父亲老了，他已经知道自己就要离开这个世界了。而当年的父亲是怎样的威风啊。父亲曾经有过让人倾慕的历史啊！

我望着这个手里拿着一张西风的老汉，心里一阵酸疼。我不忍再看他，转身走了。走出很远，看到父亲仍然拿着那张牌，在那里发呆，好像正在考虑一个类似于生死攸关的命题。*

那天晚上，我口气严肃地对父亲说：“爸，您别在街上打麻将了。您也算是一个老革命了，天天搓麻，就不怕人家笑话你吗！”

父亲怔怔地看看我，似乎听明白了，像个听话的孩子似的点点头，然后就木木呆呆地坐在沙发上。日光灯下，他那稀疏了的白发，像一根根白色的锯条，硌得我眼疼。我突然后悔不该这样对父亲讲话。父亲啊，他英雄过的那个年代真的是过去了。否则，我怎敢这样对他讲话呢？如果时间可以进行物理搬运，那么父亲和他的同辈们，会用怎么一种姿态来对待当今的现实呢？

自 1954 年我与母亲古玉雪分别，当我们母子再见面时，已经是 26 年之后了。26 年以后，我的母亲古玉雪，已经是白发苍苍了。

岁月无情。这句人人知道的话里深深藏着的每个人的慨叹是不同的。

1980 年 4 月 17 日，天刮着大风，天地被搅得昏昏黄黄。我晕头晕脑地坐了三天两夜的火车，又坐了一天一夜的汽车，匆匆赶到西北某地那个劳改农场，去接平反出狱的母亲古玉雪。在内地，这个季节已经是春暖花开，而这里依然是草木黑黑，没有生气。我在一间插满了铁条，像鸟笼子一样的农场宿舍的候客室里等候了几分钟，一个表情像沙漠一样干燥的女管教干部，领来了一个身材瘦小且佝偻的老女人。我明白了她就是我的生身母亲古玉雪。

当我看到站在我面前的这个表情木讷的老女人，看到岁月在她脸上刻下的纵横交错的皱纹，我找不出一丝她曾经有过的青春的影子。我暗暗奇怪，难道她就是那个曾经让我父亲神魂颠倒不惜和贺二喜一度反目为仇的古玉雪吗？我突然强烈感受到了岁月的残酷。我由此突然怀疑“冲冠一怒为红颜”这句古话的可信性。世间有多少欲死欲活的爱情，能经得住光阴的验证呢？

上天安排好了的是，母亲出狱那天，正是我父亲被下放的 20

石魂

⊙石魂

周年纪念日。这一对生死茫茫的男女啊。

古玉雪听我通报了姓名，怔了许久，才木木地点头，就再无话。那天，因为没有赶上火车，我和她就在那个小镇住了一宿。晚上，我小心翼翼地把我父亲被下放到黑龙江的经过告诉她，她依然没有表情。过了许久，她那消瘦的双肩颤抖起来，让我想到了在寒风中战栗的枯叶。她使劲用手帕捂住嘴巴，两行浑浊的泪水涩涩地淌下来，很快就把一张满是皱纹的脸，弄得一塌糊涂了。她就这样无声地哭着。终于，她突然哑哑地喊起来："是我害了你爸爸啊。我恨死我了。"她一把抱住我，号啕起来。

那天晚上，窗外大夜如墨，野野的狂风恶恶地扑打着门窗，仿佛要向我讲述一个凄绝的传说。

我至今记得，我当时心如刀割。我不曾料想她竟悔恨到这种程度，由此我开始怀疑母亲对我父亲爱情的真实。我可怜的母亲，作为一个从风雨飘摇的旧中国过来的小知识分子，对我父亲究竟会有多少理解和爱呢？谁又敢保证她没有攀附投机的成分呢？或许我太阴暗了，但反思父母的这一个悲剧，我宁愿相信父亲比母亲更真诚些。我突然有些讨厌起这个有些病态的老女人了。半年之后，当我的妻子焦越南躺在省城妇幼医院的产床上，呼天抢地欲死欲活的时候，我才猛然间原谅了古玉雪。她是我的母亲啊，她当年在生下我的时候，也曾经历了这样一场生死的炼狱啊。

让我无话可说的母亲啊。

使我不解的是，母亲出狱后，竟没有跟我的父亲结婚。尽管父亲的妻子袁桂兰已经死去多年。母亲也没有来省城居住。她住在保州市。母亲平反后，保州市钢铁公司分配给她两室一厅。

1982年，我和妻子回到保州市去看母亲，我问母亲："您和我爸爸结婚吧，行吗？"

母亲摇摇头："算了，我们都老了。彼此心已经死了。"

我问母亲："您恨他？"

母亲摇摇头："不恨。"

我犹豫地问："那您为什么……"

母亲笑笑："我们这一辈的事情，就不跟你们说了吧。"

我猜测母亲心中的隐痛。1960 年，她的一张交代材料，使我父亲在东北林区待了 18 年。18 年啊，人生能有几个 18 年呢？而且那是我父亲人生最最充满创造力的 18 年啊。我的父亲不是薛平贵，我的母亲也不是王宝钏。单单从爱情至上的观点上讲，今人似乎永远比戏剧中的古人低下。

母亲于 1984 年和保州市第一中学退休的教师张某结婚。这年母亲已经 63 岁。那位张老师我见过，他比我母亲小一岁。我曾听父亲讲过，张老师当年是保州市钢铁公司职工夜校的数学教员，当年曾经一度狂热地追求过我的母亲。母亲和张老师这种黄昏恋到底还有多少爱情可言？我不得而知。

二　1960 年父亲下放

1960 年，当那场大饥荒走到人们的面前，中国的老百姓才突然发现社会主义竟也埋伏着饥饿这样一个定时炸弹。

饥饿使得保州市钢铁公司像一匹不堪重负的奔马，脚步迟缓下来了。根据中央的调整方针，保州市钢铁公司缩编，七万职工削减为两万职工，五万职工下放。

我父亲曾回忆说："那真是一个难堪的日子，谁也不知道谁在下放之列。"

我曾问父亲："听说那时候不是有很多人要求回乡吗？说城里三级工，比不了乡下种沟葱。"

父亲摇头："那是个别的。多数人是不愿回家的。许多老战友和熟人都是在一个早上走的，连告别也来不及的。到现在也没有一点儿消息了。”父亲跟我说这番话时，目光是空空茫茫的。

父亲当时在第二炼铁厂，任党委书记。厂里一共一万四千多人，要下放八千人。那天全厂开大会，宣布下放名单。

早春的风硬硬的。父亲站在高高的天车上，手里拿着话筒，宣布着这八千人的名单。其中有许多是新中国成立前参加革命的老战士。父亲念着一个个他熟识的名字，声音不断地哽住。全厂都静静的，没有一个喧哗的，更没有一个闹事的。

那天晚上，全厂在厂里的十多个食堂里开饭，给下放回家职工们会餐。父亲让后勤处弄了些酒来。许多人都喝醉了，哭着抱在了一起。父亲的秘书刘昌达叔叔满脸泪水找到我父亲，凶凶地嚷：“李书记，为什么不批准我下放？我已经写过三次申请了。”刘叔叔也喝醉了。

刘昌达叔叔是 1949 年在北京参军的大学生，后来随贺二喜的部队来到了保州市。再后来就调到我父亲身边当秘书。

父亲怔怔地看着刘叔叔：“这是工作需要。工业建设也需要人的。”

刘叔叔痛苦地摇头：“现在国家有困难，需要我们下放，我就应该走人。我是个党员啊，我也算是个解放战争参加革命的同志啊，这样的事，我不带头，要让人笑话的啊。”

父亲盯住刘叔叔，点头：“好吧，厂党委尽快研究你的请求。”

三天之后，第二炼铁厂就批准了刘叔叔下放的申请。但刘叔叔没有走成。刘叔叔头一天在车间参加劳动，运料车翻了，刘叔叔被扣在下面，一条腿砸断了。他成了残废，只能留在厂里了。

两个月之后，当第二炼铁厂的最后一批下放职工戴着大红花，离开厂时，父亲带人到车站送行。在一片敲锣打鼓声中，父亲流着泪和他们一一握别，互道珍重。刘叔叔跟在父亲身后嚷嚷着：“李书记，应该也让我走。”

但是，谁也没有想到，几天之后，我父亲竟也突然被下放走了。

那天我放学回来，父亲很晚了还没回家。我饿得顶不住，就自己动手做饭，就趁机多抓了两把面，放了比平常少的野菜。

父亲那一夜没有回来，第二天一早，厂里来了一个姓赵的阿姨，我至今不知道她的名字。只记得赵阿姨的脸尖尖的，眼窝深深的，挺严肃的。赵阿姨送我去上学。中午她又去接我去厂食堂吃饭。我问赵阿姨，我爸爸去哪了？赵阿姨说，你爸爸有事，让阿姨陪你的。几天以后，我被赵阿姨从学校里喊去送父亲，我才知道父亲被隔离审查了三天，今天下放了。

父亲被人揭发在1953年有反党言论。父亲是否有反党言论？真伪姑且不论，但是这件事重新翻出来，的确就有了背景。据说，当时的公司副书记跟我父亲一向不和，抓住这个问题开始整我父亲。于是，公司组织部来人就把父亲找了去，要父亲交代。父亲气坏了，不承认，两下里就吵了起来。结果，父亲就被关起来，隔离审查了。当天夜里，父亲就被组织决定下放了，他被下放到黑龙江的林区。后来听说，当时林区正从内地调拨一批人去。父亲正好赶上。赶上？一个让多少中国人到死说不明白的字眼啊。*

“文革”之后我才搞清楚，这是我那可怜的母亲在监狱里交代的。她交代了父亲在1953年对她讲过的许多反动话。热恋中的男女是可能讲一些昏话的，但我无论如何也不会相信我那久经战火考验的父亲会对母亲讲些什么反党言论。我很怀疑母亲是屈打成招。但是，她这一揭发，父亲的整个政治生命就真的完结了。

父亲真冤，当时厂里是以漏网右派报上去的。当时的党委书记贺二喜不在家，他去市里参加紧急会，对父亲的处理是公司副书记决定的。贺二喜回来之后，听到我父亲下放的消息就火了，一个电话把公司的副书记叫了去。那个副书记刚刚跟贺二喜说了

*『赶上了』？真是一个中国几千年历史都说不清楚的概念呀！

两句，就被贺二喜扬手一拳打了个跟头。贺二喜破口大骂着粗话："我操你们的八辈祖宗，李震方跟那个娘们儿早已经没事了，你们还相信那个娘们儿的话！"

但是，一个贺二喜是推不翻既成的组织决定的。父亲还是被下放处理了。贺二喜亲自去车站送了我父亲。送父亲走的还有拄着拐的刘叔叔，还有另外几个我不认识的叔叔阿姨。那天，我是第一次见到贺二喜，只知道这个络腮胡子，脸上有刀疤的伯伯是父亲的战友，是个曾经骑马打仗的大官，却不知道他还是父亲的情敌。贺二喜看看我父亲，又凶凶地盯着我说："跟你爸说几句吧，他要走了。说吧。"

我不知道该说些什么，当时我还不知道下放是怎么一回事，是不是就跟爸爸平常出差开会一样，过几天爸爸就回来了。我怔怔地看着爸爸，爸爸摸着我的头笑着说："那地方太冷了，你就留在这里吧，过几天你老家的妈妈就来接你了。我走了，你要听话，听贺伯伯的话。"

父亲又跟贺二喜握握手，两个人好长时间没有松手。似乎有什么话还没有说完，但是他们什么也没有说。我长大之后，才明白这是多么坦荡的一握啊。*

后来车铃响了，父亲就上车走了。我当时突然感觉不对了，猛然追着火车奔跑起来，我在风中放声哭了，我已经意识到可能很长时间不能看到爸爸了。

贺二喜追上来一把搂住我，我看到他那疤脸上有大颗大颗的泪蛋子滚下来。我至今一直很被父辈们之间这种战友的情谊所感动。我丝毫不怀疑这期间的真诚。

刘叔叔突然长嚎一声："李书记，您多多保重啊！"他喊完，似乎用尽了一生的力气，便蹲在一边，无声地哭了。

父亲的悲剧，除去那场社会悲剧的原因，很大程度上是他的性格所致。当然也不能不说我母亲古玉雪给他带来的厄运。母亲

* 此一握，瞬间即永恒！

被捕六年后对我父亲的揭发，便使我父亲的档案里被注明了“特嫌。控制使用”。这些，父亲是不知道的。一直到1978年为父亲平反时，才撤出了这个结论。我当时看着那几张泛着黄色的纸页，心里悲哀极了。父亲是背着这个结论走进老年的。

三　大伯李震杰

父亲下放去了黑龙江，我被贺二喜伯伯接去住了半个多月，之后，父亲的妻子袁桂兰就来保州市接我。跟她一块来的还有一个20岁的大姐，后来我才知道，她是我的亲姐姐，李华。她是我父亲和袁桂兰1940年生下的孩子。当时李华刚刚考上省机电学院，顺路跟袁桂兰一块来看我。

我这是第一次见到袁桂兰。她是一个非常爽朗的农村妇女，一说话先笑。她梳着短发，一双小眼睛，亮亮的。她的脸贴着我的脸，任泪水流着，流到了我的嘴里，咸咸的。贺二喜让我喊袁桂兰娘。我喊不出。贺二喜就朝我瞪眼。袁桂兰就笑：“叫不出就不叫。”

袁桂兰就从怀里掏出一块带着她的体温的菜馍让我吃。我大口大口吃得很香。袁桂兰就问我：“想不想跟我到乡下去？”

我蒙蒙地点头，又看着李华姐姐。李华姐姐看着我笑。长大后，当我看到过一些同父异母或者同母异父的兄弟姐妹像乌眼鸡一般地你争我斗之后，我才想起李华姐姐这笑容是多么灿烂。

贺二喜对袁桂兰说：“我对不起你啊，我没把老李看管好，他不该的啊。”

袁桂兰没说话，眼里有了闪闪发亮的东西。

贺二喜说：“这孩子你要不想带，就交给我来养好了。”

袁桂兰笑了笑说：“我喜欢这孩子，这孩子长得挺像他爹的。”

贺二喜也笑道：“我也很喜欢这孩子。你要不想带他，我就真留下他了。”

第二天，贺二喜送我和袁娘去了长途汽车站。李华姐姐就在车站跟我分了手，她去了学校。分手时，李华姐姐送给我一袋食品饼干。我不曾想到这竟是我和李华姐姐的永诀。李华姐姐1964年从省机电学院毕业，留校执教。1966年“文化大革命”开始，她被当作修正主义的苗子揪斗。1968年7月，她被下放到省“五七”干校劳动改造，1969年3月里的一天，她挑水抗旱时在井台上学习《毛主席语录》，不小心语录本落进井里。她跳进井中去打捞那本语录，不幸溺水而亡。时年39岁。*

我跟着袁桂兰上了长途汽车，贺二喜就在车下朝我们挥手。我看到他那刀疤脸上淌下了两行泪。汽车开动，我就看到他渐渐远了。我再也没有看到过贺二喜伯伯。他1964年因突发心肌梗死病故，没有经历那场史无前例的运动。这也算万幸。贺二喜，山东济南人。1931年参加革命。去世前，曾任保州市委副书记。**

我随袁桂兰回到了我父亲李震方的家乡：林山县野民岭西岭公社李家寨生产队。我跟袁桂兰在一起生活了一年多的时间，我有了母爱。至今我也认为袁桂兰是我的母亲。她是一位伟大的母亲。我始终不能理解上苍为什么要在她和我父亲之间安排一场悲剧的结局。

到了李家寨之后，我开始管袁桂兰叫袁娘。袁娘是李家寨的党支部书记，兼妇女主任。我和袁娘住在一起。大娘有时也回来住，大娘是大伯的妻子，名叫刘燕芬。她在县里当宣传部长。大娘那年在野民岭区搞社教，常常回家来住。大伯那时已经当了地委书记，很忙，不常回来。

大伯李震杰是野民岭很了不起的人物，1958年至1962年当过保州地区的地委书记。

李家寨的人认为，我大伯最辉煌的历史就是跟毛主席合过

* 唉！也是『赶上了』?!

** 作者用笔从容，此处不刻意间写了贺二喜的结局。

影。那张照片我见过。大伯死后，保州地委组织部的人把照片连同底片一并收走了。1976 年毛主席逝世后，《保州日报》上刊出过这张照片，但是被做了技术处理，上面只有毛主席，大伯不见了。1986 年，纪念毛主席逝世十周年，这张照片重新刊出，才有了大伯的形象。

这张照片是新华社的记者拍摄的，毛主席站在麦田里，戴一顶草帽，穿一件白衬衣，慈祥地笑着，是全国人民都熟悉的那种伟人的慈祥，白衬衣的肘弯处，有两块补丁，很打眼。裤腿高高地挽过膝盖。大伯站在毛主席的右侧，穿得很整齐，是那种当时十分流行的中山装，裤腿有笔直的裤线。他头发刚刚理过，很整齐，发型很土气，没有留鬓角，样子十分滑稽，好像是一个扣在头上的黑锅盖。大伯张嘴笑着，笑得很傻气，是那种很幸福又很小心的笑。那年是“大跃进”，毛主席来林山县视察，在地头和大伯合影的。大伯那时任中共林山县委书记。

大娘回忆说，当时地委通知，只说是中央首长要来视察，可谁也没想到毛主席会来。大伯两天两夜没睡觉，白天下地参加劳动，晚上在办公室里点灯背材料，准备汇报，直熬得两眼通红。那天的上午，大伯正在麦田里浇地，弄得浑身泥泥水水，很狼狈。保州地区行署专员于默然风风火火地坐着一辆吉普车赶到地头，扯着嗓子吼大伯。大伯挑着水桶跑出麦田，这才知道是毛主席要来林山县了。大伯慌得扔了水桶连丢在地头的鞋也没来得及穿，就赤着一双泥脚上了于默然的车，跟着去了。谁也不曾想到，大伯这一双泥脚后来就有了名堂。*

那天，所有地委的干部和省委领导都在林山县的路边静候着。初夏的风暖暖地吹着，人们却都觉得内心有一种说不出的燥热。这时，不知是谁喊了一声：“来了啊。”

人们就看到远远地有几辆吉普汽车沿着乡间的土道开了过来。车停稳，先是几个工作人员下来，然后就有一个高大的男人

* 也是『赶上了』！

走下来，有人惊呼一声："毛主席！"

省委的领导和地委的主要领导迎上去。毛主席和他们握了手，却不和他们说话，他用浓重的湘音问道："本方土地可在？"

省委书记就看地委书记，地委书记就低声喊："李震杰，李震杰快过来。"

大伯就忙从人群外面慌慌地应一声："我在哩。"

众人就闪开一条道，大伯就激动万分地走过来。行署专员于默然这才发现大伯一身泥水，裤子挽过了膝盖，还没穿鞋，脚上都是泥。于默然就低声埋怨："震杰同志，你怎么搞的嘛？"

大伯尴尬地站在了那里。

毛主席笑道："县太爷，毛泽东今日要打扰了。"说着，就伸出手跟大伯握。

大伯两只手上都是泥，慌得不知如何是好，手被毛主席握住了。

大伯口吃起来："主席，我这手脏啊。"

毛主席笑："那你就是一个赃官喽。你刮地皮了吗？"

大伯一时怔住。

毛主席说："一年清知府，十万雪花银啊。开句玩笑。"

大家都笑了，大伯也跟着笑了，他松了一口气。

毛主席打量了一下大伯，就问："你是刚刚下田了？"

大伯点头："是的。"

毛主席问："你的鞋子呢？"

大伯不好意思地说："报告主席，刚才乱跑，忘到田边了。"

毛主席就笑着朝田里走，大伯慌慌地跟在后边。

毛主席就问："你这个泥腿子县太爷，可知道贵县出过什么大人物啊？天宝八年，李太白曾路过此地，对贵县印象不佳啊。"

大伯被问得哑口无言。毛主席就对大伯讲了一段李白的故事，然后又对大伯说："你要当中国共产党的干部，就应该读读中国历史，否则你就当不好中国共产党的干部。”

后来，大伯让人给他买来内部版的《二十四史》，堆在他那间宽大的书房里，还买来《红楼梦》什么的。大伯死后，这些书由大娘保管，我曾去翻过，书皮都已经泛黄，里边却都是新新的，书的主人肯定没有看过。一屋子的书就那样神气活现地立在那里。我不解，大伯没有看这些书，却为什么要买这些书？为了装装样子，还是他根本就不喜欢看这些书？他一生追随伟人，却无法效仿伟人。

大娘曾苦笑着对我说：“别看你大伯念过林山县师范学堂，可他就不是读书的材料。”

第二天上午，趁毛主席睡觉的时候，地区行署专员于默然让大伯赶快去理了发，并让大伯到商店买了一件蓝呢子的中山装。毛主席一觉醒来，看到换了装束的大伯，就笑着摇头：“不好，不好，不像一个泥腿子了啊。”

大伯当时尴尬极了，就穿着这身新衣服跟毛主席去了麦田，后来，大伯跟毛主席在麦田里合了那张影。

那天晚上，毛主席召集省和地区的领导在林山县委的小礼堂开会，毛主席讲了要保护群众的积极性，讲了要超英赶美。讲到快天亮的时候，大家都饿了，毛主席就让大伯请大家吃饭，毛主席对大伯笑道：“县太爷，肚子要闹革命喽，我出钱，你请大家的客。”

大伯笑着就要去安排饭。毛主席又笑着喊住大伯：“我出门匆忙，没有好多钱，就请大家每人吃一碗面条。”

大伯愣住了。

毛主席又笑道：“我是管了不管饱，就这样。”

结果大家都没有吃饱。吃罢饭，大家空着半个肚子继续开会，直到第二天上午才散会。散会时大伯悄悄问毛主席：为什么不让大家吃饱？

毛主席笑着反问："你说呢？"

大伯摇头："我搞不懂。"

毛主席淡淡道："我就是要让大家饿饿饭的。你们都是一方诸侯，各有地盘，自然不会饿饭，饿一饿饭，尝一尝挨饿的滋味，就会知道老百姓的日子啊。"*

大伯听得怔怔的。

毛主席走后，大伯就把那件中山装锁了起来，到死也没有穿过，而且再也没有穿过一件新衣服。大伯常常说："知道吗，毛主席的衬衣打着补丁，我可是亲眼看到的啊！"大娘说，大伯每每讲起这件事，眼睛总是湿湿的。

毛主席视察了林山县之后，就在中央工作会议上表扬了大伯，说大伯是一个"泥腿子县太爷"。大伯由此大红大紫起来，同年6月，他被调到保州地委当了书记。

这一次的偶然使大伯得意，而又为他后来的失意悄悄铺展了道路。灿烂至极，归于平淡。这似乎应该是一个哲学命题。

大伯当了地委书记之后，开始批判行署专员于默然右倾。大伯不再让于默然管农业，他亲自抓农业，开始拼命地放卫星了。听大娘讲，1958年，大伯整整一年没有回家，各县跑，亲自指挥上山伐木开山造田，大炼钢铁，有时就住在山上，累得一度吐了血，仍然拄着一根棍子在山上转，像一头凶凶的豹子，在山上吼。一些新闻单位的记者就蜂拥而来，采访这位泥腿子书记。于是，中央省地区的报纸上，常常有大伯的名字和新闻照片出现。

然而，生活却无情地嘲讽了大伯。1960年至1961年，保州地区在全国饿死人的数量是名列前茅的。林山县的死亡率占全地区的榜首。1962年，中央开会，省委书记去了，回来后，省委开会传达中央会议精神。1962年11月，省委决议撤销了大伯保州地委书记的职务。省委书记对大伯说："主席要我替他问候你，他说要找你算账哩。毛主席问，李震杰领导的那个地区怎么会饿死那么多人啊？”

大伯脸色苍白，一句话也说不出，回来后不久，就住了医院。1963 年春天，大伯就死了。一个人的生命，真像是一片树叶，刚刚还是绿绿的，一阵风过后，却说黄就黄，说落就落了。

我常常想，大伯应该是抑郁而死的，他的生命在最后几个月里，坠入了难挨的寂寞和凄凉。大伯临死前，对大娘说：“不要给我穿鞋，主席说我是泥腿子县太爷，就让我光着脚走吧。”所以，大伯是光着脚装进棺材的。

大伯是一个悲剧。他对于保州地区 1958 年疯狂地大炼钢铁和农业大放卫星，都是要负主要责任的。

我常常想，历史的功过有时之所以难分清，就是因为每个领导者或者被领导者都不是绝对自由的。有的是自己想抵制，却迫于领导的命令或者群众的压力而去努力推行；有的是自己想推行，却迫于领导和上级组织的干预和群众的抵制而不能推行，自己所做的并不是自己想去做的。

我这样说，绝不是为了替大伯开脱什么。

历史常常是这样。

大伯的儿子女儿都在农村，直到大伯死，也没能把户口转到城里。大伯生前曾说：“都想进城，谁来种地啊？我是领导，就要带头让孩子在农村扎根。”大娘于 1982 年离休，离休前是保州地区水利局副局长，离休后，她把户口迁回了老家，地区老干部局按政策给了她一笔安家费，可大娘没要这笔钱，把这笔钱捐给了保州地区养老院。大娘刘燕芬 1986 年去世，终年 71 岁。

岁月匆匆，大伯的两个儿子早已经都当了爷爷，但他们始终在农村务农。大伯的三个孙子这几年常常进城跑买卖，到我家里来过几回。有一次他们喝多了酒，就骂他们的爷爷：“那老爷子太死心眼，当了那么大的官，还把一家子都丢到农村了。”我听了，心里十分感慨，如果大伯地下有知，他该做何感想呢?

前几年，林山县里卖过一次户口，一万块钱一个，大伯的三个孙子都买了户口，都搬到林山县城里去了，只是大伯的两个儿子都没有进县城。听说孙子们还和我那两个堂哥吵了一架。我想，大伯让他的子孙后代扎根农村闹革命的夙愿，至此应该说灰飞烟灭了。

四　1960 年李家寨的灾荒

1960 年夏天，我被袁娘接到李家寨。那天，是一个万里无云的日子，太阳像一个大火球缓缓地在天上滚动着。我跟着袁娘在林山县城西边的一个车站下了长途汽车，又步行了十余里山路，才到了李家寨。还没有进村，我就看到了李家寨的土房和草房，全是黄泥墙，远远地就像一群黄牛呆呆地卧在那里晒太阳。太阳光烈烈地泼下来，黄牛们便周身闪着金光。走近了，才看出那是墙上的黄泥中伴有麦秸，麦秸们在阳光下黄灿灿的。一个穿着旧蓝色干部制服的中年汉子站在村口迎住我们。

袁娘叫了一声:“三哥。”又对我说:“这是你三伯。”

我就怯生生地叫了那汉子一声:“三伯。”

三伯哈哈笑了，我发现三伯长得很像我父亲。三伯很亲热地拉着我的手往村里走。我后来才知道，三伯李震声是被罢了官，回乡养病的。三伯走了几步回头对袁娘笑道:“弟妹，天太热了，到村前的井上喝口水再走吧。”

我们就去了村前一眼井上去喝水。那口井前是一座大庙。我后来才知道，这座庙叫老君庙，是旧时李家寨的李氏祠堂，是李姓人祭祖先的地方。庙前有一座石碑，上边刻写着热爱祖国热爱人民公社等口号。袁娘告诉我，这些都是 1958 年“大跃进”时刻上去的，新中国成立前刻的是李家寨的村约，密密麻麻的有几百字。三伯苦笑道："全村就这一眼井有水，也许真是这庙里的灵气护佑啊。"

我曾听李家寨人说，1958年村上修水渠，要拆去村前的老君庙。那年毛主席来林山县视察，说这座庙是一个古迹，要保护。人们就不敢再拆了，县里还拨了专款修整了一下。但是，到了"文化大革命"，这座庙被从城里赶来的红卫兵给拆了。拆下的砖头，被村里人弄回去或垒了圈或砌了鸡窝。"文革"后，乡里几次提议重修老君庙。可是乡里和县上没有钱，只好作罢。前几年，李家寨里的几家富户私下合计重修老君庙。于是，村里的大户纷纷解囊捐款，其中包括大伯的两个儿子。于是，重金从城内请来了几个高级工艺美术师，先画图，再设计修改，反反复复弄了小一年的光景，才定下稿子，然后就从城内请来包工队，叮叮当当干了三个多月，一座华丽的寺庙重新盖了起来。听说竣工那天，县里的干部们都来凑趣剪彩，还请了县里的剧团唱了两天大戏，唱的是《二进宫》《捉放曹》《将相和》《玉堂春》什么的。寺庙前重新立了一块石碑，本来说要重新刻写上李家寨当年的村约，可是村中竟无一个人能背下那几百字的村约了。石碑就显得有些大而无当了。上边也就没有刻写热爱祖国热爱人民公社那些口号，只刻写了捐资修庙人的名单。大伯的两个儿子的名字显赫地刻在了前面。当时，村里也给我写了信，让我回去助兴。我因为到外地采访就没有回去。过了些日子，我回去看了看，老君庙真是成了野民岭的一景，首先方圆百里前来烧香许愿的就摩肩接踵，庙前庙后都是集市了，叫卖声轰轰乱响。县委宣传部的李部长陪着我，笑道："这叫文化搭台，经济唱戏啊。现在乡里发展经济，这也是一个好办法，李家寨算是带了一个好头。"我笑笑，没有说话。李部长就挺尴尬的，就扯我去村里喝酒。那场酒喝得昏天黑地，李部长喝得烂醉如泥。大伯的两个儿子一个劲儿猛灌县公安局的一个副局长，请他放一个什么人出来。我没听清楚，好像那个人是斜坡村党支部书记的儿子，因为偷了什么被抓起来了。那个副局长醉眼蒙眬地一口答应，于是，又是乱喝一气。那天我觉得十分没趣，就走出来，来看老君庙。时值黄昏，集市已然散了。老君庙前只有两个老者在打扫卫生，尘土飞扬。庙前的那块碑在飞扬的尘土中，显得脏兮兮的，还有一些好像是鼻涕之类的浑浊的黏液被人涂抹在上边，显得十分尴尬。那天，我久久站立在这座华丽堂皇的寺庙前呆想。暮色已经悄悄地涌上来，我的视野里袭来一阵阵凄凉，我的心也随之一分分地下沉。我感觉我在咀嚼一种文化的苦涩。田野里寂静无声，暮色中的村庄浮动着一片浑浊的哀切。那天我终于明白了，岂止是那座石碑没有了，我记忆中的那座古庙也确确实实不存在了。我看到的，只是一个现代人精心装饰的仿本。*

*『仿本』一词，读来十分沮丧，细思极是羞愧。

那天，我跟三伯在老君庙前的井台上喝了几口从井里拔上来的凉水，就跟着三伯和袁娘进了村。我肚子空空的，在袁娘家里喝了两大碗稀汤寡水的菜粥。我隐隐地预感到，我在很长一段日子里，是吃不饱饭的了。

现在想起来，那场大饥饿来得的确太突然了。

我随袁娘回到李家寨的这一年，林山县几乎是绝收。先是大旱，地裂得像小孩子嘴，痛苦地张着。太阳烤上去，滋滋地冒烟。紧接着是一场蝗灾。据说旱灾蝗灾已经像风一样呼呼地刮遍了北方几个省份，地里的庄稼被吃得精光。蝗灾过后，李家寨的地里补种了一些玉米和红薯。但是老天爷就是一场雨也不下，地里那些补种上的红薯和玉米，都蔫头蔫脑半死不活的样子，跟“四类分子”一样的表情。四面的山上和沟里的绿色已经见稀，凡是可以果腹的东西，统统被人们用作了代食品。这一年，公社的食堂还没有解散，但也已经是冷锅冷灶了。“大跃进”那股狂热已经降到了冰点。

我每天都要去李家寨办的小学校上课。我那年上小学三年级了。我至今记得我们的老师是一个面色黄黄的年轻女教师，姓苗。她是从县上派下来的国办教师。苗老师常常给我们讲述共产主义的远景。我至今记她讲过这样几句：“共产主义，就是楼上楼下，电灯电话。每天每顿吃苹果，每天每顿吃鸡蛋。”我记得每次听苗老师讲这些美丽而又幸福的远景时，我的口水便悄悄淌下来。事情过去这么多年了，我有时还做梦梦到苗老师上课讲这几句。现在苗老师在什么地方呢？

苗老师天天给我们讲课，晕倒在课堂上好几回。后来袁娘就让小学校每天都空出两三节课的时间，让苗老师带着我们去田野里挖野菜。当时野民岭许多村子已经因误食有毒的野菜，都死了很多人了。所以袁娘让苗老师带着我们去挖，才知道哪些能吃，哪些不能吃。我记得有一种叫作“月儿”的野菜，名字十分好听，毒性却十分厉害，人吃下去后三两个时辰，浑身奇痒，就出现豆粒大的紫水疱，抓破了之后，身上就溃烂，无药可医。人死之后，骨头都是黑色的，可见奇毒无比。我的两个同学，都是眼睁睁地被“月儿”毒死的。当野菜被人们挖光的时候，我们便去跟苗老师捋树叶，最好吃的是榆树叶，还有杨树叶和柳叶，要用水浸上几个日夜，去掉那种苦涩的味道，再稍稍放上一点儿面，上锅去蒸。

树叶很快就被村民们吃光了，就开始吃树皮，树皮中最好的是榆树皮，扒下来，晒干，放到碾盘上碾成粉状，掺上野菜，就算是上好的食品了。还有杨树皮、柳树皮，味道就差多了。很快，村前村后的树林里的树皮都被村民们剥光了，月光下，就像一群赤身裸体的人站在那里，有时猫头鹰就在那白光光的树林中哀哀地叫上一夜，听得人心大颤。这种感觉我至今还有，我从不养猫，我不知道猫与猫头鹰是否是一类，但我怕猫，很怕，尤其是怕听猫叫。

李家寨已经听不到鸡鸣狗叫，也看不到炊烟。生活似乎已经没有了生气，只剩下了难挨的日子。天天都有饿死的人被拖出村去，埋在村东面的坟地里。人们整日都是傻傻呆呆的表情，心里都空空洞洞的，眼睛里都笼罩着灰蒙蒙的雾气。整个李家寨似木了一样，没有了哭声，或者人们已经没有了力气哭。整个村子陷入了一种坟场般的死静。

我三伯却终日不出门，他闭在屋里写他的书。许多年之后，我才知道，三伯李震声原来是一个挺大的干部。

插话：三伯李震声的故事

三伯李震声进城后，在北方一个城市当了市委书记兼市长。三伯很能干的，据说他工作起来可以三天三夜不睡觉，他可以一口气处理上百件案子。他的脑子里可以同时想几个问题，且不出差错。现仍健在的一位中央领导同志当时就夸奖过我三伯，说李震声非百里之才。三伯本来可以升到更高的官位，可惜他被一个战友带累得断送了前程。

三伯这个战友名叫曹双。曹双当时是那座城市的副书记兼公安局长。我曾听三伯说，曹双是个独眼龙，那只眼睛被日本人的刺刀捅瞎了。刚解放那几年，曹双的工作十分出色，镇压反革命、惩治不法资本家，干得风风火火，很受市民们的爱戴。但是曹双有一个毛病：好色。据说，当时市委有几个女干部都跟他有染。如果曹双是一个一般的干部，也就罢了，可他偏偏是一个有着很大权力的市级领导干部，于是，这一个天下男人几乎共有的毛病，就给他带来了危险。

曹双先是看上了一个姓于的中学女教员。他是在一所中学视察工作时，发现了于教员长得漂亮，就动了心，就指名要于教员到他的办公室当秘书。那个于教员就神神气气地到曹双的办公室上班了。三伯知道后，表示不同意，三伯说那个于老师过去是个交际花，在日伪时期有劣迹。三伯硬把于教员调回小学校，理由是教育部门缺人。曹双很不高兴，说三伯不支持他的工作。曹双的资历比三伯老些，有时不服三伯。三伯这一回却发了火：“老曹，你是有家室的人，市委几个女的已经让你给搞得乱了套，你还要怎样搞？”曹双只好悻悻地作罢。

但是后来曹双又出了一件事。

市里有个京戏名角，艺名边彩玉，唱青衣，唱得绝好。曹双喜欢听戏，更喜欢听边彩玉的戏。每每边彩玉演出，曹双都要去捧场。有些戏迷就看出了名堂，私下说曹局长要栽倒在边彩玉的脚下了。不久，果然就出了事。

一天晚上，曹双喝了酒，就带着警卫员去听戏。戏散了，曹双就上台跟演员们握手照相，然后就邀请边彩玉几个人到公安局去演一个夜场。边彩玉犹豫了一下，就跟着曹双去了。

一行人到了公安局，夜已经很深了。边彩玉唱了一出折子戏，就要回去，曹双就让别人先走，要单独留下边彩玉谈谈话。边彩玉赔笑说：“今天太晚了，曹局长要休息啊。”

曹双就黑下脸来：“我找你谈工作，怕什么晚？”

边彩玉就不敢再说，曹双就把边彩玉领进了一间办公室，曹双进了门就笑：“你要是不想谈就不谈了吧，你再给老曹我唱一段吧。”

边彩玉就唱了一段。唱着唱着，曹双的酒劲就涌上来了，就扑过去抱住了边彩玉。边彩玉吓得喊起来，曹双就更来了劲，笑道：“别叫别叫。”就按住边彩玉脱衣服。

值班的公安局副局长听到喊声闯进来，劝开了曹双，边劝边给曹双下台阶：“曹局长喝多了，喝多了。”边彩玉已经让曹双扒得只剩下内衣了。曹双正在兴头上，破口大骂副局长：“老子没喝多，你给老子滚出去！”

副局长给边彩玉递一个眼色，边彩玉抓过衣服跑了。曹双的好事就没有做成。

第二天，曹双的酒醒了，就有点儿后悔，让警卫员去给边彩玉道歉。警卫员去了，回来慌慌地说："坏了，边彩玉罢演了。"

由此就掀起了一场轩然大波。城内的艺人们对此事表示出极大的愤慨。共产党刚刚进城就这样了，跟国民党还有什么两样啊。于是，就有人给边彩玉出主意：不能这样就算了，告！

就告到了我三伯那里，三伯就让曹双写检查，让他当面向边彩玉道歉。曹双自知理亏，就到边彩玉那里去道歉。本来事情到了这一步也就算了，可是有人背后给边彩玉出主意，让她继续往省里告。于是，边彩玉就不肯原谅曹双，往省里告了曹双。

到底是谁给边彩玉出的主意，这件事一直到了"文革"才抖搂出来。边彩玉的后台就是当时一个姓马的市委副书记。因为平日曹双跋扈得很，他爱喝酒，喝多了就爱说粗话，就爱骂人。在市里除了我三伯之外，他谁也不放在眼里。据说许多市领导都挨过他的骂。那个马副书记是知识分子出身，脸皮很薄，曾让曹双骂过几回。曹双骂过之后，酒一醒也就算完事了，马副书记却记恨在了心里。边彩玉的事件一出，马副书记就抓住这件事情做开了大文章：他给边彩玉出了许多欲置曹双于死地的办法。所以说，边彩玉的事件，跟当时市委的人事斗争联系在了一起，就带有了阴谋的色彩。

省里派人来调查曹双的问题。调查之后，也认为曹双只是酒后失态，并没有发生什么强奸的事实，就想大事化小，小事化了算了。省里的同志和三伯一同找边彩玉谈话，请她接受曹双的道歉。但是，边彩玉不依不饶，一定要省委处理曹双。

三伯火了，朝着边彩玉嚷开了："又没有发生什么事情，莫非还要把老曹的脑袋揪给你才解恨吗？"省里的同志也认为边彩玉有些过分了。边彩玉就有些吃不住劲了，就表示不再告了。省里也准备给曹双党内警告，事情就要结束。

谁知这时候又出来了一个姓于的女人告曹双。这个姓于的女人就是曹双要调来当秘书的那个中学教师。姓于的女人告状说曹双强奸过她。

平地一声雷，省里的同志和三伯一下子都蒙了。

三伯就去找曹双，劈头就问："老曹，是否有过此事？"

曹双涨红着脸，闷下头不讲话。

三伯勃然大怒，把桌子拍得山响："曹双同志，咱们都是提着脑袋干了几十年的人，大丈夫敢做敢当，你怎么成了娘们了？"

曹双咬牙切齿道："操他娘，老子让人涮了。她那回找我睡觉，我意志不坚定，就跟这个臭娘们睡了，现在又来咬我。算我倒霉，随组织上怎么处理吧。我已经犯到了这份儿上，就没得话说了。"

三伯咬牙切齿，恨得跺脚："老曹啊老曹。你什么人不能操，非要去操这种知识分子。这种人最难办了。你好好想想清楚，莫要给自己头上扣屎盆哟。"

三伯这番话就有了指点曹双硬起头皮赖账的意思。三伯后来说，他当时已经感觉有人在这个女人身后当孔明，否则一个那样的女人是绝不敢来告曹双的。而且这种事情，只要一方咬住牙不认，谁也没有办法的。不幸的是，曹双是一个热血汉子，不肯当缩头乌龟。这就把他自己逼上了绝路。

曹双眼一瞪："李书记，我老曹敢做敢当，操就是操过了，没得改口。"

三伯一阵头晕，张张口，再也无话可说。*

省里的同志认为案情重大，不敢再保护曹双，就把情况带回省里去了。

没过几天，省公安厅就来了人，抓了曹双。曹双不是一般干部，案子就报到了中央。据说还报到了毛主席那里，毛主席批了四个字："杀一儆百。"

* 好汉做事好汉当?!……果然好汉?!
三伯必是无语!!

三伯此时还不知道这事情已经惊动了中央，听说曹双判了死刑，大吃一惊，曹双毕竟是南征北战的老干部。跟边彩玉没有做成事实，跟那个女教师纯属乱搞，双方自愿，强奸从何谈起！三伯就上书到省里，替曹双喊冤。

三伯哪里知道，省里也正在调查他的材料。那个马副书记早就写好了材料递上去了，说曹双是在李震声的纵容下才无法无天的。三伯很快就被省里来人宣布停职了。

一位副省长亲自来了，监斩曹双。

这期间，曹双被判死刑的消息传开了。城里的市民都惊呆了。人们纷纷上书，要求保释曹双。这就是后来传说的北方某城建国初期“万民上书保曹双”的事件始末。

几个白发苍苍的老者，手持着近万名市民签名的折子，找到市委招待所，求见那位副省长，说曹双为老百姓做了不少好事，还年轻，请求让他戴罪立功。几个老人就齐刷刷地给副省长跪下了。这一跪惊天动地，副省长的泪就往下淌。他颤巍巍伸手扶起几个老者，叹道：“木先腐而后虫生。共产党不能让共产党给毁了啊。”*

箭在弦上，已不可逆转。

枪毙曹双的头一天，副省长代表省长来看曹双，副省长递给曹双一支烟：“省长让我来看看你，问你还有什么事情？”

曹双闷闷地抽烟，最后把烟屁捻死，抬头道：“请告诉首长，我没有什么放不下的事，我曹双给党丢人了。该杀的。只是，李震声书记不该吃我的牵累。”

副省长道：“老李的问题你不要管了。”

曹双停了一刻：“我能喊几句口号吗？”

副省长想了想：“不行。”

曹双就落了泪：“请告诉战友们，莫学我曹双。”

副省长道：“省委已经发了通报，让大家记住你的教训。”

*掩卷长叹！副省长此声穿越时空响至今日，仍然鲜活如初，振聋发聩！

曹双点头道:“那就好，那就好。”

副省长退出来，回到招待所，闷头想了一会儿，就打电话喊来我三伯。

三伯闷闷地来了。

副省长皱眉说:“震声同志，曹双明天就要执刑了，你去送送他。找食堂的师傅弄几个好菜，再弄两瓶好酒，他喜欢喝酒，你去陪他喝个痛快。”副省长说完，已经湿了眼。

三伯想了想:“……影响好吗?”

副省长好久没有说话，好一刻才吃力地吐出一句话:“不声张。”

三伯买了几斤好酒，夜里就去了看守所。

曹双看到三伯，就红着脸道:“老李，我带累你了。”

三伯摇头道:“不提这个。我今夜来跟你痛饮几杯。”

曹双眯起那只独目，嘿嘿笑道:“你怕不是我的对手。”

三伯也笑:“莫吹牛。”

二人就划拳行令，直到天亮，皆喝得酩酊大醉。

第二天，曹双被拉到刑场枪毙。本来要开公判大会，后来考虑到许多人思想没有通，经省委研究，执刑曹双秘密进行，不开公判大会。刑场就设在市东郊的山坡下。一口紫红色的棺材放在山坡下，在阳光下闪着暗亮，有些刺目。

三伯回忆说，当时省委发了指示:

一、子弹不打脑袋打后心;

二、枪决后公费安葬，棺木由公费购置;

三、家属子女由政府抚养，子女抚养到参加工作年龄为止。

三伯回忆说，曹双走上山坡，回头问执刑的人，能不能喊几句口号，执刑的人问他喊什么，曹双的独眼一瞪说:“我还能喊什么?我当然是喊毛主席万岁共产党万岁。”

执刑的人立即去请求，副省长埋下头，良久，叹口气:“别喊了。”

执刑的回来传达了指示，曹双落了泪，苦苦一笑：“我死得太窝囊了。”

执刑的是曹双的老部下，他咬咬牙说：“曹局长，你喊几句吧！上级处分，我顶着。”

曹双猛地放开嗓子：“毛主席万岁！共产党万岁！”

执刑的只打了一枪，很准。曹双仆倒在山坡上。三伯奔过去，曹双没了气，后心一个圆圆的枪洞，血汩汩地涌出来。

三伯回忆说，曹双喊口号的事，副省长在山坡下听得清清楚楚，但副省长什么也没有说，事后也没有追究。但“文化大革命”中，副省长被揪出来，此事成了一件罪证，而且变成了让反革命分子曹双喊国民党万岁了。此是后话。

毙了曹双，边彩玉和那个于姓女教师就在城里待不下去了。市民们不能容忍两个女人毁了一个挺得人心的公安局长。边彩玉的家门口常常被人倒粪便。她在台上演出时，也常常有人往台上扔砖头，闹得很不像话。公安局竟抓不住这些闹事的。

边彩玉只好离开了这座城市，去了北京。她后来在北京唱得挺红，但再也没有回来过。边彩玉死于“文革”初期，传说是让红卫兵拉去批斗时，给剃了阴阳头，她气愤不过，一头栽下台子，登时毙命。这一个在旧社会忍气吞声被恶霸凌辱的弱女子，在新中国竟变得气性很大且刚烈。

那个于老师也在学校教不下书去了，总有人骂她是破鞋。有一天，有人在她家的门上挂了一只旧鞋，她气恼地揪了下来，然后就破口大骂。骂到后来，就哈哈乱笑，笑完了，就疯了。后来就在城里乱跑，再后来城里就不见她的影子，不知所终。

40年之后，我曾到这座城市采访曹双这件事。几个老人淡淡地说：“当时共产党在人们心目中的威信很高，两个女人生生毁了一个共产党的干部，谁能不恨啊。那时共产党严厉得很啊，现在的干部要是还像当年那样就好了啊。可是现在，人们巴不得枪毙……”

这是一句沉重的牢骚。沉重得让人不好承受。*

曹双只有一个儿子曹迪，曹双被杀之后，一直由政府抚养。后来上了大学。我前年在海南见过曹迪，长得五大三粗的一个中年汉子。我没有见过曹双，可仍旧相信他身上有着曹双的影子。曹双应该是这种威风凛凛的样子的。曹迪在一家合资公司任总经理，我见到他，提到了我三伯的名字，曹迪哈哈大笑。之后，热情地款待了我。他向我介绍他的公司，说得兴致勃勃，却只字不提他的父亲。

临别那天，他为我饯行，在一家挺豪华的酒店摆了一桌豪华得让我眼花缭乱的酒席，他只带他的一个女秘书陪我吃饭。曹迪那天喝得醉了，问道：“你是想写我爸爸的事情吧？”

我听得一愣，笑了笑。我不知道他是什么意思。

曹迪淡淡一笑：“其实我爸爸是撞在毛主席的枪口上了。你想想，当时共产党刚刚打下天下，不那样干行吗？那种事要是放到现在，算不了什么的。要是按照我爸爸那个罪过就枪毙，我还不知道已经被枪毙了几百回了呢。”

我点头道：“曹伯伯其实挺可惜的。我三伯说他是一个很能干的人呢。”

曹迪笑道：“我现在玩过的女人，我父亲的在天之灵或许想也不敢想的。”他拍拍手，酒店里就有一个年轻的服务小姐款款走过来，当着我和曹迪那个女秘书的面，毫不羞臊地就坐在了曹迪的腿上，在曹迪的脸上身上乱摸乱啃着。

我愣了愣，就有些坐不住了。那个女秘书似乎司空见惯，毫无表情，专心致志地对付着桌上的酒菜。

曹迪笑道：“你信不信？这已经是我玩过的第二百三十七个女人了。”说着，就掀开那女子的衣服，揉搓那女人的乳房。那女

* 非是『不好承受』，或是承受不起了呀！

* 从古到今，总要有人守护『基本精神』！

子立刻就发出快乐的呻吟声。

我立刻头疼欲裂了，我记不得我是怎样离开的。我回到宾馆，收拾了行装，当天就离开了海南。后来，我见到三伯，提起了这件事。三伯淡淡笑道："小曹这些年一直仇恨我哩。"

我有些醒悟，曹迪不仅是在向我示威，或者还是向那个年代示威吧。

三伯不再说，转身走到桌案前，提起笔来，在宣纸上泼墨。我看着三伯仍然很直的背，他身上还是那身洗得发白的旧军衣，已经打了几处补丁。三伯"文革"后出任某省的副书记，可他没有去上任，就告病回家休息了。他晚年著书立说，写字画画，优哉游哉。

我总感到三伯同时代保持着一定的距离，他老了，历史已经把他抛到了社会的边缘地带。他在寂寞中守护着一种圣洁的东西，他不为汹涌而来的时代大潮所动，他的生存本身就对时代的进程发生着有益的制衡作用。我相信三伯到死也不会有惶惶不安的样子，他应该是一个智者。领袖无有民众不成其为领袖，导师没有弟子不能成为导师，但是对于智者来说，只要他守护着人类最基本的精神价值，即使没有人知道他，他仍是一个智者。三伯至今淡泊地活着，现年 82 岁。（我这部小说杀青之时，传来三伯逝世的消息，前天晚上，三伯在桌案前写字时，突然直直地倒下了。等干休所的医生匆匆赶来时，三伯已经没有了心跳。真是无疾而终。享年 83 岁。）*

这里还要交代三伯的另外一个情节。

曹双被枪毙后，三伯被开缺赋闲在家。他身体不好，就由此歇了病假，在家写书。三伯在我的家族中，是文化最高的。他上过林山县师范学堂，是尖子生。他参加革命之后，曾在延安抗大教过书，被视为我们党内的秀才。在延安时期，他跟毛主席很熟悉，还跟毛主席讨论过哲学问题。不幸的是，三伯因为曹双的问题翻了船，就安心在家写书了。到了1959年，他的一本《先秦诸子百家论》已经出版了。

1963年冬天，毛主席到南方巡视，途经保州市，或者是想到了三伯，就打听："那个李秀才哪里去了？我拜读过他的一本《先秦诸子百家论》。很好。但他对秦始皇的观点我不同意，我想与他讨论讨论哟。"

保州市领导就谈了我三伯在林山县闲居的情况。

毛主席就笑："秀才是有情绪哟，找他来见我，我给他开通开通。"

三伯就被接来见毛主席。

毛主席笑："听说你李震声要当陶渊明，可惜你生不逢时啊。"

据三伯后来回忆，毛主席跟三伯谈了他那本书，提了一些意见和建议，就要三伯出来工作。三伯说："我写完下一本书再说。"

毛主席就笑："我从不强人所难，或者你真会成为我党的司马迁。但是我还是要劝你研究一下中国当代的经济问题，我们十分缺乏这样的专家，只有一个陈云同志，是很不够的。仓廪实而知礼节，衣食足而知荣辱。中国的情况是不是这样？古人这样说，我总不大相信。我想你还是应该研究一下当代农民的状况，农民的问题。我们中国是一个农业大国，懂农业懂农民的知识分子却很少。再有，你还是要出来工作，现在重要的是工作，而不是书本。你好像有什么情绪吗？"

三伯就旧话重提，讲到了曹双的事情，认为处理太重了。

毛主席吸着纸烟，静静地听三伯说完了，就点点头，叹道："我们杀了几个有功之臣，也是万般无奈。我建议你再重读一下《资治通鉴》，治国就是治吏，礼义廉耻，国之四维，四维不张，国将不国。如果臣下一个个都寡廉鲜耻，贪污无度，胡作非为，而国家还没有办法治理他们，那么天下一定大乱，老百姓一定要当李自成。国民党是这样，共产党也是这样。杀张子善、刘青山时，我讲过，杀了他们就是救了二百个，二千个，二万个啊。我说过的，杀人不是割韭菜，要慎之又慎。但是事出无奈，不得已啊。问题若是成了堆，就要积重难返了啊。”*

毛主席的声音有些发涩。

三伯听得呆了。窗外的北风呼呼响着，锈铁般的枯枝发出海潮般的啸声。

毛主席看着三伯，缓缓地道：“你研究历史，不知道你对明史怎么看的？崇祯皇帝是个好皇帝，可他面对那样一个烂摊子，只好哭天抹泪了哟。我们共产党不是明朝的崇祯，我们绝不会腐败到那种程度。谁要是搞腐败那一套，我毛泽东就割谁的脑壳。我毛泽东若是腐败，人民就割我毛泽东的脑壳。”

三伯怔了怔，就讲了1960年的灾年，全国饿死人太多的事情。

毛主席闷闷的，眼睛红了，他声音有些喑哑：“秀才啊，你读过《论语·子贡问政》。‘子曰：足食足兵，民信之矣。子贡曰：必不得已而去，于斯三者何先？曰：去兵。子贡曰：必不得已而去，于斯二者何先？曰：去食，自古皆有死，民无信不立。’这段话是子贡问政的道理。秀才啊，我们穷，可以减军事经费，减人事预算，乃至可以没有饭吃，唯有一个共产党的政治大原则，即共产主义之信念必须坚守。人民对政府的信心坚定，我们就有力量渡过任何难关。众志成城。什么叫众志成城？就是敌军围困万千重，我自岿然不动。”

三伯怔怔地。他后来对我讲，他当时感觉毛主席像一座高山一样矗立在他的面前。

毛主席走后不久，三伯调任省政府任副省长。

*『问题成堆，积重难返』。读到这里击节叹赏：高屋建瓴，金石之语。

五　朝阳水库

1961年夏天，野民岭区的各生产队的食堂都已经办不下去了，只好先后都解散了。李家寨各家各户重新起了炉灶，只是稀少了炊烟。

李家寨几乎每天都有人死去。时值盛夏，田野里却已经没有了绿色的植物，以至连树根，草根，凡能够咀嚼的东西，统统被人们拿来充填了肚皮。可是村里的红薯地，却没有人去挖。村里杜二娘七岁的儿子杜小山饿得抗不住，半夜到地里摸了一块红薯，就狼似的吞起来。不承想被偷偷跟踪来的杜二娘从后面一把夺过去，一向温和的杜二娘变得狰狞极了，嘴里骂着："你个贼崽子，几时学会偷了。"就乱打起来。杜小山立刻鬼叫起来。等村里人赶来拉开疯了似的杜二娘，杜小山已经被打得浑身是血，一张小嘴被二娘拧得烂烂的，昏死过去了。

杜二娘凄惨的声音在村里炸响着："李家寨解放后可从没出过贼啊，为什么就让我家遇到了啊，这叫我如何在村里做人啊。小山啊，你丢了你娘的脸面啊。呜呜……"

杜小山偷红薯事件发生的第二天，我大伯李震杰从地区回来了。他在野民岭区各村的地里转，使他震撼的是，生产队地里的红薯和玉米及其他一些生长得有气无力的庄稼竟没有人去拔。地里的野草倒是被人们拔得精光。大伯站在地里发怔，他身后是一些全身浮肿的山民呆呆地望着他。

一路上，大伯一句话也不说。林山县委方林声书记默默地跟在他身后。进了李家寨，大伯说累了，他和方林声书记进了李家寨生产队长李震仓家。关死了门，我大伯哭了。李震仓在一旁陪着落泪。

李震仓是我本家的一个堂叔。说是本家，但已经出了五服。

或者李震仓的爷爷的爷爷的爷爷跟我的祖上是同胞兄弟。我查过李氏家谱，没有记载。或者说任何家谱是不可能记载得这么详尽的。李震仓一共兄弟二人，他弟弟李震田新中国成立后去保州市钢铁公司参加了工作，当木匠。1960年下放回到李家寨。李震田的故事我后边还要写到。在此先记下一笔。

方书记也在一旁默默地落泪，不说一句话。

大伯擦了一下眼泪，就听李震仓的汇报，后来就不听了，就让李震仓带着乡亲们把地里的红薯挖掉。

李震仓惊讶地摇头道："还没有熟啊，谁肯挖？"

大伯恼怒地骂道："你混了，真要让人都饿死的时候，才算熟了吗？"

李震仓看着我大伯火了，就不敢再说。

大伯对方书记说："老方，今天晚上通知野民岭区的各村干部，来李家寨开现场会。"

方书记点点头，转身出去通知了。

那天黄昏，大娘也从县上回来了，进了门，她软软地坐在院中的石板上，脸黄黄的喘着气。大娘很少回来，我们几个孩子天天盼着她回来，因为她每次回来，总能给我们带回一些吃的。

几个孩子拥过来，饥饿的目光狼一样盯着大娘。大娘看懂了我们的目光，歉意地笑笑："这回没带回来吃的。玩去吧。"

孩子们失望地走开了，大娘却轻声地喊住了我，等别的孩子走尽了，她从怀里掏出一块烤红薯塞给我。

大娘对我说："吃吧，快点儿吃吧。"

我愣愣地看着大娘，怯怯地接过来。刚刚咬了一口，身后突然伸过来一只大手，夺走了那块红薯。我回过头一看，竟是大伯。

"你回来了。"大娘朝大伯笑道。

大伯不理大娘，凶凶地问我：“说！哪来的？”

已经走远了的几个孩子听到了我大伯的吼声，都折身跑回来，饿狼一样的眼睛盯着我。那些目光中闪动着深深的嫉妒和仇恨。

大伯骂道：“你是从地里偷来的吧，你这个贼崽子！”

大娘急忙说：“你怎么这样骂孩子啊。”

“你还护着他不成？”大伯一扬手，给了大娘一记耳光。

大家都愣了。

大娘嘴角就冒出血来，跳脚跟大伯吼起来：“李震杰，你不问问清楚，就打人啊！”

大伯骂：“我打你就是给孩子们看的，看谁敢去偷。”

我突然扑过去，狠狠咬住大伯的手。我恨透了他。大伯被我咬得疼了，一甩手，我就飞了出去。

“死崽子，看我不打死你。”大伯冲过来，扬扬手，威吓着我。

袁娘跑过来，拉住大伯：“大哥，你也不问问明白，这块红薯是大嫂从县里带回来的。”

大伯就怔住，看看大娘，声音一下子软下来：“你说清楚嘛。”

大娘一下子哭了：“你容人讲话吗！”

大伯摸摸我的头。我抬手挡开了。

大伯叹口气，转身出去了。

三伯缓缓走出屋子，走到我的身边，抚摸着我的头，低低地说：“孩子，别怪你大伯。”说罢，三伯再也无话，他踱出了院门。

月亮胆怯怯地从云层后面露出头来，像是一张失血过多的脸，显得惨白极了。很快，又淹死在黑黑的云朵里了。

当天夜里，李震仓站在村委会的房顶上，拿着喇叭嘶哑地喊话。要社员们到村里的东大场上去开会。村民们去了，见大伯早早等在了场上。野民岭区的十几个村的干部们赶来开会了。李震仓、袁娘也呆呆地站在人群里边。大伯面前放着一张木桌，桌上燃着几支昏黄的土蜡，受惊似的烛光在夜风中慌慌张张地蹿动着。

大伯看看人来得差不多了，就说："今夜开这个会，是告诉大家，地委决定，各村干部回去，让大家去挖地里的红薯。"

各村的干部都听愣了，李家寨的村民们也都听愣了。人们的目光直直地看着大伯。

大伯说："咱们活人不能让尿憋死啊，都把地里的东西挖了，不能眼睁睁看着饿饭啊。我听说杜二娘的孩子偷吃了地里的一块红薯，让杜二娘打得半死，这不好嘛，不怪孩子嘛。杜二娘来了没有？"

就有人喊："杜二娘，李书记喊你哪，前边来。"

瘦成一根柴似的杜二娘颤颤地走到前边，傻傻地看着大伯，社员们也都呆呆地看着大伯。

大伯声音有些发涩，暗哑下来："二娘，我李震杰替孩子给你道歉了。"

大伯说罢，突然弯下腰去，深深地给杜二娘鞠了一躬。他抬起头来，已是满脸的泪。

杜二娘"哇"的一声哭了起来，猛转身跑出了会场。哭声在黑黑的旷野里响得惨烈，没有人去劝杜二娘。村里人知道，杜二娘的孩子昨天晚上已经死了。

袁娘带头喊了一声："去挖红薯啊。"就转身向田野里走去。社员们紧紧随着袁娘，涌进了田野。

空荡荡的场里，只剩下了孤单单的大伯，在那里久久地呆呆地站着。我不知道怎么突然觉得大伯变得十分可爱了。我没有随人们去挖红薯，我坐在空空的场上，远远地看着大伯。大伯也远远地看着我，脸上似笑非笑。

不知道什么时候三伯也来了，大伯看了他一眼，似乎想说什么，可是什么也没有说。三伯拉起我的手，向村里走了。我感觉三伯的手冷冷地颤动。

日子一天天挨着。

过了深秋，李家寨死的人越来越多。

初冬的一天，民兵队长李学文组织了一支打狗队，带着几乎都背不动枪了的民兵们，每天出去打野狗，而且每天都能打回一些野狗来，并被民兵煮熟，分给各家一些。

村中似乎开始有了些生气。

人们的脸上有了些红润。

饥饿的村民们或者已经昏了头，竟没有认真想过，在这样一个寸草不生的年月，哪里有那么多野狗可供他们以饱饥腹。他们也一定没有注意到，那些民兵们为什么总是艰难地吞咽那些肉食。

这一悲惨的内幕终于被揭开了。

谜底被揭开的那个早上，村中立刻暴扬起一股悲愤的情绪。人们惨白着脸，纷纷跑到村外，一个个跪在空空的田野里，干干地呕着。他们欲哭无泪，欲吼无声。一座座坟茔重新被人们用土培好了。渐渐地，人们用低低的声音哭起来，哭声越来越响，有人号啕起来。近乎疯癫而吓人的哭声像被踢飞的皮球一样在田野里蹿跳着。李学文木木地跪在田野里。

李学文现在还活着，老汉至今不吃肉食，包括猪肉、羊肉、牛肉、鸡肉、狗肉，一概不吃，仍然是那个年代遗留下的心理反应。我多次想找李学文采访一下这件事情。但是我几次想提起这个话头时，李学文就呆呆地看我一眼，然后就呆呆地走开了。去年冬天，他到省城来看病，他的儿子带他来我家借宿。那天，我炒菜时，他的儿子悄悄溜进厨房，对我说："大哥，不要荤菜，只

⊙胆大妄为的祖宗们

要素菜。”

我点头笑道：“知道。”

当我用心良苦地把一桌子素菜端到桌上的时候，李学文就笑了：“大侄子知道我的心思啊。”就大嚼大咽起来，还兴致勃勃地喝了几杯酒。

我看到老汉微醉的时候，就又提到了当年那件打野狗的事。当我问出口的时候，李学文的儿子狠狠瞪了我一眼，我猛然后悔了，可是已经晚了，只见老汉两团浓密的白眉毛颤跳了一下，像两条百足虫子要爬下来似的。他的目光渐渐地暗淡下来，软软的眼神中，似有无限悲凉。他张张嘴，似乎想对我说点儿什么，可是他什么也没有说出来就起身离开桌子，弯下腰去，剧烈地呕了一声，吃进肚里的饭菜全部吐了出来。

我吓得忙去搀扶他。

李学文又干干地呕吐了一阵，脸就白成了一张纸，苦苦对我笑道：“你这孩子，还提那事干什么啊。”

又过了几个月，就进入了1961年的冬天，寒风漫不经心地掠过没有多少生气的李家寨。村里已经没有炊烟。整日整日的没有一点儿声息，像一座古墓那样的可怕寂静。

随着呼啸的北风，第一场大雪飘然而落。雪厚厚地盖在了田野。天晴了，刺眼的阳光在雪地里喘息着，让人听得心里颤颤的。

那天，我一早醒来，见村里的人都拖着软软的身子去扫雪了。袁娘也拖着浮肿的两条腿去扫雪了。我吃了一碗用杨树叶子做成的饭，就去上学校了。道路已经被扫得干干净净的，几个男人和女人扶着扫帚和铁锨软软地站在路旁看着我们，我认出他们是公社的干部们。雪都被堆在了道路两旁，路面已经露出了干松的黄土，散发着黄土的泥香，诱发着人们的食欲。我一路上不时地抓着道旁的雪吃着，那天我吃了很多，我至今记得我那天的肚子像被人系紧了肠子一样，有些隐隐地疼痛。我感觉要有什么事情发生了。果然，我在第一堂课，就歪倒在了课桌底下了。紧跟着，就歪倒了另外几个同学。我是被苗老师背回家来的。

我醒来时，发现自己已经躺在了家里的土炕上。袁娘正在喂我柴灰水，这是乡下治肚胀的一种土法。我想坐起来，浑身却一点儿力气也没有，就呆呆地看着窗外。袁娘端一碗柴灰水让我喝了，问我："还疼不疼了？"

柴灰水涩涩的，我直想呕，不想说话，就点点头。

我听到街门一响，院子里传来李震仓的声音："六嫂在家吗？"

袁娘就应道："是震仓吧，快进来吧。"

豆芽菜一样的李震仓就晃进门来。他在屋中的土炕上坐下，伸过干柴一样的手，摸了摸我的头，叹了口气，问袁娘："大哥大嫂没回来？"

袁娘叹了一口气："听说仓南县好几个村子的人吃野菜中毒了，大哥去那儿了，怕是一时半会回不来的。大嫂过两天就回来，说是要在咱们村里下乡。"

李震仓苦笑笑："六嫂，村里有人说要去逃荒哩。你看这事？"

袁娘闷了一下："不行，县上讲了，眼下全国都是这年景。咱们去别人的地面上讨食，人家吃什么啊？让党员们去做做工作，一个人都不要去，不能给咱李家寨丢人败兴的。饿死只是一条命，丢人是丢儿孙的脸啊。那天县上的方书记就在会上这样讲的。话重哟。"

李震仓叹道："都阎王喊门的年景了，还顾什么儿孙的脸哟，乱扯嘛。"

袁娘叹口气："震仓，咱们做干部的，莫要对乡亲们乱讲的。"

李震仓不再说话，就坐在院子里掏出一叠用旧报纸撕成的烟纸开始卷烟。然后就凑近土蜡点燃，屋子里立即升腾起一股菜叶子的味道。那是用葵花叶子卷的烟。

李震仓默默地吸完那支烟，把烟头放到脚下踩灭，对袁娘说："六嫂，有件事情我想跟你商量商量。"

袁娘笑道："你说吧。"

李震仓叹了口气："我也没有想好，那样做怕是要犯罪的。"就垂下头。

袁娘怔了怔，皱眉道："我听别人说过了，你真敢想啊。"

李震仓语调有些凄楚："咱们当干部的，不能眼睁睁看着村里这么死人啊。"

袁娘点点头："是啊，再想想办法吧。那种事是万万不能干的啊。"

李震仓说："还能有什么办法呢？"他长长地喘了一口气，就说不下去了。

袁娘默然无语，她呆呆地看着李震仓。

李震仓突然摆摆手："不提了不提了。六嫂，你就当我是胡说哩。"

袁娘点头："我就只当你是胡说哩。"

李震仓说："县里传来了话，地区要修水库哩。公社要咱们李家寨出 30 名劳力哩。"

袁娘道："我也听说了，村支部要去一个带队的哩，还是我去吧。你婆娘有病，脱不开身的。"

李震仓闷闷地说："其实我是真想去哩，在家天天费心呢。你一个妇道家，怎好去干那种力气活啊。"

袁娘笑了："你小看我哩。当年支前的时候，我一个人一口气背过一百多个伤号哩。"

李震仓也笑："不敢小看六嫂哩。"

袁娘说:“就这样吧，我去水库。”

李震仓说行，就抬起屁股走了。我肚子里一阵乱叫，大概是那碗柴灰水发生作用了。我坐起来，扶着墙去大解。到了街上，我看到李震仓踢着疲疲沓沓的步子，消失在暗夜里。街道上，死一样的寂静，只有寒风呆呆傻傻地吹过去。

1961年冬天，县委指示各公社抽调人力去修朝阳水库。朝阳水库至今仍是林山县最大的一个水库，于1963年春天竣工。今天的人们不可能想象，在那样一个饥饿的年代，林山县的山民们竟然还能有这种壮举。*

李家寨抽调了30名民工，在西北风呼叫着的一个早晨，到野民岭西岭公社集合了。我那天正在学校上课，听到村里有敲锣打鼓的声音，就听不进去了。放了学，我和几个孩子就随着锣鼓声去了公社的大院看热闹。进了院子，我看到公社的院子已经挤满了人，各村来的民工都带着工具站在寒风里，还有几面旗子在风中猎猎飘动着，发出哗哗啦啦的雄壮的声音。院子的中央搭起来一个席棚子，算是主席台了。上边还挂着一副大标语，红纸黑字亮人眼目:让高山开道，让河水让路。

天阴阴的，好像要下雪的样子，我感觉很冷，就想回去了。刚刚要走，就听到有人叫我的名字。我顺着声音一看，原来是袁娘。袁娘笑道:“援朝，你别走，一会儿我给你吃的。”

我高兴地问:“什么吃的啊?”

袁娘笑道:“一会儿你就知道了。”

人群一阵躁动，有人说:“来了来了。”

袁娘也对我笑:“你大伯来了。”

我回头去看，见有几辆吉普车开进了公社大院，瘦干干的大伯跟县委的几个领导下了车，就上了主席台子。公社的干部们就忙朝会场喊话:“大家静一静了，地委李书记来看望我们来了。”

*『群众是真正的英雄』!前贤诚不我欺!

此时，天空飘来霏霏细雪。

大伯站在高高的台子上，他眼前是数千名面呈菜色的乡亲。小风呼呼地刮着，小雪花在人们头顶上落着。大伯开始讲话：“乡亲们，我李震杰今天送你们出征来了！”

人群中响起一片掌声。

大伯接着讲：“……我们建设朝阳水库，是林山县千秋万代的一个大工程。乡亲们，你们这次出征，是为了林山县子孙后代去出征，林山县的子孙后代会记住你们的……”

人群一片寂静，谁也不说话，我听到大伯的声音在满天的飞雪里像冻石头一样硬硬邦邦地砸在人们头上。

大伯的声音越来越激昂：“……现在，我们正处在自然灾害的困难时期，国际上的反华势力猖狂，帝国主义亡我之心不死，修正主义卡我们的脖子，我们中国人，决不会向他们低头，在这困难的时刻，我希望乡亲们，咬紧牙关，勒紧裤带，像毛主席教导的那样：下定决心，不怕牺牲，排除万难，去争取胜利……乡亲们，我们林山县有着光荣的革命传统，我们在共产党的领导下，打败了日本鬼子，赶走了蒋介石，建立了人民公社，今天，我们要建成这个朝阳水库，我们不会让党失望，不会让子孙后代失望……人定胜天，愚公移山。乡亲们，我们有没有信心？”大伯讲到这里，突然大声向会场发问。

“有！”

“请李书记放心！”

“建不成水库，我们誓不还家！”

“共产党万岁！”

“毛主席万岁！”

…………

民工们沸腾了，锣鼓就在这个时候轰然喧响起来了。民工们在锣鼓声中欢呼着，队伍里有人将红旗挥舞起来了。红旗在飞雪

中显得格外鲜红，似乎是山民们的热血在空中泼洒。

开罢了誓师大会，各村出征的劳力到公社的食堂领取菜饼子，每人两个，还有一碗热汤，然后就出发。袁娘带着我去领了两个菜饼子。可她却把菜饼子塞给了我，她喝了那碗热汤。她笑着对我说：“娘去了，得走些日子哩。你就跟着你三伯吧，听话，别让你三伯生气。”

我只顾狼吞虎咽着那两个菜饼子，一边吃一边乱点着头，竟没有细细看看袁娘。袁娘走了，大伯看到了我，走过来拍拍我的头说：“援朝，快去送送你袁娘。”

我醒过来，把最后一口菜饼子吞进肚里，就跑出院子。只见黄土道上，漫天飞雪，红旗飘飘，民工队伍浩浩荡荡地出发了。我已经看不到袁娘在哪里了。

袁娘他们用血肉筑起的林山县朝阳水库，于 1963 年初竣工，交付使用。*

袁娘走后的第十天的夜里，李震仓在他家里开了一个民兵会。第二天夜里，李震仓带着村里的几个民兵把西岭公社的粮库打开了，胆大妄为地弄出了九麻袋玉米种子。为此，李震仓招来了杀身之祸。

李震仓那天半夜把村里的十几个民兵喊到了村委会。后来据村里曾经参与那件事情的老人们回忆，李震仓叫他们去的时候，眼睛红得像是冒血。他们当然不会知道那时的李震仓，血管里的液体正在急涌奔流，准备干一件让李家寨人脸红至今的事情。

李震仓讲了偷公社粮库的想法，众人一下子都惊呆了，有人蒙蒙地问：“这，可是犯法的事情啊。震仓，行吗？”

李震仓惨惨一笑：“我不能眼睁睁看着村里人一个个就这样饿死，咱们是借，借！借还不行嘛。那么多种子粮在粮库里闲下一冬也是闲着，咱们借用一下还不行吗？缓过这口气来，咱们加倍

* 从来没有后辈静好，只有前人负重前行。悠然想起了红旗渠。

还上就是了。”他空空的目光四下看着，渐渐地，他的眼睛红了起来，红得像浇了鸡血一样，恶恶地盯着众人。

民兵们闷着，谁也不肯说话，满屋子里只听到一种犯罪前紧张的喘气声。

窗外，月亮被云彩掩死了，寒风嗷嗷地叫着，在村道上疯跑着。正是一个月黑风高的夜晚。李震仓抽了几口树叶子烟，大口大口地吐着浓浓的烟雾。他哑声道：“大家就不要去了，我一个人去就是了。日后有了什么我李震仓担着吧。”说罢，就跳下炕来，扯起几条麻袋，凶凶地走出门去。

终于，有几个年轻的民兵，跟着李震仓出来了。

屋里有人冲出来，低低地喊一句：“震仓，你们去不得啊！”

李震仓听到这一声喊，脚步猛地停住。他回过头来，漆黑的夜色中，李震仓似乎看到了几双欲哭无泪的眼睛。李震仓轻轻地叹了口气，他的脚步似乎迟疑了一下。但他还是带着几个民兵大步走了。

脚步声把李家寨的夜踩得惊慌了。

公社的粮库只有一个名叫冯大水的值夜，大水已经被饿得头晕，早早躺在床上了。对翻墙过来的这十几个人，冯大水竟是毫无察觉。

李震仓他们没有费多少力气，就把粮库的门弄开了。他们拥进去，满满地装了九麻袋玉米，拖出了粮库，就在出大门的时候，听到一声吼：“站住！”

李震仓一惊，回过头来，昏昏黄黄的灯光下，看管粮库的冯大水黑黑地站在粮库门口，一支黑洞洞的枪口对着李震仓。冯大水到李家寨收过粮食，大家当然认识他。冯大水恶吼一声：“你们天大的胆子，敢抢粮库！”

无人知道是偷，有人知道则是抢。偷则还有羞耻之心，抢则把这种行为推上了赤裸的绝境。李震仓并没有想到这就是抢。李

震仓呆在了那里。几个背着粮食的民兵也愣愣地看着冯大水。

李震仓非常难看地笑了笑："大水。"

冯大水骂道："李震仓，你他娘的怎么干开了这种事啊？"

李震仓垂下头，许久，抬起头来，已经满脸是泪了。他看着大水说："大水兄弟，我们不能看着村里人一个一个饿死啊。"

冯大水就湿了眼，声音一下子软下来，像被抽去了骨头："震仓兄弟啊，这可是种子粮啊，有道是饿死爹娘，不吃种粮啊。你可是当村干部的哟，这道理是该懂的啊。"

一阵沉默，空气紧张得像拉满了的弓，粮库里只听到呼呼的喘气声。

李震仓猛地吼一声："大水，你给我滚开。"吼罢，拖起一包粮食就走。

冯大水哗啦一声就拉开了枪栓："震仓，听我一句，这粮食动不得啊，是要掉头的啊。"

李震仓凄然地说："我什么都明白，可现在顾不得许多了。"

冯大水硬硬地说："我不能让你们这样走的。"

李震仓点点头："我知道。"猛地抬手，打昏了冯大水，几个民兵就上去捆了冯大水。

李震仓把粮库的九麻袋种子粮弄回了李家寨。当夜就开了社员大会，让各家各户把粮食分回去。

可是，一个出乎李震仓意料的景观出现了：乡亲们眼睛里明明暴射着一种被饥饿燃烧起的火焰，却没有一个人上前去搬那些已经分配好的粮食。李震仓去公社粮库劫粮的事在村里已经传开，人们惊得透不过气来。新中国成立后的李家寨从没有人干过这种事情，真是胆大包天了！难道李震仓疯了不成？人们慌慌地拥到村委会的大院子里，就看到李震仓等人已将粮食分成了堆。土蜡燃起昏黄的光，荡起飘忽不定的暗影，像鞭子一样在人们的身上抽打着。

李震仓干干地喊道："大家把这些粮食带回家吧。"

没有人响应，李震仓的声音显得无力极了。

李震仓又心虚地喊了一声，仍是没人去动。一个老汉走过来，盯住李震仓："震仓啊，怎么能干这种事呢？"老汉哀哀地看了李震仓一眼，长长地叹了一口气，就转身走了。于是，乡亲们就一个个走出了院子。最后，院子里只剩下李震仓等人和那堆粮食。

天空漆黑一片，似乎躲藏着一个秘密。院子里点燃的那几支土蜡，有气无力地燃烧着。李震仓木木地怔在了那里。他没有料到，他们几个舍身为村民的行为，他们对村民们的关怀和感情，竟像是一颗挡在村民们脚下的小石子，被村民们轻蔑地踢飞了。李震仓突然觉得自己很窝囊。几个早就蔫头蔫脑了的民兵，泄气地蹲在地上，伤心地哭了。呜呜……哭声在死墓一般的村中飘散着，显得那样软弱无力。

李震仓呆呆地走出院子，不禁抬起头来，仰天长啸一声，一口浓浓的热血喷了出来。

其时，天寒彻，夜无声。

极难挨的一夜……*

天拂晓时，李震仓带着几个民兵把粮食送回了粮库，他自己去公社自首。几个年纪大些的村民站在村口，望着李震仓等人消失在晨雾里的背影，无声地哭了。渐渐地，哭声就响起来，像受惊的鸟儿一样在村中飞来飞去，整个李家寨都陷进了惶惶不宁的气氛中，人们感觉到一种比饥饿更吓人的事情就要来临了。

插话：我与女儿的对话

记得是1996年的春节，我面对着一桌丰盛的年饭，把上边这段李震仓的故事对女儿说了。女儿睁大眼睛，问我："是真的吗？如果是真的，那么我真不敢相信全世界任何一个民族，在饥

* 于无声处听惊雷！想象一下夜色中的李家寨村民群像，必是如圣如神！读者阅读至此，必定肃然起敬！

饿的死亡线上，能够如此理性冷静。您讲的是真的吗？”

我艰难地苦笑着：“是真的，的确是真的，李家寨那年饿死了不少人。”

女儿用不信任的目光看着我，仿佛我真的是在编造一个神话。或者，她真的不相信曾经存在过这样一段历史。女儿笑着说：“我看过一部反映那个年代的小说，小说里的主要人物可是带着愤怒的感情，带着红了眼的老百姓去砸了粮库的。这部小说还获了奖的。”

我摇摇头：“我也读过那部名噪一时的小说，但我总不肯相信作家写的那些就是真实的生活，至少在林山县里就没有发生过那种事件。”

女儿笑了：“您别是把记忆中的东西艺术化了啊。您看看当代的中国人，就会知道您记忆中的是否真实了。昨天下了一场大雪，您见过有扫雪的吗？您这些年见过有扫雪的吗？这就是中国人啊。”

女儿挑衅的目光盯着我。我哑然。的确，我已经记不清了，从什么时候，这座城市没有人扫雪了。每年下雪之后，都要出几起交通事故。市委大楼门前，雪仍旧堆得厚厚的。人们连各人自扫门前雪这句最为保守的格言也忘记得干干净净了。

女儿看我怔怔的，就嘲笑着问我：“既然那个年代那样饥饿，为什么人们竟能够自甘潦倒，聊以自毙呢？为什么竟没有人破门入户，抢劫造反呢？他们分明感受到了生命的威胁，却没有互相残害。真是还能路不拾遗，夜不闭户吗？”

我点头说：“基本上是这样的。”

女儿感慨地说：“那个年代的人真是老实啊。如果现在赶上一个饥饿的年代，人们还会那样吗？”

我看看她：“你说呢？”

女儿一脸惶然：“说不定，我也要加入打砸抢的行列呢，至少要把银行抢了。”

我呆呆地，我的心疼了一下子，我看着女儿那张平静的脸，我知道女儿说的是真话。一句非常恐怖的真话。*

我家的楼下，就是有吃有喝有穿的大街了，尽管已经是冰雪袭人的冬天，但是城市的热浪还是迎面扑来，妇女们用花花绿绿的颜色描抹着街道。夹着各种气味的城市，真像一只外表漂亮美观的垃圾桶。我在幻觉中似乎闻到了桶里边那种腐臭的气味。楼下是一家日用品商店，商店里的录音机用最高音量放着一支摇滚，是一个非常粗猛的声音边说边唱。我女儿讲过，这是一个非常走红的摇滚歌星。

一等人有福气，
二等人靠运气，
三等人干生气，
四等人没脾气……
不吃白不吃啊吃了也白吃，
白吃谁不吃啊要吃一块儿吃，
不拿白不拿啊拿了也白拿，
白拿谁不拿啊要拿一块儿拿。
啊呀啊……

我听出这个歌星好像有些愤慨，是一种愤世嫉俗的愤怒。人们对这个时代的感情是复杂的。我们的生活水准提高了，而肚子里的怨气却一天天地增长着。谁都不满意。有人讲，现在农民不愿种田，工人不愿做工，士兵不愿当兵，只有当官的愿意当官。这种牢骚沉重得让人透不出气来。

我可怜的女儿啊。

1996年春节，我和女儿一番谈话之后，我竟再也无心吃饭了，转身去看窗外，窗外一片白茫茫，路上的雪还没有化。太阳光在雪地上欢快地跳舞。果然是没有人扫雪。听说已经出了好几起交通事故了。那天晚报上讲，一个出租汽车司机被人杀了，尸体被埋在了雪地里了。妻子焦越南对我讲这件事的时候，口气淡淡的，好像在说一件小孩子的游戏。我开始恐怖雪，皑皑白雪中竟掩埋着黑暗的凶杀。一种精神的凶杀？

六　李震仓之死

李震仓和那几个民兵把九麻袋粮食送回了粮库，便和那几个民兵去公社自首了。公社领导被惊呆了，当下就用麻绳捆了他们，又派人到粮库找到嘴里被堵了破布，被捆成一团的冯大水，一并押解到县里去了。县公安局就把李震仓等人及冯大水拘押起来，连忙向县委汇报。

县委方书记听到汇报，惊呆了。那是野民岭西岭公社的种子粮啊，竟敢有人这么胆大妄为。而且还是李家寨生产队长李震仓带头干的。

方书记是大伯的老部下，当他听到是大伯的堂弟犯的案子时，很为难地给地区挂了一个电话。大伯接了电话，听得呆呆的，电话里好半天没有声响。方书记颤颤地问："李书记，您看这事……"

大伯猛地火了："这还用请示我吗？这是反革命事件。懂吗，反革命。"大伯把电话摔了。

方书记放下电话，叹了口气，就对通讯员说："你把李震仓叫到我这里来。"通讯员就去公安局带李震仓来见方书记。

两眼已经没有了一点儿光彩的李震仓，戴着手铐被押进方书记的办公室。彼此都认识而且熟悉。方书记点点头坐着没动，浮肿的双腿已经很难使他站着说话了。他指指椅子："震仓，坐吧。"

李震仓一脸惭愧之色："方书记，我……我真是昏了头啊。"说罢，就垂下头，傻傻地坐在椅子上，再无一句话了。

方书记闷了一会儿，就问了问村里的情况，特别问了问死人的情况。李震仓一一说了。方书记沉默着。最后看看表，就喊通讯员进来带李震仓回公安局。

李震仓站起身，闷闷地问了一句："这事我哥知道了吧？"

方书记点点头。

李震仓又问："他说什么了？"

方书记哀下脸，没有回答。对通讯员挥挥手。

李震仓低下头，转身要走，门就开了，听到有人颤颤地喊了一声："震仓。"

李震仓抬头一看，见是我大娘刘燕芬走进来，哀哀地看着他。

李震仓怔住了，干干地叫了一声："大嫂……"头就低下去。

方书记跟我大娘点点头，吃力地站起身，走了出去。通讯员就站在了门口。屋里只剩下了大娘和李震仓。大娘叹口气："我刚刚听说了，你怎么会做下这等事啊。"

李震仓低下头："我实在不忍看乡亲们饿死啊。"

大娘说："你也不是在党一天半天了，现在什么形势啊！帝国主义鼓动着蒋介石反攻大陆，修正主义正在掐我们的脖子，老天爷闹自然灾害。毛主席都不吃肉了，我们还不能饿几顿饭吗？挺一挺就过去了，总不会比咱们打鬼子那年月难熬吧？可你怎么能……"

李震仓垂泪道："大嫂，我已经知道做下错事了，现在悔得肠子疼哩。我对不住村里的乡亲，做下这等坏了李家寨名声的事情。把这事刻在村前的石碑上吧，让后人知道，饿死也不能去偷粮啊。"说完，就呆呆地转过脸去，看着窗子。

大娘叹道："震仓啊，你糊涂啊，你丢了李家寨的脸面是小事，你是丢了共产党的脸面啊。"

李震仓身子猛地一颤，呆呆地看着大娘。

大娘看看李震仓："……你还有什么话要讲，家里还有什么话要说的吗？"

李震仓就湿了眼："日后就靠大嫂你了。"

大娘点点头，怨怨地看了李震仓一眼，就低头出来了。

李震仓被押回了县公安局的看守所。

案子报到了地区，批示很快下来了：开除李震仓的党籍，移交到法院。过了一个月，就判了李震仓的死刑，报省高院核准。那几个随李震仓去抢粮库的民兵分别判了一年或者三年。据说，是李震仓把罪名全部揽到自己头上了。

定下在李家寨西坡下枪毙李震仓。

没有开公判大会，原来是要开的，方书记说了一句话："乡亲们都饿得走不动了，再弄到一起开会，在冷天里冻着，怕是要死人的。"于是，就没有开会。

枪毙李震仓那天，几个公社的人都拥到路边看热闹。人们在传说着一个可怕的故事：李家寨的生产队长砸了国家的粮库，共产党里边出了坏蛋。老百姓们拥挤在路上，朝着李震仓指指点点，有人恶恶地骂着，还有人恨恨朝李震仓吐唾沫。以至开道的警车不得不几次停下来，驱散着人们。

李家寨只有很少几个人去看了李震仓被枪毙的情景，多数人都没有去看。他们也许觉得在别人面前抬不起头来，他们觉得李震仓实在是给李家寨丢了人，李家寨的乡亲们日后怎样出去见人啊。李震仓实在是一个罪孽。李家寨陷浸在一片深深的羞臊之中，他们感觉他们的荣誉一下子被李震仓毁掉了。*

*阅读到此，叹赏一句：真是个知耻的年代呀！

我没有去看李震仓被押赴刑场的场面，大娘不让我去，现在想来，她或者是怕我受到刺激。我至今后悔，我常常猜想，那天李震仓一定会在囚车上四下寻找李家寨的乡亲们。李震仓一定不放心李家寨的乡亲们，而李家寨却没有一个去送他。

枪毙李震仓那天，李家寨的西坡上，站着一个人，一动不动。一直目送着李震仓上了刑场。看着李震仓在山下的河坡上跪下，被一颗子弹结束了生命；又看着李震仓的弟弟李震田带了几个村里人去收尸。

那人就是我三伯。

李震仓在看守所里省下了十几块菜饼子和两块玉米饼子。两块玉米饼子是李震仓临刑前的最后晚餐。公安局的人按照李震仓刑前的嘱咐，给大娘送了去，说是李震仓让大娘带回李家寨给孩子们吃。李震仓捎话说："我已经是要死的人了，就不糟践粮食了，给孩子们去吃吧。"大娘就把那十几块菜饼子和那金黄色的两块玉米饼子带回了李家寨，就让我们几个孩子欢天喜地不知滋味地吃了个精光。我们哪里知道，我们是吃的李震仓的上路饭，李震仓是空着肚子走上刑场的啊！*

李震仓死后的第三个月，袁娘回来了，只是那时她已不会说话，一丝笑容在她苍白的脸上早就僵住。

民工们抬回的是袁娘的尸体。

听民工们说，袁娘是生生累死在工地上的，她事事干在别人前边，还把干粮给别人吃。那天，她顶着寒风挑河泥，昏倒在河坝上，再也没有醒来。

给袁娘下葬那天，我默默地淌着泪，固执地坐在坟地里不走。家里人劝不动我，就先走了。我一个人孤孤地坐在袁娘的坟前，听着田野里的风低低地吹过来，听着风儿钻入坟土的声音。我知道我再也没有袁娘了，就哇地放声大哭起来。

袁娘死了之后，我被二姨古玉梅接到了野民岭古家庄。我在李家寨生活了两年。这两年的记忆，或许我一生也不会忘记。

李震仓被枪毙之后，李家寨似乎一下子泄了元气，再也打不起精神来了。李震仓的事情，够李家寨人脸红几辈子的了。耻辱深深地击中了李家寨人的心脏。李家寨人在饥饿面前的镇定，已

*我相信，作者行文至此，必是撕心裂肺！

经做到了极致，村前的这一块石碑上面刻写着的热爱人民公社等口号，实在是为李家寨新中国成立后的历史提供了约定俗成的生命前提。没有这一个前提，李家寨便无以构成，李家寨便无以自存。而李震仓这一个孽障，竟然背弃了这一个生命的前提，砸碎了李家寨的生命的公理，精神的基石，他恶恶地向李家寨的心脏狠狠扎了一刀。

李震仓死后，他一家四口闭门不出，任谁去喊，也不开街门。村里让人送去一些用树叶做成的饭团子，放在他家街门的门洞口，却也不见他家出来人取。过了几天，李震田又去敲门，喊嫂子和侄子们开门，但里边没有回应。李震田心慌，叫来几个人翻墙进了院子，他们怔住了。就见李震仓六岁的小儿子李前进正蜷缩在门槛处，伸出枯枝般的小手，颤颤地从门口外抓些堆放在那里的吃食往嘴里充填。李震田冲进屋去，看到李震仓的媳妇和另外两个孩子都饿死在炕上了。

这母子三人是活活饿死的。他们到死也没有去取堆在门口的饭团子。*

李震仓家只剩下了李前进一条根。

1988 年，我回到 S 县采访，见到了县里著名的乡镇企业家田学民。田学民也是李家寨人，他盛情款待了我。酒席间，提到了那个可怕的荒年，田学民向我说了一件鲜为人知的事情。

那年李震仓弄回了粮食，他们也被喊了去，田学民的父亲田成杰不敢相信李震仓肯把粮食分给他们这样的地主分子。那时田学民才 13 岁，胆怯地跟在父亲身后，李震仓声音哑哑地说："把你们家那一份拿去。"

田成杰害怕地说："乡亲们都不敢要，我也不敢要。"

李震仓叹道："你不要管他们的，他们有原则的，你们不要学他们的样子。"

田成杰声音弱弱地："我家是地主啊。"

*泪崩！

李震仓苦笑道：“那是以前的事了，你家现在也一样挨饿哩。娃儿还小，都是乡亲哩。”

黑黑的夜色中，田成杰就贼贼地背回了那十几斤玉米。

说到这里，田学民哽咽了：“没有那十几斤玉米，我们一家人活不到现在。而且，我不敢相信，李震仓一家会活活饿死的。你不知道的，我父亲回到家，整整哭了半夜，对全家人说，不要忘记震仓，不要忘记……村里人都不知道，震仓死后，我爹每年到了震仓的祭日，都偷偷地给震仓烧纸。前年我爹死了，死前，交代我的第一件事，就是要我不能忘记每年给震仓烧纸……”

我的心酸楚了一下。

田学民对我说：“你要写写震仓啊，那是一个怎样的年月啊。”

我含了泪，颤声答应：“我写我写。”*

七　四舅借出去的50万斤军粮

这一节的故事，是根据林山县委书记方林声的回忆写成。

1962年春天，饥饿仍旧威胁着林山县。县委方林声书记万般无奈，就到李家寨找我三伯，方书记请求三伯到省军区，找当时的省军区司令员我的四舅古志刚求救。

我四舅是三伯在延安时期的老战友，方书记是想动用三伯这个老关系，弄一些粮食回来。

三伯听罢方书记的意思，叹道：“老方，你应该知道，现在部队的日子也紧得很啊。”

方书记垂泪道：“我知道，我们是种粮食的，怎么好从部队的嘴里掏口粮啊。可是我真看不下去乡亲们……”

三伯沉吟良久，长叹一声，就随方书记去了省军区。

我四舅在他那宽大的办公室里接待了我三伯和方林声书记。

四舅黑瘦瘦的，显示着灾年的特征。他坐在椅子上，听着方

* 写？！如何写？如何所写，『那是一个怎样的岁月呀？！』

书记讲述林山县的灾情。四舅的眉头一直紧紧锁着，一支接一支吸着特供的劣质烟，不时咳出黑黑的痰来，吐到脚下的痰盂里。当听到县里饿死了那么多人，四舅哭了，手颤抖着，猛地把烟在手心里捻死。他站起来，走到窗前，闷闷地看着窗外。

窗外是早春的寒风，很冷。太阳像一个昏黄的气球，悬浮在空中。软弱无力的阳光照在拉开的土红色的棉布窗帘上，闪着紫血般的沉红。四舅的脸上有了深深的憔悴和疲倦，他的眉毛抖动了一下，似乎无法平静和忍受内心的感受。他站了好一刻，才缓缓转过身来，目光盯着方书记。

方书记有些口吃："古司令……"

四舅对方书记摆摆手："老方，你别再说了。来人。"四舅低低地叫了一声。

警卫员走进来。

四舅说："把军需处王处长给我喊来。"

不一会儿，瘦得像豆芽菜似的军需处长进来了。四舅没说话，示意他坐下。军需处长呆呆地坐下。

屋里很静，谁也不说话。四舅就接着闷闷地抽烟。满屋子的烟雾，只听到四舅不时的猛烈咳嗽声。方书记不安地在沙发上扭动着身子，他看看三伯，只见三伯仰靠在沙发上，已经是泪水滚滚了。

军需处长坐不住了，问道："司令员，有事吗？"

四舅不看军需处长，眼睛盯着窗外："王处长，我私人跟你借些粮食。你要大方一些了。"

军需处长一怔，看看三伯和方书记。

方书记埋下头。

满脸是泪的三伯一声不吭，仰头看着天花板。

四舅又深深地吸了一口烟，他闭起眼睛，几乎是一个字一个字地吐出来一句话："王处长，我请你调拨给林山县50万斤粮

* 预示！

食。”

军需处长目光一惊，身子像是被烫了一下，忽地站起来，慌乱的目光看着我四舅，他张张嘴，却没有说话。

四舅睁开眼睛，看着站得笔直的军需处长，淡淡地问：“你听到了没有？”

军需处长点点头：“听到了。”

四舅声音干涩地说道：“那你就去办吧。”

军需处长的脸色渐渐白得似纸了：“司令员，这，这，军粮动不得啊，我手里的军粮都……是战备粮……”他有些口吃了。

四舅硬硬地扔出一句：“出了问题我古某人去顶雷。”

军需处长还是一动不动，额上逼出许多细汗，脸更加惨白起来。

四舅声音有些干燥，他挥动着手臂说：“国法、天理、人情啊。我古志刚今天至少占了后两条了。你应该记得，林山县的老百姓当年是怎样支援了革命啊。那年月为了部队，乡亲们死了多少人啊，现在解放了……”四舅就说不下去了，他的目光灰蒙蒙地看着军需处长。

屋子里的空气滚烫，像是要爆炸，屋里的人都感到自己像是被点燃的火药。

军需处长身子微微颤了一下，他向四舅敬了个礼，就转身走了出去。

方书记再也忍不住了，就站起来，浮肿的双腿一软，就跪在了四舅脚下，放声大哭起来。

四舅腾地火了，骂道：“老方，你这是干球什么呀！”

方书记抹了一把眼泪，站起来，连声喊道：“古司令，谢谢了，谢谢了啊。”

四舅转过身去，眼睛盯着窗外，久久没有回头。窗外的树叶已经绿了，熬过了一冬的生命似乎正在悄悄地复苏。*

三伯艰难地抬起手，擦了擦脸上的泪水，看看方书记，就站起身。

方书记会意，低低的声音说："古司令，我们回去了。"

四舅闷声对三伯道："震声同志，回去代我问乡亲们好。把这个灾年过去，我古志刚要到林山县去看望乡亲们的。这50万斤粮食，实在是不多啊，可是我古志刚就只有这一点儿能力了，让乡亲们咬咬牙吧。"说罢，四舅就转过身去，他已经是满脸的泪了。

三伯凄然一笑："你已经尽力了。我知道你要背处分的啊。我知道古家庄的乡亲们也来找过你的，古玉梅同志也来找过你，你都没有……"三伯说不下去了。

四舅眼睛一红，泪又落下来，长叹一声："震声同志，你不要这样说，我是古家庄人，可我这个官，不是为古家庄当的啊。你们快走吧，不然我冷静下来会后悔的。这可是战备粮啊……"

三伯和方书记走了。

四舅竟一步也没有送他们。

一年之后，四舅因挪用这批战备军粮的问题被撤职。

四舅病逝于1995年，终年89岁。四舅死前的遗嘱是，将他的骨灰埋进林山县野民岭的山里。

50万斤粮食，对于几十万人口的林山县，无疑是杯水车薪。但是，它毕竟救下了几十万人的生命。那个瘦成豆芽菜似的军需处长，同时还调拨了30万斤饲料。军需处长亲自押解着这批粮食和饲料，与我三伯和方书记一同到林山县。车到县里，把粮食和饲料卸了，军需处长眼睛潮潮地说："我回去了。"

方书记和三伯跟军需处长握握手，目光哀哀地看着军需处长远远地去了。

后来听说那个军需处长在"文革"中被人整死，罪名是在三年困难时期，倒卖战备粮食和饲料。旧案重提，造反派们是想从军需处长嘴里掏出我四舅的名字，从而再问出我四舅到底从中受了多少好处。那位军需处长到底也没有说出这都是四舅的指示，而且这批调拨粮就没有四舅的签字。或者那个精明的军需处长当时就想到了最后的结局，竟没有让四舅留下一点儿痕迹。或者他不想让已经被撤职的四舅再雪上加霜。

50万斤军粮和30万斤饲料运到了林山县，县委星夜召开了紧急会议。大伯和几个地委领导也被请来，大伯听了方书记的汇报，就苦笑道:“粮食是你们林山县搞来的，可是你们不能眼睁睁看着别的县挨饿啊。保州地区是全局一盘棋嘛。”

方书记点点头道:“当然。”

于是，重新划拨这50万斤粮食和30万斤饲料，最后分到林山县头上，只剩下5万斤粮食和3万斤饲料了。后来有人感慨地说，林山县在那个时候献出了45万斤粮食和25万斤饲料，近乎贡献出了几千个生命，这是何等的气魄啊!

大伯带着那45万斤粮食和27万斤饲料走了，只剩下了林山县委一班人仍在连夜研究余剩的粮食和饲料如何分配。

方书记想了想说:“县委县政府和各区乡的干部都划出去，一份也没有。谁有意见，让他来找我。”说罢，他那浮肿的眼睛，四下扫视着会场，扫视着那一个个脸上全是菜色的干部们。

会场上一片寂静，只听到一片沉重的喘息声。

窗外，早春的寒风打着窗子，发出尖尖的啸声。

方书记艰难地笑笑:“散会。”

本章人物补遗：李震田的故事*

李震田是李震仓的弟弟，1953年李震田经我父亲李震方的介绍到保州市钢铁公司当工人，木工。他是1960年下放回李家寨的。李震田回乡后，在村里当过生产小队长，干得挺认真，村里

*这一节『人物补遗』，读了两遍，仍是不理解作者为何安排这一个人物，为了表达一种什么样的『存在』？似乎这个人物是为了写李家『血性』的延续？或是作者想写另一种被疏忽了的『无奈』与『退化』？作者行文冷静，读者见仁见智。

人挺服气他的爽直。李震田的媳妇是东北人，是跟李震田一块儿下放回了李家寨。但是后来李震田的媳妇过不惯李家寨的日子，就带着孩子走了，说是回东北的娘家探亲，却再也没有回来。李震田就一个人过日子。1975年，李震田又娶了铁皮庄一个姓梁的寡妇做媳妇。可是那梁寡妇只跟李震田过了一年，又走了。有人说李震田就是光棍的命。

“文革”后，李震田当过一年村里的支书，后来就不让他干了。撤销公社之后成立了乡，乡里派人来李家寨选拔年轻干部，就选上了李抗美当支书。李抗美干了几年，把村里的积累吃光后就跑了，到山西搞小煤窑去了。支书就又换了李前进。李前进是李震田的哥哥李震仓的儿子。1961年李震仓因为抢劫公社粮库被枪毙后，李前进是跟着李震田长大的。

李震田不当支书了，村里却又选李震田当村支部委员，管教育。

李前进当了支书，对乡里说他要带着李家寨的乡亲们富起来。可是李家寨的乡亲们没怎么富起来，李前进却暴富了起来。家里有了汽车，盖了三层楼的房子。李家寨村西，原来是李家寨村开办的采石场，后来李前进千方百计硬是承包了下来。

县教育局拨下来三万块钱的教育经费，乡里拨给了李家寨，说是给贫困县盖学校的，乡里朱乡长让李前进把村里的小学校翻修一下，一再嘱咐要专款专用，不能干别的。但是这三万块钱下来半年多了，村里总也没见修小学校的动静，就找李震田问那钱怎么见不到。

李震田那天下午在地里干完了活，早早收工回来，他想找李前进问一下那教育经费的事。他来到采石场，见李前进雇来的民工们正在吃力地打石头。李震田想起当年生产队打石头卖了钱，村里人还能分一点儿，而现在的钱都装进李前进自己的腰包里了。李震田知道村里人都恨李前进，可他也劝不了这个侄子。

李震田进了李前进的办公室，李前进的办公室分里外间。李前进的秘书小雪正一个人在桌上摆扑克牌。小雪是李前进从县城里雇来的一个秘书，也就是现在城里时兴的那种小蜜。其实小雪根本就没有什么文化，来之前是县城歌厅里一个陪舞的。小雪一看李震田进来了，就把手里的牌扔了，皱眉道："二叔，你有事？"

李震田点点头："我是来问问县里的教育经费的事。"

小雪不耐烦道："都问过多少遍了。等前进回来你问他吧。"

李震田不急不火地问："我可就问了这一遍，前进多会儿回来？"

小雪摇头："不知道。"

李震田不相信地看看里屋，里屋的门紧紧关着。小雪说："他真是不在哩。"李震田犹豫了一下，就告辞走了。

李震田在村外站了一下，心里一叹，就回村了。他一路想李前进今天晚上可能去公路边淑枝的饭店去喝酒，李前进常常去那里喝酒，村里人传说李前进跟淑枝有一腿。李震田想吃过晚饭就去淑枝的饭店等李前进，今天一定要问清楚那教育经费的事。

李震田刚走，李前进就从里屋出来了。他直着脖子骂道："我这个二叔，真是老糊涂，管鸡巴这么多事情干什么！"小雪笑着凑上来，搅住李前进的腰："看你那凶样子，还要吃人啊。"李前进拧了一把小雪的脸蛋："妈的，老子就想吃你。"说着，就把小雪摁倒在了床上。小雪嘿嘿笑着："你又来劲了。"李前进笑骂："你这贱人，一天不干你，你就痒痒的难受了。"就开始扒小雪的衣服。

两个人折腾了一气，李前进穿上衣服走出来。

到了工棚，他见几个工头正在工棚里喝酒。见他进来，那几个人忙站起来，有人笑道："支书哎，闹两口？"李前进伸了个懒腰，当胸给了那人一拳："闹你娘个腿。"众人看李前进挺高兴的样子，就来了劲，就扯李前进坐下。李前进看看众人："操，要喝就喝个痛快。走，到淑枝的酒馆喝去。"众人哄着就站起来，有人嚷道："今天支书可得请我们好酒。"

天一黑，灯一亮，李家寨村外的公路边上就欢实起来。淑枝的饭店最欢实。

自从李家寨村外修上了公路，就有了许多摊点。先是有人盖房子开了烟酒小店，后来就有了小吃店、小卖部、发廊、台球厅什么的，满满当当地挤在了公路两旁。电灯泡四处乱点着，远远地看像是一团团鬼火。村里的青年人常常到这里喝得大醉，然后就去跳舞，打台球，看录像片。周围村寨还来了不少卖"肉"的女人，嬉皮笑脸地把过路打尖的司机们往黑处拉。*

淑枝的小吃点生意挺兴隆的。李震田一脚迈进去，一股混杂着乱七八糟气味的热浪就扑过来，里边已经堆满了人，乱乱的声音响成一个疙瘩。李震田寻淑枝，他看到淑枝正在一张桌上坐着跟一帮人喝酒，是一帮采石场的民工，正在跟淑枝乱逗着。有几个民工放肆地在淑枝身上乱摸着。淑枝也不恼。抬头见李震田进来，就忙扔下那帮民工，迎过来："震田叔来了。好长日子不见你了。"就问李震田吃过没有。李震田说吃过了。

李震田看到淑枝一张脸红扑扑的，像是喝多了酒的样子，他心头掠过一丝不快，脸上却笑道："这些日子都累屁了。占月怎么样了？我有些日子没去看他了。"李占月是淑枝的男人。前几年开拖拉机跑运输，翻了车，瘫了。现在天天在屋里躺着。淑枝苦笑道："还能怎么样啊，还那样。"就招呼小梅给李震田倒茶。小梅朝李震田浅浅地一笑，就去拿茶壶。小梅长得挺水灵，是石门庄的。先是在路旁摆了一个烟摊，摆烟摊的太多，挣不了多少钱，就被淑枝招来当了服务员。小梅挺贪心的，跟采石场的好些

*『公路』繁荣了李家寨的经济？

民工都有事，只要给钱就让干。开始李震田挺讨厌她，后来才听说小梅家里有一个老爹病了好多年了。小梅挣钱是为了给爹治病的。李震田就又觉得小梅也够可怜的。

李震田朝淑枝笑道："你去忙生意吧。我看你这里生意是越来越好了。"淑枝挺温和地看了李震田一眼："那你先坐着。"就转身招呼去了。李震田挨着窗户坐下，一阵风卷进来，带进来一阵浓浓的山毛榉的树叶子香。李震田想到天气真是快热了，他想到自己就是那年天快热的时候从保州钢铁公司下放回来的，转眼已经快40年了。那时他哥哥李震仓还活着呢。如果哥哥还活着，李前进敢这样猖狂吗？李震田想不透。*

李震田又想起自己娶的那个铁皮庄的寡妇，心里挺别扭。女人住了两年就回家了，再也没有来过。村里人已经有人传出话来，说震田娶的那个梁寡妇现在富了，在铁皮庄的娘家开着个养鸡场，钱都挣海了。她还有了个相好的，把李震田甩了。

李震田今天赌气一定要问问李前进那教育经费的事。李震田挺窝心，不仅是李家寨的人问他，前几天朱乡长还在乡里的大会上点了他的名，说李震田管理无方，把县里给的教育经费都挪用了。朱乡长挺严肃，黑着一张脸在会上乱吼，弄得李震田脸烧得厉害。李震田当过县里的教育先进，总是在县里的教育会上受表扬，让人批评心里挺难受。

李震田喝完了一壶茶，见李前进还没有来，就起身想走了。这时他就听到门外一阵乱笑，他听出是李前进来了。李震田感觉自己的牙一下子疼起来了。妈的，这李前进现在真是了不得了，前几年刚刚当上村支书的时候，还算仁义，给乡亲们还办点儿正事。现在真是成精了，刚刚承包了那采石场几年，就已经富得流油了。听说李前进现在跟林山县的一些领导称兄道弟的，根本不把乡里放在眼里。李前进猖狂得很，手下养了几个大汉，都是从外村招来的，专门打架，还说是为了维护李家寨的治安。上月那几个汉子还把村里朝李前进收电费的电工李国平给打坏了，也没有人管。李震田从心里看不上这个侄子。但不知道怎的，他从心里也真有点儿怵李前进。*

李前进一脚跨进酒店，一张刀条脸在灯光下挺亮，好像抹了什么化妆品。他身后跟着小雪，打扮得挺妖气。再后边是几个大汉。他进门，店里就噤了声。淑枝迎上去，笑道："支书啊，您今天是不是走错地方了？跑到我这小饭店来了。"李前进笑："淑枝啊，最近忙得转不开，我今天是特意给你添生意来了。有什么好酒好菜，就往上端吧。"淑枝笑道："我保证伺候好您的，让您尝尝我这里的几样小菜。"

李前进就嘻嘻哈哈地坐下了，身后的小雪和几个大汉也都坐下。小梅就忙着往桌上端菜，上酒。李前进拉住小梅突然亲了一口。大概是咬疼了小梅，小梅尖叫了一声。李前进乱笑起来。小梅也干干地赔着笑。

李震田心里骂了一句："狗日的！"就站起身，喊了声："前进啊！"

李前进也看到了李震田，淡淡地点点头："二叔啊。"就不再理李震田。

小雪就搂着李前进的脖子开始喝酒。

李震田走过去，站在李前进身边，皱眉道："前进啊，我下午找你不在，我想跟你说说那教育经费的事呢，我那天在乡里开会，朱乡长都批我了。"

李前进哈哈笑道："二叔，你是不是喝多了，朱乡长批不批你，跟我有球的相干啊！"

一桌人都乱笑开了。

李震田心里恨得咬牙，声调就有些颤了："前进啊，你不该把那县里的款子扣住不给啊。村里的学校盖不成，我怎么办啊？"

李前进不耐烦了："你爱怎么办就怎么办，与我有球的事啊。"

*作者此书成于20世纪90年代，那时农村黑势力便已有之。唉！李震田若怵，村民更怵！

李震田心里的火就蹿上来了。他沉下脸说道：“前进，你要是不把那教育款还上，我可是不让你了。”

李前进冷笑：“你不让我，你怎的不让我？你还能把我的球咬下来啊？”他的话音刚落，身边几个大汉就冲过来，李震田还没来得及躲，当胸就挨了几拳。李震田就趴下了。他觉得嘴里咸咸的，伸手一擦，是血。

淑枝忙跑过来拉那几个大汉，一劲笑着跟李前进说：“震田叔喝醉了。支书您大人大量，可别跟他一般见识啊。”

李前进笑道：“这个老糊涂，找事嘛。算了，说到底你也算是我叔叔，也看在淑枝的面子上……”说着，就伸手摸了一把淑枝的脸蛋，然后朝李震田嚷道：“快走吧，我也是看着你是我叔叔，换个别人，我今天非打断他的腿。”

李震田爬起来，怔了怔：“前进，我跟你讲真事哩。”*

李前进骂：“滚！我烦你这个老糊涂。”此时，就有一个大个子过来，揪住李震田的脖领子，一提，一抡，就把李震田扔出了门。

李震田在饭馆外面爬起来，淑枝忙跟了出来。淑枝低声说：“震田叔，你快走吧。真是的，前进六亲不认，连乡长也敢骂呢。你斗不过他的。他跟县里的头头们都称兄道弟的哩。”

李震田呆呆地看看淑枝。淑枝眼睛有了闪亮的东西在滚动。李震田还想说句什么，李前进在店里恶声吼淑枝。淑枝就忙进去了。

李震田抬头看天，一轮失血的月亮高高地斜在了中天。李震田就走。走了两步，又听到店里传出来李前进哈哈的笑声：“淑枝啊，你这个店的菜烧得真是不错哩。明天中午我可是还来哟。”

李震田听了，怔了怔，就一跺脚走了。走出挺远，李震田突然狼似的嚎了几声。

李震田感觉自己嚎声一点儿力量也没有，闷闷地吃进了山里，一点儿回应也没有。*

第二天中午，李震田踩着烈烈的阳光又来到淑枝的饭馆。他怀里鼓鼓囊囊的，像是装着什么东西。

淑枝见到李震田，眼睛里就露出慌慌的神色。李震田似乎没看到，看了看店里吃饭的人，果然看到李前进和几个人正在靠墙的那张桌上喝酒呢。小雪正猫似的扎在李前进的怀里。李震田走了过去。李前进转眼看到李震田，就恶恶地笑了："二叔，怎么又来了？昨天真该打熟你。"

李震田也嘿嘿笑了："李前进，我今天是让你答应把县里给的钱拿回来，你要是不答应，我就敢砍你。"**

李前进也嘿嘿一笑："砍我？二叔，我要借给你个胆子才行的。"

桌上的人就哈哈地乱笑开了，瞅着李震田，好像李震田是个精神病。

李震田没说话，就从怀里掏出一把斧子，人们眼前一寒，就发现那斧子磨得雪亮。有人就猛地记起李震田是木匠出身。李震田把斧子放在桌上，弄出了很大的响声。桌上的人都吓得一怔，小雪嗷地叫了一声，从李前进的怀里跳起来。李前进哈哈笑起来："二叔，你吓谁啊？真是操蛋哩。"李前进身边就有两个汉子冲过来要拉开李震田，李前进一摆手："别拉他，我看他敢砍谁！"

人们就呆住了，李前进冷笑着看李震田。李震田怪怪地一笑，就抄起桌上那把斧子，呼地砍过去。李前进怔在那里，也没有躲。（事后有人说，李前进让鬼跟定了，若是躲过这一斧子，众人再上前拉住李震田，肯定就不会出事了。）李前进就让李震田给砍倒了。跟李前进来的那几个汉子，都吓傻了。李震田就走过去，挥动着斧子在李前进的脖子上嘭嘭地连砍了几下。那声响像是砍木头，李前进的脑袋就让李震田给剁下来了。那血呼地扑

*再忍！

**不再忍！

了李震田一脸。李震田在自己脸上擦了一把汗，立刻，李震田的脸就狰狞起来了。

众人吓得醒过来，唬得心慌，就窜出酒馆，鬼喊着：“杀人啦！”

店里没有人了，只剩下吓得哆嗦成一团的淑枝和小梅。

小梅脸黄黄地说：“震田叔，你真……把他……杀了啊……”

淑枝颤声道：“震田叔，我这店怕是开不成了啊。”

李震田看看桌上李前进那颗人头，李前进的眼睛好像还睁着，他心里一阵恶心，捉住李前进的头发，拎到半空，嘻嘻笑起来。笑过，就把李前进的人头放在餐桌上，又脱下褂子，把这颗人头包上，系好，拴在了自己的腰上。再一扬手，把那把斧子从窗口扔出。*

*一『捉』、一『拎』、一『笑』、一『放』、一『脱』、一『包』、一『系』、一『拴』、一『扔』。李震田好从容！

店里一片死寂。李震田听见了自己的心跳声。

李震田看着淑枝，笑道：“淑枝，给我拿瓶酒来。”

淑枝脸白得像纸，看看躺在地上没有了脑袋的李前进，颤颤地问：“你真把他杀了？”

李震田看看李前进的尸体，挺恶心地吐了一口，朝淑枝吼道：“给我拿瓶酒来，听到没有！”

淑枝步子颤颤地到柜台上去取酒，可哆嗦着手拿着酒不敢过来。

李震田看看她，苦笑着。

小梅从淑枝手里接过酒，走到李震田身边，把酒瓶盖子起开，给李震田倒酒。李震田看着小梅倒酒，笑了。他接过酒杯，一饮而尽。小梅就再倒，李震田再饮。饮完了，就看着小梅，小梅也看着李震田。两个人突然对着脸傻傻地笑了。

李震田就说：“再给我拿一瓶酒来。”小梅就转身去柜上拿酒。这时就听到门外有警车在叫，远远地，响得近了。小梅哀哀地看看李震田。

警车抓走李震田的时候，李震田刚刚把那瓶酒喝完，他晃晃着站起身，腰里系着李前进的人头。

一个胖警察上前给了他一拳。

李震田笑道："你不用打，我正要带着他去派出所投案呢。"他伸手拍拍腰里的人头。*

胖警察皱眉："好，好。咱这就走。"就给李震田戴上了铐子，推搡着他走了出去。

淑枝和小梅追出来，哀哀地目送着李震田上了警车。李震田回头朝她们笑笑，笑得很温和。

警车嗷嗷叫着跑走了。

李震田杀人的事，风一样刮遍了李家寨。人们就蒙了。像李震田这样一个老实人，怎么会去杀人？而且会杀他的亲侄子？

李震田竟没有被判死刑，因为李家寨很多人都去作证保他，说李震田是喝醉了酒误伤人命。还有人作证说李震田是精神病，要不怎么亲叔叔会杀亲侄子呢。结果李震田被判了个死缓，是三个月之后判的。

又过了三个月，李家寨小学校翻盖一新了。

现在人们一提起李震田，总是硬硬地点着头。**

*『拍拍』人头！果真爽直！

** 读者也点头！

图书在版编目（CIP）数据

家园笔记 / 谈歌著；蒋子龙评点. -- 北京：中国工人出版社, 2020.7
（中国当代长篇小说 · 绘画评点本/野莽主编）
ISBN 978-7-5008-7441-6

Ⅰ. ①家… Ⅱ. ①谈… ②蒋… Ⅲ. ①长篇小说–中国–当代
Ⅳ. ①I247.5

中国版本图书馆CIP数据核字(2020)第103745号

家园笔记

出 版 人	王娇萍
责任编辑	李　倩
责任印制	黄　丽
出版发行	中国工人出版社
地　　址	北京市东城区鼓楼外大街45号　邮编：100120
网　　址	http://www.wp-china.com
电　　话	（010）62005043（总编室） （010）62005039（印制管理中心） （010）62379038（社科文艺分社）
发行热线	（010）62005996　82029051
经　　销	各地书店
印　　刷	北京市密东印刷有限公司
开　　本	880毫米×1230毫米　1/32
印　　张	16.5
字　　数	441千字
版　　次	2020年9月第1版　2020年9月第1次印刷
定　　价	78.00元

本书如有破损、缺页、装订错误，请与本社印制管理中心联系更换